石岩 著

追问世界的形状

一个《南方周末》记者十年工作手记

作家出版社

石岩

北京平谷人，

2003年从清华大学毕业后，

在南方周末文化部工作至今。

目录

序一

新闻的法则与文学的规矩

向 阳

石岩前脚出清华，后脚进南周。这一失足，十年有余。

十年间，她勾引众多人事向她坦白，坦白从宽，从刘德华到刘瑜，从天津谍战到《人民日报》，从李零读孔子到蒋勋说《红楼梦》，从中国病人到报贩大王。

十年折磨，孜孜矻矻，集结一卷，坦白从严，算是为十年结账。

写序的意思，无非是为之写一篇"结账启事"，百十个字就可以了结。

兹有秀女一枚，弄文学笔墨，做新闻勾当，十年之内，幽怨丛生，文字成林。事无巨细，皆是人生。名流明星，超人凡人，都有传奇。

接下来的，都是注释。

先说秀女。早十年，新闻都是男人的干活，女人都是少数族群。现在倒过来了，学新闻的做新闻的，女人几乎是主流人群。《南方周末》文化部也是这个趋势。石岩是主流的主流，用功最勤，用心最深。

可惜她入错了行。她喜欢私文，写的都是公文；喜欢文学，却做了新闻。新闻有新闻的规矩，文学有文学的传统。

新闻需要哗众取宠，需要虽千万人吾必往矣，需要火中取栗、火上浇油。

文学需要不动声色，需要虽千万人吾不往矣，需要水往低处流。

新闻一目了然，文学一望无际。

好的新闻接近文学，不好的新闻不过是新闻。

新闻喜新厌旧，文学不厌其旧。

以张爱玲为例，《色·戒》故事是陈旧的新闻，是文学；《封锁》不可能是新闻，却必定是文学。都是一刹那的故事，一个结局是死亡，后果很严重；一个结局是重回庸常，后果更严重。两个短故事中共通的，是有人心难测的测度，这就是文学。文学中，可以看到人心，看到人性的嘴脸。

《追问世界的形状》尚有篇章不好看，因为它只是新闻。诸多篇章好看，因为它们不只是新闻。新闻集结，能够在书里坐得住的，都是接近文学的，都是见人心、明世道的。

无论新闻还是文学，不好的各有各的不好，好的却有共同的好：知道得多，写得准确。

石岩是个"怨女"，对题目挑三拣四，但是拿定题目之后，又能一条道走到黑，是个"执女"。

通常的采访，即使以《南方周末》的"特权"，也无非三两个小时，一次性的访谈。超常的稿子，往往源自纠缠不休和说来话长。

听中国病人"这辈子"的故事，石岩用了一个星期的时间，每天。于是之这辈子，马志明这辈子，林兆华这辈子，风筝王、报贩王的这辈子，这辈子的故事，只能用时长和耐心才换得来。新闻不耐烦。文学耐烦。

我曾经拿石岩做案例，说给另一个同事：石岩把写事弄成了写人。你把写人弄成了写事。我看不到人心的反应，只看见事情的情况。

我老奸巨猾地解释：你和石岩的区别，是好和更好的区别。我忍住没说的下半句，就是：这也是新闻和文学的区别。

新闻不够关心人。新闻更关心事。

关于人事，看新闻知其大概，看文学得其"究竟"。新闻是"看见"、听说，文学是细看、聆听。

新闻多是介绍、传说，文学是现场。新闻也有现场，但多是"外场"，而文学是"内场"。直击现场，和直击人心相比，当然是后者更有效。

回到写作和阅读的根本，无非就是端详世道人心。比较之下，人心更重要，写出人心，更见世道。

读者打开《南方周末》，不是要看新闻，他们在找故事，找感动，找若有所思的思考。《南方周末》历史上的好记者，都是文学初身，或者是文学终身。

文学史上众多的杰出作家，是记者出身。

对于新闻，文学是一种手段，也是一种标准。

所有的编辑都头痛迟交稿的记者。更加头痛的，是迟交稿的记者声称自己"没有感觉"。

虚构体写作，勉强还称得上"无中生有"。非虚构体写作都是"有中生有"，哪里需要"找感觉"。真正需要的无非是"找知道"。有多少"知道"做多大文章。足够多的"知道"写出足够好的文章。

找结构当然需要。

文学的叙事脉络，只有时间的和空间的两种线索。新闻的叙述脉络，经常是逻辑线索，因为所以、虽然但是、不过可惜。用这等逻辑线索组装的报道，经常地偷关漏税，将非叙事材料伪装成叙事，数字、总括、介绍，硬生生塞进文中。信息是捅给你了，看不看随便你。不看也罢。

雷蒙德·卡佛平生最后一篇小说《差事》，内中有这样一句，"契诃夫不相信不能被五官所感受到的东西"。我把主语偷换成文学，"文学不相信不能被五官所感受到的东西"。

新闻必须"明白"，必须一清二白，文学必须"感动"，必须感同身受。

上面所说，都是技术规矩。再补充一点精神规程。

写作不仅是手艺，需要"眼到手到"，更多是信仰，需要"心到"。

但凡做得好文章，前提之一是执事敬，不苟且；前提之二，是将心比心。

石岩对待每一题目，必有一份郑重，对待每一个采访人物，必有一份尊重。

她坦白说："总觉得，我跟他／她素昧平生，却在某一天的两三个钟头里，听他／她讲述自己的人生，分享生命中的甜酸苦辣。这种缘分值得好好珍惜。"

这是石岩的"缘分论"。她另有"工作论"。

她新近耐烦去采访李冰冰，提出的要求是："访谈是我们两个人的工作，精彩程度取决于两个人的专注和心力。"

明星和媒体通常的关系，是互相轻视。明星应该得到普遍国民待遇，也可以进化为普通人，推己及人，人性可测，将心比心，人心可见。

文学普视一切众生，新闻也可以。

序二

我和石岩的吵架史

袁 蕾

我跟石岩同事了将近十年，不知道她住在哪里，也不知道她爱吃什么，我们甚至见面都不超过二十次，但我们吵过比谁都多的架。

每次吵架都因为稿件。在我的"记者使用手册"小本本上，石岩的关键词是：难搞。

要让她去采访一个选题，必须先做好所有功课，如果你的了解范围不超过维基百科，那等待你的基本上就是两个字："去死。"

石岩对"新闻"有种顽固的不屑，好像她完全不生活在这个时代。她的逻辑是：新闻大多数时候是"一知半解"，而她不愿意"不懂"还要去"装懂"。

印象里这么多年来，她只有一次认领了一件"新闻"。

华莱士去世，我们挖出了当年华莱士采访江泽民的中方联系人任一农先生。为了能说服石岩接题，编辑朱晓佳借到了任一农写的书，用手机把其中相关信息的部分拍下来，再一页页传给石岩。后来石岩说，这是她接题的关键：让她感觉到了团队的力量。

这篇文章叫《华莱士采访江泽民：3小时57分钟88个回合》。华莱士的这场采访，双方试探、较量、博弈，可以说是"步步惊心"。迅速和全面了解这场步步惊心，并不是一单简单的活，任先生除了口述前因后果，还提供了丰富的视频、图片，要在一个晚上消化这些材料，再用半天时间写出稿子，同时还要用第三方材料进行去伪存真。石岩以每两个小时写完一个小标题的速度成稿，完成一个小标题章发来一章一个小标题，在里面并用红绿字体进行标注，提醒编辑部哪些地方需要再核实事实和逻辑。

石岩完稿后，提出在确保本报有独家信源的情况下，可以尊重采访者的意见，推迟发表时间。

这篇文章最终被我安排在第一时间发表，而由于种种原因给任先生带来了一些麻烦，归根结底是我抢新闻带来的，需要向他公开道歉。

读者总是喜新厌旧，而深度媒体讲究的全面、深入、盖棺定论，需要时间，这确实是《南方周末》经常会面临的两难。

石岩不好热闹，不混圈子，尤其对"成功人士"敬而远之，她的逻辑是：这些知名人士已经被太多人围绕和关注了，自己何必去"锦上添花"？我们常常为此吵得天翻地覆，与浪尖上的人保持距离，冷眼旁观当然是好的，但不能因此就"歧视"名人。

没办法，名人必须要"说服"石岩，要么作品过硬，要么想法过硬，要么足够有趣，要么足够典型。

作曲家王西麟此前几乎没有什么报道，有人说他是中国最好的作曲家；有人说他的音乐一钱不值。很多机构对他的态度有一种默契："作品可以演，话不要说。"石岩用一周的时间采访王西麟。采访进行到两三天的时候，她兴奋地给我打电话：这是一个"中国病人"，时代的沉疴变成了他人格的一部分，他既是奋起反击的勇士，又是重轭之下的囚徒。这篇文章叫《中国病人》，一个非常典型的"南方周末式"题目，五味杂陈。

石岩也写过不少明星，八年前我还没进《南方周末》时，遇到她在采访刘德华，那时她刚刚走出校门不久，从发型到穿着再到举止，还是十足的学生。采访的文章我忘了，只记得刘德华后来念念不忘：这个女记者先把我捧了起来，再给我设了个套，很厉害。

她写《演员郝蕾》，讲郝蕾演的一部话剧《柔软》："纪录片演到第四十分钟，廖一梅离开，走了很远回头看，风把屏幕吹皱了，樊其辉却还在屏幕上笑着。"

只有刻薄、没有宽容，这种刻薄是没有价值的，石岩让人又恨又爱的地方是，她能给出的有限的宽容，尤其珍贵。

同时石岩舍得下工夫，她写老舍专题，读完了老舍所有能找到的剧本、小说，还看了很多根据老舍作品改编的话剧、电视剧。

后来石岩说，要用一段时间，去采访"对越自卫还击战"老兵，做一个值得留住的题目，我决定给她支持。我们明知道这是一个基本上不可能出来的题目，但也都知道这需要有人去做，也值得去花工夫做。更多关于老兵的话题，我想也许应该留在石岩写老兵的那本书里。

跟石岩合作过的编辑没有不跟她吵架的，她觉得值得的题目，会不惜铺张，报纸版面有限，她自己不删，也不准别人删——你删完了，她会给你这里恢复一些，那里恢复一些，想起来再增加一些材料。她文章中给出的信息量巨大，可以说到了信息密集恐惧的地步，而她的文章也确实结实，而所幸有了书这样东西，可以不受局限地呈现。

现在我被石岩的刻薄养成了条件反射，只要遇到与她的合作，我必须更加慎重和认真。我们达成过共识：会不遗余力、长年累月地吵下去。

用她的话说：在争吵中建立起来的稀薄交集，尤为珍贵。

用我的话说：我们都很认真。

第一辑·面孔

　　我对采访对象的尊重里有很多不职业的成分。我总觉得，我跟他／她素昧平生，却在某一天的两三个钟头里，听他／她讲述自己的人生，分享生命中的甜酸苦辣。这种缘分值得好好珍惜。每遇到一个对生命有独特体验的人，我都会把他／她的音容笑貌收录在心里，偶尔想起来，就像想起一个老朋友，尽管并无私交。

　　行业前辈说，记者要混圈子，要跟人勾肩搭背。这适合某一类记者，我更愿意与人维持清淡的关系：如果我要采访你，我会认真做准备，耐心问、仔细听；一旦动笔，我会把文字很当回事，这类似木匠、锡匠在意职业荣誉，也因为我要讲述的是真实的人生，笔下桩桩件件关乎活人的利益、形象、人生冷暖。

　　历此"缘分"，交活、报纸上摊，我最希望的是安静几天，休息、看书。以前听同事给见过一次面的采访对象打电话，亲切、自然，煞是羡慕。但是不会，也不愿意"维系"任何一种关系。

　　经常想起那些萍水相逢的面孔，他们扩展了我人生的广度与深度。

中国病人：作曲家王西麟这辈子

手 记

王西麟诉说苦难，有一种特别的感染力。虽然戴着助听器，他的耳朵还是很背，说话近乎咆哮。说着说着，下巴抖动，一行老泪滚出来，他用手背擦拭。

2011年冬天，在一个星期的时间里，我每天下午去作曲家王西麟家里听他讲他的人生，故而对他的家有特别深的印象：那是一栋建于1980年代的红砖居民楼，王西麟的家在四楼，套内面积大约五十几平。采光不好，但是收拾得窗明几净。通往阳台的窗户被改造成一个多宝槅式的花架子，几盆吊兰长得很好。老式沙发和两只宜家风格的躺椅上都铺着洁净的浴巾。陈年的演出海报张贴在墙上。写字台上扔着一柄放大镜和一副老花镜。钢琴挨着写字台，转过身去就能弹钢琴，再转过身来，就能写字。熨烫平展的西装、大衣、围巾，用衣架挂在衣柜的扶手上。

有时候，钟点工来做饭，小屋被浓郁的醋香充满。房主的"老西儿"本色尽显无遗。此时再回味王西麟那些融会秦晋民间音乐元素的交响乐作品，会越发觉得其质朴、有力。

它们来自"土壤"，但不限于"民族风"。它们精致严密，但诗意并没有被严密的乐思窒息。沉重和轻盈、人生不可承受之重和刹那的超脱、欢愉，完美地交织在一起。第一次在北京音乐厅听王西麟的作品演奏会，连我这个音乐白丁都被深深打动。

王西麟是一个"愤老"。对"主旋律"音乐、对音乐教育、对学术腐败、对热点时事，都有自己的想法，并且经常诉诸文字，四处投稿，四处被拒。话题敏感是一方面。另一方面，与文字相比，他的音乐实在是高级得多的语言。经过音乐的过滤，所有的偏狭、抱怨、激愤都被剔除干净。难怪他的同行说他的作品像舍利子。

相比王西麟的音乐，这篇记录他经历、行状的小文实在拙劣。稿件见报后，有读者评论说，王西麟的经历是中国知识分子苦难的精神史。我想，苦难值得尊重，但比苦难本身更要紧的是苦难结晶物的品相、质地。以这个标准衡量，年过七旬的王西麟是个好艺术家，也是一条汉子。

导　读

有人说他是疯子，有人说他的精神处于裂变中；有人说他是海明威式的硬汉，有人说他是孤独的行者。

有人说他是中国最好的作曲家。有人说他的音乐一钱不值，只会模仿肖斯塔科维奇。还有人说，他就是中国的肖斯塔科维奇，只不过肖斯塔科维奇在作品中说真话，在生活中说假话；他在生活中、在作品里都说真话。

有人说他不是一个天生的勇敢者，他的身体是两种力量角逐的战场，是否要不计后果说实话，全看当时哪种力量占上风。

有人说他生错了时代，生错了地方：交响乐在中国从来没有足够多的听众，把交响乐作为毕生追求的人自然容易被困在"第六病室"。

在人们的口耳相传中，他几乎变成一帧漫画：高大、驼背、耳聋、有腿疾，在生活中咆哮、在作品中咆哮，像一门装满弹药的大炮，可又无比热切地盼望理解和成功。

他是当代中国举办专场音乐会次数最多的作曲家之一。很多机构对他态度是"作品可以演，话不要说"。对他，人们往往根据二手三手四手的材料窃窃私语，公开场合却讳莫如深。

他是作曲家王西麟，他也是一个病人。

2011年11月19日，第五次个人专场音乐会结束，作曲家王西麟把"江南春"饭馆的服务员小王送回住处。这天下午,七十五岁的作曲家在中山音乐堂的大厅里接人、发票、合影的时候,小王替他拿包、拿大衣。王西麟没有学生,唯一的女儿在外求学。"江南春"离他家走路不到三分钟。

送完小王,王西麟拖着患退行性劳损的双腿,爬上四楼的家,就着白开水吃了一块干饼子。独坐良久,又喝了两杯红酒。

海内外乐团不断发出创作邀约,作品演到了罗马、巴赛尔、科隆、柏林、旧金山、福冈、台湾、香港……但在北京,王西麟却依旧是一个孤独的人,"想找个人说话都难"。最寂寞的时候,他会找出《鲁滨逊漂流记》的碟片,看另外一个孤独的人怎么过活。

《云南音诗》:引来迟到的伯乐

音乐会余音在耳。

《殇——之三》精致严密,四十六件弦乐器织成一首片层丰富的追思曲。《喜剧的对话》用筝、琵琶、笙,惟妙惟肖表现小民擂鼓喊冤、大老爷拍惊堂木的情景。这个以"喜剧"命名的作品有一个沉重的主题:"吏呼一何怒,妇啼一何苦。"告状的逻辑在中国几千年没变。

《太谷秧歌交响组曲》是一幅三晋风俗长卷,闹翻天的社火、泼辣热烈的秧歌、抽抽噎噎的哭坟……单簧管的旋律恬静得有如人的呼吸。似乎是薄雾的清晨,乡间小路上走来的一架马车。路边的树叶已经飘落,马的鼻息变成白色雾气,车把式沉默不语。突然悲从中来,四支圆号错落,大锣喤喤苍苍,哭坟的民俗小调变成铺天盖地的悲怆。潮水一样的声音退去,一支巴松呜咽许久。在这部山西晋中文化局的委约作品中,王西麟想探讨作曲家和民族音乐的关系。"挪威的格里格、匈牙利的巴托克都吸收了民间音乐的营养,但他们是创作,不只是采风、改编。"

《钢琴协奏曲》在激烈的对抗中开始:一边是整支乐队,一边是一架钢琴。中国戏曲最基本的板鼓节奏被改造成棒打和鞭笞,贯穿整个乐章。钢琴在低音区铁镣拖地一样撞击琴键,长号和大号锐利,木管像拉响的警报,继之以钢琴一连串的高音呐喊。疾风骤雨过后,秦腔和蒙古长调变成钢琴的独语。长夜如斯,一个人静坐。渐渐地,第一束光射进来。音符在高音区流动,像解冻的河流。弦乐次第出现,黄河中游民间音乐执拗、婉转的旋律游弋其间。弦乐群的声音越来越轻,钢琴的声音却越来越清澈明亮,最后以如歌的琶音飘在乐队的叹息之上,越飘越远,像一片黑暗之中唯一一朵花的绽放。

2010年8月25日,写完《钢琴协奏曲》的最后一个音符,王西麟流下眼泪,四个月的创作时间,好像死过一回,终于到了完结的时刻:华彩炫技被弃之不用,取而代之的是加上弱音器的弦乐背景,钢琴在这个背景之上泪泪流淌。

三个月后,《钢琴协奏曲》的音符在苏黎世奏响,泪水迸出苏立华的眼眶:一个作曲家用生命谱写的音乐终于可以被世人听到!苏立华觉得那仿佛是黑暗中的一个人,在他周围、方圆几百里内,只有针眼大的一点亮光。那人朝着亮光奔跑,虽然最后死在黑暗里,但他从没绝望。

"王西麟一生只创作过两个快乐的作品,一个是《云南音诗》,一个是《钢琴协奏曲》,写第一个作品的时候,他还年轻,第二个曲子,欢快只存在于结尾的那一瞬,那是绝望中的一点希望。"苏立华告诉南方周末记者。

迟至2008年,在古典音乐界工作多年的苏立华才知道王西麟。德国科隆室内乐团的首席黑管演奏员告诉他:你们中国有个叫王西麟的作曲家,值得关注。

在荷兰音乐频道唱片公司(Channel Classics Records)任驻华首席代表的苏立华马上搜集王西麟的资料,最容易找到的当然是曾经被国内国外交响乐团在二十几个国家的三十多个城市上演过几百场的《云南音诗》。云南人苏立华惊讶于王西麟乐思之敏锐:他从没去过云南,只是听过几首云南民歌,却把云南的味道抓得那么准。

见到王西麟本人,苏立华才知道:这位几乎没有公开出版过唱片的作曲家创作过七部交响乐、五部交响组曲、十部交响诗、十三部室内乐作品和若干声乐、器乐作品。按他本人的标准,通俗浅显的《云南音诗》充其量是"成名作",而不是"代表作"。

王西麟请苏立华听自己八年之前创作的《第四交响曲》,顿时黑云压城。

苏立华发现：写下《云南音诗》欢快音符的年轻人，已经变成了中国的肖斯塔科维奇。

2009年，瑞士"文化风景线艺术节"艺术总监尤里安·库依曼请苏立华为来年以中国文化为主题的艺术节推荐一位作曲家，苏立华毫不犹豫地说出了王西麟的名字。尤里安·库依曼听了王西麟作品的录音、读了他的总谱，又组织巴塞尔小交响乐团全员投票，之后慎重地向王西麟发出创作邀请。

王西麟决定借这个机会，写一部钢琴协奏曲，把它献给自己的钢琴老师陆洪恩。

《钢琴协奏曲》：被枪毙的恩师

多年以来，陆洪恩只是王西麟心中淡淡的影子。1957年，在上海军乐学校训练班，陆洪恩曾教过王西麟半年钢琴课。除了谦和，王西麟对他的钢琴老师没有更深的印象。

1971年，作为"内部专政人员"在山西下放八年的王西麟"串联"回上海。昔日的同学悄悄告诉他：陆洪恩被枪毙了，死的时候高喊"赫鲁晓夫万岁"，很从容。王西麟不敢接话。

2008年，一个叫刘文忠的陌生人寄来一本陆洪恩传记。不久，王西麟接到陆洪恩长子陆于为的电话，问他能不能写篇回忆陆洪恩的文章。王西麟颇为难：我跟陆先生接触不多，恐怕回忆不出太多，但×××、×××和×××，他们跟陆先生学过两三年，何不请他们写？

×××、×××和×××都没有写文章，2010年，王西麟在《南方周末》读到陈丹青的一篇短文，回忆他十五岁的时候，跟几百个同学一起，看公审并枪毙陆洪恩的电视直播。一群少年跑到延安西路转角，等刑车开过。刑车被钢板封闭，少年们不知道哪辆车中押着被击落下腭的陆洪恩——他曾冒天下之大不韪直言"工农兵应该向贝多芬学习，而不是贝多芬向工农兵学习"，也曾直抒胸臆大骂样板戏。

什么样的音乐才配得上陆洪恩的勇气？2010年的春夏，王西麟像一匹困兽，在五十几平米的家中反复踱步，深夜给远在德国的女儿和为数不多的朋友打电话、发短信，诉说创作中的焦虑。

"八十军棍打得我冲天愤恨……"林冲误入白虎堂，一边被棍打一边甩着长发唱，京剧《野猪林》里的著名唱段在王西麟大脑中一闪。他放下手中的工作，到梅兰芳大剧院，买回一堆京剧碟片……

从京剧到秦腔。自幼及壮，王西麟在陕甘晋一带生活，看过很多秦腔老戏。年幼的他对《游龙戏凤》一类贵族戏不感兴趣，却对苦戏记忆犹新。成年以后，这些来自底层的声音成为他潜意识里涌动的河流，"越老越派用场"。

"那些被陷害的人，唱着叫着就被杀了。他们的哭腔特别厉害。"王西麟印象最深的是《走雪山》。一家人被奸臣所害，只剩下孤女和老仆。两人翻山越岭投奔亲戚，老仆冻死了，小姐一声"老曹福……"满腔的悲愤从丹田拔入云霄。在另一出戏里，忠臣面对奸臣，步步紧逼："你……你……你……这个奸臣……"话音未落，奸臣把忠臣杀了。

那些或悲愤或铿锵的唱腔，让王西麟有了主心骨。"我常想，'风萧萧兮易水寒'是用什么调子唱出来的？现代汉语和古代汉语有很大的不同，但呼喊是一样的。"

乐队排山倒海地渲染鞭打，钢琴是屈死的冤魂，中国戏曲特有的"复调"——"绕弦"和"紧拉慢唱"将两者啮合在一起。山西梆子的高腔被作曲家进行了交响化的处理，一时间枪炮齐发，万箭攒心，朔风黄土一样粗粝，汾酒一样绵长。

四个月的时间，草稿积了厚厚一叠，橡皮用掉八九块。有时候，王西麟整天关机，害怕任何声音的打搅；有时候他趴在写字台上睡着了，被钟点工捅起来吃饭；没有钟点工的时候，十根油条、两盒凉面就是他一天的伙食。他向朋友抱怨：已经够忙了，还要买菜、吃饭……

从学生时代起，王西麟就秉承无标题创作的原则，他不希望音乐成为"中心思想"的注脚。他把自己正在创作的作品命名为《钢琴协奏曲》。这个无标题作品其实有一个明确的标靶：《黄河钢琴协奏曲》。

创作于1970年的"黄钢协"从抗战时期广为传唱的《黄河大合唱》改编而来。当时，《黄河大合唱》的词曲作者冼星海、光未然已经被打成文艺黑线。钢琴协奏曲既要借鉴《黄河大合唱》的音乐素材，又要跟原作者拉开距离，在第二乐章加入"信天游"的引子，在第四乐章加入《东方红》、《国际歌》的主题，变得不伦不类。外媒或直言不讳地说它是"可怕的音乐作品"，或揶揄它是《华沙协奏曲》的表兄。"创作者做了最大但仍然是有限的努力，'黄钢协'充其量是改编，而不是创作，是'弹合唱'、'弹歌'。"很多音乐人认为"黄钢协""原创"程度太低，王西麟却把实话大声说出来。

"'文革'在中国结束已经三十四年了，和'语录歌'一样代表'文革'文化的'黄钢协'至今仍在演奏，中国音乐界四十年拿不出一个新作品?!"面对不同的听众，王西麟曾大声疾呼，人们要么沉默，要么微笑。

自修者：从红专到白专

"这部作品可以被列入任何一个世纪的上乘之作。他的技术，使人无法相信他大部分时间是一个自修者。"2001年，澳大利亚国立大学音乐学院教授吉姆·考特听过王西麟的《第四交响曲》之后，做出这样的评价。

从1960年代起王西麟就是一个自修者。今天，七十五岁的他还在学英语，尽管一个星期只能记住几个单词。

这位自修者跟音乐结缘完全是一个偶然。

1949年7月，西北野战军向新疆进军，路过甘肃平凉。散学回家的平凉中学学生看见，传达室门口站着两个穿黄军装的男人，一个拉提琴，一个弹手风琴。看热闹的孩子围了一圈，胆大的受到鼓励，上前又唱又跳。王西麟也去拨动乐器，他在教会小学玩过手风琴，也识五线谱，当天，就被两位军人带到兵营。

瞒着家人，十三岁的王西麟穿上了军装。父亲死后，家道愈加衰落，出去一个人就减少一份开销。

在王西麟遥远的童年记忆里，父亲王缄三当过岐山县县长、胡宗南的保安处处长。家里有他穿军装、佩短剑的照片。1945年之后，失业的王缄三流落到甘肃平凉。西北一带，曾聚集很多赋闲的国民党军政人员——这是王西麟在1964年"社教运动"中知道的，人们挖掘他的反动根子时经常说"平凉是匪窝"。

"匪窝"盛行秦腔，逢年过节连天演戏。《三滴血》、《滚钉板》、《走雪山》……每每是有冤戏苦戏给童年的王西麟留下最深的印象。平凉有些小书店，王西麟经常去站读，契诃夫、高尔基、巴金、胡风、碧野……

在平凉，父亲的营生是贩卖布匹。生意不好，傅作义的堂兄傅静斋从旁指点：何不投奔我堂弟？大家都是山西人，你又做过官……王缄三穿过六盘山，从平凉到兰州，从兰州到宁夏，从宁夏到张家口，1948年年底，终于找到了傅作义。有人说他做了绥远崇礼县的县长，但王西麟认为父亲充其量只是一名勤杂人员，他寄金圆券回家的信封上印着"张家口敌伪财产管理委员会"。

不久，张家口吃紧，傅作义派嫡系第三十五军增援，进至新保安被解放军全歼，王缄三死在乱枪里。因为丧父，在西安上医学院的哥哥一度自杀，之后变得沉默寡言。王西麟则一度失学。

在部队文工团，因为学历高——上过初一，王西麟被委以弹手风琴的重任。多年以后，他认为这是老天对他的垂青：弹手风琴要识五线谱、懂和声，而这是进修的基础。

1952年，解放军成立军乐团。西北野战军第11师从冯玉祥旧部里招揽了一批军乐教官。很多军乐是从西方古典音乐的经典乐曲里化过来的，音乐品质相当纯正。王西麟眼前打开一扇门，聪颖加勤学苦练，他很快脱颖而出，当上教战友乐理的小教员。

1955年，解放军在北京成立中央军委军乐指挥专科学校，一个师选一个人，十九岁的王西麟入选。一到北京就赶上了"肃反"。当时的政治空气还不像后来那么"左"。"肃反"并没有在听《曼弗雷德交响曲》时簌簌落泪的年轻人心中留下太多阴影。每有空暇，他就钻进学校的资料室，听贝多芬、德沃夏克、格里格、阿依达……四年学制刚过去四分之一，他就已经觉得学校的水平太低，学不到什么东西。校方一边批评他"个人主义"，一边秉承"批评从严，处理从宽"的原则把他送进了水平更高的上海军乐学校。在那里，王西麟碰到了陆洪恩。

半年之后，政策有变，上海军乐学校解散，学员只能各回旧部。王西麟不甘心：学音乐学了好几年，音乐学院的门槛有多高？他拿着开夜车写出的《青年战士进行曲》去投考上海音乐学院，一考即中。

1958年，王西麟是"上音"有名的积极分子。谁都知道作曲系有一个穿黄军装的大个子，劳动卖力，对受旧教育、穿高跟鞋、抹口红的老师们一千个看不惯。

如果不是1960年发生的几件小事，王西麟会"又红又专"很多年。

这一年，王西麟的姐姐被打成"右派"，遣送新疆劳改，来信写得非常潦草，跟弟弟要红糖、要草纸。虽然尚在"三年自然灾害"中，王西麟完全无法想象那封辗转寄到他手上的信所历经的艰辛。暑假，大部分同学下乡劳动，学院的两个尖子留下来学琴，不久从国外拿奖回来，一见面王西麟自觉矮了一大截。他爱上一个钢琴系的姑娘，去表白，却被对方一把推开。王西麟大为羞愧，独自在公园淋了一夜雨，进校之后一度膨胀的政治优越感遭遇重重一击：姑娘在被称作"上音之花"的钢琴系学习，自己只是一个穿着黄军装的"土包子"。"一定要学技术，没有技术寸步难行！"雨水钻进脖领的时候，王西麟发誓：毕业前写出一部交响乐。

要写交响乐，必须先写四重奏。大四下半学期，王西麟用三个月研究四重奏的技术，用二十五天写出《弦乐四重奏》。潘多拉的盒子就此打开。王西麟再也没法又红又专，他迷上了作曲。

落难山西：管不住的嘴

四支竹竿立起，破布周遭一围，几盏汽灯在风中摇曳。台底下两堆火，看戏的人坐在土疙瘩上，前胸烟熏火燎，后背被山风吹得冰凉。那是1970年代晋东南的深山沟。白天只能唱样板戏，老百姓不爱听，土剧团要吃饭，只能钻到最偏僻的山沟里，半夜搭台，只要有戏听，下大雨老百姓都不走。

"一颗明珠土内藏，千年未曾放豪光，我是南朝一员将，大破幽州落番邦。"《乾坤带》里杨八郎的唱腔让王西麟悲从中来。他钻出人群，裹紧破大衣，爬到附近的山包上。向下看，铿锵的锣音被风吹得走了样，鬼火一样的汽灯仿佛随时都会熄灭。

"陈子昂大概就是这样吧,'念天地之悠悠,独怆然而涕下',关汉卿大概也是这样吧。"那一刻,身处晋东南大山中的王西麟觉得一千年的悲怆都在自己心里。转眼之间已是下放山西的第十个年头,刚过而立之年,牙却已经掉了一颗,希望尚不知在几千几万里以外的地方。

厄运是从1964年开始的。

1962年,王西麟从上海音乐学院毕业,分配到中央广播交响乐团。到岗即失望,乐团以伴奏和为广播节目配乐为主,根本不搞交响乐。"社教运动"进入尾声,经领导一再启发,年轻的创作员终于没忍住,在学习了一夜毛主席著作的基础上,自以为有理有据地批评起中央广播局"民族化、群众化、广播电视化"的既定方针。

厥词一出,先是开除共青团,下放郊区劳动一个月,继而被定性为"内部专政人员",大会小会批斗,全团侧目。批判异常猛烈,二十八岁的王西麟吓得瑟瑟发抖,自觉自愿地深挖自己的"阴暗心理":看到红颜色和毛主席像都害怕,睡梦中父亲的幽灵突然出现在床头……越交代越糟糕:此人不能在北京的喉舌部门工作,下放山西。

"三千个农民才能培养一个大学生,我太糟糕了!"带着洗心革面的决心,王西麟来到只有三四十人的雁北文工团。没有钢琴、没人识五线谱,王西麟重新拉起手风琴……

周围没有一个朋友,却要实心实意地把每个人当作好人,给他们讲课,给他们打饭、打洗脚水、扫地、扫厕所;扛最沉的道具箱子,爬上浮土寸许的土礼堂横梁挂幕……白天赎罪,晚上在昏暗的灯下做复调的习题。"没路可走了,业务不能丢。"王西麟告诉自己。

曾经批评交响乐"民族化"的王西麟,此时认真地学起民间音乐,用以歌颂"三面红旗"和当地的先进事迹。他创作的《藏寨大合唱》共七个乐章,有前奏、有尾声,配器讲究,旋律雄浑,在当地传唱一时。创作主旋律的人却越来越看不到希望。1965年冬天,下放一年之后,王西麟开始整宿说胡话,大喊大叫。六个月后,"文化大革命"开始,王西麟的档案被公布,人们很快知道他曾经攻击过党的文艺方针、隐瞒过成分,是被北京的单位开除的。一队人马冲到医院，把王西麟揪回文工团，戴高帽、挂黑牌、大会、小会、文斗、武斗……六个月之后，大串联开始。王西麟被革命群众暂时遗忘。他趁乱坐火车到太原，惊诧地发现：国家主席刘少奇的漫画张贴在省会的大街小巷。

在省歌舞团，革命群众发现一个不知从哪里跑来的大个子，会拉手风琴、能指挥、会作曲，并且在派系争斗中为本派说话，遂拉他入伙。王西麟风光了好一阵子，一度在"五一广场"指挥大合唱。有革命干将帮忙，他甚至一度调出自己的档案。1955年"肃反"的结论写得清清楚楚：王西麟同志1949年9月参军，工作积极肯干，对他的父亲的历史并不清楚，是逐渐了解，逐渐交代的……

档案在手，隐瞒成分的说法不攻自破，王西麟拿着这份法宝回到北京要求平反。正好赶上"清理阶级队伍"，没人敢为他说话，王西麟又被卷回大同。1968年秋天，工宣队进驻文工团，大字报再一次铺天盖地：王西麟写的《藏寨大合唱》是毒草，他把劳动人民愉快的劳动写得沉重不堪；王西麟教我唱《大海航行靠舵手》，让我对着空虚的茫茫大海歌唱……一天夜里11点，一个低沉的声音从门外传来：王西麟出来！

王西麟应声走到门口，被黑布蒙上眼睛，毛巾塞进嘴里，麻绳倒捆双手。黑布让人觉得恐怖而窒息。毛巾把唾沫吸干，嗓子很快冒火。被三五个人推搡着，王西麟在户外绕了好几圈。之后，一行人走进一个安静的房间。"脱裤子，脸贴墙站好！"

审讯开始：王西麟！最近团里丢了一个箱子，里头有你的档案，是不是你偷的？！为什么你听《东方红》害怕？看见毛主席像、看见红色就害怕？"箱子"是诈"三个怕"的杀手锏，两个小时之后，王西麟的下肢皮开肉绽。

大同待不住了。王西麟把从北京带来的四喇叭收音机以六十块钱的价格卖给另一个"牛鬼蛇神"，穿上最结实的一双破皮靴，准备伺机出逃。可是逃到哪里去？十几岁当兵跟着组织走，一想到要当盲流，王西麟心惊肉跳。

潜逃不成，处境更糟。从1968年到1969年，"地富反坏右"们胸前挂着黑牌，被一根绳子牵着，从一村跋涉到另一村，从一县跋涉到另一县。天还不亮，大地一片肃杀，方圆几公里只有一列蚂蚁一样的人在冰封的河流上彳亍而行。每到一处，他们先被关进一间小屋，在满屋的屁味中，等待凌辱的开始。批斗时，"牛鬼蛇神"的经典站姿是"喷气式"。一个小时、三个小时、六个小时……汗水吧嗒吧嗒掉在地上，冷不防，后面有人踹膝盖窝，"坏分子"一下子趴在地上……像狗一样被人驱赶着满地爬。

没过多久，跟王西麟一起被揪出的三个人中，有一个精神失常。为了活下去，王西麟不得不反抗。反抗的结果是挨打的次数越来越多，下手越来越重。门牙被打掉了，左耳丧失了百分之三十的高频听力。

长治方舟：千重万重的门

1970年年底，命运的翻云覆雨手出其不意伸来。晋东南地区的司令员要搞样板戏。

晋东南歌舞团没有一个人会看谱，有人点拨：大同有个能人，北京"掉"下来的，已经看起来了，不过不是"右派"……司令员手一挥：这个人我们要了！

临近年关，雁北文工团去平陆县办学习班的卡车即将出发，连人带行李已经装车完毕。突然有人面无表情地在车下喊：王西麟！下车！行李扔下来！调令在最后一分钟来了。有人被压在层层巨石之下，不知怎样才能透一口气，有人却一句话就把千重万重的门推开。

从大同到长治，要坐一天火车、一天汽车。到站的时候，王西麟蹲在马路边，呜呜痛哭：三十四岁了，命运又把他抛到了一个尘土飞扬、举目无亲的小站。

接站的人相当热情，一口一个"妄老四（王老师）"。卸下行李，王西麟成了芭蕾舞剧《白毛女》的乐队指挥。经他一阵点拨，过去因建制不全，发不出声音的乐队很快就吹出响亮的曲子。灰头土脸了七年，王西麟又在人群中找到了跌碎已久的尊严。

1970年前后，一批有音乐才能的"破落子弟飘零户"汇集到长治：国民党行政院院长翁文灏的侄孙，阎锡山大老婆的外孙，北京、天津、上海乐团的下放子弟，能拉提琴、能把五线谱看得很溜的知青……王西麟是他们的头。

排练小型歌舞演出，排练样板戏，从芭蕾舞剧《红色娘子军》、《白毛女》到《黄河钢琴协奏曲》……创作若干后来看是"说假话的作品"，王西麟忙得不亦乐乎。又能搞业务了，还能跑到北京、上海去看样板戏，甚至有把"反革命"家属调进歌舞团的权力！

丁玲也在长治，她的崇拜者去看她，带回一张贝多芬《第九交响曲》的唱片。当时王西麟已经是"自由民"了，丁玲还是"反党分子"。听着原本属于丁玲的"贝九"，王西麟心头一阵热一阵冷。

团里一位上海姑娘对王西麟表示好感，但王西麟不想谈婚论嫁，"一成家就拴住不能走了"。一个有情一个无意，拖拖拉拉三四年，有人来通风报信：王老师，你还不着急啊，×××和人往大街上走去了。

王西麟着急了，去找姑娘谈话，"一说，她马上就过来了"。就在这个时候，中央广播乐团的指挥聂中民介绍王西麟认识了中央乐团指挥李德伦，李德伦读了王西麟在六七年前创作的《云南音诗》和《第一交响曲》，有意把他调到太原或西安大一些的歌舞团去。

从1972年到1977年，王西麟的档案在西安、太原的文艺团体转了好几圈，没人愿意接收一个"内专分子"。

王西麟彻底绝望了："算了算了，哪儿也不去了，我不过是想搞交响乐，不让搞就算了，我就在长治当中学教师好了。"

在心如死灰的三十八岁，王西麟结婚了。几天之后，夫妻俩开始吵架。妻子无法理解丈夫：长治不错，你在团里受尊重，我也是舞蹈队的小头头，何必跟自己过不去？

"北冥有鱼，其名为鲲。鲲之大，不知其几千里也。化而为鸟，其名为鹏。鹏之背，不知其几千里也；怒而飞，其翼若垂天之云……"一人独坐，背着庄子的《逍遥游》，王西麟流下又咸又凉的眼泪。

"文革"结束：叫不醒的人

1978年冬天，李德伦从中牵线，王西麟调到北京歌舞团。身上的黄棉袄还是1950年代上军乐学校的时候发的。妻子说，快脱了吧，一件破棉袄，穿了二十二年。

棉袄可以脱掉，噩梦却难以甩开。多少个夜晚，王西麟梦到自己跋山涉水，上天入地，却怎么也回不到北京。心惊肉跳地睁开眼，发现自己睡在北京的一栋筒子楼里，长舒一口气。

1981年，王西麟参加黄健中和陈凯歌执导的电影《一叶小舟》的拍摄。全剧组的人都知道："王作曲"晚上睡觉大喊大叫，跟人辩论，有事件、有人物、有情节、有高潮……人们非但不叫醒他，反而围在他床头，看他叫喊，长久作为笑谈……

中央乐团的前键盘手梁和平是王西麟为数不多的莫逆之交。两人的友谊始于1980年代，1990年代，有了家用DV，梁和平有意识地用DV记录长他十八岁的老友王西麟。

在梁和平的影像资料里，十次有八次，王西麟语无伦次。"他特别敏感，别人眼神言语中一丁点的不信任都会被他捕捉到，他极力想把话说明白，嗓门越升越高，话越说越急，越说越乱……"梁和平回忆。

那是王西麟的典型症候：情绪起伏不定，与人稍有龃龉，就陷入百口莫辩的焦虑。

北京是回来了，可十四年的青春一去不复返。每次经过心目中的交响音乐圣地——中央乐团，王西麟都自惭形秽。可是他很快就发现："文革"耽误的不是他自己。除了几个样板团排了几出样板戏，别人也没做什么事情。

1978年，中央乐团的指挥韩中杰挖掘新人新作，选中了王西麟1963年创作的《云南音诗》。在排练厅中试奏自己的作品，王西麟不小心把粗糙的油印乐谱掉在地上，低头去捡的时候，做过无数苦役的双手不住颤抖。

老了整整十五岁，在流火的1978年夏天，王西麟终于在中央乐团的新作品音乐会上听到了《云南音诗》被人奏响。掌声像除夕夜的爆竹，清脆热烈，毫不迟疑。在掌声中，王西麟上台致谢，那是他生平第一次被介绍给中国音乐界。

三个月后，《云南音诗》被安排在民族宫大礼堂作为"国庆音乐会"的曲目正式公演。

三年之后，全国首届交响乐作品评奖，《云南音诗》得了一等奖。半年之后，王西麟拿到五百元奖金，布满二十年愁云惨雾的脸上，第一次有了笑容。

按照中国逻辑，"得奖作曲家"的身段应该立刻不同，但王西麟脑子里完全没有这根弦。知道音乐学院有国外专家的讲座，他从北三环骑到西二环，跟大学生一起听讲。有时候，"学习情报"不准确，等他骑到音乐学院，讲座已经开完……一旦知道谁手上有大家名作的总谱，王西麟会找各种关系，把谱子偷偷复印到手。

当时还是中央乐团键盘手的梁和平记得，自己当年迷即兴演奏，整个乐团的人都说他弹的是噪音，偶尔来团客串作曲的王西麟却对他的摸索表现出浓厚的兴趣。

北京的风毕竟与山西不同，"文革"甫一结束，各种新鲜理论扑面而来，王西麟突然发现：世界交响乐早已翻过古典音乐那一篇，而自己仅有的一点现代音乐的知识还是上大学时候看的几部苏联电影的配乐，工作以后在资料室里听到的马尔蒂努《第六交响曲》、阿什卡伊《弦乐和定音鼓的交响乐》……

四十二岁那年，王西麟开始自学现代作曲技巧，勋伯格、巴托克、斯特拉文斯基、潘德列斯基，十二音技法、音块理论、无调性、简约派音乐……在创作于1982年的交响组曲《太行山印象》第四乐章《残碑》里，十二音体系已经被王西麟运用自如：在乐队铺垫出冷峻的背景音之上，巴松呜咽，似乎随时都会被冰冷的空气冻住，被凛冽的山风吹散。

学习、创作，除此之外，女儿是唯一的寄托。为了学钢琴，女儿无数次挨爸爸的狠揍，早已不睦的夫妻关系雪上加霜。

中年苦涩：疯子的歌

王西麟品味中年苦涩的时候，年轻的作曲家已经开起个人专场音乐会。谭盾、瞿小松、郭文景、何训田……谁拉到钱谁就能开。

每场音乐会对王西麟都是不小的刺激。他把年轻人的乐谱拿来学习，固然羡慕，可也不满足：年轻人会很多新技术，但其中也有不少"小杂耍"。那不是王西麟想表达的东西。"我铆足了劲，想把自己文化上的苦说出来！"王西麟向南方周末记者回忆。

1985年，北京交响乐团从北京歌舞团独立出来，需要一个开门作品。王西麟主动请缨，不被理会。离演出只有一个月的时候，原定的作品流产，王西麟临时救场，用一个月的时间写出两首交响诗《动》和《吟》。

《动》是快板，《吟》是慢板。《吟》的灵感来自大同石窟，1960年代下放雁北歌舞团，王西麟去看过那些举世闻名的佛像，不过他看到的不是温柔敦厚、极乐大同。大佛高高耸立，慈眉善目，小佛不及人的手掌大，围成一圈，佝偻着背，抬起莲花宝座。"这就是人间社会：大官、小官、大佛、小佛，等级森严，我就是被莲花宝座压在底下的那个……神界跟人界一样，整个中国就是一个大庙堂……"王西麟回忆当年的创作动机。

十二音体系在《吟》中得到了娴熟的运用。乱哄哄的铜管表现出庙堂的阴森，原本低沉的木鱼变奏成神经质的高音。善男信女进庙烧香，脸上的表情似哭似笑……顷刻之间，管弦齐奏，鬼魂在黑夜造反。这是一首疯子的无调歌。在当年的新作品评奖中，有人听出它是"伤痕音乐"，不予参评。

《动》和《吟》小试牛刀，王西麟憋着劲，要为苦刑犯写一部大悲剧。1968年，被人押着挨村游斗的时候，王西麟想起了在西伯利亚的冰天雪中跋涉的十二月党人。此后，这个念头在他脑海里时隐时现，但苦于技术不够。1988年前后，王西麟陆续得到几件法宝：波兰作曲家潘德列斯基的《为52件弦乐而做的挽歌——献给广岛殉难者》、潘氏的《第一交响曲》、约翰·亚当斯的管弦乐作品《和声学》……

溽热的1989年夏天，王西麟闷在福州的一家小客栈里，潜心研究《为52件弦乐而做的挽歌》。这个只有八分二十六秒的作品，尝试用传统乐队表现电子乐队的效果，十二把小提琴发出极高的声音，与中提、大提低沉的轰鸣形成强烈反差，仿佛世界末日一般。在潘德列斯基之前，没人这样作曲。

现代作曲的记谱方法完全变了，每个记谱符号的含义、乐谱中或长或短的理论提示，王西麟都要借助字典，先弄通文法，再分析乐理……他把自己的研究心得写成一篇论文。多年以后，王西麟把这篇论文拿给潘德列斯基看。

潘氏惊奇地发现：这位中国同行的分析跟自己的乐思高度吻合。

创作的时候，王西麟的脑海里整日翻腾各种声音、画面：

1975年，在晋东南歌舞团的公用电视里，看到的亚历山大·伊萨耶维奇·索尔仁尼琴被苏联驱除出境；

1987年读到《古拉格群岛》；

肖斯塔科维奇用《第十三交响曲》再现俄国妇女在冰天雪地里排几个小时的队买菜；

闻一多在《静夜》中发出的呐喊："静夜！我不能受你的贿赂。谁稀罕你这墙内尺方的和平！我的世界还有更辽阔的边境……"

俄国作曲家穆索尔斯基创作的四幕歌剧里，疯子跟沙皇的对骂；

扬州八怪笔下的疯汉，一身烂絮，首如飞蓬，双眼雪亮；

罗丹的雕塑《老娼妇》展出，年轻的姑娘不敢看。她乳房干瘪，满脸皱纹。这座雕塑委实是一部大历史，不在"贝九"之下……

这一切，都被王西麟凝固在《第三交响曲》里。

1991年，王西麟自筹资金开了第一次个人专场音乐会，《第三交响曲》在这次音乐会上首演。第三乐章《慢板》，王西麟用乐队和低音长笛配合，成功地表达了他多年的人生体验：寒夜好像被冰冻住了。

北京现代音乐的阵营正式接纳了这位五十五岁的作曲家。

音乐会后不久，王西麟和妻子离婚。

《第四交响曲》：不该说的话

梁和平用DV记录过一场古今中外不会再有的音乐会。

在王西麟五十几平米的家中，瑞士小提琴手Egidius Streiff站在局促的客厅兼书房里拉琴，王西麟坐在沙发上，用一张嘴代替整个乐队，"嘀嗒嘚，嘀嗒嘚"地替他伴奏。三五听众围坐四周，一曲终了，人们鼓掌，作曲家和小提琴家彬彬有礼地谢幕、返场。

1999年，台湾交响乐团团长陈澄雄邀请王西麟创作一首交响乐，表达他对即将过去的20世纪的看法。这是《第四交响曲》的缘起。

一切顺利，北京市文化局也很支持，甚至给王西麟供职的北京交响乐团划拨了四十万经费，要为王西麟办一场个人专场音乐会。北京的思想界、理论界对这场音乐会表现出极大的关注。《中国青年报》的编辑卢跃刚专门在中国音乐学院为王西麟张罗了一次百余位京城思想界名流参与的座谈会。

在会上，王西麟放了十年前创作的《第三交响曲》，之后即席演讲。满肚子的话无处诉说，一张嘴就刹不住。在自己浑然无觉的情况下，王西麟冒出一句："20世纪最大的悲剧，是共产主义被人们苦苦追求又无情抛弃。"

第二天，王西麟一到乐团就被告知：王老师，文化局让您去开会。"不去，马上要排练了！"王西麟走进排练厅，却发现：指挥谭利华生病没来。演出在即，救场如救火，王西麟急得像热锅上的蚂蚁，一面给朋友打电话另找指挥，一面挽起袖子，打算自己客串指挥。指挥棒抬起又落下，乐队阒然无声，没有一个乐手响应。王西麟这才回过味来。

文化局传开会的催促一遍遍传来，王西麟和临时叫来的几个朋友走进文化局执法科的办公室。

一行人做好了据理力争的准备。王西麟跟女公务员发生争执。对方一度要叫保安，被追问叫保安干什么之后，讪讪收声。十分钟谈话很快结束，音乐会被取消了。坐车回家，激动过后的王西麟开始难过。

两三天之后，梁和平接到电话：晚上你带着机器来，我家有一场音乐会……

2001年，中国爱乐乐团邀请"20世纪最后的作曲大师"、"活着的贝多芬"潘德列斯基来京演出。王西麟在上海音乐学院上学的女儿知道这个消息，打电话回家：爸爸，潘德列斯基来了，你想办法把你的曲子拿给他看，让他评价一下，你的水平到底如何，如果他不赞赏你，你就死了这条心吧……

王西麟辗转打听到潘德列斯基在王府井君悦饭店的房间号码，拨通，用结结巴巴的英语对潘德列斯基说：你还记得我吗？我是王西麟，我最近写了一首交响乐，可以请你看看吗？

看过王西麟的手稿，潘德列斯基很兴奋："come! come!（快来！快来！）"潘氏向王西麟允诺，他会说服中国爱乐乐团由他本人演出此曲。王西麟大喜过望，可是几天之后，潘氏的倡议没了下文。作为补偿，潘德列斯基给王西麟写了一封角逐严肃音乐格莱威米尔大奖的推荐信，但信寄出去的时候，评选已经截止了。

《第四交响曲》雪藏四年。2004年，由王西麟的学术知己、上海音乐学院院长杨立青在"上海之春"音乐会悄悄上演。一年之后，CCTV3《音乐人生》为王西麟录制了五十分钟的专题节目。2006年，北京文化局找到王西麟，提出为他办一场个人音乐会，《第四交响曲》在京首演。

有人在网络上发表评论："第四"非但不美，听的时候甚至给人痛苦的感觉，但这些都不能掩盖作品的艺术和社会价值。正如德国作曲家艾斯勒评论勋伯格的音乐"有一种绝望的基本音调"，勋伯格"没有使他出生的社会秩序变形，他没有将它美化，他没有给它涂脂抹粉。他在他的时代面前举起了一面镜子。镜子里所照出的是不美的，但却是真实的"。

对于不懂作曲技术，不能读总谱的纯文字乐评，王西麟并不看重。2008年，"第四"在罗马演出，一位意大利雕塑家对王西麟说过的话，长久被他引为知己之论："'第四'里面有三个人：有爱心的人、愤怒的人、怀疑的人。"

尾声：打不死的主旋律

《第四交响曲》的一波三折既不是王西麟音乐生涯中的的第一出，也不是最后一出悲喜剧。1980年批评"聂耳冼星海道路"，1988年在专业期刊上撰文检讨延安的文艺路线，都曾让他错失可能受重用的机会。在国内的音乐学院，他多年谋不到哪怕是讲师的教职。

1990年代，王西麟教过几个"黑学生"。年轻人上门拜师，几十个课时之后，有学生们把王西麟的课堂笔记整理，在学术期刊发表；有人顺利完成了毕业论文；有人连续几次在国际作曲大赛中拿到名次……但极少有人在公开场合说自己是王西麟的学生。在他们的论文中，指导老师仍是××学院的×××教授。

2005年，一个偶然的机会，俄罗斯作曲大师索菲亚·古柏多琳听到王西麟的作品《四重奏》和《铸剑二章》，赞誉有加。同年10月，王西麟出乎意料地接到《人民音乐》和音乐家协会的座谈会邀请，这样的邀请他已经多年没收到了。每位与会者的桌前放了一页纸，上面写着讨论会的主题：深入开展主旋律创作。

王西麟的血开始往头上涌。2002年，某知名作曲家应某省委宣传部之邀，创作大型交响乐作品《东方红日》。这本是一件创作者本人都未及多想的应景之作，却让王西麟大为愤怒。他从报纸上读到对《东方红日》的大幅报道：全乐共四个乐章，第一乐章《东方红》、第二乐章《春天的故事》、第三乐章《走进新时代》、第四乐章《国歌》……

"我的眼睛立刻红了。好像一个重重的耳光打在脸上。"王西麟回忆。他把索尔仁尼琴写给大提琴家罗斯特罗包维奇的信抄下来，寄给《东方红日》的作者："通常，为了艺术的艺术是存在的，但这偏偏不是俄罗斯的传统。在俄罗斯，这种艺术不会留下感激的记忆。这是因为我们国家有着另外一种传统，即我们总是要求本国的天才置身于人民的苦难之中……"

这封信，王西麟寄出去三次，却一直没见回音。私下沟通无效，他开始在《人民音乐》撰文。文章甫一刊出，立刻引来对方的唇枪舌剑：日丹诺夫式的思维，用死人的白骨打人，干涉他人创作自由……

眼前关于"深入开展主旋律创作"的讨论会大纲，让王西麟想起三年前的论战，在头脑中盘旋多时的话脱口而出：苏联和东欧解体，证明个人崇拜是搞不得的；一个领袖一首简谱歌的时代早该过去了；主旋律本是音乐名词，主旋律音乐是诸多音乐品类中的一种，现却成为社会主导文化的代名词……

此言一出，一位老作曲家第一个站起来反对：领袖人物是有功劳的……王西麟回击：领袖人物的功过，跟搞不搞个人崇拜没有关系。又一位作曲家温和地开腔：平时我跟西麟交流很多，但他的这个观点我持保留意见……

因为反对母校作品评奖中的不公，王西麟得罪过相知多年的朋友。上海音乐学院八十周年院庆的时候，他是座上宾，受邀创作院庆音乐会的压轴之作；八十四周年院庆，没有人邀请这位直言的校友，恩师丁善德的纪念会上，丁善德每一位学生的名字都被罗列在纪念资料上，唯独王西麟的名字被白纸条覆盖。

潘德列斯基的一纸推荐信让王西麟逐渐被国际音乐界熟悉，国外乐团一个接一个地发来创作邀约。演出回来，王西麟兴奋地把自己的见闻感受发给同业，但很少有回音。

2010年，王西麟新作《钢琴协奏曲》和《喜剧的对话》上演之后，王西麟满心希望，回国之后会有人请他讲学，他甚至打电话毛遂自荐。一家权威音乐学院的掌门人直白地告诉他：西麟啊，我们不敢请你讲，一朝被蛇咬，十年怕井绳。你的作品可以演，话就不要说了。

"你应该向肖斯塔科维奇学习，把真话放到音乐里。为了生存，在生活中可以说些假话。"苏立华多次劝告王西麟。王西麟摇头苦笑。"寂寞孤立是强大的，人是软弱渺小的，偶尔两者的力量对比会发生逆转，但瞬间即逝……我的微弱的不甘不屈都是被迫的，那是很无奈的悲哀。"

2011年年尾，第五次个人专场音乐会举行一个月之后，王西麟意外收到了中国音乐学院作曲系、中央音乐学院图书馆、清华大学学生会的演讲邀请，这是十年未有的事情。

每次不过五六十个听众，王西麟却要悉心准备好几天。清华的演讲，被安排在周日的晚上，教室很冷，王西麟从7点讲到10点，放录音、演讲、回答问题……两个学生给他看了两样东西：一是早就被他自己遗忘的、他在1980年代创作的器乐流行作品的塑胶唱片；一是从网上搜集的各种关于他的信息，A4纸打印，有目录，两公分厚，很多资料王西麟自己都没看到过。

"我这条鱼一辈子赶上的净是开水"

——演员于是之,领导于是之

手 记

于是之仙逝,微博上各色人等深情怀念。一百四十字勾勒一位已在病榻上沉睡多年的艺术家的生平,疏漏在所难免。我注意到,有人说于是之毕业于北京大学,有人说他初中都没毕业。难道了解逝者不是对他最好的怀念吗?

遗憾的是,最了解于是之的人——他的夫人李曼宜,低调一辈子,加上年事已高,不愿接受媒体采访;跟于是之过从甚密的忘年交李龙云也已去世。还好,关于自己,于是之留下了书;李龙云也留下了关于于是之的书。有些书已经绝版,比如1990年代出版的《演员于是之》。我把所有有关于是之的书全部买到或借到,甚至买了十卷本的《焦菊隐文集》,就为弄清楚"心象说"究竟是焦菊隐提出来的,还是于是之的发挥。

于是之笔头很好。他交代自己的出身:"我出生于一个完全没有文化的家庭,跟着寡居的祖母和母亲过日子。'女子无才便是德',所以她们绝对地一字不识。那时形容人们无文化,常说他们连自己的名字也写不出。我的祖母和母亲则更彻底,因为她们压根儿就没有名字。家里的藏书每年一换,但只有一册,就是被俗称为'黄历'的历书……"

人们极易把老舍和于是之放到一起联想。平民气质是两人的共同之处。市井生活的浸润使他们刻画起小市民来,气息宛然、入木三分。

因为家贫,于是之的正式学历只到初中,他在辅仁大学旁听过,也曾考入北京大学。他曾爱好音韵学,能从古诗、古画中揣摩表演的道理。他为创作话剧《龙须沟》里的程疯子而写的人物小传不亚于一篇京味小说……凡此种种，让我想起京剧名伶麒麟童的女儿、演员周采芹跟我说过："我们这一代的演员是读书的……"周采芹生于1936年，比于是之小九岁，可算一代人。

2013年1月24日上午，一辆灵车开入首都剧场大门，在门口停留片刻后，绕体量不大的剧院和办公楼缓行一周。

十年前，于是之一度病危，夫人李曼宜把丈夫最信赖的朋友请来商量后事。她告诉大家，于是之行动灵便、表达自如的时候参加友人葬礼，看见吊唁者鱼贯，嘱咐过她：以后咱们不弄这个……听了李曼宜的讲述，与于是之相交二十几年的剧评家童道明说：可以让灵车在首都剧场门口停留五分钟。濮存昕建议：那再绕人艺办公楼走一圈吧。李曼宜知道，如果于是之能说话，他会赞成这个办法：不用你们来向我告别，我去向你们告别。

在病榻上躺了十年，于是之离场已久。2012年，在北京人艺成立六十周年研讨会上，有人说：于是之背着我们，召集几个秀才，搞出一个"心象说"。大伙在一个剧组排戏，我们从来没听焦（菊隐）先生说过什么"心象说"……

2002年，北京人艺成立五十周年的宴会，剧作家过士行在人声鼎沸的大厅中喃喃自语："于是之没来……有没有于是之还是不大一样……"

1992年，北京人艺成立四十周年。于是之即将卸任北京人艺常务副院长，他总结人艺四十年"探索足迹"提到三个剧目：《龙须沟》、《虎符》、《绝对信号》。此言一出，引起许多争议：《茶馆》呢？《雷雨》呢？《日出》呢……

2013年1月20日下午5时19分，"演员于是之"重回大小报章。曾经棒杀过于是之的人开始深情地怀念他。后辈晚生则用传说附丽自己心目中的大师：《太平湖》的排练场，于是之从上场门走到台口，一句词没有，台下已哭得稀里哗啦……

"我带领整个剧组走进了太平湖……"

《太平湖》中的老舍是于是之的第二十九个角色，也是最后一个角色。

1987年8月24日，《太平湖》建组。在此之前，为了这出戏，于是之已经读了近一年的书：鲁迅的《野草·死后》，老舍的自述……于是之四处寻找与老舍情意相通的密电码。"先生竟然那么的喜欢但丁，这倒可以与《太平湖》联系在一起。"他以梅耶荷德的话勉励自己："艺术的美妙，就在于变化，就在于你时时觉得自己还只是个学生"，他觉得"新鲜、有趣、总想笑"。

与此同时，剧作家苏叔阳正对《太平湖》做第十四轮修改。谁都看得出剧本的毛病，包括于是之自己。"好像所有的意思都写了，但肉埋在饭里，尽人皆知的写得多了，思想就没有锋利。"于是之在1987年9月2日的日记中写道。但《太平湖》一定要排；老舍，他一定要演。

对于是之来说，老舍代表了人生和艺术的标杆。于是之评价这位与自己一样出身寒苦的大作家："精通世故而不世故。""他是一个很讲究规矩的人，既是旗人的，也有欧洲的。"

谈到《茶馆》的魅力，于是之说："（茶馆）第一幕有二十二人说话。这幕戏概括了戊戌政变后的世情，一共三千一百零三字……第二幕说话的有十九人，字数五千九百零六字。第三幕讲话的是二十四个人，对话字数八千六百六十八个……老舍先生用最平常的字，组成一万八千多字的对话，概括了半个世纪的历史，而且概括得那么生动、深刻……"

为了演老舍，于是之读《微神集》、读《十年浩劫中的受难者》、读《四世同堂》、读《正红旗下》、读《将饮茶》、读佛书……他在腰肌劳损的时候"试步"，觉得自己似得老舍之神。他尝试练习胸腔发音，希望借此找到"先生说话的韵味"……尽管此前两年，于是之对演戏已生"厌烦"，但心仪的角色出现的时候，他仍不顾一切地冲了上去。

1987年底的一次内部连排之后，导演林兆华追上刚看过戏走出剧院门口的剧作家李龙云。请李龙云去找时任文化部副部长的"老英（若诚）"，让"老英"出面劝劝于是之，"把戏先停咯"。

"你说话他们往心里去。"林兆华对李龙云说。李龙云是否充当了林兆华的说客不得而知。林兆华曾和英若诚说服过于是之，未果。

1988年，《太平湖》公演结束，曾翘首企盼的观众纷纷摇头：剧本有问题、导演有问题、表演有问题。于是之真诚而沮丧地说："我带领整个剧组走进了太平湖……"

倘若对人生漠不关心，就一辈子也别当演员

演员不自由，于是之很早就明白这个道理。于是之在选择角色的时候，有自己的一套标准："演员们不想演的角色并不一定是配角。比如老舍先生的《青年突击队》，我就喜欢演那个只有十几句话的吕若冰，而不喜欢演那个队长刘海清……"他在《我们所喜欢的和不喜欢的》中写道。

过士行把于是之在《骆驼祥子》中的表演看作"绝唱"。在那部戏中，于是之扮演一个配角——老车夫老马。老马累计出场时间不过十分钟，第一次出场，在风雪夜进屋，踉跄昏倒；第二次出场没有台词。但于是之一上场，似乎给能坐上千人的首都剧场带进一股寒气。

"石挥和于是之有一层舅甥关系。你看他们俩的表演有某些相通之处。但石挥的'派头'——大伙一起演戏，他得份子钱一定得比别人多一块，于是之没有。于是之不争那'一块钱'。他的很多角色都是配角。《茶馆》里的王利发是他当之无愧的代表作，但那个角色如果演不好，就是一个大龙套。"过士行告诉南方周末记者。

演配角，于是之的功夫一点也不少下。他说过，为演老马，自己写申请的字数比老马的台词还要多。早年间，穷苦人冬天出门没有棉裤，把报纸一层一层地裹在腿上，外头罩一条单裤。裹了报纸，关节的灵活度受限，步子发僵。于是之演老马，步态的趔趄就是打这儿来的。"他没让你看到那个报纸，但他的表演已经把报纸和报纸后面那一片生活传递出来了。""大导"林兆华说。1961年，林兆华从中戏毕业分配到人艺，第一次跟于是之同台演出，他甚至不敢直视这位"大演员"的眼睛。

1961年，作为一名演员，于是之早已经过冰火两重天：《龙须沟》里的程疯子让二十六岁的于是之尝尽成功的喜悦；《雷雨》里的周萍让他跌入自卑的深谷。

于是之和程疯子投缘。"我爱我这角色……照我现在的生活经历和政治水平，我还不能有胸襟去爱许多人，许多角色。剧本的第一遍朗读，已经把我

带到生我长我的地方……同时也给我一种责任：替他们打抱不平，替他们诉苦……倘若我是一个对人生漠不关心的人，我就一辈子也别打算成为演员了。"（于是之：《我演程疯子》）

为演程疯子，于是之看《立言画报》、《名伶百影》，咂摸旧艺人的表情；向侯宝林请教、向白云鹏请教；寻访单弦艺人、京剧二路角儿；从朋友眼角的鱼尾纹"化"出程疯子的眼神；从白云鹏的习惯动作里揣摩程疯子的举止……老舍说，程疯子"原是有钱人，后因没落搬到龙须沟"，于是之将程疯子定义成庶出的旗人子弟，没落之后唱单弦为生。《程疯子传》六千余字，像一篇京味小说的开头，这是于是之在排练之前所做的案头工作。

到了《雷雨》，这些功夫全无用处。学生时代，有人让于是之看《少年维特之烦恼》。于是之说：我没有少年。那时，于是之失学，在日本仓库里作"华人雇工"，每天从破败的宣武门下走过，感觉自己的少年"叫宣武门给吃了"。正如当年无法理解维特"还烦恼什么"，于是之无法理解周萍在豪宅里苍白绝望的生活。而导演是斯坦尼体系的信徒，鼓励于是之"从自我出发"，相信"魔术般的假设（如果你是角色，你会如何……）"。然而于是之"就像一块湿劈柴，怎么也燃不起火苗来"。一次排练，导演蹲下去掰于是之的脚，因为他站得"不对"。当时于是之正跟自己较劲，导演没掰动。

《雷雨》的惨败，让《龙须沟》成为耻辱："好像我只会演那个"，"在一些场合人们夸奖我时，我更难过，觉得自己这么年轻就成了一个浮名过实的没有出息的人。"在《痛苦、学习及其他》中，于是之老实交代自己的窘境。

1956年秋天，于是之听老舍说："我写了一个新戏，主角的台词几百句，从小演到老。"于是之没说话，心里已经憋着劲要演王掌柜。

读了剧本，于是之得出结论："这个戏说明了任何改良主义也不能解决问题……我想通过王利发告诉观众：一个人光靠自己的聪明和努力而不关心政治是不行的！"

1958年，《茶馆》两度在重重压力下上演。上面让加红线，老舍不动手，于是之、英若诚、童超勉为其难。

1962年，再次加红线之后，《茶馆》被准许上演，焦菊隐在排练场合成最后一场戏"三个老头撒纸钱"。他让演员把重要的台词"直接说给观众",不必太在意角色之间的交流。说到"改良,改良,我一辈子都没忘了改良……"的时候,于是之干脆坐在一条板凳上,背对着观众。戏却因此奇妙地呈现出与以往截然不同的味道。于是之不明白其中的道理。

1979年,除"文革"中赤身裸体去世的导演焦菊隐,《茶馆》原班人马"十年生聚"。两度费力添加的"红线"被悉数去掉,"易容"二十年之久的《茶馆》恢复本来面目,中外观众如痴如狂。

有人评论《茶馆》是一个里程碑式的作品,体现了现实主义戏剧在不受外力干涉的情况下,所能达到的艺术高度。

在写作1980年代的《〈茶馆〉排演漫忆中》,于是之想起了焦菊隐1962年在排练场上的处理:"一般地说,一个戏的高潮,总要建立在尖锐的矛盾上。但《茶馆》的高潮很特别……众多的纷繁复杂的矛盾已经演过了,剩下的就是三个老头子一段冷冷清清的戏。在他们中间偏也没有任何矛盾……三个人都想死……唯一能引起他们兴致的,是旧地重逢,说说心里话,而这正是观众想听的。但要说得好,否则难免冷清和单调……于是那天下午,焦先生想到了那么一个主意。我猜他的本意是自己说自己的,把心里话都'倒出来','倒出来'就痛快,'倒出来'就是他们此刻最大的幸福,至于别人是否在听,倒是可以在所不顾的……"

"我对斯坦尼的不忠是早就挂上号的"

晚年失忆、失语之后,自幼爱好书法的于是之曾在夫人的安排下,像小学生一样描"红模子"。但在他孜孜以求的表演天地里,于是之不是一个甘于描"红模子"的人。他说:"我对于斯坦尼体系的不忠,其实是早已挂上号的。"(《读书小识》)

全民大跃进的1958年,为演《关汉卿》里的元曲作家王和卿,于是之每天埋头在元人散曲小令里,在写给妻子的信中,填词、写仿古诗。他从同事郑榕所藏的《王羲之看鹅图》中体会王和卿常有的姿态。

1959年,为迎接国庆十周年,北京人艺搞"质量辩论",辩论的焦点是

"是否从自我出发"。作为"不从自我出发"的典型，于是之被点名。悻悻中，于是之选择了我行我素："演了三十年戏、四十年戏，还'从内到外，从外到内'呀？爱从哪儿到哪儿，只要把那人演真，演好，你从哪到哪都行。"恰好北影厂邀请他出演《青春之歌》中的余永泽，于是之带着《战争与和平》和《悲惨世界》住进北影招待所——这两本书都是余永泽爱读的。

1962年，焦菊隐号召北京人艺的艺术干部做建院十周年总结。于是之在发言中提出"演员对角色应该有心象"。

1981年，在高等艺术院校表演专业教学经验交流会上，于是之做名为《生活·心象·形象》的报告。为了准备这次报告，于是之翻出自己在排演《龙须沟》时的日记，并据日记，援引了焦菊隐的"原话"："先有心象才能够创造形象……这次演员的创作，要先从外到内，再从内到外，先培植出一个意象来，再深入找其情感的基础……"隔年，在《戏剧报》上，于是之又把上述观点扩展成一篇名为《焦菊隐先生的"心象"学说》的文章。

在1980年代，"心象说"被于是之高频度提及，但其影响并不大，以至于学者童道明有这样的印象："1980年代只有于是之一个人在讲'心象说'。"整个1980年代，他一边孤独地介绍"心象说"，一边大声疾呼："从演员到角色，个人有个人的习惯和方法，这是不必求同的。不能再搞那种在表演理论上也要'罢黜百家'的蠢事了。"

从斯坦尼体系出逃的于是之，另有一套教养体系：杨小楼和郝寿臣的《连环套·拜山》、梅兰芳的《霸王别姬》、北京街头的杂耍、传统相声段子《拔牙》……于是之曾以书法说明表演的道理："对写字的人来说，最重要的是读帖，得多见碑帖。"此处的碑帖，泛指一切"姊妹艺术"。

1986年，于是之是北京人艺第一副院长、以现实主义著称于世的人艺演剧学派的集大成者。在一次座谈会上，童道明引用东德一位戏剧人的语录说："现代主义是现实主义的抹布。"散会之后，于是之特意追出来，对童道明说："那个德国人的话讲得真好。"

"我今儿怎么他妈这么有灵感呀！"

2013年1月26日中午11点，七十六岁的童道明在东南三环接受完一家媒体的采访，又出门奔东二环的长安大戏院，接受另一家的访谈。话题都是于是之。"谈老于是我的责任。"童道明弓着背，一边缓缓挪步，一边喃喃自语，"以后再也不会有这样的人了……"

在童道明看来，"老于"有些东西是很容易学的，有些东西别人永远学不来。"学得来的"好比以"演员于是之"自居。

童道明把于是之的名片上只印"演员、北京人艺副院长"的事情告诉某头衔甚多的"国家一级演员"。隔了几天，对方告诉童道明：向是之老师学习，我重印了名片，把那些浮名都去掉了。

"学不来"的事情包括：于是之任北京人艺剧本组组长，读作家剧本，要读两遍才肯给意见。"这条我自己就做不到。我常常觉得我读一遍，就可以给意见了，为什么要读两遍？"

1980年，《茶馆》赴欧洲演出。于是之大开眼界，在西德剧院，听说有"文学师"一说，回国后兴致勃勃地在《文艺研究》上著文介绍。

1981年6月，于是之受命"负责剧院文学组的工作，主抓剧本创作"。同年，北京人艺着手组建一个七八人的专业作家队伍。于是之曾不止一次向中国青年艺术剧院文学部主任林克欢打听"青艺"文学部和戏剧文学顾问的工作流程，林克欢半开玩笑地回答：人艺、青艺这样的大剧院店大欺客，文学顾问和文学部断难立足。"建设一个现代化剧院的构想，始终魂牵梦绕伴随着于是之的一生。"林克欢告诉南方周末记者。

1981年6月，于是之出任北京人艺剧本组组长。上任伊始，他从全国各地网罗了一支七八人的剧作队伍。南京大学中文系毕业生李龙云到得最晚。于是之以"尊驾"、"您"、"学生"称呼比自己年轻二十二岁的李龙云。

在李龙云的记忆中，于是之在人艺办公楼里那两间合计二十几平米的小屋是温暖的沙龙："炸酱面、二锅头，饭食很简单，却能够把大家吸引到那里。于是之家里有一个泡菜坛子，里面一年到头放着散装的二锅头，聚会的时候，每人手里一个小茶碗，茶碗伸进泡菜坛子里，一人舀出一小杯，常常是边喝酒边吃工作午餐。作家们在那种其乐融融的心态下，家事国事天下事无话不说。有时夜深人静突然想起什么事，无论是创作上的还是生活上的，甚至读书上的，随时都可以去敲于是之家的门，跟他促膝长谈。"（《落花无言——与于是之相识三十年》）

1989年底，剧作家郭启宏从北京京剧院调入人艺。当时郭启宏正构思《李白》，在《李白》近一年的修改中，已从剧本组组长升任北京人艺第一副院长的于是之反复读剧本、给意见、出主意。剧本成了，郭启宏感叹：在别的院团，领导这么下工夫帮作者拾掇剧本，早就要署名了……

并不是每个剧本的修改都让作家和组长甘之如饴。《小井胡同》的修改就是一场噩梦。

剧本写于1980年，1981年发表。1982年夏，北京人艺决定搬演此戏。反对的声浪随之而来："剧本选取的几个横断面，1958年、1966年、1976年、1979年——作家哪壶不开提哪壶。"

为了能让《小井胡同》跟观众见面，于是之想过各种办法：把剧本扩展成上、中、下三部；在反复修改的第五幕中找补亮色——让在第一幕中与养父母失散的中共地下党遗孤"小结实"在结尾的第五幕重返小井胡同，并借剧中人之口高喊："到什么时候，政府跟老百姓也是恼皮儿恼不了瓤儿，共产党到底是共产党！"想出这句词，于是之转脸看李龙云，眨巴着眼睛问："您看，这样儿成吗？太他妈的白了吧？""要不然，让他们唱几句怎么样？"不待李龙云答话，他又自嘲道，"我今儿怎么他妈这么有灵感呀！"

1949年，进城的文工团让于是之领略了另一种审美。他穿着蓝布棉袍去参加文工团，学秧歌时，把碍事的棉袍脱掉，露出深红毛衣，在一片粗布制服中，十分"各色"。

几天之后的政治学习，黑板上出了一道笔试题：什么是国家？于是之毫不含糊地写："领土、主权、人口。"一位"年轻的老同志"告诉他："你错了。国家是阶级对阶级的统治。"

学整风文件，于是之愣头愣脑地问：这是不是共产党的修身？小组会发扬民主，号召大家给领导提意见。于是之问：既然大家对领导有那么多意见，为什么不改选一个？

冷遇是从"下台"开始的

1994年5月7日，童道明接到于是之的电话，于是之邀请他"到家坐坐"。在两人十几年的交往中，这样的情况并不多见。在那天文联的一个会上，已经从北京人艺副院长职位上卸任的于是之遭到冷遇：他依惯例，不假思索地走向主席台，却被工作人员拦下，委婉示意他该坐在台下。

冷遇从1992年开始。于是之从北京人艺第一副院长的位子上下去没几个月，人艺另一个副院长对李龙云说：一会儿咱们去看看于是之，听说他在客厅里披着个毯子，一个人在看《红楼梦》。读得进"满纸荒唐言"，却不见得浇开自己胸中的块垒。

1994年5月7日，在与童道明的长谈中，于是之回顾了自己所扮演的所有重要角色。后来，这场以"斯坦尼体系在中国剧坛传播的利弊得失"开头，以于是之的从艺心得为主要内容的对谈，发表在1994年第8期的《中国戏剧》上。

文章发表之前，童道明把稿子拿给于是之看。于是之特意添了一段话："小时念书有'社会'、'自然'两门。惊回首，几十年好像'自然'几乎不读了。现在好了，我家门前，有草坪，有树，多走几步又是公园，我也有工夫了。我就经常去看它们……离我家一箭地，有一株两三百年的大槐树，静静地看吧，真是要读啊。"

从投身"社会"到寄情"自然"，于是之在努力完成某种转变。

1984年3月，于是之出任北京人艺第一副院长。上台没多久就后悔了。谢晋筹拍《赤壁之战》，请他演曹操。于是之像小鸟一样飞到亳州体验生活。沉湎于曹孟德的书剑生涯，并未减损他对北京人艺的牵挂。在写给忘年交李龙云的信中，于是之起首就说："一方面我对剧院已烦透，一方面我仍刻刻想到它：在国内找到一家这样的虽色略见黄的绿地已属不易……"

那时，于是之才入"宦海"，只是初尝个中滋味。林兆华在于是之之后升任人艺副院长，跟于是之在同一届领导班子相处好几年。每逢开会，林兆华的办法是挑个角落，盘算自己的事情，于是之明明烦不胜烦，却每会必录，因为回剧院"还得逐级传达"。

在北京人艺，分房、评职称、分配出国指标……各种事务性的工作占去副院长于是之大部分时间。某剧作者曾因人艺不演她的戏，堵在于是之宿舍门口大骂。

夫人李曼宜将于是之当人艺第一副院长的八年称为"八年的煎熬"。八年中，于是之一度萌生轻生的念头。在自己热爱的剧院，他的敌人越来越多，朋友越来越少……于是之曾感叹："知识分子对于同类的关心与热爱，并不是天然地就可以产生……"

于是之并非没有容人的雅量。1988年，以全聚德百年兴衰为背景的京味话剧《天下第一楼》首演，观众反应热烈。北京人艺两位副院长于是之、夏淳在前门外全聚德老烤鸭店召开座谈会，席间一片赞扬声。独中国青年艺术剧院文学部主任林克欢批评剧作"结构封闭，人物塑造和情节铺陈陈旧"，与当时许多成功的作品相比，"无论对生活、对历史、对人性，还是对戏剧艺术自身，都没有为人们提供新的启悟与活泼的经验"。

于是之、夏淳端着酒杯，半开玩笑地对林克欢说："教头，手下留情。"林克欢笑嘻嘻地回应："谢谢两位大师的盛情邀请，这是我有生以来所享用过的最丰盛、最美味的一顿烤鸭。不过，明、后天我还是会写一篇批评文章。"不久，林克欢的批评文章《重复不是创造》发表在《人民日报》上。转天，林克欢到人艺开会，于是之笑呵呵地邀请林克欢吃午饭。

1992年，已经出现严重失忆、失语症状的于是之在自己主持的"北京人艺演剧学派国际学术讨论会"上，提出代表人艺"四十年探索"的三个剧目是《龙须沟》、《虎符》、《绝对信号》。三个剧目并不尽善尽美，却都是"第一"：《龙须沟》不比《茶馆》，但它开创了北京人艺的现实主义传统；《虎符》是焦菊隐"戏剧民族化"三部曲的头一个剧目，甚至在话剧舞台上敲起了锣鼓点；《绝对信号》开启了北京人艺新时期戏剧探索，此戏登堂入室，无异于向世人宣布：焦菊隐之后，北京人艺在导演艺术上的传承者是林兆华。

于是之对于高行健、林兆华的探索百分之百赞同吗？于是之曾为《林兆华导演艺术》一书写过一篇短小的序言。里头说的都是他对林兆华的"不同看法"。

在童道明看来，这篇序言和1992年的讲话，无异于是之的艺术遗言。

1992年之后，于是之的病情逐渐恶化，开始他只是记不起"公主坟"这个地名，大费周章地形容为"就那儿，一个姑娘，老是躺在那儿"，后来，他渐渐想不起自己是"于是之"。

不发病的时候，他挺俏皮。1995年的一次西北之行，于是之告诉李龙云：自己曾叫"于淼"。李龙云说：您备不住五行缺水。这名字好，如鱼得水。于是之愤然："我这条鱼算是他妈背透了，一辈子走到哪儿赶上的净是开水！"

导演黄宗江生前曾想拍一部以于是之为主角的电影，在他设想的情节中：北京人艺的两个大演员于是之和林连昆在一家医院的走廊里相遇，于是之认不出林连昆，林连昆认不出于是之……黄宗江一语成谶。

多年以来，童道明坚持在大年初三看望躺在病床上的于是之。在童道明看来，于是之与所有植物人的不同，是他会流眼泪。

"还有一句我没说：你根本不懂相声"

——马志明的悲喜剧

手 记

"少马爷"做菜很好吃。牛肉条炝苦瓜、海米冬瓜、大米饭，家常味道，苦辣甜咸，煞是下饭。那次采访错了时间，原本约定10点半到，眼瞅着10点20了，我还在火车上。心急火燎打电话。天津电视台导演马千跟我说过：少马爷最讨厌说到做不到的人，说几点到必得几点到。

其实没那么死硬。"现在这交通，你就在天津也不一定能准点儿，你更何况你大老远打北京来的呢。"电话那头，马志明"沙瓢"的嗓子很亲切。走进旧式红砖居民楼，敲开房门，看到一身睡衣裤的马志明，我觉得他就是一个天津大爷。

少马爷的捧哏、徒弟、被相声迷称作"大黄"的黄族民也在。那天正好是他们"遛活"的日子。自从拜入马志明门下，每周遛活是"大黄"和师父的固定节目。也不一定是背"贯口"、练快板，有时就是聊天：你见了什么有意思的事，我听了什么哏儿话。

采访过半，"云山"打过电话来。"云山"是天津市河西区邮局或电话局的职工，也是马志明的"资深粉"，他管马志明叫大爷。此人大约性格豪放，爱大包大揽，却难免疏于落实，"少马"给他取了个外号"云山"——"云山雾罩"的意思。一来二去，提起云山，马家的熟人都知道，没人知道"云山"的真名字。

聊到下午，出门打纸牌的马大娘回来了。个头不高，带着天津妇女的爽利、精明。一边倒水，一边拿眼睛剜我。我猜意思是：行啦你啦，聊时候不短了，老爷子岁数不小啦……

采访告一段落，少马爷让徒弟"大黄"把我送到火车站。我坐进了"大黄"那辆豆绿色的"夏利"。早几年遛活儿，大黄都骑加重二八自行车，后来因为添了外孙女，座驾升级。大黄是1960年代的兵，1969年珍宝岛事件时，他正在中苏边境上。聊着这段往事，大黄不小心闯了一个红灯，看得出，这让他懊恼不已。

因为采访少马爷，认识了马千。马千是少马爷的忘年交，自称马志明的"私生子"。有了这根"眼线"，我听说了少马爷很多段子。

有一次，家里添了一只名犬，名犬睡不安稳，一惊一乍。主人很紧张，把熟悉一切雅玩的马千找来。马千看一会儿：没事儿，做梦呢。少马爷不动声色地问：那它做的也得是中国梦吧？

马志明心思细腻，干的是引人发笑的营生，心中却暗藏一段愤懑。采访中，说着说着，他会就手翻出"物证"：他当年在党员会议上的"检讨"，他抄录的毛泽东关于如何鉴别"香花"、"毒草"的语录……

马志明很少用这种方式"入活"，他在午夜11点上场，以自嘲的方式跟台下两千来口观众拉起了家常："马氏相声源远流长，但人丁不旺。像上岁数的尿尿，而且前列腺肥大，滋不多远，顶多一尺二。别看尿不远，哩哩啦啦，时间还挺长……"

从相声的第三代传人、被称为相声"八德"之一的爷爷马德禄，到父亲马三立，再到马志明，马志明的儿子马六甲，马氏每一辈必有三个男性子嗣，但其中只有一人说相声，且每一代相声传人年龄差距都在三十岁以上，马三立比儿子大三十一岁，马志明比儿子大三十六岁。

2007年做了心脏支架手术，今年又做了心脏搭桥手术，马志明觉得：他在台上逗人笑了一辈子，这回可以大起胆子跟观众拉拉家常，不必忙着甩包袱，也不用担心"泥不泥"（"泥"意为演砸）。

2012年8月24日，名为"老骥新驹"的马氏相声专场在天津大礼堂举行。五十位观众享受着马志明自掏腰包的赠票。天津大礼堂是天津的地标式建筑，马志明担心票太贵，他真正的观众买不起。相声登堂入室至此，在马三立的时代，是不能想象的。那时候，京剧名角马连良、梅兰芳、谭富英、裘盛戎到天津，上中国大剧院。略逊一筹的吴素秋、姜铁麟上华北戏院。而相声，再大的角儿也进不了中国大戏院。"我爸爸当年一说我上'小梨园'，自己就挑大拇哥。搁现在的标准，小梨园就是一个茶楼。可在曲艺行里，刘宝全、小彩舞、白云鹏、'小蘑菇'、这种角儿才能上小梨园。"马志明说。

演出当天，六十七岁的马志明和六十二岁的搭档黄族民攒底（压轴），说新段子《黄袍加身》。《黄袍加身》和马志明以往的段子都不一样。"我以前说的都是市面上的东西：核桃酥掉地下，大车一压嵌进地里，用江米条撬出来。"马志明说。

《黄袍加身》是一段小市民的狂想曲：一个一天到晚骂皇帝混账的人，当上皇帝，比皇帝还混账：七十二嫔妃囊括五大洲四大洋；鹿心切成核桃块填鸭子，燕窝鱼翅剁碎了喂鸡，海马熊掌喂狗，皇帝吃鸭子吃鸡吃狗；民心工程是重修圆明园……

台上的包袱甩得脆响，台下的老少爷不时以拖长的"咦"叫好。狂想到最高点，马志明把所有的天马行空拽回到地面上：原来这只是一个相声演员痴人说梦，在好吃好喝之外，他最大的野心无非是"霸住这个台口"。

"这就跟老年间那个笑话一样，一个村姑说：明儿我要是当了娘娘，我天天在被窝儿嗑柿子。"马志明告诉南方周末记者，"揭露人类共同劣根的段子，是能传代的。传统段子，大部分是这样的。它不说抗日，它没那么大能耐。它也不想把一个制度变成什么样。它不懂！就算懂，那种东西也不可能传几百年。一个时代有一个时代的政治。但只要有人、有动物，抢食的事儿总有——这鸡这吃着食呢，那个过来把它给鸽走了。你心疼被鸽的这只鸡，把那个给轰走。它照鸽别的鸡，反过来，这挨鸽的也去鸽别的。"

从梆子丑角到相声逗哏

马志明是在养鸡的时候悟出幽默的道理。

1965年，同在天津曲艺团工作的马三立和儿子马志明被打为"现行反革命"，1970年到1977年，马氏父子被下放到天津南郊。初到农村，全村大会，所有人到齐，革委会主任一定问：马志明来了吧？马志明应声：我在这儿呢。主任大喝一声："出去！"回回如此。

林彪出事之后，贫下中农放松了对"下放户"的监督。马志明在房前屋后种菜、种蓖麻，养鸡养鸭，鸡蛋多得可以用洗澡盆装。

闲下来，他把院子平了，翻跟头、背贯口、溜快板。"就算将来分配我去煤铺，或者让我做木匠、瓦匠。我会点这个，谁家孩子想学，让我教，'三节两寿'不还得给我买点嘛吗？"几辈艺人家庭出身，马志明深谙"手艺是饭碗"。

从小在相声园子泡大，马志明对相声有某种"免疫力"，一个"活"顺着使出来，包袱抖得再响，他也不觉得好笑。只有活使砸了，捧哏或逗哏忘词，在台上你看我，我看你，他才会乐。

父亲是相声名角，但这和马志明没有太大关系。马三立对儿子最亲昵的表示是拧拧他的耳朵，马志明对父亲对亲昵的表示是往他的锁骨窝里倒水——马三立的锁骨窝里倒进一两酒不成问题。

那时，马志明的理想绝不是说相声，他从小爱看戏，只要攒够两毛钱，就去买戏票。马志明梦想有一天自己能成为叶盛兰、马连良……十几岁自作主张考进戏校，老师一看是马三立的儿子：你唱丑儿吧。当时，天津的戏校没有京剧班，只有评剧班和梆子班。丑角在评剧、梆子戏里只能当配角。马志明唱了一年，唱到《女起解》里的崇公道，已经是梆子戏里戏份最大的丑角。排练的时候，老师对他说：往边上站点，别挡了角儿。这句话让马志明深受刺激。他琢磨：唱丑还不如唱花脸，累是累，但往往作为武生的对立面上场，在场上起码排第二：身边配八个兵，站当间儿，踩着厚底，插着靠（靠旗），不也挺美？

"要想人前显贵，就得人后受罪。"听着这句艺人行当里的老言古语长大，马志明本能把它作为自己的行动指南。可是时代已经变了。

1958年，政协委员、天津广播电台说唱团副团长马三立因为相声《买猴》被打成"右派"。十三岁的马志明跟父亲一起，从天上摔到地上。

说唱团曾经比家还要温暖：迈进大门，基本不用自己走道，不是这个背，就是那个抱。秋天玩"拔老根"，叔叔大爷恨不得爬树帮他摘杨树叶子，把叶肉撸掉，叶柄放在鞋窠捂着，好让它更韧。在戏校，一开全体学员大会，校领导准说说：小马，你来一个笑话！哪怕马志明可着嗓子唱一段"土改老黄牛"，也是哈哈一片笑，一片好。可是一夜之间，世界变成冷脸组成的铜墙铁壁。

刚刚划完"右派"，马三立没处寻旧衣裳。冬天冷，他只得穿着水獭领子的"皮猴"（一种皮质御寒服装）上剧场——那是1949年从旧货市场淘的便宜货。

看见马三立的"皮猴"，革命群众义愤填膺：他他妈的穿这个，这是向无产阶级示威！烙铁烧得滚烫，往"皮猴"上一放，一会儿工夫冒起青烟。

身为"右派"子女，马志明在戏校排练《雁荡山》，浑身的裤褂湿透。走下排练场，摇旗子的角色都发一只鸡蛋，唯独他没有。有一次，马志明把练功鞋落在排练场，回去取，跟治保主任走个碰头。治保主任把他喝住，回排练场巡视一周，确认他没纵火，才放他走。

很快，在公共厕所，只要有人站在旁边，马志明就尿不出尿来。人一走，闸门自动打开。他开始怵除夕夜的鞭炮。敲锣打鼓、放鞭放炮，那意味着又有"最高指示"出炉。

"再这样下去，我就废了。"十七岁的马志明对自己说。他申请退学。戏校梆子科的刘主任同情马家的遭遇，力劝马志明不要"脱离组织"：不想在戏校干了，可以转到曲艺团去。"我到曲艺团能有什么好果子吃？我爸爸天天在那儿倒痰桶。晚上上台，靠他创收，报幕的时候唯独不提他的名字。"马志明心里嘀咕。

刘主任把电话打到曲艺团，对方没有彻底回绝，可也不吐口。

马志明不敢去报到。戏剧既是待不了了，他得养活自己。大饥荒之后，南方省份出现了短暂的"资本主义泛滥"，各地集体所有制团体纷纷露头。马志明去投奔跟人搭班说相声的两位师哥。

1962年夏天的一个寂寥清晨，马志明用被单裹了他的全部家当——几件衣裳、一双戏靴、一把牙刷，离开生活了六年的戏校，到南方寻找活路。夜里睡觉，戏靴是他的枕头。

从天津坐上硬座，经过二十五六个钟头，下午5点到常州。按照班里的规矩，有新人来，每人出份子，请新人吃一顿饭。马家在相声行里辈分大，相声班差不多的同行得管他叫叔、叫爷。吃完饭，主事儿的人问马志明：您怎么着？今儿您上不上？一会儿7点就开演。你要不上，今天给您七毛钱，这是按人头分的，人人都有。您要永远不上，一个月就给您二十一块钱；您要上，下台来我们给您评，您够什么水平，能挣上几分。好比您挣三分，就拿三乘七毛……

"我上！"马志明一寻思，七毛不够一天挑费。

"那您看谁给您捧一个？"

"看谁闲着吧。"

四面一看，只有打水的杜老头闲着，马志明就跟杜老头搭伙。

仗着肚子里头十几年耳濡目染的存货，马志明登台说起了相声，逗哏。小一年的光景里，他的捧哏不停地变。"咱不是主演，不是主演就没有固定的捧哏。"马志明告诉南方周末记者，这段经历成了他绝佳的磨炼。

草台班不像国有院团。国有院团每天的节目表是事先安排好的，相声词也是事先写好的。草台班子要懂得根据场上观众的情况随机应变，台上一站，扫一眼观众，就得知道开哪路活：观众文化素质高，可以使点"文活"；台下全是老太太、小孩子，就得使点"洋闹儿"（类似英语之slapstick，滑稽闹剧）。临上场，捧哏问逗哏：今天咱们开什么"活"（说什么段子）？使什么"底"（最后兜底的包袱）？上了场，只要"梁子"（叙事框架）在，枝叶可增可减。

如是捧打一段时间，马志明在相声班每月六七十块钱的进项不成问题。

没他，我的能耐全糟蹋了

1963年9月，在南方的相声场子飘零了近一年之后，马志明接到天津市曲艺团的通知，回团参加面试。几位当红演员和编导坐一排，马志明使了个小段，被告知"回家听信儿"，不久接到通知，正式入团。马志明成为父亲马三立的同事，一个星期之后，开始正式参加业务演出。

在江湖班子摔打过，曲艺团的演出根本难不倒马志明。很快，他成为青年队的攒底（压轴）。然而好景不长，"四清"一来，马氏父子重新跌回谷底。

马志明的罪名是不能跟马三立划清界限。1965年5月27日夜，马志明睡到半截被叫起来，工作队要他交代父亲最见不得人的行为——家里有没有枪，有没有手榴弹，写没写过反动标语。"要有我真揭发，我也想进步！"马志明回忆，"可是《卖猴》那是进城干部何迟写的段子，团长给他的。说他用这个段子阴谋反党，他哪有那个野心？"

马志明有很多想不通：为什么那些出身国民党、日本维持会长家庭的人现在算"翻身户"？父亲1953年才置下独门独院的三间小房，每间九平米，住全家十六口人，就成了混进文艺界、钻进曲艺团，妄图变天，反党反社会主义的大毒草？"咱家干这行的时候，还是清朝，那时候社会主义和毛主席还没有呢，咱能有那个远见，反对大跃进，反对总路线？"

革命群众说：马三立的相声都谁爱听？好人绝不爱听！都是社会渣滓、"军警宪特"爱听。

"要按我的脾气，老头根本就不应当演了：你们给我劳教得了，把我搁哪，我都认！老头不然。我们老爷子，最大优点就是爱相声，在后台不是人没关系，自我一上台，这台就是我的！"马志明回忆。也偏有一批"落后观众"私下鼓励马三立：三爷，您别想不开！您这玩意儿就是好！

有段时间，马三立每天晚上散场回家，身后必不远不近跟着一个船厂工人，爱听相声，怕马三立受人欺负，他夜夜充当"保镖"。马三立第一次跟这位"保镖"脸对脸，是因为两个半大小子在黑影里给他使"绊马索"。"保镖"几步冲过来，指着肇事者：你过来……

父亲有观众撑着，马志明只有他自己。台是上不了了，只能检场、拉幕。马志明耳朵"馋"，谁上场，他都在侧幕听着，时调、大鼓、坠子、快板、评书、相声……灌个饱。可这个耳福并不常有。有一次，在"民主剧场"，马志明和父亲的捧哏王凤山被责令在后台干活。

两个人把地擦得比桌子还干净，刚想歇口气，"革委会"的人来了：暖气缝里头还有黑泥！两人为难：铸铁暖气疙疙瘩瘩，这怎么擦？也没有抹布……"把小褂脱下来，使小褂擦！"

小褂是艺人的行头。曲艺团给每个演员发一个包袱，内包一件毛料大褂、一件贴身白小褂，一双鞋。论辈分，捧哏赵佩茹比马三立小一辈，但他经常把自己的包袱扔给马三立："你拿着。"之后骑着日本产"手牌"自行车扬长而去。竹竿一样瘦弱的马三立，背着两个人的包袱去挤公交车。只要马志明在跟前，他必定接过父亲的两个大包袱。有一天，马志明捉了一只洋辣子（毛毛虫），在赵佩茹的领子上可劲儿蹭。那个晚上，赵佩茹站在台上，一个劲转脖子。

1973年的一天，天津市曲艺团的一位"下放户"骑车到马家，进门就说："志明，佩茹死了！""是啊？"马志明有些意外，但并不难过。

"什么？佩茹死了?！"马三立的眼泪哗地流下。

"您别忘了，他是怎么欺负您的，他可逼您跳过楼！"马志明提醒父亲。

"那都没用！台上要紧！没他我完了，我的能耐全糟蹋了……"马三立说。

这样的话，当时的马志明是不能理解的。在他看来，艺再大，大不过活着的尊严。

从1958年到1977年，从十三岁到三十二岁，马志明的人生在铅灰色中度过。眼瞅着同龄人入党，成家……如果有谁肯送个信儿："志明，明儿我结婚，你去吗？"马志明的心里立刻荡漾起一团暖意。

"我别结婚，什么时候我睡觉，别有人从外头给我把门锁上；我上厕所，没人一边看着我，就行。"马志明对自己说。

1976年，地震过后，大雨倾盆。别的下放户纷纷回城，只有马家原地不动。怕震后的危房倒塌，马志明做了一个铁架子，放在父亲屋里。但铁架子挡不住雨，屋里无处不漏。马三立只得打伞坐在外屋的门槛处，一坐一宿。

马志明回城找曲艺团，"革委会"的头目说："屋漏可以修，想借这个机会重返社会主义舞台，那是痴心妄想！"

又过了一年，剧团来了一个新"革委会"主任。马志明回团要修房的油毡，新主任问："你们干嘛不回来呢？"马志明说："没人让我们回来，我们能回来吗？我们户口都在南郊。""你们就回来吧，小杜，你星期几有时间，帮他们把东西拉回来。"

搬家那天，马三立不肯走，他已经习惯了农村的生活：农民再欺负人，顶多是欠钱不还。马志明把父亲架上车。

1977年，马氏父子回到天津曲艺团。马志明干了两年后勤：套炉子、卖废品、搞卫生、洗衣服、帮食堂剥葱扒蒜……两年之后，曲艺团业务大好，全团的演员都上，仍满足不了群众听相声的需求。服刑期满的演员都上了场，马志明终于重返舞台。

1979年，三十四岁的马志明结婚了。女方是下乡十年的知青，回城后没工作。头一回见面，马志明向对方交代四件事：第一，我是"牛鬼蛇神"；第二，我身体不好；第三，我工资低；第四，我比你大六岁。

对女方，马志明只有一个要求：她和她的父母，必须不知道马三立是谁，"省得以后拿这个要条件"。其实，当时马志明手里有两千多块钱——"文革"期间扣发的工资全部补发。他没告诉女方。他带她去看《上饶集中营》。电影刚开始，姑娘坐不住，害怕。马志明说：你先走吧，我自己看完。"要搁现在，就冲你不跟我一块儿走，咱就'拜拜'"，让马志明颇庆幸的是，这个"考验"，姑娘过关了。

三十几年风雨，马志明对妻子的评价是：厉害，可讲理。他叫她"大妹妹"。"大妹妹"在家洗洗涮涮，围着丈夫和儿子转。凡马志明不想参加的演出，不想当的评委，都由她挡驾。

马志明的徒弟、也是他的捧哏黄族民十年调不进曲艺团。1998年，马志明"豁出脸"找了市文化局局长。进团之后赶上评职称，黄族民问师父："我用不用给人家送点嘛？"师娘说："你们等着，我去看看他们家缺嘛。"说完，骑上自行车直奔团长家，侦察的结果是：他们家缺个洗衣机。

职称评定结果公布，黄族民没评上。师娘说："你等着，我把洗衣机要回来！"说完又骑着自行车出去了，不仅要回洗衣机，还要回了差价。

"我得有这么一个人，要不我更遭人欺负。"马志明说。

《纠纷》闹出的纠纷

1960年代，马志明流落到南方，在草台班子说相声，一个月可以挣七十块钱。1980年代中期，他已经成为天津曲艺团的正式演员，到各地流动演出是家常便饭：文化局规定，全团每年要演满四百场，完不成，扣工资。

大年初一，曲艺团从天津出发，山东、河北、河南，一个县一个县地挪。卖票挣的钱，扣除挑费，摊到每个演员头上，一天可分一两块钱。演员们有时候住小旅馆，大部分住后台。有一年在三门峡，不仅食宿自理，水也自理。

正月，小县城的饭馆都歇业。演员们到街上吃烩饼。饭馆的伙计嘴损，不说荤烩（有肉）、素烩（没肉），"来一碗穷烩！"三个演员找当地老乡："我们给您两块钱和一斤全国两票，您管我们咸菜、窝头、棒子面粥。"如是三天。第三天上台，马志明说《报菜名》，眼冒金星，肚子咕咕叫。

1986年是马志明的翻身年。这一年，他拜入相声大师朱阔泉门下，成为侯宝林的"带拉"师弟。他还入了党。当时天津市曲艺团书记对他说：这回你合适了。你跟我们都一样了，你的钱跟我们的钱一样花——在这之前，马志明去食堂买丝糕，二两不够吃，买四两，四两还是那么大；再买六两，六两也那么大。

翻身的马志明觉得，自己得对得起组织。那段时间，曲艺团演出频密，妻子带着孩子住娘家，马志明没事就到剧场附近的派出所，看民警们办案，跟他们聊天。两个人因为一个人的唾沫星子溅到对方身上，吵到派出所，被民警"冷处理"，这是《纠纷》的灵感来源。马志明两宿写出初稿，修改却花了半年，街头巷尾听到的"哏儿话"，不断往里添。"既要让两人像打架的样，又不能在舞台上骂街。"

《纠纷》写完，马志明把它拿给团长看。团长说：这没多大意思。你放这，我给你改改吧——谁都知道，团长改过的段子，第一作者是团长，但这还不是马志明最担心的。他对团长说：你别改，你改完了没法演了。"还有一句话我没说：'你根本不懂相声。'如果他再逼我，这句话我也说出去了。"

马志明铆足了劲，准备在当年的"津门曲荟"上推出单口相声《纠纷》。领导说：你来单口，你考虑过你的搭档吗？要不这么着，凡你说的单口相声，收入分给捧哏一半。

马志明只得把单口相声《纠纷》改成对口。但《纠纷》仍不能参加当年的"津门曲荟"。理由是"不是正活"，顶多算返场小段——按照当时的规定，创作一个新段子有八十块钱的稿费，返场小段不记稿酬。

"津门曲荟"参加不成，次年的全国相声大赛也被设置重重障碍。在相声比赛之前，曲艺团评职称，逗哏马志明评为二级，捧哏谢天顺却被故意向下拉，评为三级，此事直接导致谢天顺和马志明"裂穴"（捧、逗哏分道扬镳）。

没了捧哏，相声大赛又不要"单口"。经人介绍，在天津制药二厂工作的业余相声爱好者黄族民想跟马志明搭伙，"规定"又说：业余演员不能参赛。

马志明找说山东快书的演员临时客串自己的捧哏。

比赛时，《纠纷》得一等奖的呼声非常高，但评奖结果出来，马志明只得了"荧屏奖"。有人暗示他：你多少意思意思，一等奖准是你的。马志明一毛也没"意思"。

打十几岁进戏校起，"（海报）贴上我的名字，（剧院）能卖满咯"，就是马志明人生最大的目标。玩意儿在身上，观众认，为什么要"意思意思"？

1986年，马志明和父亲、堂兄弟组织"马氏相声专场"，相声迷奔走相告，一票难求。大幕即将拉开，前台送进一封信来。信封上写"内详"。马志明打开一看，全是骂人话。

1980年代后期，电视成为主流娱乐形式，相声变成没落中的艺术。舞台愈小，同行愈不能容忍马志明一枝独秀。曲艺圈一直就有的"琢磨人"的旧习气，在新时代变本加厉。

马志明小时候，父亲的师父"周蛤蟆"已不演出了，但每天都能从相声班的公账上领五毛钱。南市客栈的房钱去两毛——包吃包住，老头还能剩下三毛买零嘴。"上台的人，虽然按工分拿钱，可从来没有谁跟谁打起来，反正咱都是下九流，你比我多也多不到哪里去。"马志明回忆。

经历1949年的戏改、公私合营、1950年代到1970年代的政治运动、1980年代初的一切向钱看，把争强好胜的艺人们结成一个集体的旧式伦理荡然无存。

以"群众有意见"的名义，曲艺团给马志明做出清晰定位：保底混饭。所谓"保底"，就是保障攒底的、拿国务院津贴的知名演员的演出效果，混饭就是"抬轿子"即可，不要闹"个人英雄主义"。公家舞台不是个人争强好胜的地方。

1995年，马志明愤而写了一份《先进性教育个人总结提纲》，保证不再创作新段子。

他们择剩下的准是最好的

2005年，马志明从天津曲艺团退休。2010年，跟他合作二十几年的黄族民也从曲艺团退休。

最近，"大黄"卷进马家的一起纠纷，起因是抽油烟机。抽油烟机坏了，马志明让妻儿买一台最便宜的回来，结果买回一台一千二百元的。马志明非常想不通：什么抽油烟机，值一千二百块钱？

天津电视台的导演马千来串门，正赶上老爷子坐在沙发上运气，脸憋得通红。马千劝：一千二已经是很便宜的了。老爷子打了几个电话求证，果不其然。

转天，黄族民来了。马志明又提起这台抽油烟机。黄族民说：嘛抽油烟机值一千二百块钱？我们家楼下卖，就一二百块钱，用着挺好！

轻易不红脸的马氏夫妻爆发激烈嘴仗。"师娘"向"大黄"开炮：你不说有一两百的抽油烟机吗？！过了两日，"大黄"吭哧吭哧从一楼爬到四楼，扛来一台三百块钱的抽油烟机。

马志明欢欢喜喜地把一千二百块钱的抽油烟机替换下来，装上三百的。

新抽油烟机有鼓风机一般的动静。马志明很开心：这多好！你炒完菜不会忘记关。

"'少马爷'和'大黄'有共同语言。""抽油烟机事件"的见证人马千告诉南方周末记者。

"少马爷"和"大黄"结缘于1987年。因为《纠纷》，马志明没了捧哏。没捧哏就没演出，没演出就没收入。正发愁的时候，1960年代曾跟马志明一起在南方"走穴"的老搭档李浩然把黄族民带到马志明家里。黄族民是天津制药二厂的宣传干部，业余在天津和平区工人俱乐部说相声，李浩然是他的指导老师。

李浩然带来的人，马志明高看几眼，因为李浩然不势利，"老头儿（马三立）是政协委员的时候他那样，打成'右派'、下放到南郊，他还那样儿。"

来拜师的黄族民坐在沙发上半天没话。妻子背后嘀咕：这人不行，看那死性样！马志明说：那些嘴上抹蜜的，对你下手的时候，你终生难忘；这死脸子，许是一个忠厚的人。

"这么多年你就考查去吧，黄族民就属于这类。我没听他说过瞎话。不该他的，他绝对不抢。好比今天晚上去电影院看电影，这园子能装一千多人，结果就卖出去五十多张票。咱去得也晚，黑灯了才进去。要一般人，逮个座就坐了。黄族民不，票是哪座他就坐哪座。"马志明告诉南方周末记者。

1987年，马志明和黄族民开始搭伙，1997年，两人建立师徒关系。

提起比自己年长五岁的师父，黄族民最佩服的事有两件：

第一件事，有一年曲艺团搞新作品比赛，请天津的相声作者创作了几个新剧本。领导给马志明打电话：那几个段子到团里了，你先挑。马志明含含糊糊：我这儿正有事，回头去。撂下电话，黄族民问：你怎么不去选？马志明说：我甭挑，他们择剩下的准是最好的。剩下的是《看不惯》。写两个"九斤老太"式的人物，对新事物一百个看不惯，其实一切新便利、新享受照单全收。如今，那次新作品比赛上的得奖段子已没人再听，《看不惯》在网络上仍有极高的点击率。

第二件事，中央电视台几次邀请马志明参加"春晚"，都被马志明婉拒：地方演员，抱残守缺，水平不够……"大黄"重提"春晚"，马志明隔着茶杯瞟他，小声提醒：咱没干的事就不要提。"我在天津曲艺团都混不明白，我上春晚干嘛去？"转过脸，马志明对南方周末记者说。

马志明老早就有这份自知之明。1980年代，马志明跟杨少华搭伙。说完一段，鞠躬下台，观众的掌声不依不饶。依着杨少华，返场说《茅房话》，还能再火一回。马志明不同意，再上台，说的是一个规规矩矩的小段儿。"人家'攒底'（压轴节目）的返仨，到你这儿返一个就得。这叫知进知退，太火了遭恨。"

天定你吃多少牛羊肉，多少米

"我这人不好金货；你让我旅游我走不动；吃我也吃不多少……"穿着老

头衫和便裤的马志明夫子自道。马千在一边打趣："女色呢?"

马志明一本正经："我四十岁的时候,医院大夫跟我说:你牙不好,上台显脏——我们老家的水土闹的。我让大夫给我擦擦。大夫说:你这牙是'套花'的,跟螺丝转烧饼一样,一直到里头都是一圈圈的黄,擦不管用。干脆我给你锯了,安俩假牙,那你可就漂亮了——我们家讲究这个:我爸爸上台,黑鞋绝不配黑袜子,显脏,一定得配浅灰的。听大夫这么一说,我就让他把牙给我锯了。锯完了他说:锯掉门牙,可能影响荷尔蒙的分泌……当时六甲已经出生了,要不这孩子都未必能生出来……"

从2008年起,马志明成为天津文化局的"高评委"。整个天津的艺文界评高级职称,都需"高评委"投票。每次评职称之前,马家的电话就成了热线,平时没什么往来的人在电话那头说"今晚上您家看看去"。马志明的典型答复是:"你要来也行,什么贵你买点什么,王八蛋评你!"

"'天定你吃多少牛羊肉,多少米',这是我爸爸的话。贪那些不该你占的,死得快。"一盘苦瓜炝牛肉、一盘冬瓜海米、一碗米饭摆在眼前,马志明的人生哲学显得很有说服力。

采访当天,马家的电视机滚动播放马志明在河北电视台录节目时拍的工作照,他扮的是《安天会》里的美猴王,一脸油彩,头插花翎。

"'少马爷'特别喜欢孙悟空:本事再大,只是个散仙,仙班里没有他这一号。这跟少马在相声圈的地位很像。"马千告诉南方周末记者。

可是马志明说:"那是马千的理解。我就是图一乐。戏曲是一种美,扮戏的人能从中得到享受。你看戏曲演员过生日,你唱一段,我唱一段,多么热闹。你多咱见过一堆相声演员凑一块儿你说一个,我说一个?相声就是一种谋生的手段。"

演完新段子《黄袍加身》,马志明有点没把握。"退休以前有人给把政治关,退休以后,把关的没了。"马志明把毛泽东判断"香花"和"毒草"的六条标准抄在一张小纸条上,夹在常看的书里,随时翻,纸条烂了,再抄一遍。

周采芹的红楼三梦

手 记

以周采芹的年纪，换成别人，我肯定会尊称她"周女士"、"周老师"，可是不知道为什么，在写她的故事的时候，直呼"采芹"的冲动特别强烈。

优雅、聪慧、沧桑、狡黠，电话那头，年过七旬老人徐徐向我展开她自己。"我们这代演员是读书的。世界上有名的经典小说我差不多都读过。"采芹说。她1988年出版的自传《上海的女儿》文字饱满、洗练，直面人生的繁华与悲怆。

2010年，新版电视剧《红楼梦》播出。周采芹演贾母。那是一个略带异国情调的贾母，在英国和美国生活多年，采芹的母语和长相都有些西化。在那版不太"着调"的《红楼梦》里，"洋祖母"周采芹大约是唯一懂得《红楼梦》真味的演员。

1950年代的伦敦，周采芹是东方的代名词。直发、齐刘海、森林一样的假睫毛、露背装。成功来得似乎太容易：你得满足人们对东方的想象。采芹最红的时候，伦敦西区剧院的霓虹灯夜夜闪烁她的名字。她是不折不扣的明星，但算不上好演员。好演员的历练是从窘境中获得的。1980年代，年过四十的周采芹是美国街头无人认识的失败者：没有钱、没有衣服、没有亲人、数次接近绝望和死亡。在践行"贫困戏剧"理想的剑桥剧社，她安顿下来。

她经历过繁华，经历过"白茫茫一片大地真干净"。她的经历证明：人生的道理大于戏剧的道理；"演员"比"明星"体面得多。

她第一次读《红楼梦》是二十岁的时候，和所有年轻女子一样，几乎所有的注意力都放在宝、黛、钗的爱情上。那时候，未来正在她眼前徐徐展开，几年之后，她成为伦敦无人不知的明星，以至于动物园里新出生的小豹子都用她的名字命名。

她第二次读《红楼梦》是四十岁以后，最喜欢的是书的第一章，宇宙之大、时间的无限，都被写进短短十几页的篇幅。那时，她穿着从二手服装店买来的三块钱的大衣和一块半的塑料靴子在波士顿的大街上踽踽独行。没人知道，她曾经跟拳王阿里、E.M.福斯特等名流呼朋引伴。

她第三次读《红楼梦》是因为要演贾母。

窗外的灯火次第亮起，周采芹坐在洛杉矶寓所的沙发上，手边放着被她勾勾画画、浓圈密点的《红楼梦》。这本黄色封面、红色标题的《红楼梦》已经跟了她半个多世纪，中国作家出版社1953年出版、程乙本、繁体字。

书是她初到伦敦，在伦敦剧院对面的中国书店买的。那是1953年的隆冬，周采芹成为英国皇家剧院的第一位中国学生，而她的父亲周信芳正奔赴冰天雪地的朝鲜，去慰问志愿军，从上海寄来的家书中经常夹着父亲获得各种荣誉的剪报。

在灯光的笼罩下，电话线那一端的周采芹用略生涩的普通话细数她人生的繁华与落寞。受汉语熟练程度的限制，她用片段式的短句回忆，夹杂着零星冒出的英语。话题从为什么她要接演贾母这个角色开始。

"你知道马龙·白兰度吗？他在《教父》的一句台词，已经成为英语里的俚语：It's an offer you can't refuse（这是一个你不能拒绝的邀请）。"采芹用一个漂亮的表达，开始了她大半生的回忆。

第一梦

1980年代末，陈冲在伦敦见到周采芹，最先注意到的是她浓密的假睫毛。陈冲认为，周采芹想用假睫毛把自己武装起来，就像她自己，哪怕光着身子，也要穿一双高跟鞋。听了南方周末记者的转述，周采芹哈哈大笑："那时候大家都要戴厚厚的假睫毛，那是时代的风尚。我有一个朋友戴了三副。后来我学会了一根一根戴上去，那样比较自然。"

厚重的假睫毛、浓密的黑发、裹住腰肢的高开衩旗袍，那是采芹的1960年代，她是伦敦西区和百老汇的"中国娃娃"。在鸡尾酒会上，高大的美国妇人会指着她说："她是一个多么可爱的小中国娃娃！我真想把她带回家，放在壁炉台上！"

美国妇人不知道，"小中国娃娃"在伦敦戏剧圈的诨名是"身高一米五的炸弹"。

一切皆因苏丝黄而起。从1959年11月开始，因为在《苏丝黄的世界》中扮演一位名为苏丝黄的香港妓女，周采芹的艺名"采芹"在伦敦西区威尔士剧院的灯箱广告上闪烁了两年。《苏丝黄的世界》原本是英国畅销书作家李察·梅臣的一本小说。女主角"苏丝黄"在1949年之后，从上海流落到香港，迫于生计，沦为妓女。

伦敦主流戏剧圈对《苏丝黄的世界》评价并不高，抨击它是"一大堆中国垃圾"，但对周采芹的表演却另眼相看，"相比之下，给她的角色没有她的演技好"；"她的表演很直接，没有多愁善感，极其明快活泼"；"但愿你认识的那个苏丝黄能像采芹演的苏丝黄那么好"。观众的热情异乎寻常。1959年的圣诞节，旗袍成为最流行的晚装。时尚圈的金发美女把头发拉直、染黑，用黑笔把眼睛画成东方式的杏仁眼。甚至伦敦的妓女也纷纷以"Suize Wong"作自己的花名。

就在不久以前，周采芹成百封地给节目制作人写自荐信；她自己缝制灯伞，卖给喜欢的人。她在伦敦皇家戏剧学院的同学们曾笃定地预测：就凭采芹的长相，她毕业之后肯定找不到工作。伦敦的舞台上不需要一张东方人的脸。

历史不以预言家的意志为转移。1953年，周采芹成为皇家戏剧学院的第一位中国学生。第二年，中国和英国建立"代办级"外交关系。影视圈里出现了越来越多的"中国元素"。不论是邦德电影，还是以中国抗日战争为背景的《六福客栈》，或是宣扬"黄祸"理论的"傅满州"系列，周采芹都有份在里头出演肖恩·康纳利一闪即逝的香港女友，或是英格丽·褒曼的养女。

"对于《苏丝黄的世界》这么一出没有什么深度的戏来说，它造成的轰动令人咋舌"，采芹心里清楚。但成功扑面而来，不可抵挡。她哪怕在西方制作人的授意下，用嗲声嗲气、又尖又细的假嗓子，翻唱一首中国1920年代的流行歌曲《第二春》，都能从英伦红回亚洲。

眼见着周采芹的大红大紫，她的同学有些摸不着头脑：这是那个从天而降的"中国公主"吗？在男同学们穷到只能论支买烟抽的时候，采芹每天都有华丽的旗袍和皮大衣换，却只是因为这样衣服不容易脏，可以省一大笔干洗费。女同学问，你手指上那枚硕大的钻戒是不是"务沃斯"买的，采芹不愠不恼，因为她根本不知道"务沃斯"是一家专卖便宜货的商店，她以为钻戒是每个女孩子都有的东西。

二十岁的采芹在她刚从中国书店买来的那本簇新的《红楼梦》上勾勾画画。

"女儿是水做的骨肉，男人是泥做的骨肉。"一类清丽醒目的譬喻自不在话下，直到现在采芹都认为曹雪芹用这一句话道破了男女两性的本质。那时她已经结交了导演彼得·科、诗人罗纳德·杜坎、剧评人肯·泰男等一连串伦敦文艺界才俊，直到有一天警醒：再继续下去，自己的下场恐怕就是知识分子的"小蜜"。

"假作真时真亦假，无为有处有还无。"简直就是表演的真谛，而且它也属于1960年代，那时佛道教在西方大热，隐居山林的寒山和尚是知识分子们的大爱。

焦大骂贾府"爬灰"、贾琏找小厮"出火"一类的情节让采芹暗自吃惊，并且用英文写下批注：the point of the book is different from others, it describe people as they are（此书和别的书最大的不同是，它是按照人们的本来面目描写他们的）。

在周采芹红透半边天的时候，在伦敦，几乎没有人知道周信芳是谁。直到1966年8月26日，他讹传的死讯登上伦敦大小报章《采芹的父亲自杀》、《采芹的父亲成为大清洗的牺牲者》……

第二梦

"我想变成父亲书房墙上的一只苍蝇，听听他当年跟田汉、跟阳翰笙他们在说些什么。"采芹大笑着告诉南方周末记者，笑声中有掩饰不住的怆然。

像很多父亲，子女眼中的周信芳沉默寡言，采芹到伦敦求学之前，父亲只对她说了一句话：你要永远记住，你是一个中国人。1950年代，周家的孩子纷纷到国外求学。采芹的大姐周采藻是第一个。有一年全家决定给远方的老大录一张唱片。按照顺序，父亲该第一个讲话。唱盘转了一圈又一圈，在朋友面前高谈阔论，从1920年代起自己创作剧本，抗战胜利的早晨娴熟哼唱一战时的流行进行曲 "It's a long way to Tipperary" 的周信芳却一句话也说不出来，憋了半天，冒出一句 "……今朝是礼拜"。

"文革"一来，周采芹跟家里的联系全部中断，讹传父亲死于非命以及后来辟谣的消息，她都是在报纸上看到的。母亲则时时出现在她的梦里：眼睛凹陷，张大嘴巴，像夸克的名画《尖叫》里的那个女孩。采芹想给母亲递一杯水，水里的冰块却变成了碎玻璃。她只能在戏剧里体会父母的苦难。

1972年，英国一家电视台拍摄了以王光美为主角的电视剧《斗争对象》。1967年4月，王光美被清华大学的红卫兵抓起来，批斗十六个小时。红卫兵们给当时的批斗会录了音，好作为以后批斗的样板。两年之后，这卷录音带辗转到了英国。电视台制作人莱斯莉·伍德海德决定根据这卷录音带拍一部纪实电视剧：红卫兵们制造了一个骗局，告诉王光美她的女儿出事了，王光美赶到医院，立刻被抓住，红卫兵逼她穿上出访时穿的衣服，在她的胳膊上挂起一串串手镯，在她脖子上套上一串乒乓球……周采芹在《斗争对象》中扮演王光美。

1981年，周采芹受邀到中央戏剧学院讲学，几次拜访王光美，并且把《斗争对象》的录影带放给王光美看。王光美只说了一句话："我当时没有哭。"

《斗争对象》播出之后，英国电影电视协会的很多会员提名周采芹作当年英国最佳电视演员；《斗争对象》的录影带成了哈佛大学关于"文革"的声画教材，美国电视台有意播出此剧，因为转年尼克松访华，搁置下来。

扮演王光美让周采芹享受到她从艺以来最甘美的成功。第二年，她的人生从波峰跌入谷底：地产生意蚀本，赔光了所有的积蓄。自杀；从昔日的女明星变成弟弟餐馆里的女领班；在黑暗中躺过十七天……破产的人干的事，周采芹都干过。

"时间一天一天地过去，我却没有找到任何启示。一天下午，我突然发觉放在床头柜上的小欧米茄手表不见了，就是那只离开香港前妈妈给我的手表，我为它还向英国海关交了十英镑的税。手表早已坏了，表带也断了，可是我走到哪儿都把它带在身边。我在屋里翻遍了也没有找到，只好走出门来。十几天来，明媚的阳光第一次洒在我的脸上。在院子角落里有一只大垃圾筒，我并没有对找到手表抱很大的希望，可我开始平静地、有条有理地在一个一个的垃圾袋里翻找。几个小时以后，手表找到了。"

"当我在阳光下把表放在手心里，看着表盘上那一圈闪亮的金边时，我丝毫也不怀疑，那是我死去的妈妈在看着我……"周采芹在她的自传《上海的女儿》中写道。

几天之后的早晨，周采芹坐在打字机前，为绝望中的自己存照：

"沮丧就像是和魔鬼在跳舞。向前走五步，又向后退四步。可是你还是应该为前进的那一步高兴……第三步，你能体会到的唯一的感觉是惧怕。怕什么呢？什么都怕。第四步，一切都是黑暗。第五步，现在对你来说，最好的事情就是让自己沉下去，不要觉得内疚。放松。因为这是一个转折点……"

第三梦

从绝望的世界里走出来，周采芹满世界打零工。在哈佛大学的宿舍装信封；整理哈佛科学艺术学院的档案；到保险公司当打字员，被告知不胜任这份工作的时候，以洛杉矶"全国妇女组织协会"墙上的宣传画自嘲：画上是以色列女总理梅厄的画像，旁边配一行字：她不会打字……最终让她安顿下来的是剑桥剧社。这是一个践行"贫困戏剧"理想的职业剧社，剧社演员最理想的周收入是九十美元。周采芹在剑桥剧社三年，曾演《奥瑞斯特亚》和《红字》里的女主角。

她演海斯特·白兰（《红字》女主角），全场发笑。因为小说里的白兰是高大的苏格兰女人，而她是瘦小的中国面孔。五分钟之后，观众屏住呼吸。从来没有人把白兰的两副面孔演得那样淋漓尽致。采芹在演白兰谦卑一面的时候，想起中国的山水画：高山大河的一角，往往会有如豆的人影。她由此领悟到：谦卑不是俯首帖耳，而是认识到自己只是宇宙一粟。就像《红楼梦》的第一章，宇宙八荒，上下千年，个体的生命只不过是其中一段微不足道的际遇。

此时再看《红楼梦》，真应了那句话："伟大的小说要四十岁之后再读。"

七十三岁，因为演贾母，周采芹再读《红楼梦》，她认为"贾母是世界上最好的一个人物"。

"我这一代人是看书的，国际的经典小说一般我都看过。这些小说里从来没有一个描写这么细腻，而且有势力的老女人，贾母是唯一的一个。"

说起贾母，周采芹滔滔不绝："按照戏曲行当，贾母应该是老旦。老旦要在女人的声音中唱出男人的声音，不像其他行当，丑角就是丑角，青衣是小姐，花旦是淘气的丫鬟……贾母的性格非常丰富，她很活泼，很幽默，意见很大，什么都说，什么都懂……完全像现在美国电视里那些精明的女主角。她骂人的时候很厉害，开心的时候很开心。她年纪轻的时候一定非常美，而且很能干，可是她不像王熙凤，王熙凤是一个文盲，贾母应该是读过书的。王熙凤是一个没有良心的人，贾母很善良……

"我很早之前有一个外国学者说过：虽然中国女人的地位非常低，但中国文化同时又是尊重老人的。一般来说，男人总比女人走的早。所以，很多中国家庭最大的长辈是一个老太太，家族里最有势力的往往是女人。京戏里很多这样的故事，我爸爸有个戏叫《斩经堂》，指挥儿子大义灭亲，跟'乱臣贼子'王莽一刀两断的就是一个老太太。所有人在亲情和大义之间犹豫不决的时候，她是最坚决的一个……

"二百年来，中国人对《红楼梦》的痴迷为什么经久不衰？因为全世界都喜欢看这样的故事——没有希望的爱情；全世界都喜欢'家世小说'。因为每个人都有家，都有一张血缘的网络。全世界都爱看豪门恩怨，就像我们都爱看大明星的丑事一样的。"周采芹告诉南方周末记者。

演贾母，周采芹头一个要过的是台词关。

加入剧组之前，她惴惴不安地问导演李少红，我普通话不好怎么办？李少红大大咧咧地说，我还没想这个事情，你来了以后再说。初到剧组，周采芹依赖提词板。"提词板有两个地方不好。一是你的眼睛看板子，就看不了该看的地方；二是读台词跟说台词完全不是一回事，演员一定得让台词属于她自己。"用题词板拍了两场戏，周采芹发愿把所有的台词背下来。她先把台词打（字）下来，边打边想象如果自己是作者，为什么要写这些台词。之后由剧组的助理把台词读出来，并录音，她来听、背。

"一醒就背，睡觉之前再背，汽车上也要背，等人的时候背，在马路上也要背，像我这种演员，一旦决定三个月之后演哪个戏，从早到晚想的都是自己的角色，晚上就跟自己的角色睡觉了。在外国，如果演戏之前不做准备，人家根本看不起你。"周采芹说。

演宝钗和宝玉大婚那场戏，周采芹动了元气。王熙凤在耳边窃窃私语，如此这般，骗过黛玉和宝玉……"我当时胃疼得不得了，整个人都double up（大角度弯腰）了，马上就要吐出来"，采芹认为，当时的贾母一定碰到了很深的矛盾：她那么爱她的外孙女，可是伤心只能在心里，作为一家之主，她必须承担责任。

为拍贾母去世，周采芹特意向导演请了一天假，回忆她十三岁时经历过的祖父葬礼。刚好，发型师远在延边农村的祖母在几天之前去世了，采芹抓住这位朝夕相处的工作伙伴，盘问了一天：逝者最后的样子、葬礼的程序……这样的功课是家传。周信芳为演《打渔杀家》曾到黄浦江边看打渔。拍戏那天，采芹躺进棺材的一刹那，片场上的人都呆住了：棺材里的贾母，两腮下陷，下巴脱臼一般。

《红楼梦》拍了一年，采芹从来没有像很多演员常做的那样，跑到摄像那里，要求回放自己的镜头。年轻的时候，她最知道对灯光要乖巧，因为自己美不美全在光怎么打。四十岁之后，她从来不看监视器里的回放。"美就美，丑就丑。"演员只是一面镜子，映照的是角色的因缘际会，就像《红楼梦》是一面伟大的镜子一样。

"曹雪芹写了那么多活灵活现的人物，可是他从来不评价任何人。"从年轻的时候起，这就是《红楼梦》最让采芹敬重的品格。

"只有我的手电筒能决定哪些人亮相"

——林兆华的戏剧游戏

手 记

南方周末多次采访"大导"林兆华，但他很少成为报道的主角。有时候是因为林兆华和田沁鑫一起做《赵氏孤儿》，两个版本、两拨人马要平分笔墨；有时候因为话剧《窝头会馆》《刺客》……作为导演的林兆华当然要采访，但他只是诸多采访对象中的一个。

况且"大导"不是一个好的采访对象。他的思维跳跃，不愿意有丁有卯，从头到尾地讲一件事情——长期以来，他似乎已经习惯了在另一个更写意的层面上进行表达。他乐于把自己的想法变成一句或俏皮、或愤怒的口号，印在报纸上就能当大标题。

直到2010年的"林兆华戏剧邀请展"，"大导"在我心里才变得立体起来。有一次散场，我看见他走出剧场，穿着中式棉袄，戴着"两块瓦"的棉帽子，手里拎着个包。因为拔牙，嘴瘪进去，看上去很疲惫。"他们演得不好，这不是真正的传承……"他向我嘟囔。那晚的戏码是天津传世鼓曲。

之前，我听过人们对林兆华的各种议论，但冬夜在首都剧场外跟他偶遇的那一刻，我想：无论如何，他只是一个爱戏的老头；戏剧是他的游戏；而游戏未尝不是对事业人生的诸多正向态度中的一种。

林兆华穿着磨白的牛仔裤和嫩绿色毛边帆布鞋。他的牙齿坚固整齐，不过是假的，把假牙摘掉，嘴瘪进去，露出七十四岁老人的本色。"我现在是无齿（无耻）之人。"林兆华调侃自己。

十岁，林兆华第一次知道光的厉害。那时他的老家天津卫到处是美国大兵，他们到酒馆喝大酒，会先轰散酒馆门口玩弹球的中国孩子。孩子用弹弓回敬，酒馆的灯全被打灭。黑暗的街区中，突然出现一束笔直光柱，那是林兆华手里的电筒，超长型，能放三节干电池，是给洋人开车的父亲拿回家的。

"所有人都被黑暗吞没，只有我的手电筒能决定哪些人亮相，在什么情景下亮相。"1990年代初，林兆华向剧作家马中骏回忆：十岁的他每天晚上带着手电筒出门，在胡同口候着——美国大兵经常带女人钻到胡同的旮旯里，干那事。一有窸窸窣窣的动静，光束立刻射过去。

黑场、光、在光下显影的人类秘密，十岁的顽童误打误撞导演了一出轻喜剧。

2010年底，"林兆华戏剧邀请展"占领首都剧场二十天。除了远道而来的德国汉堡塔利亚剧团，其他参展者都是林兆华多年的合作伙伴：演员濮存昕、编剧过士行、舞台美术易立明……"邀请展"似乎是"林兆华戏剧共同体"的戏剧宣言。

"我对戏剧没有使命感。中国舞台上的戏太像戏，我希望戏能变成游戏。"林兆华否定"宣告"。他给自己立的规矩是不参加戏剧研讨会，不做自我总结，低头排戏。

播放：塔利亚剧团的《哈姆雷特》，打我自己的脸

篡位的国王年富力强，像一只黑色的天鹅；王后痴肥而年老，自始至终穿着束腰的亵衣；两个哈姆雷特，一老一少，一胖一瘦，共穿一件连体衣；近臣波洛涅斯是坐在轮椅上的瘸子，由一位女演员扮演；雷欧提斯踩着高跷，裤管长得离奇。

篡位者直截了当地宣布了新的秩序：国家就是王冠。大腹便便的老哈姆雷特连声诺诺。

为新国王祝酒的礼炮轰轰响过，老哈姆雷特的宽大袍子里钻出一个年轻的头颅。年轻的哈姆雷特和年老的哈姆雷特一唱一和。仇恨在越来越快的语速中一点点引爆，他们用手电筒照自己的脸，明与暗的强烈对比，让人分不清他们代表正义还是邪恶……

"我把这个戏请来，等于是打我自己的脸。"林兆华在德国看到汉堡塔利亚剧团的《哈姆雷特》，立刻起意把它请进中国，他自己受了刺激，要把同等剂量的刺激传递给国内同仁。"它太顽强，太先锋了！我那个再怎么说也是传统的。"导演过《哈姆雷特1990》的林兆华告诉南方周末记者。

1989年，林兆华想排《哈姆雷特》，演出计划报给自己任副院长的剧院，却遭到拒绝：《王子复仇记》剧院早就排过了。林兆华多年的感受再次被印证：他想做的事情，在剧院是干不成的，真要干，对剧院也没好处。林兆华戏剧工作室宣告成立。

这是一个松散的联盟。没有纲领，没有场地，没有正式的成员。合作的演员从林连昆、李婉芬变成了濮存昕、倪大红、梁冠华。其中只有梁冠华正经演过话剧，徐帆、胡军、陈小艺还是中戏的学生；倪大红在实验话剧团跑龙套；濮存昕进人艺三年，让他小有名气的是电影《最后的贵族》。在《最后的贵族》演员表里，濮存昕署名"苏昕"。沪语里"濮存昕"跟"不称心"谐音，导演谢晋认为不吉利。

"我对莎士比亚没有研究，对宫廷复仇故事也不感兴趣。但是莎士比亚给我一个很好的机会。"林兆华回忆。所谓的机会是在1990年这个时间点上表达这样的命题：人人都是哈姆雷特；今天是小丑，明天是国王；今天是朋友，明天变密探。

舞台上，巍峨的宫殿变成了又脏又破的灰布；丹麦的王室和贵族，变成了地道的中国演员，他们不垫高鼻子，不戴假发，只在日常服装之外，罩上一件麻布袍子。最后一场比剑的戏，舞台上的吊扇连同它们的管线一起下降，哈姆雷特和雷欧提斯在扇叶间腾挪躲闪。"人人都是哈姆雷特"的想法得到了极致的实现：篡位的国王／哈姆雷特、波洛涅斯／哈姆雷特、王后／奥菲利亚、挚友／告密者，每一个角色身上都好像装着一闪旋转门，分分钟变成这个角色的反面。

1990年初冬，投资七万块钱的《哈姆雷特1990》在北京电影学院表演系小剧场上演，连演七天，观众不少，钱却一分也没赚着——没有演出许可证，不能卖票，只能做"内部交流"。

这是林兆华第一次完整地实现自己的戏剧主张。相比而言，被称为"新时期小剧场开山之作"的《绝对信号》和《车站》是他的学步之作。

《绝对信号》上演的时候，美国剧作家阿瑟·米勒刚好受邀在人艺排演《推销员之死》。阿瑟·米勒对《绝对信号》的评价是：这是一出心理剧，但是舞台上完全没有心理。

对此，林兆华泰然接受："那两个戏放到世界戏剧舞台不是什么新鲜的东西。"《哈姆雷特1990》却得到了世界级的赞许。1990年，慕尼黑艺术节向《哈姆雷特1990》发出邀请。当届艺术节只有两部莎士比亚剧作上演，一是彼得·布鲁克的《暴风雨》，一是林兆华的《哈姆雷特1990》。

申请签证时，有关部门说，全剧组去德国开销太大，除非对方能负担路费。邀请方当天答复：一切费用由我们承担。有关部门说：剧组七个成员出自七个单位，出国演出没有这种先例。剧组公推最能说会道的演员娄乃鸣去游说两次，两次被拒。林兆华自己出马：这不是我个人的光荣，这是中国戏剧界的光荣，我保证全组人都回来……

"谁能保证你回来？"对方反问。林兆华扭头离开。

倒带：能排戏排戏，不能排戏回演员队

与其说是舞台，不如说是一个大排练厅，旧布景、旧道具堆放在角落里，正中央是一张吊在空中的线网。军鼓把希特勒送上舞台，他的扮演者是穿着黑色练功服的王姬，"他"一边奶声奶气地打听小人物对他的看法，一边玩弄着象征地球仪的白色大气球……

"这次演出中的希特勒同我从东柏林至香港的所有《乌伊》一剧中的希特勒都不同。扮演希特勒的女演员，只用小胡子和臂章武装了一下，她玩弄白色气球的优美程度可以跟卓别林扮演的大独裁者玩弄地球仪相媲美。"在1985年12月的国际布莱希特研讨会上，看过《二次大战中的帅克》录像的德国《今日戏剧》的主编彼得·冯·贝克说。

《二次大战中的帅克》是林兆华1985年的作品。因为彼得·冯·贝克的高

调赞扬，德国汉堡塔利亚剧团邀请林兆华赴德排演布莱希特剧作《人啊人》。林兆华接受邀请，但不同意排指定剧目，他坚持让德国演员排演高行健编剧、他执导的《野人》："德国导演到中国可以排德国戏，为什么中国导演到人家那儿就得演德国戏？"

林兆华把鄂西北神农架民歌《薅草锣鼓》、《黑暗传》、《十姐妹歌》录成磁带，让德国演员模仿。塔利亚剧院颇紧张，因为之前的该剧院新戏被剧评人一顿刻薄。《野人》上演，反响居然不坏。

《野人》是林兆华和高行健的第三次合作，在此之前，两人的合作剧目是《绝对信号》和《车站》。

《车站》演了几场，讨论铺天盖地，从戏剧本体一直讨论到阶级斗争。占据舆论上风的观点认为，《车站》很像荒诞派戏剧，而荒诞派戏剧是反唯物主义的资产阶级戏剧，与社会主义现实主义文艺观格格不入，中国戏剧还是应该回归斯坦尼体系。

"实际上，斯坦尼的'客厅戏剧'才是典型的资产阶级戏剧。但是从斯大林就把那种戏剧给肯定了。"剧作家过士行告诉南方周末记者。

强大的压力让剧作家高行健逃离北京，钻进原始森林。林兆华留在剧院，拒绝为《车站》写检查，天天闷在被他称作"狗窝"的宿舍里，读上学时候"没正经读过"的剧本。林兆华上学的时候，"中戏"传授的主流戏剧观是"文艺是工具、文艺是武器"，世界戏剧史只讲到19世纪末，接着一步跨进苏联的"社会主义现实主义"。

高行健从原始森林里钻出来，甩给林兆华一个新剧本：《野人》穿越古今，场景有原始森林，也有开天辟地。有一个月的时间，林兆华不知如何下手。偶然看到南昆传统剧目《铁扇公主》，他茅塞顿开："哪个国家的戏剧可以表现一个人进到另一个人肚子里？唯有中国戏曲用几个简单的动作，就把肚子里的空间展现在观众面前。"他在当年的《导演提纲》中写道。

《野人》带林兆华走上了"回乡"之旅，不过走得太远，以致很多人不认得。《野人》之后，林兆华又降落回中国戏剧的当下。

排《红白喜事》，林兆华带剧组去故事的发生地河北农村体验生活，回来把能冒烟的烟囱和能站人的屋顶搬上了舞台。他要借夯得结结实实的现实主义戏剧，表达别人未必看得到的东西。"对（主人公）郑奶奶的解释，关系着这个戏的成败，她必须是老革命、老封建、老家长三位一体的人物。单强调她是封建老家长，流于一般；再强调她身上的老革命色彩，才更具历史性、现实性和残酷性……"林兆华在导演笔记中写道。

向现实主义的"回归"，奠定了林兆华在北京人民艺术剧院的地位。戏剧界普遍认为，《红白喜事》和紧随之后的《狗儿爷涅槃》意味着年过半百的林兆华正式接过北京人艺的衣钵。

在此之前，林兆华在北京人艺做过多年"学徒"。他演过《汾水长流》中的公社书记、演过《红色宣传员》、演过《三春姐妹》里的傻姑爷。"文革"中，林兆华跟于是之、英若诚、蓝天野一起下放农村，因常有歪点子，引人注意；"文革"后，院长赵启扬清理档案，发现林兆华人缘好，没贴过别人一张大字报。赵启扬问他要不要学编剧。"我一想，《海瑞罢官》能搞起'文化大革命'，我又不擅写。"林兆华跟赵启扬说："我是学表演的，贴近导演，我跟老艺术家学导演吧。"

"没过两天，他就宣布了：要培养年轻导演，让兆华跟老导演学习，能排戏排戏，不能排戏回演员队。"时至今日，林兆华也把"感谢赵启扬"挂在嘴边。赵启扬的决定改变了他的人生：先是跟在焦菊隐、方琯德、刁光覃背后，亦步亦趋做"屁帘导演"，两年之后有机会独立执导《为幸福，干杯》……

《为幸福，干杯》的故事发生在炼钢厂。炼钢怎么表现？林兆华自作主张，把炼钢厂改成了印染厂。那是人艺第一次不用景片排戏，背景是一些抽象的色块。有人说那些像精虫。

"去他妈的。"林兆华笑骂。

快进：兴奋地表现愚忠愚孝

齐国大军压境，弱小的鲁国上下慌神，有人喊打，有人喊和，孔门弟子分成两队跪坐老师左右，商量退敌之策，唯独不见子贡，子贡到棺材铺里囤棺材去了——打起仗来，棺材必定奇货可居。脑筋活络、能言善辩的子贡被孔子派出去说服齐国退兵。子路心直口快：老师这么器重子贡，还是因为子贡会赚钱，拿人家的手短，吃人家的嘴软，老师你有则改之，无则加勉……

孔子气得吹胡子瞪眼，又无可如何。子贡上路，子路背诵着孔子的语录紧随其后。子贡和子路在齐、吴、越、晋之间周旋六年，引发一系列世界大战，天下血流成河，鲁国却安然无恙。每当一个政权完蛋，就有红色、蓝色、绿色、黄色的彩绸从舞台的天棚处"哗啦"一下迅疾落地，闪着不可一世的俗丽亮光，刹那间委顿在地上。

"那个布质地不行，太沉。一下子就掉地上了，倒是有冲击力。"林兆华更喜欢他导演的舞台剧《阮玲玉》里那块绸子。很轻，往下掉的时候还在半空荡了两下，仿佛有话还没说完。

"《说客》是一个国际题材。不过我没想那么复杂，我只是想表达：忽悠太多了——政治上的忽悠，历史上的忽悠，艺术上的忽悠，个人生活上的……"林兆华给《说客》定的是喜剧的调子，他希望演员像说评书一样把戏演完。于是，扮演吴国宠臣的演员像小沈阳一样在头上别两枚发卡；西施一边隐忍实施美人计，一边拿着麦克风唱《在水一方》；演子贡的濮存昕不束冠带，大背头出场，危险来临，第一时间钻到桌子底下……

《说客》是编剧徐瑛"春秋三部曲"之完结篇。"三部曲"最先排出来的是《刺客》：门客豫让为了给主人智伯报仇，毁脸，吞炭，数次行刺，如愿之后伏剑自杀。豫让的所作所为让饰演他的何冰"拧巴"到不行。在他看来，豫让的疯狂、执拗毫无意义。编剧徐瑛却说，豫让是一个纯粹的英雄。而林兆华排《刺客》，最大的兴奋点却是表现"愚忠愚孝"。

写《刺客》之前，徐瑛写好了《门客》。《门客》是《赵氏孤儿》的余绪。2003年，林兆华和田沁鑫同时排演《赵氏孤儿》。林兆华对自己的版本不太满意，结尾是孤儿不报仇，但一句话就给交代了："不管多少条人命，他跟我没有关系。"演员在台上念完这句词，林兆华还有很多好奇"屠岸贾知不知道孤儿的真实身份？孤儿愿不愿意、敢不敢杀屠岸贾？屠岸贾对孤儿是有养育之恩的，不杀屠岸贾，孤儿可以飞黄腾达……"

《门客》的使命就是满足林兆华的这些好奇：屠岸贾早知道孤儿的底细，并把这当作自己的命运；真相大白之后，除了屠岸贾，孤儿杀了屠岸氏全家，他的理论跟当年的屠岸贾如出一辙：只有满门抄斩才能彻底结束仇恨；程婴和屠岸贾相继引刀自裁，孤儿重新成为孤儿，新一轮杀伐开始……

剧本早就写好了，林兆华却认为"太矫情"——等于为双方的血腥寻找合理依据，就一直撂着没排。

在《赵氏孤儿》的问题上，林兆华宁可回到伏尔泰的人道，哪怕苍白。1990年夏天，林兆华曾为中国比较文学学会排演过一版《中国孤儿》。演出地点是天津戏剧博物馆的旧戏楼。河北梆子剧团在戏楼的二楼演出传统剧目《赵氏孤儿》，天津人艺在一楼的表演区表演伏尔泰根据《赵氏孤儿》改编的《中国孤儿》。《中国孤儿》的演员时不时出戏，成为《赵氏孤儿》血腥屠戮场面的观众。

那时林兆华还不知道，此后《赵氏孤儿》会成为中国的编剧、导演们一再返回的"母题"。每一次故事新编，讲故事的人都变成孤儿，反复纠结于"报不报仇"。

暂停："大导"已经到了乱出拳的状态

林兆华在舞台上跑过马，放过羊，栽过树，铺过四万块红砖，堆过黄土高原。《建筑大师》的舞台却是极简的：两面墙夹一个屋顶，一把红色的躺椅。

《建筑大师》是丹麦戏剧大师易卜生晚年的争议之作。建筑大师索尔尼斯到了迟暮之年，害怕年轻人来敲门，直到少女希尔达从天而降。希尔达说，十年前，她亲眼看到索尔尼斯把漂亮的花环挂到他建造的教堂尖顶上。她还说，建筑师答应过她，十年之后把她接走，为她建造一个橘子王国。大师早已发誓：不再盖教堂，只为普通人盖家。他患上了恐高症，不敢爬到二楼以上的高度。在希尔达的蛊惑下，他抓起花环，爬上梯子。

大师拾级而上，舞台上两堵墙夹着的天花板突然像被掀开，架在墙上的梯子被灯光打亮。

"演员在舞台上的自由状态你们是感觉不到的。换一个人，上台更多的是拿腔拿调。"每次看《建筑大师》，林兆华都会为扮演大师的濮存昕在结尾处的表演感动。更令他感动的是索尔尼斯，"都到了大师的程度了，自己不敢或不能做的事情，还能冒险去做。摔死了也是涅槃。"

有人把索尔尼斯当作林兆华的自况，实际上并不存在这种影射关系。在戏的前半段，林兆华把害怕年轻人敲门的索尔尼斯当作学霸狠狠奚落。

有人说林兆华是知识分子。"我不是什么知识分子。我已经失去了对于客观世界敏锐的观察和批判能力。""现在哪还有什么知识分子？知识分子早就被招安了。"林兆华说。

但他跟年轻一代的矛盾依然存在。

易立明开始跟林兆华合作的时候，是一个大三的学生。林兆华排《北京人》，希望舞美营造出坟墓般的效果，试了很多次都不成功，有人向林兆华推荐了易立明。

从那以后，林兆华戏剧工作室每有新作，舞美十有八九由易立明操刀。有些戏，从剧本筹划阶段，易立明就开始参与，是事实上的投资人和副导演。《哈姆雷特1990》的满台破布、最后一场戏突然下降的吊扇；《鸟人》随时爆破、跟剧情一点关系没有的爆米花；《赵氏孤儿》的四万块红砖；《白鹿原》里的黄土高坡；《大将军寇流兰》里二百位民工上场……很多让人过目难忘的林兆华作品，都有易立明的智慧。

此次"林兆华戏剧邀请展"，林兆华执导的作品有四部——《哈姆雷特1990》、《建筑大师》、《回家》、《说客》。易立明执导的作品有三部——《阅读〈雷雨〉》、《门客》、青春版《说客》。

之所以有两台《说客》，是因为原本联合执导此剧的林兆华和易立明有分歧。林兆华要排喜剧，易立明要以悲剧开头，喜剧串场，正剧结尾。不喜欢戏说历史的易立明坚持演员古装上场，林兆华却有意穿帮。

"我跟大导不一样，大导已经到了乱出拳的状态。我如果乱出拳，就站不稳了。"易立明说。

为了建立自己的戏剧秩序，2010年，易立明成立了只有十个成员的"故事新编艺术剧院"。剧院不大，志向不小：要完成从灯光、舞美、场记，到编、导、演、制作全部的戏剧生产流程，形成自己的戏剧品格。

一年的时间，"故事新编艺术剧院"排了五个戏——《茶馆》、《哈姆雷特》、《阅读〈雷雨〉》、《门客》、《说客》。《阅读〈雷雨〉》以五十五分钟演完百分之八十五的《雷雨》，有序幕有尾声。"百分之八十五是什么概念？北京人艺的《雷雨》两个小时，都没有演出原著百分之八十五的内容，因为它没有序幕，没有尾声。"易立明说。

虽然不打卡，剧院的成员每天下午1点到晚上8点都会出现在排练厅。易立明请人给这些刚从艺术院校毕业、从没参加过"商演"的年轻演员们上课，音乐、美术、文学鉴赏……每个演员年薪五万，由易立明支付。

"易立明要成立一个团，我成立不了。第一，我没有财力；第二，我没有耐心，我不愿意规范。一规范，我就难受。我排戏也是这样，直觉对我起很大的作用。文件、日程……这些给我一看，我就头晕。"林兆华说。

"什么事你越把它当成事它越是个事。"林兆华把这句话从一件破旧的文化衫上剪下来，贴在办公室的墙上，作为他的座右铭。

我爱我，我恨我，我叫吴兴国

手 记

采访吴兴国是在上海戏剧学院的排练场上，他跟一群上戏京剧科的学生排演新编京剧《水浒忠义堂108》。那出戏是当年香港艺术节的定制剧目。

我一早到排练场，跟他们泡了一整天。排练场上，吴兴国无暇多谈，他既演宋江又是导演，几乎一直在场上站着，示范、说戏。吴兴国负责京剧部分，他的妻子林秀伟负责现代舞部分。

中午休息，吴兴国在学生食堂吃饭，之后在树荫下看剧本；林秀伟去上海的仿古一条街买道具。

下午回来，有几个学生迟到，吴兴国一定要他们给"文武场"（京剧的小乐队）鞠躬道歉。有学生说感冒了，要请假，林秀伟把他拉过去，又是按摩又是刮痧。吴兴国和林秀伟都曾是台湾现代舞团"云门舞集"最早的一批队员。给同伴刮痧、按摩一类的技艺，他们在"云门"就学过。从"云门"出来，经营夫妻店"当代传奇剧场"，此类技艺连同制作服装道具、找人搭班、请人编腔一类，更是越练越精。

听艺术家夸夸其谈是一回事，看他们如何工作是另一回事。正如同，如果你肯绕到正在开屏的孔雀的背后，你一定会在美丽之外看到更多的东西。

在排练场上，得过台湾"国家文艺奖"的吴兴国勤谨、敬业、一丝不苟、井井有条，很有"剧场工作者"的样子。林秀伟怕我寂寞，不时跑过来讲解京剧的门道，或者告诉我："他（吴兴国）妈妈给他取名吴国秋：国家多事之秋的意思。吴兴国是后来改的……"

结束一天的排练，吴兴国开始了他的讲述。这个男人的身世、情感、身体已经完全跟他的表演融合在一起。我从没见过谁入戏如此之深。

看到吴兴国，你最先注意到的是他脸上的皱纹。他五十八岁，眼袋很大，眉毛不浓不长，却好像要飞入鬓角。每当他要强调什么而瞪大眼睛，额头上就会拱出深长的皱纹。他的嘴唇很薄，天生一副吃"开口饭"的利落。两道深深的法令线把削薄的嘴唇囊括其中，平添一股冷峻，而且极易让人错以为那部英挺的鼻子下面一直挂着一副髯口。

他演过中国历史上形形色色的男一号，庄子、屈原、楚霸王、诸葛亮、李后主、林冲、秦琼、岳飞、杨四郎、袁崇焕、范仲禹、蒋介石……法国阳光剧团艺术总监亚里安·莫努虚金称他为"伟大的表演者"，英国《泰晤士报》把他比作劳伦斯·奥利弗。奥利弗饰演过莎士比亚所有重要角色，是20世纪公认最伟大的莎士比亚戏剧演员，曾十一次获得奥斯卡金像奖提名。

吴兴国脸上的皱纹，与其说是岁月的痕迹，不如说是职业的痕迹。生旦净末丑喜怒哀乐愁已像晒图一样藏进他的皱纹里，只等着感光显影。

小兵立大功

"我在这里谈创新，可是我必须告诉你们，我是从传统出身的。谈到传统，我又好伤感，我可以随时唱一段老戏码，但其实我已二十年没碰它，那种感觉就像犯人在监狱里关了二十年，突然被放出来。"2011年5月，吴兴国在新竹交通大学和台北医学院演讲时说。

此前一年，吴兴国跟书画家张光宾、作家七等生、作曲家赖德和一起获台湾"国家文艺奖"。四位获奖者没有一个是守成者，评论家们说，七等生的小说是写给一百年后的人看的。而"国家文艺奖"那尊并不沉重的奖杯是"京剧逆子"吴兴国第一次获得台湾主流文艺界的一致承认。此时距离他第一次在台北文艺界掀起强烈震动，已经过去二十五年。

1986年12月10日，《欲望城国》在台北社教馆首演。苏格兰将军麦克白变成东周时期蓟国大将敖叔征，"欲望"代替了京剧惯常的忠孝伦理，成为贯穿始终的主题。

唱腔大体还是皮黄，可是已经没人能分清敫叔征究竟是武生、老生还是花脸。旦角没有水袖，穿起宽袍大袖带裙撑的西洋裙子。手眼身法还在，可留神细看，其中已经穿插进现代舞。像歌剧一样，这出"新编京剧"开场前有一分半钟以"悲壮"为基调的序曲，为这一分半钟，吴兴国和唢呐手刘春晖试过不下十个调门，吴兴国想要"悲壮"，刘春晖"能悲不能壮"，在他俩之前，京剧有编腔，但没有人听说过京剧还要作曲。

"那天我迟到了一点，在外面等的时候，我就感受到，一股人气和热浪扑面涌来，台上和台下一定是融合一气的。"台湾大学戏剧研究所教授王安祈回忆《欲望城国》的首演之夜。

台北的文艺界沸腾了两个礼拜。林怀民说，《欲望城国》是"小兵立大功"，王安祈说它肇始了一个"古典和现代混血、密不可分的时代"。

事实上，吴兴国并无意肇始一个新的时代，《欲望城国》酝酿三年，始终笼罩在破釜沉舟的悲壮里："不行就不行，不行是我们这群人的问题，是这个剧种的问题，我们只能被时代淘汰。"那是1986年，随着经济起飞和老兵退伍，国民党迁台之后一手扶持的"国剧热"已经渐渐退潮。吴兴国所在的"陆光剧团"（台湾三大军中京剧团之一）虽然还勉力维持着一个季度一次的公演和日常的"劳军"，但这种演出已经变成一个笑话：演的越来越漫不经心，经常不排练就上台；看的无滋无味，宁愿在剧团的演出记录表上直接盖戳，把演员打发回去。

京剧是别人强加给吴兴国的繁华旧梦，他终于把这个梦做成他的自己的，成为舞台上的一只虎、一条龙，却发现戏台子底下是空的。

从吴国秋到吴兴国

吴兴国原名吴国秋。母亲给童年丧父的他取这个名字，背后的意思显而易见：国秋，"国家多事之秋"。

吴国秋的记忆里没有父亲的影子，父亲没有留下一张清晰照片、一段完整的生平。吴国秋的记忆里只有一次，母亲把他和哥哥从"国军先烈子弟教养院"接回家，特意炒父亲生前爱吃的菜，炒到一半，锅飞了起来。不知这个带着鬼气的细节，是不是母亲忧伤的想象。那时，吴国秋"拉着妈妈辫子才能安心睡觉"，但他一生跟母亲待在一起的时间加起来超过不过五年。

念完"国军先烈子弟教养院"，吴国秋被送进华兴小学。华兴小学是宋美龄为大陈岛遗孤办的"窗口学校"，校址在阳明山上。吴国秋念不进书，经常坐在山坡上想家，唯一爱上的是音乐课。音乐老师告诉吴妈妈：这孩子声音很好，可以叫他学声乐。妈妈却把吴国秋送进复兴剧校，因为管吃管住。

复兴剧校的创办人王振祖号称"票友界的梅兰芳"。当年蒋介石被迫在庐山下野，王振祖曾带戏班到庐山为他演出。复兴剧校以"复兴中华传统文化"为每届学员命名，第一届复字班，第二届兴字班……吴国秋入学后改名吴兴国。

剧校条件艰苦，每餐只有馒头、稀饭、大头菜。练功练不好要被打，一个人练好而别人练不好也要被打。拍挨打的吴兴国闷头练功，来不及想喜不喜欢。剧校念到第三年，校长王振祖无力支撑，一度自杀。有时候老师吹牛，说过去在大陆演一个晚上可以挣多少金条，买多大的四合院……对吴兴国来说，那是天方夜谭。

身在遥远南部的母亲想念在台北念书的儿子，经常写信，"有些拿起来读读，有些也不认识那是什么字"，吴兴国回忆。他的信常被同学借去看。有人看过之后不还，吴兴国一怒之下把满满一书包信全烧掉。

"我妈是军人子弟，我外公是将军，国共战争的时候留在大陆，我妈一个人逃到台湾。她年轻就会抽烟，抽到后来肺积水。那时候她身体已经非常不好了，我一把就能把她抱起来。"吴兴国告诉南方周末记者。

受伤、挨打、流汗、流泪的时候，穿着黑制服、剃着光头的吴兴国会暗暗地恨妈妈，恨意刚弥漫上来，他马上又明白，妈妈和他都没有别的选择，心马上变冷。

寂寞沙洲冷

二十六岁，吴兴国觉得整个世界都在他的足尖下旋转。"有一天，你发现你所有的眼泪，一下子跟你的戏剧结合了，跟你所有演的历史沧桑、悲凉人物全部结合。"那是吴兴国迷上京剧的一刻。

因为表现优异，吴兴国成为复兴剧校第一个被保送进文化大学的毕业生。大学毕业，又顺利进入军中"陆光剧团"，很快成为当红武生。念大学的时候，吴兴国加入了云门舞集。因为有武生的功底，很快脱颖而出，成为《白蛇传》《奇冤报》里的男一号。

一边唱京剧，一边跳现代舞；京剧是饭碗，现代舞是追求。

京剧演出，十有八九是武生在前，老生压轴。散场之后，"陆光剧团"的头牌老生周正荣总会找机会，在吴兴国身边不紧不慢地念叨：你以为跳舞可以跳几年？舞蹈是西方过来的，你没有想一想？你从小学的是武生，传统戏剧真正的精华都在老生里面，从前都是老生在带团，武生就凭一把力气，舞蹈不是也这样吗……

周正荣看上了吴兴国，个头扮相功夫嗓子都有："想清楚没有，想清楚了赶紧给我磕头。别光看着我，人家请我教，我都不想教。"

拜师的头磕下去，周正荣跟吴兴国说的第一句话是："我送你两个字：控制。控制你的呼吸，控制你的情绪，控制你的生活，控制你的感情。你知道这两个字多难吗？"

从那以后，吴兴国经常到台北人迹罕至的孔庙去练嗓。每次师父到剧团，他必沏茶、倒水、递上热毛巾，然后垂手而立。剧团的同事在一边起哄：兴国，那么客气干什么？不要站着嘛！

每个周末，吴兴国都带妻子林秀伟到师父家里吃师母做的炸酱面，逢年过节行磕头的大礼。"当时台湾已经进入现代社会，可是我们一切都是按照古法来的。"林秀伟回忆。

周正荣想把吴兴国的底子夯实，收徒六年，只教吴兴国一出《战太平》。但"陆光"一季度一次的公演要求演员必须有戏可演，带团的"三颗花"

（军官）慢慢沉不住气了：兴国，我再帮你找个老师。我找的老师，比你老师年纪还大，比你老师会的戏还多……

新老师是民国后第一批学京剧的女艺人、马连良的同门师兄妹关文蔚。两个老师暗自竞争。有一次，吴兴国学戏的时候做错了一个动作，周正荣抽出靠旗，"啪"地打下来：你在想什么？你回家背不背戏？靠旗杆是用藤棍做的，抽在身上，疼吃进肉里。周正荣打到第四下，吴兴国下意识地挡了一下，"老师，我已经三十二岁了，可不可以不这样打我？"

周正荣把拜师帖扔在吴兴国面前，拂袖而去。

这是古典师徒关系的结束，也是迁台之后，国民党努力维系的京剧辉煌时代的结束。

周正荣以"台湾四大须生之一"的盛名参加"陆光剧团"的劳军演出，台下乱得像马蜂窝，任官长站起来喊一声"安静"只能维持两分钟。台上的周正荣神色如常，一板一眼，劲头铆得十足。有时候露天演出，起大雾，台上台下两不见，周正荣还是那样唱、那样演。

"我在云门舞集碰不到这种空间，那是道统，也是任务，唱戏的人完全没得选择。"吴兴国说。多年之后，他读到戏剧学者王安祈为周正荣写的传记《寂寞沙洲冷》，其中摘录了多篇周正荣的日记。周正荣每天都在反思：今天唱了什么，应该怎么改进……其实当时他已经无戏可演。

中国国王级的悲剧怎么演

1995年，完成历史使命的台湾三大军中剧团在一夜之间被解散。陈情的老兵一直闹到"总统府"，结果，三剧团合并成国光剧团。新团容量有限，大批京剧演员被"买断"，然后失业。"陆光"解散的时候，吴兴国的"当代传奇剧场"已经成立了九年。

"当代传奇"的前身是"兴中会"——一帮爱看吴兴国的戏、有对京剧现状不满的年轻演员、大学生经常聚集在吴兴国家里。商量怎么改良京剧，"兴中会"是他们对自己的戏称。

"大家都认为京剧很精致，我自己也学到了精致，可是精致只限于表演，文学上可能还不如昆曲。"吴兴国回忆，为了改良京剧的"基因"，年轻的改革者想到了嫁接，"莎士比亚的文学全世界都认可，我去跟你结合，失败了是我的问题。"

故事变了，讲故事的方式也得跟着变。周瑜从少年得志就是小生，到了中年、老年还是小生；刘备三顾茅庐的时候，诸葛亮才二十岁，就已经是美髯飘飘的老生，诸葛亮这一辈有没有年轻过？麦克白开始是下级军官，后来攻城略地，当上相国，最后谋权篡位，他是小生、武生、老生，还是花脸？

1993年，已在香港崭露头角的叶锦添来到台湾，他的第一个合作者就是吴兴国。当时吴兴国在排根据《美狄亚》改编的《楼兰女》。叶锦添记得，吴兴国为了追求希腊悲剧的味道，规定"舞台上的主人公不出三人，偌大的舞台上经常只有两个演员在对戏，庞大奇异的人物造型夸张地孤立了每个角色"。

因为有京剧的道统，"当代传奇"创团很久，吴兴国都刻意端着"国剧"的架子。"我是真正唱过大戏的，我知道传统的精致和丰富。我总感觉，我要找西方，就找门当户对的。"

1994年，吴兴国和"国光"当家花旦魏海敏受邀参加巴黎夏日艺术节。法国人本想请吴兴国和魏海敏唱猴戏《安天会》。吴兴国不服气："他们只是把我们的戏当成技术在看。"他自作主张把戏码改为《霸王别姬》，他让法国人见识"中国国王级的悲剧"。

演《霸王别姬》，吴兴国不做任何新编，他把此戏所有的名家唱段全部找齐：尚长荣把霸王对生命的不舍着力表现在对乌骓马的爱抚上，以至于虞姬三次叫"大王"，他都不肯回头；袁世海在虞姬劝饮酒一段的吹打上做足功夫，每一声唱都踩在腔上，劝酒变成了逼酒：霸王步步倒退，虞姬步步跟上，霸王没有退路。

"什么叫'天要亡楚，天要亡我，非战之罪'？霸王是什么人？最后居然不是别人打他，是他最爱的人逼他喝那杯酒！"一番偷师，吴兴国大过戏瘾。法国人看他演的《霸王别姬》，以为自己在看希腊悲剧。

等待戈多，等来李尔王

1998年，吴兴国跌入人生的最低谷，"当代传奇剧场"宣布解散。《等待戈多》一连几年无法通过备案。"文建会"搞不懂吴兴国要做什么：用京剧演老戏可以，演希腊悲剧和莎翁戏剧都没问题，演荒诞戏剧不可以。与此同时，"去中国化"的声浪越来越大，京剧变成一个越来越不受欢迎的剧种，"当代传奇"从诞生之日起就饱受争议，此时更是"反对的声音比支持的声音大一倍"。

演惯了英雄、帝王将相的吴兴国突然发现自己不被需要。没有经费、班底、申报多年的剧目拿不到备案。

最困顿的时候，他想起日本知名剧场导演蜷川幸雄的建议。1992年，吴兴国带"当代传奇"到日本演《欲望城国》，演出结束，蜷川特意来到后台，对吴兴国说：兴国，很棒啊！接下来你一定要演《李尔王》！吴兴国不以为然：李尔王八十多岁了，等我老一点再演吧。蜷川摇头，你不要小看李尔，再过十年，你可能就演不动他了。

重读剧本，吴兴国发现莎士比亚还写了一个葛洛斯特，这位小丑一样的弄臣跟李尔王一样，既控制不好自己的情绪又管理不好下一代，最后落得把亲生儿子赶走，被私生子吞了家产。因为替李尔王打抱不平，又被李尔王的女儿挖掉眼睛，扔到冰天雪地里。

"《李尔王》讲的是被放逐者的故事。"吴兴国看到了自己跟李尔王的相通之处。以往的戏剧经验在一刹那间复活：国外有些老演员可以一个人演一个晚上，就是坐在沙发上读剧本，只用声音、表情和细微的动作能把观众完全带进戏里。

"京剧几百年下来，大家技术都很好，唱念做打面面俱到，可是从来没有人有勇气一个人演一个晚上。"吴兴国决定用《李尔王》做这个试验，打通生旦净末丑，一人演十二个角色。李尔王可以化用麒麟童的《徐策跑城》；弄臣葛洛斯特是小花脸；三女儿因为不会说话不招父亲喜欢，岂不就是程派青衣？大女儿是玩笑旦，二女儿是泼辣旦……

2001年，《李尔在此》在台北公演，从大家视野中消失三年的"当代传奇剧场"重返舞台。

吴兴国宽广的音域让多明戈吃惊。

2006年，吴兴国和多明戈合作，在美国大都会歌剧院上演张艺谋导演、谭盾作曲的歌剧《秦始皇》。排练之余，多明戈拉他到咖啡馆向朋友们"炫耀"：兴国，唱一段给他们听听。

作为一出歌剧的《秦始皇》毁誉参半，吴兴国却获得美国媒体的高度赞誉："最自信的表演者是扮演阴阳大师的京剧明星吴兴国，看他表演很有乐趣，他的表情传达出了乐谱上几乎没有特别指出的痛苦、悔恨、狂喜和怪异。"

范仲禹等待戈多

2006年，吴兴国做了一个梦。他和老师周正荣在峡谷里相逢，老师抽剑砍他，他想像当年挡靠旗一样挡一下，却失手把老师杀了。两个月后，师母在电话里告诉他师父过世的消息。

吴兴国不知道这个"弑父"色彩的梦意味着什么，他为此低回许久。"当代传奇"巡演至许多国家，许多城市，但在京剧圈内，始终有人把吴兴国的实践看作"革国剧的命"。

吴兴国坚持每天吊嗓子，唱的都是老戏。有时候他听着伴奏带会出神：陆文龙的那根枪，你抛出去还接得住吗？再唱《四郎探母》，你还能唱出老戏的味道吗？如果皮黄失音，"当代传奇"还能传唱多久？

2009年，吴兴国带年轻人重排传统戏。

他决定亲自上演老师当年的拿手戏《问樵闹府打棍出箱》。妻子林秀伟深知此中含义："周老师演这个戏是最棒的。他很瘦，眼睛又凹，带着神经错乱的迷惘，水袖很'柳'，整个人好像浮萍一样。"

《问樵闹府打棍出箱》又名《琼林宴》。新科状元范仲禹本该赴皇帝的宴会，却钻到荒山里，寻找赶考期间失散的妻儿。樵夫告诉范仲禹：范妻已经被太师掳走了，孩子差点被老虎吃掉。范去太师府寻人，被恶丁打晕，装进箱子。两个差人来找新科状元，看到箱子，以为藏着财物，发现是一个人，又是一阵拳打脚踢。最后，范仲禹疯了。

"京剧里的故事大都有起承转合。这个戏的好处是你不知道它从何而来，要往哪里去，其中充满人生的错乱和迷茫。我们在布景里弄了很多山水画，来强调文人在权势之下被扭曲的纯真感情。"林秀伟回忆。

《问樵》上演那天，吴兴国特意托师母捎话，请师姑顾正秋来看戏。师姑对师傅的戏很熟。演完戏，吴兴国忐忑不安地问师母：师姑觉得如何。师母传话：比你师父唱得还好。吴兴国心里一块石头落在地上。

"我是谁？我是我。我在找我，我想我，我看我，我知道我。我问我，我恨我，我也爱我，我是吴兴国。"在一段以他为主角的纪录片中，吴兴国绕口令一样介绍他自己。在那一刻，他是他自己，是等待戈多的流浪汉，也是迷失在荒山中的范仲禹。

用显微镜也看不到他的抱怨

"吴兴国对这个社会是有很多意见的，他甚至对艺术教学和戏剧传承也有很多焦虑，但是在他的作品里，你闻不到这些东西。你用显微镜找都找不到。可是如果你被他的作品打动，你自然而然会隔着作品，感受到他的那些意见。"为吴兴国写过两个剧本的张大春这样评价他。

2010年10月，当代传奇剧场的歌舞剧《欢乐时光——契诃夫传奇》把台北"华山艺文特区"九百平米的废弃啤酒厂划分成三部分，中间用来演戏——用契诃夫的短篇小说串联起来的歌舞剧；左边和右边用来还原二三十年代的上海、台北和契诃夫时代的街景。

俄罗斯的木刻楞、上海的石库门、荷兰殖民者在台湾留下的红砖房、眷村用各种建材七拼八凑的低矮小屋全都簇拥在表演区的周围。白天，这里全部开放给观众，牛肉面、豆浆、水饺、面线、老式汽水在其间叫卖；玩具、脚踏车、竹摇篮、一百年历史的牙医座椅随处可见。

"被殖民者的历史是很吊诡的，对国家那是一种欺凌，对老百姓来说，他们却因殖民者的到来，突然接触到了世界上最先进的文明，有时候他们会搞不清楚该悲愤还是该庆幸。契诃夫生活在一个更早的时代，普通人穷困潦倒，过非常可怜的生活，可他笔下的人物却好像在享受痛苦，享受生活里各种蝇营狗苟的希望。我想把这些矛盾的体验叠加在一起。"吴兴国回忆。

《欢乐时光——契诃夫传奇》热闹开场四个月前，吴兴国获得台湾"国家文艺奖"。他用一百万新台币的奖金开办"传奇学堂"——从大陆和本岛延请最棒的京剧老师教年轻人传统戏。这是吴兴国的夙愿，"云门舞集就是靠暑期班培养人的"。

2011年，当代传奇剧场参加香港艺术节。香港学者告诉吴兴国，他们很为粤剧在香港的存殁担心，听戏和唱戏的人越来越少，所幸香港文化局很重视此事，香港机场的电视节目现在有专门时段介绍岭南戏曲。

从香港回台北，吴兴国特意站在机场的电视机前兴致勃勃地看了二十分钟广东大戏。

赵传：在没有对立面的时代如何唱歌

手 记

采访赵传很愉快。他对行业、对时代都有想法。为人诚恳，那张脸并不丑，看上去让人很放心。

我记得，采访之前的预设话题是港台歌坛名宿的内地演唱会经济。费玉清、蔡琴、罗大佑、李宗盛……听老歌手演唱会，人们在消费什么？为什么这个时代的人那么爱怀旧？

跟赵传聊起来，我慢慢放下预设，专心听他对自己的老歌做"政治经济分析"。一支流行金曲的背后，有若干时代征候。此言不虚。我还着意写了近几年他的一些尴尬。没有谁能永立潮头。时代的列车滚滚向前，谁都有被撂在一个小站，环顾左右的时候。

8月15日，赵传来到北京，为一个月后的"工体"演唱会造势。同一天，孙燕姿演唱会在"工体"开场。这是一场用十个集装箱拉来的耗资据称过亿的秀。万许观众手持从一百八到一千五百八不等的门票鱼贯入场。黄牛和小贩从东四十条桥延绵到"工体"，一千零八十块钱的门票两百元收购。五块钱三支的荧光棒、印有"孙燕姿演唱会"字样的化纤手袋、文化衫、扇子、招贴画、钥匙链堆积在地摊上。

这只是这个秋天北京若干场演唱会中的一场。苏打绿、王力宏、李宇春、周笔畅、张靓颖、孟庭苇、文章……歌手们使出浑身解数，一向短发素颜的孙燕姿摆出长发舞娘的造型；王力宏从"阳光男孩"变脸成"城市嬉皮"；文章一面打"贵族音乐会"的牌,一面向农民工赠票。

赵传不敢懈怠。两度进京宣传,时间表被各式各样的媒体访谈塞满,从一个演播室到另一个直播间,成名曲背后的故事、情史、演唱会花絮、男人的相貌及其事业、父慈子孝天伦之乐、与滚石不得不说的事……四十八岁的赵传被从各个角度"有料",版本不同,故事大同小异,一脸憨厚的嘉义汉子只能在一次次复述段子的间隙里,见缝插针吐露实情:其实是想催催票。

"现在这样我很辛苦,因为要不停地讲话。"在接受南方周末记者采访的时候,赵传忍不住抱怨,以前开演唱会没有这么麻烦。

"以前"是1991年。那时候演唱会的门票最贵五十元,最便宜五元。1991年之后,赵传先后七次在内地开演唱会。在他的记忆里,2006年的情况已经跟今天很像:很多采访,很多关系要打点。

"虽然每次都来跟媒体做宣传,但我很少有机会讲自己想讲的话。"赵传说。

世界没有你想的那么美好

1987年的一个夏夜,数千外国人和长发青年聚集在台北大专活动中心。台上"红十字乐队"的小个子主唱用高音飙吉他手的华彩,台下的人挥旗助兴,之后把旗子烧掉,一边踩踩,一边尖利地呼哨。尚未解严的台湾很少见识这样的"群体性集会"。不久,大专活动中心贴出告示:本中心以后不给摇滚演唱会提供场地。

二十五岁的赵传是这次"群体性集会"的主角。这场名为"超级摇滚"的演唱会是他生平第一场演唱会。演唱会不卖票。相当一部分听众是被海报吸引来的:一只手紧紧抓住凌空的彩虹——熟悉摇滚乐的人知道,这个创意来自英国老牌重金属乐队Rainbow的唱片封面。赵传骑着摩托车把海报贴到大街小巷。

当时的台湾,摇滚、朋克被统称为"热门音乐",其推动者是乐器公司和大大小小、遍布全台的地下乐队。1986年,赵传所在的"红十字乐队"拿下雅马哈主办的首届"台湾区热门音乐大赛"冠军。第二年,雅马哈提供灯光音响，一个租售"热门音乐"现场演出录像带的老板赞助三万块钱，"红十字"开了自己的演唱会。

"红十字"是从十七岁开始组乐队的赵传参加的第N个乐队。第N-1个乐队是"金属小子"，赵传是这个乐队的第一任主唱，第二任主唱是张雨生。"金属小子"有限的收入来自给人家热场或去企业表演。在"金属小子"之前，赵传唱民谣。

喜欢上音乐，对于在嘉义眷村长大的赵传来说纯粹是个意外。当时，大多眷村的孩子只有两条路：要么当小太保，要么念军校——爸爸在前线当兵，家里孩子多，妈妈一个人照顾不过来。

肯念书、课余时间抱着吉他弹弹唱唱而不去跟小太保厮混的孩子就算乖小孩。赵传就是乖小孩中的一个，按部就班地念书，在迪斯科舞曲的伴奏下，在校园民谣的吉他声中度过青春期，对未来的规划有板有眼：毕业、服兵役、找一份稳定工作……

一年行伍生活让这个平滑顺畅的规划露出破绽。

"我们是在国家主义的教育下成长起来的。我又是眷村里长大的孩子，从小受的教育就是要继承父业，随时上战场，随时准备牺牲。我当兵的时候，觉得很荣耀。那时候由大专生考上军官，比例不是很高。"赵传告诉南方周末记者。真正入伍，他发现越来越多的荒谬。

每次上面来视察，床铺以上被打扫得干干净净，床铺以下是果皮垃圾臭袜子，长官和小兵都心知肚明。整个军队都是国民党的，但内中派系林立；长官把新兵当作自己几年行伍生涯所受委屈的出气筒。表面上，部队干干净净、雄壮威武，但贪污腐败比比皆是。所谓的"反攻大陆"只是台面上的包装，谁都知道不可能，但仍然虚与委蛇，出操点卯。

喊口号是新兵必过的一关，谁的口号不够响亮，就出列单操，一直操到调门足够高。入伍几个月，赵传探亲回家，跟着老鹰乐队的唱片唱《加州旅馆》。他惊异地发现，以前唱不上去的现在都可以唱上去。

"你去唱摇滚，就想了解歌词的意思，了解那些歌手为什么那么愤怒。拿来比照自己的生活，就慢慢发现，世界远没有你所想象的那么美好，那么理所应当。"在台湾戒严时代长大，但此前对戒严浑然不觉的赵传开始慢慢体会到"自始至终笼罩着台湾社会的那种严肃感"是怎么来的。

你觉得你的唱片可以卖多少张？

1991年，能容纳一万八千名观众的首都体育馆配备了两千名武警。以前只在西方歌星的录影带上见识过万人演唱会场面的赵传第一次成为万众瞩目的Super Star（超级巨星）。身高一米六七的他且唱且跑，"四面看台全部跑到"，歌迷以掌声、呼哨和即兴点燃的打火机作为回报，他想在歌与歌的间隙里发表一点感言，却被歌迷跺脚抗议：别说了！唱歌！

"那是'六四'之后，第一次被默许的集体发泄。"多年之后，赵传才知道当年演唱会的主办者"都是高干子弟"。

此前一年，"高干子弟"曾操办过为亚运募款的"亚运前夜"公益演唱会，赵传和同门艺人潘越云、庾澄庆、辛晓琪被雄心勃勃开拓大陆市场的滚石唱片派到北京义务献唱，虽然没有拿到一分钱报酬。第二年，赵传被"亚运前夜"的主办方再度邀请，在"首体"开个唱。

那是中国大陆第一场个人演唱会，赵传是滚石"进军大陆市场的第一个歌手"——之所以成为第一，是因为"唱片公司觉得我比较'左'"，赵传自己总结。

事实上，唱片公司最早注意到"比较左"的赵传，就是在那场被台北大专活动中心疑为不可控"群体事件"的"超级摇滚"演唱会上。演唱会之后的第二年，赵传从贸易公司跳槽"滚石唱片"。

跳槽之前，赵传有三种选择：去国外念MBA、在台湾开贸易公司、到"滚石"出唱片。最后选中的似乎是其中最不靠谱的一个。做生意需要喝酒，"做艺人应该不用喝酒，不用sales（销售）的嘴脸"。赵传没想到，自己投入到另一个更需要销售技巧的行业。

"当初之所以选择'滚石'，是因为觉得它名字不错，比较符合我做摇滚的愿望。"尽管入道之前已多少知道唱片业的猫腻，二十七岁的赵传笃定唱歌是最好的表达方式，"内心的感受和耳闻目睹的种种不平，很想通过音乐的方式去宣泄，而且宣泄之后，也不会太失控。如果失控，就表示你不足以成为舞台上真正的表演者。"

"真正的表演者"意味着一系列的妥协。

"滚石"开出条件相当苛刻，不签正式合约，只有草约。草约的要点是每张唱片要卖多少张，如果没有卖到就解约，歌手从每张唱片销售额中抽取不到百分之二的报酬。出第一张唱片之前，老板问赵传，你觉得你的唱片可以卖多少张？赵传说，一万张吧。老板的脸"马上就挂下来了"。

赵传大大低估了自己的市场潜力。第一张唱片《我很丑，可是我很温柔》卖了三十万张。初试啼声，赵传成为"滚石一哥"，"我是'滚石'第一个国语唱片卖三十万的歌手，罗大佑、周华健、李宗盛、陈淑桦，都没有卖得我好。"

"卖得好"的代价是被贴上"我很丑"和"小男人"标签。

又来了一个两百块

"《我很丑，可是我很温柔》可能是1980年代末，非常成功的企划案，但我一直不是很赞同这个企划，直接用'丑'挂在一个新人头上，其实很残忍，虽然引人注目，但是也有可能让他卸不下这个枷锁。"多年后，赵传的"滚石"同仁周治平在自己的博客中写道。

2007年，《我很丑》的词作者、女诗人夏宇邂逅赵传，特意向他道歉：我写的丑不是世俗的美丑。

赵传对《我很丑》的感情复杂：他自豪《我很丑》"带起了国语歌曲创作的新方向"，也深谙《我很丑》背后的商业考量："唱片公司知道我是搞摇滚的，并且已经有一点用摇滚要去对抗社会制度不公不义的想法了，它担心在当时的政治氛围之下，如果太去对着干会适得其反。所以就换一个出发点，从被压迫者、被统治者的角度出发，所谓'白天暗淡，夜晚不朽'——从企划的角度，这既是对当时政治的曲折投射，也是一种市场极大化的考虑，因为这样的人很多。"

"丑"的标签究竟意味着什么，是没有经验的赵传不能完全想象的。他带着照片到电台毛遂自荐，没人愿意让他上节目，嫌他"不够上相"。唱片大卖之后，电视台纷纷找上门来。"丑男"已经开始在综艺节目中流行。有个轻度智障、因为每天的薪水是两百台币而被称作"两百块"的丑角红了一段时间之后，被人遗忘，只好以捡废品为生。

"我去做节目的时候，那些喜欢恶搞的综艺节目就觉得是不是又来了一个两百块。"胡瓜（综艺节目主持人）在他的节目里问赵传，脸是不是被车撞过，赵传只能报以尴尬的笑。

"那时候台湾，台湾的媒体都是极右派的：艺人一定要长得非常漂亮，并且不能有任何的思想。所谓的'娱乐文化'基本等同于'愚民文化'。全台湾一共三家电视台，一个是'国防部'的、一个是国民党的、一个是台湾'省政府'的。他们所做的许多节目都是在垄断的心态之下，觉得我怎么整你都行，请问你要去跟谁投诉？"明知上节目就是挨整，也只能硬着头皮上。

"某种角度来讲我们也是一种演员，去演你的歌词里的角色。"赵传说。既然是演员，就很难要求分配给自己的每个角色都可以本色演出。

唱摇滚的年代，赵传是不屑于唱情歌，进入"滚石"之后，情歌在他的专辑里占有越来越多的比重。"我的个性是蛮自我，更况且长期的'国家主义'教育，男人就该'有泪不轻弹'，而唱情歌恰恰就是把自己最软弱的那一面表现给别人。如果我能选择，我会选择自己想要的样子给大家，但是对不起，唱片公司投资我们，我们就要配合它。"

"早知道当初多赚点钱／爱真假难辨，情怎么考验／最好是睁一只眼闭一只眼"——于是，摇滚青年唱起市井气十足的《快活似神仙》。

在大陆越来越火的时候，赵传推出一张台语专辑《黑暗英雄》。专辑的"企划文案"说，这是赵传改变自己小男人形象，并且用眷村的眼光去看待台湾原住民的一种尝试。"企划是这样讲啦，其实他们只是想说，你不能忽略本土市场，不要你在大陆很红，就忘了台湾。把我塑造成'小男人'的是他们，要改变'小男人'形象的也是他们。"让赵传觉得无趣的是："政治正确"与"市场正确"的考验无处不在。

最好不要让这个人参加金曲奖

1994年，已经两度得过台湾金曲奖数枚奖章，并在大陆开了若干场演唱会的赵传终于在台北国父纪念馆开了他成为"滚石"歌手之后的第一次演唱会。

那次演唱会的一个小高潮是赵传摔吉他。对赵传来说，摔吉他跟跳下舞台、把话筒递给歌迷不一样，不仅仅是"搞搞气氛"的方法，也是因为"那个年代，大家都有一些鸟气"。

撒完气，赵传发表了一通即兴感言：我是台湾培养出来的歌手，可是不好意思，我之前的演唱会都是在大陆办的……台下的"行政院长"郝柏村听到这话，吩咐左右：最好不要让这个人参加今年的金曲奖。

从"郝院长"发话算起，赵传再回台北开演唱会是十二年后的2006年。这一年，"赵传世界巡回演唱会"先在台北、后在北京开唱。北京演唱会的票价从1991年的人民币五元到十元跃升至人民币一百八十元到一千二百八十元，台北的演出票价在九百到二千八百元新台币之间。

在台北，赵传身穿学生制服跟万方合唱《新不了情》、《当男孩遇到野玫瑰》，颇遭媒体一番揶揄；在北京，"传哥"似乎依然是无法替代的青春记忆，歌迷们表达心情的方式相对节制而友好。

赵传对这次演唱会很重视，把它定位为自己出道十八周年的纪念。为渲染怀旧气氛，他亲自为重唱小小鸟设计了"大鹏展翅"T恤，又到台北时尚的购物街区西门町定制高中生制服和学生帽。无奈，台湾的校园已经废除制服多年，哪里都找不到赵传要找的学生帽。

对于一直在万人体育馆开演唱会的赵传来说，容纳三千观众的北展剧场和台北国际会议中心更像私人的聚会之地。父母、女儿、他在"'中国'市政专科学校"的同学或在台北或到北京助阵。在台北主场，赵传不顾歌迷催歌，大段袒露心曲：我没有忽略台湾，而是被台湾市场放弃了。

2006年，赵传因手机铃声和网络下载衍生收益的纠纷把老东家"滚石"告上法庭。用赵传的话说，双方的矛盾"冰冻三尺，非一日之寒"。2001年，赵传迄今为止最新的专辑《那个傻瓜爱过你》发行。同一年，周杰伦、F4从台湾红遍东南亚。"索尼唱片"在台湾十年的励精图治获得阶段性成功。与坚持本土原创音乐的"滚石唱片"不同，"索尼唱片"走西化路线，R&B、Hip-Hop、视觉系……渐渐成为流行乐坛的新名词。潮流所到之处，"滚石"亦步亦趋。在新的流行风里，赵传变得越来越不重要。

2009年夏天，赵传再次回到数度认真倾听他唱老歌的北京，被问到最多的问题是：什么时候出新专辑，这次演唱会有没有新歌？

赵传的答卷是即将发行的EP。其中包括三首歌：翻唱刘三姐的《心想唱歌就唱歌》，曲已写完，词还没出来的《最初》，已经酝酿十四年之久的《满江红》。

在摇滚文化熏陶下成长起来的赵传已经习惯了把自己的歌手生涯跟政治挂钩："从2000年开始，台湾的政治氛围已经变了——政党开始轮替，流行音乐也要跟着改变。我当时想做的事情其实就是这种政治氛围下的产物。比如罗大佑，我觉得他面临的问题是对立面没有了。他过去唱的歌是当时国民党一党独大的产物，现在已经是两党政治了，你罗大佑今天唱什么？我也一样，我是不是应该从音乐出发，在新的政治氛围下重新寻找自己的定位？"

在新EP里，赵传用岳飞的愤懑之作对接当代生活："《满江红》最能体现职场中的苦恼。我们总是被教育忠于自己的事业。我们一直拿岳飞去教忠教孝，教一套非黑即白的世界观。但我们有没有说：秦桧这样的人在职场上比比皆是。"

9月12日，赵传的摇滚版《满江红》在北京"工体"唱响。民族英雄岳飞变身职场失意者。

报贩传奇

手 记

这篇稿子是"改革开放三十周年"专题里的一篇。在整个大专题下，我分配到的任务是"戏剧三十年"和"新闻三十年"。

对于新闻三十年，我预设了四个采访方向：1980年代，新闻法曾一度呼之欲出，后来不了了之。华中科技大学新闻与信息传播学院特聘教授孙旭培是亲历者之一。采访孙教授，可以还原1980年代的新闻理念。

党报是有中国特色的报种，我想对1978年、1988年、1998年、2008年的《人民日报》做一番爬梳，看看这张报纸的面孔在三十年间发生了怎样的变化。党报之外，自1990年代之后，异军突起的另一个报种是都市报。《华西都市报》、《北京青年报》……今天这些名字已经不那么响亮，可它们都曾有自己的黄金岁月。从《华西都市报》、《北京青年报》再到《南方都市报》，中国的都市报经过了怎样的嬗变？

再就是报贩。一个报贩眼中的中国报业三十年，必定会提供一些从"上面"扫描看不到的视角。百度一下，毫不费力找到了"报贩大王"詹兆强。当时他正在宣介他的"爱心报亭工程"，居然把电话都公布在网上。通一个电话，第二天，我从北京到了深圳。

詹兆强是每个记者都会喜欢的采访对象：这种人对自己的经历有一份特殊的珍重，他能娓娓道出独特的生命经验，逻辑清晰，细节充足——显然，类似的讲述，他已经在心里排演过若干遍。尤其喜欢詹兆强的讲述中，那些充满市井气、游民气、草莽气、丛林气的部分。他的故事是乞丐向企业家演进的历史，也是改革开放三十年的历史。"打不赢就没饭吃"，谁能说出"改革开放三十年"宏大叙事背后残酷的丛林法则？一个报贩就能。

詹兆强带着他的助手——一个刚毕业的大学生，来接受采访。他塞给我一个装着钱的信封，被我坚拒。第二天他一大早，带我去"视察"他的爱心报亭。他一边带路，大声地跟路人甲乙丙丁介绍：这个记者很廉洁，连矿泉水都要自己买……我像小偷一样低下了头。

稿子见报，人们知道"卖报大王"的发家史，对于詹兆强雄心勃勃要建立起的"与邮老大比肩"的发行网络，不晓得是帮上了忙，还是帮上了倒忙。

六十岁的詹兆强每年都给自己的右腿上几百万的保险。这条腿断过两次，一次是在1979年，詹兆强随部队往云南前线运送弹药，还没到前线，就踩上了一枚地雷。一次是在1987年，当时詹兆强在深圳读夜大，下晚自习的时候不慎从楼梯上跌倒，右小腿粉碎性骨折。现在，这条受过伤的右腿成了詹兆强实现梦想的王牌。詹兆强的梦想是建立一个可以跟"邮老大"比肩的报刊发行网络。

这个梦想的起点是1989年的清晨，詹兆强背着二十几份报纸在深圳街头跛着脚叫卖。2008年10月的一天，詹兆强在深圳向我讲述了他的梦想。

来到深圳

1986年还没有电视，我从收音机里知道"改革开放"、"深圳"，知道深圳的大学可以勤工助学。那年，我三十八岁，拿着部队发的伤残证在一家国营工厂的工会里找到了工作。学历已经开始变得重要。在当时，去深圳就是去外国，让人又新鲜又自豪，邓小平年轻的时候曾到法国勤工助学啊。

天蒙蒙亮的时候，我坐上了从南昌到广州的火车，满车的人都在说"到南方去"，"到深圳去"。都是年轻人，只有我是一个老工人，小学毕业，身上带五十块钱，还是残疾。

当时，江西还没有发身份证，更没有边防证，我是爬铁丝网爬进深圳的。我没打工，一门心思到深圳大学去。当时深大的政策是"读书不问来路"，但是要收二百四十块钱学费。我去卖血，四百毫升卖了两百块钱，还差五十，校长听说了我的事，减免五十元学费。

我班上七十多个同学，大部分是在职生，其中有四个公安局长。很多人上课来，下课走，彼此也不打招呼，有些人一学期也不见露面。我是班长，经常收发作业，倒跟大家混个脸熟。考试之前，老师"划范围"，监考的时候，老师说：同学们，你们不要抄啊，我到外面抽根烟……这时候，大家就来抄我的，这些人后来都成为我事业打拼的时候取之不尽的人脉资源。

在深大读了四年，毕业的时候，老师把皮鞋、西装借给我，带我去《南油企业报》应聘。落魄的人不管穿什么都落魄。招聘的人看看我，这乡巴佬怎么会写东西呢？

毕业了就不好住在学校里了，我流落街头。我有个同学在《深圳特区报》的印刷厂，他告诉我：深圳没有人卖报纸，很多人买不到报纸。我这有试印的报纸，你拿去试着卖，看能不能活命。他每天给我二三十份报纸，不要钱的。我每天上午就把这些报纸卖光了。

就这样，我白天卖报，晚上住天桥、公园。我认识了一大批残疾人、乞丐。有一天晚上，我们睡在一个高楼下面，我在身底下铺了几张报纸，一盆尿泼下来。那时候，我最喜欢的歌是"月亮弯弯照九州，几家欢乐几家愁"。

我给自己做了一身卖报穿的衣服，前胸和衣襟上有很多口袋，好卖的报纸一卷一卷插在衣服的口袋里，大量的报纸背在背上。那时候卖报纸跟补锅、磨剪刀的一样，沿街叫卖。开始我搭公交车，车票五分钱，人家看我是残疾人，还老给免。后来报纸越来越多，背不动了，我就用自行车驮着卖，报纸扎在自行车的捎货架，比人还高，只有我们卖报的人敢骑，别人一骑就倒。

我慢慢摸到门道，火车站是报纸最好卖的好地方，很多香港人看到我是残疾人，丢给我五块、十块，本来报纸只要五毛钱。但是公安局总来赶我，说我妨碍国民形象。

他妈的，总赶我。我不是有同学在公安局吗？我去找他，门卫以为我是上访的，要把我轰走。我说我是你们局长的同学，他不信，哼了一声。我说是不是，你去跟他说一声。他就让我跟他们局长讲电话。局长对我还有印象，问我什么事，我说电话不好讲，他就让我进去。他以为我要钱，两百块钱已经放在桌上了。我说我不要钱，我把来龙去脉一说。他说：这样吧，明天我就要去火车站那边检查，你8点在门口等，坐我车子过去，你不要说一句话，跟着我走就行。

当天晚上，我就睡在公安局门口。第二天8点，我坐上他车子。他去考察，我就跟在他后面，人家给他一根烟，他就给我抽，也不说话。我跟他走了一圈，第二天再去卖报纸就不一样了，还有人给我安排座位。那以后，我一天能赚一百多块钱。这样，我就挖到了第一桶金。1992年，我在深圳已经有了"卖报大王"的称号。

打不赢就没饭吃

我这个"卖报大王"，每天早晨4点就起床，要走到晚上10点钟，这对我来说是很好的康复，要不是卖报，我的腿估计早就只能坐在轮椅上了。

我每天4点就去印刷厂，先迅速浏览一遍当天报纸，停机之前如果有猛料，我马上就加报；如果新闻不好，或者暴风雨来了，我就减报。我拿了报，再批给报贩，一份报纸赚五分，报贩再拿去卖，一份报纸也赚五分。我做了"报头"了。我已经有了自己的系统：码头、机场、火车站、口岸，凡是报纸好卖的地方，都有我的马仔。

我的马仔主要是这么几种人：一种是以前跟我一起睡在天桥下面的乞丐。乞丐里面大多数人好吃懒做，卖几天报纸，一百个人里最多能留下五六个；一种是儿女不孝，离家讨饭的老人，很多是北方来的，因为深圳没有冬天，冻不死人，这些人像候鸟一样，每年11月份就来了。到了夏天，深圳湿热，他们再回北方去；一种是到深圳求学的大学生，他不知道深圳消费高，把钱用光了，不能偷，也不敢抢，有人告诉他们：你去找那个"卖报大王"。这些人是逼上梁山，暂时落草为寇。我是他们的头。有人叫我"丐帮帮主"、"残帮帮主"。

那时候，卖报纸是当时深圳最原始的谋生手段，有五块钱、十块钱的底本，就可以去卖报纸，卖了报纸，就可以买快餐吃。

我们在深圳大学后面的山上搭起一片草棚，最多的时候，里面住过两百多人。大学生不愿意与盲流为伍，在草棚里隔出一块来。有的大学生还在草棚的墙上写了一首诗，那是我们这群人的真实写照：朝食千家米，晚睡古亭楼。不犯皇上事，天下留我痕。

这些大学生拿到报纸，先看的是招聘信息。结果排队去应聘的时候，他排第一个。因为他是卖报纸的，他最早看到招聘的消息。从我们草棚里走出过银行的高级职员、法院的法官……这些人我没赚过他的钱，报纸我多少钱批来，我就多少钱给他。

那时候查边防证查得很紧，报贩子最怕两件事，一是刮风下雨，报纸卖不出去；一个是查边防证，肯定要跑，越快越好。有时候，我们卖了一天报纸，晚上回来一看，棚子给拆了，家没有了。

如果查边防证的时候被抓到，就给送到樟木头镇上的收容所去。每次我的手下被抓去了，我都去樟木头接他们。他们见到我的第一句话是：老板，我知道你会来接我。接来接去，我跟收容所的人都熟了，本来要交二百、三百才能把人领走，我交五十就可以了。其实我自己就没有边防证，我的几个公安局长的同学给我写了条子，此人是我同学……收容所的人经常给我打电话：老詹，我们这个又抓了几个，说是你的人……我去了一看，其实根本不是，但我也把他们接回来。这样，我保护了一批人，在报贩里越来越有威望。

我打过几次大架。

有一次在华强北——那是深圳最繁华的地方。我们几个残疾人和两三个健全人都在那卖报纸。我警告过他们几次，叫他们不要再卖了，第一次，他们不听；第二次，我叫马仔把他们的报纸拿了，把报款给他们——做我们这行不容易；第三次，我带人把他们的摊子蹭了，残疾人打正常人肯定打不赢，弱势群体，十个打一个。我跟马仔说，打得赢卖报纸，打不赢，没饭吃。大家急了眼。过路群众不知道怎么回事，以为正常人欺负残疾人，也来帮忙，打得他们求饶——"不要打了，我服了……"

我说，服了好，报纸可以卖，但要拿我的报纸，我一份报纸赚你五分钱。

还有一次打架，动了枪。那是1996年，我已经有一辆小四轮货车。《深圳特区报》一万块钱便宜卖给我，算是奖励我卖报卖得好。车身上写着"特区报"几个字，有这几个字在深圳就可以到处走，采访车嘛。

那时候深圳已经有了四大"报头"。我在南山区，是专门组织报贩的，我的地盘有几个大旅游区，世界之窗、华侨城……而且背靠宝安机场；有一个"报头"搞一些跟邮局相关的业务；还有一个姓李的"报头"，那个时候他就开"凌志"了。他的码头在罗湖文锦渡，他做"中图"（中国图书进出口公司）的代理。当时，允许在深圳卖的香港报纸有《大公报》、《文汇报》、《香港商报》，这些都是左派报纸，在香港不好卖，在内地也不好卖。但是这些报纸下面有很多子报，《马报》、《东方日报》、《苹果日报》、《太阳报》……这些报纸都是不得了的报纸，利润不是几分钱而是几块钱一份。他的码头谁都不能去。

我有一点霸气和匪气。我开着我的破小四轮，去他的码头批报纸。在我这个行业里头，我是犯规了。我去了三天，第四天，他找到我：詹老板，我给了你三天的面子，明天不要来了。

我想，去不去呢，不去没面子；去肯定吃亏。他在那个地方经营多年，跟当地派出所肯定很熟。

我就去公安局找我同学，我没说实话，我只说：他妈的，人家欺负我，不让我做。我同学说：哪个欺负你？卖报纸又不犯错！

他派了便衣，把枪掖在衣服里面，第二天跟我们一起去。老李的马仔一看到我们，就围上来。人家人多势众，我们打不赢，便衣朝天上放了两枪，把人吓跑了。严打的时候，因为这件事把我抓进去了，但是我没放枪，是公安局的便衣放的枪，又把我放了出来。这件事奠定了我在深圳的地位，老李的码头，我也能做了。

但是我没卖《马报》和《苹果报》……我卖《文汇报》。因为我知道，几分钱的利润可以赚得长久，几块钱的利润是长久不了的。没过多久，安全局的人就把老李的家抄了。因为《苹果报》经常刊登一些反党言论。安全局的人就问了老李一个问题：你是因为缺钱卖这些报纸吗？老李说不是。安全局的人说：那你就是颠覆共产党的政权。

抢邮局的饭碗

老李被抓进去之后，股市就来了。炒股的人一定要看股票的代码。本来报纸是一块钱，股市一来，我卖三块就三块，我卖五块就五块。最多的时候，我一天卖过五万份报纸。

《深圳特区报》也看好这个机会，本来"报头"向印刷厂拿报，要一手交钱一手交报，但我没有那么多流动资金，我只有把报纸卖出去才能有那么多钱。《深圳特区报》对我特事特办，允许我一周结一次报款。一个星期下来，那是几十万块钱。我是一个什么都没有的人，要走就走，我的亲戚朋友，好多劝我，把钱卷了跑，但我没有。

有一次我身上带了七万多块钱，去广州找《南方周末》发行部的谢志刚结报款，约好早晨4点半到《南方日报》的大楼见面。那时候还没有高速公路，都是土路。我穿的脏兮兮的，把钱绑在腰上，就上路了。到石龙的时候，上来几个打劫的，不给钱就砍，砍得血淋淋的。我把钱慢慢挪到身后，拿了二十几块钱，主动找到绑匪：哥们儿，我是江西人，找工作也没找到……你们也不容易，这二十块钱给你。他说那你怎么办？我说我是要饭的，我要惯了，这个钱也是我讨来的。他觉得我很有义气，让他的手下给我一百块钱。

下车之后，同车的人都说我跟绑匪是同伙，我说我没办法，我不那么说，身上的几万块钱就没了，这钱是报社的。公安局来了，我说你们打电话给《南方周末》的谢志刚，问有没有我这个人。他们一问，谢志刚说他正在等我。

当时，各家报社都在"自办发行"。在报纸自办发行之前，报贩是地下力量。邮局每年都请我们吃饭，猫和老鼠还是一家，报社自办发行之后，我们和邮局之间就发生了矛盾。因为，报社自办发行，肯定要依靠我们。这等于抢了邮局的饭碗。征订我们搞不过他们，零售我们肯定比它有优势。我们这些人说来就来，说走就走，不用发一分钱工资，不用给加班费。船小好掉头，我们就被称作"二渠道"。

提到自办发行，有三个人要提。一个是《南方周末报》的谢志刚，一个是《环球时报》的方琴，还有一个是《法制文萃报》的杜新路。当时各地都有二渠道的萌芽，从1995年开始，这三个人每年都组织全国的报贩住宾馆，开"全国报纸第二渠道发行年会"，给了报贩"特约发行员"的名分，实际上就是一个城市的零售代理。二渠道慢慢从地下走到地上。这三份报纸都是强大的报纸，邮局不敢得罪，报贩有了这三份报纸就不愁没饭吃。不卖这三份报纸就不是真正的报贩。

2001年，深圳市围剿《南方都市报》。当时，"南都"在深圳市的每日零售量有十八万份，深圳本地几家报纸加起来，也不过五万份。为什么这个报发行量那么大？因为它不是本地人办的，是广州人办的。因此它就敢说这个腐败，那个腐败。这些，深圳市的报纸不敢登。老百姓到报摊就问：有没有《南方都市报》，不会问有没有《特区报》。《特区报》报贩都放在报摊下面，拿都不拿出来。

你要知道，发行量就是广告，广告就是钱。中国有句老话，肥水不流外人田。深圳市政府宣传部、特区报集团和深圳市邮政总局三家组成同盟，不卖《南方都市报》。

我有个老乡，在市委宣传部工作，他找到我：怎么样？老詹，你可是深圳人！

《南方都市报》也找我们报贩开会。我很矛盾，我有两个良知：一个良知，我是深圳人，我应该维护深圳的利益；另一个良知，我是报贩，报贩的职业道德就是，只要有批文，哪份报纸好卖，我就卖哪份。你们三家垄断封杀《南方都市报》是为了经济利益，我也是为了经济利益……这么一想，我就告诉我手下的"报头"：卖！

当时，"南都"的"报头"，十个里头有八个是我以前的马仔——各个报社发行站也有好多我的老手下，他们到报社发行站工作，都不要面试。我是报贩的黄埔军校。是不是好报贩，看他数报纸的姿势就知道。你们数报纸是一张一张的，我们是用拇指和食指一卡，再用食指一拨，就是十份。

这样，封"南都"的和卖"南都"的，我们双方僵持了十天。报社把报纸给我卖，不要我一分钱，送给我卖；十天之后，"南都"和深圳方面和解。这十天，我赚了二三十万。

以慈善的名义建发行网络

我已经多年不卖报了。市场主要是我的马仔在做。外地报纸想进来，一定要先找我。给我"上摊费"，一般是报纸批发价的百分之五十；或者免费给我报纸，我卖不了包退。

席文举就来找过我。他的《中国财富》想在深圳卖。我答应了他。不过他第一期就做"富士康事件"，接着又做"深圳农民工调查"，杂志一出来，全让市委宣传部买走了。这个我就帮不了他了。

《深圳特区报》自办发行之后，报社大楼门前的停车场就成为了我们报贩批发报纸的"露水市场"。每天早晨五六点钟报贩都到那里去批报纸，一到9点钟，就一个人都没有了。这个"露水市场"是我们报贩的"保税区"，一到这里，城管就不管我们了。"露水市场"的人越来越多，我慢慢抽身去做发行网络了。

1997年，我的爱心报亭有限公司成立。我的梦想是建一个全国性的报刊发行网络。第一个爱心报亭建在"深大"。是我"深大"的老师给我提的建议：你也这么大岁数了，不要再流落街头，你就到学校来卖书卖报吧。爱心报亭的模式是：我出钱在学校建起报亭，报亭的所有权归学校，经营权归我，报亭必须雇用贫困生或者残疾学生，利润的百分之五十给学生们发工资，百分之五十给我支付报亭的管理费用。

第一个报亭建起来之后，我觉得这是一个路子。如果在全国铺开，是一个了不得的发行网络。

高校地址我是最全的。全国两千多所高校，包括八十多所军校和台湾的一百多所大学，我每年都发函，可能一百个里有十个会回复，能真正搞成的只有三个。因为我不是政府，不可能一片一片地做，我只能一个点一个点地试，在我死之前，不晓得这件事做不做得完。

本来勤工助学是很好的事情，对学校来说，等于是天上掉馅饼，但因为我上门去说服，人家就会觉得我是搞推销。我想来想去，这个发行网络必须跟慈善事业结合起来。我是残疾人，扶残助残，人家就不会怀疑，谁跟残疾人过不去？我跟各地残联联系，得到他们的同意后，再去跑工商、税务、交通、城管的批文……跟高校报刊亭一样，我出一万块钱建报刊亭起来，然后把报刊亭租给残疾人或者他的合伙人。我有好几种办法：有能力，有经济实力残疾人自己经营；残疾人不参与经营，正常人经营，但是每月从利润中拿出八九百块钱给残疾人；残疾人家属承包，条件是必须保证残疾人温饱；完全由正常人经营，但每年必须向当地缴纳残疾人就业保障金。

现在，在重庆、武汉、湖南、江西的爱心报亭项目已经拿到批文。

书报亭经营越久越值钱，比房子增值还快。清华大学的书报亭最初一个月赚两千，现在可以赚到一万块钱了。我的目标是在2013年之前，在全国建四万个爱心报亭。

风筝传奇

手 记

《风筝传奇》是某一年《南方周末》春节特刊里的一篇文章。那年的春节特刊由文化部操办，三篇文章都是我写的。一篇是北京的民俗老人常人春讲他在1949年之前、之后经历过的若干个春节；一篇是台湾出版人黄永松以《汉声》杂志为例，讲丰饶的民间艺术；再一个就是这篇《风筝传奇》——民间工艺美术大师费保龄跟风筝的不了情。三位老人对细节有惊人的记忆，他们的讲述雄辩地证明了中国人是多么深谙生活的艺术。

费老先生住在一个平房小院里，院子不大，加盖上小平房之后变成了一条过道。老先生干鞋净袜，接人待物带着老北京人的谦和殷勤、舒泰大方。采访的时候，他的老伴陪坐一旁，不时提醒他喝水或吃一小块点心。琴瑟和谐、岁月静好，费老爷子开始了他极家常的讲述，但讲着讲着，家常变成了传奇。他背诵骈文写成的风筝扎制歌诀，又指着一幅镶嵌在镜框里的风筝图谱告诉我：您试试，您站它正前面，站它左面、右面，那双小眼睛都瞅着您，活物儿一样……

他真爱风筝。开始是玩，后来变成手艺，最后由技入艺。王世襄《锦灰堆》里记述的大件儿、小件儿，都是这个道理。古人说"玩物丧志"，玩物丧志也是"物化"之一种。一辈子如琢如磨，琢磨的东西变成了身家性命。

《风筝传奇》里提到了《南鹞北鸢考工志》。这本书是不是曹雪芹所写，红学界历来有不小的争议。我把它写进报道里，是因为它来自于一个民俗老人的口述，民间记忆里应该允许一点传奇。

七十九岁的费保龄每天的功课是就着几碟广告颜料，在灯下画风筝。小屋的光线很暗，即便在白天也得开着灯。院子小，盖了一个小厨房就剩下一条过道了。北风一吹，挂在墙上的铝大盆，"呱嗒呱嗒"地敲击砂岩墙面，让人想起风拨动风筝弦的声音或者古驿道上的骆驼铃。

老伴不时地给费老爷子的紫砂茶壶里添水，或者掰一小块无糖的"萨其玛"塞进他嘴里。她偏过头小声跟记者说："他跟小燕儿一样。"

"燕儿"是七十九岁的费保龄玩了一辈子的游戏。他的燕儿不长羽毛。竹篾的骨架，高丽纸的血肉，五彩的颜料把它们描摹得雍容典雅。他的燕儿叫"扎燕"。

"你别看他现在这样，他放起风筝来，带劲儿着呢。"老伴指着老头儿说。

曹氏风筝开枝散叶

时光退回到七十年前的北京。每当大街小巷传来绵远悠长的叫卖声"菱角米来呦——"，在屋里"猫"了一冬的孩子们就乐了。他们知道，喝完香甜的腊八粥，他们盼了一年的风筝就飞来了。

旧京的一个不成文规矩是，风筝一律在腊八到清明之间上市。届时，从货郎摊子上一个大子儿一个的"拍子"（俗称"屁股帘"）到二十四个子的"扎燕"，风筝将成为上至皇族、外国公使，下至黎民百姓、黄口小儿的玩物。

"那时候不知道怎么回事，冬天比现在可冷了去了。孩子们一个冬天不让出门，都圈在屋子里头，风筝来了才得了解放。大人不反对，风筝既是玩意儿，又锻炼腿脚、锻炼眼睛、锻炼心肺。自一过了腊八，窑台（今陶然亭一带）、四面钟（今天桥一带）放风筝的人越聚越多。连胡同里的树权上也常见掉下来的残风筝。"费保龄从小就是个风筝迷。父亲经商，家里颇有闲资，费保龄十一二岁的时候就成为哈、金、宋、王四大风筝名铺长期的"照顾主"。不过要等到日后成为风筝玩家，他才知道哈、金、宋、王都是从曹（雪芹）氏风筝开枝散叶出来的。

曹氏扎燕风筝是一个家族。肥燕是雄健有力；瘦燕俊美如赵飞燕；比翼燕是恩爱两夫妻;半瘦燕是"世事未谙多棱角,胸怀坦荡喜争雄"的少年郎;小燕是"眉清目秀意皮,胸中洁白更无欺"的稚子;雏燕是"眉开眼里含笑,黄口呢喃学话"的胖娃娃——这些扎风筝的绝活,被曹雪芹写成一本《南鹞北鸢考工志》。此书的真本今天已经踪迹难寻,当年曾滋养了老北京的风筝行。

那时候风筝艺人的艺德——你有的,我不重复。各人都有一手绝活,都有饭吃。哈氏善做大沙燕,王氏做"半胖儿"(半瘦燕),金家就做雏燕,宋四用细篾(高粱秆皮)做小沙燕和小哪吒——这是一门绝活,别家都用竹篾扎风筝。

南城讲究大沙燕,北城好放"黑锅底"。北城多满人,满人尚白。"黑锅底"类似摄影的"反转片",两只风筝,花纹一样,只不过一只是黑色的地方,另一只恰好为白。在曹雪芹留下来的几种沙燕扎活里,"黑锅底"是按"雏燕"做的,雏燕的受风面积计算得比较合理,最爱飞,是人就会放。那时候有个民谣"黑锅底真爱起,一个跟头折到底",在北城的朔风中,黑白分明的"黑锅底"有动有静,有阴有阳,特别好看。

风筝姿态各异,四位掌柜的为人、扮相也各有各的讲究。伙计出身的王四是一身短打扮,金氏金福忠原来是宫廷供奉(给皇上做手工艺品的六品官),永远的长袍马褂。那时候大型风筝的交易不在铺面进行,各铺伙计直接把风筝送到顾客指定的场地试飞,顾客放完风筝也不拿走,寄存在场子旁边的茶馆里。交易就在这个茶馆里进行,除了买风筝的钱,顾客还需多付一元车钱。其他铺面接钱的时候,都殷勤地道一句"谢谢您嘞",只有金福忠的伙计是一句不卑不亢的"让您破费"。

若到铺面上交易,熟识的主顾一般也不言"买卖"。挑好了,跟金福忠说一声"金大爷,我拿俩风筝放去",拎着风筝就走;逢年节,一边往柜台上放上铜子儿,一边说"金大爷,给您打酒喝"——这酒钱,势必比当初风筝的价码高。而金福忠呢,跟费保龄这样熟主儿也时常聊聊闲篇,比如轻描淡写地来一句"我伺候过光绪爷。光绪爷叫我做的风筝样子,我还留着呢"。

京城另一位不言买卖的扎风筝好手是广安门外南线阁千佛寺的和尚郭昆峰。据说,郭昆峰是曹氏风筝又一支。"曹雪芹写《红楼梦》和写《南鹞北鸢考工志》是交替进行的。脂砚斋批红楼的时候就住在这庙里头。"费保龄说，郭昆峰的主顾多为梨园界的头牌们，日后这些主顾就成为他化缘的对象。"梅老板，春天我们打算修庙，您慈悲。"缘布递上去。

梅兰芳放风筝练眼风

在费保龄的青少年时代，北京城东南西北各有各自放风筝的去处。北城在皇化门、故宫箭道，南城在窑台、四面钟。

物以类聚，人以群分，放风筝也是一样。在四面钟放风筝的多为殷实富户、买卖人家。在窑台放风筝的一般是梨园界的。费保龄也常去那。在窑台，人们常能见到梅兰芳、荀慧生、尚小云一类的名角。

费保龄说，梅兰芳放风筝是为了练他的眼睛。在戏台上，旦角的眼睛得流光溢彩，顾盼生风。放风筝，人的眼睛和长线那头摇曳的风筝的对视正好练这个。

"你仔细看看那风筝，你怎么看它，它怎么看你。这就是人与物的交流。过去老说，这小东西做活了，怎么叫活？它能跟你交流了。"费老爷子指着一幅镶嵌在镜框里的风筝图谱告诉记者。果然，从各个角度看上去，那只瘦燕的两粒黑眼珠好像都在凝视着你，似嗔似喜。当年的梨园届大佬们想必是早早发现了这个秘密。

放风筝一般是在下午3点。2点以后，各路玩家聚集到风筝场附近的茶馆，不急放风筝，先在茶馆里来一壶酽茶，扯扯闲篇儿，伸出手去试试风，觉得风行了，再走出茶馆正式放风筝。

玩家面儿上一团和气，肚子却另憋着一股心气儿：他的瘦燕三把线就上去了，我的捯了五把，明儿势必到哈家或金家的铺子里叫给糊一个跟他的一样的。大户人家则雇有专门管放风筝的风筝把式，就像包月拉洋车的一样。这些风筝把式也暗自斗艺，一边放风筝，一边留神别人腕子上的功夫。

费保龄印象中唯一一次正式的赛风筝会，是由日治下的"华北行政委员会"组织的。拔了头筹的风筝是"新生活"和"鹰扑网"。"鹰扑网"做得很机巧，一只老鹰、一面网同时撒上天，飞一会儿，网就把鹰罩住。取其谐音，喻"打倒英美帝国主义"。几年之后，组织比赛的伪行政院副院长、外交部部长褚民谊被正法。

风筝不止是庶民的游戏，王爷放，皇帝也放。

"王爷的风筝比皇帝的好。为什么呢？皇帝的风筝装饰纹样都是一定，扎糊的时候也不敢用什么绝活，都是四平八稳的大路货。正经的好风筝可不好放，它会打旋，会折跟头，折完跟头你得有本事让它再飞上去。谁敢给皇帝糊这样的风筝？他放不好，或是飞着飞着掉下来，那脑袋还不得搬家？"常年在风筝铺子里厮混的费老爷子精于此道。

风筝不仅是拿来玩的，也常常成为上得了台面的礼物。讲究的扎燕风筝上布满蝙蝠、蝴蝶、牡丹、猫、蝶、鱼等吉祥图案。《南鹞北鸢考工志》里记录的每一式风筝都有自己的讲究。"蛱蝶寻芳"和"百蝠骈臻"是用蝙蝠拼成桃花和柳叶的形状，布满风筝的全身，象征浓浓春意；"四世同堂"则在风筝的两翼画上两只大狮子，在风筝的尾巴上画上两只小狮子，取"狮"与"世"的谐音讨吉祥。

谁家有老太太过生日，送一个绘着花狸猫和蓝翅粉蝶的"耄耋富贵"，或是绘着大蟾蜍和粉瓣荷花的"蝉联益寿"；谁家有公子定亲，送一只绘着开屏孔雀、大红牡丹和比翼鸟的"屏开雀选"，都是挺体面的礼物。

"过去讲究'头顶马聚源，脚踩内联升，身裹瑞蚨祥'。好比一个穷京官好不容易派了任了，派到广东，总要给当地的上司带礼物，贵的买不起，人家又不一定稀罕。一看，快到夏天了。得了，我给大人带顶马聚源的凉帽，带双内联升的官靴吧。你一给他，正巧他打算换顶凉帽，换双官靴，你这就是送了他的'心头想'。这就是一块好敲门砖。风筝也一样。好比有一个老太太要过百岁生日，你送她一个风筝，上面画着一百个蝠（福），保证是一份心意。"费保龄说。

以天为纸，将云拟水

1949年之后，放惯了风筝的费保龄心痒手也痒，风筝铺子全没了。憋了一阵子，像他一样的风筝迷翻出家里存的老风筝，照着扎，照着画，实在年头久远的，干脆把纸撕了，另糊另绘。这些人渐渐聚集到天安门广场上，还是每天下午3点。四五十个穿着蓝褂子蓝裤子的风筝迷散在广场上，奔跑，仰脸张望天空中彩色的精灵。

费老爷子至今能数出其中好几位的名字，曲艺界的侯宝林，话剧界的李祥、朱旭……在禁忌越来越多的年头，风筝暂时还不是禁忌。"连1953年斯大林逝世，也没耽误我们在天安门放风筝。"

1963年，费老爷子在放风筝的人群里遇到了孔祥泽。孔祥泽是孔子的第七十五世孙。孔子的后裔按居住地分为南北两派，籍贯合肥的孔祥泽家族是"南孔派"。其父孔繁恩是民国时期陕甘宁的督军，人称"陇南王"，与冯玉祥、阎锡山、于右任等人称兄道弟，其母富瑾瑜是恭亲王府福晋史官的女儿，对《红楼梦》颇有研究。孔祥泽是父母在居丧期间所生，按家法入不了族谱，遂被过继给同宗"北孔派"，成为民国行政院副院长孔祥熙的堂兄弟。

1931年，酷爱美术的孔祥泽被父亲送到鸳鸯蝴蝶派作家张恨水创办的"北华美专"。在那儿，他从一个日本商人手里见到了曹雪芹著的《废艺斋集稿》残本。

全本《废艺斋集稿》共八册，第二册就是《南鹞北鸢考工志》。此外几册分别谈印章、风筝、编织、脱胎手艺、织补、印染、园林、烹调。这些书稿一度被清廷礼亲王所藏，后来礼亲王的后裔吸食鸦片，生活穷困潦倒，就把书稿卖给一位日本商人。等书稿流落到孔祥泽眼前的时候，只剩下了第二册《南鹞北鸢考工志》的手抄本残章。

书是在当时在"北平国立艺专"教书的日本教员高见嘉十从他的同乡、一位叫金田的日本商人处借到的。高见嘉十逛春节的厂甸庙会，对风筝摊上的风筝发生了浓厚的兴趣。想请孔祥泽协助他整理一本介绍中国风筝的书。两人到图书馆的去翻资料，发现有价值的信息少之又少。后来，高见嘉十辗转从日本同乡、商人金田处借到一本写风筝扎制技艺的线装书，拿给孔祥泽等"北华美专"的师生看，众人在书的序言中发现了"曹子雪芹"数字，大喜过望，有人脱口而出："了不得了，这是曹雪芹的作品！"金田马上问：谁是曹雪芹？等听说是"世界著名的中国小说《红楼梦》的作者"时，金田"啪"地把书合起来，要拿走。高见嘉十以"请中国专家鉴别真伪"为由，央求金田准他们借阅一个月。

实际上，只借了二十六天。后来金田说要把他手上的《废艺斋集稿》统统打包寄回日本，提前把书要走了。

在二十六天的时间里，孔祥泽等人加班加点，把格子信纸覆盖在书稿上，用铅笔拓印。书被要走的时候，还没完工，但曹氏的风筝美学已经如出水芙蓉，清晰可见："以天为纸，书画琳琅于青笺；将云拟水，鱼蟹游行于碧波。"

后经红学家考证，偏安于北京西山的曹雪芹以自在遨游的扎燕风筝家族表达他的隐逸理想："观其御风施放之奇，心手相应，变化万千，云鸢听命乎百仞之上，游丝挥运于方寸之间；壁上观者，心为物役，乍惊乍喜，纯然童子之心，忘情优乐，不复知老之将至矣。"

传说《南鹞北鸢考工志》是曹雪芹为接济潦倒的穷朋友于景廉所著。有一年年关，于景廉找到曹雪芹，说孩子们已经三天没吃饭了。曹雪芹同情他，但自己也是境遇不佳。闲谈之间，于景廉提到京城的公子哥儿买一只风筝的钱足够他一家老小好几个月的嚼裹。曹雪芹向喜扎风筝，便随手扎了几个，给于景廉。除夕那天，于景廉牵着驴，满载时蔬酒肉来道谢。曹雪芹给他扎的风筝早已重金销售一空。曹雪芹决定将扎风筝的手艺传开去，鳏寡孤独、老幼病残皆可自食其力。

一句话我们哥俩琢磨了三十年

孔祥泽在天安门广场上遇到费保龄的时候，昔日的孔家大少已是贫病交加。他曾引以为傲的孔子第七十五世孙的身份给他带来越来越多的麻烦。他告诉费保龄，自己藏有一部曹雪芹风筝的抄稿。早年间，这本抄稿曾在京城的风筝大铺秘密传抄，做过宫廷供奉的金福忠就有过一本。他问费保龄愿不愿跟他合作，把他手里的这份抄稿还原成色彩绚丽、撒手就能上天的活物。

三十五岁的费保龄大喜过望。

多年后，有人问孔祥泽，天安门那么多放风筝的，你怎么单单把这书给了老费？孔祥泽说，我准知道我给了老费，这风筝姓不了费，还姓曹。孔家在"文革"中被抄，孔祥泽自己收藏的抄本被撕的撕，烧的烧。倒是零星借给风筝爱好者的一页两页幸免于难。

1960年代，费保龄和孔祥泽躲在小屋里，偷偷钻研他们的风筝，不管窗外的风云变幻。然而，要把简略写意的扎制歌诀和孔祥泽在三十年前用铅笔拓描的图谱复原成实物谈何容易。两人一起琢磨歌诀的含义，没受过美术训练的费保龄则负起丹青的责任，因为孔祥泽的胳膊被打坏了。

有时候，歌诀上只写着风筝的腰拴上要描绘五元寿、"万"字不断锦、蝴蝶和五蝠，这些纹样是什么颜色，怎么安插，没人知道，要参考钟鼎纹饰或是其他工艺品。

瘦燕歌诀"琴瑟凝歌曲似钟，降幅缤纷舞又起"，为这句话老哥俩琢磨了三十年，什么叫"曲似钟"？后来想明白：燕翅和燕尾上的羽纹要画成钟形曲线，而不能画成直直的线条。这样，当风小的时候，瘦燕上装的锣鼓、风琴声亦渐弱，就像乐曲将尽，美人裙摆上的旋转的花纹在一点点收拢。

费保龄把《易经》里的一段话竖排抄在一张16开的格子纸上："凡制其器者，均须依义有圣人之道，四为者之旨，方能从之制器。言者尚其辞，动者尚其变，制器者尚其象，以卜筮者尚其占。"这张纸像护身符一样包裹着两页孔祥泽誊录的《南鹞北鸢考工志》的抄稿。一根红丝带把它们扎成一个纸卷。主人恭敬地把它们放在一个纸筒中。

"风筝的事情不能说透，往深里说，一个风筝就是一卦，我琢磨了一辈子也没琢磨透。"老爷子说这话的时候，表情紧张而惶惑，好像一个小男孩，在诉说着他青春期的秘密。

那种美你说不上来

1970年代，工艺美术大半沦为"四旧"，为了抢救有失传危险的传统技艺，周恩来提出办一届"全国工艺美术展"，除了"黄的"、"丑的"、"封建迷信"的，其他作品都可参展。参展的都是单位，没有个人。费保龄到展厅一看，风筝的展台上只有寥寥几个天津风筝，而在介绍性的文字中压根就没提到曹氏风筝。费保龄央告主办者半天，您看看我那东西，就看一眼，看看行不行。

主办者被纠缠不过，让费保龄把他的风筝拿来"看看"。这一看，费保龄成为那次展览上唯一的个人参展者。人们恍然大悟，原来北京还有这么美的风筝。

从那以后，费保龄一发不可收拾，他辞了人民银行的工作，专门扎起风筝。1980年代，北京市经委牵头，办起一个风筝公司，费保龄在那培养了一批徒弟，后来这些徒弟成为友谊商店、工艺美术商店的技师，不过公司很快就散架了，在费保龄看主要是因为经营不善，"还没怎么样呢，就买上车了。"

费保龄的风筝在英国、加拿大、纽约的联合国总部都展出过，洋人们称赞说，"中国的丝绸风筝美不胜收"。其实那些风筝都是用绢做的，因为早年间做风筝的高丽纸早已绝迹。

费保龄陆续被北京市政府、国家发改委命名为"民间工艺大师"。奖状和证书，老爷子收藏了厚厚一摞。"得了个奖，也让人高兴，嗳，'大师'，不过，高兴一下就过去了。照着图谱，三遍五遍七遍地修改，把一个风筝扎得让我跟老孔都觉得'这回差不多'了，那个高兴劲儿你是说不上来的。"老爷子说。

1999年，台湾辑录民间工艺的杂志《汉声》把费保龄的风筝记忆印刷成精美的上下两册《曹雪芹扎燕风筝图谱考工志》。那时候，老爷子住在椿树头条的小平房里，接过样书的时候，两行老泪滚出眼眶。

2006年，北大出版社与《汉声》合作，出了《曹雪芹扎燕风筝图谱考工志》的简体字版。此书在当年被出版界誉为"最美的书"。

第二辑·声音

　　这里辑录的是一组对话稿。南方周末文化部对对话稿的要求是"有交锋"。我不知道"交锋"具体意味着什么。意味着质疑？意味着双方问答高来高去、像辩论会上的正反方一样？或者仅仅意味着，对别人的回答做出恰如其分的反应，问题尽可能简短、不带任何倾向性，但却自始至终牢牢掌控话题？

　　设计问题，开始一场有趣的谈话，获得尽可能多的信息，拿料的同时，尝试进入对方的内心世界……这些都是记者的基本功。我至今没有完全掌握。但是我知道，坦率的、有见地的交谈能让采访者和被采访者都感到愉悦。那种感觉，就像本来平凡、黯淡的一天被照亮，世界重新有了意义。

　　记得柏拉图、苏格拉底的谈话录吗？谈话曾经是人类求知的重要途径。同行许晓煜出过一本先锋艺术家的访谈录。访谈录的名字取得非常好：《谈话即道路》。

　　如果一个采访，有探寻或求知的强劲动力，并且一问一答呈现出"寻路"的轨迹，我认为这次采访配写成对话稿，否则我宁愿花三倍四倍的工夫，写一篇叙事稿。我不认为读者天然爱看记者和各路名人聊闲篇儿。如果对话中的水分很大，记者应该做的事情是挤掉水分，打捞干货，并把它们编排成流畅的叙事，这是对读者应尽的义务。

刘德华：我终于能够选择了！

手 记

那时候，《南方周末》文化版想做明星，陆续做了赵薇、沈冰……记得，做赵薇的采访之前，编辑风端让还在见习期的我拟一份采访提纲。我不迷小燕子，不知道采访赵薇的意义何在。风端说：如果你每隔几年采访一次简·方达，每次都像速写一样，勾勒出她当时的状态，以至于日后有人想拍简·方达传记片，你的几篇报道成为重要的参考资料，那不是很牛B的事情吗？

这种说法很有蛊惑力。但关键是，日后会有人为赵薇拍传记吗？但风端的另一种说法，我无法反驳：明星也是人，我们要还原他们作为人的真实一面。

你有没有可能借助几个小时的采访，认识一个真实的人？明星、公众人物凭什么在一个素昧平生的记者面前袒露自己？如果你知道得不多，问得不好，你只能听任他（她）说片儿汤话（北京土话，意为表达顺畅，但毫无信息量的话）。

采访刘德华之前，我最大的焦虑是知道得太少。当时还没发生杨丽娟事件，对这位叱咤影视歌界多年的超级偶像，在互联网上翻检许久，所得无非是他的英文名、星座、血型、最喜欢的食物、崇拜谁……还好，后来我找到了一本刘德华自传。这本自传帮了大忙，虽然未必能直接转化成问题，但刘德华在我大脑里立体起来。

后来的经验告诉我，做人物报道，最有效的资料是一份清晰的简历：某年月日他（她）在干什么，当时他（她）所在的行业、社会上发生了什么；

如果是创作者，另一个重要的信息就是他（她）的作品：他（她）写的小说、他（她）执导的电影、他（她）出演过的角色。不要太看重此前媒体对此人的报道，那是二手信息。看一个人做过什么，比看别人说他做过什么，靠谱得多。

他小时候最爱为明星送外卖；他利用业余时间跟林子祥学唱歌；他从十二年前开始恳求张艺谋让自己参与影片；他投资给陈果拍出了"回归三部曲"……他是一个四十三岁的偶像，用了二十三年时间来试图把握自己的命运。

2004年6月12日，刘德华从成都义演归来，返回北京参加《天下无贼》拍摄。当日下午，他在亮马公寓接受了包括本报在内三家媒体的轮流专访。

尽管事先知道只有四名记者，一露面刘德华还是带着习惯性的明星式微笑扫视四周，随即开始按照摄影师的要求拍照。他很配合地不断在窗台和栏杆之间移动自己的位置，按照要求让自己的表情在肃然、真诚和顽皮之间切换。

历时三个多小时的拍照和访谈之后，当他终于坐在记者面前，第一句话是："我很爱讲话的。"

我真的可以掌控自己吗？

刘德华童年时，他父亲在香港最热闹的坚城片厂附近开了家冰室（冷饮店）。当时二三线的演员常到刘家冰室喝茶，而明星冯宝宝、曹达华、石坚等则经常叫外卖。电话一响，刚上小学的刘德华必"飞扑抢来听，为的是争取送外卖到片场，一睹明星风采"。

在片场，他见到不分昼夜、不分寒暑穿着长雨衣外楼背着剑的曹达华，冯宝宝则在一天里时装、古装、民国的服装轮流换，坐在麻将桌前高谈阔论的张瑛"表情、对白都跟电视剧里的同出一辙"……那时的刘德华往往分不清人生和戏的概念，生怕附近摆有镜头，眼前的一切是戏。

1981年，二十岁的刘德华以C＋的成绩考入香港无线演员训练班，初期拍了很多跑龙套的小角色，自电视剧《猎鹰》开始走红，在无线拍了多部电视剧，与梁朝伟、苗侨伟、黄日华、汤镇业并称"无线五虎将"。

南方周末：小时候在片场的经历让你对演艺圈的生活很向往？

刘德华：是很怕。我当时并不想演戏，是想当导演的，可是训练班的人觉得我可以当演员。

南方周末：考入了无线艺员班的时候，多数香港年轻人愿意上大学还是愿意当艺员？

刘德华：进大学啊。但是在香港进大学是很难的，我念书的天分没有我同班同学高。

南方周末：在训练班都学些什么？

刘德华：一个剧本给你，三分钟时间看，看完之后去演。或者给你一篇文言写的新闻，你一面看一面用白话（粤语）来讲。学习一年，每三个月大考一次，每次都有一部分人被淘汰。刚和无线签约的时候你的月薪是一千八百港币，在当时跟警察的收入差不多。

南方周末：1982年，许鞍华导演的《投奔怒海》对你的演艺事业影响不小，你是怎么得到这个机会的？

刘德华：我之前在电影《彩云曲》里演了一个小角色，认识了摄影师钟志文，他觉得我蛮好的，后来他就推荐我拍《投奔怒海》。我刚从训练班出来时，陪林子祥拍音乐录影带，每天跑来跑去陪他聊天，他跟许鞍华也说：这个小孩不错。

本来我的角色是周润发的。周润发不肯接，因为那部片要回大陆拍，当时在大陆拍的电影台湾是不能放的，周润发怕失掉台湾的市场。我特意跑去问他如果我拍怎么样，他反问我：你现在有台湾的市场吗？我一想：对啊，我本来就没有嘛，怕什么？我就去拍了。结果获得第二届金像奖最佳新演员的提名。然后就回无线演电视剧。演了《猎鹰》、《神雕侠侣》……

南方周末：是，1983年到1984年你演了很多电视剧。

刘德华：我是那个年代演电视剧最少的演员。"无线五虎将"其他四个，梁朝伟、苗侨伟、黄日华、汤镇业，都比我演得多。除了《神雕侠侣》和《鹿鼎记》，我没有拍过长电视剧。加这两个我演了不到十个，他们应该是二十五个左右。

1985年之后我就被无线"冷藏"了。当时我觉得自己有在电影（方面发展）的空间，不应该拍那么多电视剧。那是我最红的时候，我以为我是可以选择的。我跟无线商量：可不可以每年有四个月去拍电影，我不要加薪，还是六千多一个月……但他们不同意。

南方周末：为什么一定要扩展电影的空间？

刘德华：我不是一定要去拍电影。我觉得不好的是：为什么我的时间要你来分配？那时候，我们要拍完整部剧才有假。二十集的剧集大概是十个礼拜，五十或六十集大概要半年。每天工作十几个小时，如果需要一两天的假期就要……装病。

南方周末：据说梁朝伟会因为排戏太累在片场大哭。

刘德华：每个人都会。我是摔东西，或者躲起来。一个电视剧完了之后，我会把衣服全部剪烂，把演戏时戴的古装头套脱掉，塞到油漆筒里，永远不可以让它有机会重拍或者补拍。拍电影、灌唱片也都一样。那个时候，我觉得我很红，可以掌控自己，其实我真的能吗？

南方周末：现在你有掌控自己的能力了？

刘德华：现在我有自己的唱片公司了，制作从头到尾我付钱、我说了算，版权是我的，发行公司不再有权力去决定我打哪首歌。

我会一直唱到你喜欢

刘德华在拍《投奔怒海》的三个月里经常跟林子祥学唱歌，收工以后则抱着吉他去附近的酒吧卖唱，一来补贴初做演员的微薄收入，二来练习唱歌的技巧。那时候很多人说他根本不会唱歌，他说："你现在不喜欢我没关系，我会一直唱，唱到你喜欢。"

利用1985年被无线"冷藏"的时间，刘德华学习唱歌和英文。1986年录制了第一张专辑。迄今为止已录制唱片一百一十五张。1990年代，刘德华与张学友、黎明、郭富城并称香港歌坛"四大天王"。1990年代初，刘德华成立了自己的唱片公司专门负责制作他的专辑，拥有他所唱的每首歌的版权。

出专辑之外，刘德华还热衷于开演唱会，对他来说，两三年一次的演唱会是最重要的"档期"。

采访期间，十多位女歌迷不知道哪里得来的消息，齐齐聚在不远处的桌子旁，守望她们的"华仔"。而刘德华会时不时回过头去，跟她们打招呼，向她们笑，希望她们能以自助游的形式去香港看他即将举行的演唱会。

南方周末：*每次开演唱会之前，你会做什么？*

刘德华：我每做完一次演唱会就开始学新的东西，我已经在不停地上舞蹈班、hip－hop的辅导班了。在拍《十面埋伏》的时候，我请了教我跳舞的人到北京，在同一间饭店，收工回来再学三个小时。我每天在我的网络上写日记，告诉歌迷我今天又学了什么……

南方周末：*你开始唱歌的时候，很多人批评你根本不会唱歌。*

刘德华：上无线训练班的时候我唱歌的分数就是排在前面的。演完《神雕侠侣》，无线捧我，让我在选香港小姐时表演（唱歌），大家在电视上看到我唱歌，很多唱片公司就找我。我没出唱片的时候，每个人都说我唱歌"厉害"，到我出唱片的时候，每个人都说我唱歌不厉害。就像香港小姐，你没参加比赛的时候，人家都说你长得蛮漂亮的，可是你拿了冠军之后，人家就觉得：你的样子，好像不够吧？

南方周末：*你就那么有信心：知道自己一定被喜欢？*

刘德华：不喜欢也没关系。香港很重要的一个电台的老板从来就不喜欢我的音乐，我每年都请他听我的演唱会，但是他2001年才来，看完之后，他跟我的监制说：原来刘德华真的会唱歌。我唱了十几年，他知道我唱歌唱了十几年，但是他从来没有试过去听。如果他2001年还是不喜欢我唱歌，我2004年的演唱会还会继续请他来听。

南方周末：*你在一场演唱会上，对歌迷说"我不仅要让你们喜欢我，我还要让你们的小孩也喜欢我"，你觉得你能做到这一点吗？*

刘德华：这是开玩笑，为了让我的歌迷放心，因为她们怕一些新的偶像出来我会不开心。其实我不会，如果今天我还跟十八岁的人争，我更可怜。他十八岁，不能去演三十八岁的角色，也不可以唱"你是我的女人"；我也不能唱十八岁的心情，如果我要唱十八岁的心情，我可以把它写成"以前我十八岁的时候……"所以很公平。

我的用途是骗大家去看

从1981年到现在，刘德华拍了一百一十四部电影，武侠片、警匪片、搞笑片、文艺片……都有涉猎，友情客串的片子不计算在内。有人认为他演的电影是香港电影二十年的缩影，也有人批评他演技不佳，表演太过套路化。从影十九年后，2000年刘德华第一次因杜琪峰执导的《暗战》拿到香港电影金像奖。

尽管大度承认自己演了太多商业片，尽管对"偶像"限制戏路有着清醒认识，"艺术片"似乎依然是刘德华的"永远的痛"，他反复说他求那些有艺术水准的导演让他参与，但他们不肯。

南方周末：2000年得到金像奖和2001年拿到金紫荆奖，对你意味着什么？

刘德华：我想不是我演技上有什么大的进步，而是那些评审觉得我的执著应该得到奖励。

南方周末：你觉得自己胜之不武？

刘德华：没有胜之不武，我赢了就是赢了。张曼玉第一次拿金像奖之前，很多报纸说她演技不好，她领奖的时候对那些报纸说：现在奖项在我手上，你拿我没办法。我在台下为她鼓掌。得奖我开心，因为大家给我的空间大了。我现在敢用一些特别的方法演戏了。以前要小心翼翼的。

南方周末：你觉得以前自己被局限在一个圈子里？

刘德华：没有艺术片导演想拍我，我求他们，他们也不肯拍我。没办法，我只能拍商业片。

南方周末：为什么大家会认为你只能拍商业片？

刘德华：以前杜琪峰不喜欢拍我，他说如果拍我，电影成功后大家只会说我好，看不到导演，很多人都不知道《天若有情》是他拍的。《天若有情2》他找了其他人，到了《天若有情3》，才是我第二次和杜琪峰合作。有段时间，我专门和他坐在长春说电影，完全不用他迁就我的档期。大家聊起来，对电影的那种感觉，我们其实是同步的。后来我们才慢慢开始有一些合作，我有什么新的尝试都会找他，他有什么新的东西想拍，也会找我。

南方周末：其他导演呢？《阿飞正传》也是你很重要的作品，为什么后来你和王家卫的合作中断了？

刘德华：跟王家卫合作，我演什么都没有问题。但时间对我来说是最重要的，我想知道什么时候开拍、什么时候结束，他不能告诉我确定的时间，要我等。本来《春光乍泄》是要我演的。那年的7月我要开演唱会，前一年的12月他找我，我给他六个月的时间拍，他说他不能保证在我的演唱会之前拍完。那我真的没有办法。

南方周末：不觉得很可惜吗？演唱会什么时候都可以开，而王家卫的电影可能代表开拓一个新的电影领域的机会。

刘德华：我就认命。我还是活在现在，我也不一定要怎样，我只是开心我当演员。为什么要跟一个完全不知道自己未来的人合作？虽然可能那就是很多人认为的艺术。

南方周末：2000年《香港电影双周刊》请一百个导演、编剧、影评人评香港20世纪的一百部最佳电影，你当时拍了一百部电影，有五部入选。

刘德华：有五部已经很好啦。

南方周末：可梁朝伟拍了五十部有八部入选……

刘德华：大家走的路都不一样。我走他的路会失败，他走我的路也可能会失败。

南方周末：为什么？

刘德华：因为我要强迫那些人拍我。我问过张艺谋：梁朝伟有过多少次找你拍戏？张艺谋说没有。我是十二年前《古今大战秦俑情》到香港宣传就开始跟张艺谋说：有机会你拍我吧。等了十二年才等到《十面埋伏》。

电影的水准是很奇怪的，你会觉得梁朝伟比较有艺术感。这我是认的。为什么我要请梁朝伟演《无间道》？有他在，整个戏的感觉就不一样。用他制作上可能会花很多钱，我宁可自己减片酬。他的用途是要把《无间道》变得好艺术，我的用途是骗大家去看。你要清楚整件事情才会有一个好的作品。不是说我在这个电影里面把你盖掉，我就是好的演员。如果在剧本里我的角色要让你起来，我能够配合，结果你真的起来了，那我才是一个好演员。

他五十部里面有八部，是因为他在演的过程里面已经选择了。我不能够选择，我要用数量才能找到自己的好东西。如果你把黑帮片和喜剧片除掉，可能我只有二十部是比较严肃的作品。他五十部里面可能已经有三十部了。

我有五部代表票房其实也是有影响力的。票房真的是电影的一部分。为什么人家有钱拍《特洛伊》？电影就是一个生意。干嘛老强迫人家看艺术片？看艺术片的人都是一些对电影（的了解）很厉害的人，看《蜘蛛侠》的人为什么没戏看？他们只是想星期六去剧院很开心地看一部电影，何必为了知道那部电影讲什么，留下来和你开一个交流会？

我慢慢培养导演去拍我

做艺人之外，刘德华经营过发廊、时装店、百货、饮食、电影、房地产、影城……2002年《福布斯》杂志向他颁发了全球最优秀两百家中小企业杰出成就奖。不过，他最看重的生意还是唱片公司和影视公司。

1990年，刘德华成立了自己的影视公司"天幕"。1995年"天幕"经营失败，2000年麦绍棠注资"天幕"，2002年两人决裂……尽管屡战屡败，"天幕"出品了1990年代香港一批重要电影。直接投资之外，刘德华经常将自己的片酬减半作为参演影片的注入资金。

在被问及刘德华演技如何的时候，周星驰曾无厘头地回答："比较佩服他的理财本领。"在刘德华看来，理财的本领不仅是赚钱，还意味着更多的选择。

南方周末：你的片酬八年来没变过，为什么？

刘德华：我现在的价码我够用了，加也没有什么意义。但是有一样，我不加片酬，你们真的要拍好一点。我每拍一部电影，都要知道制作是多少钱。如果片子做得不行，而且我发现制作上花的钱远远比我要求的低，这部电影就不能上。

南方周末：你有什么监控手段？

刘德华：签约啊。这是我在五年之内接戏一定要签的合约。拍片过程中，制片方每个月都要向我公司的财务报账，《阿虎》、《全职杀手》、《瘦身男女》、《大块头有大智慧》、《无间道》都是这样。《大块头有大智慧》我就一定要它的制作费至少两千万，否则不可能有那样的造型效果。

南方周末：两千万的数字是谁帮你评估出来的？

刘德华：我自己评估出来的。我做制作那么多年下来，很清楚一天下来花多少钱，电脑特技要花多少钱，基本上差不了一百万。

南方周末：有人说刘德华经常会接一些烂片，每拍几部烂片就把赚到的钱拿去监制一部电影。陈果的几部电影都是你监制的，那些电影在香港应该是很不主流的电影……

刘德华：他们的概念就随他们吧。其实《香港制造》是一个非常商业的构思，把那个男主角拿掉，它就是《旺角卡门》。让我去演，它就是一个商业片。

南方周末：你投资这些电影，后来成立"天幕"，是不是为了以后转入幕后工作提前准备退路？

刘德华：我是怕拍了太多商业片，就没机会拍一些真正有质感的电影。我开自己的公司，王家卫不拍我没关系，我可以慢慢培养一些导演去拍我。既然我不能选择我喜欢的电影，我可以创造另一种类型的电影。

"天幕"出来的那些电影，《91神雕侠侣》、《天长地久》、《天与地》、《阿虎》……都是可以代表那个时代的。大家很看重杜琪峰的《东方三侠》，其实他完全是模仿《91神雕侠侣》。《91神雕侠侣》只是早了一点。如果现在流行踢足球，你能跳再高也没有用。拍《无间道》的时候，我真的可以请他们坐在那里九个月没有其他工作，麦兆辉就是每天坐在我们公司写剧本，其他公司是不可能给他这种条件的。没有这种条件可能好作品也不会出来。《无间道Ⅱ》和《无间道Ⅲ》就不行了。

南方周末：我在网上看到有人这样评价你："很多人形容刘德华是商业和娱乐业的完美结合，坦白地说，华仔是一个勤奋但是没有多少天分的人，无论是唱歌还是演戏他都在谋求最大的突破，但是在电影首先是一种商品的香港，任何人都不会冒险让刘德华做更多的尝试，包括他自己，这对刘德华来说是不小的悲哀，但是却是商业对电影的绝对胜利。"你怎么看这种评价？

刘德华：我觉得我能走到今天，一定有我对的地方。我蛮享受我现在的工作态度。我会尽力让我的表演使大家感觉舒服，而不是硬要改变。我不知道什么才叫改变，难道我要把样子变了才算改变吗？我觉得我已经改了很多了，他觉得我没有，这是他的概念，而我的概念是，哦，既然你说我没改，下一次我就想想有什么可以改，现在我想不到。

李零读孔子：他是一条丧家狗？

手 记

时隔五年，再读这篇对谈，还是被逗得哈哈大笑。李零老师大才，这是真正的脱口秀。

生于1948年的李零自称"红旗下的蛋"：黑帮子弟、上山下乡……步入学界之后，研究竹简帛书、数术方技，也研究毒药、巫术、脏话和厕所。在北大，李零开"四大经典阅读课"。《论语》是儒家经典，《老子》是道家经典，两者皆属人文学术；《孙子》和《周易》属于科学技术，《孙子兵法》是讲跟人有关的技术，数术无经典，只好用《周易》当读本。

我采访李零，是因为《丧家狗——我读〈论语〉》出版。这本书脱胎于他在北大授课的讲义。

李零算不上是易于接近的采访对象，这从访谈开头的一两个问答中可略见一斑。但他不会怠慢真正的问题。那是2007年，当时我怀孕八个月，坐三个多钟头，谈对我来说极为遥远的孔子和《论语》，需要一点体力和耐力。在那之前我硬着头皮啃完了《论语》和《丧家狗》，头脑中有一个粗线条的印象和一些疑问。拿这些疑问去问一个对《论语》下过专门功夫的学者，无异于以卵击石。与其说我是在自己所知的基础上发问，不如说我是从"良知良能"出发提问。

采访之后，李零在邮件中告诉我，我的问题对他"很有帮助"。

在他的书中，李零努力剥离孔子和《论语》身上的意识形态色彩。但在这篇访谈中，我们的大部分话题仍围绕意识形态展开。这或许是思想的一个悖论：我们要反对什么，只能站在它的对面，并且不得不借用它的语汇——药与病毒共存。

孔子出身破落贵族家庭，是父母野合而生，他三岁丧父，十七岁丧母，在穷街陋巷长大，十五岁求学，三十岁授徒，五十岁通过学《周易》，算出自己该出来当官，五十五岁出国游学，除短暂服务于卫、陈两国，哪个国家都不肯用他，六十岁的时候，颠沛流离，路过郑国，一个相面的人说他上半身有圣人气象，下半身垂头丧气像丧家狗——这是北京大学教授李零在新著《丧家狗》对孔子身世的考证。

这不是孔子第一次被称作丧家狗。"文革"期间，巴金曾撰文《孔老二罪恶的一生》，"丧家之狗"的典故经由这篇"战斗檄文"广为传诵。当李零用"丧家狗"称呼孔子的时候，他的本意是不带意识形态色彩，不抑也不扬："任何怀抱理想，在现实世界找不到精神家园的人，都是丧家狗。"

4月22日，左中右三派学者齐聚《丧家狗》座谈会。"丧家狗"这个说法引发了的不小争议。新儒家的代表人物之一、社科院学者陈明认为，《丧家狗》是"作家的文采＋训诂学家的眼界＋愤青的心态"；《论语》不能简单成为训诂学的对象，因为人文遗产重在阐述，而非还原。

北大教授刘东认为，中国文化从简单走向辉煌的过程不能用简单的还原主义来解读；孔子不仅仅是丧家狗，孔子有忧也有乐，他既有奔走侯门不得志的一面，也有行云流水悠然自得的一面。

钱理群认同李零的观点——任何找不到心灵家园的人都是丧家狗。钱理群认为，在这个意义上，孔子、李零和他自己都是丧家狗。致力于鲁迅研究的王得厚不同意钱理群的夫子自道。他说，好为王者师的人才是丧家狗，李零不是，钱理群也不是。

会场上，被七嘴八舌的同侪所环绕，李零洗耳恭听，没有多说话。4月20日，在万圣书园接受本报记者专访的时候，他极力在自己的作品和当下的国学热之间划清界限："我写书，主张通俗化，但是我也反对庸俗化。人民群众也不能惯着，他们喜欢那些科学管不了的东西，测不准的东西。卖假药的，专在治不好的病上做文章。我写书，是想帮大家把不明白的地方搞明白。如果我自己也搞不明白，我就说我没答案。如果你把他们搞糊涂了，举国若狂崇拜你，实际上把你也搞糊涂了。"

"我终于看到了它很有趣的一面"

南方周末：在北大讲《论语》之前，你系统读过《论语》吗？每次有什么心得？

李零：中学就读。1990年代整理竹简也读，但经常读不下去，因为这本书特别乱。

为了讲课，我得先读书，然后写讲义，一边讲，一边改，光写这本书，前后花了四五年。虽然比起《兵以诈立》，时间少了点，还是很有心得。《孙子》，我讲过二十年。研究时间更长，至少三十年。我说，这是读书笔记，还是个毛坯，比起《兵以诈立》的准备时间，它是短了点，但绝不是一年就能写出。

南方周末：你之前读《论语》，除了"乱"和"寡淡如水"之外，就没有别的感受了？

李零：真是淡流寡水。

南方周末：给学生上课，他们听得进去吗？

李零：该怎么样就怎么样。我要告诉大家的是真实的孔子是什么样。如果你期望的东西根本不存在，没办法。

这次，我把《论语》中的所有人物和概念都捋了一遍，我倒觉得，我终于看到了它很有趣的一面。我喜欢的孔子，不是泥塑木胎的孔子。《论语》中的孔子，活生生的孔子，恰恰没有那种假惺惺的劲儿。他和他的学生，嬉笑怒骂，很好玩。如果《论语》是一部电影，我们看完之后，肯定对颜回的印象比较淡薄，对子路的印象比较深刻。颜回是孔子姥姥家的人，他最喜欢，而子路老是招孔子骂。

南方周末：我们花时间读一本书，总希望其中有思维的乐趣、精彩的叙事、深刻的道理，让我们知道一些我们以前不知道的东西，可是我看你在后记里总结的孔子留给我们的三个文化遗产：以人文学术为主的古典教育；

"学而优则仕"——重当官，轻产业；忠孝——重道德，轻宗教。这三个结论看着都眼熟。你对这样的阅读经验满意吗：从原典出发回到原点？

李零：当然要回到原典。我所总结的东西，有些可能是大家早就谈过多少遍的东西，但大家遗忘和忽略的东西，仍有必要重提，因为胡扯的太多了。更何况，我还有我的新意，你没注意到吗？

一是我讲圣人这部分，通过《论语》的话，我想说明，孔子并不承认他是圣人，我们要尊重。孔子成为圣人，是子贡、宰予、有若，伙同孔子的晚期弟子树起来的。你读《论语》，一定要排除很多外在的干扰。过去，哲学系讲《论语》，全是宋学那一套。我毫不客气地说，道统完全是伪造。《论语》可以告诉你这一点。

再比如"仁"，大家都认为，这是《论语》里最高的德行，其实在孔子论人的品级里，它还不是最高的，圣人才是最高的。什么叫圣人？生而知之，手里有权力，贵族。孔子的政治理想有不同的层次，他最高的理想是"圣"。

再比如"恕"，很多人认为，"恕"就是宽恕，不对。我说"恕"是"仁"的另一种表达，即"如心"，将心比心，拿自己当人，也拿别人当人。

另外，我还梳理了孔门弟子的关系。我把《论语》里提到的一百五十六个人按照孔子弟子、非弟子分开，七十子中，我又找出三十五个《论语》里记录过的，对他们的年代关系、甚至名字关系都做了考证，通过排比，发掘性格，突出他们之间的各种矛盾。

孔子这颗卫星是怎样被放上天的

南方周末：你是想通过弟子看孔子，进而证明"道统"是假的？

李零：是。但这只是《论语》的一个问题。我过去读《论语》，觉得淡流寡水、颠三倒四，就是因为没有理出头绪，而《论语》最重要的特点就是人多，它有一百五十六个人，比梁山好汉还多。它跟《老子》不一样，《老子》翻开之后，如入无人之境；《孙子》是一言堂，除了"孙子曰"，没有其他人说话。它提到的人也只有四个：两个恐怖分子，曹刿、专诸；两个大特务，伊尹、吕牙。《论语》是对话体，如果你连谁和谁在说话都弄不清楚，话题是什么你也不知道，那你没法理解这本书。

在《论语》提到的二十九个学生里，我又重点梳理了十三个学生——所谓"孔门十哲"和三个晚期学生。孔子死后，有七大弟子：子贡、宰予、有若、曾子、子游、子夏、子张。

我为什么说道统是假的？很简单。宋以来，人们说，曾子传子思，子思传孟子，只有子思、孟子得到了孔子的真传。可是我们读《论语》，你会发现，里面有二十九个学生，核心弟子也有十三个，你把这么丰富的思想场景归纳为一个弟子，全由曾子一人代表，这无疑是错误的。

道统里的三大弟子（曾子、子思、孟子），只有曾子一人是孔门七十子（孔子在世时收徒三千，其中核心弟子有七十二个或七十七个，被称为"孔门七十子"）之一。孔子死的时候子思才四岁，除非他特别早慧，跟于丹自个儿说的一样，否则孔子七十岁怎么会收一个四岁的学生？孟子更是连孔子的面都没见过。

读《论语》和其他史料，你会发现，孔子死的时候，子贡是掌门弟子，其次是宰予。这俩都能说会道，没法跟德行科（孔子所传授的学问分为四科——德行、言语、政事、文学）的学生比。但当时，德行科的都死光光，想学都没法学。比如颜回，除了不顶撞老师，能挨饿，安贫乐道，没什么事迹可学，光听老师夸他们，也不知道他们干了什么。

德行科的学生，是孔子最喜欢的，但后世光大师门，却是靠其他科的学生。孔子死后，子贡和宰予是大师兄，子游、子夏、子张、有若、曾子是小师弟，子贡和宰予想立长得特别像孔子的有若为老师的接班人，有若等于华国锋，子贡和宰予好比叶剑英、陈云，毛泽东逝世之后，真正的权力人物并不出面，"你办事我放心"，让华国锋当接班人。这样一来，曾子非常生气，他说你也配。但他生气也没用，在立老师为圣人的众弟子中，他辈分低，少数派，最孤立。

南方周末：曾子后来是怎么把局面给扳过来的？

李零：曾子也没把局面扳过来，是宋儒给扳过来的。所以我说道统是伪造。

南方周末：宋人为什么做这种选择？

李零：这是比较有意思的事情。历代祭祀孔子，除了孔子，第一个要祭祀的是颜回。后面加了曾子，子思和孟子还没有后来的地位。为什么要把曾子放进去？主要是他有著作留下来。你看《汉书·艺文志》就会发现，子路和子贡都没书，他们有政绩，能说会道，能显名当世，但要传诸后世，还得靠书。曾子恰恰留下了一些书，过去有人说《孝经》就是他做的。

到了宋朝，宋明理学要立道统的时候，就把曾子的东西全都辑出来，变成一本书。如果你不知道当时孔门七十子与老师交流的丰富场景，仅凭《论》、《孟》、《学》、《庸》，很容易形成一种"直线传播"的印象，这是骗人的。拿生殖学上的道理说，受精的过程要有上亿个精子参加。如果你说，反正只有一个到达终点，别的精子都别参加了，那受孕不可能完成，精子浓度太低是不可能受孕的。

孔子在世的时候，子贡说孔子是圣人，孔子当时就否定了。但老师死了之后，学生说老师太谦虚。他们私下把圣人的条件做了修正。本来孔子说圣人是非常聪明的人，我不太聪明，是靠我的勤奋、持之以恒。他死后，弟子们说，勤奋、持之以恒就是圣人，老师怎么不聪明？明明孔子没能实现他的理想，去安定天下，学生们做了个解释，这是因为老师没得势，如果得了势，肯定还是能实现自己的理想。

后来，到孟子那阵儿，公孙丑说：老师，我觉得您就是圣人。孟子说：你这就叫什么话？但是孟子已经承认孔子是圣人了。后人说，他是接续了孔子衣钵的人，那他自然也是圣人。

颜回、曾子的地位，在汉唐的时候就比较高了。后来宋儒又追认了子思、孟子，这四个人往孔子身边一站，就成了四个二等圣人，过去叫"四配"。本来思、孟只是儒家八派中的两派。这也是"直线传播"的例子。明明八派，其他都不要了，说孔子思想是靠思、孟一脉单传，这很不像话。"孔门十哲"等于孔子在世时，大家一致评选出来的"十佳思想家"，子思当时还是一个四岁小孩，孟子更是没影儿的人，让宋儒一弄，反倒摆到"十哲"上头去了。更荒谬的是，颜回搁"四配"里，"十哲"不够数，补了子张、有若，"十哲"变成"十一哲"，不是整数，后人干脆把宋朝的朱熹也拉进来——树道统的人，后来也变成道统的一部分。

以前我们只取经，现在倒想传教了

南方周末：在"道统"变成"直线传播"的过程中，对《论语》和孔子的解读是越来越丰富还是越来越趋同？

李零：歧解虽多，全是一个调门，汉代早就定了调。一个调就是单调。七十子时代，还不是这样。孔子跟这么多学生在屋里屋外聊天，不同的学生问同一个问题，却有不同的答案。

我研究郭店竹简的时候引过一句话，"仲尼丧而微言绝，七十子丧而大义乖"——孔子死了之后，他的微言就没人听了；七十子死了之后，他的大义就被歪曲了。七十子，你都不讲，大义不乖还等什么。

过去讲哲学史，都是孔、孟、荀三段论，冯友兰最爱玩三段论。孔孟之间的哲学传承没有了，这个儒家还怎么讲？为什么我强调郭店竹简、强调上博楚简？就是因为它让我们"重见七十子"。2001年，我就讲这番话，不是现在才这么讲。当然，这也不是什么新鲜事，只要你打开《论语》，就能听见这二十九个学生在谈话。

汉代以后，儒家变成意识形态，和真实的孔子越来越远。大家把孔子树为圣人，凡是跟圣人形象不符的地方就进行曲解。所以我认为，读《论语》，最大问题是心理问题。你读《论语》，就好好读《论语》，先别哆哆嗦嗦，不读就有崇拜。我就纳闷，怎么那么多大学者都在讲义理，主流都是讲义理，怎么还说不读义理？比如号称国学大师的钱穆认为，还是朱熹讲得对，"唯女子与小人难养也"，意思是，管理仆人和丫鬟是练习修身齐家的"齐家"，是国家栋梁为了"治天下"做试验。除非我被洗脑，我不能接受这套胡说。义理当然是旧注中的一大王国，我书里引了不少，但我必须老实说，讲义理，胡说最多。

南方周末：基督教有马丁·路德，《论语》为什么不能让不同时代的阐释家赋予新意？

李零：你是说新儒家吗？我不是说了吗？新儒家的话简直是昏话。

我是觉得，任何一种文明，肯定都有利有弊，今天，因为政治气候的变化，大家特别怀古。怀古是什么意思？就是跟今天或刚刚过去的今天拧着来。比如解放后，小教不许信，只许信大教，现在反过来，都念宗教的好，说宗教是安定人心的。其实历朝历代都禁旁门左道和淫祀，战国秦汉就如此，不是现在才有。清朝就说，广东、福建多淫祀，还有唐人街的那些玩意儿，其实都是中国文化里最低级的东西。西化把高级的东西都给化了，剩下的很多是最低级的东西。结果中国人把这些当宝贝，简直太可笑。

我们老家，过去全村都信孔子道，除了我们家。是不是我们村有了孔子道就搞好了，我就不信这个。

当然大家要立的不是小教，而是大教，足以跟伊斯兰教、基督教三足鼎立的大教。可问题是，武力传教是西方文化中最糟糕的传统。你说弘扬传统，学的全是这类玩意儿。普世性的宗教，其实是思想上的专制主义，和政治上的中央集权有同样的功效。这类传统，是好还是坏？大家要想一想。

近代，我们挨了他们打，人家有普世性的宗教，我们没有，急了，就跟在他们屁股后面学。现代西方，政教分离，宗教多元化，我们早就如此。西方大学，文化素质最高，不信教的人最多。我们中国，传统的知识分子，也是早就如此，他们最少讲"怪力乱神"，我觉得挺好。过去，讲"怪力乱神"，主要是民间的愚夫愚妇，大家都折腾回去，当愚夫愚妇，中国就搞好了？

我并不是诋毁中国文化，我认为中国文化非常伟大。但全盘西化后，祖宗留下来的最大遗产，不是别的，就是我们自己。你不要问，西方文化是你的主体，还是中国文化是你的主体，这个主体就是你自己！中国文化，我可以接纳，西方文化，我也可以接纳，就像我们既可以吃中餐也可以吃西餐，哪个为主，哪个为辅，不重要，你非得争出个"中餐是体，西餐为用"来，这不是自己跟自己找别扭吗？你这么讲，中国以外，人家能接受吗？

南方周末：*"我们最大的遗产是我们自己"听起来是一个放之四海而皆准的真理，关键是，如果文化和历史的连接断裂，我们何以成为我们？*

李零：是啊。如果你觉得自己的文化最优越，应该把其他文化化掉，就像我们历史上把蒙元、满清化掉一样，别人也会这样想。现在的美国，现在的日本，你给我化化看，别做梦了！全盘西化，你不爱听，这是事实判断，不是价值判断。不管你高兴不高兴，这是个大局已定的事。中国人应该有自信心，对所有文化都接纳。

20世纪初的时候，我们那么悲观，说中国要亡国灭种，但今天，我们国没亡，种没灭。万里河山还在，古迹文物，除了蒋介石带走的那点儿，主要的东西还在，研究中国文化，队伍也很庞大。港台缺乏的东西，都在大陆，特别是中国人。

有些人因为别人把我们化了，就强烈地感到不舒服，可是易位思考一下，我们历史上也化过别人，你怎么不难受？一个文化的好坏是靠文化本身的感召力。在这点上，我们比不上我们的祖宗。我们的祖宗，至少是讲"远人来服"，而不是靠拼命推销。以前我们只取经，不传教，现在倒想传教了。

南方周末：我不是拿新儒家去比附其他文化的宗教，我是想问，各个时代对《论语》阐述有什么变化？刚才你讲了一个新儒家，其他的呢？

李零：当然从古到今并不是只有宋学家的解释，比如还有汉学家的解释。但汉学家和宋学家都尊孔，唯一打破这个僵局的就是"五四"。"五四"的一个重要遗产就是疑古运动。尽管顾颉刚先生那么推崇崔东壁，但是他指出，崔东壁不敢疑孔，他敢。另外一个重要遗产是中国哲学史，胡适强调把孔子从圣人的位置上拉下来，跟其他诸子平起平坐。没有这条，就没有中国哲学史。中国哲学史就是经学史、儒学史。他的书，从一开始，起点就比冯友兰高。

没有"五四"，就没有今天的中国学术，无论海峡两岸哪一方。

要复古，往哪儿复？

南方周末：书名《丧家狗》是一个贴切的形象吗？在政治哲学方面，孔子无疑是失败的，在所谓的"心性儒学"方面，他也是丧家狗般灰溜溜的吗？

李零：我说的"丧家狗"，不是讲孔子的哪一面。我只是讲，他的一生找不到理想的归宿。这是个中性的描述。而且，我觉得，你没有办法把他的道德和他的政治分开来。他的道德就是为了他的政治，所谓修身、齐家就是为了平天下。哪有分开讲的道德？心性儒学，是宋人造的，跟活孔子无关。研究这个，是宋代思想史的专题，好坏可以另外讨论。一本书不可能有那么多承载，我讲东，你说我还没讲西，那是抬杠。托古改制，再造传统，我不感兴趣。你要复古，往哪儿复？怎么复？拿出个方案让大家看。

南方周末：像"我吃粗粮，喝凉水，枕着我自己的胳膊，看白云苍狗"（原文：饭疏食，饮水，曲肱而枕之，乐亦在其中矣）这种东西，应该是离政治很远的一个人的内心感受吧？这种闲适宁静难道不是一种"心性哲学"吗？

李零：你不做官也不种地，那你可不是得枕着胳膊喝凉水？这有什么可吹？他政治上失败了，枕着胳膊喝凉水就成功了？

南方周末：不是成功不成功。一个人是立体的。不是因为他政治上失败了，就说他所有的人生感受都一钱不值。

李零：枕着胳膊喝凉水是一种什么哲学呀？任何古代修行的人都是这样的。我插队那阵儿，也经常在地头这么躺。释迦牟尼修行的时候，也是到处讨饭。你看他涅槃的时候，也是枕着胳膊，只不过没喝凉水就是了。我不明白，为什么要分政治上的丧家狗和另外一个什么玩意儿。也许你可以把他拦腰切开，一分为二，我不能。

南方周末：因为有"政治儒学"和"心性儒学"这么一种分法，你的意思是"心性儒学"是伪概念？

李零：你这么说，从学术史上讲，是有道理的。宋明理学，他们开辟出很多东西来。但那是他们开辟出来的东西，心性儒学开辟出的各种遗产和那些孤臣孽子，都跟孔子没什么关系，那是宋明理学要树立的一种士大夫的情操什么的。我在我的书里，是要把宋明理学和孔子掰开。而在很多人看来，把这个掰开，就没有孔子了。

南方周末：除了丧家狗，你在书里还把孔子比作堂吉诃德。堂吉诃德只有一匹驽马，一个胖仆从，但是孔子有三千门生……

李零：然后呢？

南方周末：孔子当年，弱肉强食的时代，生存逻辑，尔虞我诈是硬道理，结果还有三千个人来听他讲道德训诫……

李零：堂吉诃德是文学创造，主要是讲他跟时代岔着来，他又不是老师，干吗非得比一比谁的学生更多？宋襄公是宋人，孔夫子也是宋人，他们都是"亡国之余"，所以有这种心态。大家说，宋襄公是堂吉诃德，他也没什么学生。当老师的，学生多，有什么稀罕。当时的诸子都有很多学生，汉代的大师也有很多学生。学生多少，不说明什么。

孔子办学，是因为他那个时代，他已经看到，所谓贵族，既没有道德也没有学问。在社会大变动的时代经常出现这种情况——肉食者鄙，下层人反而比较有学问。当然我们不知道孔子的知识是怎么学来的，这是一个值得探讨的问题。因为老师也有老师。

孔子吸收为弟子的恰恰是跟他类似的人，你得知道社会上有这么一批人，他们想成为孔子这样的人，而社会对这批人又有潜在的、很大的需求。这点你从战国的情况就可以看得很明白。

孔子的教学目标主要是做宰，就是家臣。家臣没有很高贵的出身，但他们有管理才能和文字才能。其实西方也一样，《红与黑》的于连为什么敢看不起贵族？他会拉丁文，贵族早就不会了。

孔子读了那么长时间书，鲁君和三桓（鲁国的大夫，孟孙氏、叔孙氏、季孙氏，均为鲁桓公后人），没人找他做官，第一个请他出来做官的是阳货（阳货是鲁国大夫季平子、季桓子的家臣，公元前505年，季桓子在实际上掌控了鲁国政权，而阳货又在背后控制着季桓子）。阳货就是家臣。

孔子一生的苦恼是社会的纲常已乱。在大小贵族之间，他本来是想顾大头。周天子和鲁侯，他肯定站在周天子一边；鲁侯和三桓，他肯定站在鲁侯一边；三桓和阳货，他肯定站在三桓一边。可是，当时最大的政治势力是三桓，三桓把鲁君控制起来了。谁能反对三桓？阳货。阳货把三桓的季氏给挟持了。本来，孔子出来做官，是想张大宗室，打击三桓，但他为难的是，你要站在阳货一边，才能打击三桓，但阳货是叛臣；你要站在鲁君一边，又根本对付不了三桓。所以孔子一辈子与虎谋皮，鲁国不行，跑到别的国家，全都失败了。

南方周末：既然这套逻辑根本行不通，为什么还有三千人追随他？

李零：那是苦孩子最好的出身。而且这个潜在的市场非常大。战国时代已经证明了这一点。而且，孔子的弟子找官做，不像老师那么执拗，做官本身把他们已经改造了，他们比较适应官场对他们的要求。

行不通，很简单，搞修正主义嘛。这不就是你说的阐释学吗？你要真的忠实于夫子的教导，就回到西周去，比如王莽，就是照他老人家的指示办事，而且像当今复古家倡言，趁机塞上点"新意"。你曲里拐弯上哪儿去？那是没准儿的事。但西周肯定是回不去的，因为时代快车并不是开到西周去的。

托古改制，你爱折腾什么折腾什么！但伪造历史，绝对不行。

所谓不可能，只是不忍见

南方周末：你和其他一些学者都强调自己是对孔子进行"原典阅读"，但是对同一句话，人们往往有不同的解释，比如"自行束脩以上，吾未尝无诲焉"，你说这句话的意思是，自带干肉十条以上，就可以当我的学生，孔子收徒，不问出身，只问有没有见面礼。可另有学者解释说，束脩是古代男子十五岁之后进大学带的见面礼，后泛指十五岁的男子，所以这话是说，十五岁以上的孩子，我都愿意教。你怎么看这种方向完全相反的"原典解读"？

李零：你提到的说法是郑玄说，十五岁上大学，那是古代的正规学校，孔子办学，不一定如此，很多学者并不认同郑玄。我读孔子，是参考程树德等人的著作，同一句话有不同的解释，我要比较一下，哪一种更切合原意。虽然我讲的不一定都对，但大家不要以为，前人有不同说法，你就可以随便讲。

我读《论语》，不是搞集释，当刘宝楠第二，程树德第二。我没有以此为目标。我是想替大家读书，尽量删繁就简，挑可靠的讲。我根本不想把所有的说法都列出来。那样，读者很费劲。我又没拦着大家，不让查原书。前人的工作，没必要重复。我只在有争议的地方啰唆一点。就这样，书已经太厚了。对孔子，历来解释很多，最忌讳的是曲解。我这本书，希望让大家看到曲解是怎么产生的，所以也找了几个曲解的例子，像"无友不如己者"，像"夷狄之有君，不如诸夏之亡也"，后人千方百计为圣人讳，说孔子不会那么势利眼，他不会说"不和不如自己的人交朋友"，也不可能贬低少数民族。所谓不可能，只是不忍见也。

南方周末：能不能分分堆，像"交朋友"和"夷狄"，肯定是要破除"尊圣心理"，还孔子原意，但对《论语》里的另外一些话，是不是不忠于原典也可以是很好的解释？

李零：《论语》里当然有读不懂的地方，碰到这种地方，往往有争论。人们最爱争论的是信仰上的分歧，但信仰上的分歧才最不能争论。你读《论语》，是争信仰，对不起，我没兴趣。解释当然是要忠实原典。你通过阐释，借孔子的嘴，说你心中的话，当然没人能禁止你的这种自由。但如果有证据，我要说，你这是歪曲。

南方周末：难道不能每个时代有每个时代的孔子吗？

李零：在言论自由方面是可以的，你可以印你的书，你可以乱讲，当然没人能管你。但在事实的层面上，这绝对不可以。孔子只有一个。就算解释经常沦为一种游戏，可还有考古和其他证据在那儿挡着你呢。你讲了半天，人家拿出材料来，证明你完全是胡说八道，你还要继续说下去吗？我经常说历史就是谜案，当你找不到答案的时候，你可以写个推理小说，可以编造各种犯罪动机、场景，但人家把人证、物证都拿出来，你不就该歇菜了吗？

南方周末：你读《论语》的时候，似乎特别容易联想起你的"文革"经历，有时候，联想的两端距离比较远，但是你一下子就跨过去了。比如你从孔子"吾十有五而志于学"联想到红卫兵最早是清华附中的学生发动起来的；从"父在观其志，父没观其行"联想到"文革"的时候儿子和老子划清界限。为什么？

李零：不许联想吗？联想是把古今放在一起讲，怎么不可以？"文革"受刺激，又不是什么丑事，记吃不记打，才是可耻的事。更何况，我还讲当下的事。孔子说，"天下无道久矣"，我说，大学无道久矣，怎么不可以批评？我们讲的是类似的事。孔子批评当世，算不算愤青。如果批评就是愤青，那你还愤我个什么劲儿？你托古改制就可以任意发挥，我说几句身边的事，或不久前的事，怎么就不行？我又没说，古代和现在画等号，更没玩什么影射史学，一码还是归一码。你是不是说，我说古代只能说古代，现在的事，全得交托古改制的去讲？

大家读《论语》，一定要先弄清楚这是谁在说话，说给谁听。这是读所有先秦古书的人都必须注意的问题。我要强调一下，《论语》不是写给人民大众的。《论语》提到老百姓，说的是"民可使由之，不可使知之"。"民"

是供统治者使唤的。

今天，大家都说，《论语》走进千家万户是大好事。但我们要注意，孔子和先秦的所有思想家一样，他们都是愚民的。《论语》教学生当君子，是让他们当贵族，不是眼跟前儿的假贵族，而是古代的真贵族，你叫老百姓怎么学？还真费琢磨。

战国时候的书不一样，战国的子书都是"干禄书"，话是说给统治者听。因为孔子的机会还没到，他说给君主，君主也不一定听，只好先说给学生听，叫他们时刻准备着。《论语》的说话对象非常清楚：孔子的学生。我讲《论语》，也是讲给学生听，我不反对别人读，但我认为，《论语》这书，还是对知识分子的自我反省更重要。正是在这个意义上，我说，《丧家狗》是一个现代知识分子和一个遥隔两千四百多年的知识分子之间的对话。

时空之间怎么沟通？不是靠史料一环扣一环去联结，而是靠生命的体验去穿透。所以，不光"文革"，我还谈到我在学校的一些感受。我读《论语》，怎么就不能谈？这都是我作为一个知识分子熟悉的事嘛。

"文革"常被海外说成整知识分子的历史，我坚决不同意这种说法。我不是讲了吗，秦始皇焚书坑儒，让知识分子互相揭发，有被坑的，就有去揭发别人和把别人坑了的呀。儒这个林大了，什么鸟没有，干吗非得绑一块儿，跟普通人作对。

孔子提到天下无道，他很无奈，这种无奈的感觉，你在"文革"中经常遇到：明明有件事是错的，如果你来反对这件事，所有的人都认为你疯了。而且你也会考虑现状，我改变不了，怎么办？孔子告诉你，"卷而怀之"（不要一意孤行，硬碰硬）。

"文革"第一天，我父亲就是黑帮，到"文革"结束也还是黑帮，直到1979年才平反。当时，我想，我父亲是不是有问题，不知道，就算他是坏人，他就不是我父亲了吗？这时候，你就会想到孔子讲的忠和孝。孔子说，孝就是"无违"，劝父母必须委婉，不听，只能照着办，儿子不能揭发老子，老子不能揭发儿子，"直在其中矣"。这和我在"文革"中的经验满拧，我亲眼看到我的同学，出于害怕，打骂父母亲，在墙上贴辱骂父母的大字报，甚至带人抄家。他们把自己的家抄了，就没地方住了，以至流落街头，偷东西。

再比如，"文革"的时候，突然大家都要穿一个绿军装，这不是如今那种时尚，而是大家觉得，不这样，不能加入时代潮流，穿了比较安全。我要穿这个，很容易，我姐姐就在总参，但我想，我是个黑帮子弟，还装什么蒜。

"文革"时代是读古书的一个高潮

南方周末：你在书中提到，"文革"时，举国狂热读《论语》，甚至马王堆帛书的出土都跟这事有很大关系。这件事有什么可以展开讲讲的吗？

李零：大家经常听信港台带有政治偏见的宣传，说什么大陆的传统文化中断了，不读古书了什么的，我是不太相信的，这里不能详谈。"文革"时代是读古书的一个高潮，尽管不像他们那种尊孔的读法。"文革"批孔，不读古书批什么孔？那是真正的全民总动员，知识界的人没一个能溜。

南方周末：这种读能说是真正的读吗？

李零：尊孔和批孔都是把《论语》当政治符号来读。你不要以为影射史学今天已经绝迹了，今天也一样，只不过倒过个来就是了。所以我说，尊孔和批孔是欢喜冤家。他们都是以对手为转移，对手说南我就说北、说好我就说坏。

南方周末：你在书中提到，后世的尊孔和批孔都是政治家发动的。今天的情况是这样的吗？今天似乎是先有民间读经热、祭孔热，再有国家层面的孔子学院和弘扬传统文化。

李零：我不这么认为。我在书里说，我不跟知识分子起哄，也不跟人民群众起哄，还漏了一样。民间和政治上的孔子热，哪个在先，那个在后，不好说。比如气功热，人民群众，最关心自己的身体，你可以说是民间先有气功热。但我还记得很清楚，很多领导要治病，大气功师们才纷纷跑到侯门里面去。

谁能把今天的传统文化热跟国内形势、国际形势全然分开？我是把这件事放在全球文化处于保守主义的背景下来看的，而且我特别强调它跟1980年代的反差之大。为什么同样一批人，一会儿骂祖宗，一会儿祖宗什么都好，到处去推销，要弄到世界上？这样的东西离开世界的政治气候和中国的政治气候，光是民间，就能成气候吗？

到底是民间热在前，还是政治热在前，就像鸡生蛋，蛋生鸡一样，是说不清的。但这里有一个文化气候和政治气候的反差，没问题。从夏天到冬天，你会说，我真想回到夏天，夏天多暖和。其实，夏天何止是暖和，那也太热了。从冬天到夏天，你又会说，冬天多凉快。其实，冬天何止是凉快，那也太冷了。作为一个学者，我想，只有通过对比，让你看到世事轮回中，人们的记忆和追溯会有多大偏差，你才能获得一个比较公允的观察。

持续的心灵余震

——与柴静谈唐山大地震

手 记

柴姑娘是好记者，也是好的采访对象。

我的奶奶和十二岁的表姐死于唐山大地震，她们的尸体被埋进"万人坑"。在很长一段时间里，唐山大地震在我家是一个禁忌。那本登载钱钢著《唐山大地震》的《解放军文艺》，妈妈一直藏起来，不让爸爸看到。因为这样的原因，我自然对唐山好奇、对地震好奇。但在采访的时候，我必须在一定程度上扮演"对立面"，扮演"质疑者"——质疑柴静的采访（目的、动机、知识储备和所见所闻），质疑究竟谁该为公共记忆缺失负责……那些问题唐突、粗鲁，但柴姑娘都游刃有余地接住了，并且让对话像河流、像树木一样流淌、伸展。

稿子见报之后，有同事批评：记者应该到新闻现场去，为什么要听别的记者说什么？什么叫柴静有自己的思考？她是研究地震的学者，还是地震局的官员？她的思考有什么价值？柴静一思考，石岩就采访？

部门主任向老师阳的答复令人莞尔：如果想了解基督教，最好的采访对象当然是耶稣，采访不成，跟他的后世门徒聊聊，也未尝不可；要了解"文革"，当然最好采访毛泽东，约不到，跟当年中南海的一个小卫兵聊聊，也会有收获。

柴静的调查记者生涯是从2003年的喀什地震开始的。那是她第一次绕到新闻背后去看究竟。

事情的起因是一则简短的消息：灾后，希望小学开学。百十家媒体的闪光灯记录了同样的场景：小孩从废墟中把书包拖出来，拍拍上面的土，升国旗，上课。

报道完成，大家四散，柴静却觉得不安。

第二天，她碰到希望小学的两个小孩，光着脚抱在一起在路边烤火，他们是一对孪生兄弟。柴静让孩子带她回家看看，小孩把她带到一片空地上——"家"已经成为一片废墟，被子铺在地上，是湿的，柴静用手一摸，上面全是沙子。两块大石头上架着一个水壶，水来自一个积雨水的沟，用壶底把水面上的落叶拨开，装满水，带回来烧。

"之前我得到的消息是去拍希望小学升旗。这是所有人都获知的新闻，但在新闻的背后是些小孩，仍然没有基本的生活保障，还要去上学。这就是差异。"柴静说。

喀什之后，柴静调入《新闻调查》，第一单活儿是"非典"。近距离记录死亡让她恐惧，"但恐惧比无知好。恐惧会让人类肾上腺素分泌，有防御的本能"。

2006年旧历年前，刚过三十岁生日的柴静向她所在的《新闻调查》栏目递交了一张报题单：半年之后的唐山大地震三十周年祭。柴静希望这个动作让领导明白：这个题，她非做不可，这是她在春节将至时最大的心愿。

"我在无意识中被剥夺了一部分流泪的权利"

南方周末：去唐山之前，你对唐山最大的好奇是什么？

柴静：我对唐山的疑问太多了：首先是大家对唐山的了解空空如也。我问了我身边的人，大家都有"唐山大地震"这样一个概念，但都没有鲜活的感受。我就想，作为生存在这个土地上的人，作为一个记者和一个受过良好教育的年轻人，我这三十年是怎么过来的？为什么我会对本国这么大的灾难只有如此泛泛的了解，这是怎么回事？

后来我选择了钱钢这个角度。钱钢1976年去唐山采访，1986年写出《唐山大地震》。我很好奇，1976年钱钢在唐山看到了什么？为什么他的书到了1986年才出版？而那本书几乎成了记录唐山地震的唯一一本有影响力的书？三十年后，钱钢重回唐山，他又能看到什么？

钱钢代表着外来者的视角，他就是我们的眼睛。他那本书我十二岁就看过，印象最深的是那个小男孩，没有麻药，医生用刷子把渗进他头皮的沙粒刷出来。

我不是想借此怀旧，或者说我不是想用我的节目满足我的好奇心，我不仅仅是去寻找故事，我要去找一段历史，为什么我知道的东西仅仅这么多。

一个很奇怪的现象是，三十年过去了，今天大家不约而同地开始关注唐山大地震。二十九年时没有，二十八年时没有，而到了三十年，大家蜂拥而上。我个人觉得，去唐山的媒体，大部分是商业媒体，市场驱动。

南方周末：何以见得？

柴静：我们是6月初去唐山的，在我去之前，CCTV的很多栏目都已经去了。我在唐山接触到很多香港媒体。我问他们为什么来，他们说，我们是商业媒体，我们来是因为我们的读者想看。

我当时很奇怪，为什么香港人对唐山这么感兴趣？为什么他们看到一对老夫妇在他们双胞胎儿子的骨灰盒上放上一块巧克力会泪流满面？要知道我是生活在这块土地上的人啊，我跟这段历史应该比他们亲近，为什么他们泪流满面，而我会愣在那？

我把这个细节写在我的博客里，有一个在香港读书的人写了一段留言。他说，作为小孩子的我并不明白这段历史，但是我们看了流泪，是出于天性的推己及人。

我觉得我们天性的这部分可能蒙尘已久，人对这段历史的熟悉是来自于对同类感同身受的理解，但实际上我们并没有这样去理解。我很嫉妒那个香港记者，因为我觉得我在无意识中被剥夺了一部分流泪的权利。

南方周末：你有没有跟香港同行交流过，他们想去唐山寻找什么？

柴静：他们对唐山的了解也都是来自钱钢的书，不过他们对于历史当事人怀有比我们更亲切的一种感情，所以他们对细节的把握和写作可能比我们更充分。

那对老夫妇送巧克力那个镜头,我们拍了,我们拍得也很动人,但那场景在我们的片中只会是一个镜头,在香港记者那里会是一个整版的故事,因为香港人对这对夫妻有感情,他们知道他们,关心他们。

南方周末: 复原关于唐山的记忆,到底是民间的需要还是媒体的需要?你说香港是受众有这种需求,内地的情况呢?

柴静: 我觉得媒体反映的是"意见市场"的需求。我听到过一些声音说,要提防媒体利用唐山炒作。什么是炒作?对一个我们所知甚少的东西,我觉得炒作是以后的问题。第一步是知情权,哪怕信息良莠不齐,人们需要知道,民众太渴了。

南方周末: 你报题是受内心驱动,还是你看到了所谓"意见市场"的某种反应?

柴静: 我报这个题的出发点,还是个人成分更多一点。就是因为,三十年作为一个阶段,发生了太多事情,作为记者我不能够失言。我内心有种欲望:我应该知道我的历史,这是我的权利。

南方周末: 唐山地震的时候,你应该是山西一个不满周岁的小女孩吧?你怎么会觉得河北一个城市发生的事情是你的记忆呢?

柴静: 因为我跟他们在同一片土地上。为什么我们的媒体会在"9·11"时做那么多报道,那是另一个民族的灾难。为什么对于我们自己的灾难反倒漠视呢?这一点我不明白。我在博客中写过,广岛有一块纪念碑写道:请安息长眠,我们不会重复同样的错误。我写完那篇博客之后,一位同行给我留言:梵高有句话,死去的人借助生者得到重生。如果他们悄无声息地死去,实际上我们那一部分也随着他们去了。

这是我在二十七八岁以后慢慢意识到的。去年我采访连战大陆行,看到他祭祀自己的宗祖时,我内心中有一种回到山西去,寻找自己的根脉的渴望。这就是钱钢所说的"遗传密码"。我小时候对历史课不感兴趣,考试没拿到过高分,但到了这个年龄,我就会自然地感兴趣,哪怕那是我曾经特别想离开的家乡,我根本不愿意回头的记忆。离开故乡时走得太忙了,忙得头都不愿意回,但现在你会回去看,因为你必须知道你来自哪。我觉得这二十年、三十年,中国也是一样,我们着急往前走,太着急了,着急得连回头看一眼的工夫都没有，但到了这个阶段，像有什么东西在召唤你。

南方周末：你的那个疑问——为什么大家对唐山的记忆如此淡漠，在唐山得到解答了吗？

柴静：我和钱钢在唐山的时间很短，钱钢一共就两天，我是四天。这个问题我是在事后一遍一遍的想象和建构中，才大概明白的。你必须全部沉浸在这三十年的时光当中，才能够明白这个问题，它并不是一句话就能解释清楚的。

在唐山，我问当时拍唐山地震最有名的摄影记者李耀东：记者有责任告诉后人当时发生了什么事，为什么你们记录得那么少？为什么唐山孤儿只有拿着苹果特别开心的照片，他们失去亲人的痛苦你们有没有拍？他说他拍了很多，但现在都不知道湮没在哪些底片当中了。我问是有人要求你这样做吗？他说不是，是我自己的世界观。我说，你这个世界观背后的判断是什么，他说就是要正面报道地震。

钱钢也是这样。1976年他二十三岁，他在唐山看到了很多非常惨痛的现场，但当时他并没有把这些写进文章里，他当时记得更多的是阶级友爱。他告诉我，当时有一个唐山诗人，他还没有把自己的亲人从废墟里扒出来，就开始组织赛诗会，钱钢跟他说了一个见闻，他马上一拍大腿：这是绝好的题材啊，撸起裤腿就开始在大腿上写作。

每年7月28日，唐山满城纸钱

南方周末：刚才你说了未知的。去唐山之前，你已知的东西是哪些？

柴静：我对于唐山大地震的一切认知几乎都来自于钱钢。我能想象，事后一定会有很多纪念——有仪式，有纪念馆，有电视片，但是我想，为什么当年还是小孩子的我，就只记得钱钢那本书里的那一个细节？可能就是因为那个细节里有人。

南方周末：如果你说人的故事最能打动人，人的故事在很多宣传片中也能看到——比如地震孤儿党育苗姐妹的故事——她们如何获救，今天如何过着平淡幸福的生活。为什么这些东西不能进入你的记忆？

柴静：那个小男孩的细节之所以触动我，是因为他承载了极大的痛苦和坚忍。而关于党育苗的描述，可能无法直抵我的内心深处。之所以不行，是因为我对她后来的幸福缺乏事先的了解。西藏有句话说，幸福是刀口甜蜜。唐山首先是个刀口，如果刀口本身的锋利和痛感你都感觉不到，后来的蜜汁你吮吸起来也会觉得毫无滋味。

采访时，有一件事很触动我，我问让香港记者特别难过的那对失去两个孩子的老夫妻：将来如果有纪念墙，你们会不会把孩子的名字刻上去？他们说：孩子又没对国家做什么贡献。我问：需要贡献才能刻上去吗？老夫妻说：他们只是孩子。

难道不是每个普通人都应该被纪念的吗？哪怕是痛失亲人者也会觉得，他们的孩子的生命没有必要……除了他们自己的哀恸之外，都没有必要被一个群体，或者一个陌生人所记住，这点当时让我很难受。

南方周末：你吃惊吗？

柴静：吃惊。因为我始终觉得纪念是人的本能。

一个唐山的老医生，我采访她的时候，她的小孙女在旁边玩。我问老医生：你会给她（小孙女）讲地震吗？她说：我从来不说，我希望她什么都不要记得。

为什么连唐山人自己都选择了遗忘？一部分原因可能是因为三十年，伤口还太紧，太疼，人家不愿意掀起。钱钢告诉我，当年刊登了他的报告文学的那一期《解放军文艺》很多唐山人买了，但是都不看。

南方周末：你认为唐山人不愿意提及往事仅仅是因为疼痛吗？还是他们的记忆已经被过滤过了，剩下的是一些离个体经验很遥远的东西？

柴静：至少我觉得，经历过生离死别的人，不可能过滤掉那种记忆。唐山有个商业性的地震纪念墙，花钱就可以把名字刻在上头。没有多少人把名字刻在那上头。但每年7月28日，唐山人都在门口烧纸，满城的纸钱，这是中国人最古老的哀悼方式。

南方周末：你不觉得这是老百姓很聪明的做法吗？因为公共记忆或许是变形的记忆，那还不如就把我最真实的纪念保存在我的私人范围内。

柴静：我们有没有权力要求别人给我们一个公共记忆？我采访老医生的

时候问她：你为什么不把地震告诉你的孙女，你不怕被遗忘吗？她反问我：你能记得住的东西有多少？你不知道的事情有多少？1962年大饥荒你知道吗？"反右倾"你知道吗？我就被问得愣在那儿了。

南方周末：你认为，公共记忆缺失是因为个人不愿意把他们的记忆贡献出来？

柴静：我是在想为什么他们失去了这样一个机会。我问过他们，每年纪念碑前的纪念活动你们去不去？他们说，去的好像都是当年去首都送信的那几个人。他们并不认为这样的仪式代表他们自己。他们真正的痛苦和哀伤不能通过这种公共仪式得以表现，我觉得这是一个很要命的问题。当一个人在群体中找不到内心的呼应的时候，他当然就会退守回自己的生活里。这种退守意味着你只有自己来承担，这种代价太大了，以至于他们不愿意再将这种东西留给后代。

南方周末：公共记忆的缺失，从个人身上是找不到完整答案的，要诚实地回答这个问题，需要问其他的人。

柴静：但这个问题，不是某一个具体的人能回答得了的，也不是某一个在职的官员需要去回答的。你还是要问你自己，我们这个民族如何对待历史？我们对唐山大地震的态度并不鲜见。钱钢给我举了个很简单的例子，当年在征集唐山大地震纪念标的时候，曾经有过四个作品入围，现在使用的这个是第一名，但钱钢个人最喜欢的是第二名：一个很像废墟的东西，很多钢板悬挂在那里，就像一个破碎的、被毁灭的城市。但最终，它是不可能被选上的——这其实是一直以来，我们对死亡和灾难的一种态度。

"我觉得我已经破碎了，和唐山一样"

南方周末：在你去唐山之前肯定得有一个"线路图"——去哪些地方，见哪些人，这张图是怎么样的？

柴静：前两天我们跟着钱钢走，他要拜访各种各样的人，要去电台，要去签售……完成这些"规定动作"之余，他去见了几个当年他故事当中的主人公，像姚翠芹，她并不是他书中的重点人物，但后来，她跟钱钢通了多年的信。这个人很有意思，她是典型的1980年代人——对文学很迷恋，她几乎把她整个的生命都花在记录她在1980年代的那些经历上头了。

她被钱钢写进书里之后，钱钢跟他周围所有的文学青年，都给她写信。她怕这些信腐烂，就把其中重要的部分剪下来贴在本子里，然后用手抄一遍所有的书信，这样，想看信的时候，就不会翻看原件了。

他们在信里认真地、严肃地讨论文学，讨论生活中每一件小事的意义。姚翠芹把那时候的经历写成了三本书，那几乎是她全部的精神世界。

她的第一本书，充满了那个年代不可避免的东西，她在塑造自己，也在塑造情节。比如她写地震之后，她哥哥看到她被压在木板下面动不了，却没救她，而是先去救别人。她疼得撕心裂肺，她哥哥却在救完三个外人之后才来救她……可是我在采访她的时候，发现这个细节并不真实，真实的情况是，她哥哥当时非常着急，和别人一起把她抬到担架上。我觉得，姚翠芹对待自己的态度有点像我们这些年对待历史的态度。

南方周末：现在的姚翠芹再回过头去看1976年、看自己在1980年代写下的文字，她是什么感觉？

柴静：他们没有简单否定过去。这些在今天看来也许可笑的东西曾经是他们生命的一部分，他们就是靠这些支撑着走过来的。那个六岁的小孩，没有麻药，医生要用刷子刷走他头皮里的沙土粒，他妈妈跟他说，你要向革命烈士学习。小男孩说行，然后他就念起了毛主席语录，一滴眼泪也没流。

还有那个神奇的王子兰，她被困地下八九天，一点也不害怕，只是拼命地给她新买的东风表上弦，怕表停了。她的精神支柱是：解放军会救我，毛主席会救我——这是一种很强大的信仰，这种信仰曾经支撑过整个唐山。

南方周末：现在唐山人回头去看他们当时的精神支柱，有幻灭感吗？

柴静：没有。我觉得唐山人接受这些就像接受四季改变一样。姚翠芹在给我看她过去摘录的东西时，是满怀珍惜的，每一个字都带着她的感情。姚翠芹后来实际上变成一个当地"名人"了，一有什么活动她就上去唱歌。我采访她之前，已经有无数人采访过她了。我们谈了一个多小时。谈完之后，她说：我接受了这么多采访，但我从来没这么谈过。

南方周末：你问了一些什么问题？

柴静：其实我并没有刻意地问什么，我一直在听。

南方周末：她就自动开口讲了一些她对其他记者不会讲的话？

柴静：我觉得作为记者你投射给对方的是你的一种反应，你对什么东西感兴趣和不感兴趣，对方一望可知。她跟我说她躺在地板上，天上下着雨，她渴极了，张开嘴，接雨水喝，然后她的手碰到一条特别麻木的大腿，她还以为是死人呢，她沿着那条腿往上摸，摸到的却是自己的身体，腿已经断了。然后她跟我说了一句话：我觉得我已经破碎了，和唐山一样，我后来所做的不过是把我一点点捡回来然后拼凑在一块儿，跟唐山一样。

她一直往下说，直到说到前一天，当地的电台安排一场他们和钱钢的见面会，大家拥抱，谈笑风生，坐了一会儿就散了。

地震之后，她高位截瘫，不能生孩子，但她怀孕之后决定当一次母亲——她说她要夺回地震从她身边夺走的一切——那小孩生下来了，但不到三个月就夭折了。孩子夭折后她三年没出门，把自己囚禁在家里。去电台那天，是她儿子夭折的周年，但她一点哀伤都没有。实际上，在公共场合，她已经被符号化了，代表抗震救灾、身残志坚的典型。而大家恰好忽略了她内心当中最深的痛苦，没有人去倾听，没有人对她的痛苦感兴趣。

很多记者采访完印尼大地震，才想起唐山还有个大地震

南方周末：二三十年之后，再和钱钢谈唐山大地震，他会说什么呢？

柴静：他有一段话被我们放在节目的开头，大意是说，唐山大地震，总是在本该记起的时候被遗忘，而当它被提起时，又让人不堪记忆。它在我们的生活中若隐若现，出现的时候，总让我们觉得尴尬和错位。

南方周末：今天，唐山又成了热门话题，它会让我们有哪些尴尬呢？

柴静：钱钢觉得，唐山大地震作为一个话题的复苏跟印尼海啸有关系。实际上是印尼大地震以后，很多记者采访完这个大地震，才想起唐山还有个大地震，再来找钱钢了解。

我和钱钢在采访时一直有个感觉：我们现在在做的事情就好像钱钢在1980年代做的事情，我们没有做任何超越。

钱钢在1980年代已经意识到文学的本质是人，灾难的本质就是灾难。过了二十年，我们又重新回到这个轨迹上。换句话说，钱钢在1980年代所做的那些努力，放到现在也并不奢侈——关于人在历史中的处境，我们用了那么多年去探究，却并没有往前挪动太多。今天，个人还是淹没在那么宏观的叙事当中，服务于一种集体意志。今天的纪念馆，两万多平方米的大馆，到处是抗震救灾的内容，而关于个人的其实还那么少。我们从来没有一个像"9·11"或是广岛那样的记录个人名字的名册放在那。

南方周末：我给弟弟看《唐山大地震》，看完之后他问我：这写了什么呢，不过是把我们对灾难的想象具体化。如果你听到这样的话，你会说什么？

柴静：我在写第一篇博客的时候就有很多留言，有说得比这更直接，有人说，你有必要去做唐山大地震吗？国计民生那么多重要的事，你干吗做这个？我想，唐山大地震不只是一个历史事件，它背后所隐含的是我们想从历史中发现的一种价值观念，我们究竟有没有对我们国土上的一个具体生命给予足够的尊重和珍视，有没有一个这样的价值体系？

我为什么对这个感兴趣？我为什么对一些陌生人，和我没关系的、一些死掉的人感兴趣？其实他就是你自己，你对他不感兴趣，很多人也会对你的生命不感兴趣，生命就会因此受到践踏，还不被记住。

用新闻影响今天

——李大同谈《冰点故事》

手 记

以前,《南方周末》一条形象广告的广告词是"记录时代进程",可李大同说"新闻改变今天"。这两条语录背后的新闻观的不同,是这篇访谈的起点之一。

采访李大同的时候,我好几次想起当代中国人耳熟能详的一个片语"解放生产力"。就新闻生产而言,李大同有这个能力。他所主持的《中国青年报·冰点周刊》,经常会做一些在别的媒体看来不成其为题目的题目:北京最后几个背粪桶的环卫工人、一枝藤、儿童性教育、大兵瑞恩引发的讨论……不同的选题有不同的文风。有些冰点报道追求细节、故事,有些追求逻辑、证据。自然,细节、故事、逻辑、证据,是任何一篇报道都应该追求的要素,但不同媒体"企业文化"的不同,往往导致对其中某些要素的过分倚重。这样做,可能会在短期形成鲜明的风格,但长期执行却会限制报道的眼界、思路。

李大同在1980年代完成对"新闻共同体"经典文本的阅读。他把新闻共同体的基因变成自己的职业基因,之后又把它变成冰点团队的基因。这个过程是怎样实现的?同行打量同行,会有更多的好奇。尽管采访时我刚入行,而对方已经是久经沙场的老兵。

事后,报纸刊登了对李大同采访的"洁本",我把"全本"贴在自己的博客上。一两天后,在出差中接到李大同的电话:安替发现了全本,转贴到国外,冰点发现了,跟安替一通沟通,已将帖子拦下,现在需要我删除博客……

此处辑录的李大同访谈是"洁本"。

少年时代，出身干部家庭的李大同享有"信息特权"，成年之后，李大同成为一个坚定的信息传播者。李大同，《中国青年报·冰点周刊》的掌门人。

在最近出版的新书《冰点故事》里，他回顾了"冰点"十年的历程：最初，它以讲平民故事见长。北京城最后几个背粪桶的工人；湖南十万大山里含辛茹苦供养孩子上学的五叔五婶；生活在中国社会底层的美军二战遗孤……这些普通人在时代变迁中的曲折命运为甫一诞生的栏目凝聚了来自社会各阶层的人气。但平民故事并不是冰点的全部。大专辩论赛的是与非；语文教育的困惑；电影《拯救大兵瑞恩》引发的道德困境——创立之初只有四五名成员的新闻"小作坊"直面当时社会上的热点问题。2000年前后，"冰点"对时代的反思更具指向性：从反思"普遍问题"过渡到直击新闻事件，"冰点"完成了"由软到硬"的转型。

尽管从诞生的第一年起，"冰点"就有把报道结集出版的传统，尽管关于"冰点"的书已经出了不下十几本，但《冰点故事》的面世，依然引起了关注和争议。

有人称赞这本书"基本用报纸语言写成，文字流畅、口语化、富有节奏，长文短文，都有一些前后的埋伏，目光扫过真是前后无阻"。有人称赞这本书里充满新闻人的真知灼见。也有人批评作者自恋自大，新闻观点已落后于时代。

新闻的使命是记录还是影响

南方周末：你常说"新闻只有一天的生命力"，但"冰点"的文章又不断结集出版。

李大同：因为"冰点"不是新闻啊。我经常说，我所做的"冰点"都是非新闻运作。如果我是总编辑我就不会这样做了，我就去搞发生性事件去了。而"冰点"所做的，是非新闻，它从来没有报道过发生性事件，没有的。粪桶发生了什么？五叔五婶发生了什么？没有！这就是很多人的误解，以为这就是你的新闻，什么夹叙夹议。"冰点"所有的特稿做的都不是新闻。

南方周末：那它是什么？

李大同：它是特稿。新闻是要说发生了什么，特稿是要探讨为什么发生。

现在有很多评论，以为《冰点故事》就是我的新闻观，其实这是差得很远的，我在这本书里，用故事的形式来传达我对特稿的理解。特稿在新闻系统里是以分析见长的，它有足够丰富的细节和故事。这就超出一般新闻的意义了。

最近我们有一篇《从小康跌入赤贫》讲内蒙古一个小县城里的小康家庭，本来想买私家轿车的，因为家庭成员生病，结果最后沦落到每天跪在北京的大街上乞讨，人的最后一点尊严都给你抹掉了。这个人走了多少家媒体想请人听他的故事，没人理他，我的记者在部门里说了这个故事，我们说可以干。采访对象一个短信就发了六十多个谢字过来。你想想这个心情。

这条稿子见报当天，在搜狐上的跟帖三千七百多条，列为榜首。大家都想知道这样的故事？不是！而是大家从中感觉到自己面前是一个什么样的陷阱：这样下去，得不起病。

南方周末：你在这本书里说"新闻绝不是记录，而是要影响"，你觉得新闻在多大程度上能够影响现实？可能很多同行都有同感：我可以一件件揭露个别事件，但是我扳不倒背后的逻辑。

李大同：为什么新闻工作者觉得沮丧？因为没有其他社会系统在配套。在任何一个健全的社会系统里，舆论监督是整个社会监督的子部分，这个子部分起到的作用是先行者，先告知你有某件事情，然后社会其他子系统就会蜂拥而上。水门事件，如果光有新闻系统，有个屁用？梁锦松豪车被曝光，立刻就有廉政公署跟上。你怎么可以想象，在美国，发生了一起巨大的矿难，新闻记者去解开了黑幕，结果就没了。这怎么可能？但是在中国这是一个现实。因此大家都觉得报了白报。这是中国特定环境决定的，和新闻本身没有关系。新闻就是为了让社会其他系统出动。有时也有一些良性的反映。比如说这次某某医院收取病人五百万，马上中纪委就下去了。我估计这个院长当不了了。但是大多数情况下，新闻这块石头砸下去，连个水花都不起。

但是以为新闻就是这样的，才是最大的误解。我们更不能因为它在中国是这样的，就什么也不干了，我们要完成我们这代人必须完成的工作。我们不考虑社会其他系统，当我们面对后世的时候，我们可以说我们干了我们该干的工作。

社会就是这样前进的。总得有一部分人坚持住，而且我希望新闻界同仁都坚持住。先不管它有没有用，你的使命是要告知。况且其他社会系统也不是百分之百都不动啊。孙志刚事件你报道它为什么？想留给历史吗？它动了没有？它动了，它废除了恶法。这不是证据吗？这不是新闻影响今天吗？只有想影响今天的记者才是好记者，影响不了没有关系，如果他能坚持住，他仍然是好记者。相反，真正可怕的是犬儒主义，玩世不恭。我报了也没用，我报它干吗？这才是对这个职业真正的危害。

我报了一百件，可能九十件都没有反应，但我仍然认为它值得的。那百分之十就是我的价值感，我安身立命的根基。当然，"记录"可以成为中国新闻界退而求次的追求，这是我们的底线。"冰点"的很多报道也是这样的。SARS，人已经死了。但是有多少人知道他们是怎么死的？他们为什么这么死掉？这种东西，需要我们去记录。

秉承记录和秉承影响的人，在某种程度上没有本质的区别，还是同一条战线的战友。但是如果仅仅是为了记录，会滞后很多。

软新闻是怎么硬起来的

南方周末：你对"冰点"十年的概括是"从软到硬"，这是你个人的新闻价值发生了变化，还是你所面对的社会发生了变化？

李大同：开始我们基本在这样的轨道上走：报一些故事，大家就是觉得好看，感动。但是，我们也不能全是这个，我们要发挥一点舆论监督的作用，但是不多。因为舆论监督费的力气太大，我们就那么两三个记者，担负不起。但是，你搞一篇出来就不得了。"告状的"从四面八方涌来，曾经我的案头上，两尺来厚的告状信，上面密密麻麻地按满了手印。

作为一个主编，你每天看这些东西，就感觉到压力。可能在一百件事情里，我们只能选取不到五件来做。但是这五件仍给了老百姓那么大的希望。我原来以为，我们的报纸，农民是看不见的。但是，好多农民来告状的时候，手里就拿着"冰点"的某期报纸。他不是订的也不是买的，就是口口相传，有人告诉他在哪期，发了一个你这样的事，他就能找到。

南方周末：你怎么定义"硬新闻"？时效？揭黑？

李大同：所谓硬，直接干预社会现实的报道。软报道的特征是表现，把一个事件表现得非常玲珑剔透，有深度，大家爱看。硬报道不追求这些指标，硬报道就是干干脆脆的新闻调查，没有任何渲染，甚至法律术语都是原装的，我不管你看得懂看不懂，但是这就是事实。

南方周末：你在《冰点故事》里对中青报的小环境多次回顾，但是更大的环境你没有回顾。从"冰点"创刊的1995年到现在，你对中国的新闻环境的判断是怎样的？

李大同：中国媒体的报道广度和深度在进一步加大。所有这些变化都是潜移默化的，是通过一次次对个案的报道逐步实现的。朱学勤有句话：宁可十年不将军，不可一日不拱卒。这是对的。我们每天做的事情就是拱卒，有时候拱不动，退回来，往横里走，再往前拱。我们即便不能坚持到最后，也要给曾经在"冰点"工作过的人心中留下种子：新闻是可以做的。

南方周末：你的同事李方写了篇文章《不可复制的李大同和"冰点"》，你怎么看，你觉得你和"冰点"的经验可以被复制吗？

李大同：他太悲观了。后一代的人比我们这代人强得多。我们第一批的"冰点"记者，训练是很艰苦的，而他们基本上除了能写训练成的那种文体，别的就写不了了。但是我们这批新记者，经过一年多的训练之后，多方面地适应"冰点"的要求，他可以写"大冰点"特稿，可以写"中冰点"，就是每版的主打，三千到四千字，可以写一千字的新闻分析，可以写三百字的点评，巨大的适应性，还有外语。《卡特林娜》这篇报道我们直接在MSN上采访美国人，写成的。老记者没有这个优势，而且年轻记者读的书，学养，远远超过我们老记者。

舆论监督的底气

南方周末：你是50后，你们这一代人，很多东西都被固化了，你的独立思考的能力是哪里来的？

李大同：我们曾经受到过很大的刺激，改革开放后，新的书籍，特别是国外的作品进来之后，对我们是一个很大的刺激。以往我们装在脑子里的东西都是垃圾，都是谎言，不寒而栗，这么下去怎么得了。所以就下了大力气阅读。我在内蒙古当记者那两年，其实没干别的事情，每天看书看到一两点，也不去采访，我对当时的新闻简直腻透了，某个单位组织搞什么活动，那有什么意思？我就弄点内参。

而且，你不能说一代人的特征是什么，人与人之间的差别是很大的。不是"红卫兵"就是"打砸抢"。我们都是老红卫兵。1966年10月1号，中国历史上第一次解放军仪仗队后面是红卫兵仪仗队，当时总理命名是"红卫兵前卫队"。我是红卫兵仪仗队成员，我们这行扛着的大牌子是"中国红卫兵万岁"。但是我们搞"打砸抢"吗？不搞。我们搞的是，学习、研究。老红卫兵是当时年轻人里最前卫的一拨。老红卫兵是在毛泽东"8·18"接见以前成立的，基本都是一些干部子弟，他们接触到的信息，和一般接触到的大不一样。

我们这代人，总的说来是具有50年代那种荒谬的理想主义和英雄主义的锻造的。这种锻造可能是虚妄的，但是它一定留下痕迹。这种痕迹，给了我们很大的底气。我们是看《红岩》长大的，怕什么呢？

人和人当然会有不同。我很恐惧被时代抛弃。因为，看到前辈们很害怕，他们就那样被时代抛弃。我的《冰点95》的前言就讲到这样一个故事：一个新华社的老记者退休了，洗手焚香，终于可以看看这一辈子的作品了。把他剪贴得好好的剪报本拿出来，一页页看过去，他的眼泪就下来了，不敢再往下看，假、大、空、左，全部作品都是这个。这些故事对我们刺激很大。因此，在我的潜意识里，我就在想，当后人翻开"冰点"，他应该说，他们在那个时代，竟然做成了这样的事情，我就心满意足了。

南方周末：这特别有意思，你从一个信息特权者变成了向别人传播信息的人。这可能也证明了，信息本身的力量。

李大同：是。我们下乡的时候，没有中断学习，这非常重要。我们下乡的时候，装了两大牛车的书，我们别的都没拿。

南方周末：你们是谁？

李大同：我们是一伙子黑帮子弟。十个人。当时作为北京盲流到草原上。连插队的资格都没有。自己拿着户口走。在阿巴嘎旗，我们耗了三十三天，每天就在那里喊："毛主席万寿无疆！我们就是要插队！"在车马店里愣耗了三十三天，才收下我们。我在那里一待就是十年，没有上过大学。但是也有好处，没有受过教条的锻造。80年代所有翻译过来的新闻理论和新闻作品集，我都研究过。没有一本遗漏。我们的脑子里，装的是新闻共同体几百年来的共同价值理念：新闻是干什么的？监视当权者，监视公权力。我现在做的事情，就是往这个价值系统靠近。

"反动"透顶，绝对"穿帮"

——田沁鑫调戏李尔王

手 记

关于某一个戏剧的对谈谁看？有几个人看过那场戏？这种题目的公共性在哪里？不仅是戏剧，也包括电影、电视剧、当代艺术，对作品的报道，就是对明星的报道吗？就是对台前幕后流程、花絮的报道吗？

这是文化记者不得不考虑的问题。

那年，田沁鑫导演的《明》在国家大剧院上演。那个戏最让我感兴趣的是它如何表现帝王。我记得我在采访中问过田导："您老强调您是老百姓的孩子，但是老百姓的孩子去演绎帝王将相的时候，往往把帝王将相演绎成有'大德大爱'的英雄。您是这样，张艺谋是这样，当年明月也是这样，您不觉得这很有趣吗？"

整个采访，基本上围绕着这一个问题展开。

看完话剧《明》，最鲜明的印象是明亮晃眼的舞台。《李尔王》的故事被搬到了中国的明朝。所有的阴谋诡计都在雪洞一样的舞台上演。跟《明》相比，《李尔王》里的贪婪、嫉妒、阴谋像童话。

《明》的编剧是畅销书《明朝那些事儿》的作者当年明月。《明朝那些事儿》的前身是当年明月在网络上的热帖。诙谐戏谑的网络语言被当年明月写进剧本里，"超文本链接"随处可见，插话、"跑题"，提到"锦衣卫"、"东厂掌印太监"、"凌迟"、"就藩"都要做一番名词解释。和声叙事，众口喧哗。熟悉明朝典故的当年明月，把明洪武皇帝、建文帝、嘉靖帝、永乐大帝分别对应成《李尔王》里的老国王和三个公主。这是因为作为国家话剧院"莎士比亚国际戏剧节"的开幕戏，《明》必须跟《李尔王》建立起关联。

导演田沁鑫把当年明月的剧本做了三段式处理，开头和结尾忠实于剧本，中间变成演员在角色内外跳进跳出的戏中戏。

大幕拉开，十六位或者一身明黄或者一身大红的皇帝鱼贯而出，自报家门：

"我是皇帝。皇帝，就是朕、寡人、天子、龙、头头、老板、老大、拍板兼盖章的，一言九鼎的，总而言之，是说话算数的。

"我拥有最庞大的船队，最大者，长四十四丈四尺，阔一十八丈，具体有多大，自己去想。我的船队有两万多人，上千条船，纵横四海，周游天下，什么都做，就是不做生意！"

中间部分，演员把黄袍卸下，皇冠摘去，露出眼镜和牛仔裤，演起戏中戏：老皇帝在传位大计上犹豫不决，拿《李尔王》的剧本做参考，与皇子、谋士、大将军、太监、锦衣卫们把《李尔王》扮演一遍，但很快就演不下去，"一个写剧本的，连乡长都没干过，根本不了解中国国情。"

一番父子斗法、兄弟反目，争权的、夺位的各就各位。老皇帝没有像李尔王那样心疼而死，相反，他笑到了最后，找到了理想的继承人。而之前种种的阴谋诡计、自相残杀也被升华淬炼一个伟大君主不得不有的涅槃。宋代画家李唐的《万壑松风图》和范宽的《临流独坐图》被切割成若干局部，每个局部都被绘制在巨大的有机玻璃上，戏结尾的时候，这些有机玻璃从舞台的穹顶缓缓而降。伴随着一段永乐大帝的颂词，十六个"皇帝"隐身在山水间，一一退场。

这样编排明朝行吗？排戏之前，田沁鑫特意带着主演去了南京的明孝陵。当时明孝陵正在装修，田一行不但拜了坟冢，还请回一张朱元璋的画像。画像上的朱元璋高颧骨、长下巴、大鼻子、金鱼眼、满脸麻子。这是野史上的朱元璋，正史上的朱元璋是个慈祥的老爷爷。据说，在朱元璋之前，中国皇帝画像长相雷同，为帝王画像，美化在所难免。朱元璋看到自己的画像，砍了画师的头。但不管他愿不愿意，他长下巴的画像在后世广泛流传，以至于今天即便在他的陵墓也只能买到这个版本。

习惯于演戏之前先拜台的田沁鑫，每天都要在朱元璋的画像前烧炷香，有时候还供上几个橘子，一个紫砂茶壶。

南方周末：为什么《李尔王》要变成《明》，而不是《唐》、《宋》或者《清》？

田沁鑫：明算是中国最后一个汉人统治的王朝，开国皇帝朱元璋也是农民起义出来的，比较有中国的代表性，明是中国白银储备最多的时期，一些书上说白银储备相当于现在的美国。郑和七下西洋，带着当时世界上最大的舰队，这支舰队就相当于航母舰队。

南方周末：然后呢？你要讲关于明朝的什么？

田沁鑫：故事已经被《李尔王》的结构固定了，就是一个老王和三个候选继承人的关系，我们只是把三个女儿换成三个儿子。

南方周末：但这个故事可以有各种讲述的角度，比如可以讲成父与子的关系，可以讲成权力的争夺战，甚至可以做成两种民族性格的对比。

田沁鑫：我和编剧当年明月达成的共识是，我们这个戏还是要讲一个励志的故事。我比较关注成长。我认为李尔王因为一时的冲动，导致了自己的悲剧和国家的全面动荡和灭亡，最后他心痛而死。在李尔王颠沛流离中，他不断在做自我反省。之前他之所以多变是因为他拒绝成长，当他失去所有的权力之后，才被迫真实。之前，权力是他头顶上的光环，做人是不该戴着光环的，但李尔王时时刻刻戴着光环，而且不自知。

当李尔王走进中国，走进明朝的时候，他不是国王了，他是天子。我平时很少关注宫廷里的事情，因为排这个戏才去了解宫廷，发现原来在中国当帝王也很不容易，列祖列宗在传位的问题上格外的慎重。他们第一不会像英国的国王那样分割自己的权力，第二不会凭一时兴起选择继承人。

南方周末：如果把故事侧重点放在成长上，那三兄弟的尔虞我诈就是成长不得不付出的代价？之前这个戏都是在讲兄弟自相残杀，结尾又把胜出者的品格归结为"从不躁动，始终坚定，始终执著，始终前进"的"光辉人性"。你觉不觉得这个转折太突兀了？

田沁鑫：帝王之术不是人人都懂的。我觉得你有这样的想法很好。

南方周末：之前讲的是尔虞我诈的流氓逻辑，到后来，十六个皇帝都成为隐没在高远山水间里的古之圣贤。这个转折实在是太突兀了。反差太大。

田沁鑫：这恰恰是这个戏的特点。在江山面前所有的人都是过客，皇帝也不例外。

这个戏的开头和结尾都在说中庸：有这样一条道路，它既不是黑，也不是白；既不是对，也不是错，也不是半对半错；它不是高傲，也不是卑贱……这话翻译成毛主席的话就是"人间正道是沧桑"。

你说的质疑，那是左派和右派知识分子所讨论的事情，作为普通老百姓来说这没有必要，他看到的是中国文化的一种精神。

南方周末：什么精神？

田沁鑫："中国的文化精神"，我说得比较大。它不是尔虞我诈，它实际上讲的是一种竞争，现在职场上也能看见这样的竞争。说到权力，科长、处长，各种级别的人，都有权力，权力最好的象征就是一把椅子。所以舞台上没有皇位，而是十几把一模一样的椅子。

中国戏的精神是"戏乃戏"，"戏"是繁体字，装扮的意思。中国是一个求善求美，但不特别求真的民族。真的东西，往往被认为是丑的、残酷的、让人受惊吓的。所以，他就尽可能不看真的东西。这是我的一管之见。

戏剧更是这样。戏剧的功能是寓教于乐。如果一个戏的思辨性特别厉害，像伏尔泰一样，对自己国家民族性特别深刻的认识，这当然是一种戏。还有一种戏，它的重点不在"教"而在"乐"。乐是一种平等的态度。

戏的结尾，我理解作者的意思，是在谈什么样的人能坐江山。三皇子这个人很复杂：他糊涂过，读书读得最多，实践经验没有；他懦弱过，被动挨打过，他不惜装疯来求生，求死他也求过……这很像建文帝和朱棣的关系。朱棣企图谋反，他一面把乞丐训练成兵士，一面装疯蒙建文帝。建文帝是朱元璋的长孙，他的父亲——当然的皇位继承人——死了之后，他就成了新的继承人。朱元璋为了保护他，派他的叔叔们去"就藩"。朱元璋告诉建文帝，你的叔叔们以后都会帮助你的。建文帝当时还是一个十几岁的小孩，他就问：我叔叔打我怎么办？朱元璋无语了。

建文帝也知道叔叔们蠢蠢欲动，就把藩王的权力稀释掉了。但是他忘了擒贼先擒王，在他对付完别的藩王，打算来灭朱棣的时候，朱棣立刻谋反，一路杀进京师，最后放火烧城。

民间传说郑和七下西洋是朱棣派出去找建文帝的，有人说建文帝当和尚去了，有人说他逃走了，但是正史上说这不太可能，皇城被封死了，没有什么秘密通道，他就是被烧死了。

这样，朱棣才创建了皇气很重的京城，创造了现在还造福我们的龙脉，原来的燕京是一片苦海，在他之后，才有了现在的这种繁荣。郑和七下西洋在历史上做出极大贡献，白银储备渐渐增多，这个国度渐渐强盛。

所以，你怎么判断一个伟人？朱棣这个人你说他是正还是邪，是黑是白，是可以歌颂的还是不可以歌颂的？这没法说，当他经过这么多的历练以后，他就变成一个很强大的人，这个强大是由什么元素构成呢，他可能经过了一个善—恶—善的过程。

南方周末：所以，在戏里，皇帝成为光辉人性的代表了。

田沁鑫："这才是光辉的人性"，是演员穿着黄袍的时候说出来的。那是明朝十六个皇帝的话，不是我的话，不是演员的话。

戏结尾的时候，明十六帝都出现在舞台上，这是我的一个审美方式。我不知道在别处还能不能在舞台上看到十六个皇帝同时出现。这十六个皇帝都在说着他们的话、他们的逻辑。从他们的角度，他们可能的确是那么想的：你只有比别的人坚强，克服掉常人的游移、懦弱，你才可以担当江山。

我们在排练的时候，原来三皇子这个角色，我让他们弄得更懦弱一点、更善良一点，可是我旁边就有几个探班的记者说：哎呀，我们真不愿意看到一个懦夫当皇帝。我说你居然看出这个来了？这是观众的声音，那我就再调整调整。

而且这个戏其实做得很巧妙。开头和结尾都是演员穿着黄袍演皇帝，中间全是戏中戏。可以说是装扮的、假的，因为大家都没有穿黄袍，狂演了一通阴谋诡计，后来到结尾穿起黄袍来，全都成了好人了。

中国戏从先秦的优到汉百戏、到宋话本、到元杂剧、到昆剧、到京剧，是有审美定势。它装龙扮虎，绝不让真龙真虎上台，它诙谐轻松。

传统的折子戏里常见这样的场面：这边过门响着，那边，角儿把髯口摘了，捡场的上来给他递过一个茶壶，他喝水，喝完水吐口痰，再拿手巾板擦擦手，过门狂响，胡琴的点到了，他就唱，他一唱还是悲剧。中国的老百姓认着呢，谁也不会去跟他较真：演着戏，你怎么喝起水来了？在生活里，中国人如果较真都活不了。

刘瑜：我在邀请反驳

手 记

按照学理在大众媒体上谈政治，可行吗？就刘瑜的经验来看，答案是肯定的。她在若干媒体上开专栏，专栏文章结集成为畅销书。

2013年1月，刘瑜的新书《观念的水位》出版。在这本书中，清华大学政治学系副教授、三十八的准妈妈刘瑜讨论制度和人民素质的关系；分辨"民意"与"伪民意"；点评"7·23"动车追尾及陈光诚事件；评论什邡政府的危机公关；嘲弄某些知识分子的骄矜；批评爱国愤青的盲目。纵笔之处，既有一事一议，也涉及威权体制、中国民主等宏大话题。因为是专栏文章，每篇皆在两千字上下。每篇都有别出心裁的小锋利，比如：

"对施密特迷们，我想说的是：从朝阳区到海淀区，是可以不绕道阿尔卑斯山的，坐地铁10号线就行。"在一篇名为《今天您施密特了吗？》的文章中，刘瑜这样揶揄贩卖"学术地沟油"的学者们。她将这些学者信奉的施密特称作"希特勒第三帝国时代的姚文元"，又说施密特的中国粉"很多是反西方文化霸权的民族主义者。作为民族主义者，却如此钟情于用生硬的翻译体、晦涩的西式文本、掉西方书袋的方式翻山越岭来教育中国人，便是我，也感到传说中的'吊诡'了"。

这样的文章辑录成书，让人惊异于过去的两三年间，刘瑜犀利、密集地谈论诸多敏感话题；

她每篇文章都在"撞线"，却篇篇都保持在安全系数之内。

刘瑜谈论了些什么？她是怎么谈的？言说本身有无技巧？什么样的文章

读者喜闻乐见，作者又能达到目的？这是我要问的问题。

2012年年初，刘瑜删掉了自己新浪微博的全部内容。一年的时间，这个空无一字的微博增长了十四万条"粉丝"。人气如此，刘瑜并不以意见领袖自居，她认为说服别人基本是一个不可能完成的任务。"人们并不是因为你讲的道理，或者你讲理的方式喜欢你。"刘瑜说，"他们可能因为各种奇怪的理由喜欢你，你读过名校；相对来说还比较年轻，在女博士群体里，长得还过得去……"说是这样说，讲起道理，刘瑜依然不遗余力。

奠定刘瑜知名度的是2010年的《送你一颗子弹》和2011年的《民主的细节》。前者辑录个人博客，记述刘瑜的个人生活、所思所想；后者是报刊专栏的合集，聚焦民主、政治等公共话题，并大多以美国作为中国的参照系。

两本书都跻身畅销书之列，"民主"甚至被某市作为宣传系统集体学习的材料。刘瑜被戏称为"民主女神"。"女神"并不认为民主无懈可击，"民主是一种权利制衡的机制，对一个健康社会来说，它是非常重要的；但另一方面，民众的意志，一定要受到其他的权利机制的束缚和约束，否则它就会变成一个非常有破坏力的东西。"在清华，政治系副教授刘瑜开两门课：《美国的民主》、《比较民主化》，未来会开《中国政治》、《比较革命》。在比较民主化这门课上，她讲民主和腐败的关系，讲民主可能不能制约腐败；在"中国政治"这门课上，她会解释中国过去三十年高速发展的原因。

写完《民主的细节》，刘瑜的视角转移到当下的中国，以及苏东、东南亚、中南美洲等在民主转型中的国家。新书《观念的水位》汇集了她这一阶段的思考。

我不做智力判断和道德判断

南方周末：书名《观念的水位》，你写专栏，是为了提高社会的"观念水位"吗？

刘瑜：那倒也没有。写专栏最重要的原因是你答应了人家要写专栏。而我对社会热点有些感想，恰好能跟专业思考勾连起来，倒没有特别地想去启蒙别人。说服人是非常困难的，有的人表面上是你说服的，其实他本来就同意你，用马克思的话来说，就是把一个人"自为"的状态变成"自觉"的状态。

对我来说，专栏比论文要难写：一方面要结合时事；另一方面要做一些学理性上的探讨。为了写一篇专栏，我经常要琢磨好几天、阅读相关论文、报告、查资料……写的时候，文笔比较轻快，但内部结构像一篇小论文，逻辑的层次是很清晰的：观点、论据、对驳论的应对……以前我在剑桥给学生改作业，我们一个重大的扣分点就是：你没有严肃地对待可能的驳论。哪怕是写两千字，或者是一千五百字的东西，我都尽量在其中去容纳别人可能怎么反驳我。学社会科学这么多年，我发现社会科学里面一些非常重大的问题，大家并没有共识，没有结论。去呈现这种未知，或者是不确定的状态，我觉得不但是必要的，而且是有趣的。

南方周末：你觉得你的读者是谁？

刘瑜：是像我一样想把一些问题搞清楚的人。网络上有很多极端的声音，我不太可能真正影响发出极端声音的人。我的读者是心平气和的普通人，他们实实在在为一些事情困惑。比如说，中国民主化了，天下大乱了怎么办？民主化会不会引起经济衰退？当初"韩三篇"引起很多争论，韩寒问：中国人的素质是不是不太适合民主化？大家连交通规则都不遵守，还随地吐痰，民主会不会搞成另外一种形式的暴政？有人碰到这样的观点就会暴跳如雷：你是不是五毛？你是不是被洗脑了？

我特别不喜欢这种的态度。我觉得这些问题值得学者严肃对待。把人骂一顿，或者仅仅把自己的观点扔过去，是不够的。越是朴素的疑问越需要做学理上的梳理和扎实的论证。

南方周末：《观念的水位》的第一篇《素什么质》刚好就在谈中国人的素质跟制度之间的关系。你对自己的这篇文章满意吗？你觉得你回应了朴素的人们的朴素疑问吗？

刘瑜：《素什么质》的逻辑是：当我们谈论素质的时候，我们到底在谈论什么？如果"中国人素质低"是事实，原因何在？解决这个问题最有可操作性的办法是什么？我读到的一些关于政治文化的论文都强调制度和文化之间的兼容性：制度太超前，文化太超前，都会导致社会的不稳定。制度上三权分立、民主选举这些都有了，但人民的素质非常低下、政治冷漠、知识水平非常低，由于贫困导致人民对物质极度的渴求……凡此种种，这个国家的民主不会结出太甜的果实。从这个角度，我是站在韩寒那一边的。但问题是，中国的现实不是制度超前于文化，而且文化已经领先于制度了。中国人的权利意识、参与意识、程序正义意识已经远远超前于官方的话语体系。当我们说一个社会，或者一个民族政治素质不够高的时候，我们要去分清楚究竟是因为所谓的文化劣根性，还是制度不允许人们通过言论的表达、通过实践去提高自己的素质。

南方周末：在《观念的水位》里，你谈论各种社会问题，但好像从来没有愤怒过。别人是嬉笑怒骂，你是嬉笑嘲骂。你不生气吗？

刘瑜：生气当然会生。但我在写作的时候，会尽量克制情绪。让情绪引领，会影响逻辑推理过程，写出来的东西比较偏激，影响传播效果。如果遇到让我特别生气的事，我会等情绪冷却下来以后再写；如果我一想某事就生气，我就不写它。

南方周末：你写专栏的时候会讨好谁吗？比如使用网络流行语汇，嘲弄"政治不正确"的人或事。

刘瑜：我跟别人讲理经常是个自我说服的过程。我会把我推理的过程呈现给别人。我也会站在对方的角度想：他会怎么驳斥我？

一旦你把一个事情讲的比较清楚、文笔又比较明快的时候，人们会以为你是在刻意地在讨好谁。但是其实不是这样的。这基本上是一种天性：我要把一个事情想明白，首先要自我说服。公共写作，首先要让人家看明白，为了让人家看明白，你要邀请反驳。这里有一种交流的真诚。

南方周末：你在潜意识里嘲笑你的反对派吗？

刘瑜：骨子里可能会有。在我特别不同意的人面前，尤其是对方的观点非常有害的话，有的时候我会有点刻薄尖酸。但我基本对事不对人。我不喜欢那种把某领导人称为"影帝"的言论。

南方周末：你不能容忍的最高的刻度是"有害"，而不是"傻"。

刘瑜："傻"是一个智力判断，我不太愿意做智力判断和道德判断。我写文章，从来不用"五毛党"这个词。因为我觉得说别人"五毛党"，相当于是对人家做道德判断：他拿了钱，才去说违心的话，诸如此类的。我也不太说别人弱智、白痴、脑残这种词。哪怕是在我不出名，用匿名ID骂人的时候，我都不会用这种词。

胡适说过：宽容比自由更重要。很长一段时间，我不太理解这句话是什么意思。现在我的理解是：自由是一种制度；宽容是一种文化。制度需要文化的基础。有时候我也会生气，也会在心里骂娘。但一旦我在一个公共平台上讨论问题，我就要尽量地克制情绪。

"民主"这个词不能被泛化

南方周末：从《民主的细节》到《观念的水位》，你对民主的看法有什么变化？

刘瑜：没有本质变化。我对民主的看法从来不是非黑即白。我对民主的"推崇"是和现实联系在一起的：民众缺乏表达自己利益诉求的管道。这几年，我思考民主问题的经验立足点确实发生了变化。写《民主的细节》，我更关注的是美国的案例；现在我对发展中国家挺感兴趣的。我会更多关注印度、菲律宾、委内瑞拉、中国台湾、韩国发生的事情。我们关注一种制度，最好多几个参照系。人家说：你谈论民主就谈美国，民主只有美国那种形式吗？这是非常合理的一个质疑。

南方周末：你本人最近的一次民主实践是什么？

刘瑜：我有民主实践吗？我不是活动家，也不是行动家。我确实没有任何民主实践。我是一个独来独往的人。在我们系不但是我，我们每个人都是独来独往的，不怎么打交道。我们小区物业委员会，我倒是觉得自己应该有一点参与。但我也没有打听过怎么加入这个委员会，主要还是懒和时间、精力有限。

"民主"这个词不能被泛化。前两天我跟一个朋友聊天，他说：你看中国现在很多人讲民主，但是他在自己的公司里，一点都不民主……我觉得他对民主的理解有点泛化了。"民主"这个词本质上还是和政治共同体联系在一起的。公司、工会、NGO，我甚至不能肯定我们有权利去要求它是民主的。乔布斯民主吗？他一点都不民主！人们在公司、NGO里是有退出权的，而在一个国家里，退出成本非常高；老板、CEO们独断专行，是受制于市场、社会的奖惩机制的。但在一个垄断暴力的政府面前，可能几代暴君才会出一个陈胜、吴广。

南方周末：最近有一本书叫《可操作的民主》。把这本书和《观念的水位》对比看，我会想：民主是仅仅靠"观念水位"的提升就能达到，还是需要在实践中习得？

刘瑜：你说的有道理，但我觉得我自己有没有这个经验并不那么重要。我的朋友杨鹏写过阿拉善生态组织从成立到运行的过程。阿拉善的发起人全是企业老总，都是平时说一不二的人，但他们坐到一起，学习妥协和让步。学者何包钢也曾到广东组织农民讨论应该怎样分地。我觉得，哪怕是这种小规模的实践，都不需要每个人都很正确、有知识、有准备。民主制度本身就是一个吵吵闹闹的机制。这种机制，使表达意见的每一方不可能独断专行。我们在电视里看到议员甲揪议员乙的头发，议员丙抓议员丁的脖领。言论完全开放之后，人们的争论会激烈许多。也许会有零星的街头冲突、有社会各阶层的分裂，这些都将是我们接受民主制度的代价。这固然可怕，但比这更可怕的是一切辩论都不存在，关起门来就能悄悄地把劳教所里的人弄死。

在某种程度上，微博就是一个民主的演习场。你可以说它挺丑陋的，里面有很多极端的东西。另一方面来说，我觉得它对于训练人们如何在公共领域讲道理，也起到了一定的作用。你首先要意识到有那么多跟你意见不同的人在说话，而且他有权力说话；那些你特别讨厌的人，不管在你看来有没有价值，他们是会存在的，他们是会跟你一起变老的。通过微博，你可以看到世界观的谱系、知识的谱系、甚至人性的谱系有多的广阔。这个广阔让你很无奈，甚至很痛苦，但是你必须接受。

我们常在微博上看到"极左"、"极右"在那吵得不可开交，姿势很丑；但另一方面，双方慢慢都通过互相打脸的过程，意识到说话应该更严谨，应该更小心。比如有人贴出一张1960年代大饥荒的图片，马上就有人说：你这个图不是1960年的，是1942年的。这就是训练。它让人意识到，说话要小心，被人抓住辫子是很难看的。

哪怕每个群体都有让人悲观的理由

南方周末： *此时此地谈论民主会让你觉得尴尬吗？因为你更多要谈论"理论"和"别人的经验"。*

刘瑜： 民主化有两大变量——民主化的动力、民主化的后果。就动力而言，一种中国台湾、西班牙那样，自上而下式的模式；一种是埃及、菲律宾那样自下而上的模式；再一种像东欧，上下结合。不同的模式指向不同的未来。尽管知识分子无法左右社会变革，但知识分子应该为很有可能到来的社会变革进行知识准备。

南方周末： *你对中国民主化进程的动力和后果的判断是什么？*

刘瑜： 中共有八千万党员，政府有非常强的控制力。在这样的国家，没有来自于上面的配合，是很难真正推动变革的。对中国来说，最具有可比性的，是儒教文化圈和前苏东欧地区。这两个地区的民主转型都是相对平稳的。从逻辑上来讲，中国哪怕现在就转型，经济上已经是中等收入国家，市场经济观念比较深入人心，比当时中东必须政治、经济同时转型的情况已经好很多。再从族群分类来说，中国人口相对来说是比较同质的。况且，在西班牙、台湾、英国这样族群分裂比较严重的国家、地区，民主制度反而给解决族群问题提供了一个非暴力的制度框架。

南方周末： *历史问题在民主转型中是一个重要的参变量吗？*

刘瑜： 利比亚、古巴的当权者一个人统治几十年，这和中国的威权制度是不一样的，所以中国新领导人上台能够"平反"、"拨乱反正"。在中国的体制下，新领导人实施变革的心理成本、社会成本、政治成本都会相对低一些。

一个政党与过去的历史做局部切割，在经济发展、社会公正方面做一些得人心的动作，以此作为转型的润滑剂，是会被民众接纳的。国民党就是一个例子，它历史上有"二二八"、"美丽岛"，它连名字都没有改，还能当选；苏东地区的办法是改个名字。转型期会出现各种问题。一般来说第一次选举会非常激烈地惩罚过去的当权者，像波兰、捷克，但是慢慢地，人们对历史会产生一种"乡愁"。这有点像宗教情感。当然大多数人不会那么极端。但是总的来说，很多人并没有清算历史的愿望。

南方周末：你在2012年的一篇文章里说，中国将在2020年走向民主，此处"民主"怎么衡量？为什么是2020年？

刘瑜：说白了就是独立参选人可以自由、公正地参选。2017年之后上台的领导人，不再有所谓的"克里斯玛"（Chàrismà，领袖魅力），不再是威权型领导人，领导集团内部会比较平等；从经济上来讲，如果中国保持百分之七八左右的年均经济增长率，到2020年左右，人均购买率差不多相当于1980年代末的中国台湾、韩国。而这些地区跨入民主的经济门槛已经比很多其他地方要高了。经济的变化意味着社会结构的变化。1986年蒋经国放开了党禁、报禁，到了1996年才开始第一次总统直选。但不管怎么说，民主化从开始到完成的时间一般来说不会太长。政治的变化有滚雪球效应。

有人说中国人没有经过公共生活的训练。可是另一方面，中国人的这种政治冷漠本身，对民主变革可能是有好处的。像现在埃及发生的事情，每个人打了鸡血一样充满政治热情，是很可怕的。阿尔蒙德写的《公民文化》就认为：一个好的公民文化是在"参与型政治文化"和"服从型政治文化"之间的一个平衡状态。中国人一定程度上的政治冷漠，避免了过多的政治参与需求对政治体系造成的超负荷。中国的文官传统，对转型也很有利。转型过程中最害怕的就是一个国家进入无政府状态。像巴布亚、新几内亚、索马里，一转型政府立刻就失效，不要说公共服务、公共福利了，每个人的安危都要自己来负责。而中国的文官传统决定，民主参与和政府的管理之间，相对来说更容易实现平衡。

南方周末：你在《观念的水位》序言里也表达了类似的乐观，从经济基础、社会结构、国际环境的变化表达对中国走出"历史三峡"的乐观。你称这种思维方法为"结构主义"的思维方法。可是我看正文，如果说你的乐观是结构主义的，你的焦虑也是结构主义的：官僚机构的顽固、知识分子的骄矜、大众的麻木不仁且易被民粹主义鼓动……这种"结构性"的乐观和"结构性"的焦虑对撞，会发生什么？

刘瑜：可能乐观的标准不一样……

南方周末：你的标准？

刘瑜：我并不是说中国会非常顺利地、和风细雨地民主化，民主化之后歌舞升平、一片天下太平。我认为中国的民主化会有一个街头政治的阶段，或许会像台湾那样。会不会像埃及那样我不知道。至于那些结构性的焦虑，对很多个体、群体，我会有很多悲观的理由。但是随着社会结构的变化，各个群体之间会形成某种制约关系。每个群体都不能为所欲为。民主制度的好处就是哪怕每一个群体都有让人悲观的理由，但他们的权利关系却不那么让人悲观。

第三辑·作品

做文化报道，"作品"是重点。戏剧、文学、电影、电视剧、当代艺术、音乐都归"作品"管。电视剧和电影尚好，传播途径决定了它们拥有广大受众，描述这样的作品，比较容易与读者产生共鸣。对于不那么大众的作品，如何找到它们的公共性？我对自己的要求是三个同心圆：

最小半径是及格标准，把作品及其创作过程描述清楚，表达《南方周末》的文化趣味。

中号半径，把作品描述清楚之余，传递某种人生的况味。有些作品是内省的，不挞伐时代、不批评社会、不呼应时事热点，天生很"雅"。记者无法借助这样的作品传递社会关怀，但这并不意味着此类作品没有报道的价值。大千世界、人生百态、入情入理、说中人们心事、展示某种独特生命趣味的作品，都是好作品，都值得让更多的人知道。

半径最大的，当然是有时代关怀的作品。现实高歌猛进，人们心里千百种滋味在翻腾，说不出、道不明。艺术家既要替自己表达，也要替众人表达。遗憾的是，这样的艺术家并不多见。商品和产品随处可见，作品非常稀少。在这样的情况下，文化研究的姿态就变得很有必要：文化产品的优和劣都反映时代风貌。

"你照的是我的地"

手 记

某天深夜，接到前同事徐楠的微信："今日美术馆现在有一个摄影展，是几十个摄影师、作家什么的跑到宁夏西海固的小村子上圈，和那儿的村民一起拍的。展名是'隐没地'，因为'隐没没能损伤他们身体细胞里的任何东西'。我看了，感觉没有这类项目里惯常的居高临下的侵入感，挺虚心的，有点意思。"

徐楠是靠谱之人，她的推荐我信。

她又接着说："×××也去了，他的片子就明显不出众，而且跟不上很多村民拍的。""就像好多这种影像试验的结果一样，摄影师们汗颜，觉得'要扔相机'，村民们第一次拿相机就'逆天'。"

"这个好！有戏剧性！"我眼睛发亮，可以想见的功利，像任何一个记者遇到一个可能"有料"的题目那样。

次日去看展览，恰逢今日美术馆闭馆、扑空。第二天再去。在第二层展馆，漫不经心。展厅一面砌了几个假炕，炕上随意扔着摄影师、作家、文化人们在上圈的随感。读了几则，心生不屑：这些文化人显然不知道自己立足何处，应该怎么样面对农民、怎样平等观看，净发些浮皮潦草的采风者的小感慨。从二楼看到三楼，再到四楼，一张张照片看下来，心里的轻慢渐渐退去。为什么那些人能把没有蜜、没有奶的荒凉所在拍出宁静、自足和诗意？他们中的一些人不要说没有影像训练，连字都不认识几个，但他们拍的照片庄敬却又并不板着脸；生活很苦，但照片很活泼、朴素又神秘，构图常有让

166

人惊异之处。

跟项目召集人王征、策展人陈小波聊天，看七百页的与展览同名的大书《隐没地》，发现照片背后的故事更精彩：几个摄影人认为中国摄影出了问题，尝试到民间寻找药方。

靠一次乡村行、一个摄影展览一揽子解决文化人面对的问题不现实。但在这个国家，从"五四"、1930年代的乡村运动再到上山下乡，知识分子如何重返大地，却一直是一个真问题。进而扩展出去，摄影展"隐没地"牵扯的不仅是知识分子如何平等观看农民，而是人类彼此之间应该如何"平等观看"，进而"平行表达"。

诗人巫昂深度不相信知识分子可以融于普通人。"知识分子屎多尿多道理多，凡事追求意义，去农村那是假把式。"2012年12月到2013年3月，巫昂和八十余位知识分子"假把式"闯入宁夏回族自治区西海固地区西吉县阳庄村上圈组。

"上圈"是元代就有的地名，圈是牲口圈的圈。富人在周边的黄土大山沟壑里有上圈、中圈、下圈三个畜牧圈。上圈最早的住户是1929年迁入的李万林家和马彦奎家。到1949年，两户人家的十六口人，在上圈开垦出一百亩干旱坡地。1955年，马志祥一家十口迁来，在上圈盖了第一间土房子。1958年，上圈实行农业合作化，九户四十五口人，二百多亩土地，一百五十只牛羊驴。1970年代，联合国粮食开发署确定上圈所在的宁夏西海固地区为"最不适宜人类居住的地区"之一。1982年，上圈子民繁衍至十四户一百一十四口，土地不足五百七十亩，需上缴公粮二千二百斤。自1980年代，国家实施生态移民政策，三十余年间，从西海固地区迁出近百万人口。

到巫昂们"入侵"的2013年3月，上圈的搬迁已近尾声。二十二户人家的九十一口"最后的上圈人"留在被拆了一半的村子里。

"到处是荒芜的冬日的场景，到处是枯竭的大自然，这里面落了几户人家，几个穿着羽绒服、戴着毛帽子的城里人，开着车来了，然后就走了。留下了他们的毛发、皮屑和屎尿，留下了一些可有可无的照片、文字和录音……"巫昂调侃自己一伙的上圈之行。

4月，这些"可有可无"的照片以两千六百余帧的阵容进驻北京今日美术馆。在这个以"隐没地"命名的摄影展中，村民拍的照片和文化人拍的照片以同等规格"平行展示"。很多人被"惊着"了：在一个四十年前就被定义为不适于人类居住的地方，人们用相机呈现了"神性"。

受到最猛烈冲击的莫过于那些当日长枪短炮，鸟群觅食一样扎进上圈的摄影师们：农民第一次拿相机就拍得那么好，简直"逆天"了！搞摄影的把相机扔了吧，没法拍了！

买器材？不如买假鸟！

新华社高级图片编辑陈小波深知中国摄影的"九宫格"式苦恼。长期以来，本是条条大道通罗马的摄影，在中国被分为新闻和纪实两大块，再细分有风光、创意、人像……每一格有每一格的规矩。造成的结果是一些摄影之路不被中国的摄影人所知，另一些挤得水泄不通。

陈小波的好朋友、新华社军事部首席记者王建民从业四十年，留下七十多万张照片。唐山大地震、中越边境冲突、历次军演、历次救灾、神一到神九上天，王建民都是首席记录者。王建民职业生涯的全部焦虑是"我能不能到达事件的中心地带"。他经常做两个噩梦。一个梦是自己开车去采访，到长安街突然堵车，怎么也过不去。焦急中，人民大会堂传出一个声音"大会到此结束……"另一个梦是美国打进来了，满天的飞机，相机却根本打不开。

2012年，王建民参加中国摄影金像奖的评选，他请陈小波为自己挑选照片。陈小波的条件是：如果你信任我，就把你的照片全交给我，包括废片。结果，陈小波从王建民的废片中挑出一批有马格南质感的"大片"。这些废片让王建民抱回"金像奖"，他自己挑选的一批"红光亮"无一斩获。

王征出生于西海固，成年以后连续七年拍摄西海固，被称为"西海固代言人"。他对中国西部农村有切实的观察。2011年和2012年，王征连续两年做"全国农民摄影大展"的评委，着实被败坏了胃口："对生活的装饰性表达无处不在。"有的摄影者，使出全身气力追求题材本身：战争、灾难、同性恋……有的摄影者把摄影变成了对摄影的消费，潜水摄影、航空摄影，什么技术手段都用，南极、北极、非洲、美洲、欧洲、狮子、犀牛、鲸鱼什么都拍。

另有些"跑奖"专业户，全国各地去参加摄影比赛，一年挣几十万的奖金。有一年，一副小鸟等待喂食的照片让王征咂舌赞叹"现在的器材真好"：一个鸟窝，几只小鸟都张着嘴，羽翼微微抖动。内行点拨他：你不在这个行当里。现在有卖假鸟的，把嘴掰开，想叫它张多大张多大，再制造一个窝，把鸟搁上头就拍去吧。拍完了，还可以把鸟搁到树上，让它嘴里叼个假虫子……

"农摄展"是农业部和中国摄影家协会联合举办的展览，要求参展者必须是农业户口。然而这个指标已经很难保证所有参展者都有一手的农村生活经验。单就趣味而言，"农摄展"已经成为全国摄影大展的复制品。

"为什么农民会忘记自己的视角，一味去模仿别人呢？他们本是离月亮最近的人，为何视而不见？"跟王征一样，藏策看农民影展的时候，也经常"一声叹息"。藏策是中国摄影家协会理论委员会委员。

行业现状如此，2012年，一篇流传于网络的"维基解密"文章让藏策和王征深受刺激。这篇文章说：经济强大的中国并不可怕，因为它是诚信小国、道德小国、合同小国、美学小国……

站在自己的一亩三分地上，王征和藏策把"美学小国"归咎于充斥于各大影展的、毫无个性和真诚可言的"作品"，它们唯美而虚伪。摄影离摄影者的个体经验越来越远。

"任何创作，都可以从本体论、方法论、价值论、传播论四个角度去考量。所有有建树的艺术家无不在本体上下功夫。其次才有与本体认知相对应的方法论，落实到摄影，就是器材和技术参数；对本体做恰当表达产生艺术价值。有了艺术价值，才有传播。而现在，中国文化整个是反着的。为什么人家说中国是美学小国，就因为你不研究本体，你光研究怎么把东西吆喝出去。"王征说。

酒后一席长谈，王征和朋友们决定从全国农民摄影大展做起，兵分三路，分别由一位摄影师和一位理论家带队，扎向中国农村。西路由王征和藏策牵头，去宁夏；中路由李媚、于德水带队，去河南；南路由陈小波和新华社摄影记者刘宇带队，去东莞。

圈，牲口圈的圈

王征能背诵斯诺笔下、张承志笔下的西海固，也能毫不费力地用一组数据清晰勾勒出西海固生态环境的惨烈：此地的年蒸发量在五千毫米左右，年降雨量只有一百到三百毫米；欧盟的饮用水矿化度安全指标是不超过一度，国标是一点几，西海固的水质矿化度达到五到八；产粮区小麦亩产五百到六百公斤，西海固正常年份的亩产量是五十公斤……

大队人马出发之前，王征重返西海固探路、踩点。西海固是西吉、固原、海原等七个国家级贫困县的合称。在西吉，王征遇到了县文联主席郭宁。郭宁热切地介绍了本县大批隐匿于黄土沟壑中的"山药蛋派作家"：他们在集市上抄写自己的诗；他们用孩子的作业本写小说；经过三年执著游说，中国作家协会主席铁凝把"中国文学之乡"的称号给了西吉……

由此，王征想搞一个摄影和文学的跨界创作营。

郭宁带着王征翻山越岭，看到上圈的时候，他们知道"创作营"就该设在此地：这个小村庄没有路，没有手机信号，被电视信号覆盖是三年以前的事情。村落形态完整，各家各户散落于黄土崾岘上，沟底有水，叫"猫儿沟"，村里还有两眼泉，一个小学校，二十七个学生，一个老师。因为移民，几乎各家各户的房子都被拆了一半。此地穆斯林属于张承志在《心灵史》中所写的苏菲教派。

在西海固，上圈算是中等户。村民王强家甚至有四万斤的存粮。这意味着上圈有接待能力。当地长老同意"创作营"进村，放下口唤，上圈阿訇点了头。比照附近须弥山石窟农家乐三十元／每天的住宿标准，创作营的每名营员每天支付房东五十元食宿费。

接下来，王征广撒英雄帖，他要把"中国目前的各色人等"聚集到上圈：先锋摄影师，新闻摄影师，中国摄协的副主席，地方摄影爱好者，官至局长、师长的摄影发烧友，记者、诗人、作家、导演……趁着12月农闲，几十口子人乌泱乌泱奔赴上圈。王征不想做一个农耕的题目，他想要人们散淡、无聊的状态。在那样的时刻，意义或许可以从硬邦邦的现实中发散出来。

除了基本的民族礼仪，创作营对创作不做任何限制。

上圈不是桃花源，所有拆迁地的分配问题、人际纠纷、官民纠纷上圈都有。此外，上圈还有宗教问题：迁入地的清真寺由谁建？亲戚手足或同一教派的信众能否被分配到同一片居住区？对于这些问题，创作营的成员不打算触及。

快乐和忧伤都喊不出来

一帮城里人的到来让小男孩马小龙很厌烦。尽管马小龙曾像村里其他人一样，理了发，穿上干净衣服，站在黄土崖上迎接那帮人的到来，并且老师长、老师短地叫，但当一个叫谢琼枝的阿姨跟在他屁股后头，走了足足一公里，不仅跟，还一边跟一边咔嚓咔嚓拍照的时候，马小龙还是忍不住抗议："你老跟着我干嘛？"

阿姨十足一副"无赖相"："我就跟着你，你管得着吗？"

七岁的孩子没办法，给谢琼枝递上一杯水："老师喝水。"

马小龙是孤儿，妈妈因为生他难产而死，不久爸爸也因病去世。

告别上圈的时候，二十七岁的谢琼枝问马小龙：说吧，你想要什么？我会送你一个礼物。

马小龙想了想，说：我要挖土机。我最喜欢挖土机。

两个月之后，谢琼枝把她拍摄的成千上百张马小龙的照片拼成一个推土机的形状，张贴在北京今日美术馆的墙上。

导演刘苗苗、诗人巫昂、媒体从业者阿培被房东老马领回家的时候，觉得自己像老马家的羊。巫昂对上圈的初印象是：这个村子有的是大山。山大得让人忘记自己的渺小，因为不成比例。村民出场大抵是一个妇人，跟着她生的一群娃，旁边一个袖着手的男人。

刘苗苗觉得老马不够体面。他右眼有眼疾，半睁半闭，身穿又脏又旧的藏蓝色中山装，说不出颜色的衬衣露出皱巴巴的一角。老马的形象让刘苗苗很没面子。身为西海固人，以前她一有机会就跟人大谈特谈家乡人多么爱干净，多么要强，多么庄敬。

白天，艺术家们房前屋后拍照，东家串西家串，晚上用幻灯放照片，讨论、聊天、唱歌、开放肆的玩笑。村民们一顶顶白帽子在屋子边缘的黑暗处端立。老马也在其中。每晚，他拿着大手电筒，把刘苗苗、巫昂、阿培领回家。他还特意在有风雾大的晚上，到山里打野鸡，招待突然闯入家中的客人，并且出其不意地对她们中的一位说："你歌子唱得好。"语气平淡，左眼里满是笑意。

老马的女儿和和上初二。和和听说巫昂是诗人，就让她指导自己的作文。巫昂高度怀疑作文里一个细节的真实性。和和写道，有一次她用粗话骂了妹妹，父亲打了她。入夜，父亲以为她睡着了，偷偷吻她的手，喃喃地说对不起。

有一天，老马看刘苗苗拍的照片。他一张一张地回放，放着放着，手不动了，泪水充满眼眶，他对刘苗苗说："我很感动……"老马说了两遍，刘苗苗才确信，他说的确实是"我很感动……""你照的是我的地……我……这一向吃不下，睡不着……啥都不想干，羊都不想喂了……"

经历了这件事，巫昂不再怀疑和和的作文是编的。她意识到：沉默无语的老马兴许有阿尔罕布拉宫般华美、幽深、丰富的内心。

对上圈，陈小波没有认识上的递进。她有年少时在山西插队的经历。对农村生活的匮乏和丰富，陈小波早有经验。但这位新华社资深编辑，仍在下意识里不断地拿自己跟房东王凤梅做对比。回北京之后，陈小波写了一首如话的长诗：

　　同是中年妇女，拖家带口，我承认我有打蔫的时候／常横在沙发上几个小时不动／王凤梅，她没有，她不能有……我的教育来自学校，王凤梅的教育来自土地／我写下一撮撮文字，她养育一堆堆儿女／我们俩，谁比谁过得更实在，更有规模，更有根基呢／谁比谁更日月平顺，知晓天意呢／除了没有更多的水／除了出生地不同／王凤梅有上圈，有自己的儿孙，有自己的牛羊／这个大山里的女人的悲伤不比我多／快乐更不比我少／天南地北两个女人最相像

的就是：快乐和悲伤都喊不出来

当陈小波、刘苗苗、巫昂们俯拾各种感性经验的时候，王征、吴平关、牛红旗、郭宁们开始做村民口述。牛红旗采访上圈的孩子，像孩子一样发问。吴平关和王征采访村中老人，让老人说家史、说他们父母儿孙的婚丧嫁娶、生老病死。整理出来都是大白话，无外乎饥渴、病痛、没有蜜、没有奶，但父生子、子娶妻、妻生子、子生孙、孙又有子……平板、枯燥，但延绵不绝。最"跳跃"情节是：为了背水，从1929年到现在，全村共有二十三人掉进猫儿沟摔死。

"把相机扔了吧"

"创作营"进村第二天，五部价值人民币六七百元的卡片相机被发放到村民手里。这是他们第一次摸相机。老人孩子、男人女人都把相机当玩具，逮什么拍什么。

四十一岁的马文有拿到相机，先对着山拍一通，山里有他家六十亩地。接着马文有去拍离家不远的清真寺——二十岁以上的男性村民拿到相机后都会拍摄清真寺。拍完土地和清真寺，马文有去邻居家串门，拍动物、拍孩子、拍正在拆除中的房子……到了下午，马文有的相机进了沙子，发出"嘎嘎"的声音，拍出来的照片都是上下幅错位的。但他浑然不知。两个月以后，两位先锋派艺术家看到马文有拍的照片，惊叹不已：错位得妙趣横生，而且充满神秘感。

晚上，文化人们聚集在马文有家的炕上，用幻灯放所有人白天拍摄的作品。村民静默在黑灯影里，白帽子、黑眸子，异常专注。看到村民的照片，所有文化人都惊住了。

六十岁的李文忠能把几根剥了皮的大葱拍得庄严有如圣物。

三十二岁农妇王志华的影像充满诗意。她拍冰花，拍土豆，拍风中的玉米皮，拍猫、鞋、草，拍有太阳或没太阳的天空。陈小波认为，在王志华拍的几百张照片中，有几十张完全可以起名为《丈夫出门》。她跟着丈夫马明海拍，拍他穿衣服、戴头盔、开启摩托车、出门，转一个弯不见了，在大山中身影越来越小，直至成为一个小黑点……

十一岁的小女孩马琴只拍她的女朋友。那些女孩子没有一个端端正正地出现在她的取景框里。她们要么躲在一扇模糊的玻璃窗后，要么是稻草堆上一个模糊起跳的影子，要么是一处奇异光源下的一只亮闪闪的下巴。要么是阳光下的一只手。

五岁的马晓福身高只有一米二，他的镜头高度就是他眼睛的高度，他拍摄的人经常没有头、没有脚。家里的木窗框是他的取景框，从中可以看到上圈冬日墨笔线条一样的萧索优美的树木。他拍的塬上，一片波诡云谲的天幕下，是往左右两个方向不断延展的坡地、荒草，萧索大地上有两个蚂蚁般细小的人影。马晓福为妈妈拍了一张大片。年轻的妈妈站在坡上，略忸怩地作袖手状。小男孩低矮的视角，使得照片中母亲的头略微扬起，唇边带着自在的笑意。她的身后是阡陌、田野，绵延向天边。

王征知道这些照片属于"偶得"。在一个恰当的场域里，给足够的时间，让摄影者拍得足够多，再遇到好的图片编辑，普通人拍出大片并不稀奇。但他仍为村民视觉天性释放之后产生的奇异效果而惊喜。摄影师们更是炸开了锅："还怎么拍呀！把相机扔了吧！""人家第一次摸相机就拍的这么好。""逆天了！"

"创作营"的学术顾问藏策接住同侪们种种错愕："村民之前没有摄影经验……（所以），他们的影像大多质朴简单，就像古时的民歌全是心中最简单的所思所想所愿，张口一呼，遂成绝唱！"

第二天，被绝唱击中的摄影师，那些曾经惯于摆弄长枪短跑，惯于跑到天涯海角去拍奇观的人们，开始在清晨独自出门，寻找闯入他们镜头的影像。四十二岁的博尚拍了一组村民面对土地的背影。他为这些照片拟的说明是：现实是他和她面前眷恋不舍的土地。

门与出门

告别的那天到来的时候，缺水的上圈被眼泪浥湿。村民哭，女记者、女摄影师、女导演们也哭。

在众人的眼泪中，博联社的马晓霖很淡定。他笑着对身边的藏策说：你看山梁上那流着鼻涕的男孩，那就是小时候的我，我那时鼻涕流得还要长……马晓霖是宁夏吴忠人，他从与西海固类似的回族乡村走出来，成年以后成为新华社驻外记者、中东问题专家。藏策断定：马晓霖重返回故乡的心情一定也比常人复杂许多。

像马晓霖一样，在创作营里，藏策对眼泪也抱以疏离和警惕的态度。"都市里的艺术家到了上圈，百感交集……上圈组民见来了这么多艺术家，也百感交集……以至于彼此隔三差五地就热泪盈眶，就泣不成声……那么按照这个思路来叙述上圈就真实了么？也不是，因为这又进入罗曼司式（Romance，浪漫主义叙事）的叙事文体了。"

要离开上圈的时候，藏策想到了万川印月："人类的最高智慧应该是合一的，就如当空的明月，而投在水中的影子却千差万别。"在名为《读月亮》的创作营总结陈词中，藏策问自己："上圈没有水，那我在上圈读到的月亮，又是哪一潭水中的倒影呢？"

艺术家们回到北京，决定以一种庄严的方式记录自己在上圈的所见所闻、所思所感。他们要出一本书，办一个展览。展览跟书都用王征多年以前描述西海固时用过的一个词"隐没地"来命名。之所以选择这个名字，是因为"隐没没能损伤他们身体细胞里的任何东西"。

陈小波要从十五万张艺术家和村民遴选出的照片中再选出两千六百张，把这些照片布置到今日美术馆。

每位拍摄过照片的村民都可以从自己作品中选择一副最喜欢的，艺术家帮他们放大，并把这张放大的照片放在这位村民作品丛的正中间。图片下面会标注村民选择这张照片的理由："我的丫头心疼地……""这是我们的寺，院里有树，好看，我喜欢"；"我们吃水困难，冬天结成冰了，拍出来好看！"簇拥在这张大照片周围的是这位村民的其他影像作品，由策展人挑选。所有照片未经剪裁，但一律是黑白片。因为"美术馆这样的展览场地决定了照片的艺术属性"，而黑白片至今是艺术摄影的主流。

如果每个展览都要有一堵主题墙的话，"隐没地"影展的主题墙有三堵：

两堵相对，一堵是脚下的地板。相对的那两堵墙上，一面是上圈全景巨幅照片，一面是若干帧艺术家和村民们拍摄的、未经黑白化处理的彩色大幅照片。印制在两堵墙之间地板上的，则是王征和吴平关拍摄的风物，筐、枝条、雪中的农家物件、瓦留在地上的影子……全部是寻常所在、未经唯美化处理，然而充满诗意的风景小品。布展的时候，策展人陈小波向两位同行提过要求：从你们的照片里选出一些来，上头不能有人，不能有动物，因为要印在地上，被人踩着看。

4月7日，"隐没地"摄影展开幕。同日，七百页的大书《隐没地》出版。书的章节以"门"命名，引门、第一门、第二门……第五门，最后一章是《出门》。

之所以以门命名，是因为王征相信："你通过哪个门看到的都不是真理，你必须出门，进入无门的境界，才能完成终极意义上的认知。""《红楼梦》之所以伟大，是因为它写出了各种人的视角，而且在各种视角中灵活切换，无挂无碍。"

为《出门》一章写结语，短短千把字，王征苦吟了好几天。他写了西海固特有的"能瞬间撕扯你血液里最后那一点点水汽"的旱地风；写了老汉马文全和他的杏树；写了上圈特有的问候语——"你稳静着吗？""稳静着。""那我走了，你稳静着！"

最后他写道："《隐没地》这本大书终于出版了。我最后编辑的照片是土崖边黄梅花的背影，她身边刚被砍下的树枝，茬口间似乎还挂着为春天酿就的水珠的味道。黄梅花告诉我，她家的那棵树是用接娃娃（黄梅花是村里的接生婆）洗下的血水才喂活的。她说她舍不得，等搬到了黄河边还种一棵。是旱柳。"

但留戏场一点真

——王安祈和"伶人三部曲"

手 记

迷上京剧，是因为看台湾国光剧团的戏。在台湾国际戏剧节上看过《艳后和她的小丑们》、《水袖与胭脂》，之后又看了"国光"近年几出大戏的光碟：《孟小冬》、《百年戏楼》、《王熙凤大闹宁国府》、《金锁记》……以传统京剧的标准看"国光"的戏，会觉得唱念做打，哪儿哪儿都不地道。不懂京剧因而也没有成见的观众却会觉得别开生面。创作者深谙京剧的精髓，将其完美地融合于情节，让戏剧性更强，情感更浓、更烈。就像古代建筑的构件，被别出心裁地应用于现代建筑，前者借用后者的结构和功能，后者借用前者那些精致、华美、千锤百炼、万变不离其宗的构图方式。

"国光"的戏大多离不了王安祈的剧本和魏海敏的表演。以往，魏海敏的表演似乎更胜一筹，明艳、华丽、丰富，那样的表演能点石成金。到《水袖与胭脂》，剧本的魅力已跃然眼前。女性作者的细腻心思，化作环环相扣的情节，既有故事的推演又有对套路叙事、大众伦理的颠覆。以往被王安祈倚重的女性视角、伶人视角，这次变成了舟楫——既已过河，舟楫不用。王安祈说：在《水袖与胭脂》里，她用的是"随立随破"的结构。这样的结构，无疑使她的剧作进入明朗开阔的新境界。

创作如此，人生未尝不如此。

自己的戏上演，19点28分之前，王安祈通常躲进剧场四楼的卫生间。演出那样开始，那是整个剧院最人迹罕至的地方。19点28分，走进观众席，坐好，灯光熄灭，人们即使知道坐在身边的是信心不足的编剧，也无暇寒暄。

多年以前，大一学生王安祈读到作家王文兴的小说《生命的迹线》：一个小男孩听人说，自己的生命线太短，躲到背人处，拿刻刀划生命线的延长线，不小心划到动脉，被送到医院。医生大摇其头：这年头小学生都要自杀，这个社会怎么了？

这个故事曾让王安祈唏嘘不已。及长，台湾大学文学博士王安祈成为京剧编剧。从1980年代起，王安祈既为台湾的军中剧团编传统戏，也为岛内京剧革新人物郭小庄、吴兴国写戏，2002年又成为台湾国光剧团的专职剧作家及艺术总监。写出红娘、王宝钏、杜丽娘那样的人物一直是王安祈的梦想——那些人物自有其生命轨迹，与其说是被编剧写出来的，不如说是被记录下来的。

王安祈觉得自己很像那个刻画生命线的小男孩，每次写戏殚精竭虑，吃尽苦头，却仍写不出"活脱"的人物。因此只能在每个作品上演之前，躲进剧场的厕所里。

梨园国里说梨园

这次的戏码是《水袖与胭脂》。大幕拉开，台湾当家青衣魏海敏和当家老生唐文华先后亮相，并没有戏曲舞台上"角儿"出场惯有的"碰头好"。观众静静地看戏，眼前的剧情，有几分熟悉又常在意料之外：

魏海敏演杨贵妃，唐文华演唐明皇。死后的妃子与皇帝在"梨园仙山"相遇。杨贵妃因一曲《霓裳羽衣曲》被尊为梨园仙子。唐明皇变身娃娃脸的木偶，被艺人怀揣肩背，奉为祖师爷，昵称"彩娃儿爷"。这天，彩娃儿爷随江湖戏班行云班流转到梨园仙山，自知到了昔日宠妃的地盘，一时近乡情怯。

彩娃儿爷心慌，连累得他所庇佑的艺人们在给仙子表演中出错：演猴戏两个孙悟空争着上台；文戏《老王逐宠妃》又触动女王的前世恩怨。班中小生无名公子被仙山上的公主看中，留下来教戏。其余人被逐出仙山，行头尽烧，班底被打散。

艺人四散，有人去卖烧饼，有人去砍柴，有人加入专业哭丧队伍，有人去做官，审的案子仍是戏中恩怨：西施状告范蠡，程婴妻状告程婴……

梨园仙山上，无名公子排演杨贵妃和唐明皇的故事，别出心裁地加入杨贵妃前夫十八皇子的视角。仙子的前世心事被搅动得天翻地覆，慢慢从听曲的人变成唱曲的人：当日皇子以江山为念，不做任何抗争，把她献给唐明皇……

这段情景再现既有戏中戏的嵌套，又有角色反串。戏到淋漓酣畅处，两个巨大的戏衫从舞台的天棚上降落，魏海敏和昆曲小生温宇航分居戏衫两侧，拉扯、穿梭，角色的心理拉锯外化于程式表演之中。温宇航一人演三角，时而是唱曲的无名公子、时而是曲中的寿王、寿王妃，唱腔在昆曲小冠生、京剧小生、京剧青衣之间来回切换。反串的几句青衣"哭头"更让观众如痴如狂。

上半场戛然而止，欢呼如潮、掌声如潮，热络的场面有如剧终谢幕。

平地起高楼容易，高楼之上如何再盖高楼？下半场，被遣散的行云班再次蒙召到梨园仙山献唱。前世是杨贵妃的梨园仙子，披上之前彩娃儿爷被烧残的戏衫，不禁角色上身，唱出老皇帝痛失爱妃的悲声。"宝岛第一青衣"魏海敏变身为余（叔岩）派老生。

2002年，魏海敏曾在个人专场《变》中，初试雄音，反串余派名段《击鼓骂曹》。2010年，"伶人三部曲"之第一部《孟小冬》又让魏海敏以余派唱腔挑大梁。

经过十一年的淬炼，魏海敏的声音苍凉、醇厚，博中有约，笼罩一切，却又情悬一线。三层楼的剧场，千余名观众，只有一个情感的焦点。杨李恋流传千百年的秘密，在那一刻昭然若揭。王安祈和观众一样屏气凝神。她知道：戏立住了。

金玉奴的豆汁、武大郎的烧饼、白娘子的雄黄酒

"我们没有一个强大的传统要守。京剧漂到台湾，就像这家菜馆：它的招牌是'湘菜'，里面的菜品却有'和风'。没有人会认真计较，只要好吃就

行。"在台北罗斯福路一家装潢颇有传统中国味道的饭馆,王安祈对南方周末记者说。

2012年,国光剧团接到"中正文化中心"的邀请,为来年的"台湾国际戏剧节"创作一出新戏。在交给"中正文化中心"的方案中,王安祈拟定的剧名是《水袖与胭脂》,这是本团大青衣魏海敏一本自传的名字。王安祈借来为"伶人三部曲"终结篇定音。"三部曲"的第一部《孟小冬》聚焦于一个人,第二部《百年戏楼》诉说若干时代,第三部要直击戏剧本体和伶人命运。

王安祈一度想让温宇航的经历入戏。温宇航是地道的北京人,1999年之前,在北方昆曲院唱小生,头角峥嵘,大大小小的奖得过好几个。因为不满院团的僵化体制,也因为出演陈士争导演的全本《牡丹亭》(这次演出后来成为"政治事件"),温宇航从北昆辞职,从二十八岁到三十八岁,漂在美国。2005年,台湾兰亭昆剧坊、台北昆剧团先后延请温到台湾说戏。此地有昆曲观众,但昆曲团是空的,排戏临时借演员,没戏的时候不养人、不发薪。兜兜转转四五年,四十一岁的昆曲小生最终落脚台湾军方京剧团改制而成的国光剧团。

一个身怀深厚功底的戏曲演员十年去国飘零,最后落脚于蕞尔小岛。对编剧王安祈来说,这个故事太像"伶人三部曲"的第一部《孟小冬》,只能放弃。

戏和生活的关系如何?伶人和角色的关系怎样?

西湖边的雷峰塔下是否真有一个白娘子?如果没有,为什么游人想着她,几世的文人咏叹她,戏台上的名角儿争着演她?

设若有一个梨园国,国中百姓要么是票友,要么是名角,每个人说话像唱戏,走路踩着锣鼓点、甩着水袖,吃的食物是金玉奴的豆汁、武大郎的烧饼,喝的是白娘子的雄黄酒……王安祈在诸如此类的奇想中酝酿剧情。

既写伶人,"戏中戏"几乎是天然的结构,这次用哪出老戏"国光"的大戏一定由魏海敏挑大梁,1992年,魏海敏拜梅葆玖为师,成为梅兰芳的再传弟子。《贵妃醉酒》、《太真外传》是梅派拿手戏。何不让魏海敏演杨贵妃?

这个念头一起，其他一切顺水漂来：民间素有杨贵妃、唐明皇指教梨园的说法，以杨李之恋为内容的《长生殿》是昆曲和京剧的经典剧目……

戏胆在第二十五出之后

年轻时，读洪升《长生殿》的前二十四出，王安祈有各种各样的疑问：为什么十八皇子完全不提？去掉十八皇子，杨李之恋干净而空洞：无非是妃子抬起头来，皇帝被美色吸引，送她金钗钿盒……唐史里的宫闱秽事、封建皇帝与儿媳的不伦之恋，有什么好唱好演的？

读到第二十五出，杨贵妃被赐死在马嵬坡前，她仍旧不为所动。二十五出以后，《长生殿》转写失去杨贵妃之后，唐明皇的孤独、悔恨。这让王安祈豁然开朗：《长生殿》成为经典，全在二十五出之后。

1990年代，上海昆曲团第一次赴台，演出的第一个剧目就是《长生殿》，但只唱到杨贵妃被赐死马嵬坡前，王安祈毫无感觉。隔年，"上昆"再来，依然唱《长生殿》，但是折子戏，当家小生蔡正仁饰演唐明皇。《哭像》一出，唐明皇对着杨妃的画像，唱出"我若肯将身去抵挡／他（安禄山）未必直面犯君王"的时候，王安祈许多从来不看昆曲的学生感觉到一股巨大的悲剧力量允斥在剧院里，那是爱情熄灭之后的痛定思痛。

《水袖与胭脂》在《长生殿》的戏胆处开场，但它的企图并不限于再度阐释杨李的爱情悲剧。

熟悉王安祈剧作的人，能从《水袖与胭脂》里看到很多似曾相识的元素：戏中戏的结构；叙事主干上横溢出的精彩群戏；女性视角；伶人在角色内外的甘苦悲欣……这次，这些元素的排列组合方式与以前大不同，王安祈使用的是随立随破的结构。

规定情境梨园仙山，让一切不可能成为可能。在这个情境里，西施状告范蠡：当女间谍非我所愿，复国成功后跟你泛舟江上也非我所愿，我只想回到那些在溪边浣纱的日子……程婴妻状告程婴：我儿出生未及满月，就被你抱给奸人……杨贵妃戳破前夫寿王秘密：当日你贪图江山，把我拱手让给你父皇；马嵬坡前，我们性命危急，你冷眼作壁上观……这些"控诉"旋即被更多的奇幻叙事冲散，像南柯一梦，像前世幽魂的一声叹息，来不及凝固成议题。梨园仙子（杨贵妃）穿上彩娃儿爷（唐明皇）被烧残的戏衫，一时角色上身，一唱三叹，道出唐明皇的心声，从同情到怨怼，从悔恨到释怀，最后以"值了值了，拥此曲不枉红尘走一番"抒发心声。这时候，旁观者冷不丁问：原来你上天入地，只为要他个悔恨，讨他个余生苍凉吗？

"我当然关心痴男怨女的情感安顿了没有。但我又想说，情随时空流转。"王安祈解释这段情节的创作动机。

情随时空流转，尴尬在所难免。王安祈让剧中几个角色反复咏叹的一句词是"人间多少难言事，但留戏场一点真"。一句话，圆杨李之恋的谎，圆了《长生殿》的谎，圆了戏剧的谎。

既已过河，舟楫无用。王安祈构建出梨园国，让人们在这个国度生死相通，爱恨交融。在戏的结尾处，她又将这个想象中的乌托邦轻轻戳破：前世造反不成的安禄山，死后也到了梨园仙山，一心想取梨园仙子而代之。哪知，参透前世情缘的仙子以传唱人世间的悲欢离合为己任，放弃仙山，跟"行云班"一起行走江湖。人走山空，只留不费吹灰之力"复国"成功的安禄山。

不问真假，但取真情

"做三"难。作为"伶人三部曲"的第三部，《水袖与胭脂》在技术和思想上都不辱"三"该有的质感。

王安祈想写"伶人三部曲"是因为章诒和在《伶人往事》中对伶人命运的概括：创造灿烂、陷入卑贱。熟读戏剧史的王安祈知道，明代有"艺贵人贱"、"嗜戏薄伶"之风。到了晚明，伶人成了文人艺术沙龙上的把玩之物。权贵人物吃饭，家伶小优在饭桌前的一方红氍毹上且歌且舞。到了清代，更有部分男旦、女优的不堪往事。

"伶人创造了艺术的天堂，自己却生存于现实的泥土。"王安祈想为伶人代言。

2010年，"伶人三部曲"第一部《孟小冬》在台北上演。王安祈写孟小冬的念头在电影《梅兰芳》拍摄之前，但《孟小冬》上演的时候，梅孟恩怨已经借由电影变成沸沸扬扬的大众议题。七嘴八舌中，王安祈想表达的主题似乎更加应景。

王安祈迷恋孟小冬的声音。一张《孟小冬京剧唱段选》，她听了又听。丈夫也是"冬皇"迷，每年清明，拜祭完自家祖先，一定要到台北树林佛教公墓拜祭孟小冬。有一年，王安祈陪丈夫同去，在张大千亲题墓碑的冬皇坟前，听到清脆的鸟叫声。王安祈突然悟到：孟小冬一生被各种各样的声音包围，戏台上的掌声、喝彩声、戏楼外的鞭炮声、枪声、炮声、喧哗、围绕她两段婚姻的流言蜚语……在种种的杂音之中，孟小冬把淬炼自己的嗓音当作一生的修行。

《孟小冬》以"嗓音"对抗"噪音"为主题。其中最动人的段落是孟小冬为学余派，独自从上海到北京。终日苦练，不见精进。杜月笙寄来一只空瓶，孟小冬对着空瓶练声，得到梦寐以求的声腔。

这样的情节，魏海敏并不陌生。1990年代，红遍宝岛的魏海敏放下繁华，拜梅葆玖为师，用十年学习梅派艺术。在戏里，为了区格生活中的孟小冬和角色中的孟小冬，魏海敏用西洋唱法唱生活中的孟小冬，用余派老生的唱腔唱舞台上的"冬皇"。

这不是魏海敏第一次以京剧功底唱歌剧。2009年，魏海敏和前卫艺术家罗伯特·威尔逊合作，搬演根据伍尔夫同名小说改编的戏剧《欧兰朵》。这也不是工青衣的魏海敏第一次反串老生。2002年，在个人专场演出"变"中，魏海敏曾反串余派名段《击鼓骂曹》。

老生苍凉沉郁的咿咿呀呀是魏海敏童年听熟的声音。常年漂泊在外打零工的父亲偶尔回到家中，常坐在纱门外，一把胡琴自拉自唱，唱《女起解》、《武家坡》。女儿坐在纱门里听。父亲在拉唱中寄托自己的心事：他从日本陆军大学毕业，辗转来台，升迁无望，退伍后打短工维持一家生计……十二岁，魏海敏被父亲送到戏校，先刀马旦后青衣，坐科七年，毕业后进入军中剧团，成为红角。但一直偷学偷唱老生。

2011年，国光剧团接到邀约，创作一个以"京剧百年"为主题的新戏。王安祈决定借百年之机，写"辉煌下的阴暗"、"背叛与赎罪"、"艺术和政治"。戏名定为《百年戏楼》。

全剧三幕，一出《白蛇传》贯穿始终。第一幕写男旦的屈辱。第二幕写京剧落脚上海，海派的种种创新。第三幕以"文革"为背景，戏里许仙负白蛇，戏外白蛇负许仙——演白蛇的女演员出卖演许仙的男演员。这一情节的原型是"文革"当中的杜近芳和叶盛兰。演那场戏，魏海敏在台上吓得发抖，她揣摩角色心理："真正的恐惧，不是害怕自己也被批斗，而是明知自己所作所为是错的，仍然做错事的煎熬。"名伶王佩瑜在台下看戏，从头哭到尾。

《百年戏楼》首演，有人问：台湾在哪里？王安祈答道：我写的是伶人的心灵史。

《水袖与胭脂》里，两句戏词反复出现。一句是"唱曲之人，不问事之真假，但取一段真情"，另一句是"残月未消，日已上，目之所及，兼摄阴阳"。第二句被剧中不同角色反复吟唱。清晨，梨园仙子醒来，不知今夕何夕，苍茫自顾，唱"残月未消"；伶人自述练功的辛苦，唱的也是这句。这是王安祈的创作体悟。写剧本，每每告一段落的时候，恰是黑夜将逝，白昼将来，"目之所及，兼摄阴阳"之时。"那是创作的状态，灵魂的跃动，（写作者）游走在生与死的边际线上。"王安祈告诉南方周末记者。

"把所有的恩怨都放平了，才是好小说"

——蒋勋说《红楼梦》

手 记

有段时间，蒋勋频频遭"举报"：他在演讲中犯了怎样的文史的错误……坦率地说，对于这样那样的考据、纠错，我没有太留意。在我心里，蒋勋是一个诗人、一位牧师，我从没期望他的每一句话都有史料依据，都合乎六经。

在台中教书的时候，他带着学生在一处建筑工地的围篱上画《辋川图》；他给升斗小民讲《红楼梦》和中外美术史；他写《四郎探母》中的家国情怀、剖析台湾的手工技艺……

有一年秋天，在北京的一次演讲中，他对听众说：我们有没有可能在这个季节，避开人潮，带孩子去香山看看银杏的黄叶？顾恺之的《女史箴图》里就画过这片叶子，它和宫女们别在发髻上的金钗一模一样……

我为这个小小的建议动容。它家常而诗意，一头连着现在一头连着古典。就像我心目中的蒋勋。

蒋勋跟很多人说过，《红楼梦》是可以读一辈子的书。他自己的读红史对这话是绝好的印证：三四岁听妈妈讲；十一二岁自己读；成年以后给不同的群体讲《红楼梦》。最近，他在上海泰安路的"春深读书会"里，给企业家的太太们开课，正讲到闹剧、悲剧轮番上演的第十一回《庆寿辰宁府排家宴　见熙凤贾瑞起淫心》。

这不是蒋勋第一次开"太太班"。1990年代，在台北、高雄两地，他像牧师查经一样，用四年时间，逐页讲解《红楼梦》。

高雄班的成员是贩夫走卒，很多人在菜场卖腌菜，上午去做生意，下午来听蒋勋的课。

台北班的成员是台湾政经大佬的太太或儿媳。八卦杂志整天报她们的事情，很多人进门的时候低着头。就算这样，"总统府"对面某高级会所外停满的高级黑色轿车，还是经常引得路人探头探脑。讲到"秦可卿淫丧天香楼"，很多美丽的眼睛垂了下去。"豪门家族的故事太惊人了，八卦杂志只透露一点点……她们不会有表情在脸上，她们也不被容许有表情。她们才是真正的红楼梦中人。"蒋勋告诉南方周末记者。

林青霞也是台北班的一员。那时候，她父亲重病，母亲刚跳楼自杀不久。林青霞每周五从香港飞到台北，照顾父亲，听蒋勋讲《红楼梦》。林青霞跟台湾的媒体开玩笑，把蒋勋比作她的半粒安眠药，在不许她胖、不许她丑、到处有人拍她哭、拍她笑的世界里，蒋勋帮她找到坦然自在和容易一些的睡眠。

相比台北班的矜持，升斗小民组成的高雄班直截了当。听到喜欢的地方，有人会大笑；听到悲伤的地方，有人抹眼泪。

李登辉和陈水扁都曾邀请蒋勋到官邸里讲《红楼梦》。进官邸要搜身，蒋勋觉得太麻烦，拒绝了。一位在高雄做腌菜的老乡看过蒋勋的画展，听他在各种演讲中提到《红楼梦》，随口提议：老师，我是一个没受过很多教育的人，没看过《红楼梦》，也看不懂。你可不可以在高雄讲一次？蒋勋觉得这是一个很奇怪的机缘，立刻答应下来。

高雄班最初只有二十个学生，后来一个拉三个，拉到三百人。高雄市政府知道有这么多民众爱听《红楼梦》，就免费提供了一个大音乐厅。

第八十回讲完，"腌菜朋友"给蒋勋办了一个晚会，送他一条签满名字的内裤。蒋勋不解其意，"腌菜朋友"说：你讲的最让我们感动的是晴雯和宝玉交换内衣。所以我们要跟你交换内衣。这条内裤被蒋勋像宝一样留着，一直舍不得穿。

四年学习结束，贵妇们也给蒋勋办了一个聚会，"从纽约进口的牡丹，房间里华丽得不得了。可是我的几位学生在几年之内都'走了'，她们有惊人的美貌，却几乎没有快乐的人生"。如何面对这班学员，变成蒋勋的一个修行：

"我开始觉得：富贵好苦。"

两批不同的学生，让蒋勋再次面对他三四岁的时候就开始懵懂接触的命题：繁华和幻灭的相生相依。

《红楼梦》是我的故事

蒋勋读《红楼梦》是因为母亲。蒋母是西安正白旗的旗人，她的祖父做过知府。辛亥革命，西安的旗人被杀一半，"站在城门口，讲是'馒头'还是'馍'，发音不对就会被杀头"，蒋勋外祖父全家只留了他外祖父一个男丁，家族就此败落。

从蒋勋三四岁起，母亲就不断地跟他讲西安知府衙门的宅子和宅子所在的"二府街"。有些故事，是母亲从仆人那听来的，有些是添油加酱的家族历史跟她读过的《红楼梦》的交叠，时空经常是错乱的。母亲读《红楼梦》的时候，正值中日战争，老宅犹在，不过已经被蒋勋的外婆租给一百多户人家——蒋勋的外祖父正在燕京读大学，西安家中的一对母女差不多被他遗弃了。

"这变成我童年很奇特的一个美学体验。尤其她在跟我讲这些故事的时候，是经历1949年再一次大逃亡之后，她身上什么都没有，只有回忆。"蒋勋告诉《南方周末》记者，母亲的脑海里有一张清晰的三维地图，什么地方走几步有一个佛堂，再走几步有一家绸缎店，祖宗的画像挂在哪面墙上……这让蒋勋从小就明白：《红楼梦》是一个回忆，他为其中无数个小细节着迷。"其实那时候我们逃难到台湾，什么都没有。可我还是觉得，这一切怎么会那么熟？为什么黛玉九岁，母亲过世去依靠贾母，进到贾家，看到的荣禧堂的样子，对联、九龙金字大匾……让我有那么深的记忆。"

1988年，蒋勋回到一岁时离开的西安。他去找"二府街"，知府衙门早已不知去向，满街高楼大厦，好在"二府街"的名字还在。走在大街上寻找家族记忆的人像一个失去魂魄的躯壳。蒋勋从城里走到城墙边上。母亲曾经说过，抗战的时候，西安人经常在城墙边躲警报。昔日的避难所已变成公园，一对盲人夫妇正拉着二胡唱秦腔。声音刚烈，直上九霄，唱的是汉唐盛世的故事。

在蒋勋看来，《红楼梦》的动人之处是作者完全放任自己的回忆。所以书中有很多考证永远讲不通的东西。"这些考证上的难题，如果回归到我们每个的生命体验，就一点也不奇怪：在回忆里，时间是重叠在一起的。

"有些人说《红楼梦》写繁华，可是鲁迅讲得极好'悲凉之雾，遍被华林'。你在读繁华的时候，背后总有让你痛的东西。"读红学考证，蒋勋觉得索然无味，"《红楼梦》是我的故事，我不觉得它影射什么人。"

青春期小说读进天命之年

小学五年级，从小听《红楼梦》故事的蒋勋第一次自己读这本书，妈妈起初很高兴，在他的功课一塌糊涂之后，下了禁令。蒋勋只能打着手电，躲在棉被里，像看"赤匪禁书"一样。书是路边摊买来的，封面上印着乐蒂的照片——那时候，香港邵氏拍的《红楼梦》电影正红，乐蒂演林黛玉。这本书被蒋勋翻到书页发黄，至今还在他的书架上。

1977年，蒋勋从巴黎留学回台湾。李翰祥导演的《金玉良缘红楼梦》正在上演。黛玉进贾府，摄像机隔着雕花窗一直走，长达三分钟，镜头里没有出现黛玉，但却恰到好处地拍出她的处处小心，尽得原著三昧。林青霞反串贾宝玉，眉宇之间英气逼人。

"小说里的宝玉十三四岁，很多人都觉得他有点像女孩子。可是我觉得他充满英气，他要照顾、保护这些女孩子，保护不住的时候，就是他生命中最大的痛。

"宝玉是一个拒绝长大的男孩子，他的回忆基本上停留在十五岁之前，他觉得后面不要活了，入世以后就要接纳大人的规则；比他更彻底的是黛玉，葬花是宁为玉碎的美学。"

蒋勋相信，古典小说里只有《红楼梦》在讲青春的狂放和孤独。有一次，他跟台湾"教育部"的官员开玩笑：你敢把《红楼梦》"大闹学堂"那回编进"国中"教材吗？官员摇头。

倒是恪守规则的新加坡，大面积把《红楼梦》搬进课堂。新加坡教育部规定，学生在高中毕业之前，必须读完前四十回《红楼梦》。"四十回是一个非常有意思的选择，各种人物都已出场，小孩子在成长的过程中人生的各个面相都应该见识到。"曾应邀到新加坡中学讲《红楼梦》的蒋勋说。

现在，蒋勋最喜欢的《红楼梦》版本是石印本的《石头记》，上下两函，一函十册，每册很轻，握在手上很省力，字又大，尤其适合老花眼。

"《红楼梦》里有一个字'歪'，林黛玉喜欢'歪'在床上看书，我忽然觉得就连我的动作都跟《红楼梦》越来越像。"从小就被父亲教育读书写字要坐得端端正正的蒋勋，把《红楼梦》带给他的"不正"的状态当作一种救赎。"我并没有要说打倒那个'正'，因为'正'的力量太强，有时候戳它一下子，是让它不要那么端正，因为端正太久了会假。"

《红楼梦》第二回，有一大段一般读者极容易跳过的人性论：天地生人，除大仁大恶，余者皆无大异。大仁者应运而生；大恶者应劫而生；常人秉正邪两气而生。有人身上正邪两气激烈冲撞，这样的人若生在富贵人家，是痴男怨女；生在读书人家，是逸士高人；生在寒门，是奇优名娼，如竹林七贤、陶渊明、顾虎头、唐明皇、宋徽宗、秦少游、唐伯虎、红拂、薛涛……

"曹雪芹的意思是说，在我们的文化传统里有一些令他仰慕的人，并没有走向名利的官场。"每次去南京博物馆，蒋勋都会特意看从墓葬里出土的"竹林七贤"砖刻，"按照常理，应该把忠臣孝子作为死亡的典范雕刻在墓葬里。但东晋墓葬里刻的是竹林七贤。这就是说，民间有另外一套信仰系统，这种信仰，在不大一统的时代，有机会可以存留。像东晋，就在一种偏安的格局里保留了一种很特殊的人性空间。

"儒家有一个讲法是'圣'。'贤'跟'圣'是不一样的，'贤'是带着生命的缺憾活着。曹雪芹对这人充满兴趣。他在触碰一个命题：如果我不完美，我生命的价值在哪里？西方现代小说，像《异乡人》、《繁华圣母》都在写这个主题。"

少年时读《红楼梦》，蒋勋喜欢黛玉的高傲、绝对，也喜欢湘云、探春的聪慧大方。读到贾瑞那两回，心里骂"下流"，手上一翻而过，年长之后，贾瑞反而让他一读再读。

一百个人看《红楼梦》，多少人会留意委琐可笑的赵姨娘？"她恨凤姐、恨宝玉到找马道婆剪了纸人诅咒他们的地步。可是有一天，马道婆看到赵姨娘在做针线，就问有没有零头布给她？赵姨娘说：好东西还会到我这来？——你就知道赵姨娘是贾家多悲惨的一个人，谁都可以踹她一脚。"蒋勋认为，赵姨娘的卑微是外国作家写不出来的。

陀斯妥耶夫斯基写《被侮辱的与被损害的》，开场的故事发生在冬天俄罗斯的一个小酒馆。角落里有一只狗和一个破落的人。那个人又脏又臭，简直不成人形，他茫然的眼睛突然不自知地看一个军官。军官觉得受辱：你也配看我?! 遂破口大骂，被骂的人不停发抖，突然倒下去死了。

"曹雪芹没有写到这么强烈。可是他写出了若干个像马道婆、贾璜太太一样，依附在贾家这棵大树上的寄生虫。"在蒋勋看来，曹雪芹的平静是慈悲，没有哪个作家能像他一样，以平视的视角，写尽微如草芥的人生。"十年增删"对他而言是纸上功夫，更是心头的功夫。蒋勋相信，曹雪芹最初写《红楼梦》的时候是充满怨恨的，"落难之人不会没有牢骚"。十年的修行，所有的牢骚都被去掉。

现成的例子是"秦可卿淫丧天香楼"。脂评显示，曹雪芹的原始草稿中，有贾珍逼奸儿媳，导致秦可卿上吊的情节。"这跟现在我们看到写秦可卿病死，然后很委婉地带出贾珍的某种反常举动，真的是两种写作态度。脂砚斋说'雪芹厚道之人'，这个厚道是慈悲。年轻时候会恨，我就是要把它揭发出来。可是到了一定年龄你会发现，'揭发'之后还有一层'担待'。"蒋勋常常问自己，如果他把妈妈讲的家族故事写出来，里面会不会充满憎恨？他的结论是，必须用十年的时间磨自己。"把所有的爱恨都放平了，才会是好小说。"

这个文化最美的东西在纺织里

"曹雪芹永远让你看到人生的两面。"在给五行八作、地位出身参差不同的学生讲《红楼梦》的时候，蒋勋越来越多地提到《红楼梦》的结构。

有谁在读《红楼梦》的时候留意到，贾宝玉的第一次性经验跟刘姥姥第一次进大观园都写在第六回里？一个贵族男子情欲窦开，跟一个乡下老太太过不了日子，到阔亲戚家打秋风，一天一地，一热一冷，却被曹雪芹和谐联成一气。

这样的行文方法，被蒋勋称作编织：

《红楼梦》里每个人物都是一条经线或者纬线。西方的小说，不管是长篇还是短篇，都有主线。《红楼梦》如果挑主线，一定是宝、黛、钗，可是如果只抓这三根主线，一定会迷失，因为他们常常很久不出现。

为什么王熙凤生日那天，宝玉会失踪？曹雪芹从头到尾没有明讲，而是用了一个非常推理小说的方法，让读者看到：宝玉带茗烟往北跑，茗烟问到哪里去，宝玉说到没有人的地方去。荒天野地停下来，宝玉又问茗烟有没有香炉，茗烟说，你不早讲，我从家带一个出来。宝玉说，不能让人家知道。茗烟就懂了：宝玉大概要祭奠什么人。就说，你荷包里有点沉香，往前几里有个水仙庵，庙里一定有香炉……到了水仙庵，茗烟问：香炉放哪？宝玉到处看，看到一口井，就说，放井台上，然后焚香，边哭边拜。茗烟摸不着头脑，但知道宝玉拜的一定是一个女孩子。其实宝玉在祭奠金钏，那天是金钏的生日。曹雪芹把王熙凤生日的风光华丽跟宝玉对一个遭冤枉屈死的女孩的哀悼编织在一起。这种安排绝不是偶然。蒋勋认为，这种安排体现的是中国对联的美学。这种美学在西方思维里很少有。中国人在思维里已经形成对仗法，它不仅仅是一种技巧，它很清楚地让人感觉到有天必有地，有春必有秋，让人感觉到生命里两极的平衡。

"曹家四五代的江宁织造。曹雪芹对编织一定很了解。编织是中国最了不起的结构。"看过沈从文的《中国服装史》，蒋勋联想到：沈从文研究纺织史不是偶然的。一个好小说家在不能写小说之后，或许发现：这个文化最美的东西在纺织里。

小时候，蒋勋看妈妈绣被面。一片叶子里有十几种绿色，何谓"层次"一目了然。脂砚斋说《红楼梦》"千里伏线"。在刺绣中，千里伏线的道理非常直观：某一种颜色的线在经度纬度上隔多少根线再出来，要计算，要用笔记录。

"这是了不起的大结构。西方文学里没有'千里伏线'这个词，可是《红楼梦》真的是'千里伏线'，次要角色常常消失好久不见，可是等他（她）再出来的时候，你一点也不会觉得突兀。"

蒋勋读《源氏物语》，也读《追忆逝水年华》，可他觉得，还是《红楼梦》第一。遗憾的是它在世界上很难传播，英语翻译得最好的版本也还是读不下去："光是鸳鸯就翻译成wild duck。鸳鸯怎么成了野鸭子了？可它又没翻（译）错！"

孤独的人并不可耻

——蔡明亮的你我他

手 记

这篇稿子没有什么公共性，但它传递出某种人生的况味。

蔡明亮是那种导演：他有勇气戳破各种各样的"相"，展示人生的某些本质。他的"法宝"是慢和单调。英文里有两个俚语，正好用来形容蔡明亮的电影：like watching paint dry（就像看油漆变干）；worn sb's patience too thin（把耐心磨穿）。

当观众的耐心消耗殆尽时，蔡明亮电影的意义就呈现出来。就像《河流》里那个瓢泼大雨中的老旧电影院，我看那部电影看得快要发疯的时候，看到那个电影院，就觉得：值了。

在台北看蔡明亮的小剧场独角戏《你我他》，因为舞台上的进展过于缓慢，眼睛盯着看，极容易失焦，我干脆不看，坐在座位上调息。但演出结束的时候，我还是跟身边的观众一起真诚地鼓起掌来，不是因为终于可以透一口气，而是因为剧场中的诗意。蔡明亮的戏像是一次剃度，或者一个摆渡人带你过河的仪式。

我中有你，你中有我，每一个自我当中都有他者的倒影——蔡明亮用他的独角戏完美地诠释了这个普遍真理。我希望作为"二传手"的我，能把这点意味传递到读者心里。

在剧场，蔡明亮收获到了他在电影院从没有收获过的掌声。尽管他的电影得过许多大奖，但从一线观众那里得到的通常却是冷遇。

有一次《爱情万岁》在希腊参加影展，策展人特意在影院门口等蔡明亮，蔡明亮一到，便被拉去吃东西。

"难道不进去跟观众见面吗？"蔡明亮有点迷糊。

"不用了，观众很少……"

"还能少到哪里去？我又不是没见过。"

蔡明亮执意要进去，最终被对方拦住，不过后来他还是知道了那一场的确切票房。几天之后，一个英国记者对他说：蔡明亮，有一件事我一定要告诉你：我在希腊看了你的电影，连我在内只有五个观众。但是我们很快乐，看到一半，我们比你的电影还热闹，不停地叫骂：怎么这慢？这是什么破电影？放映机卡壳了吗？

门可罗雀的放映厅、观众中途退场、嘘声、嘲笑，蔡明亮早就安之若素，"如果我不接受这些冷遇，我真是白做了那些作品。"然而，10月底到11月初，他导演的三出独角戏在台北"国家戏剧院"实验剧场上演，蔡明亮依然感受到了被理解的快乐。演员还是人们在蔡氏电影已经里"看腻"的演员——杨贵媚、李康生、陆奕静。台词仍旧没有几句，演员在长达七八分钟的时间里只有静卧、静坐或者咀嚼吞咽等单调动作。两个小时的戏码结束，迟疑一两秒，黝黑的剧场被持久而笃定的掌声填满，直到散场的灯次第亮起。

台北"国家戏剧院"计划在今后几年每年推出一部独角戏，开篇之作请蔡明亮完成。蔡明亮在大学学的是戏剧，早年曾是台北实验剧场的干将之一；他的电影不管由几个演员演，"对手戏"都非常罕见。

"既然找我，我就不客气了。"蔡明亮说。他说服跟他合作多年的演员："来嘛，小剧场，随便我们怎么折腾。"

蔡明亮希望用天马行空的方式表现他的"御用"演员们日常的一面。排戏是从一对一的聊天开始的。

李康生说他喜欢养海鱼，经常去深海潜水捕鱼，为了让鱼适应鱼缸里的生活，还要定时去提海水给鱼缸换水。

陆奕静在拍片之余是咖啡店的老板，喜欢把咖啡豆放在掌心，一粒一粒精挑细选，一直挑到肩膀和颈椎酸痛。

杨贵媚抱怨她在家里其实没什么自我，她至今跟父母生活在一起，家教很严，她在外面拍了有暴露镜头的片子，回家不敢给父母看。

戏从这些日常闲聊中一点一点磨出来。三出独角戏有一个共同的名字《只有你》——那是1930年代红遍中国的日裔女歌手李香兰的一阕老歌。

老歌是三出戏无所不在的元素，周璇、白光、李香兰或甜美圆润或奢华沧桑的歌声时不时从收音机里飘出。

收音机坐落在土堆成的桌子上。事实上，整个舞台都被台湾特有的红土覆盖，马桶坐落在土堆上，一个高而平的土台铺上床单就是床。观众难免会联想到：人生的一半是埋在土里的。这个念头刚一浮现，嗅觉立刻被空气中弥漫的咖啡味道或者艾草的香气填满。

老歌、味道、红土都是蔡明亮刻意使用的"战斗性元素"，用以对抗时代的浅薄。"我们跟土的距离已经非常遥远，甚至有人不知道土，就像狗不知道草是什么，以前狗生病了会自己去吃草，现在的不会了，生病了就去看兽医，没有自我治疗。但其实真正的治疗是大地给你的。"蔡明亮说。

按照常理，一出独角戏的主角或者是"我"或者是"他（她）"，蔡明亮的独角戏叫《只有你》。但三出戏略有区别。李康生跟蔡明亮的关系最为近厚，蔡明亮把李康生看作"我"；陆奕静是"你"；杨贵媚是"她"。分开来看，三出戏是三个人的静默或独语，合起来看，我中有你，你中有他。

我的故事

"很多人说我和小康是一对，这太把人看低了，人的情感是很复杂的，不一定有某种关系。"提到李康生，蔡明亮的话滔滔不绝，讲到兴起处，他主动把话锋转到他和李康生的关系上。

《青少年哪吒》入围东京影展，颁奖人是张国荣，张国荣私下"点提"蔡明亮：你以后应该多用陈昭荣，少用李康生。《洞》到韩国釜山，热情的观众对蔡明亮说：李康生我们已经看腻了，你现在完全有能力换刘德华。蔡明亮说：刘德华是你的偶像，李康生是我的偶像。全场哗然。

在某种程度上，把蔡明亮从一个剧情片导演变成一个"闷片"导演的人就是李康生。在认识李康生之前，蔡明亮作为编剧写过《不了情》，作为导演拍过《小市民的天空》，都是当年收视冠军。1980年代末，青少年犯罪成为台湾日益严重的社会问题，蔡明亮应邀拍摄以青少年犯罪为题材的单元剧《小孩》。他要寻找一个看上去不像会勒索别人的少年犯，几经辗转找到了正在西门町玩电玩的李康生。

"他很自然，在镜头前也不害怕。"试过境，蔡明亮对李康生很满意，可是三天之后就后悔了。"小康你自然一点，不要像机器人一样，你转头的时候可不可以眨一下眼睛。"蔡明亮忍不住对镜头前的李康生说。"可是，导演，我本来就是这样啊。"李康生慢吞吞地回答。

收工之后，蔡明亮琢磨李康生的话。"我们有时候会被训练到以为一种节奏是有力量的，以为一种造型是比较帅的。"一番思索之后，蔡明亮决定顺着李康生的节奏走，不只顺着他，顺着所有的演员。去找他们平常的样子，平常的节奏。蔡氏独有的镜头美学就此发轫。

一部、两部、三部以李康生为主角的电影拍下来，反对的声音来了。蔡明亮完全不为所动。拍《小孩》的时候，李康生的父亲还怀疑他是不是骗子。拍完《爱情万岁》，李父打来电话：导演，我把小康交给你了。几个月之后，李父去世。

蔡明亮经常从李康生的身上看到自己的父亲。在《只有你——我的沙漠》中，李康生时而演自己，时而演蔡明亮的父亲。为此，他剃了光头，扎上白布围裙，在舞台正中的巨大面板上倾倒一袋面粉，同时听周璇的老歌。

蔡明亮对父亲的记忆跟周璇的老歌联系在一起。在马来西亚乡下，蔡明亮父亲经营面摊、养鸡、种胡椒，每当收音机里传来周璇的歌声，平时沉默寡言的他就会停下手中的工作，燃起一根烟，呷一大口浓咖啡。

蔡明亮1957年出生，那一年周璇去世，但直到他的少年时代，周璇的老歌仍然是马来西亚华人社区挥之不去的声音，电台天天都在放，一家比一家声大，唯恐盖不住邻人的收音机。

那时候，蔡明亮并不喜欢周璇，他认为周璇那尖细的嗓音已经过时。成年以后，周璇的歌声却不断地回到蔡明亮的记忆里。他开始明白为什么儿时东南亚的流行文化不像现在替换得那么快，那是父辈的乡愁。

蔡父十几岁时，从中国大陆移民到马来西亚。当时东南亚的移民以劳工阶级居多，自己没有文化生产的能力，就使用家乡的流行文化，潮州人听潮剧，广东人听粤剧，大部分人听产自上海、香港的流行歌曲。在蔡明亮的记忆里，父亲很少讲话。八岁时，蔡明亮被带去拔牙，在医院飞跑，父亲把他捉住，扭送给医生。走出医院的时候，父亲给蔡明亮买了满满一袋金鱼。父亲经营的养鸡场闹鸡瘟，全家人天天吃瘟鸡，坐月子的母亲也不例外。鸡死得太快，埋都埋不过来，父亲走向鸡寮，抓起一只鸡，在脖子处一拧，掼在地上，接着又去抓另一只……这一连串的动作，给少年蔡明亮留下了不可磨灭的印象。成年以后，他跟很多人讲这件事，似乎其中隐藏着生命的大秘密。那是善是恶？是身不由己还是主动选择？杀鸡的人其实跟鸡同样命运。

成了"闷片"导演，蔡明亮经常被兄妹告诫：不要把《爱情万岁》带回家，《河流》和《洞》连提都不要提。2011年春节，出家的妹妹郑重地对他说：哥，你能不能听我一句劝，不要再拍那么黑暗的电影了。蔡明亮想了想说：你劝我什么我都会听，但是这个我要稍微解释一下，我拍的不是黑暗，而是黑暗的角落。

"黑暗的角落存在于人的内心，人的品质好不好全在内心黑暗的部分，全在你愿不愿意正视它，接受它。"蔡明亮告诉南方周末记者。

小娟的歌声"天上的星星为何像人群一样拥挤／地上的人们为何又像星星一样疏远"固定出现在每出独角戏的开头。三出戏共有的元素还包括一条地下通道。在他们各自的故事里，陆奕静、杨贵媚、李康生在一条地下通道缓缓走过的视频都会被投放在舞台的背景墙上。步履之慢让人很难分辨清三个人是在走近还是在走远。

这样的地下通道，台北随处可见。因为私车的普及，老街区的衰落，很多曾经被频密使用的地下通道变成了城市的盲肠，一天的大部分时间阒无一人，尽管隔着一层土就是车水马龙。

蔡明亮相信，城市跟人一样，一个城市善良与否是被它最黑暗的角落决定的。"我自然爱看黑暗的东西，也自然觉得应该给别人看到。"

正视黑暗的前提是学会面对孤独。蔡明亮的父母生了七个小孩，自己带不过来就把孩子托付给爷爷奶奶、外公外婆。排行老三的蔡明亮从三岁起就跟外公外婆住在一起。老人喜欢看广东大戏，每次都是外公把蔡明亮背去一起看，散场再把他背回来。睡觉时爷孙两个必定手拉手。从小学一年级到四年级，蔡明亮的作业都是外公做的，父亲看他成绩烂得不行，不能再溺爱下去，五年级的时候就把他接回家。回到父母兄妹身边的蔡明亮好像回到了"异国"，孤独感一下子跑出来，每天花大量的时间幻想跟外公一起的生活，"像连续剧一样有各种各样的细节，还掉眼泪"。因为是转校生，蔡明亮在学校里被新同学排斥，被取了"青脸鸟"的绰号——意思是脸臭，不爱理人。慢慢地，除了一个姓沈的同学，全班人都不跟蔡明亮讲话。他反而有更多的时间体会独处的自由自在。

童年的经历像上游的水不断流淌进成年之后的创作里。"我在拍电影的时候，特别喜欢拍人独处。因为慢慢可以走到人的内在，人最不敢面对的东西。"蔡明亮说。

在电影里经常独自沉默的李康生，在舞台上突然滔滔不绝地讲起话来：不拍戏的时候，我喜欢潜入深海捕鱼。独自一人在静寂的深海徜徉，看色彩斑斓的鱼儿从身边游过是很让人享受的事情，尽管被某些海底动物咬一口可不是闹着玩的，也许游不到岸边就已经翘掉……捕到的鱼被带回家里，养在鱼缸中，为了让它们活得久一点，你要经常去海边提海水，倒到鱼缸中。可是，鱼还是会死……有时候我会打电话给海鲜店的老板，请教各种海鲜料理的做法……

说到此处，两手血红的李康生跳起为鱼招魂的舞蹈。他把象征鱼的模型一个一个地摆在面板上，为它们念《般若波罗蜜多心经》。之后，他走进鱼缸，以卧佛的姿态跟鱼缸里的鱼共处一隅。

你的故事

陆奕静在蔡明亮电影里的经典镜头是吃东西，而且通常是她本人并不爱吃的东西，鸡爪、膨化食品、甜腻的奶油蛋糕。

在《只有你——我的死海》里，陆奕静吃东西的动作持续了七八分钟，她用手一捧一捧地往嘴里填。

那场戏演完，蔡明亮坐在观众席里流眼泪。"我看到了她的抗拒，可是她还要吃。其实我们每个人都是这样，人生就是这样。"蔡明亮说。

舞台上、舞台下，陆奕静对咖啡都有异乎寻常的迷恋。她从小喜欢老式咖啡店的茶色玻璃，"可以看到外面，外面的人看不到你"。成年以后，她开过好几家咖啡店，最近一家叫"蔡李陆"，蔡明亮和李康生和她一起做这家咖啡店的老板。陆奕静动手为客人煮咖啡。

舞台上的陆奕静一杯一杯地把黑色的咖啡灌溉到自己的身体里，直到身体承受不了，换成黄色的药液顺着输液管滴入静脉，然后是各种各样的营养果汁。"看那一场戏真的能看到人生的真相，人经常用某种物质的东西填补自己，并且认为重要，可是突然有一天发现这个东西是有问题的，于是换别的东西，但其实换汤不换药。"蔡明亮说。

蔡明亮以自己的经验为陆奕静设计了一场戏：把三块热贴放在床上摆成"品"字形，仰卧，热贴就贴到了背上。"怎么会不孤独？这个动作都要自己完成。贴好贴，撕下来有点困难。"蔡明亮解嘲说。一台收音机放在土堆成的桌子上，演员旋动调频按钮，各种各样没有关联的声音从中传出，大大扩展了舞台的时空。女播音员朗诵张爱玲的短篇《花雕》，接台湾当红歌星的流行宣言"我的字典没有妥协"。岁月老歌出其不意地飘出来，西门的朱青平把它送给李间的王淑芬，下田的刘光明把它送给北门的田中华……一听而知，人名、地名都是假的，但祝福却真挚得仿佛要管一万年：快乐、幸福、平安。

在医院打点滴的陆奕静无意听到这支老歌，人爱，回头去找，却再也找不到。字幕打出来：奋斗、搬家、换工作、喝咖啡、谈恋爱、找朋友、痛哭、大笑……我却再也没有找对电台。

她的故事

《只有你——蜘蛛精》首演结束，杨贵媚卸妆，换衣服，半个小时后之后，脸上扑着厚厚的粉坐在记者对面，但是眼角的疹红是挡不住的。问起眼睛红的原因，她大笑解嘲：被自己感动的。

在她的独角戏里，杨贵媚演的女鬼生前是一个明星，戏开场，她僵卧床上，把一只手伸向半空，矗立许久。"那只手是我对这个世界的不舍。"蔡明亮说。排戏的时候，他经常问杨贵媚的问题是：如果是你死了以后，回到你原来的家里，你会做什么？

大概会先打扫一下卫生吧，杨贵媚说。于是，舞台上故地重游的女鬼拿起一把扫帚，奋力把满台的红土撮成一个一个的土堆。

扫地这个动作，杨贵媚再熟悉不过。杨家有兄妹五人，除了已经婚嫁的两个，包括老大杨贵媚在内的其余三人仍旧跟父母生活在一起。五兄妹一人一间房，人离开了，但房子还在，每日清洁，工作量很大。杨贵媚想给越来越年迈的母亲找一个帮用。老人想了想：不如这样好了，我来打扫，你把钱给我。杨贵媚哭笑不得。不拍戏的时候，她就帮忙做家务，以至于朋友打电话给她，第一句话肯定问："在抹地啊?"

女鬼生前一定是个倔强角色，她奋力清扫半尺厚的红土，好像在赌气。与此同时，收音机里播放某地发生泥石流、有人丧生的新闻。女鬼去洗澡，她淋浴的视频被投射在舞台的背景墙上。局部特写中，头发像水草，水流冲刷着头发，就像河水冲刷着岸堤。洗完澡，女鬼狐疑地捡起自己的遗物，手袋和高跟鞋都被掩埋在红土里，手袋里有积水，里面的物品受潮，香烟点不着。女鬼做出各种尝试，她发现梳妆台上的电吹风。热风呼呼吹来，女鬼把香烟伸进吹风筒，居然点着了。

这个点子是杨贵媚想出来的。在片场，曾经有发型师用一种里面有钨丝的老式吹风筒给她吹头发。用一阵，钨丝变红。听杨贵媚"讲古"，年轻的美工赶紧跑到旧货市场寻宝，果然找到。

吹风机给女鬼很大灵感，既然烟可以点燃，想必死去的躯壳也能被那口热气唤醒。果然，像机器人被充上一格电，女鬼借着吹风机的热气活动僵硬的躯体，继而唱起一阕一阕的老歌。歌声消失的时候，唱歌的动作仍旧继续。

"她还沉浸在自己的繁华世界里，可是一切已经成为过眼云烟。"杨贵媚替女鬼悲凉。但这样的悲凉不属于她自己，杨贵媚善于用草根式的幽默化解生活中遇到的问题，就像她在高中的时候做自我介绍。老师在黑板上写下她的名字，又在右下角打了一个小小的括号，写了一个"妃"字。在全班的哄笑声中，杨贵媚站起来说：我不是，我是她妹妹。

二十岁，农家子弟杨贵媚以歌星身份考进电视台，同时作俱乐部驻唱歌手，拍闽南语的电视剧。不是科班出身，不懂肢体语言、不懂声音表情、不知道什么叫机位调度，开始，三十集的电视连续剧她只能演六集，后来演八集，二十集……直至最后成为主角。代价是早晨6点钟起床，不是去片场就是赶通告，早饭在车上解决，生病了要在片场打点滴。吃腻了盒饭，举着吊瓶走进面馆。吊瓶挂在墙上，低头吃面，有人看，也不理会。吃完付钱，老板问：生病哦？杨贵媚"嗯"一声，拎着点滴瓶出面馆，再进摄影棚。

辛苦忙碌，但是相对默默无闻的日子持续了四五年，身为新人，又不会把娱乐圈的潜规则看成幽默，杨贵媚辞了片约，专心在家浏览招聘启事，一边找工作，一边陪妈妈看碟。看着看着就看出不甘心来：会什么他（她）这里会那样笑？他（她）怎么会有那样的眼神？我就这样放弃吗？

接下来，是典型的"爱拼才会赢"的台湾故事。抱着"没有成绩就不要想退"的想法，杨贵媚重回演艺圈，跟拍过《星星知我心》的导演林福地合作。林福地是台湾第一个用单机拍电视剧的导演。在片场，没有戏的时候，杨贵媚就站在林福地的背后看他怎么工作。"我不是科班出身，我只会用我的生活来表演，哭就是哭，完全没有技巧。"在林福地的片场上，杨贵媚慢慢知道了什么叫镜头、画面、景深、机位，单机拍摄培养了她表演的稳定度，让她懂得表演的时候，情绪要连贯。

不知道为什么，越来越多的导演看中了她沙哑、"在地化"的嗓音，开始有人找她为电影配音。有一次，有人找杨贵媚给郑裕玲演的赌场黑帮片配音，这个角色对配音演员的要求是会唱歌，会说国、台语。杨贵媚对配音领班说：我不会赌博，没有大姐头的派势，我的声音出来是虚的。我可以给你试，但我真的不行。

杨贵媚最怕给哭戏配音。有导演拍哭戏特写，要左边拍一次，右边拍一次，鸟瞰拍一次……一个角度最少NG三次才过，杨贵媚不会用技巧只能真哭，说台词的时候口齿还要清晰，跟对方的情绪吻合。"帮别人配音很有压力，因为那是别人的作品。如果有一天我的片子需要别人配音，我也希望别人照着我的情绪走。"虽然眼睛都快哭瞎了，杨贵媚还是觉得很值得，她从配音中知道了什么叫"声音表情"。

1994年，杨贵媚遇到了风格迥异的李安和蔡明亮。

李安有完整的剧本、清晰的导演构想。建组之后，他做的第一件事是给演员正音。"你们台湾小孩说话没有重音，稀里糊涂地就过去了。"接下来是一遍一遍的关系练习。三姊妹房间里的每一样物品都由演员自己摆放，地板哪一处因为年代久远而咯吱作响，也必须记得清清楚楚。"当你做了亏心事，很怕吵到别人的时候，你不会走到'嘎嘎'的地方，当你心情浮躁，而且理直气壮的时候，你就不会管这个。李安连这个都让我们注意。"杨贵媚回忆。

蔡明亮完全是另一种风格。

初次见面，蔡明亮对杨贵媚说，我要告诉你，这个角色最初定的不是你，那个演员因为某种原因来不了了，才变成你。杨贵媚错愕一两秒之后，说：没关系，我接到了就是我的，我会全力以赴。在此之前，杨贵媚看过蔡明亮的《青少年哪吒》，希望跟这个另类的导演合作一次。

进棚之后，杨贵媚发现，蔡明亮连剧本都没有。第一天就让她去跟中介小姐学习卖房子。于是杨贵媚绑起两条辫子，穿上牛仔裤、戴上帽子，像助理一样站在售楼小姐身后。有一场杨贵媚在电话里卖房子的戏，开拍之前，杨贵媚根本不知道电话是谁打来的，会说什么。蔡明亮布置她嗑瓜子，电话来的时候接就好。杨贵媚愕然：哪有人这样？万一我词穷了呢？蔡明亮说，不会啊，你就跟他聊，你平时接个电话也会词穷吗？

每天去片场，杨贵媚的心情越来越糟糕，她对自己说：我好不容易拍了王童的电影、朱延平的电影、李安大导演的电影，来拍你的，剧本没有、话也很少说，每天就是走路、吃便当、喝酒、上厕所、化妆、开门、睡觉，跟陌生男人做个爱……

拍最后一场长达七分钟的哭戏，杨贵媚的心情糟糕到了极点。拍戏地点在台北中央公园。这个公园的修建曾引起很大争议，因而修修停停，长期处于未完工的状态。地上到处都是小石头，椅子还没放好，花是倒的，树也没有种，到处都是烂泥。杨贵媚不知道为什么蔡明亮要让她在这个完全没有美感的公园里走那么久。摄影师也不知道，完全没有做好跟拍的准备，不得已临时征用了一辆垃圾车，把摄像机架在垃圾车上。

同一段石子路，杨贵媚走了N遍，走到太阳快下山了。突然蔡明亮对她说：贵媚，一会儿你就坐在那张长椅上哭，你看你可以哭多久。杨贵媚的脸变得更酸更臭："哭？我为什么要哭？我今天完全没有哭的情绪！""你就想，你很贱哪，卖房子卖不出去，还跟男人一夜情，你一个人很孤独啊！"蔡明亮一边煽风点火，一边喊开拍。

开始的一两秒钟，杨贵媚有些抗拒，可是眼泪一旦流下来，就再也控制不住，她哭了足足十分钟。摄影师已经收镜了，蔡明亮也没告诉她，反而跟她一起抱头痛哭。

之后，剧务向杨贵媚宣布：你今天杀青了。杨贵媚大喊：这就拍完了？完了，完了，我肯定会毁在这部戏上！

可是不久，传来《爱情万岁》要到威尼斯参加影展的消息。

剧组抵达威尼斯，杨贵媚的行李却没到，她只有飞机上穿的一身衣服，当晚就是记者会。造型师翻箱倒柜，找出自己的衣服，给杨贵媚搭配了一个诡异的造型。

第二天是首映礼，制片人、造型师和杨贵媚一大早就划着小船出去买衣服。大牌子小牌子都试过，没有杨贵媚能穿的，欧洲人的体型偏大，她"太小只"。全城的服装店将近打烊的时候，终于找到一件。"你知道是什么吗？我觉得是外国人的睡衣。前面有蕾丝，后背镂空，裙摆那个地方有开衩。"杨贵媚回忆。造型师给这件疑似睡衣的礼服缝了一些亮片。当晚，杨贵媚穿着它出场。

坐在威尼斯的影院里，杨贵媚第一次完整看到自己参演的影片。"我才知道自己是傻瓜，我一直在心里骂蔡明亮，可是他的能量全部在他脑袋里，他故意把我逼到角落里，让我变得孤独、不安，让我的刺长出来。"电影院里掌声雷动，蔡明亮拉两把才把杨贵媚拉起来。

从此，跟蔡明亮的风格根本不搭的杨贵媚成为"蔡女郎"中的一员。

阿妈为啥会那样唱歌

手 记

这是我刚参加工作时写的一条清淡的小稿。那时"原生态"歌舞作为一个商业概念还没成气候，但传承的尴尬已初见端倪。重读这篇小文，想起很多张脸。普米族小姑娘杨德秀和她的小姐妹们、长发飘飘的陈哲……

陈哲是《血染的风采》、《让世界充满爱》、《黄土高坡》、《同一首歌》的词作者，1990年代到云南的一次采风，让他从"摘果子的人"变成"种果子的人"——以前想怎么利用民间音乐，现在想怎么传承。他把自己做的事情命名为"土风计划"。到现在，土风计划已经持续了八年。

那些农忙时帮人打豆子、打零工，农闲时跟村里老人学歌、学乐器的普米姑娘们，今天在过着怎么样的生活？想起她们的笑容和她们的歌声。或许现在她们正守着婴儿的眠床，轻轻哼唱。当年她们揣摩：阿妈为啥会那样唱歌，现在，她们知道了吗？

有调查机构在天安门广场做过一个测试，在人流稠密的两个小时里，问往来的行人：你知道普米族吗？没有一个人回答"知道"。

2004年10月19日到23日，"普米族传统文化传习小组"五个从云南怒江和丽江来的普米族姑娘把她们学习了一年的本族传统歌舞带到了北京和天津的大学舞台上。她们告诉大学生们，普米人是这样的：脸庞是浅棕、深棕或者苹果红的，有些粗糙，上头散撒着雀斑；她们有时低头浅笑，有时直视你的眼睛，羞涩和直率奇妙地混合在她们身上；她们身着蓝色百褶长裙和枣红色的羊皮坎肩，腰间扎着七彩的宽腰带和黑绒布的围裙；她们胸前挂着三个短竹筒，里面收纳着口弦——由三片筷子粗细的竹片做成的乐器，只有三个音，但在她们的唇边和手指的拨弄之下能发出琼琼的美妙声音。只要音乐响起，笑容就洋溢在她们脸上。

五天之内，一辆从大理开来的旅游客车拉着她们走访六所大学，还到中央电视台和中央人民广播电台录了节目。这是她们第一次进北京。

与她们同来的还有当地旅游公司歌舞团的十几位团员和三位民间艺人，他们分别是普米族、傈僳族、佤族、白族和摩梭人，一起参加"滇西民间原生态歌舞进校园"活动。

不该在屋子里唱的歌

在家乡的火塘边、溪水边，在四弦琴的伴奏下，普米人能从月亮爬上树梢跳到东方泛白。走山路时揪一片叶子，他们能吹着爬过一道道的山梁。

在录音棚外等待录音时，四弦琴不会放在桌子上，闲不住的小姑娘们会"嘣唧嘣唧"地弹奏四弦琴，"咦呦咦呦"地唱起普米歌。

"夜晚你站在寨子旁边的树林里，四面是山。你听他们唱歌，那声音好像是从山谷里爬上来的，越爬越高，爬到最高的地方再顺着山梁滑下来。这时候你再看月亮，蓝汪汪的，四面的树和山也是蓝的。"陈哲说。

陈哲被姑娘们称作"陈老师"。他是《血染的风采》、《同一首歌》的词作者，现在则是"普米族传统文化传习小组"的小组长，这次"滇西民间原生态歌舞进校园"活动的组织者。他强调，传习小组进校园不是"表演"而是"展示"："按理说这些歌是不应该在屋子里唱的，有些是在山坡上唱给妈妈听的，有些是在星空下唱给心爱的人听的。他们不是艺人，而是民间文化的传承人、表述者。学校是社会机体里最纯粹的领地。我希望他们在这种比较弱的接触当中和都市、和主流文化增进感情，这种互动远远高于商业门票（的价值）。"

在首都师范大学演出的时候，在姑娘们"展示"的同时，舞台的一侧打出幻灯，介绍歌词大意和与歌舞相关的风俗。现场有同学负责收集观众提问的小纸条，每隔一两个节目就有一次"答疑"。大学生们提的问题五花八门：撞胯舞是什么意思，为什么叫撞胯舞？为什么普米姑娘跳舞的时候披着羊皮？你们的动作那么整齐，像编舞编出来的，你们平时在家乡跳的真是这样的？唱《绕山灵》的白族女艺人赵树果为什么戴着墨镜？

"戴上墨镜不会不好意思。"三十七岁的赵树果说。她是当地旅游公司歌舞团的"演员"，《绕山灵》是她经常表演的曲目，但和三十岁的搭档高德潮在舞台上扮演青年恋人，多少让她有些抹不开。

如果走近些，你会发现普米姑娘玛瑙珠串点缀的发髻是黑线做的，头套下面，她们像汉族女孩一样用发带束着马尾巴。有回谢幕，鞠躬鞠得深了，发髻掉了下来。

纸和音轨上的终究是死的

十年前，陈哲作为采风者进入西部搜集整理民间音乐。1998年，他在广西马山加芳乡壮族老人蓝桂香家里听到了即兴演唱的"马山三声部"。演唱者曾秀娥九十五岁，蓝桂香八十四岁，最年轻的蒙雪凤也五十六岁了。

据说，后来张艺谋听到陈哲录下来的这首马山合唱，"脸都黑了"。曾在2000年听到当时录音的电视编导吴志刚回忆："（那是）非常舒服的和声，虽然嗓子很苍老，以至于开叉。但恰恰就是那种开叉的感觉打动了你。平时我们听到的声音都太完美了，这样的东西听多了之后，听到最真的东西反而有一种感动。"后来吴志刚成为"土风计划"项目组的成员之一。

当时陈哲的想法是：有些东西我没办法阻止它的灭亡。但是如果把它固化下来，有朝一日，孙子们想听爷爷唱的歌，多少在我这儿还能找得到。陈哲请人把马山合唱的歌词翻译出来：

> 今天，你们从很远的地方来到这里，来看我们几个老太太，给我们带来许多好福气……今天，你们这些远方的人从四面八方来看我们，有些人头发打着卷，穿着花格子的上衣，我们欢迎你们……其中有个人，还下到我们的猪圈里又看猪又看鸡他不嫌脏……

那时，陈哲在憧憬着：再次回到马山，让老人们戴上耳机，听播放设备传出来的她们自己的歌声，老姐妹们会怎样惊讶着笑成一团，把苍老的脸笑成一朵风干的花。就在这个时候，他接到了广西来的电话：曾秀娥和蓝桂香相继去世。

"记录在纸上和音轨上的东西终究是死的。如果艺术家始终把自己当主体，把少数民族当客体，这种所谓的保护就是变形的。"陈哲说。

"普米民族文化传习小组"就是这种理念的产物。它是一个以民族音乐为圆心的"社会化传承"：民族音乐依附于民族文化，文化的繁衍传承脱离不了特定的社会经济环境；传承应该从外来力量的介入过渡成自我造血。

歌舞是民族的"身份证"

2003年大年初二，十九岁的乡村代课老师杨德秀听说寨子里组织跳"搓搓舞（当地的一种民族舞蹈），爱热闹、爱唱爱跳的她就跑去了。在跳舞的坝子上，她看到高高挂着的一幅大红条幅"热烈欢迎陈哲先生"。杨德秀不知道陈哲是谁，她猜可能是城里来的，否则为什么大家会跳搓搓舞欢迎他呢。

百十来人围成一个大圈子，弹着四弦琴，又唱又跳。一个长头发的汉族男子走过来问杨德秀：你喜欢唱歌跳舞吗？小杨点点头。后来她知道，长发男子就是陈哲。她从一百人中被陈哲选中，到镇里参加面试，还填了一张表格。

当时，杨德秀不太清楚她要参加的是什么，一度以为是要参加歌舞团。家里人问她歌舞团是谁组织的，她想当然地说是"政府"。乡亲们可不这么看，他们管陈哲叫"那个记者"，他们猜测："那个记者"只不过是来转转，说不定哪天就走了。

在此之前，念到初二的杨德秀在姨夫当校长的乡村小学里教书，每月有四百块钱的收入，母亲不同意她放弃这个稳定的工作。去报到的那天，父母都没有送她，只有弟弟陪她走到寨子口。看着弟弟转过身去，杨德秀有些害怕，但她还是一个人走了一个半小时的山路去搭进县城的汽车。后来，杨德秀一直是小组中最坚定的一个传习者。由于资金支持不到位，传说中的"传习补贴"一直没有兑现，小组历经波折，和她一起参加的姐妹相继离去。

最初，传习小组被集中在当地的一所学校里，项目组请一个受过师范训练的普米族"督导老师"按照专家组制定的课程表督促她们学习。她们要出早操、还有军训，这是为了保持她们的体能。"她们本来是地里跑的孩子，那些歌就是在砍柴、打豆子的时候唱的"。

后来因为不能按照承诺给老师发工资，"督导老师"走了。传习小组搬到了一个普米小院里。小院的主人开着一间小饭馆，他为五个女孩子提供了一个有三张床的六平米的小阁楼。项目组请了三个老人，利用早晚的农闲时间教姑娘们歌舞乐器。与此同时，五个女孩子走进附近的村寨，向全村的人学艺。谁教她们，她们就到那家给人家干农活——这样，她们不仅能把技艺学来，也能把劳动者的表情学来，"到那时候，她们才会明白阿妈为什么会那样唱，按照自然的进程，她们知道这个可能要等自己结了婚、生了娃之后。"陈哲说。

小组的生活枯燥而艰难：白天干活，空闲时间学习，顶着乡亲们的压力——你们不是歌舞团吗？怎么从来不见你们到县里表演？"那个记者"领着一群女娃，他到底想干啥？姑娘们也有畏难和抵触的时候。但是今年4月的一次大理之行，让她们大受刺激：她们穿着民族服装结伴而行，迎面碰见一群一群游客，有的导游指着她们说：这是纳西族的；有的导游说：这是山上下来的，卖羊皮的彝族。姑娘们在"陈老师"面前吧嗒吧嗒地掉了眼泪，"本来觉得（会不会民族歌舞）是无所谓的，现在还是好好学吧，多宣传宣传我们普米族"。

现在，姑娘们已经熟练地掌握了一套词汇，她们会一本正经地声称民族歌舞和民族服饰是自己的"身份证"。

你一辈子上不了中央台！

陈哲的"传习计划"在两年多时间里已经"几死几生"，身边的工作人员也换了十几茬。最早的传习小组成立于2002年，是在兰坪县一个小寨子里搞的，基本没有外界帮助，几个月后小组就解散了。第二次尝试是2003年春节前后，也很快解散。现在有地方企业支持的"兰坪县西番文化传播中心"是第三次尝试，成立于今年（2004年）8月，目前虽然艰难，却仍然坚持着。

按照陈哲的设想，普米小组是试点。五人小组的使命是在普米族聚居的兰坪县带动起一张传习网，不同的村寨有不同村寨的特点："通甸'罗鼓箐'一带，属省级自然景区，受旅游业轻微影响，以往有滥伐现象。确定了以传统手工艺为主，自然知识、生态保护、汉语文化为辅的传习布局。

"河西玉狮场：峡谷中的村庄，不通公路，生态保持良好。这一带，群落聚集，通用普米语，较核心封闭，是传统文化沉积地，年轻群体较少流失，但经济落后、生存严峻，民间传承呈现自然淡弱，老艺人后继无人。应与政府协商：停止修公路，止在村外森林……

"普米族是个小民族，（人口）不到三万却有丰富口传文化和部族记忆史，集中在古歌、家族谱系、传说及祭经中。现在的年轻族人观念较淡，几无承传。陈列室墙上挂上本村族系家谱、再配合羊皮坎肩、古装、迁徙图，会有强烈暗示效果，利于年轻人自我认同。"

2003年的小组成立初期，地方政府和民间舆论都很支持。为配合传习，每个村都建了村文化站，下设陈列室、活动中心和讲习所。陈列室里有乐器、工艺用具、本村历史迁徙图，服装沿革、氏族不低于十代族谱。

地方政府把陈哲聘为发展"民族文化产业"的顾问。传习小组刚支起炉灶的时候，头脑们都想往里塞自己的人。塞不进去，风凉话就来了：传习小组里的人，又不够漂亮又不那么棒。"兰坪县的一个文化干部曾经公开跟我叫板：陈老师，如果你不按县政府说的办，你以前做的东西全白搭，你做的东西一辈子也上不了中央电视台！"

因为看不到回报，原来在资金上支持传习小组的地方企业家们也撑不住了，他们和五个姑娘商量：现在没有钱支持你们学习了，你们能不能白天给我们打工，晚上再学唱歌跳舞？

"山里人是这样的：这茬谷子撒下去，一个月不长起来就是失败，他要把地犁了重来。你就算告诉他半年之后长金子他也等不及。在一个东西看不到前景的时候，地方势力的一个唾沫星子就能把它淹死。"陈哲说，"孩子们太苦了，她们承受着巨大的压力。"这种压力直接催生了此次进京展示，"我要让她们看到她们存在的价值：她们的东西在北京、在最高的学府里是被欣赏的。"

被打造成歌星的山里人

2004年2月，"普米族传统文化传习小组"向福特基金会申请资助，10月份折合人民币八十万的资金批了下来。陈哲预计这笔钱够小组维持一年。在未来的一年里，小组将适时向媒体开放，"主流媒体上没有它的声音，它就不觉得自己是一分子。就像一个家里的一个孩子，没人理，那孩子就会孤僻"。

除了传习小组，陈哲还尝试了其他方式。

与五位普米姑娘一起来北京的摩梭、白族、佤族、傈僳艺人是"大理苍山感通旅游索道公司歌舞团"的团员。旅游公司负担了此次进京展示的大部分费用，包括用标有"感通索道"标志的旅游客车把传习者和艺人们拉到北京以及解决他们在京的食宿。

当初是陈哲把这些艺人们推荐给感通公司，尽管他对"低级旅游将文化阉割变异"持批判态度："因为有文化才使旅游找到一个卖点。但是往往这个卖点找到以后，游客蜂拥而至再加上经济利益的驱使，文化开始变形。"

旅游公司每个月给歌舞团的团员发五百元工资，包吃包住。有客人要求，他们就表演歌舞，没有表演的时候帮景点打扫卫生，维持秩序。赵树果对歌舞团的工作很满意，她从年轻时代起就是寨子里的"歌后"："有人给吃给住，我们老板还给我们开一份工钱，让我们能快快乐乐地唱跳。我很感激。"赵树果们说，他们在旅游景点给游客跳的舞蹈跟他们在家乡跳的一模一样。他们都会用"原生态"这个词。旅游公司的老总吉小冬强调艺人们表演的是原汁原味的东西，和各地民俗村里所谓的民俗表演不同。"像冬梅这种孩子，到苍山一年了，本质一点没变。"

普米姑娘李冬梅今天十九岁，去年经陈哲介绍加入感通歌舞团。冬梅在家排行老大，底下还有两个妹妹。陈哲有一个酝酿中的计划，把冬梅三姐妹包装成一个组合："三姐妹乐器、歌舞都会，高矮错落，人也漂亮。再加上山里孩子的干净劲儿，保证得人缘。如果我把她们包装成功了，这比我做几个传习小组的示范作用都大，山里人认这个。"

也许几年之后，"冬梅三姐妹"就是又一个山鹰组合。

几年前，电视编导出身的吴志刚拍过一个和山鹰组合有关的纪录片《沙玛找沙玛》：当"山鹰"还在广州做迪厅歌手的时候，有一次，吴志刚带着他们的一位同乡、当地的彝族歌王沙玛阿拨到迪厅里看"山鹰"的表演。在拥挤疯狂的空间里，一个沙玛在台上唱，另一个沙玛坐在台下听。"迷乱的灯光划过沙玛阿拨的脸，他流泪了，我也流泪了。阿拨流泪可能是因为他看到一个山里孩子挣扎在灯光纷乱的舞台上，唱着和周围人们不相干的歌。"吴志刚说，"现在'山鹰'戴着墨镜，穿着皮大衣，晃在街上已经很神气了，可能还会有人找他们签名。那个时候他们是真正的山里来的歌手，现在是被我们'打造'出来的歌星。"

留在家乡的又如何呢？

山西"羊倌歌王"石占明从乡间民歌大赛一路唱到中央电视台。本来羊倌该随着羊群四处走，石占明成名之后，县政府为了能让甩着羊鞭子唱歌的他更容易被人看到，专门划出一块地让他放羊。县里有大小活动，"歌王"就被拉去表演。"县里派小车接你去表演，那是荣誉啊！出场费很多时候根本就不提，即使给，也少得可怜。"据吴志刚说，去年西部民歌大赛如火如荼之后，央视曾派记者回访了一批歌王歌后，石占明的处境是记者当时的见闻。

人间正道官窑造

手 记

电视剧《潜伏》刚播完的时候，一些北大、清华、社科院的青年学者自发聚集在蓝旗营的万圣书屋，开一个关于电视剧的座谈会。在那次座谈会上，有人说：电视剧是中国最先进文化的代表，直面当代生活、触碰重大历史事件，电视剧跟这个时代同呼吸；你看电影院里都是什么呀，《黄金甲》、《无极》，一天到晚躲进古代的阴谋诡计、刀光剑影里，完全丧失了对现实的关注能力。

这是一家之言，但有一定的道理。不管是将其视为覆盖面极大的大众文化，还是视为主旋律的传播管道，电视剧作为文化符号的意义都不可小觑。

2009年，老中青三代人含泪追看以国共关系和中华人民共和国建国史为背景的电视剧《人间正道是沧桑》。某杂志甚至由主编牵头，为这部电视剧做了一本特刊，讲述戏中N位重要角色戏里戏外的故事。

正史、个人史、宣传品、高收视率……诸多的特性混合在这部电视剧身上。它缝合了一部分历史记忆，又留下了一片开阔地带。

"方面军走出草地时，成千上万的人剧烈地咳嗽。你见过一万个人在一块儿咳嗽吗？只有长征才有这样的场面，让我们记住这一伟大的远征吧！"这是江奇涛写于1986年的小说《马蹄声碎》的最后一句话。江奇涛当过防化兵，侦察排长，《人民前线报》记者、编辑，1986年他参加了总政文化部组织的重走长征路活动。《马蹄声碎》是他献给长征五十周年的礼物。

故事写的是川西北长征队伍里五个掉队的女兵，历经生病、生产、同伴牺牲，在即将追上大河北岸的主力部队时，追兵尾随而至，大部队不得不下令炸毁过河木桥。

1987年，《马蹄声碎》被导演刘苗苗拍成电影，只卖出七个拷贝，却在1993年的都灵电影节上获得特别展映。1997年，《马蹄声碎》被南京前线文工团改编成话剧，演了两场之后被"冷处理"。

2009年，电视剧《人间正道是沧桑》热播，从不接受采访的江奇涛第一次走进公众视野，人们发现，原来他是《红樱桃》、《红色恋人》、《汉武大帝》、《亮剑》的编剧。

《人间正道是沧桑》以前的名字叫《铁血恩仇》。2007年，江奇涛把剧本写完，离他当初的构想已经很远。江奇涛想写中国空军的起源，从1920年代一直写到1949年。这个构思是一个更为庞大的计划的一部分——用三年时间，写抗战时期的亚洲战区。

2005年的"胡（锦涛）连（战）会"改编了江奇涛的创作计划。他萌发了以兄弟家国的框架重新解读中国革命史的想法。2006年年底，剧本写成，被陕西一家节目公司买去。后来这家公司担心题材大，难以驾驭，又将剧本转卖给世纪英雄电影投资公司。"世纪英雄"看好《铁血恩仇》的投资潜质，以高于陕西公司"百把万"的价格从该公司手里购得版权，不久又将剧本卖给江苏广播电视总台。

江苏广电正在为两年之后的建国六十年寻找合适的题材。台长周莉看中《铁血恩仇》"史诗般的品质"和成为"畅销品"的潜质。

从"铁血恩仇"到"人间正道"

周莉当过文化局副局长、文联书记和十几年电视台台长，她从江奇涛的剧本里看出很多不同：以往写新民主主义革命，往往把笔墨集中在解放战争甚至解放战争的局部战场，而《铁血恩仇》描写的是"长篇历史画卷"——从第一次国共合作，一直写到解放战争，其中不乏黄埔军校、中山舰事件、1930年代的"肃反"与"清党"，抗战后国共在东北斗法等对一般观众来说较为新鲜的历史信息。

以往这种量级的题材都是写领袖的，"《长征》就是写毛泽东，《延安颂》还是写毛泽东"，而杨立青是"从基层成长为高层"，故事开始的时候，他才十九岁，顽劣不逊，后来投身大革命——这些，都容易引起今天年轻人的共鸣。

"献礼"并不是创作任务，"像去年改革开放三十周年，没有合适的题材我们就没拍"，周莉说，中国电视剧发展到今天，能否成为"畅销品"已经成为投资人选择剧目的重要指标。

剧本买到手之后，周莉在电视台和江苏省委宣传部请了二十个人读剧本。这二十人很快形成统一意见：为了跟主流媒体的地位匹配，剧本还要做比较大的调整，要"强化共产党人的形象，要揭示出共产党能得天下的历史必然性"。同时，为了吸引观众，要增加杨立青的感情戏。

对江奇涛来说，这意味着二三十万字的工作量，把原本三十集的剧本扩容到五十集。

杨立青玩枪走火，一枪打中窗外十四岁的小姑娘林娥，这是感情戏加码的结果。后来，林娥做了杨立青革命导师瞿恩的妻子，瞿恩牺牲之后，她又成了杨立青的妻子——学者们把这样的情节解读为革命信仰代代相继。

电视剧的结尾，民国遗老对共产党人的遗孤说：无论你走到哪里，你都要记住你有一个家。

剧本修改之后，这句话延长为：我们过去是一家人，将来还是一家人，不论走到哪儿，不论海角天涯、生离死别……人除了血缘，还有情感。血缘，有时候并不如情感可靠。这情感，不是你好我好大家好。大爱其实无言……

"原来的剧本，倾向于血浓于水，家比国大"，周莉说。经过再锻造，"大爱"超越了血缘。在周莉的建议下，剧本的名字从《铁血恩仇》改成了《人间正道是沧桑》。

为了保险起见，剧组到北京，向周恩来邓颖超研究中心主任廖心文请教：从1920年代一直写到1950年代的剧本，请哪个部门把关最好。廖心文向周莉介绍了已经退休的中央文献研究室毛泽东室主任、现任中共党史学会会长刘益涛。

刘益涛对从191C年到毛泽东去世的中共党史都很熟悉，并且对历史上对毛泽东等领导人不断变化的评价了如指掌。刘益涛强调：史实不能出错，史评更不能出错。

瞿秋白的衣服、萧楚女的发型、恽代英的眼镜

执导《人间正道是沧桑》之前，张黎在酝酿一个国庆六十周年有关的故事："六十年跟四十年、五十年不一样。四十年、五十年的时候，我们肯定要写这个政权怎么来之不易。六十一甲子，我们是不是可以讨论当年我们失去了什么？"

张黎想拍六十年前中美怎样擦肩而过。这个构想没能实现，拍摄《人间正道是沧桑》的机会来了。

剧本很快通过省一级的审查，江奇涛问周莉，这个戏你打算大做还是小做？一心想出"精品"的周莉回答：当然想大做。江奇涛说，那我向你推荐一个人。

这个人就是张黎。1986年，张黎因为《马蹄声碎》认识江奇涛，1990年代末，两人在电影《红樱桃》、《红色恋人》里分任编剧和摄像。进入新世纪，张黎执导《走向共和》、《军人机密》、《大明王朝1566：嘉靖与海瑞》、《中国往事》；江奇涛写《汉武大帝》、《亮剑》、《无国界行动》。

张黎欣赏江奇涛的聪明：用戏剧结构展现国共关系的本质，虽说大的历史框架跟教科书相差不远，但历史细节的选择却别具匠心。

长征一集，主要的情节是瞿恩之死。稍有些中共党史知识的人都看得出来，刑场上的瞿恩是瞿秋白的化身。制片方说，瞿恩的造型取了瞿秋白的衣服、萧楚女的发型、恽代英的眼镜。

国共第二次合作，以关押八年之久的女共产党员瞿霞获释作为故事的开头。瞿霞在监狱里饱受身心摧残，以至于"明明心里高兴得像开了一朵花，脸上却一点也笑不出来"，宁愿守缺，也不愿靠近昔日的恋人。一个女子的彻骨之痛道出国共二次合作的本质：究竟是心甘情愿携手，还是外敌压境下一个民族不得不做出的痛苦抉择。

每件旗袍都有来历

张黎把江奇涛和自己的工作比喻成照着教科书的图纸垒墙。对他们来说，乐趣在于可以选择用哪些砖，可以决定窗户在哪儿开，门从哪儿走。有江苏台号称五千万的制作经费做保证，这堵墙可以尽可能修得结实、漂亮。

制片方喜欢津津乐道的数据是：剧中每位女演员的旗袍从花色、盘扣的样式、开衩的位置都是对照林徽因的照片定做的。三百多号群众演员，每个人的头发化妆师都理过、吹过。置景组在北京郊区租用两个总计占地六千平米的仓库，改造成《人间正道是沧桑》的专用摄影棚。一个棚用于再现黄埔军校的靶场和教室，另一个棚根据剧情需要，布置成中央党部、情报科、学堂、法庭、金库、防空洞、医院、办公室、卧室、别墅、警察局、作战指挥室、酒吧、商店、监狱……这仅仅是内景，外景包括按1：1的比例修建的黄埔军校大门，东征打淡水、北伐攻武汉时纵横交错的战壕……

"这一看就是官窑的东西。"投资人周莉引述央视审片小组的评价。

"现在搞电视剧，首先要有一个好本子，其次看投资，或者选好导演，或者选好演员。出于成本的考虑，很少把好剧本、好导演、好演员都占全了的。比如海岩的作品，一般是赵宝刚导，找一些不成名的演员。"周莉说。好剧本和好导演都被她找到了，接下来要锁定的是好演员。在周莉眼里，当时人气飙升的孙红雷是扮演杨立青的不二人选。

但孙红雷对扮演杨立青的兴趣并不大，理由是杨立青并不是男一号，性格平面化，只有骨骼，没有血肉，"需要他的时候，就像道具一样被搬出来，不需要了，就搬下去"。孙红雷更中意的角色是杨立仁。

"那肯定不行。对我们这样的媒体，最大价钱的演员还是要演共产党的形象。"周莉给孙红雷做工作，如果你不喜欢这个角色，下次我们找一个能真正跟男一号匹配的角色再合作。孙红雷同意扮演杨立青，他从人物小传做起，把人物性格、命运发展的缺环都拎出来。江奇涛向他承诺：红雷你放心，杨立青这个角色我还没开始真正写呢。受拍摄周期的限制，江奇涛重塑杨立青的计划没有完全实现。

"一般电视剧从人物性格出发，而江奇涛是从历史事件入手，把个人、家庭、民族一层层地嵌套到历史事件当中，在揭示人物性格方面，就会有缺陷。"旁观者周莉说，"《潜伏》是以余则成为中心的，'人间正道'不可能每集都以杨立青为中心。杨立青跟毛泽东在长征中不一样，毛泽东在长征里面确实是核心人物，但杨立青到了1950年代，他也就是共产党的中将之一——当时中将有一两百人。像这种身份，怎么可能每个历史事件都有他出现？"

五千张碟片

共产党员杨立青加戏的时候，他的哥哥杨立仁在剪戏。经过粗剪，《人间正道是沧桑》长五十六集，审查过后，删掉六集。其中就包括孤岛时期，担任军统上海站负责人的杨立仁刺杀日本间谍头子的一段武打戏。这是历史上的真实事件，但同样的时段里，共产党一方没有能与之匹配的硬动作。立仁筹划刺杀的时候，立青在"抗大"当教员，用手榴弹炸鱼改善学员的伙食。审查的时候，刺杀的情节基本上被择掉了。张黎在剪辑台前向审片人一点点磨，最后只保留立仁萌生刺杀念头，待到行动地点，郎本已闻风而去。

"对于立仁这个角色要分阶段地看。1920年代的立仁是热血青年，所以他会刺杀北洋政府巡阅使，但孤岛时期的立仁已经偏向国民党右翼，表现国民党右翼的抗日不合适。"审片专家说。

制片方用这个精神举一反三，把剧中涉及的正反两方大大小小的人物全部扫描一遍。

范希亮的遭遇跟立仁类似。剧中人范希亮是黄埔军校三期六班的班长，他在第五次反"围剿"中亲手执行了对黄埔恩师瞿恩的枪决。对他的"审判"已经借瞿恩妻子林娥之口先期下达。国共二次合作，在黄埔毕业生的一次聚会上，范希亮向林娥解释，他行刑不仅是奉命而为，也是瞿恩本人的意思，"师命难违"。林娥回答：有些罪过可以补赎，但是不能洗刷。于是，本来被写成抗日名将的范希亮死在国民党正面战场最惨烈的中条山战役中。

2008年5月2号，《人间正道是沧桑》剧组开机，9月14号，全片拍摄完成。2008年12月，江苏台和央视签订播出协议。12月26日，两家联手召开首播发布会，宣布《人间正道是沧桑》是央视2009年的开年大戏。12月29号，央视又给《走西口》剧组发通知，2009年1月2日CCTV1黄金时间将播出《走西口》。

局内人猜测，《人间正道是沧桑》被《走西口》临时替下，表面的原因是题材敏感，尚需要进一步审查，真正的原因是各家电视剧制作机构经济利益上的博弈。

角逐"央视开年大戏"的时间里，每天早晨5点到7点，各大网络论坛都会出现批评《人间正道是沧桑》的帖子，内容完全一样。手下工作人员把这件事告诉周莉，周莉摆摆手，让他们骂去，只要不骂我们反动，骂什么都行。

其实这时周莉比谁都着急。在央视的播出时间迟迟不能确定，电视剧的DVD版权却早已卖出。春节之前，北京、南京两地盗版碟一度脱销。《人间正道是沧桑》的名气越来越大，以至于各级主管部门、现任、离任的中央领导不断向投资方、制作方要碟。电视剧还没播，碟片已经送出去五千张。

重大革命历史题材大跃进

有人向制片方透露，中央领导的"关心"在很大程度上决定了2009年6月4日，《人间正道是沧桑》在CCTV8黄金档和CCTV1夜间10点档"双播"。

6月27日，中国电视艺术委员会、江苏省委宣传部、江苏广电总局、江苏广电总台联合主办《人间正道是沧桑》的研讨会，两个月之前，《潜伏》的研讨会在同一间会议室进行。各路专家对《人间正道是沧桑》给出比《潜伏》更高的赞誉。

几乎众口一词的评价是《人间正道是沧桑》突破了重大革命历史题材和一般革命历史题材的边界，是革命历史题材影视创作的一次很成功的创新。

"重大革命历史题材还原领袖人物生平，正面反映重大历史事件。一般的革命历史题材，写革命队伍中的普通人。以往这两种题材有严格的区分，要么这个，要么那个，比如电影《长征》写毛泽东的长征，电影《我的长征》

写一个普通战士的长征。"中共中央文献研究室副主任杨胜群说。

中国文联原副主席李准回顾了"重大革命历史题材"的由来："'文革'结束之后，大批影视作品为'文革'中受冤枉的老同志平反。真人真事一上，问题马上就出现了：谁对谁错，谁的功劳大，谁的功劳小。从1980年开始，中央政治局、中央书记处、中央宣传部、办公厅，不断对重大题材做一些局部的规定。1984年，胡耀邦代表中央书记处对重大革命历史题材影视剧的创作提出四条意见。1987年，中宣部成立了重大革命历史题材影视创作领导小组。"

广电总局电影剧本中心副主任苏小卫说："去年我们在享受奥运的时候，电视人在拍《潜伏》和《人间正道是沧桑》，以至于2009年一开年电视剧如此惊艳。精品不是凭空出现的，是一支队伍的行进，而不是一个人的腾跃。"

《中华文学选刊》总编王干看出了文学创作和电视剧创作的差距："电视剧的人才结构已经超过了文学。现在的很多电视剧编剧过去都是顶尖的作家。一部长篇小说有十万册就是不得了的畅销书了，一部电视剧的观众怎么说也有几百万，收视率高的时候轻轻松松地过亿。"

《文艺报》的总编范咏戈在参加《人间正道是沧桑》的研讨会之前，刚给中央写过一个文艺现状的调研报道。报道发现的一个重要事实是：电视剧在体现主旋律，重塑社会凝聚力方面起的作用远在其他艺术门类之上。

一片赞誉声中，人们似乎忘记了《人间正道是沧桑》在年初的涉险经历。

从"十三角关系"到"三角关系"

手 记

看表演工作坊（"表坊"）的舞台剧，很羡慕台湾的观众。1949年的离乱，1950年代到1980年代的戒严，1980年代末解严，1990年代的选举乱象、黑金政治、环境污染、人心不古；2000年之后政争和族群纷争引发的身份焦虑、过度娱乐化的新闻与媒体……台湾社会一甲子里发生的大事小情，没有不被"表坊"涉及的；"立法委员"、新闻主播、职业情妇、鳏寡孤独、眷村老人、问题少女、街边小贩、职场上的男男女女、黑社会小弟、本省人、外省人……五行八作、三教九流，没有一个社会群体没被"表坊"的戏"照拂"过。他们的欢喜忧伤、卑怯高大、荒谬与执著被活化成舞台上的一幕又一幕。

我想对"表坊"的作品做一番"知识考古"，借此表达我对台湾观众的羡慕嫉妒恨。

之所以以《十三角关系》做切入点，是因为它是一部"节点"上的作品。它切中社会的病灶，但并不尖刻，幽默之中有悲悯。在它之后，"社会批判"在"表坊"的作品中渐渐退席。

批评为什么会式微？问题都已解决，还是批评者已经厌倦了一种语态，想尝试其他？我有很多好奇。我还有一些不甘：原本那么有力量的作品，十三年后"在地化"成大陆版，为什么会变了味道？南橘北枳，该怪的是橘子树，还是北土？

"我们根本活在一个原始丛林的状态，在原始丛林里猩猩比屌。屌不够大，就要用别的东西把它杠起来。权力是最强烈的春药，基辛格说得很好。"2012年3月11日，在北京保利剧院，"立法委员"蔡六木的现身说法让观众轻笑。虽然是十三年前的老戏，表演工作坊《十三角关系》一开场，就呼应到了大陆观众的生活经验：

"立法委员"蔡六木白天在"立法院"公干，傍晚到情妇家里偷欢，顺带点提她买卖消息股，做内线交易。蔡妻花香兰是电台情感栏目的主持人。戏开场的时候，灯光在舞台左右两侧各切割出佛龛式的两个小空间，花主持派送星座运程和情感指南，蔡"立委"以拯救青少年和劳工灵魂的名义慷慨提案，每个提案都只要若干亿新台币而已。

菲佣把藏有蔡"立委"黑金账本的保险箱搬走。蔡妻发现她在电台节目中抛出的互动话题"如果你在上班，而你的先生却跑到外面和别的女人'嗯哼'，你会怎么办"，其实适用于她自己……1999年，《十三角关系》在台北首演，笑声曾像喷射的霰弹，命中人们心中诸多隐痛：黑金政治、内幕交易、媒体堕落、全民偷窥癖、代际价值观的断裂……十三年后北京再现，笑料还在有效期内，笑的后坐力却减弱了许多。

从"讽刺"到"致敬"

1998年春节，"台湾省新闻处""处长"黄义交、电台名嘴周玉蔻、商界女强人何丽玲吸引了全台湾的目光。何、周是好朋友，周、黄是男女朋友。有一天何对周说：我跟你男朋友好了。周不相信。当晚，何请周躲进自家壁橱。黄果然出现在何宅……关键时刻，周从壁橱里跳出来，混战开始。当事人占据报章大幅版面一月有余，自曝并大晒对方隐私。有"新闻鼻"的电视台迅速跟进，计划把这段劲爆三角恋拍成黄金强档的电视剧。

翌年春天，《十三角关系》在台北新舞台上演。以往"表坊"的戏大多是"集体即兴创作"，《十三角关系》却是赖声川的剧本在先。剧本尚未落墨，整件事情已经被人"从一千个角度讨论过"。讽刺很容易，把"黄义交"改成"黄一蛟"在舞台上直接活报，第一没人管，第二票房一定好。但赖声川觉得"讽刺已经够了"。

赖声川决定向这起吸引了全岛目光的桃色新闻"致敬"：讲一个比人生还要荒谬的故事，讲完之后让人觉得——还是人生比较荒谬。

意大利剧作家哥尔多尼在《一仆二主》中发展的喜剧模式被做了几何式的放大：丈夫、妻子、情妇，每个角色都在至少在三四重身份中疲于奔命，一重一重的假面，荒唐之后还有更荒唐，荒唐到最高点却是悲悯和忧伤。

两位主人公都很忙。身为"立委"的丈夫没有时间认真听别人说什么，身为"主播"的妻子没有时间想她的话有没有人听。

他们化装成修理工和钟点工之后，在情妇的公寓里相遇，在没有认出对方的情况下一见如故。在借来的身份里的心心相印，转脸就变成真实身份下的大打出手。夫妻关系全面崩盘，两人争相表态：不要共同拥有的任何东西，唯一的女儿被他们推来搡去。

蔡家的中产阶级住宅里，被十字形窗格划成四瓣的圆形窗户，很像一轮背负着十字架的月亮。菲佣偷了保险箱，房间里警铃一直响，却始终没有人放在心上。记者们打电话来询问蔡"立委"涉嫌的黑金案，蔡父很不耐烦地回答：我儿子的事情，没什么好讲的，不就是丢脸吗？不就是坐牢吗？坐牢还可以保外就医啊！

雨夜，蔡"立委"把一个公共电话亭变成他的窃听中转站，偶遇辍学的女儿，跺脚大骂：你在干什么？打啵儿是吧?！乱搞男女关系！大半夜地在这里大喊大叫，赶快回家去！老子的每一句责骂都适用于他自己，观众席爆发出"哄"的笑声。

"讽刺有好几种，一种是正话正说，一种是正话反说，从写作的策略上，这两种办法都没什么太大的效果。可是，一些很重要的话，你真的要说怎么办？我的策略是说：把正话放在极荒谬的情境里，从一个极不靠谱的人嘴里说出来。"赖声川说。

两岸猿声啼不住

《十三角关系》意味着一个时代的结束：它把社会批评推向狂想，这跟赖声川此前两年在电视台的历练不无关系。

从1996年到1998年，赖声川曾任六百集电视情景喜剧《我们一家都是人》的创意总监、编剧、导演。《我们一家都是人》"今天演今天"，剧本跟当天新闻紧密相关，演员每天早晨10点开始排练，晚上8点表演，电视台直播。

这部情景喜剧经常开政要的玩笑。剧组曾到"总统"李登辉最爱光顾的餐厅踩点。当时恰逢台海关系紧张，大陆军方向台湾外海试射导弹并举行两栖登陆作战演习。当晚的《我们一家都是人》就借餐厅女招待的口说，有一个老头带着一群人每天躲在餐厅里写剧本，据说要写十八个——因为当时李登辉曾经向台湾民众承诺，一旦军演升级，他有十八套应对方案。

1996年圣诞节，《我们一家都是人》为当时正在大呼"去中国化"的台北市"市长"陈水扁设计了一个桥段：台北"市政府"门前有一棵巨大的圣诞树，有一天，陈水扁把这棵树的树冠锯掉，戳在地上，做成一棵没有根的小圣诞树。

很多人认为，《我们一家都是人》体现了"自由媒体最辉煌的一面"。作为总导演，赖声川知道自己在《我们一家都是人》里，"乱搞、脱裤子、骂街都可以"，但他却把尖锐的讽刺变成真正的幽默。这样的硬功夫是从"不自由"的时代练起的。

1985年，表演工作坊的创团作品《这一夜，我们来说相声》上演前夜，赖声川接到严重警告：这样的戏上演，剧团会"不见掉"。赖声川没有理会，"我知道界限在哪里，我只跨出去一小步"。

《这一夜，我们来说相声》开场是阳明山上的一场同学会。聚会场地、场地门口站岗的宪兵都是租的，同学们的名字恰好和政经界大佬的名字同音。故事的叙述者时而变成重庆防空洞里躲警报的人；时而变成直隶大地震里的提笼架鸟的纨绔子弟；时而是自称徐志摩师兄的假学问家……若干看起来荒诞不经、毫不相关的情节拼接在一起，种种滑稽的背后是文化失忆者的苦闷。

当时戒严令尚未解除，两岸关系仍是禁忌，"执政党"喊出的响亮口号"反攻大陆"、"团结奋斗救中国"却已经成为笑话，可想而知《这一夜，我们来说相声》的上演，将会触碰怎样的禁忌。然而突然而巨大的成功，让这个作品拥有了某种豁免权：演出票从新台币一百五十元炒到两千元，却仍然供不应求。灌有演出录音的正版盒带当年卖出一百万张，盗版不计其数。

《这一夜，我们来说相声》开创了此后多年在"表坊"作品中若隐若现的"文风"——家与国、现世与历史、滑稽和忧伤绵密地编织在一起。

1989年9月30日，《这一夜，谁来说相声》上演，三个演员李立群、金士杰、陈立华站在非常简单的布景前，诙谐且悲凉地回顾了20世纪中国人的若干次悲欢离合：1949年大迁徙；1950年代到1960年代，戒严和冷战思维笼罩全岛，几乎与此同时，整个大陆变成一间牛棚……结尾处，所有中国人都烂熟的两句诗，被制成了一副对联："两岸猿声啼不住，轻舟已过万重山。"

1997年，离世纪末还有三年，台湾政坛暗潮汹涌，"台独"意识引发的身份焦虑，却提前把世纪末的仓皇带进"表坊"的相声剧里。《这一夜，又来说相声》从《歪批三国》一类的流行读物和中学淡化中国历史的举动中汲取"灵感"：孔门第七十三贤人"子虚"的后代歪批孔子，暗喻"道之不存，斯文扫地"。老子不是老聃，而是"我老子"——一位戒严时代的蒙冤者。几十年牢狱之灾之后，他以传承中华文化为己任，办了一家社区图书馆，可是四书五经，《春秋繁露》根本没人要看，全民追捧各种DIY、旅游指南、色情期刊。董仲舒不是董仲舒，而是一位叫"董重"的叔叔，他把公寓之内的弹丸之地经营成一个独立王国……

那时候，赖声川有一个清晰的认识："台湾的故事必须跟这个世界连在一起。今天，荷兰人在我们的生活中没有留下任何东西（台湾曾是荷兰殖民地），日本人留下很多，接着就是1949年。我觉得如果我们在20世纪选十个故事，其中一个一定是1949。它是台湾的故事，也是人类的故事。"

立法院club

解严带来了自由。一夜之间，什么样的表达都被允许。甚至有剧团上演关于警察制度的戏，演完之后，把观众锁在剧场里。

"在我们的认知里，民主是一个很艰难的事情，是需要老百姓付出的，而不是坐在那里接受民主的好处。"赖声川对突如其来的自由抱有某种警惕。

台湾解严之后，"立法院"的"委员"给民众上了民主的第一课：大大小小的政争，往往发展成肢体冲突。作家黄碧端在当年的专栏文章中写道：掐脖子、互扇耳光、远距离泼水、把麦克风折断当锤子、座椅举起来练习"过肩摔"，台湾"国会闹剧"名扬海外，在1989年被日本NHK电视台评选为"世界十大惊奇新闻"。

从那以后，"立法委员"、新闻主播、"选举"乱象，就成为"表坊"作品经常揶揄的对象。

1991年，李立群和赖声川合作创作了《台湾怪谈》。在戏里，李立群扮演人格分裂的李发，他时而一人对着台下上千人说话，时而模仿卡拉OK，跟电视屏幕上的自己说对口相声，美其名曰"卡拉哈哈"。

他从"总统"、"行政院长"开始，对政坛大佬一阵揶揄。又说自己的朋友"范政治"、"范统"、"范独"三兄弟开一间交通公司，以"利益输送，高来高去"为企业文化，三兄弟经常关顾的"立法院club"，一听就是一个专供"正人君子泡妞的地方"。因为抢卡拉OK话筒，"立法院club"的客人经常大打出手，导致club里的装潢每三年就要换一次……

接下来，李发从"国饮"XO说到全民戾气；说到所有的工程一起开工，台北变成大工寮；被杂草和臭水沟包围的楼盘偏偏叫作"气壮山河又一庄"；全民"下海"，国文老师变成了测字先生，地理老师专批风水……

《台湾怪谭》貌似天马行空，言不及义，却句句切中当时台湾社会的要害。演员李立群善于把自己的一举一动都变成戏。他点起一根香烟，告诫台下观众："这个地方不能抽烟，这么严肃的地方……"，边说边得意地喷云吐雾，"这么多年，我一直在揣摩'特权'是什么滋味！"

"李立群这伟大的演员，他可以一个人撑两个小时，他的磁带可以卖到上百万张。"今日提起《台湾怪谭》，赖声川仍然过瘾，但他知道，《台湾怪谭》的成功属于时代："如果在伦敦，那样的作品只能在一个小剧场被很少一部分人看到，在台湾，它却跑到一个主流的位置上。"

一刀子划下去，看不见血

从1987年到1999年，像《台湾怪谭》一样，反弹琵琶的批评在"表坊"

的作品里俯拾即是。

2000年，《千禧夜，我们来说相声》上演。从题材上看，它保留着"表坊"作品一贯的大气：从庚子之变一直说到世纪末的"大选"。在艺术形式上，它是此前所有"相声之夜"的集大成，每一个包袱都凝练精粹，意味深长。但如果把戏剧看成"社会论坛"，《千禧夜》并没有提出新的议题。

"在台湾，社会讽刺是很难的。各种乱象，大家看得太多。2000年之前，一刀子划下去还能见血。2000年之后，人们已经有些麻木。"赖声川这样解释批评"退场"的原因。

从李登辉时代延续到陈水扁时代的"本土化"运动，也让身为"高级知识分子"的赖声川有些失落："本土化就意味着要'文化下乡'，好像阿公阿嬷跳舞就是最好的艺术，上国际艺术节，就要挑最土的东西去。"

2003年，"表坊"新戏《全民乱讲》上演，剧中两处对"民主"的揶揄，让很多观众"不懂"：一群大学生毕业，就剩下五块钱班费如何使用，提案、附议、辩论、驳回、选举……程序正义和私下串联站队都试了一遍，仍然无法决定那五块钱该派何用场。电视新闻里，主播、连线记者、受访者，把同样的话重复了三遍"今天，×××来到一个非常特别的地方，用非常有趣的方式，进行非常有意义的造势活动"。

很多人不解：赖声川为什么把这么无聊的事情编到他的戏里。赖声川由此意识到，一个时代已经结束了。

2005年，相声剧新篇《这一夜，woman来说相声》上演。虽然剧中那位生于宣统三年、民国元年的周方氏老太太甩在台上的最后一句台词是"我不要当'立法委员'"，整出戏的焦点已经从"相声系列"一贯的家国情怀退缩成女人在物质世代里的身份政治。

与《woman来说相声》相比，2010年的《这一夜，在旅途中说相声》变得更加"雅皮"：一位背包客和一位行必头等舱、住必六星级的豪华游客在南太平洋的一个小岛上相遇。恰逢岛上闹"革命"，交通中断，两人的行程搁浅，只好互侃自己多年的旅途经验作为消遣。

满台外国地名飞溅。其中说到了1970年代台湾留学生坐N次转机、N次加油的"四海包机"负笈海外的艰辛；说到了台客在卢浮宫围观蒙娜丽莎疯狂拍照后，到高级餐馆大甩"干"字的豪放；说到了"革命"；说到了"慈善"；说到了消费社会各种定制好的"套餐"……背包客说他在印度给贱民派饼的时候，必一张张派到每个人手上，"豪华游客"马上反唇相讥：陈光标是你什么人？

"蔡立委"只能变成"蔡总"

《十三角关系》在北京上演，恰逢2012年的"两会"。微博大军热情围观代表们的价格不菲的名包、名表、名外套。浙江女代表集体旗袍秀未遂，却给国是会议增加了几许娱乐气氛。内地版《十三角关系》无意择定的演出日期，变得"很对"。

排练时间两个月，为了保证演出质量，正式演出之前，制作人王可然专门租了一家剧场，让导演带着演员进行七天的合成。七天当中有三场开放给媒体和各路闻人的彩排。通过他们的推介，在幕布拉开之前，《十三角关系》激起的笑声已经传了很久远。

与此同时，演出票的销售也到了倒计时的阶段。赖声川听说，售票公司要从票房中抽取百分之十五的佣金，再算上税，售票成本将占票房收入的百分之二十。这个数字让他大吃一惊，在台湾，这个数字通常是百分之三到百分之五。即便搬演西方最重要剧作家的剧目，也无非抽百分之十的票房。与此同时，某些巡演城市的演出商把最高票价提高到一千二百八十元，尽管在此之前，制作方和演出方曾约定，最高票价不得超过八百八十元。北京首演之夜，二十四个"黄牛"活跃在保利剧场内外。

观众兴奋且期待。幕布拉开，他们很快就发现：舞台上的一切都可以让他们笑，不过笑得有点"跑偏"。

"情妇"已经本土化成了"小三"，"地铁"却时不时还是叫"捷运"。

背景音效中的台湾话变成了唐山话，不过不太地道。

大陆演员把台湾口头禅模仿得惟妙惟肖，台湾演员却说"标准国语"。

表演浮泛。不管是来自台湾的"老戏骨"还是三位年轻的大陆演员，似乎都不太清楚，他们演的是一则十三年前的台湾笑话，还是一则今天依然适用于大陆的寓言。当蔡"立委"说"'伦理、民主、自由；政治、媒体、下水道'——这两句话对我来说完全对称"的时候，台下那些被他的花裤头逗得前仰后合的观众，反而阒然无声。

眼尖的观众抱怨：大陆版只是给了蔡"立委"贴了一枚"立法委员"的标签，没有赋予这个身份任何社会意义。

赖声川曾经想过，把《十三角关系》变成一个大陆的故事。如果那样，蔡"立委"就得变成"蔡总"。"那就没什么意思了"，只能放弃。

匹萨原理

"北上"绝非坦途，这条路，赖声川已经趟了十几年，仍然算不上驾轻就熟。

1998年，北京人民艺术剧院副院长林连昆及一批大陆老演员担纲的《红色的天空》在首都剧场上演。这是"表坊"作品在大陆第一次公演。在此之前，《暗恋桃花源》的盗版录像带已经在文艺青年中流传了小十年。

1995年前后，"表坊"的两支小分队即将启程，目的地是北京、上海和沈阳，《暗恋桃花源》和《红色的天空》的道具已经装箱，赖声川突然接到通知，行程取消。到现在，没人知道行程被取消的确切原因。赖声川猜测："那个戏太特别，大概'有关部门'认为不适宜在那个时候曝光。"

当时，由于李登辉在母校康奈尔大学的演讲和台湾解严之后首次"大选"的临近，台海关系空前紧张。而《暗恋桃花源》恰好以两岸关系为主题——电影版《暗恋桃花源》在柏林影展上获卡里加里奖时，颁奖词中开宗明义：这个电影是一则优美的寓言，其中包含着台湾和中华人民共和国之间的冲突……

从此之后，《暗恋桃花源》成为"表坊"进入大陆市场的探路仪。台湾的经验告诉赖声川：一旦《暗恋桃花源》被接受，市场的阿里巴巴之门就被敲开了，从没看过戏剧的观众会因为《暗恋桃花源》热切期待"表坊"的下一个作品。

1985年到1986年，"表坊"用三个戏敲开了台湾市场的大门《那一夜，我们说相声》、《暗恋桃花源》和《圆环物语》。但"表坊"在大陆市场上的破冰之旅却没有那么顺遂。

《红色的天空》成功后，表演工作坊随后开展了一系列"冒进"行动：北京表演工作坊在北兵马司剧场挂牌。赖声川把北兵马司剧场命名为"北剧场"，"表坊"投资上千万新台币更新了剧场的吊杆系统，邀请台湾艺人倪敏然和大陆的年轻演员搬演"表坊"新剧目《千禧夜，我们说相声》、《他和他的两个老婆》；主办海峡两岸和香港小剧场邀请展；助资北京大学生戏剧节……

2002年春节，"表坊"受邀在中央电视台春节联欢晚会上表演只有十分钟的"极简版"《千禧夜，我们来说相声》。

《千禧夜》上场的时间，被安排在除夕夜的23：42。短短十分钟的剧本，被修改了十四次，"一直是很烦琐的字眼上的修改"。看到剧本里有"软骨头"的字眼，春晚的编导跟赖声川沟通：这个词可不可以拿掉？不是每个人这一年都过得很好……

上"春晚"的经历，给赖声川上了生动的一课："中国很大，而'春晚'的原则就是任何人都不可以被伤害。开玩笑要开到谁都听得懂，那就很难了。"

一位台商告诉赖声川：中国大陆是一块pizza，每个人都想咬一口。但是不要忘记，pizza是和铁板连在一起的，愣咬，搞不好牙就断了。所以除非手里有刀，可以切，否则只能舔，能舔到就不错了……

赖声川并没有把这话放在心上。但台商的话很快应验：2002年，"北剧场"挂牌；2003年，"北京表演工作坊"从北剧场撤出，因为SARS的冲击，更因为"外资不能经营剧场"。

表演工作坊的"北上"计划就此搁浅了三年。2006年，连战"破冰之旅"之后一年，《暗恋桃花源》以中国国家话剧院和台湾表演工作坊联合制作的方式，在大陆正式公演。此时距离《暗恋桃花源》在台北首演，已过去二十年的时间。

若从1995年未能成行的巡演算起，拿到大陆核准的"演出许可证"，《暗恋桃花源》用了十一年的时间。幸好它的题材至今仍能拨动大陆观众的心弦。事实上，在表演工作坊至今在大陆公演的近十部作品中，《暗恋桃花源》是唯一一部在所有巡演城市都能保证稳赚不赔的剧目。

2007年，赖声川接受中央电视台和北京央华文化发展有限公司邀请，为即将建成的央视新办公楼附属剧场制作一部展示大陆电视文化变迁的舞台剧。虽然央视大楼意外起火，让这部舞台剧没能在预想的时间和空间里上演，但它却成为迄今为止赖声川唯一一部以大陆生活为创作素材的作品。

从此之后，"央华"成为表演工作坊固定的合作伙伴。借助大陆制作人安排巡演路线的方式，"表坊"规避了"外资不能经营剧场"的政策限制，免去了和国有院团"联合出品"可能引起的版权麻烦。虽无固定班底、剧场，"表坊"却能畅通无阻地把戏一部一部地带来。从1998年《红色的天空》首演到2007年近十年间，虽然历经周折，"表坊"只有四部戏在大陆公演；从2007年到现在，"表坊"在大陆公演剧目增加到七部。

从2012年开始，在对外宣传中，赖声川的头衔变成"华人导演"，而非"台湾导演"。

"我想全世界没有一个剧作家不希望他的观众变多。所谓市场变大的过程，绝不是说我在这边收收利益就好。它其实意味着更大的责任。今天的中国已经到了成长中的关键时期。一方面，经济的增长全世界都羡慕，另一方面也有许许多多的问题……所有的人都清楚：只相信钱和利益，不是办法。"谈到他作为"华人导演"的新身份，赖声川说。

与此同时，"文化创意产业"在两岸成为时髦词汇。赖声川冷眼旁观，"文化"虽然前所未有的风光热闹，但几十年的惯性思维之下，人们对"产业"的向往其实远远大于对"文化"的向往："跟我合作的演出商十有八九是为了赚钱。"

赖声川不希望自己仅仅是一块招揽顾客的金字招牌，正如同戏剧不是百货公司的橱窗，而应该是生活的一部分。但谈何容易。

"如果只讲细节，几乎没有什么边界，海阔天空，讲什么都好。但一旦涉及制度，各种看得见看不见的'红线'，让你自己就知道'收声'。"一连几年，在大陆生活的时间长过在台湾的时间，赖声川总结出一套"客居"的经验。

药家鑫事件之后，有人问他意见。赖声川认为，此事是制度的悲剧——如果不小心出车祸就要搭上一辈子的薪水是真理的话，药家鑫式的选择就会变多。这样的悲剧应该靠健全的社会保险制度规避。但是，"这么简单的道理，我不敢讲。虽然这是我心里的话。我知道中国很大，任何一个制度的改变牵扯的太广。"

四百一十三岁《牡丹亭》的现代盖法

手 记

也不晓得没看过演出的人，能不能看懂这篇"剧评"。

2011年，中国中央芭蕾舞团在爱丁堡国际艺术节上上演的《牡丹亭》，一下子征服了我这个芭蕾盲。我承认，在《牡丹亭》谢幕时持续了近八分钟的掌声中，我特别狭隘地觉得"提气"、"露脸"、"自豪"。

剧评"雅"得有些矫揉造作，不过意思还在。今天我也是那么认为的。

2011年8月的爱丁堡皇家大道是一条喧闹的河流：街头杂耍、海报、宣传单、游人、掌声、口哨声、嬉闹声、尖叫声聚集在河道里。在这条河道上，最醒目的是菊花。果绿、橙黄、粉色、紫色，肆意伸展的花瓣出现在街头广告、地图、各种导览手册上。因为往往是局部特写，这种原产亚洲、有三十几个亚种、几个世纪以来在欧洲备受喜爱的花卉变得让人有些陌生。它是本届爱丁堡艺术节的标志，也是其主题"东方在西方绽放"最形象的图解。

按照艺术总监乔纳森·米勒（Jonathan Mills）的设计，来自中国、韩国、日本、印度、越南、中亚的艺术要在本届爱丁堡艺术节上做"连环快照式"的集中展示。这或许会让欧洲观众新奇，但这种新奇是"延时"的，因为他们看到的"快照"大部分拍摄年代已经有些久远：

上海京剧院根据《哈姆雷特》改编的京剧《王子复仇记》是六年前的作品；台湾演员吴兴国一人独演十二角的《李尔王》是十二年前的作品；越南舞蹈家Ea Sola的《干旱和雨》（Drought and Rain）首演于1995年；《萨

莉亚》（Sriyah）是印度舞蹈机构The Nrityagram Dance Ensemble过去十年作品的结晶；芭蕾舞剧《牡丹亭》诞生于三年之前……

当地时间2011年8月15日晚9：45，苏格兰最大的剧院、一千九百一十五个座位的爱丁堡节日剧院掌声雷动，演员已经变换了各种队形谢幕，依然不见掌声疲软。乐池里，乐师起初静候掌声平息，三四分钟后忍不住悄悄起身收拾乐谱。一名提琴手眼睛亮晶晶地回望观众席，一半自豪、一半惬意，大约还有几分"何至于此"的不解。

三年前在北京首演遭遇滑铁卢的中国中央芭蕾舞团新编芭蕾舞剧《牡丹亭》，在爱丁堡博得满堂彩。几近售罄的票房成绩、头版、大幅剧照、"本届艺术节最炫舞美"、"2008年奥运会已经证明，论整齐划一谁也比不过中国舞蹈演员"一类褒扬中带揶揄的评论之外，当地媒体《苏格兰人》报对《牡丹亭》、韩国喜剧大师Tae-Suk Oh执导的莎翁剧作《暴风雨》、吴兴国一人独演十二角的《李尔王》给出不分伯仲的四星级评价。剧评人凯莉·哈普特对《牡丹亭》的80后编舞费波赞誉有加："费波赋予《牡丹亭》芭蕾舞观众所能企及的所有美（Fei has given The Peony Pavilion all the pointe shoe beauty an audience could wish for）。"

8月15日，最后一场演出结束，爱丁堡戏剧节的艺术总监乔纳森·米勒请费波参加他的私人晚宴，费波发现晚宴的座上宾还有美国著名作曲家菲利浦·格拉斯（Philip Glass），兴奋地把这个消息发布在他的微博上。

三十一岁的费波是幸运的，2002年他从北京舞蹈学院毕业后，进入中央芭蕾舞团，第一个活是复排《大红灯笼高高挂》。创作于2001年的《大红灯笼高高挂》是1959年中芭建团后，继《红色娘子军》、《黄河》之后的第三个大型原创芭蕾舞剧。"西洋艺术民族化"的口号喊了几十年，创新已经到了迫在眉睫的时候。

初出茅庐的费波因此有机会作为编舞，跟李六艺（导演）、郭文景（作曲、配器）、米夏埃尔·西蒙（舞美、灯光）、和田惠美（服装）合作《牡丹亭》。

排《牡丹亭》是北京人民艺术剧院导演李六乙的主意。中央芭蕾舞团找李六乙，看中的是他执导的新编京剧《穆桂英》，李六乙却向中央芭蕾舞团极力推荐《牡丹亭》。李六乙认为，《牡丹亭》有浓烈的中国文化特色，它精神内核上跟西方文化又高度相通。

李六乙想让西方和东方在《牡丹亭》相遇，但北京的观众并不买账。想在芭蕾中看到昆曲温柔缱绻、欲说还休的失望了；想在《牡丹亭》中看到正宗芭蕾的失望了；想从《牡丹亭》的配乐中听到完满流畅、脍炙人口旋律的失望了；希望看过《牡丹亭》就像看过《红色娘子军》一样，在头脑中留下万泉河、斗笠舞、琼花打靶之类挥之不去舞台形象的失望了……2008年5月，"中芭"《牡丹亭》在天桥首演，遭遇票房和媒体的一致冷遇。

爱丁堡的观众却证实了李六乙的判断没有错。

大幕徐徐拉开，一大截粗壮的树枝斜刺里悬挂在舞台后方，它最强烈的气质是粗鲁、突兀，说不上有中国的意境，也说不上是西方的极简主义。舞台中央是一块方方正正的平台，没有柱子，没有屋顶，只有四根悬线把平台吊在看不见的穹顶下面，这就是牡丹亭。管弦乐队奏出不连贯的、充满未来感、荒芜感和不确定性的旋律，似乎在提示观众：你将看到的是一个世纪末或者世纪初的故事，一片混沌，意义正在艰难地破茧出生。

象征四月芳菲的群舞场面中，一身白衣的杜丽娘出场，欲说还休的春之惆怅可能会让西方观众一时摸不到头脑，不过没有关系，很快他们就会发现，《牡丹亭》的编导已经体贴地为他们设计了各种各样的"路标"：

《牡丹亭》繁复的情节被浓缩成梦与非梦、生与死的两次穿越。

三个杜丽娘同时出现在舞台上，蓝衣杜丽娘是昆曲演员、《牡丹亭》故事的叙述者，同时也相当于杜丽娘的"超我"；白衣杜丽娘是杜丽娘的"自我"，那个永远徜徉在中国后花园里的怀春少女；红衣杜丽娘同时又是花神、红娘和象征欲望的"本我"。

《惊梦》一幕，女演员脱掉她的红舞鞋，在一系列大开大阖的回旋动作中展现她从羞涩迷惘到热情奔放的转换。牡丹亭的基座突然倾斜，男女舞者用一段双人舞展现爱的浓烈和性的蚀骨。观众惊骇愉悦地发现，从红舞鞋、绣花鞋、高跟鞋到水晶鞋，小小的鞋子里面藏着许多中外共通的爱情典故。

《幽媾》一场戏，幕布上黑色的冥河突然变成白色的银河，低低悬挂在舞台左面、象征欲望的硕大红色牡丹花，缓缓上升到舞台右面，变成淡淡的一轮满月。红衣喜娘和黑衣判官一起组成婚礼的仪仗，红色和黑色首尾衔接，形成一个圆环，黑色赶超着红色，红色蚕食着黑色，圆环越织越紧……双方角力的胶着状态，花瓣从天而降，舞台上所有的演员倏尔消散，无声而准确地传递出"姹紫嫣红开遍"的意境：所有的两极——爱／恨，生／死，黑／白，阴／阳都在一片花雨中泯然成一。幕起幕落，一代复一代，在《牡丹亭》的舞台上，这一切有了一个肃穆而余音绕梁的收场。

谈不上中央芭蕾舞团版《牡丹亭》对人类经验、人类情感、对汤显祖的剧作有什么新的发现。但是它以非常巧妙、非常写意的方式展示出：东西方完全"合槽"，我们共享很多意象、情感、理念。作为文化部赞助的官方艺术机构在国际艺术节上的亮相，《牡丹亭》的这种姿态可算恰当而巧妙：它不具进攻性，不冒犯任何人的价值、情感；它在香艳的、充满现代感的形式中寻找"同"，抛弃"异"。

四百一十三岁的《牡丹亭》在勾栏酒肆堂会、手抄本才子文集里，隐藏了两千年，在1949年之后的革命伦理里也绝算不上是"先进文化"。最近几年，这段后花园里的爱情故事却越来越成为中国展示给世界的一枚醒目的文化徽标。这本身就是一种耐人寻味的转变。

天津的观众太⋯⋯

手 记

我好像写过很多与天津有关的稿子。我喜欢那座城市。有性格、不装。

有一次，去天津美术馆看弘一法师的信札展，跟出租车司机有一番对话：

"师傅，您爱听相声不？"

"爱。"言简意赅，一边说，一边透过后视镜瞟我。

"去天津大礼堂听过相声没？马志明不是在那儿开过相声大会？喜欢他吗？"

"那地方我们不去。"

"那去茶馆听相声吗？"

"有嘛好听的？一帮毛孩子，他们知道什么叫相声，就瞎闹。"师傅音量始终不高，现在他已经彻底不看我了，嘟嘟囔囔，好像在跟自己说话。

"那您说什么叫相声？"

"相声⋯⋯你得会抖包袱。"

"那肯定啊，还有说学逗唱，没有这个，也不叫相声啊。"

"嘛叫包袱？嘛叫包袱？这里头学问大了！"

"那您给说说？"

"我们街坊，早下岗了。没找着正经事由，天天出去趸摸废品。他媳妇数落他：窝囊、废物，把家里弄得乱马七糟⋯⋯正说呢，他举着一把椅子进来了，不知道谁扔的。他媳妇围着椅子转：这好哎，这像个东西⋯⋯哎，我说，是一对儿不？"

师傅自己没乐。事后我跟同伴乐了好几天。多好的关于"包袱"的一课。

"包袱"是天津这座城市的全民修辞格。

那年去天津看戏剧展，观众比戏剧更让人欢乐，尽管让人欢乐的不都是"正能量"。

跟全国的节、展一样，首届天津戏剧展口气也不小：要办成"戏剧界的奥斯卡"。全世界晚间上演的戏码都7点半开锣，天津剧展8点。因为——"8点天儿还没黑呢！看戏之前俩人儿不得吃点嘛？"

开场二十分钟以里，一直有观众缕缕行行，出来进去。坐在座位上的，心也浮着，嗡嗡嘤嘤交头接耳。头顶没有热毛巾把儿飞舞，实在对不住剧场里的老少爷们儿。

夜11点，演出结束。三三两两的老夫妻、老姐妹儿、怀抱婴儿的小夫妻、五六个老头一串儿，鱼贯走出剧场——在别的城市，你看不到这样的组合。

天降豪雨，观众堆集在剧院门口，一片卫嘴子微剧评："直奔主题不就完了嘛！好嘛，弄介么多零碎儿！""音响嘛玩意儿那是！根本挺不庆（听不清），跟做报告一样，就台上讲得高兴！"也有看美了的，谢幕的时候涌向台口，用手机拍九十岁的评书艺人刘立福，拍七十岁的相声演员"少马爷"马志明，拍有"小冬皇"之称的京剧演员"瑜老板"王佩瑜，久久不愿退去。

几分钟之后，卖一次性雨披的小贩让微剧评戛然而止。大家一哄而上，抢购雨披有如在菜市场抢便宜带鱼。小贩来不及把钱摩挲平，一团一蛋地塞进裤兜，慌乱之中，钱掉地上，白发苍苍的顾客弯腰替他拾起来。场面虽乱，买的、卖的，俨然一伙，谁也不为拥挤生气，谁都奋力向前挤。

剧展的种种哏儿（天津土话，意味"可乐"、"绝"），让策展人马千又笑又气又叹，"你见过剧院前台除了节目册、纪念品、衍生品，还卖牛肉烧饼的吗？"

"牛肉烧饼"是马千亲眼所见。一位大姐站在剧场前台："介（这）戏报多少钱？"服务员："十块。""我看看行吗？""看呗。"大姐一页一页翻完，把节目单甩柜台上："印嫩（那）么厚没嘛东西啊！哎，内（那）老头儿衫多钱？""姐姐，介叫纪念版T恤衫！二十块！""哦，那水呢？""两块！"大姐寻思了一下："内嘛，内牛肉骚冰呢？""六块一套！""那行吧，你给我拿仨。"

"牛肉烧饼"给马千启迪：明年再办剧展，干脆在剧场门口支摊儿，卖无油烟的煎饼果子。"咱在国外看戏，能吃哈根达斯、喝葡萄酒。中场休息，侍者拿着笸箩，卖布丁、起司，观众边吃边喝边聊。那是看戏的一个环节、一种仪式。许他们吃汉堡，就不许咱们吃牛肉火烧吗？"

直接拿渔网抄

听说马千要办戏剧展，朋友们纷纷揶揄："卫星城的戏剧展"、"开拓二线城市演艺市场"。

马千的想法很简单：给天津人一个在家门口看戏的机会。平常天津人看当代意义上的戏剧，得像相声《钓鱼》里的"二他爸爸"一样，一拨一拨地等。办个剧展，大伙可以直接拿渔网抄。抄上来的许是胖头、许是海虹、许是河虾。就算是河虾，也能卷饼吃。

于是，孟京辉导演的《活着》、田沁鑫导演的《四世同堂》、天津人艺版《日出》、津味戏《相士无非子》、斯琴高娃出演的《大宅门》、台湾戏《弹琴说爱》和《最后14堂星期二的课》、陈佩斯的情景喜剧《阳台》；相声、评书、京剧一勺烩的"墨壳原态"《乌盆记》……在天津相遇，组成一锅乱炖。天津观众不在乎，嘛叫土，嘛叫洋？嘛叫好，嘛叫坏？天津人吃过见过！

且不说九国租界、袁世凯的现代化运动，就戏剧来说，在不太久之前，天津也是一个大码头。天津不欺负生角，评剧、京剧、文明戏、相声、评书……能在天津红，再去北京、上海，就有了底气。京剧界有句老话：北京学戏，天津唱红，上海赚包银。何以？天津老作家林希的解释是：在天津唱红，等于经历一轮草根化过程，经此淬炼，艺术才有真正的生命力。因此之故，天津出演员、出导演，李叔同、曹禺、焦菊隐、黄佐临、石挥、梅阡、林兆华、陈道明、梁冠华……你想得到想不到的戏剧界"大名字"好多生在天津，长在天津，暴得大名不在天津。天津的戏剧风华容易被人遗忘，就像人们忘了中国第一套邮票、第一根电报线、第一台国产电话机、第一所自办西医医院、第一家电影院、第一支铜管乐队、第一个西餐厅……出自天津一样。天津市地方志编修委员会幽怨地统计出一页又一页的"老天津之冠"，其实这些，今天的市井天津人并不在乎：爱谁第一谁第一。说我们隶属河北也行。谁把我们家私搭的小厨房拆了，我跟谁急！

被遗忘的天津自得其乐。茶楼、文化馆、公园里的曲艺演出从来没断过。最便宜的票八块钱，新人演票价十块二十，略有名气的角四十、五十，"会所级"场子的包厢票价一千六百八十元。戏码评书、相声、鼓曲、京剧、梆子……什么都有。曲艺团退休的老人儿、曲校刚毕业没有事由的学生，自己搭帮，老少配，组成"哈哈笑"、"众友"一类的民间团体。这些民间团体撑起天津市井演出百分之七八十的份额。大角也下茶楼。人瑞级的评书表演艺术家刘立福八十八岁高龄的时候，在同悦兴茶楼还有演出。马三立之子、相声表演艺术家马志明也到茶楼说过相声。

除去最有名的一两家，茶楼演出大多不计入票务公司的售票系统，因而总盘难以统计。观众也比较随意，有晚来的、有早走的，老听家自带茶、自带小手巾——里面包着的点心。

作为土生土长的天津娃娃，马千最温润的青少年记忆多在周末。三五小伙伴相约，上午要么文庙听讲座，要么二宫、三宫（天津第二、第三工人文化宫）淘旧书，下午茶馆听相声。文庙的讲座五花八门：古琴、诗词、鸣虫、论语、器物、方言……以今天的标准看，大家一抓一大把。历史学家李世瑜讲天津语言文化、书法家龚望讲《左传》、本地诗词名士曹长河以河北梆子的唱词讲李商隐诗作的道理。逛旧书摊的有老有少，插秧技术、母猪产后护理、人美社（天津人民美术出版社）画册和得月楼版《二十四史》、民国书籍、袁克文的手札混杂在一起，都有顾客。自行车车筐装得颤颤巍巍的，就该转场茶楼了。

茶楼是俗文化和雅文化合流的地方。传统相声《对春联》、《文章会》，小市民的嘴脸后面有文人的趣味。长长的贯口不只是耍贫冒嘎，各类杂学都在其中。陈派评书《胭脂》，把《聊斋志异》不足四千字的原文敷衍成三十回的评书。艺人一张嘴、一块醒木、一把扇子、一方手绢，俨然一出独角戏。故事被演绎得跌宕起伏，背后的叙事技巧够有心人就着茶点咂摸几年。

"天津的文脉没断。"在马千看来，被遗忘有被遗忘的好处。在一个文脉不断的城市，小市民有小市民的鉴赏力。不转术语，大白话却往往鞭辟入里。

电影《满城尽带黄金甲》上映的时候，俩大姨坐电影院里。一边低头织毛活儿，一边聊天，不怎么看屏幕。过一会儿，甲抬眼皮瞅一眼，问乙：介嘛介是？乙：介你都不知道？介不《雷雨》嘛。

天津人好看戏，好捧角儿。为捧角儿，吃饭、买花……三千五千愿意花，自己掏钱买票那是没面子。中国大戏院有一位逢戏必来，每次来都穿皮圆口（牛皮做的"千层底"，天津人认为，穿这种鞋的都是"大耍"——讲究人）的老观众，从来不买票。他不是谁的关系户，只因为他爷爷辈儿就在天津大戏院看戏，每场演出，票房得特意为他留票。

老戏虫看戏只看"核儿"。开场就到，一坐坐到幕闭，那是不懂行。演《失街亭·空城计·斩马谡》，王平、马谡一出场，懂行的观众全离席了，到剧院前厅扎堆儿抽烟，司马懿上场，再鱼贯而入。

等散场，这帮爷扔的瓜子皮、包装盒能堆出一座小山。

"四线城市"的地气

"天津观众太……可怕了。"在"太"处迟疑了一下，王可然最终大笑着说。

台湾表演工作坊的《弹琴说爱》上演的那天，制作人王可然坐在剧场最后一排。眼见整场演出每隔五到十分钟，就有一拨观众进进出出。开场二十分钟，演员范德腾被台下分心，无法入戏，频频出错，王可然紧急到后台安抚导演。听说台下观众在讨论婚丧嫁娶、布料、菜价，导演丁乃筝略释然：天津人把进剧场当作了串门。

听惯了相声，习惯了在相声茶楼进进出出的天津人，最初想邀"表坊"的相声剧《那一夜，我们在旅途中说相声》来参加剧展。"表坊"却有自己的打算：测试天津市场的成熟度，相声剧并不是一个好剧目。固然会有人冲着"相声"进剧场，但他们是相声的观众，不是戏剧的观众；台式相声和天津相声俩味儿，奔相声而来，观众可能失望不小。

最终，《弹琴说爱》到了天津。这部把西方音乐掌故和各种人生感悟熔于一炉的小戏，在京、沪颇有人缘，到了天津，却水土不服。

票房不理想，东道主天津和平区政府买了几百张票，到SOS国际儿童村和中老年人聚集的社区发放。几百个大爷大妈走进剧场。操着台式"国语"的演员在舞台上有板有眼："哲诚，你喜欢蓝色吗?"台下老年军团嗡嗡嘤嘤。

这不是"表坊"第一次遭遇天津卫。2012年，已在内地多个城市巡演近三年，票房、口碑都不坏的《宝岛一村》进津门试水。演出商费了老劲催票，最后只落了个"略赔"。

经此一役，在"表坊"的内地巡演地图上，天津被定义为"四线城市"。一线北京、上海、杭州、深圳;二线昆明、广州、长沙、武汉、合肥、南京。三线西安、郑州……划"线"的标准是:没有明星、仅凭戏的品相，能够拿到什么样的票房。广州"沦为"二线是因为粤语文化圈的某种"排他性"，粤语歌会在广州可以大卖，"表坊"的"国语"话剧却一直赔钱。

因为"运作太费劲"，王可然一度把天津定义为"可以放掉的市场"。可他同时又知道，天津是一块有待开垦的"生地":直辖市，上千万人口，其中不乏有购买力的"主流人群"。

外人临渊羡鱼的时候，天津人自己开始织网。天津人薛乃夫原本做水产生意，后转行做演出。在天津及其他二三线城市深耕十年，薛乃夫得出结论:天津演出市场"该做、可做、能做"，但要做，就一定得尊重"地域文化"。

2008年，薛乃夫在西安做郭德纲的相声专场。当时，郭德纲在天津已经大火。每年正月初三，德云社回天津"省亲"，五六千人的体育馆，满坑满谷，一票难求。在西安，还是郭德纲，临演半个月，三千张票卖不到一半。同期，郎朗在西安城郊一座七千人体育馆的钢琴专场，票罄。

有这样的经历，作为承办方负责人，薛乃夫将天津剧展剧目选则标准定义为"民族艺术"＋"年度票房剧目"。"民族艺术"照顾天津人欣赏曲艺的传统，"年度票房"直瞄普通观众。

这种"接地气"的眼光颇得部分同业青眼，其参照系是:"中国有多少戏剧节、戏剧展，不是长官意识，就是圈内人的自娱自乐和互相吹捧。"

尽管两个小时的戏演下来，有五六百人次的大爷大妈中途退场，天津市场的潜力还是让王可然兴奋不已:留下来的都是年轻观众。他们看到演员谢幕，还要再看五分钟记录排戏花絮的纪录片才肯离席。纪录片既是谢幕仪式，也是一个小测试：看完戏还能留下来，再看五分钟纪录片的，一定是"表坊"的种子观众。

《弹琴说爱》在天津演两场，每晚都能收获约九百粒"种子"。演出结束，这些"种子"在微博上发帖，有人为剧场的嘈杂难堪，有人抒发观剧感受，有人赞美演员和导演。"多看外面来的戏，多跟别人在互联网上交流观赏经验，他们就能从父母辈的欣赏习惯中跳脱出来。"王可然说。

对未来，薛乃夫有自己的估计：戏剧展如果越办越有出息，难保哪一天不被区里、市里拿去，所以戏剧展冠名"马三立城市舞台剧展"是必需的。近几年，薛乃夫与马三立之子马志明往来密切，是"少马爷"的准经纪人。不管戏剧展日后命运如何，把"马三立"的品牌做响，总是好事。

于是，每一位受邀参加剧展的导演，都会得到一尊马三立嫡孙马六甲赠送给他们的"小金人"。小金人是戴眼镜、穿长衫的马三立。而参加戏剧展的记者们则被告知：三立乃立功、立德、立言，典出《左传》，老人家是幽默豁达的天津性格最好的代表。

马三立的号召力不言而喻。外来的戏演到一半，一位天津老大爷冲到前厅，怒不可遏地质问胸前"戴牌儿"的工作人员：我搂（就）问你们，为嘛票上印着马三立，戏码没有马三立?! 我就冲他来的!

第四辑·事件

有一阵子，那种想法特别强烈：我不报道"圈子"文化，我不报道象牙塔里的文化，我要做"有用"的东西——跟普罗大众有关系，推动社会良性发展。教育公平、拆迁、学术腐败、公共建筑……这些不比一场话剧、一部电影、一张明星脸有意义得多吗？

现在，给题目分级的意愿已经没有那么强烈。有意思的题目，我都会竭尽脑力、体力，不管是明星脸，还是焦点事件。

我的体会是：写事件也要照顾到人，照顾到与该事件有关的各利益攸关方。"镜头"要有变化：近景、中景、远景、特写，不能光写流程，不写人的情感、选择和表情。交代过程固然重要，笔墨要紧凑，但要有转折、有悬念、有荡漾、有些小波澜——用前部门主任向阳的话说，要有"折痕"。这一度是我最发怵的事情。入行不久，我就写出在内部颇受好评的对话稿，但叙事稿好久都过不了自己这关。每次写稿，不眠不休，蓬头垢面好几天，真是一个字一个字地抠，一句话一句话地磨，每次都感受到天资驽钝的痛苦……

话是需要拿话垫的，要想垫得好，先得明白你采撷到的料各自是什么意思（不单是字面意思），彼此之间有什么关联。同样的材料不同的铺排，节奏会完全不同。这里面的功夫在字面上，也在字面外。所谓"世事洞明皆学问，人情练达即文章"，这曾是我特别讨厌的一句诗，认为俗不可耐。其实其中蕴含着写作的法则。

三小时五十七分钟，八十八个回合

——迈克·华莱士采访江泽民的故事

手 记

2012年4月7日华莱士去世。《南方周末》要做一篇报道。同事朱晓佳找到了当年华莱士访问江泽民的操办人之一任一农先生的联系方式。编辑部让我做这个采访。我把电话打过去，任先生说，关于此事，他曾在一本书中写过，让我先看书。那是一本关于新闻或者"外宣"专业书，发行量并不高。网络书店买不到。时间紧张，朱晓佳在广州的图书馆里找到这本书，用手机一页页拍下来，用微信发给我。

看到采访提纲，任一农决定接受采访。按照约定的时间，我从北京郊区昌平的家里去他在东四环的家里接他，任一农手拎公文包、行色匆匆地走来：抱歉，临时接到通知，我得先去国新办开个会，你先把我送过去，就是这条路一直走，朝阳门内，会应该不长。等开完会，我好好跟你谈。

在送他去东二环内国新办的路上，这位行业前辈讲述业内外各种逸闻趣事的同时，不露声色地对我进行职业观的教育：我们做任何事情，都是为老板加分的。我含混地"嗯、嗯"。

等他的时候，我睡着了。大约四十几分钟之后，有人敲车窗，我打开车门，任一农坐进来。前行没多远，他告诉我：今晚看新闻联播，要宣布对薄熙来和王立军的处理了。原来，他们开的就是这个会：权衡、评估一下当晚以什么口径公布对薄和王的处理意见。然而，当晚的新闻联播对此只字未提。不知道后来是哪一层决策机关临时推倒了下午的决定。

任先生是一个很好的采访对象，他的讲述有前因后果、有细节和现场感。这位前国新办某局局长确是一位脑筋活络的干才，想必当日没少给老板加分。他随身携带的公文包里有当日华莱士采访江泽民的录像资料。

我在周二晚10点左右结束对他的采访，周三下午交稿，周四报纸上摊。这篇是急就章，谈不上太多技术含量。

看完迈克·华莱士对江泽民的访谈，美国前总统克林顿对中国前国家主席江泽民说："你迷倒了美国的电视观众。迈克·华莱士在我们面前都很刻薄，你却让他像小孩子一样满足地呜呜叫。"当时，克林顿和江泽民正在参加联合国千年峰会。在各国元首共进午餐前，克林顿以略开玩笑口吻向江泽民致意。

千年峰会后，CNN在一则报道中，提到了以上这个细节。

克林顿之所以觉得华莱士在江泽民面前像个孩子，跟他自己在华莱士访谈中的待遇不无关系。华莱士采访过从肯尼迪到克林顿的历任美国总统，采访克林顿的时候，他的第三个问题是：你是流氓吗？你怎么会跟一个未婚的姑娘在白宫神圣的办公桌上，干那种事情？

2000年8月15日，八十二岁的华莱士在被美国人称为"中国戴维营"的北戴河中国国家领导人疗养基地，访问七十四岁的江泽民，采访从14时持续到17时57分，之前有近一个小时的寒暄、预热。

华莱士面前摊着一份四页采访提纲——比A4纸略大，正反面字迹密密麻麻。采访提纲中罗列了一百个问题，实际采访中双方一问一答八十八个回合。

华莱士面容冷峻，他的问题简短而咄咄逼人，关注。他时而环抱双臂倾听，时而用右手食指指着坐在他对面的江泽民发问。他甚至会打断江泽民的回答，不客气地提醒：记得我们之前的约定，简短作答，你是在向美国人民说话。始终面带微笑的江泽民回敬：我的回答大致跟你的问题一样长。

当华莱士直呼江泽民"独裁者"的时候，江泽民收起笑容："你们对中国事务的描述像天方夜谭一样荒谬。中国共产党全国代表大会选出中共中央委员会，中共中央委员会设政治局，政治局里还有一个常委会，我是其中一员。除非获得政治局委员的全体同意，我不会做出任何决定。"

江说的没错。事实上，他本人是否接受华莱士的采访就是集体讨论决定的。在获得高层充分授权的前提下，时任国务院新闻办公室三局局长的任一农担任中方在访问现场的操盘手。

采访过半，华莱士的问题越发尖锐，在场外用专用线路"旁听"的人坐不住了：让美国人停下来！问题太过分！身兼中共中央对外宣传办公室主任、国务院新闻办公室主任的赵启正找到任一农：后面在递纸条，要不要让美国人停下来？任一农回答：江主席自己说过"不限时间，不限问题"。

趁摄像师换带，下属走到江身边，转达场外的担心。江泽民回答：他们受不了了？尽管让他问。

"我们知道，当时，外交部的人已经开始和新闻办的人交涉了，但是很幸运，江泽民还是饶有兴致地继续。采访之后中方还邀请《新闻六十分》节目组共进晚餐。晚宴上江泽民忽然开始唱歌剧《我的太阳》，华莱士也一同唱了起来。"《新闻六十分》的制片人罗伯特·安德森曾向美国有线–卫星公共事务网络（C–SPAN）回忆。

采访结束后，华莱士对江泽民说：我们进行了一场智者的问答。

三年之后，中国广播电视出版社出版的《电视外宣策略与案例分析》将"华莱士专访江泽民"视为"中国对外宣传的一大突破"。

为了这个"突破"，双方准备了两年。

预 热

1998年5月，华莱士所在的美国哥伦比亚广播公司《新闻六十分》栏目通过公关公司和中国驻纽约总领事馆同时递交了采访中国国家主席江泽民的申请。总领事馆对采访的可行性进行初步评估，把报告转交给国务院新闻办。国新办主任赵启正、第三局局长任一农负责处理此事。

美方表达的初步意向是在《新闻六十分》栏目中以半小时的篇幅播出对江的访谈，并力争在美国国会电视台播出更完整的一小时版。美国人甚至拟好了访谈的标题："红墙内外"。

国新办调集以往华莱士对各国元首的访问，发现除了《新闻六十分》的片头之外，从无为访谈冠以标题的先例。任一农向美方委婉表达了中方对这一"特殊关照"的反对意见：这个标题太泛，它并不吸引受众的眼球。美方接受。

与此同时，中方的准备工作紧锣密鼓地展开。使领馆、外交部相关司、国新办协同做舆情汇总，预测华莱士可能问到的话题。在此基础上，国新办提交了一份报告。报告认为，接受华莱士的访问，中方可以实现几方面的诉求：借CBSNews的世界级发布平台，做中国领导人的权威性新闻发布；展示中国领导人的政治智慧和人格魅力，用事实告诉西方，中国人不是青面獠牙、不讲人情的怪物。

"当时我们给总书记的信心是：你已经在中国最高的岗位上，带领一个团队执政十一年了。中国有什么事情你不能说？有什么事情你说不清楚？你有西方文化的积淀、有很好的英语，在沟通上没有困难，有什么话华莱士会听不懂？"任一农回忆。

在一次为华莱士采访召开的部长级会议上，江泽民坐在长方形会议桌的一端，曾庆红、丁关根、李瑞环、钱其琛、罗干、朱邦造等人分列会议桌两侧。官阶最小的任一农坐在末端和江泽民面对面的位子上。

丁关根特意走过来关照任一农：总书记问，怎么好久不见你了。待会儿问你意见，你大胆讲。曾庆红则以半开玩笑的口吻对与会者说：这一个桌子坐了这么多部长，只有任一农是专家，听他的。

任一农提出，按照美国严肃电视节目的操作惯例，耗片比是4：1，如果美方承诺一个小时的播出时长，中方应该保证四个小时的采访时间。有部长提出不同意见：1986年华莱士采访邓小平，只给了六十分钟的时间，小平同志意犹未尽，讲到八十五分钟，笑谓：我犯规了，超时了。这次华莱士采访江泽民同志，有必要给那么长时间吗？任一农解释：华莱士采访小平同志的时候我们没有要求美方承诺播出时长，所以他们采访了八十五分钟，最后播出了十五分钟。现在对方已经承诺两次播出，比照一个小时的国会电视台版本，四个小时的采访是必需的。

与会者取得共识：按照美方承诺的播出待遇，给对方四小时的采访时间。

会后，国新办主任赵启正和江泽民直接沟通，江泽民做出明确授权：华莱士的采访不限采访时间，不限问题。

1998年8月，中方正式复函美国哥伦比亚广播公司《新闻六十分》节目组：江泽民接受麦克·华莱士的访问。然而，九八洪灾出其不意到来，采访延后。

1999年，《新闻六十分》再次按照程序递交了对江泽民的采访申请。因为美国轰炸中国驻南斯拉夫大使馆，采访再度搁浅。

2000年初，华莱士第三次致函中央对外宣传办和中国驻纽约总领馆，言辞恳切：我已是八十四岁高龄，曾采访过邓小平，希望在有生之年采访中国第三代核心领导人。

华莱士致信的时机选择得非常巧妙。当年秋季，江泽民要出席联合国千年首脑会议，为配合江赴美，"中华文化美国行"大型系列活动将在美展开。中国比此前两年更加需要一个理想的平台，让最高领导人在西方公众面前亮相。

按照双方的约定，华莱士的访问会在江泽民访美前两天播出。华莱士的夙愿达成。

试　探

正式采访开始之前，中美双方就采访大纲进行了十个回合讨论。赵启正和任一农两度赴美。第一次见面，华莱士对比他年轻二十一岁的任一农说：中国怎么派一个儿童来？第二次见面，任一农在饭桌上调笑华莱士：迈克，你得罪了我。我的新闻工龄可不比你短。而且我是名校毕业，你并不是。

华莱士很快知道：这次他遇到了一个不容小觑的同行。

任一农问华莱士：你知道如果是我，我最想从这次采访中获得什么样的新闻吗？能做标题的新闻！华莱士用微笑和拍对方肩膀的方式表达赞同和对对方意图的洞悉。

任一农又说：陈水扁这个人很有意思……华莱士脱口而出：我很讨厌他！任一农知道：台湾问题不会多谈。

华莱士似乎对"三个代表"理论有异乎寻常的浓厚兴趣。任一农大费周章、组织人力把江和各级领导对"三个代表"的论述翻译成英文。然而在最后的采访中，"三个代表"只被华莱士轻轻带过。

双方你来我往，有虚有实，最后达成的共识是：华莱士在采访中将涉及三方面的话题：中美关系、中国对国际形势的看法、中国国内的情况。在正式采访之前，上述共识以口头协议的方式被双方接受。

中方在受访前看不到采访提纲，此前两年为应对华莱士访谈而做的舆情收集工作此时派上了用场。工作人员在美方划定的宽泛话题中梳理热点，准备了一百多个对方可能会问到的问题。后来的采访验证，这批模拟问题的命中率达百分之九十。

"智囊团"建议江泽民用英语回答一部分问题，并准备一些诗词歌赋。考虑到古典诗词现场翻译的难度，国新办从外交部翻译室调来高级翻译，跟江做几天的沟通，圈定他可能会提及的诗词。但在《新闻六十分》的播出片中，这些华美的古典诗词基本没得到展示。

早在1998年，中方曾为华莱士设计过一个近乎完美的采访流程：

采访地点中南海。

汽车把摄制组一行直接拉到江泽民办公处的外面——从下车到走进办公室要走多少步，任一农事先已测算好。在纽约和华莱士交谈的时候，任一农曾模仿华莱士的步幅，测算他的步行速度。

摄制组进入江泽民书房，浏览藏书、字画。下接一段设计好的工作场景：钱其琛和赵启正来向江泽民汇报工作。

在书房里，谈完中国的施政纲领一类严肃的问题，江泽民会带着华莱士走到中南海的亭子里，坐下，喝龙井茶，谈中美关系。

恰在此时，王冶坪带小孙子迎面走来，跟江泽民、华莱士会合，一起去江喜欢的游泳池。

晚上，华莱士一行会被邀请到江家里。如果气氛好，江泽民会弹奏一段钢琴，并邀请对方喝点茅台，是为家宴。

在2000年的采访中，这些设想并没有实现。

采访地点从中南海搬到了北戴河的国家领导人休养基地。美国人把北戴河比作"中国的戴维营"。在迈克·华莱士之前，还没有一位记者走进"中国的戴维营"。这并不是中方的刻意安排。当时，中国国民经济和社会发展第十个五年计划正在北戴河会议上讨论，江泽民是当然的与会者。

较 量

2000年8月11日，包括华莱士在内的《新闻六十分》摄制组八名成员住进北戴河外交宾馆——八名成员是中方向美方提出的要求。任一农以自己1980年代在加拿大电视台考察的经验知道欧美成熟栏目的黄金编制是八人：制片、主持、脚本撰写人、录音师、录像师、助理、联络人。

采访安排在8月15日下午。双方有四天的准备时间。美方现场勘测之精细让新闻老兵任一农心生敬意：他们用二十八支温度计测量室内温度以确定现场色光；华莱士对江泽民的七副眼镜都了如指掌，他建议江主席戴那副意大利窄边眼镜，效果会更好；美方剧组人员发现采访室的椅背很高，出现在画面里，椅背最上端会刚好横在江泽民的脖颈后面。"中办"召集木工，连夜把座椅的椅背改低。

按照双方的设计，在室内采访之前，华莱士会做三十分钟左右的室外采访，话题是江的成长经历和家庭生活。中方把这个大话题细化成一揽子具体的问题，希望借此展示江的个人魅力。预先设计好的模拟问题包括：江主席是如何被抚养长大及所受的教育？是如何对政治产生兴趣的？在成长过程中受的最大的影响是？同普通中国人有着怎样的联系？江主席如何评价自己，如何激励自己前进？最大的自豪是什么？怎样分配自己的时间？给自己的孩子最重要的忠告是什么？

采访当天，华莱士发现：室外拍摄地虽然风景宜人，但鸟鸣和喷泉的声音可能会干扰录音的效果。任一农告诉他：不用担心，包在我身上。

出外景的时候，鸟果然不见了。华莱士很吃惊：你们是怎么做到的？连鸟也接受你们的领导吗？有1958年"除四害"经验的任一农当然不能把他的办法告诉对方。他调侃道：那些鸟不喜欢你，你一来，他们都飞到美国去了。

户外访谈部分在CBS News的播出片中一带而过。转场室内，双方真枪实弹的唇枪舌战正式开始。

华莱士说：我看过关于你的十二本书。江泽民微笑着回答：是吗？他们当中没有一个人采访过我。

华莱士援引《中国日报》的报道，问江泽民怎么看待"美国是世界和平威胁者"这种说法。江泽民回答：坦率地说，因为经济的强大和科技的进步，美国倾向于高估自己在这个世界中的位置。但今天我想借此机会传递对美国人民的善意。所以我不想在我们的交谈中使用过多的尖锐词汇。

江用天气形容中美关系：风、雨、多云、甚至阴云密布都曾有过，有时也会阳光灿烂。

"这是纯粹的政客辞令。"华莱士点评，"没有任何真诚可言。"

江泽民不慌不忙："我不认为'政客'是一个好词。"

华莱士不卑不亢："它当然不是一个好词。它在此处是一个外交辞令。"

在被问到是否相信中国驻南斯拉夫大使馆是被误炸的时候，江泽民回答："以美国的顶尖科技，所有关于'误炸'的说法都难以让人信服。况且，中国驻贝尔格莱德使馆的标识清晰得不可能被弄混。所以，'误炸'为什么会发生到现在都是一个问题。克林顿总统曾多次在电话中向我就爆炸事件道歉。我告诉他：既然你代表美国，而我代表中国，我们在这个问题上是无法取得百分之百共识的。"

双方谈到了当时轰动一时的李文和案。江泽民说："我可以坦率地告诉你，中国和李文和案没有关系。中国人把李文和看作一个声望卓著的科学家。"

"仅仅是科学家，不是间谍吗？"华莱士反问。

"你认为他是间谍吗？"江泽民反问。华莱士无言以对。

在访谈现场，三名中央电视台的记者和三名中央新闻电影制片厂的记者跟《新闻六十分》摄制组一起架机拍摄，他们的任务是"做报道"、"留资料"。采访结束的时候，六名记者发现：四个小时不知不觉地过去了。大家在一瞬间，发现自己肩颈酸痛、肚子咕咕叫。

余 绪

中方人员退场之后，华莱士的团队留下来清理现场，把现场遗落的纸片、矿泉水瓶装进他们从美国带来的垃圾袋中，把所有的座椅恢复原样。任一农从这个细节中看到了职业媒体的风范：我来过，我走了，此地没有发生过事情。

当天晚上8点半，中方的三位工作人员开始分头把华莱士采访的录音整理成中文。到凌晨2时，三部分整理完成，交给任一农统稿。凌晨5时，国新办主任赵启正被叫醒，录音整理稿送到他手上。早晨6点到7点之间，文稿已经交到了中央书记处书记、中央组织部部长曾庆红手上。当天，江泽民要乘火车返回北京，在回北京的火车上，江及其工作人员对整理稿做了最后的审核。之后，文稿被移交到外交部翻译室，由翻译室译回英文。

按照中方当事人的讲述：中美双方事先约定，对外使用的图像一律用CBSnews的，文字则以中方整理的文稿为准。《新闻六十分》制片人在接受美国有线-卫星公共事务网络访问的时候称："当时采访时中方派了现场翻译，采访过后中方还给了一个官方翻译的版本，《新闻六十分》节目组另外聘请了一位翻译出具了一个版本。最后出现在节目中的是这三个版本的综合。"

华莱士一行回到美国。在节目编辑得差不多的时候，召开盛大的新闻发布会，美联、路透、法新等几大通讯社对外发布了华莱士采访江泽民的消息。按照哥伦比亚广播公司提供的数据，有四千万人收看了华莱士对江泽民的专访。

曾与江泽民唇枪舌战的华莱士本人对江留下相当不错的印象："江非常有趣，他很健谈，能敞开心扉，并不是我们想象中典型的独裁者。"华莱士认为，与上一次采访邓小平相比，江泽民要开放得多，允许谈论的范围也更大了——1986年9月2日，华莱士在中南海采访中共中央顾问委员会主任邓小平，双方当时的约定是"只谈经济，不谈政治"，但是善于主动出击的邓小平还是给出了中国的改革"决不回头"的论断，并在访谈中涉及了对中苏、中美以及台湾问题的态度，甚至透露了十三大之后肯定会交班的讯息。

在那次访谈中，邓小平的经典语录是："我是世界公民，我是中国人民的儿子。"

大才更得体？北京南站巨无霸

手 记

那年，英国建筑师泰瑞·法瑞在清华建筑系做讲座。法瑞先生描述自己散落世界各地的代表作，我听得不甚了了。但他说"今年中国要建二十五个车站，未来几年要建五百个"的时候，我却被着实吓了一大跳。火车站，在任何一个国家都是重要的公共建筑，在中国，因为春运，有更加重要的意义。

上前约访。第二天，在排得满满的日程表里，泰瑞·法瑞先生接受了我的采访。一个小时，加上翻译的时间，只来得及开个头："为什么你一面批评北京的建筑不是人的尺度，是巨人的尺度，一面在中国建亚洲最大的火车站？"

告别的时候，英国人可爱的一面展现出来。法瑞提出，这个话题才刚开头，他还有很多话要讲，但明天一早就要回伦敦。等他回伦敦之后，他会把自己想说的话录进卡带，让他的秘书整理出来，发给我。此外，他还让秘书发来了北京南站的设计书、PPT文档。

同事马莉的公子把泰瑞·法瑞的录音稿翻译成中文，同事李宏宇校对，并拟标题《奇大无比，非常北京》。那是非常好的文化随笔，比我的稿子精彩许多倍。

2008年6月1日，一个从外地归来的北京居民向记者问路，她辨别不清家的方向。号称"亚洲第一站"的北京南站像三个叠放在一起的巨大草帽，横亘在她的眼前。这是三顶钢结构的草帽，它的钢材使用量甚至超过了鸟巢。三顶草帽排成一排，跟横平竖直的城市主路网成四十五度夹角，挑战着人们对于方向的惯常记忆。每顶草帽都那么大，除非恰巧站在它们的正前方，否则其中的一顶很容易遮住另外两顶，让人以为它就是车站的全部。

实际上，它只是车站的一隅。完整的车站分为五层，地下三层，地上两层，总长五百米，宽三百五十米，最高处距离地面六十米。建成之后，包括京沪高铁、京津城际在内的二十八条铁路线将在此经过。到2030年，每小时将有二十万，每年有一亿人在这个车站上下车。

北京南站的大超出了老胡的把握。邯郸农村的失地农民老胡已经在北京南站的工地上做了半年保洁，地下一层和地上两层、地面层都扫过，至今也没完全摸清其中的门道。

"北京的尺度不是人的尺度，是巨人的尺度。"北京之大的批评者，英国建筑师泰瑞·法瑞是"巨无霸"火车站——北京南站的设计者。它的面积等于二十个足球场、一个半鸟巢。泰瑞·法瑞家乡号称世界第三大机场的希思罗国际机场所有航站楼加起来的面积也不及北京南站。

给定的数字

二十几条铁轨从城市西南方的塔楼丛林里钻出来，穿过依然被脚手架包裹着的北京南站，又一头扎进城市东北方向的塔楼丛林。支撑电气化列车电网的线杆排着长队蜿蜒在铁轨两侧。砂石路基白花花地铺陈成一个足有三百米宽的扇面，极易让人联想起这个城市随处可见的六车道、八车道、十车道的马路。

按照行业技术规范，铁轨的数量决定站台数量，乘客人数及每趟列车的停靠时间决定站台的长和宽。而一旦站台的规模确定了，火车站的大小也确定了。

对于泰瑞·法瑞来说，这是一组给定的数字：铁轨是铺好的；旅客人数由铁路部门预测；北京南站是京沪高铁的始发站，为保证每三分钟一班的运行频次，专家认为，五百五十米长的站台是必需的。同样是高速列车停靠的车站，号称"欧洲最大火车站"的德国柏林中央车站的站台长度是四百五十米。

泰瑞·法瑞的工作是设计一个大房子，把二十八条铁路、两条地铁、八百个地下车位、四十个出租车车站和五十个公交车站装进去。为此，对车站进行垂直分层似乎成了一个必需的选择。

整个车站的"心脏"是地下一层，停车场、公交车站、候车大厅、换乘大厅、商店都在这层，从这层向下是地铁4号线和14号线的车站，向上是站台。从站台层往上，是专供乘坐小汽车进站的旅客使用的高架层。从车站外看，高架层刚好在三顶草帽的"帽圈"上，它约定俗成的名字是"贵宾层"——这三个字写在这一层所用装修建材的外包装箱上。

6月1日，老胡的任务是清扫"帽圈"上的机动车通道。在帽圈的四个角上，向北连接南二环，向南连接南三环的高架桥还没搭好，齐生生地断在半空。车站完全建好之后，到南站送人的小汽车可以从这些高架桥攀爬而上，在草帽的"帽圈"上落客。但在眼下，只有一条临时搭建的施工便道连接着"帽圈"和脚下的大地。因为是领导视察的必由之路，老胡必须保证"帽圈"的整洁。

一块写着"今天是2008年6月1日，距离北京南站竣工还有29天"的木牌立在帽圈层的入口处。赭石色的石材把它装裱成挺括的完成时，但走进去，到处可见裸露的金属支架、电焊的火花和抬着几十米长的电缆蛇形的工人们。

这是整个南站最像要竣工的地方。几十台下行到站台层的奥的斯电梯大部分安装完毕，一台电梯和一条并排的楼梯对应一个检票口。绿色的毛玻璃和白色的墙体把这些检票口隔成一个一个色彩宜人的方盒子。阳光透过天窗倾泻而下，整个空间开阔、明亮。抬头，甚至可以看到淡蓝的天空中白色的云朵。这个在大型人工造物内部亲近自然的机会，是用大价钱换回来的。

为了体现"人文奥运、绿色奥运、科技奥运"的主题，四千一百七十六块太阳能光电板被安装双层钢化玻璃的夹心里，它们发的电将用于地下车库的照明。安装这些光电板耗资五六千万，"用光电板发电本来成本就高，曲面屋顶的造价又是平面屋顶的三倍"，一位生产国产太阳能设备的厂商说。四千一百七十六块太阳能光电板的总功率是350千瓦，按照目前普通电费标准，它们要工作三百年才能收回投资——而京沪高铁的设计使用年限是一百年。

从轩敞明亮的"帽圈层"沿着还没铺好地砖的楼梯下行来到站台层，十三个站台中只有五个铺好了地砖。6月30号"竣工"的时候，将有列车仪式性地在铺好地砖的站台旁停靠。从站台层往下，未来整个车站的枢纽层地下一层还是装修工地，脚手架林立，地面有积水，到处弥漫着粉尘和香蕉水的味道。

在车站外，出租车进入地下停车场的通道仍然是裸露着黄土的大坑，工人们忙着在坑底打水泥。而规划中的公交车总站和站前广场仍然为工地的活动板房和厕所占据。

"年底也完不了。"一位负责土建的工长说。

几乎每位工人都说，6月30号的确会停工，"剩下的活奥运之后再说"。

从绸带火车站到花园火车站

"我在北京参与的几个项目都有贪大的倾向，以大来显示这个城市的家底。"泰瑞·法瑞说。

2003年10月，铁道部邀请国际设计机构参与北京南站的设计。12月，泰瑞·法瑞及其合伙人公司与铁道第三勘测设计院作为联合体竞标。第三勘测设计院负责规划轨道及站台、泰瑞·法瑞公司负责构思建筑的外观。

除了要求盛下若干条铁轨、若干个站台和若干座换乘车站，业主还在标书中要求，把北京南站建成地标性建筑；而车站所在的北京市丰台区政府则希望，新车站能"凝聚商圈，促进南城发展"。

摊开北京地图，泰瑞·法瑞发现他要设计的北京南站在二环和三环之间，行经车站的铁轨在横平竖直的城市主路网所划定的巨大方格的对角线上，把南城和北城斜劈成两半。

铁轨北面是一个由拆迁的城中村改建而成的公园，铁轨南面是居民楼和学校。如果设计不当，在这样的地方建一个体量巨大的车站，等于在已经被铁轨阻隔的南城和北城之间，插入一个新的屏障。如果有一条路，从南到北把车站切成两半，不仅能分解车站的巨大体量，也能把南城和北城重新连接在一起。这应该是一条步行街，街边点缀着长椅、花草、绿树，乘坐各种钢铁洪流汇聚到北京南站的人，可以在这条街上暂时放慢脚步；周边社区的居民可以在这里放风筝、散步、谈恋爱、看报纸、喝咖啡……

"除了运送乘客，火车站应该是一个城市的'市政厅'，人们从这里'出发'或'到达'。"泰瑞·法瑞设想，车站不能盖高，太高会遮住南北两边的视线。为了避免从周围横平竖直的城市主干道上看上去，对角线上的车站过于怪异，它的屋顶最好是圆的。因为圆从哪个角度上看都是圆。

按照站台的规模，这将是一个直径四百米的圆形屋顶。如果不做化整为零的处理，它将像一个巨大的铁饼扣在钢结构的车站上。

体操运动员舞动的绸带给泰瑞·法瑞带来灵感。他把圆形的屋顶沿直径的平行线切成十三等份，每一份都变换成上下起伏的曲面，好像十三根舞动的绸带，而每根绸带又跟地面上的一个站台呼应。绸带和绸带之间形成水波纹式的缝隙，在那里安上天窗，光线和空气倾泻而下，光与影的变化是对站内巨大空间的绝好划分……

2004年5月，泰瑞·特瑞及其合伙人公司以总评分第一的成绩从五个国际竞标者中胜出，与两家排在它后头的公司一起参加第二轮的竞标。业主给泰瑞·特瑞提的修改意见是"增加更多的中国元素"。

泰瑞·法瑞觉得他已经这么做了，把大饼形屋顶划分成十三根绸带就呼应了中国传统的建筑的思想——各种元素的重叠累加实现建筑的宏大。"就像紫禁城虽大，但它是由相同相似的建筑构件累加形成的，单看每个屋顶、围墙、台阶也就是一般民居的尺度。"泰瑞·法瑞说。

几乎每个想在北京拿大项目的外国建筑设计师都要面对"在现代建筑中融入传统建筑因素"的考验：福斯特说他设计的首都机场3号航站楼从中国龙中得到灵感；赫尔佐格和德默隆说他们设计的鸟巢象征混沌、天人合一；在天安门边上造起"大水蛋"的安德鲁也只能反用其意："要保护一个古老的文化，最好的办法，就是把它逼到危险的边缘。"

泰瑞·法瑞端详自己的设计图，最让他得意的那条从南到北贯穿车站的绿色甬路。如果屋顶不够"中国"，可以修改，但这条路必须保留。为此，就得给它贴上一枚"中国"标签。

泰瑞·法瑞想到了中国的月亮门。

站在车站的圆形屋顶之下，从路的一端向另一端张望，好比透过月亮门看风景。门里，一排排的钢柱矗立在站台上，既是屋顶的支柱，又可以想象成自由生长、刺破屋顶的大树，一棵"大树"对应屋顶上的一个天窗，从天窗流泻下来的天光，好像从枝叶间的光斑。"绸带车站"变成了"花园车站"。

2004年7月，"花园车站"的设计方案交给业主，经过十个月的层层评估，2005年4月，泰瑞·法瑞公司中标。

拍扁的天坛

"我们中标之后，铁道部对标书做出比较大的调整，设计方案又修改了一年"，泰瑞·法瑞寄给南方周末记者的《北京南站项目描述》中写道，铁道部要求"在设计中，以富于现代感的方式，融合更多的传统建筑造型"。

泰瑞·法瑞的联合设计伙伴第三勘测设计院的设计师王睦在接受采访时说，这条意见是一直关注南站改造工程的人大代表和政协委员提出来的。

"中国元素"更明确地晋阶为"传统建筑造型"，让在竞标之初，把北京南站放入二环、三环划定的巨大栅格中打量的泰瑞·法瑞，不得把目光转向南站附近的古建筑。天坛就在两公里之外。它的圆形攒尖顶为圆形屋顶的北京南站提供了"融合传统建筑造型"的可能。

在第三版设计方案中，泰瑞·法瑞摘去天坛象征"天"的蓝帽子，把下面两层屋顶拉到一个水平面上，让他钟爱的那条绿色的甬路从这两个屋顶中间穿过。每个屋顶上有一扇新月形的天窗。

"摘去帽子的天坛"提交给铁道部之后，泰瑞·法瑞和助手又在业主的要求下，进行了第四轮修改。

这回"帽子"回来了。如果有一只巨手，从上到下把天坛拍扁，得到的就是北京南站。

前三套方案中均匀地分布的天窗被集中在帽顶一圈。泰瑞·特瑞之前设想的绸带式的屋顶被应用于两个站台雨棚。由于跨度不够长，绸带只"抖动"了一下，没有形成水波纹式的韵律，更像是装饰苏式建筑屋顶的半浮雕石刻绶带。

泰瑞·法瑞钟爱的那条路被保留下来，不过前景可疑。6月1日，在北京南站施工现场，南方周末记者看到，规划图上本该是北站前广场的地方，正在从地下一层往上修建大片的建筑，而车站南面的站前广场已因"征地困难"缩水成为公交车总站。十一栋十五层高的塔楼像屏风一样矗立在"草帽"以南一百米左右的地方。塔楼之外还是塔楼，鳞次栉比地向天边铺陈开去。人们想要更快更宽的路，又想要更多更高的住宅，一个欲望已经对另外一个欲望造成濒临城下的合围之势。

在一个不断挑战建筑尺度极限的城市里，北京南站并不显得特立独行。但处于围合之中的它，看上去仍旧那么孤单。

三十个天安门广场

"今年中国要建二十五个车站，未来几年要建五百个。"说出这两个数字的时候，泰瑞·法瑞挑了一下眉毛。他向助手求证，助手微笑着印证了数字的准确性。

事实上，这个数字并不准确。2007年10月16日，铁道部部长刘志军在"十七大"中央机关代表团的小组发言中透露，"十一五"期间，中国将投资一万两千五百亿元，建设一万七千公里铁路，新建和改造五百四十六个火车站。

这组数字跟铁道部的《中长期发展规划》相呼应。按照《发展规划》，一万七千公里新建铁路中的一万五千公里将是连接省会及大中城市的快速客运专线。

而快速客运专线的背后，是用高速铁路串联整合"大都市圈"的企图。从北京南站出发的京津城际就是"环渤海京津冀都市圈"的龙骨。

专家预测，两个城市之间的行程在一小时之内，便可以共享经济活力。按照设想，将北京和天津之间的车程缩短为三十分钟的京津城际，将担负起为"环京津贫困带"注入经济活力的使命。

用高速铁路串联"大都市圈"，加入全国的城市化赛跑，各省都不想落后。未来几年，光湖南一省为配合客运专线修建改建的火车站就有十四个，河南有十五个。事实上，让泰瑞·法瑞和他的助手吃惊又高兴的"五百个新火车站"中的大部分都将点缀在各地的客运专线上。

计划投资一百三十三亿、目前投资已超过两百亿的京津城际一样，和投资一千四百亿的京沪高铁都以北京南站为起点。京沪高铁全长一千三百一十八公里，每公里的造价逾亿。京沪线"尽管只占全国铁路营运线2%，却承担了全国铁路客运量和货物周转量10.2%和7.2%"，是名副其实的"黄金线"。

在这条"黄金线"上，至少有三个车站正在或者即将以"亚洲第一站"自居，其他两个车站相比，占地二十二万平方米、投资六十多亿的北京南站只是小老弟。总投资一百三十亿元到一百五十亿元人民币的上海虹桥铁路枢纽站占地一百三十万平方米，放下三个天安门广场还绰绰有余；预计投资一百三十六亿元的南京南站，占地两百万平方米，能放下五个天安门广场。

跟同样瞄准"亚洲第一站"的广州新站相比，南京南和上海虹桥站还是小巫见大巫。广州新站规划占地一千一百四十万平方米，是南京南站的六倍——相当于三十个天安门广场。事实上，"广州新站"将成为铁路旁边的小城，规划面积中的百分之九十五将用于建医院、菜市场、办公楼、饭店、影剧院、图书馆……铁路造就城市的例子并不罕见，但大多数情况下那是人群在铁路沿线慢慢聚居的结果，用一座火车站催生一个城市，或许是"中国速度"的一个注脚。

"亚洲第一站" VS "欧洲第一站"

从北到南，"亚洲第一站"面孔不同，但结构和规模惊人类似：地下若干层+地上若干层，实现各种交通方式的"零换乘"。不同的国际机构参与中国不同地方车站的竞标，拿出的设计方案却如此雷同，泰瑞·法瑞告诉南方周末记者："因为这是火车站的DNA。"

但实际上，这样的火车站在世界上也是"先进品种"。除了北京南站，目前世界已建成的车站中，只有柏林中央车站采取了地上地下共五层的结构，并且也在曲面的候车大厅顶棚上铺设了太阳能光电板。

柏林中央车站的气魄更大，要成为全欧洲的铁路枢纽。每天有超过一千一百列火车从这个车站进进出出，把三十万乘客运送到德国及欧洲各处。来往于德国内外的干线铁路高速列车、长途列车，柏林市的城铁、地铁、电车、公交车、出租车、自行车、甚至旅游三轮车也都在此停靠与集散，连接巴黎和莫斯科的东西线列车从高于地面十二米处进出，连接哥本哈根和雅典的南北线在地下十五米处通过……然而，整座车站的占地面积不过一万五千平方米。

即便如此，投资七亿欧元、耗时十四年的中央车站在德国也算一个超大的工程，从开工的那天起，关于它的争议就没有间断过。2007年1月18日，暴风席卷柏林，车站外部一根两千公斤重的钢筋横梁从四十米高处坠落，砸坏了建筑外围的玻璃。

对北京南站来说，这是一个坏消息：北京南站站台雨篷的横悬梁是"W"形的双曲面，防雨、防积雪的性能都比较差。柏林的大风和去年南方的暴雪，让这座尚未建好的车站在心有余悸中采取了最高级别的抗风雪措施：在雨篷上安装大量的虹吸式排水管和电伴热系统，以及时排出雨水、融化积雪。

这是"地标建筑"不得不付出的代价之一。

直播！让我们看到前方

——央视地震直播记录

手 记

汶川地震牵动全国人心。编辑的思路还是传统文化报道的思路：央视《朝闻天下》的主持人在播音的时候哽咽了，要不要采访一下？采访有什么好哽咽的？在那么大的灾难面前，哽咽难道不是正常的反应？哽咽背后能有多少微言大义？与其采访一个主持人的哽咽，不如采访央视的地震直播。

直播的决策是谁做出的？直播的机制是怎样的？兵马如何铺排？节目如何安排？在诸如此类的突发事件中，作为国家电视台的央视是否做好了准备？

评报的时候，年轻的同事带着揶揄的口气问我：央视是不是特别配合采访？言下之意，这是抬轿子式的表扬稿。也有同事说：有棒杀也有捧杀。这都是过于有企图心的想法。我只想把CCTV在那次灾难中的表现记录在案。

宋镜会永远记住地震发生的那一刹那她正在编的那条关于CPI最新排行的新闻，就像复印机的按钮被按下，一道白光闪过，所有的信息便留在白纸上。中央电视新闻中心5月12日下午的值班编辑宋镜记住了当天电视上播出的若干条毫不相干的新闻：奥数教育反思、央行准备金率上调、印度聋哑女孩跳舞、存款准备金率上调。"如果在平时，存款准备金率上调我们会做很多背景分析，但当时，所有的人都觉得，赶紧播完，好播其他内容。"宋镜说。

地震发生的时候，刚从佳木斯出差回来的央视记者徐丽莉正在家里写稿子。同事张程告诉她地震了，毫无感觉的徐丽莉不相信，张程随即把父亲从四川德阳发来的短信给她看：家里地震了，我已经强烈地感觉到了震感，家里书架上的书全哗啦哗啦往下掉。

徐丽莉马上紧张起来，正想着自己所在的栏目会不会派人，制片人白玛央金的通知就到了："你赶快把张程喊来，候命去灾区。"当天下午，张程出发赶往北川，至今没能去德阳探望父母。

地震发生的那一刹那，在新闻评论部两层的办公楼，震感并不强烈。但人们陆续从msn和QQ上收到"地震了"的消息，浙江、河南、陕西、湖北、成都……随着震感的比较越来越聚焦于成都，《东方时空》制片人包军昊发动办公室里所有的人给成都打电话，都打不通。拨028114，依然不通。包军昊凭着他十二年的从业经验知道：出大事了。

14时42分，《东方时空》的三名记者订到了去成都和绵阳的机票。12号上午，包军昊刚给栏目组开过会总结4月份的工作：4月份突发事件一个接一个，"4.28"撞车、西藏、火炬接力、抵制家乐福……打破了栏目组日常的生产流程，5月份该喘口气过平常日子了。

与宋镜手下跑国家地震局的记者一样，《东方时空》联系国家地震局的记者也打不通线人的电话。包军昊一边派记者拎着摄像机直接去国家地震局堵，一边打开电视，《凤凰卫视》的直播已经开始，"我们这边怎么还不开始？出了大事，不管有没有信息先把窗口开了再说。"十几分钟之后，央视的直播开始，"这还差不多"，包军昊舒了一口气。

这十几分钟时间对于一条马路之隔的央视总部大楼来说并不是一片空白。正在编片子的央视直播部负责人王昔在剧烈的晃动中和同事跑到楼下。喘息未定，与地方台保持良好合作关系的央视地方部马上跟地方台联系，收集震感、震级方面的信息，寻找可以连线的地方台记者。忙乱中，新闻采编中心的一位记者接到一条来自国家地震局的短信，一行字：只有震中、震级。

宋镜和她的同事马上上网搜索，震中汶川在离成都一百公里的地方。所有人的反应都是，出大事了。

没有向上请示，15时02分，CCTV1和新闻频道正在播出的整点新闻打出"突发事件"的片头——一个棕底白字的小窄条，出现在屏幕正中偏下，叠印在播音员的胸线位置。播音员耿萨播报了"来自国家地震局的最新消息"：

今天下午2点28分，四川汶川县发生7.6级地震。

及时上报到及时播报

对于以端庄稳重为定位的国家电视台来说，"突发事件"的片头极少使用。最近的两三年内，宋镜搜索不到使用过这个片头的记忆："伊拉克战争的时候，都没使用过。因为严格说那不算突发事件，机位就架在那儿，战争一旦开始，就可以开拍。"

地方部继续向各省、地市电视台收集信息。浙江台已经从省地震局获得权威消息，浙江发生7.0级地震属误传。而在此之前，浙江发生7.0级地震及北京通州区发生3.9级地震的消息已经相继被耿萨播报出去。得知这两组数据均为误传之后，耿萨马上更正。

没过多久，国家地震局刷新汶川地震的震级为7.8级，耿萨再次更正。

"这两天很多人在比较四川台做得怎么样，央视做得怎么样。他们不了解我们的运作关系，在重大突发事件面前，所有的省级、地市电视台的一切资源都为中央电视台调用。以往中央台不求最快，但求最准。这种得到最新消息就播出去，随后再更正的情况特别少见。"宋镜说。

"在这之前，我们开会的时候曾经传达过中央的明确指示，遇到突发事件，要第一时间速报，以前我们也说'及时报'——不是及时报道，而是及时上报。"从业十二年，善于从各种风吹草动做出新闻判断的包军昊说。

为了贯彻上级指示，3月到4月间，央视曾尝试遇到突发事件把新闻频道的栏目打通，冲散整点新闻和新闻专题片的界限，随时中断正在播出的专题片或者整点新闻插播突发新闻。奥运火炬传递为这种尝试提供了一次演练机会。而更早的准备，从2003年新闻频道开播的时候就开始了。"平常我们新闻频道的滚动新闻都是直播，所以，从技术上来说，没有跟不上的担心。"央视播音员赵普说。

十几分钟之内，耿萨所在的直播间外已经聚集了央视时政部、地方部、直播部、军事部若干个部门的几十号人。跑时政的记者收到最新的消息，温家宝将乘专机赶赴灾区。CCTV1和CCTV新闻频道并机直播地震的决定便在此刻做出。

15时12分，直播窗口打开。主播耿萨连线在成都出差的央视记者曹越，曹越从成都中盛街口的公用电话亭口述了惊魂初定的成都的街景：大约二十分钟之前，感觉到强烈的震感，市民纷纷涌上街头。人民公园已经挤满了市民，公共汽车还在照常行驶，店铺的灯还亮着，但是手机打不通，人们在等待消息。

至少坚持到新闻联播

直播开始的时刻，像曹越这样实时传回的信息凤毛麟角。直播间外，导播和编导们忙着联系汶川、成都、绵阳、都江堰以及周边有震感省市的地方台，征集关于地震的一切一手信息。有画面优先播画面，没有画面优先电话联线，没有声音就播报来自前方的文字消息。但在通讯出现问题的情况下，谁也不知道前方下一秒是否还联系得上。"所有的人都特别茫然、紧张，从主播、编导到台长。"宋镜说。

按照常规播报完整点新闻就可以离开直播间的耿萨在"播完这条不知道下一条要播什么"的情况下挺了一个多小时。走出直播间的时候，藏族人耿萨意识到，她在甘肃文县白马河畔的家，离震中很近。

"直播的时候，导播告诉她的地名、经纬度、震级对她完全没有意义。她根本不知道什么意思。"耿萨的同事说。就在耿萨播报地震消息的时候，地震正在她的家乡实实在在的发生，百分之九十五的房屋成为危房，道路多处塌方。

耿萨坚持不下去了，海霞临时顶岗。从连续四个大夜班之后的酣睡中被通报地震的电话惊醒，《朝闻天下》的主播赵普打开电视，发现同事海霞还没来得及化好妆，刚画了一条眼线就"上去了"，赵普马上刮胡子。

几乎同时，央视的几名记者已经抵达北京南苑军用机场，准备随国家地震灾害救援队飞往灾区。而在此之前，两三位时政记者已经搭上了温总理飞往灾区的专机。第一批赴川记者包括新闻中心采编部主任许强、新闻中心副主任王晓真，他们在都江堰建立起前方记者指挥中心，成为直播信息的第一道把关人。"抗震救灾一线是最重要的，指挥部前移，他们在前方发现信息传给我们，而不是后方告诉他们去采什么。"赵普说。

第一批赴川记者还在路上，前方信息仍然主要靠和地方台记者的连线。演播室里的海霞只能采访国家地震局的专家，介绍防震知识和汶川地形，提醒观众不要相信谣传，要相信从中央人民广播电视台等正规渠道得到的信息。海霞的任务是让大家安心。但一切突如其来，她的语速急峻，时有磕绊。

这样的状态不知道要持续多久。导播从耳麦传来的指令是，至少坚持到《新闻联播》。事实上，在前方信息相对匮乏的状态下，海霞和国家地震局七十多岁的专家坚持了三个多小时。专家坚持不下去了，主播张羽上场。

海霞稍微舒了一口气。导播的指令可以分别给她和张羽两个人了，她问专家问题的时候，张羽可以监听前方的信号。没人知道张羽要在直播台前坐多久，凌晨12点，他接到的指令是再往后延两小时，凌晨2点的时候又接到指令，至少再延一小时。

主席是不是没睡好

12日下午，整个央视新闻频道最镇定自若的人也许是白岩松。地震发生的时候，白岩松在云南的机场。震感明显，但白岩松判断并不严重，就在几天前，他作为随行记者跟胡锦涛一起访日，刚在日本经历了一次5级地震。

"总书记也经历了，他就住我们楼上。第二天我还在节目中说，主席昨天是不是没睡好，因为地震发生在半夜两点。我没醒，同事把电话打进来了，说地震了，我们都跑下楼了。"白岩松没跑，因为在此之前，为"普及常识"，他曾专门到日本做过一个地震的专题，体验过7级地震的感觉。

白岩松打开电视，想看看同行NHK对地震的反应。半小时之后，NHK的一个频道专门用来公布与地震有关的消息。"没有画面，没有主持人，就是在山水画面风景的背景上，不断地打东京这个区的震感是多少，那个区的震感是多少，哪发生了地震。持续了很长时间，做得非常细。"

5月12日下午在云南的机场，白岩松以为，脚下的地震也和几天前日本深夜的地震一样，是大自然一个恶作剧。但当他接到电话，知道北京也有明显震感的时候，立刻意识到问题的严重性。

这时候，海霞已经出现在机场的电视屏幕上。白岩松接到一条短信：今晚10点到12点，北京有6级地震。他立刻给演播室外的编导发短信：地震刚发生的时候，是谣言最易传播的时候，与地震有关的最初的数字，往往都是无效的。

十五分钟之后，海霞在直播中辟谣，关于北京将发生6级地震的说法是谣传。

晚上6点，白岩松从云南回到北京，刚一出舱门就接到新闻中心的电话，与此同时，赵普的电话也响了，两人接到的指令一样：速来台。赵普带着他从网上扒下来的关于汶川的背景资料走进新闻中心办公室，发现同事康辉已经坐在那里了。

我怎么还看不到前方？

5月13号下午1点，赵普结束了四个半小时的地震直播后，听到的第一句话是："小普，我们做得太不好了，应该事先给你准备一个杨利伟在宇宙飞船里用的那种纸尿裤。"赵普这才意识到自己尿急。

从13号开始，赵普一直腹泻，医生说没药可治，是神经性的，当涌向他的信息流逐渐平缓下来的时候腹泻会自然消失。没有别的办法，赵普在直播之前尽量不喝水。

一进直播间，赵普的耳朵要同时听三四个声音："要听导播的，要听在现场指挥的领导的，还要听前方传来的信号，我脸上还得跟没事一样，听对面的嘉宾在说什么。其实他的话我只听到一半，但是我还得不断地问问题，控制住他，不让他长篇大论，用最快速准确的提问换来最权威的答案。"

更嘈杂的声音在演播室外，从央视大楼到新闻中心的"抗震直播指挥部"和直播间，几十号人匆匆忙忙地来回穿梭，警卫查证件，晃一下胸牌就闪。"特别是前两天，信息比较错综，我们害怕误传，还要去核实，大家都特别焦虑。谁都知道，眼下需要最快捷的资讯，但因为通信和交通的中断，最前方的画面迟迟传不回来。"赵普说。

13号，赵普拿到的前方地图是一张黄底的平面图，在上面，成都、汶川、北川等地只是大小不等的黑点。震中汶川究竟如何了，没有人知道。电没了，路断了，电话不通，地图上看离成都寸许距离的汶川成为死亡之谷里的信息黑洞。赵普能做的跟头天夜里海霞、张羽一样，连线地方台记者、专家访谈。

"刚刚出现重大灾情，刺激很重，大家的热情是奔涌的状态，像火山一样在喷发，但是火山喷发是无序的，那个时候我最想传达的信息是，我们知道你们遭灾了，我们都在支持你们。但我不会轻易号召，大家赶紧进去吧，那里需要人。因为这个时候是我们政府反复强调的所谓强有力的领导的时候。所以我问减灾中心的专家，我们国家特大突发事件的四级响应是怎么回事。我想通过这个告诉大家，国家是有非常严密的制度安排的，谁做什么，不做什么，这时候都清清楚楚。"赵普说。

但观众不买账：你们央视为什么总在演播室，请嘉宾谈来谈去？地震发生了十几个小时了，我怎么看不到前方的情况？

恨不得每个受灾的地方都架上一台摄像机

"作为第一个信息接收者，我也不满意，我恨不得每个受灾的地方都架上一台摄像机，二十四小时直播。但地震发生的第二天，就这种手段，只能靠我说。"赵普一边直播，一边在心里跟他假想的观众对话："我知道你急，我把信息未经编辑，未经审查就给你。"

网友的不满依然铺天盖地：这种时候，军队就得上啊，军事卫星赶紧把前方的图片传回来！

"大家不知道当时的气象条件根本不容许，云层太厚，卫星没有用武之地。"赵普说。

有观众置疑：我们在google上早就搜到了前方的三维地图，你们怎么这么笨？

"他不知道地震已经把地形地貌完全改变了。北川在哪？北川已经从地球上被抹去了。我连线我们在北川的记者何莉，她说废墟之上一个看上去好好的三层楼，你拿起竹竿从远处一捅，那幢楼马上散架。"身在信息漩涡中的赵普感觉到无形的压力。观众和网友的置疑，看似荒唐，从另外一个角度，又相当合理。知情权是每个公民的基本权利。

14日，在国家测绘局的支援下，演播室有了灾区的第一张三维立体地图——崇山峻岭之中的汶川让所有的人更加焦急。

15日，看到都江堰的医生在孩子被埋废墟之下仍然坚守岗位的画面，赵普在直播中哽咽："为什么我们爱这片土地，因为这片土地上的人懂得相互守望。因为转播车的原因，我们还不能把更多的画面带给大家，我们只能反复播放能够搜集到的宝贵的画面，目的只有一个……"

当时哭的不仅赵普一个，坐在他对面的专家，演播室外的编导都红了眼圈。导播张军通过耳麦对赵普说：我们等你。随即，张军把赵普耳边的几个声道切断。安静持续了两秒。

震后汶川的第一个画面

演播室望眼欲穿等待前方画面的时候，四五十名央视记者随卫生部、红十字、军队分批次抵达四川。

央视新闻中心采编部的政法记者姬缘13号凌晨接到通知：定最早的机票，到达四川任何一个机场都行。姬缘能订到的最早的抵川航班在当天早晨8·30飞绵阳，因为航班延误，飞机起飞是在下午两点半。到绵阳后，姬缘乘车赶往成都，从成都再去都江堰。当晚下大雨，姬缘在都江堰消防局门口过夜。

跑新闻出版的央视记者徐丽莉第一时间接到地震的消息。第一反应是把手头的片子编完，随时待命出发。编了一个通宵的片子，13号早晨8点，徐丽莉接到电话，必须在中午11点赶到卫生部，跟专家一起赶赴灾区。13号下午4点，徐丽莉跟五十二岁的摄像邢栋抵达成都机场。北京天津几个医院自带的手术刀、一次性消毒用具、胶鞋等几十吨物资全部混在一起，在机场清点物资用去五小时。

到了逼近震中的都江堰和绵阳，记者遇到的最大难题是素材回传。温家宝最早视察的都江堰拥有前方记者点的第一台转播车。在都江堰的姬缘每天带三盘裸带出发，拍满一盘就拿到转播车往回传。身在绵阳的徐丽莉则只能利用当地电视台的设备，往回传素材的记者特别多，传一次素材要排一个小时到半天的队。

每个记者都清楚，能不能被后方连线，取决于自己所掌握的四方面信息够不够迅即：交通、通讯、电力供应、救援数字。

"救人的数字必须在第一时间传回来。比如说我这里已经救出了一百六十七个人了，两个小时前还是一百六十三个……这是数字和数字的搏斗。救援的数字在增加，伤亡的数字也在增加。仅就数字而言，我们的确在吃败仗，但如果我们用了这么多的人力、物力从废墟中捞出来的这些人如果算战果的话，它比以往任何一场胜利都来得光彩。"身在演播室的赵普说。

5月15日晚上9时15分，一百三十名武警和二十二台挖掘机抢修三昼夜之后，从马尔康通往汶川的西线公路打通。央视的转播车跟救援车队一起沿着这条公路往里开，八十七公里，边走边拍，随时可能遭遇山体滑坡和泥石流，这是最早的离汶川距离最近的电视画面。后来被凤凰卫视和国外媒体反复使用。

5月16日，央视记者乘坐三角翼和动力伞航拍汶川映秀镇，这是全世界看到的震后汶川的第一个电视画面。在直播开始的时候输给凤凰卫视的央视在这个时候显示出它的优势。

而当央视记者随各部委的专机一批又一批抵达灾区拉网布点的时候，各种各样的市场化媒体和地方媒体也想尽办法搭乘误点延迟的民航，几经辗转最后以步行的方式向灾区逼近。央视动用海事卫星、卫星光缆传输素材的时候，地方媒体的记者正在为如何回传他们用笔写的稿子着急。

这时候讲故事太不要脸了

当信息传播成为第一要务的时候，每个具体的名字和每段具体的悲欢便被忽略了。最初的幸存者出现在电视屏幕上，没有名字，只为说明掩埋多少小时之后生命的奇迹。

"那时候还来不及。我只是在各种惨烈严峻的数字中告诉你一个生还的好消息，让你松一口气。那个时候讲故事就太不要脸了。前段时间一个电台的做直播连线的时候，让困在底下的人说一句话，当时我就很不高兴，这是违反常识的做法。你做记者，传递信息是你的职责，但是你让废墟里面的人喊话，是在消耗他的生命。"赵普说。

"对前方传回来的画面做技术处理（指加字幕，说明获救者的身份、姓名之类）需要时间，直播刚开始的时候不太顾得过来。"白岩松说。

然而当乐刘会获救的时候，人们没有办法不记住她的名字。格子上衣、废墟下的大眼睛，在七层楼的废墟下面被困七十多个小时之后说，"我很好，大家不要为我担心，我往前挪挪，你们就能看到我，我知道你们会来救我，我相信你们会来救我。"

白岩松从15号直播里看到乐刘会的镜头，那时电视屏幕上还没有打出她的名字。白岩松马上让（要求）节目组的人查是谁拍回了这个女孩子的画面，记者是拍完她获救就走了，还是继续跟踪下去。

拍乐刘会获救的记者是5月13日大雨中抵达都江堰的姬缘。对乐刘会的救援从上午10点开始，到下午3点结束，这是姬缘到灾区之后亲历的最顺利的一次救援。

"已经看得见乐刘会的脸了，救援队员正在用电锯锯挡着她的水泥板，乐刘会的神志相当清醒。"姬缘一辈子都会记得乐刘会告诉他，"我叫乐刘会，音乐的乐——刘备的刘——集会的会。"

姬缘回头，发现围观的人群里两位妇女神情最激动，姬缘走过去问：这有乐刘会的亲人吗？那两位妇女马上围过来，一个是她的妈妈，一个是她的姑姑。姬缘告诉她们，乐刘会没事。乐妈妈想见女儿，姬缘说这要问救援队，但是留下自己的手机号。救援队的医生说，重伤的幸存者将被送往成都，轻伤留在都江堰本地的人民医院救治，乐刘会毫发无损，去中医院就可以了。姬缘让摄像找了一辆车，跟着救援车把乐刘会的家属送到医院。

在当晚的直播中，主持人白岩松用三个段落讲述乐刘会获救的经过，她的名字用大号字体打在电视屏幕上。

常识救命

"从15号开始，我们在直播中就开始把人放大，要让人有名字，有故事。"

白岩松说。

一个盲点地区，第一次有飞机来，记者跟着直升机拍救援，直升机拉着伤员要走的时候，留在当地的轻伤员和幸存者塞给驾驶员一叠纸条，纸条上是幸存者的名字和亲属的电话。驾驶员把纸条转交给了记者，记者打电话，旁边摄像把他打电话的场景拍下来，可惜二十个电话只通了五个。"第一个电话打通的时候，没有人不落泪。"白岩松说。

记者：您好，您有亲属在卧龙吗？

对方：是。

记者：他让我告诉您，他平安。

电话那边哇地哭出来。

记者又问：他是您的？

痛哭的女子说，他是我老公。

"任何直播都需要前方的动态，但每一天都有每一天的主题。"直播开始的前三天，白岩松的主题是"救命"，"我在节目中说，与其说是'抗震救灾'，不如说是'抗震救命'"。因此，主持人在跟各地连线的时候，都问道路打通到哪里，水、电、食品……

凡白岩松认为特别重要的信息，他会加大频率说，不怕重复，通往汶川的西线通道终于打通的时候，他在半小时之内重复了四次。

还有就是常识。

白岩松在直播的间歇里遇到神经外科专家凌锋。凌锋告诉白岩松现在最缺的是通俗易懂的常识。白岩松喝口水返回直播间，凌锋刚刚编好的救助常识顺口溜已经发到他的手机上。接下来的直播时段，这十条顺口溜白岩松念了不下两遍，直播间外的制作团队把顺口溜做成字幕。

一个小时之后，前方传来最新消息：一个小男孩，九岁，利用几天前自然课上学的防震常识，在地震来临的时候，让大家赶紧往墙角跑，救了六个小伙伴。

的确感人，坚决不播！

"受灾后前两天是恐惧，是庆幸，庆幸自己还活着，从今天开始，痛感来了。家没了，亲人没了。这次地震，家庭破碎度比唐山大地震还要高，因为是在白天，一家人上班的上班，上学的上学，在家的在家。心理的抚慰需要一个长期的过程。"5月18日，直播进入第六天的时候，白岩松对南方周末记者说。

从16号开始，救人、救命的主题渐渐向防疫、灾民安置过渡——过于血腥残酷的画面被前方和后方自动过滤掉。

姬缘拍过一个救援场面，受难者双腿被压在水泥板下，血肉模糊，为了把他救出来，双腿被锯断。现场拍摄的画面传回电视台播出的时候，锯腿的画面被切走。

白岩松看到一帧画面：五十个遇难的孩子躺在操场上，他们的老师在鞠躬。

"的确感人，但坚决不播！有些东西播出之后，给每一个人的打击确实太大了。我跟你说实话，真不是领导决定的，是我们自己决定的。"白岩松说。在他的直播中，一位专家提醒观众，大人跟孩子一起看电视的时候，要解释，地震是小比例事件，不会总发生。这让白岩松心有戚戚，他现在还记得三十二年前的唐山大地震，自己处于怎样的恐惧中，半夜睡觉要把一个啤酒瓶子放在地上。

"当时大家哪有意识对一个七岁的孩子做什么解释，社会的进步就体现在细节上。"白岩松说。给予充分的自由，有责任感的媒体，懂得自律。

你知道全中国最好的心理咨询师是谁吗？

在白岩松的议题层层铺开的时候，央视对地震的直播进入"突发事件的常规报道"阶段。

"做到第三天，导播松弛了，我们也松弛了。前方记者的状态和分布后方了如指掌，知道他们在干什么。"赵普说。

随着动作越来越从容，电视台的一些"老规矩"开始慢慢恢复。只要是打在纸上的消息，都要有当班主任的签字才能播报。电话连线不在审查之列，因为"连线的问题范围是有限的，不可能漫无边际，通常导播在连线之前会和记者做个大致的沟通"。

原来的固定栏目《朝闻天下》、《新闻三十分》、《新闻联播》、《焦点访谈》一个接一个恢复。新闻播报的优先级别是时政要闻、现场的是实时信号、之后是对现阶段的抗震救灾"最有用"的片子，比如救人的场面、灾民安置，"告诉大家现在很有秩序，很好，你们放心"，这是"规定动作"。

每逢整点，交代领导人行踪的时政要闻便出现在屏幕上。"你知道现在全中国最好的心理咨询师是谁吗？——温总理。他走到哪，哪的人心就安定下来。"唐山大地震的幸存者，北京大学人民医院神经外科的专家阮某在直播中对赵普说。

官员学会了表达

地震带给徐丽莉的一个意外收获是八岁的女儿百倍突然长大了。她在电话里告诉在绵阳采访的妈妈，她打算捐五十块钱，过两天又打电话来修正，她捐了五十二块八，徐丽莉问她怎么又多出来两块八，她说是书本费里找回来的。"她觉得做这件事应该'全心全意'，就把钱都捐了。"

八岁的百倍也敏感地察觉到了妈妈的变化。妈妈以前出差往家打电话，总问，你今天吃了什么，发生了什么有意思的事。现在妈妈总跟她说，无论发生什么，你一定要坚强。

17号上午，赵普收到北京一家服装公司寄给他的包裹，包裹里是领带和纽扣。因为15号直播中最自然不过的哽咽，每天早晨8点半之前主播早间新闻节目的赵普得到越来越多的关注。

"这次地震，在中国新闻史上都会记上一笔。它让媒体和官员都学会了在重大事件来临的时候如何跟公众互动。"《东方时空》的制片人包军昊印象最深的，是一个将军给前方打电话了解情况的时候，记者的话筒就杵在他的电话旁，直播他跟前方的交流。"我们经常看到港台的官员被媒体围住问话，按专业术语来讲这叫'电视秀'。在我们的印象里，我们官员面对媒体都很笨拙，但这一次他们学会了表达，不光是中央领导，很多地方干部都习惯了这种采访。这就是一个好的开始。"

只有一个人，是被直播中的失意者。13日，央视新闻频道照例现场直播抗震救灾节目，内容是连线前方记者，主持人拨通了记者徐娜的电话，询问她关于都江堰聚源镇中学救灾工作，电话中徐娜说自己其实是在成都，对聚源中学的救灾情况也支支吾吾无法回答，不到二十四小时，网友群起将这段连线视频和文字发到各大论坛，声讨"逃兵"徐娜——这也是此次央视直播中传播最广的瑕疵。

连线是央视最方便和普遍的新闻采集方式。连线徐娜是演播室轮值的几位编导都同意的，之所以连线她，是当天下午，温家宝刚刚视察过聚源中学，徐娜曾在那里采访。

但徐娜被派往聚源中学的任务，是"通过人性挖掘灾难中的故事"，并不是那里的救灾情况。因为当时都江堰还没有转播车，徐娜要把她采集到的视频带回成都传送。到达成都的时候，徐娜收到了后方要她介绍聚源镇中学最新情况的电话。

当晚的主播董倩和张羽对徐娜的处境一无所知，一再追问她为什么回到成都。而徐娜又没有做连线报道的经验，追问之下，支支吾吾，越说越让人疑窦丛生——一个简单的直播技术问题，变成了记者职业道德问题。

面对，而不是逃避

"几年前我们做过一次大的地震演习，我们团队搭好了一个直播架子，没想到后来还是取消了，原因是怕引起恐慌。"接受南方周末采访的时候，白岩松不无后悔地说。

九年前，白岩松参与了香港回归直播，那是央视第一次做直播，之后是澳门回归、三峡、伊拉克战争……"开始多紧张，请外面的人进演播室都要一层层的审批。'直播'这两个字都是相当敏感的，做了几次没出事，领导也就放心了。"

但跟这次汶川地震直播相比，那些根本不算是真正的直播。"有人说伊拉克战争的时候，央视反应很快，那是因为之前我们就预计这个事件会发生，因此战争一开始就直播。其实半个月前我就接到了台长的提示，从现在开始你每天生活的半径必须在十五分钟可以到达的地方。但是地震，你怎么准备?"

"所以我不认为这是一次简简单单的直播。我们在过去的灾难里头学会了怎么面对，而不是逃跑。国家形象的直接反馈，会让决策者意识到，将来我照单做，没有什么好担心的，哪个层面不受益?"5月1日开始实施的政府信息公开条例让白岩松对未来充满信心。

九年前，做香港回归的时候，他曾对领导说，放心，门开了，就不会把它关上。

家书最不可能说假话

手 记

忘记当初是哪根心弦被触动，写下这篇稿子。如果以社会史、当代史史料的标准衡量，那些家书，应该没有特别的价值，每封信都不外乎家长里短，亲情伦常。无法解密什么，重构什么。可是静下心去读，也会被感动：原来中国人的感情那么细腻，在柴米油盐的生活中，有那样款款的深情。

七十九岁的于鸿钰老人一直珍藏着父亲五十五年前写给他的家书。信封的边角已经磨损，背面的边角处有于鸿钰写的一行批注："最有纪念意义的一封信，愿永远保存。"

五十五年前的隆冬时节，于鸿钰的女儿降生，于父为贺孙女出生而写了这封信，说对于孙女的降生，家人"均喜悦非常"，并嘱咐儿媳"冬季生产，凉热最应注意"。信的内容随后转而叙述家长里短，说到于鸿钰的姐姐"考入妇联保育训练班，学习四个月（食宿均管），毕业后派赴各保育园工作"，于鸿钰的兄弟"护送参加抗美援朝战争的老弱病员同志至邯郸，因工作颇紧，未能回家"。诸亲友近况汇报完毕，在另一页起首谈国事："平壤收复，津市各界举行庆祝游行。队伍满街不断，入晚有人提灯游行，此热闹异常。"

两页红色竖格信纸，毛笔字刚劲清秀，寥寥两百余字，中间不着标点，家事国事互文。4月中旬，于鸿钰把这封信捐给了"抢救民间家书项目组委会"。

"抢救民间家书"活动由中国国家博物馆、中国炎黄文化研究会、中国民间文艺家协会等机构牵头，实际操作由"抢救民间家书项目组委会"的八九名兼职人员完成。从4月10日到4月底，已经征集到数千封家书，捐赠者多为中老年人，捐出来的家书大多已被保存了十几到几十年，甚至上百年。征集没有截止日期。据称，主办单位年底将从征集到的家书中选出一百封入选国家博物馆，而其他家书将全部成为拟建的中国家书博物馆的藏品。

请某某某转递某某某

"家书最不可能说假话。除了浓浓的亲情，家书还蕴涵着时代的密码，政治家、历史学家、文学家、社会学家都能从中挖掘出有用的信息。"张海鹰说。张是"抢救民间家书项目组委会"的副秘书长。

张海鹰每天都要阅读大量捐赠来的家书，这常常让他处于兴奋状态。有时仅仅是信封、邮戳和写信人或娟秀挺拔或狷介狂放的毛笔字就足以让他感到兴奋。1950年代以前，很多信件并不是通过邮政线路传递的，而是由亲朋乡亲捎递，地址栏"请某某某转递某某某"的写法让人不难想象信封里的家书会在路上颠簸多久、中间倒过几遍手，才能从寄信人手上递到收信人手上。很多用毛笔写的信，"一点不比中国书协的成员写得差，随便拿去裱一裱，就是一幅精美的书法作品。"张海鹰说。

兴奋更来自于对"时代密码"的破译。目前年代最早的征集物是明木清初书法家王铎的手札，另有清同治七年晋商从北京寄回老家的两封写在商号对账单上的信。信中除了一些家事外，还罗列了稻米、麦子、大豆、黑豆、黄米、菜籽等粮油作物的时价。这让张海鹰想起前几年国家博物馆曾经轰动一时的一个展览：一位家庭主妇从上世纪五六十年代到改革开放，每天的家庭支出记录，其中详细列出了某年某月某日买米买面花了多少钱。"那是最朴实的记录，但是很多人跑去看。"

西安的胡玉华老人捐来数十年前的情书，那是丈夫在解放战争和朝鲜战争中从阵地写给她的。

在信里，丈夫总是称胡玉华"玉花"或者"花"。"那是他的一种文体。"

今天提起丈夫当年写的信，七十七岁的老人仍然陶醉。胡玉华的丈夫宋云亮十四岁参军，参军之前上过小学，后来在延安念过抗大。"他是一个特别好学的人，因为是炮兵，他把三角、几何钻研得很深。上了年岁之后在疗养院里还做几何题。他的习题集我都留着，整整齐齐地订了好几大本。"胡玉华告诉南方周末记者。

一封写于1949年2月的信是这样开头的："玉花，我说的话不错吧：在寄信时不是告诉你'平津不久即会解放'，不出一月就成了事实。我们从保定出发，一直就往北走，在山里走了六七天，本来想参加新保安战斗的。但我们刚到平绥路，保定就解放了，后来想去参加打张家口，还没有到张家口又解放了……解放天津的战斗我们没有参加，是东北部队打的，我们是准备攻取北平，在城下已经架好了阵地，但是傅作义和城内的敌人先后投降了，所以也没有打上。玉花，这次胜利可不小啊！解放了北平、天津、塘沽、张家口等城市，歼灭敌人五十多万，华北的全部解放已不会有多少日子了……"

战争年代，宋云亮写给妻子的信经常很短。"在过鸭绿江之前，他还急急忙忙地给我写上两句话：'我又来到弯弯曲曲的鸭绿江边。我们又要渡江了。亲爱的玉花，祝福我们吧！'"时至今日，丈夫当年写的信，胡玉华仍能随口背出。

在一封写于1953年4月9日的信里，宋云亮向妻子详细描述了他在朝鲜前线的新"家"："花，我们搬家了，离原住址不远，这里也有许多石洞，是在一个山脚下，河水总像转动的机器一样忙碌地奔流着，我们连的石洞前后有条通向河对岸的悬空吊桥，是准备在下雨涨水后来通过的。总之，新住地的自然环境是非常美丽的。现在我自己住一个石洞子。在石洞里拐弯的地方用木材架了一间小屋，边角都用木板钉了，还用纸糊了，有帘子也有门，里面有我的睡铺和办公桌，木板墙贴着好几张祖国慰劳的美丽的年画。当屋子刚弄好时，陈玉田同志看了说：'真是漂亮他妈不给漂亮娶媳妇——漂亮急（极）了！'"接着，丈夫在信里画了一幅自己房间的简笔画，一盏煤油灯放在桌子上，墙上挂着军用挎包、年画和胡琴，门虚掩着，向外开了一条缝。

实际上，宋云亮的那间小石屋，即使是在夏天最热的时候，也需要点炭火。白天如果不点蜡烛，伸手不见五指。床铺和办公桌都是用炮弹箱子钉的。"朝鲜的山都是空的。一下雨就漏，所以都用木板钉好。"然而在战场上，不得已而为之的遮蔽物变成了装饰。"战士们手可巧了。停战之后，满山遍野都是子弹壳。他们就用稻草和子弹壳造房子。"

你的爸爸跟别的爸爸不一样

马新华捐赠了他在参加对越自卫反击战之前写在擦枪布上的一封家书。全信如下：

亲爱的妈妈、姐姐、弟弟：

近来全家人一切都好吧！您如看到这些东西后会有什么样的想法呢？依我说，全家人什么也不用多想，也不用为我而过多地忧虑。尤其是妈妈，要注意身体，不要为我着急，因为这是没有用的。

我们部队再过几天就要开赴云南边境去了，为了保卫我们的祖国，保卫胜利果实，保卫和平。

这些大道理我不用多讲，妈妈、姐姐和弟弟一定会理解和明白的。

姐姐和弟弟一定要听妈妈的话，让妈妈放心。特别是弟弟一定要努力地学习，不要辜负我对你的希望。

时间紧张，暂说至此吧！

全家人只要不为我着急和惦念，我就放心了。

祝全家人

身体健康、工作学习顺利、生活愉快。

此致

敬礼！

华：于一九七九.元.十

写于什邡

1978年，马新华二十岁，在四川什邡当兵。他从一些蛛丝马迹，预感到战争即将来临：连队两尺长的猪被杀了做熏肉，菜园的菜不再有计划地采摘，而是"什么好吃吃什么"。晚上组织学习的时候，指导员开始讲边境形势。原先每个周末许可每个班有一名战士上圩（赶集）的制度也取消了。果然，很快命令到来，部队进入一级战备，战士们被要求就地打好背包，随时准备出发。与外界的联系遂被中止，不得外出，不得写信，如果一定要写，要经过连部、营部、团部的层层审核。

那天晚上我站岗回来，哥几个都在呼噜呼噜地睡觉，只有40瓦的灯泡亮着。屋里光秃秃的，行李都打到背包里了。我睡不着，开始收拾东西。我想着应该写一封信劝劝家人：万一我打仗回不来了，不要为我太过悲伤。当时没有纸，我看见一块擦火箭筒的白布，就拿着板凳，趴在床铺上，在这块布上用钢笔写了起来。钢笔在布上写字不好写，这封信是一笔一笔描出来的。

写完信不久，部队开赴战场，两周之后战争结束，近一年后，马新华复员回到北京，和家人一起看了他上战场前写的那封家书。

1978年底部队比较紧张的时候，我曾经给家里写过信，说我们现在正在搞战斗演习，说不定哪天就要上前线了。写完这封信之后部队就进入一级战备，我就再没有写过信了。接不到我的信，家里都快急死了。有一阵子，他们上街，背后都有人指指点点了，邻居们议论，说我的骨灰盒已经送到民政部门了。后来才知道，因为我妈跟人聊天的时候提起我好几个月没给家里写信了，别人一传，就变成我已经死了。后来我姐姐就仿照我的笔体给家里写信，骗我妈：我弟来信了，我给您念念。

写在白布上的家书，马新华一直保留，作为战火青春的佐证。

我是1980年底复员的，回家的时候，就像沙僧一样，挑着一副担子，一头是行李，一头是在驻地买的土特产。我给家里买了不少橘子，都用报纸包好。我还带了两棵棕榈树的幼苗。在山上训练的时候，棕榈树长得很高，像扇子一样，风一吹，发出啪啦啪啦的响声，我特别喜欢这种树，一年四季常青。我就挖了两棵小苗苗，看带回家去能不能活。我们那节车厢有一个五十来岁的女乘务员，给大家倒水，走到我们那，就问：你们几个退伍了？我们说退了。她接着问，你们打仗了没有？我们说打了。她说，那你们还不错，还能回来，要是嘎屁了，我今天给你们倒不成水了。"嘎屁"这两个字把我和另外几个北京籍的战友逗得哄堂大笑——我们三年没有听到这么地道的北京话了。

　　与棕榈苗和橘子一起被马新华带回北京的，还有一军用水壶老酒。酒是部队工厂酿的，"度数很高，大概能到六七十度，火柴一点就着"。在家等待安置的时候，马新华经常把这壶酒拿出来，自斟自饮。"回到地方，过上了安定的生活，心里反而没着没落的。那段时间，不让吃饭行，但是不让我喝部队的这口酒，我心里就特别难受。"

　　对自己的生活有独特感受的人才会清楚记得他所经历的那些重要的细节。而这一大片的记忆都是由那封不足三百字的家书勾起的。但在开始交谈的时候，马新华却一再说："这封信，我留着也没什么用。"

　　以前我留着这信是想让我儿子看看，让他知道：他爸爸跟别的爸爸不一样。我记得第一次给他看，他还在上小学，看了之后没反应。这次我捐信之前，把复印件给他看。他当时正在弄电脑，说，搁那儿吧。第二天早晨我问他看了吗，他很淡地说了一句"看了"。他这一代人跟我那一代人确实不一样，我那代人很重视感情的。我估计，我要死了，这封信也就烧了，随着垃圾一起倒掉了。所以我决定捐献出去，也算给它找个归宿。

"送走"家书前，马新华特意上了趟洗衣店，把压了二十多年的擦枪布熨平。

"爸平安幸福到"

4月11日，张海飞从新闻里看到征集家书的消息，当即向被列为主办者之一的国家博物馆咨询。国家博物馆的总机不知情且不耐烦，几次转接，张海飞打通征集办公室的电话。

张海飞捐出的是父亲1989年写给他的家信，信里描述了老爷子第一次坐飞机的经历：

> 关于这次坐飞机，是达到目的了。因为是清（晴）天白日，什么都能看见。起时路上的汽车、行人都能看见；上到最高点，能看见路、河水、村庄、山，看不见车马行人。当初，我依（以）为"北京—太原"山多，怕飞机重，其（岂）不知再上面能看见山，好比把风景划（画）放在地下一样，再有60多个山高才能奔上飞机……我认为太幸福。飘飘当当（荡荡）一个多小时空中生活，这是一生经过了一件事……

张海飞的父亲张发戍生于1933年，是山西农村的一个大半辈子为衣食奔忙的老农。1989年他看望在京服役的儿子，走的时候执意要坐飞机。

"节俭在我父亲身上是根深蒂固的。他从来不抽烟，从来不喝一点酒，根本没喝茶的习惯。"听说父亲说要坐飞机，张海飞很诧异，"坐飞机是找罪受，老家根本没有机场，他只能飞到太原或者西安，两个地方都离家三四百里，还得火车、汽车地倒腾。"而且，机票也不好买。"一般有'级别'的人才能坐飞机，买机票需要县以上人民政府的介绍信。我记得当时一张从北京到太原的机票是一百二十块钱，而我当时的工资不足两百块钱。"张海飞回忆说。

但父亲是有备而来的。钱预备好了，连身份证一起，整整齐齐地交给儿子。父亲出发之前去县里开过介绍信，但没找到人，索性也推给儿子："你去部队给我开,证明我是你爹,我要坐飞机!"

看到父亲如此坚决,张海飞夫妇成全了他的心事。1998年,张海飞把这件事情写成散文在《人民日报》海外版发表的时候,说父亲当时站在安检口向他们告别的表情是好像"就要去另外一个世界旅行"、"激动而复杂"。除了写信详细描述坐飞机的经历,父亲到达目的地之后,还给张海飞和妻子拍过一封电报:"爸平安幸福到。"

"本来'到'就可以解决问题,他要说'幸福到'。'幸福'这两个字任何人都可以给出自己的解释。对老爷子来说,这两个字代表什么?"接到电报,张海飞思忖良久。

张发戍童年丧父。五岁的时候,日本人烧了张家的房子,张发戍在山坡上看着滚滚浓烟,要哭但没哭出来,咬着牙跟母亲说:妈,长大了,我重新盖起来。

此后,张发戍的一生都在为盖房奔忙。1960年代初,他一个人养七口人。为了有更多的土地,张发戍从来没有从天黑睡到天亮,只要醒来,不管是几点,拿着镐、镢头就去垦荒。

慢慢人能吃饱了,并且还能种红薯、南瓜喂猪,但是没有钱。为了换钱,张发戍偷偷去赶集。"赶集必须赶早。从我们家到集市,大概三十公里,拉着小平车走大概需要五到六个小时。我父亲头天把什么事情都干完,天黑就睡,睡上两三个小时就出发了。"到了集市上,东西很少能顺利卖掉。张海飞记得他十三四岁的时候曾经跟父亲去集市上卖过小猪仔,"管理市场的人追着我们跑,小猪仔跳出筐来,跑了一地。"辛苦干一年,年底张发戍通常要欠生产队几百块钱。

土地不够嚼裹,1960年代中期,张发戍转移到河滩上,筛沙石,一干十年。1970年代末,守着河滩的村庄办起了生产水泥板的工厂。张发戍是这个工厂最早的工人和承包者。"家里有了变化是1980年代以后,用我父亲的话说'人活得有人样了'。"张海飞说。

1988年,张发戍用一年的时间盖房子,"盖了三层楼"。

1989年,张发戍要坐一次飞机。

"我鸿戍坐过飞机"是张发戍挂在嘴边的一句话。鸿戍是发戍的五弟,在外工作。下雨天种不了地，别人在屋檐下闲谈，张发戍经常生硬地插一句"我鸿戍坐过飞机"。他觉得"坐飞机"是赶着牛、拉着犁的他不可想象的。

"对我父亲来说，'坐飞机'是对美好的一种向往。"年近不惑，张海飞终于明白"坐飞机"对于父亲的深意。

教堂的彩色玻璃

丁章是此次家书征集活动的发起者，也是"抢救民间家书项目组委会"的秘书长。他最早冒出征集"民间家书"的念头是因为去年年底偶然听到的一则新闻：美国历史学者安德鲁·卡洛尔征集美国军人战争家书，捐赠者踊跃，共征集到从南北战争到海湾战争的约五万封战地家书。卡洛尔把其中的两百封结集成书《美军战争家书》，此书一度蝉联《纽约时报》畅销书榜首。

书的序言写道："1999年我去伦敦旅行时，曾到帝国战争博物馆研究美国人的战时书信，我遇见一位上了年纪的英国绅士，他对我讲起他和他的同胞如何为1939年夏天的战争做准备。由于担心大规模的轰炸和德国的全面入侵，许多村镇的英国公民小心翼翼地拆除了教堂的彩色玻璃窗，把玻璃片分给全村镇的人。然后镇民们把小块的玻璃藏在饼干筒里和糖罐里。战争过后，玻璃又被收集起来重新装好。"卡洛尔认为他征集到的书信可以和那些彩色玻璃相比拟。

卡洛尔的书让丁章看到酝酿已久的家书征集计划的可行性："我当时就想，美国的战争家书能征集到五万封，中国的民间家书，不限内容不限时代，肯定是个海量。"曾在媒体做收藏方面的报道，丁章对"藏宝于民"有真切的体会，"因为盗墓的猖獗，大批藏品流散在民间。金缕玉衣据说民间有九件。你到那些小山沟里看看，剪纸、皮影都让你叫绝。"他认定"民间家书"也是一个宝藏，"以前我们研究正史，主要靠官方记录，民间野史都是佐料性质的。而要还原历史的本来面目，民间记忆是很重要的。笔记、小说、日记、名人书信都已经被利用到历史研究中来，只有民间家书还没有被开发。"

与丁章的判断吻合，"民间家书"对学者有特殊的吸引力。

"如果选'名人家书'，号召力可能就差一点，价值也差一点。根据现在出版的各种回忆录，参加南昌起义的人越来越多，原来没参加的人也参加了。这说明，很多话也不那么太可信。家书不太一样，写的时候不是为了发表，也不是为了给别人看的，所以讲真话的多。"学者任继愈在家书征集的启动仪式上说。

学者白庚胜认为："家书介于口述和文字之间，对历史学、文学、档案学等都有很重要的作用。目前中国的学术界最迫切的不是建立理论，而是抢救资料，保护传统。我们建立的体系多如牛毛，而民间文化却消失了。可能就在我们开座谈会、正在谈论抢救民间家书的时候，又有很多家书流落到废品收购站。"

此言不虚，据《北京青年报》报道，2004年北京市民年人均信函量近八十封，其中"家书"类的私人信件大约只占百分之二十五，其余四分之三是各种对账单、保险单、商场的打折广告等商业信函。电话、短信和网络成为人们联系亲友的主要方式。

丁章认为，通讯方式的变化是征集家书的大好时机。"如果写信还担当着表情达意的功能，人们恐怕更愿意自己把信留起来。只有写信已经成为人们的美好回忆，而这种回忆因为搬家和老人的辞世成为年轻人负担的时候，人们才有可能把它捐献出来。"

虽然目前家书征集办公室几个人只有一台电脑，连复印机都没有，丁章却在筹划着给征集到的家书建一个专门的博物馆。他否定了将这些家书作为其他综合博物馆藏品的方案，因为"他们根本不把东西当东西"。他说自己曾在某国家级的文保单位看到地窖里明清瓷器堆在地上，无人问津，只有黄鼠狼和老鼠四处乱跑。

圆明园，意如何

2007年秋天，圆明园迎来建园三百周年。报章上一则水分极大的消息"圆明园要重建"，引起了编辑李海鹏的好奇。海鹏老师是贵报"一哥"。跟文章、思想都很锐利的人合作，我怕自己露怯。只好以勤补拙，关于圆明园的书先收一大堆，然后再用双脚去丈量圆明园的土地，有了足够多的感性认识之后，开始采访。

先是找到了圆明园学会最年轻的研究员刘阳。圆明园管理处现任官员不接受采访，我找到了曾在该单位工作过的张恩荫先生；找到了圆明园的"原住民"朱世忠先生；找到了从1980年代研究圆明园的中国人民大学历史系教授王道成；找到了九十四岁高龄的汪之力。1983年，汪之力曾牵头起草《保护、整修及利用圆明园遗址的倡议书》……

写完稿子惴惴不安，不知道自己是在做新闻，还是在讲古。

秋天早晨的圆明园是晨练老人和流浪猫的天下。一匹杂色的老猫懒洋洋地趴在青砖垛上，守望着在不远处打太极的红衣老太。泛潮的青砖从他们脚下向四面延伸扩展，近看，这些青砖勾勒出一组宏大建筑的基址，远看，它们组成一个新鲜完工的广场，只在局部用玻璃罩起两个观察孔。玻璃罩下衰草掩映残石断砖，它们的前身是"含经堂"——以"十全老人"自居的乾隆为自己修建的归政养老之所。这是一组集锦式建筑，书房、寝宫、佛堂，可演升天入地大戏的双层戏台，由宫女、太监扮演商家顾客的买卖街，凡乾隆能想到的无所不包。现在，青砖抹平了一切。

这种模式正在被复制。尚未对游人开放的圆明园西部景区正为奥运加班加点。高低错落的遗迹基址用土埋好、垫平，青砖覆盖其上。文化石包青砖的"夹心桥"取代了原本的石桥。

历经1860年的"火劫"；历经1900年外敌内匪砍伐奇珍异木，让清河镇木材堆积如山的"木劫"；历经从北洋官僚到1950年代十大建筑、1970年代人防工程的"石劫"；历经1917年到2000年，几辈农民战天斗地、备战备荒的"土劫"，这些建筑基址本是圆明园最后的家底。

为了还它们本来面目，北京市曾花了二十二年和四亿三千万人民币用于圆明园占地单位和居民的搬迁。到2006年5月，除前身为延安保育院的101中学外，十三个单位和七百八十五户居民离开圆明园。

三百年后，圆明园似乎又回到了它在1707年建园时的起点。只是，在五千二百亩上风上水的土地上画怎样的图画，今天的建设者并不像三百年前的样式雷家族那样成竹在胸。

三百岁，生日不快乐

10月20日，在"纪念圆明园建园三百周年国际学术研谈会上"，九十四岁的汪之力呼吁尽快恢复圆明园原有的山形水系和植物配置，并按原样重建总体十分之一的建筑物。1930年代，汪之力曾在颐和园附近参加抗日游击队，1950年代，汪之力出任建筑科学研究所首任院长，1980年代牵头起草《保护、整修及利用圆明园遗址的倡议书》。汪之力强调，恢复山形水系及植物配置，重建十分之一的古建筑，早已写在2000年的《圆明园遗址公园规划》中，此规划经北京市政府及国家文物局批准，具有法律效力。比照这份规划，圆明园管理处在过去的七年中不作为。汪之力的观点被与会媒体报道，并迅速放大成网络上关于是否重建圆明园的大讨论。

次日，北京市文物局副局长孔繁峙接受《北京日报》的采访，解释了何为"重建十分之一的古建筑"，他称百分之十多指宫门及院墙。"圆明园的性质是遗址，复建是为了明确遗址完整范围。"

照此说法，"重建"工程竟已在悄无声息中接近完成。圆明园管理处新闻发言人宗天亮曾在9月间表示，近年完成的含经堂遗址复建、小卖部、厕所、快餐店、休息点等总建筑面积已近一万四千平方米，而盛时圆明园的总建筑面积为十七万平方米，十分之一的古建即一万七千平方米。

"按照他们的说法，古建就是宫门和厕所！这可能吗？"11月8日，九十四岁的汪之力情绪激动地问记者。

修什么，甚至修还是不修，如此基础性的问题又回来了。中国该怎么对待圆明园？问题又一次回到了二十七年前。

二十七年前，圆明园已经从地理上、从人们的记忆中消失。

张恩荫1955年到北京后一直住在海淀，但一直到1970年代随部队到西北旺种树，才在别人的指点下知道车窗外荒草和杂树掩映的地方曾经是被"八国联军"一把火烧掉的圆明园。又过了很久，张恩荫才知道"八国联军火烧圆明园"是一个错误的概念。在当时，张恩荫并不是特例。世居中关村而不知道圆明园的大有人在。1980年代，《北京日报》一篇报道圆明园的文章，除标题外，正文提到圆明园的地方都写成了"元明圆"。

不为《北京日报》和张恩荫了解的圆明园是朱世忠们的天下。1918年，朱世忠的父亲朱德印迫于生计，从河北老家投奔看守圆明园的亲娘舅孟老爷，开始看园，后来在舍卫城附近盖了房，开了十三亩地。到了1970年代，朱世忠的六个儿女前后在圆明园长大成人，其中四人在园内务农。他们和散布在圆明园的七百多口劳力组成了海淀公社的七个生产队。

几十年间，社员们垦荒种地、填湖植稻，积粪、养鸡养鸭喂猪，开豆腐坊、盖房。圆明园二百三十座山丘里八十座被挖过，大部分河湖都成了水田。平整开阔些的土地则被先后入园的大小单位占据。高干子弟学校101中学是第一个。

一位研究圆明园历史的学者说，"101对圆明园的破坏非常大，它占了绮春园三分之一的地，并且不拍照不测量，直接在遗址上建。而且这么多年，还一直向四周扩张。"目前，101中学是圆明园内唯一一个获准暂缓迁出的单位，尽管它的上地新校区早就建好。

101中学的口子一开，市级、区级单位在"文革"前后大量进驻。形成圆明园内一个个割据的独立王国。

1975年，人大清史系教授王道成受邀写一本关于颐和园的书，王道成向邀请方提出，北京的三山五园是一个整体，要写颐和园必须比照圆明园。当时，圆明园还不通车，一行人步行入园，环顾四周，除了农田民房之外什么也看不见；除了蛙声蝉鸣，田间流水的声音，什么也听不到。王道成的脑子里浮现出八个字"故宫禾黍，人世沧桑"。

像淹没在热带密林中的吴哥窟，荒僻群山中的马楚比楚一样，当时，圆明园的存在也曾经不为人所知，不同的只是，它就在北京，巨大醒目，人们却视而不见。遮蔽它的不是自然界，而是中国式的时代荒谬。

到1980年，终于有人开始试图拯救这片废墟。那一年，圆明园终于回到了中国的视线之中，映入眼帘的却是满目狼藉，清帝处理政务的正大光明殿被当成了海淀垃圾总站。

二十七年前，"定了性"

只差了一点点，高档宾馆就矗立在了圆明园遗址当中。1980年，当曾在建筑科学研究院任职的汪之力通过内部消息得知此一规划即将被批准的时候，圆明园已经成了各方诸侯割据、治安混乱、臭气熏天的死角。

尽管已经面目全非，上风上水且面积广袤的昔日皇家园林，仍然引起了高层的注意。"这么好的一块地方，变成宾馆饭店太可惜了。"为阻止即将生效的规划，汪之力带荣毅仁到圆明园踩点。红色资本家萌发了引进外资"开发"圆明园的念头。

"当时很多人不理解，"汪之力说，因为政治风险太高，这个念头很快破产。在圆明园前途依然不明朗的情况下，汪之力在国家部委、北京市政府的老战友中广为联络，策划并起草了一份《保护、整修及利用圆明园遗址倡议书》号召对圆明园进行保护、研究和整修，"我们有志气、有能力，在帝国主义破坏的废墟上整修、重建圆明园这一优秀的历史园林，使其在社会主义现代化建设中做出贡献。"

一千五百八十三人在这份倡议上签字，列在前面的有宋庆龄、沈雁冰、习仲勋、许德珩、张爱萍、史良、荣毅仁、班禅额尔多尼·确吉坚赞、周培源、于光远……超级豪华的签名阵容可见"整修圆明园"在当时政治环境中的所占地位。"整修整修，还我河山锦绣"，将军诗人张爱萍为圆明园题诗一度成为1980年代最强音。

1980年10月18日，倡议书公开发表，整修圆明园是否"政治正确"的争议随之而来。

1980年12月28日，《人民日报》以读者来信的形式高调质疑"整修"的合理性："我国近十亿人口，现在还很穷，问题成山，需要大量经费解决。"这在当时是很有代表性的一派观点，有人联想起慈禧挪用海军军费修建颐和园。

半年之后，圆明园管理处和筹建中的"中国圆明园学会"才也以《人民日报》读者来信形式回应质疑，"是逐步整修，不是马上复原"，"整修圆明园是可能的"。《人民日报》同期编发内蒙古自治区革命委员会驻京办赵石民来信，"我月工资四十多元，如果（整修）募捐开始，我愿先捐五十元。"

"三篇'合围'一篇等于为'整修圆明园'定了性。"从1970年代研究圆明园历史的人大清史系教授王道成说。

然而，反对的声音并没有平息。曾任新闻出版署署长、浙江省省长的周建人在《北京晚报》上另辟阵地"周总理曾当面嘱咐我：雷峰塔万万不能重造。鲁迅曾经写过文章，说雷峰塔的倒掉象征了妇女的解放，你有权阻止它的重造"，"我们的经济建设任务还十分繁重，修缮古迹文物应该有所选择，要有利于教育人民，团结人民……圆明园目前不宜重造"。

支持修复一派回应：圆明园遗址正可对全国劳动人民进行爱国主义和革命传统教育，还可发展旅游事业，为"四化"创造外汇，积累资金——以"爱国主义教育基地"和旅游作为圆明园"出路"的想法从那时开始轮廓初具。

吉光片羽的乐观

争论还在继续，从部队转业到圆明园管理处工作的张恩荫已经和他的同事清理起西洋楼的遗址。厚厚的砂土和一排加拿大杨把今天圆明园为人所熟知的那些大石头掩埋得不留痕迹。加拿大杨是在1950年代由海淀绿化队所植，当时种树，是为了和圆内农民争夺荒地，北方最寻常的树种因此种遍了昔日奇花异木遍布的皇家园林。

张恩荫记得，当时有一个在北京语言学院学汉语的法国留学生自愿参加大水法遗址劳动，公安部门如临大敌，调查出这个留学生不是敌特的时候，大水法的清理工作已经过半，圆明园的"废墟美"初具轮廓。张恩荫带着两个工人到北京的各大图书馆查阅有关圆明园的资料，拓印下黑白的《圆明园四十景图》，1979年11月份，一个介绍圆明园的图文展在大水法前举行，许多日后在"1583人倡议书"上签字的大人物第一次看到了圆明园盛时的图像。七千人参观了这次展览。

此前三年，圆明园还是一片无人问津之所。圆明园管理处做过统计，展览之前的三年间开车到圆明园度周末的外国人五百余位，同期到圆明园凭吊的中国人百余人。

1984年，福海及圆明园东部修复工程开工。北京市政府拨款六百七十五万，海淀区募捐一千万。在此之前，被称为"圆明园鼻梁"的福海是一片农民们垦殖的稻地。

福海圆明园修复遇到的第一个难题是，如何解决失地农民的生计？"圆明园联合开发公司"是"多方取计"的结果，由圆明园管理处和振海农工商贸有限公司（原海淀公社）组成。海淀区副区长杜辉亲任公司经理，原来在福海种稻子的农民则农转非成为联合公司的工人。

这一年年底，胡耀邦在接见当时任《明报》社长的金庸时特意谈道"北京农民要修圆明园，先修一个什么主要是水面的园，占地两千亩，如果国家征地就要一大笔投资，农民自己修，基本不花什么土地征购费"，"修好一部分，开放一部分，就有收入"。

同一年，圆明园学会正式成立，驻法大使馆的工作人员到法国国家图书馆把《圆明园四十景图》拍成照片，作为礼物赠送给刚刚成立的圆明园学会。

对圆明园的研究踏实地开展起来，汪之力等人在会刊《圆明园》上撰文，论证修复圆明园的可行性和实施步骤。

他们翻阅了国内各大图书馆关于圆明园的资料，从康熙乾隆年间工部料估所所辑十九册《圆明园工程图》、十八册《圆明园工程则例》到同治年间重修圆明园的样式雷烫样、1933年北平工务局所绘三园实测图。得出结论，圆明园建筑工艺并不像想象中那么复杂，造价也不像想象中那么高，因为它是为清帝追求文人的隐逸田园情调所建：

"圆明园建筑极少使用琉璃与斗拱，也不过多彩画，院墙多为白粉墙，有的就用虎皮石墙，柱高、开间与进深和帝王宫殿比，建筑尺寸要小，全园最高山峰不过十五米，通常只在十米左右，匠师们善于在小尺度中造成山水相间的险峻、平缓、奇兀、幽深、开朗等境界……"

汪之力甚至估算整修所需经费和工期：

"根据避暑山庄整修、重建的有关统计资料，不包括室内装修估计，每平米四百元即可够用。即使按照每平米五百元造价推算，则圆明三园近十六万平方米的建筑，加上其他各种开支，估算整修经费为一亿六千万元。工程如不间断，则工期预计十年。"

看上去，整修圆明园的前景很乐观。

"马蜂窝"，官员避之则吉

然而，北京市政治格局的变化轻而易举地打断了汪之力畅想的圆明园整修规划。陈希同出任北京市市长、中央政治局委员。这位对建筑有特殊爱好的市长接替副市长白介夫，亲自担任的圆明园建设委员会主任。

当时，全国各地微缩景观风行。陈希同在圆明园西南郊圈出一块地，计划以10∶1的比例再现圆明园盛时全貌。

这个治园主张跟圆明园学会的思路相抵触。人大清史所教授王道成在1980年代参加圆明园学会，他回忆说："学会无法正常活动，中断了十来年。"

当时的北京市政府用筹集到的八百万资金在圈地周围砌起一堵围墙，后因资金不畅，又在绮春园东南角建起占地三万平米的万春园别墅，以别墅的租售收入养微缩圆明园项目。1995年，随着陈希同锒铛入狱，"微缩圆明园"

遂成前朝旧事，别墅和围墙是今天唯一可见的"遗产"。

在建"微缩圆明园"的同时，"绮春园开发区"大刀阔斧地"招商引资"。跑马场、图腾园、野生动物园、水上摩托艇、儿童游乐场、西洋楼前抬花轿……形形色色的时代产物云集圆明园。一些近在海淀，远至门头沟龙泉镇、甚至内蒙的单位、个人纷纷跟圆明园管理处搞"联营"。

群议蜂起，却不起作用。"这等于在凡尔赛宫唱卡拉OK"，"圆明园变成了海淀的游乐场"，尽管触怒很多人的神经，游乐项目只增不减，圆明园管理处别有隐情。经过十余年的开发，"农转居"需要安置的居民已达一千五六百之众。海淀区每年补贴几百万。怎么能来钱，成了让管理处头痛不已的问题。

北京的地皮越来越值钱，而在中关村科技园区的黄金地段，圆明园却怪异地"闲置"了五千二百亩土地。

"这些'联营项目'倒还好说，说撤就撤，最麻烦的是那些四不像的'复原工程'。"在圆明园管理处工作多年的张恩荫说。

从长春园到含经堂去的十三孔桥被内行讥讽为"空前绝后"、"中国第一桥"。该桥跨度较大，进行考古勘测的时候，在两岸发现了石磋，负责修复的工程队就想当然地认为遗址原本是一座石桥。经过几十年围湖造田，两岸的地形早已发生变化，高出水面很多，着手复原的时候没有清理两岸基址，就架起一座十三孔拱桥。"猴顶灯一样"，"中国根本没有这样的桥，当初的工匠要是敢造出这样的桥来，乾隆早把他杀了。"

张恩荫认为，当时的领导思路有问题，不从保护文物古迹上想办法去盘活园内一千好几百人的生计。

显然，"从保护文物上想办法"短时间内不容易奏效。

不动不修不变，本是次劣选择，此时却成了官员们的理性之选。早在整修福海时代，北京市建委就曾经告诫过为圆明园整修申请经费的海淀区副区长杜辉："圆明园是个马蜂窝，不动没事，一动就有麻烦。"在这时，这句话获得了更大的传播空间。

争过来，争过去，没有根据地

圆明园日益非驴非马，"废墟派"应运而生。这一派的代表人物之一是社科院外文所研究员叶廷芳。

1995年，叶廷芳在《人民日报》上撰文《美是不可重复的——圆明园遗址前的叹息》："圆明园废墟已经永远是一切爱好和平的人们的庄严的凭吊之地。然而一些目光短浅的急功近利者，他们连听一听社会声音的耐心都没有就贸然开始了圆明园的'修复'工程，果然，仅仅几年工夫，圆明园内帆船点点，绿树丛丛，歌声笑语，鼓乐喧天，甚至在'西洋楼'前抬起了'花轿'，把象征国耻的重要文物变成了生财不息的摇钱树！"

"叶廷芳的这篇文章是他们这一派的理论基础。""整修派"代表之一、人大清史所教授王道成说。

整个1990年代，"整修派"和"废墟派"展开旷日持久的辩论。"废墟派"的阵地包括《人民日报》、《光明日报》、《读书》、《北京晚报》、《北京观察》，而"整修派"的观点在被《中华读书报》、《首都博物馆丛刊》等专业期刊发表外，主要收录进由王道成主编的《圆明园——历史·现状·论争》一书。

最激烈的争论在作家从维熙与王道成之间展开，修与不修圆明园被上升到是"雪洗国耻"还是祭着老祖宗的东西不放的高度。辩论中的技术性错误不断，把论敌的言论张冠李戴；把火烧圆明园的罪名安在"八国联军"头上；同一个国外废墟遗址，既可以是正方论据也可以是反方论据，以子之矛，攻子之盾，妙笔生花，纵横捭阖……两派均有政协代表提交修复或者反对修复的提案。

"整修派"在1990年代的代表人物之一、北京市政协委员、百万庄园集团董事长陈立群主张"企业行为重现圆明园"，被论敌视为别有用心。

王道成认为，天真的"废墟派"无法阻止不懂敬畏的市场行为对这黄金地段的五千二百亩土地的觊觎。"如果'废墟派'的主张得以实现，不要多久，一幢幢高楼就会在圆明园废墟上拔地而起。"他说，"全国重点文物保护单位这块金字招牌，也不能保证圆明园遗址平安无事。君不见，东长安街北侧的全国重点文保单位，清朝皇帝举行重大典礼的场所——堂子，不就轻而易举地变成北京饭店的贵宾楼了吗？"

"圆明园的山都不高，但是有险峻、幽深……种种变化，因为它能借西山的景。"圆明园学会副秘书长要砾闵看到的事实是，在北京这个舞台上，主角始终是权力和经济的鲁莽冲动，而圆明园只是一个备受忽视的小角色。"现在五环挨着圆明园建起来了。这就很能说明问题。"

观点之争和利益之争错综难辨。1980年代清理出来的大水法遗址成为圆明园最抢眼的名片，但人们对圆明园的印象往往只有这张名片。更为广袤的圆明园似乎在1990年代逐渐淡出公众的视野。

市场的，传奇的，时髦的

在2005年圆明园铺膜事件之后，缺水的圆明园又回到了起点。为保持圆明园水生陆生生态，圆明园每年需要注入四百万立方米活水，而北京市水务局只能供给圆明园一百万到二百万立方米的水。

"有水总比没水好。水的问题解决不了，谈什么恢复山形水系。"二十七年前的修复计划至今仍是镜花水月，九十四岁的汪之力难免有些失落，更让他难以接受的是，目前，不仅要不要修复古建议论纷纷，2000年国家文物局正式批复，原则同意的《圆明园遗址发展规划》中"山形水系应先期恢复"也遭到了文物主管部门委婉质疑。

2003年7月，《光明日报》发表了国家文物局局长单霁翔的书面谈话："圆明园里，地下的地上的文物都在说话，每棵树，每根草都会说话。我不赞成复建圆明园，也不赞成不注重历史遗迹保护与生态建设和谐的复建山形水系。"

时隔一年，在纪念圆明园罹难一百四十四周年纪念会上，单霁翔的话仍然刺激着与会者的神经。在发言中，王道成直指文物主管部门领导的思维水平和专业素养："据说，孔子的学生公冶长通晓鸟的语言。这是可能的。因为鸟能啼叫，草木则不然。它们无声无息地生长在那里，今天却有人说，圆明园的'每棵树每根草都会说话'，大概是这位先生有特异功能吧！但是，现在圆明园的草木，既不是清朝极盛时期的，也不是英法联军、八国联军时期的，甚至不是国民党统治时期的，它们能告诉你一些什么呢？"

2002年，因陈希同当政中断活动十年之后，中国圆明园学会，重新在民政部登记注册。目前，该学会的主管部门为文化部。"文化部和文物局对圆明园的态度存在分歧，文物局要保遗址，文化部侧重于文化市场的繁荣。"圆明园学会会员部主任潘从贵告诉记者。

2006年4月29日，与沸沸扬扬的铺膜事件时隔一年，主管文化的政治局委员李长春在视察圆明园时强调，要把文物保护和爱国主义教育、旅游开发和城乡建设有机结合起来，发展和壮大文化事业和文化产业。

2006年，铺膜事件之后名声日隆的圆明园先后被拍摄成电影、编排成话剧。

2007年10月，继2002年备受关注的猪首铜雕归国之后，澳门赌王何鸿燊再次以六千一百九十万港币的天价拍下马首，在圆明园文物中，这件艺术水准和文物价值均名不见经传的马首铜雕刷新了清代雕刻文物拍卖价格的新纪录。被拍卖之前，马首是美国一处私宅洗手间的装饰物，最初出手的价格是二万美元，在美国经过几轮转卖最高价格没有超过二十万美元。

"同一个石构件说成是圆明园的就比说成北海颐和园的值钱。"圆明园学会最年轻的学术委员会委员刘阳说。

圆明园学会副秘书长要砺闵透露，目前再现圆明园实景的三维动画正在紧锣密鼓地制作中。这组动画不仅能让人看到圆明园建筑的大致轮廓，也能让人看到建筑物内外任何一点的细节。"你用鼠标一点就能推开窗户，跟几百年前清朝皇帝看到一样的景色。"

接受采访的次日，要女士要到人民大会堂参加一个文化创业产业方面的论坛。圆明园似乎又搭上了文化产业这趟D字头快车。关于它的争议远不会完结。

【附】

圆明园铺膜事件再回顾

2005年，圆明园再次成为中国公共领域的重要话题。这一年，圆明园内震天响的挖掘机和民工们植入干涸湖底的塑料薄膜让兰州大学生命科学院客座教授张正春大惊失色，当即给《人民日报》的记者打电话爆料"圆明园在自掘坟墓，圆明园将发生不可逆转的生态灾难"。

媒体铺天盖地的报道接踵而至。"当时我在上海，大小报纸都跟着炒圆明园。我心想，完了完了。"在圆明园管理处工作，被称为80后圆明园学者的刘阳说。

在清华大学建筑学院教授郭黛姮看来，铺防渗膜是圆明园整修山形水系的正常工作。

"圆明园是水景园，'圆明园四十景'中临水的景点占了二十五个，另外的一些景也有溪流环绕。没有水的圆明园是不可想象的。"郭黛姮查过史料，盛时的圆明园也要从万泉河和玉泉山引水，那时"海淀"还是名副其实的"海淀"。"水源丰沛而需要补水，原因是地质条件欠佳。防渗是必需的。"郭黛姮说。

媒体的介入迅速改变了事情的发展方向。在一片置疑声中，2005年3月29日，圆明园湖底防渗被国家环保总局定性为"非法工程"叫停。4月13日，环保总局召开《中华人民共和国环境影响评价法》实施三年之后的第一个听证会。因各种势力掣肘难于开展工作的环保总局找到一个绝佳的执法机会。还有什么地方比圆明园更能牵动举国上下的目光？7月7日，根据清华大学的环评报告，环保总局责令圆明园全面整改。铺膜水域全部或部分撤掉防渗膜，用黏土取而代之。

"北京过去二百年的历史上没有用黏土防渗的成功先例。黏土防渗在南方可以，北方干燥的枯水季节，黏土会开裂。"

"黏土对环境未必就友好！因为它要浪费已经非常紧张的土地资源。国土资源部、建设部、农业部早就联合发通知，禁止使用黏土砖，北京市明令禁止在建设工程中使用黏土或掺加黏土成分的制品。"

尽管置疑的声音不断，政令如山倒，已接近尾声的铺膜工程全面返工。而这个决定所依据的是一份总论点和分论点存在明显矛盾的环评报告。其总结论是："从环境保护角度分析，该工程方案存在严重缺陷。在工程设计和建设过程中，缺乏全面有效的生态保护措施，造成水体生态系统的严重破坏。"正文对大气、地下水、地表水环境、生态影响等诸项分析又说：

"圆明园防渗工程所使用的防渗材料在湖底缺氧、避光、温度响度恒定及无强酸碱苛刻环境的铺设条件下具有很高的稳定性,根据材料老化试验结果,保守估计其稳定寿命可达30-50年甚至更长。"

"圆明园防渗材料在稳定寿命内,由于降解或者溶出而向环境释放物质的量是可以忽略的……"

"圆明园防渗材料中使用添加剂的用量低于食品包装材料要求用量的上限,将其用于湖底防渗是安全的。"

"防渗工程实施前,或不考虑区域地下水水位的持续下降,圆明园东部湖水的最大渗透量为363.4万立方/a,占北京市和海淀区地下水资源总量的0.14%和1.5%。"

"圆明园防渗工程对于周边陆生生态系统有一定的影响,但程度不大。"

"圆明园铺膜防渗并蓄水后,在短期内水生生态系统可得到部分恢复和重建,形成并维持住圆明园内较大的水域景观。"

"根据现场踏勘和文献调研,施工期间产生的震动和噪声不足以对文物遗址产生破坏,施工扬尘对于大多数露出地面的文物遗迹影响不大。施工期由于湖水排空,施工后由于防渗措施,均会引起湖底和周边范围内土壤含水率下降,相对干燥的土壤条件对于埋藏地下尚未进行清理挖掘的文物遗址和遗迹没有不利影响。"

"此次防渗工程对部分湖岸堆石进行了水泥勾缝等防渗处理,由于工艺粗糙,且与中国古典园林的传统堆石工艺相违背,将导致湖岸美学价值的降低。但是,湖岸堆石是否构成文物,需文保部门进行研究认证,已超出本环评报告的任务。"

在"听证会"、"环保风暴"、"民主"、"政治文明"等等炫目字眼的背后,圆明园在北京的骄阳和尘沙下裸露数日。按环保局的方案进行整改之后又错过了补植水生植物的季节。缺水的圆明园又回到了起点。为保持圆明园水生陆生生态,圆明园每年需要注入四百万立方米活水,而北京市水务局只能供给圆明园一百万到二百万立方米的水。

以修的名义，拆

——常州文保建筑的生死困局

手 记

在中国，拆迁不是新闻，而是每天都在发生的事情。纠缠不清的政令、规划、拆迁协议，刚开始读，真是头皮发麻。阅读这些比GRE逻辑题更加复杂的公文，却成了拆迁户每天的功课。如果没有拆迁，他们是家庭妇女、船厂工人、迟暮老人、小老板，各有各平凡而自足的生活。铲车围合之下，他们对家园的眷恋和执拗的挽留真让我感动。以柔软的眷恋对抗铲车唯利是图的钢铁逻辑，后果可想而知。但在采访和写作中，我只想大写那些柔软的东西。没有那些东西，人不是人，家不是家，城不是城。

九十二岁的吴国梁坐在位于常州市前北岸74号的自家门前。他身后是一座老屋，眼前是一片瓦砾。吴老爷子是"苏东坡的信徒"。五十三年前，他因仰慕苏东坡的文采买下身后的老屋——那是苏东坡的终老地"藤花旧馆"的一部分。

从1980年代开始，就有不少人打这座临街老屋的主意，有人想以二十二万元买去当店面房，有人以市中心的两套大居室住宅作为交换筹码，这些都被吴国梁拒绝了。在一波又一波的装修潮里，老屋没动过一片瓦、一根窗棂。

八十二岁那年，老人颤颤巍巍地爬上梯子，用毛笔在门楣上写下"亦坡居"——"亦"是象形的写法：一个屋檐之下，一个"人"走在另一个"人"身后。

八十五岁的赵争把自己位于常州市前北岸7号不足二十平方米的房子腾出

来，为八世祖赵翼办了一间纪念馆。赵翼是写下"江山代有才人出，各领风骚数百年"的清朝诗人，与袁枚、蒋士铨并称"江右三大家"。现在，这个纪念馆里已经看不到像样的展品，小偷在墙上凿了一个洞，能拿走的东西都拿走了。

赵苏谋也是赵翼的后世子孙。他位于前北岸14号的房子是老祖宗宴请宾客、赏花作画的花厅。2004年10月8日，赵苏谋收到一纸拆迁通知书。这封通知书列出了常州市计委、市国土局、市规划局、市建设局的相关批文，并写明"建设项目为前后北岸地块改造工程"。

"地块改造工程"在这些公文的描述中呈现出更清晰的轮廓——工程建设主要功能是"商办、文化娱乐等，并同步实施文保区的修缮整治"，土地用途是"文化娱乐、商业、办公、旅馆、文保"，动迁理由是"进行房地产开发"。

以前，"文化保护区"对居民们来说，或许只是立在街口的一块石碑。现在，这块石碑有了特别的意义："街头的石碑明明讲我们的房子是文物，文物也好拆的?!"

赵苏谋和邻居管德全（清代漕运总督管干贞的后代，所居前北岸14号是省级文保单位"管干贞故居"的一部分）、马梅芳（所居前北岸73号经专家考证是苏东坡终老地"藤花旧馆"一部分，1991年，马梅芳从市房管所将73号购作私宅）先后向市建设局提出质疑：对普通民宅的拆迁办法是否适用于文物？

2006年2月底，市建设局向提出质疑的拆迁户出示了"市文管委复市建设局函"，公函称，14号管家住宅和73号马家住宅不属于省级文保单位"管干贞故居"和"藤花旧馆"的本体范围内，在前北岸历史文化街区内的有关古建筑的保护，按省文物局批准的修缮整治方案进行。根据这封公函，建设局认定这三家的住宅均在拆迁的范围内。

越来越小的保护区

看到"文管会复建设局函"后，管德全和律师两次找到文管会主任吕耀明。

第一次，两人问吕耀明，判定管德全居所不在"管干贞故居"本体范围内的依据是什么。"吕耀明说，'我说不是文物，就不是文物'，我拿出房契和族谱，他扫了两眼，说，'这些根本没有用。你是管干贞的后代，并不代表住宅是文物'，'不要说你是管干贞的后代，就是管干贞老婆来了我也不认账'，'即便你的房子是故居，我也要全部拆掉重来。'"管德全转述。

管德全瞠目结舌，"省级文保单位"的石碑至今还嵌在自家院门外的围墙上。第一次较量就这样以失败告终。

复函的第二条意见是"在前北岸历史文化街区内的有关古建筑的保护，按省文物局批准的修缮整治方案进行"，管德全设法从省文物局复印到了这份规划。

从"文保单位"变为"控保单位"，文物所受到的保护程度大大削弱。

在这份已经"缩了水"的保护规划中，关于"控保单位""管干贞故居"的部分仍然明文写道："管干贞西侧旧居（即前北岸30号）为控保单位，紧邻省级文物保护单位，为前后北岸历史街区中重要保留部分……修复设计遵循文物法中的规定的'不改变文物原状'……"

大到整个前后北岸历史文化保护区，这份规划中白纸黑字标注的保护范围是"东至赵翼故居，西至藤花旧馆，南至现存的明清建筑，北至后北岸，包括苏东坡终老地藤花旧馆、管干贞故居、赵翼故居等明清名人故居，保护范围用地面积约2公顷"。

2005年11月23日，管德全在拆迁办拍到一张拆迁范围图。在这张图上，红线标注出明代楠木厅、"赵翼故居"、"管干贞故居"合计三千三百七十八平方米为修复工程。

"红线外面的住户都接到了拆迁通知书。"管德全说。

管德全带着《常州市前后北岸历史文化保护区修缮整治方案》的复印件，再次找到吕耀明。"我跟他说，既然你的复函说要遵照《修缮整治方案》，在'方案'里，我的房子是受保护的，现在建设局却把你的复函作为迁我房子的理由。吕耀明说，复函的意思就是说要保护，拆迁决定是建设局做出的，跟文管会无关。我要他出具我的房子是文物、不应该被拆除的证明。他不肯。我起诉建设局的拆迁许可证违法时，托他到法庭上为我作证，他口头答应，开庭那天没露面，给他打电话，他说他在外地。"管德全说。

"你的房子是文物，这是千真万确的"

前后北岸的居民们努力寻找自己的房产曾被列入受保护的文物之列的
证据。

从1971年开始，马梅芳就住在前北岸73号。那时，这所老房子是马梅芳
单位常州市计量局的办公场所和职工宿舍。雕花的青砖门楼、罗砖地面，以
石鼓为基础的红木柱，细密的瓦片像鱼鳞一样覆盖在屋脊上。同事们都说，
老房子里头冬暖夏凉。

1990年代，因为另盖办公大楼，计量局从前北岸73号迁出。马梅芳从房
管局手里把房子买下来。

儿子结婚，琢磨着装修老房，马梅芳打着手电筒，踩着梯子钻到屋顶之
上，想看看老屋的本来面貌。这一看，她发现原来这房子不一般：拂去灰尘，
梁柱和椽头的雕花依然清晰逼真，梁柱接榫处没用一根钉，却结实牢靠。

马梅芳决定，儿子结婚不能动老房子。"这是天上掉下来的，拆了就没
了。"

后经查阅资料，马梅芳知道自己的房子是苏东坡的终老地"藤花旧馆"
的一部分，又是清代画家汤润之故居的一部分。

接到"文管会复建设局函"之后，马梅芳给省文物局打电话。工作人员
告诉她：前北岸89号和73号是江苏省第三批文物保护单位"藤花旧馆"的一
部分。"我听了老高兴，心想：我说我们这是文物吧！"马梅芳说。

隔了两天，马梅芳带着身份证和产权证到南京，向省文物局法制科的工
作人员咨询：文物法对我家这样的房子的拆迁有什么规定？法制科一位姓刘
的女工作人员答复：你的房子要拆，必须报省人民政府批准，经国务院备案；
而且文物法规定，如果你自己有修缮能力，你可以自己修缮。

她还是不放心，希望答复是白纸黑字。刘女士答应她，经领导同意后，
将把"前北岸73号在1982年被列为江苏省第三批省级文保单位"的答复用传
真发给她。

接到这份传真之后，马梅芳还是不放心，"我顶好看看那个1982年的文件"。

后来，马梅芳还见到了省文物局文保处的处长束有春。"我一去，束有春处长就把他写的《江苏省文物通览》的书打开来，翻到'藤花旧馆'那一页给我看，他说你看看，你家房子是文物，这是千真万确的。"

带着"千真万确"的答复回到常州，马梅芳感觉自己的腰杆硬了很多。

谁知，十多天后，束有春来到她家里说："老马，你这不是文物，不属于文物保护单位。"

马梅芳带着1982年确立"藤花旧馆"为省级文保单位的文件复印件和《常州文物》一书对前北岸73号文物身份的考证资料，去找市文管会主任吕耀明理论。

吕耀明指着她说："你这个老太婆不要钻牛角尖，常州的文物我说了算。我说是就是，我说不是就不是！"

天衣无缝的"死循环"

"我们被套牢了。"赵苏谋说。最近，这位每天早晨6：30就要起床上班、因为抢任务连礼拜天都没有休息的船厂车间主任，正在抓紧工余时间，学习行政诉讼法和民法通则。

2006年2月23日，赵苏谋接到"常州物业房地产评估事务所有限公司"下发的一份房产评估通知书。

一天后，开发商常州市人防办下属华丰建设开发有限公司以"与赵苏谋达不成房屋拆迁补偿安置协议"为由，向常州市建设局申请行政裁决。

2006年3月20日，常州市建设局下达《（2006）常建裁字第95号裁决书》，裁定前北岸14号（赵苏谋宅）产权不明，华丰公司拆迁手续完备、程序合法，赵苏谋"应在接到本裁决书16日内自行搬迁"。

赵苏谋又急又气。急的是十六天的期限转瞬即到，气的是市房管局下文归还、且产权经过公证的两间私宅变成了"产权不明"，而且自己的房子"明明是文物，建设局却以普通民宅的拆迁程序进行裁决"。

裁决书送达之后第八天，赵苏谋又被华丰公司以"第三人"的名义卷入法庭，这次华丰公司告的居然是建设局。法院的判决书显示，华丰公司以适用法律错误为由状告建设局3月20日的裁决违法。

4月13日，赵苏谋向省建设厅提出行政复议的请求，很快就被驳回。这时，他才明白华丰公司为何要状告建设局：按照《中华人民共和国行政复议法》的规定，已经由法院受理的行政纠纷就不能再走行政复议的渠道。

2006年5月18日，常州市天宁区人民法院下达了《（2006）天行初字第42号》判决，列举了二十几条证据，宣布华丰公司败诉，"（常州市建设局）裁决赵苏谋16日内搬迁的期限，合法合理，适用法律正确"。

在天宁区法院下达"第42号"判决书之前，2006年5月13日，赵苏谋向天宁区法院递交了请求撤销常州市建设局"第95号裁决书"的行政诉状。6月15日，法院开庭审理，认定"赵苏谋诉建设局"与"3月28日华丰公司诉建设局"是有连带关系的案件，而对后者"2006年5月18日，本院作出（2006）天行初字第42号判决书。判决后，当事人均未提出上诉，现该判决书已经生效"。

接到6月15日的判决书，赵苏谋涨红了脸，他觉得自己掉进无法冲破的死循环。他翻看手里行政裁决书和法律文书，念叨着："我们是被动地、一步一步跟在他们身后救火。"

"我只知道张太雷和瞿秋白的故居"

有居民不胜其烦，很快就在拆迁通知书上签了字。人一搬走，拔房子的民工和挖掘机立刻就来，老屋顷刻之间变为瓦砾。被瓦砾堆包围的私宅则成了小偷的乐园。

混乱中，"建设"却一直有条不紊地进行。

2006年2月，马梅芳在马路对面"投资大厦"的二十五楼发现了一间售楼处。销售项目是位于前后北岸每平米售价达六万五到七万之间的商铺。仔细察看售楼处的规划图，马梅芳发现自家那栋被列入江苏省第三批文保单位的宅院位置，被规划为"一期工程"四层高、进深九米九的商铺。

"其实我们这片已经至少接到三次拆迁通知书了，有时候是以修马路的名义，有时候以旧城改造的名义，这次是以修缮历史文化街区的名义。"住在前北岸76号的汤祚永说，他的祖宅汤氏馆也是"藤花旧馆"的一部分。

一直在企事业单位担任领导职务的汤祚永善于从各个版本的政府工作报告、会议纪要和规划纲要中寻找祖屋命运的蛛丝马迹。

把这些文件连缀起来，汤祚永得到如下信息：常州城市现代化建设的目标是"初步建成长江三角洲地区重要的现代制造业基地和区域中心城市"，而要推动城市化进程，"必须改造延陵西路（前后北岸的现代名称），必须启动修缮前后北岸历史文化街区"。

汤祚永随后在常州市发展计划委员会的网站上发现了"需要8亿多资金，需要建设40层、25层大楼，需要拆迁房屋、动迁居民"的"延陵西路整治计划"。

"前后北岸"对很多常州人来说，是个日益淡漠的地名。记者问一位家在常州的出租车司机，知不知道前后北岸的苏东坡故居和赵翼故居，那位四十多岁的女司机茫然地摇了摇头："我只知道我们常州有'张太雷故居'和'瞿秋白故居'。"

是迁，还是拆？

偏偏有人不肯遗忘。

九十三岁的吴国梁用拐杖杵了杵脚下的土地："这就是我的终老地。我已经这把年纪了，我与世无争，国家建设我们挡不住。如果要把这房子推倒，就把我埋在这里好了。"

接到限期搬出的裁决书之后，儿女们曾推着老人在拆迁办、建设局和法院之间跑了很多路，最后因为担心老人的身体，终于在拆迁通知书上签了字。但老人眷恋老屋，就像幼子眷恋母亲一样，他每天早晨都要绕着老屋走上几圈，他说，他要在前后北岸的居民都搬走之后，才肯告别他的"亦坡居"。

倔强的马梅芳和另外七户人家则一直拒绝在拆迁通知书上签字。

在前后北岸的拆迁现场，红砖头和青砖头凌乱地散落在地面上，这是已经被拆除的房子留下的。红砖多来自1949年之后的建筑，青砖则大多来自民国以前的建筑。一位不愿透露姓名的常州文化人介绍，"所拆房屋中多有清代中期的天井庭院式歇山造屋"。

2006年5月间，居民们经人引荐，联系到了国内文物、古建界泰斗罗哲文、谢辰生和郑孝燮。考察京杭大运河申遗进展的三位专家绕道常州，冒雨私访前后北岸。专家们震惊了，当天致电常州市文物局文管会，拆迁过程暂时停了下来。

但居民们心头并不轻松。有内部消息传出，前后北岸的拆迁将坚决地进行下去。

6月27日，南方周末记者致电常州市主管文化的副市长居丽群。

"我们没有拆。"居副市长说。

对于前后北岸已经被拆除的建筑，居副市长表示：已经拆除的建筑全部为新中国成立之后私搭乱建的建筑。

针对居民收到的拆迁通知书，居副市长解释：拆迁通知书的本意不是要拆房子，而是让居民迁出去，由政府对文物进行修缮，修缮之后，有产权的居民如果愿意回来还可以回来。

"我们在做修缮方案，我们在研究，这些房子修好以后做什么？最近我们要开新闻发布会，我们是修，不是拆，我们严格按照省文物局批准的修缮方案。政府不可能干违法的事。"居副市长反复重复这几句话。

记者再致电常州市文管会主任吕耀明，在电话里，他一再强调：修缮方案是经省文物部门批准的，对居民的强制拆迁是由市建设局执行的，一切违规做法跟文管会无关。

　　讲古，顾名思义就是讲过去的事情。第一次做历史类的报道，是2005年抗日战争胜利六十周年，我写了一篇《知识分子在延安》。为做这篇稿子，我采访了若干老人：学者冯兰瑞、燕京大学校友张定、外交官柯华，联系过原中共中央宣传部新闻局局长钟沛璋。受访时，柯华先生已经是九十岁的高龄，冯兰瑞女士八十五岁。看得出，延安岁月给他们留下了极深的回忆。听耄耋老人讲青春回忆，是很有趣的。我很好奇当时延安的大学都学什么，也很好奇受访的老人在整风运动中的遭遇，这方面他们语焉不详。

　　虽然颇不解渴，有种种"够不着"的焦虑，那次做历史类题目，我已经感觉到了它对我特别的吸引力。

　　历史和新闻有相通之处。翻开每一块石头看看下面有什么。历史学家和记者的不同在于后者有截稿期，而前者可以皓首穷经；历史学家更倚重写在纸上的材料：档案、卷宗、文书；记者也重视这些，但记者必须找到"活体"，找到当事人、见证者、讲述者。

　　如何做历史类报道？它是学术报道？是对历史类出版物的报道？是历史情景再现？是亲历者的口述回忆？做历史类报道是否需要借助历史学本身的学术规范？

　　这些问题越来越重要。因为历史（尤其是近现代史）在大众媒体上占据越来越大的空间。大众史学活色生香固然好，但终究要是历史。

《人民日报》在1978

手 记

2008年，全国媒体纪念改革开放三十周年。我到清华大学图书馆的过刊阅览室，翻阅1978年、1989年、2008年的《人民日报》，企图爬梳中国第一官媒的三十年。2008年的报纸没看完，只写下了残篇《〈人民日报〉在1978》和《〈人民日报〉在1989》。

其实应该耐心把2008年的报纸看完。2014年，我看日本学者写的《日中关系40年史》，《人民日报》是日本学者倚仗的最重要中文文献。要看"中国表情"，《人民日报》是不应该错过的一张脸，尽管不能只看这一张脸。

翻开1978年1月的《人民日报》，你会发现满纸"火星文"：
"从大多数地区和门门来看"，"短短的一瞬间"，"全国人民的粘神砚儿焕然一新"……比窝、忢谢……

在当时，这些火星文有一个极简的称谓"二简"，即"第二批简化字"。从1977年底到1978年7月，"二简"在《人民日报》上存在了七个多月。"五四"之后，简化汉字的呼声不绝于耳，真正大规模实施是在用十五年时间超英赶美的新中国。1964年第一批简化字表公布；1977年"二简"公布，其简洁粗鲁直让当年参与"一简"的当事人胡愈之和周有光觉得"缺胳膊短腿"、"难看至极"。

1978年1月1日，套红的《人民日报》倾其整版发表与《红旗》和《解放日报》三刊共用的元旦社论。呼唤"光明的中国"，将刚刚过去的黑暗归于"四人帮"。1月1日，一组关于戏剧春天的报道颇耐人寻味。报道谓，当年中国话剧界创作了三出新戏。《转折》今昔两条线，第一、三、五场的故事发生在1976年，二、四场写1934年的遵义会议。

毛泽东语录仍然印在报头右侧，但不出一个月，就慢慢地被华国锋语录、邓小平语录、华国锋视察各地的大幅照片取代，出现的频率越来越低，但每隔一段时间还是会出现一次：

"我们必须打破常规，尽量采用先进技术，在一个不太长的历史时期内，把我国建设成为一个社会主义现代化的强国。我们所说的大跃进，就是这个意思"——这段语录配元旦社论。

"团结全党，团结党内外一切可以团结的力量，为建设伟大的社会主义中国而奋斗"——这段语录成为《全国侨务会议预备会在京举行》的题头。

"农业的根本出路在于机械化"——毛主席的此番教导让"第三次全国农业机械化会议在京召开"显得恰逢其时。

1978年，《人民日报》以人们习焉不察的语汇引导着社会骤然的变化。这使得变化并没有让身历其中的人们错愕。如何对待华侨、如何发展农业、教育怎么办、文学怎么办……社会所面临的每一个转捩点上，《人民日报》试图告诉她的读者，老人家早有安排。

有这样的基调，党报在两三年之内的骤变显得不那么突兀。1978年11月，《人民日报》发表了"本报记者"撰写的《天安门事件真相》，副标题是《把"四人帮"利用〈人民日报〉颠倒的历史再颠倒过来》。

颠倒历史如同颠倒一支沙漏，世界依然线条硬朗、黑白分明，国际国内云开月明。

冷战思维还在继续，但是阵营已经悄然地发生了变化。美苏两超级大国的军备竞赛受到格外关注，揶揄和嘲讽却更多地给了苏联。透过外电之口，老大哥变成了"军火贩子"、觊觎别国领土的"苏联社会帝国主义"。与此同时，一批又一批的中国新闻记者代表团、中央级媒体、地方媒体，从葡萄牙、南斯拉夫、平壤、布鲁塞尔、丹麦、英国、意大利、瑞士、布拉格发回旅行通讯。仅1978年1月，这样的报道就有近二十篇。

罗马尼亚、孟加拉瓜、朝鲜、齐奥塞斯库、铁托、金日成是国际新闻关注的焦点。全体第三世界仿佛刚刚和中国一道从"文革"的噩梦中醒来，纷纷以经济建设为第一要务。建设在各国如火如荼地展开，不是那里增产就是这里丰收。

"英国革命共产主义同盟刊物《阶级斗争》强调西欧必须加强团结并同第三世界国家联合。西德分别同巴基斯坦、叙利亚签订财政和技术合作协定"——这一长串文字，是当时报纸的标题。

1978年1月19日，人民日报的头版头条是法国总理雷萱-巴尔来访的消息，标题是《热烈欢迎法国贵宾》。

日本在此一时期在《人民日报》的形象清纯友好，曝光率颇高：出于地缘政治的考虑，它在积极谋求和第三世界国家发展关系；它向苏联提出归还北方四岛的领土主张；它在本土发现"唐三彩"的碎片，这可能是曾在中国留学三十年的玄昉和尚带过日本的遗物……舆论为先导，中日关系的蜜月期悄然开始。随后，很多中国人用的第一瓶"香波"——资生堂的华资洗发液、中日合拍的《话说长江》、日本的动画片《铁臂阿童木》和《花仙子》一起来了。

国内新闻两大主题是揭批"四人帮"和"四人帮"垮台之后全国各条战线欣欣向荣。

对"四人帮"的批判用的是"四人帮"的语言。《一个由老干部堕落为"四人帮"党羽的典型——马天水》写道："马天水是一个极其凶恶残忍的出卖原则、出卖灵魂的野心家。马天水疯狂的推行'四人帮'的反革命政治纲领。'四人帮'在1972年底委马天水以'主持工作'的任务之前，国民党特务分子张春桥对他说……"

《江青与小靳庄》提到"四人帮"党羽的时候用的词汇是"'四人帮'在人民日报安插下的那个心腹"、"'四人帮'在辽宁的那个死党"。

刘少奇和"四人帮"、林彪一起遭到批判，他说过的"中国地少人多，不需要拖拉机"成了妨碍农业机械化的罪证。不久之后，农业机械化之风从《人民日报》上刮开之后，拖拉机手成了农村青年最向往的职业。当时，购买一台拖拉机需要一万元人民币。

1978年1月2日《人民日报》刊登的"大喜事"是"全国每十个职工中有

六人增加工资，增加工资总额和增加工资人数是建国以来最多一次"。事实上，工资大面积上调是去年10月1日的事情。推迟两个月再报，是为了烘托新年的新气象。同理，1978年1月6日，《人民日报》头版头条《国务院电贺开滦煤矿生产达震前水平》。其实达到震前产能是1977年年底的事情。

也是在一月，安徽省寿县谢墩公社干部冯本权给《人民日报》写了一封信，抱怨本公社从洛阳东方红拖拉机厂购买的四十马力拖拉机，用了几个月之后零件就坏了。派人采购买不到，派人到东方红厂去联系，该厂不接待、不供应。一万多元买的拖拉机，用半年，闲置一年，外出购买零件花掉几百元差旅费，"等于农民辛勤劳动生产的十万斤稻谷被洛阳拖拉机厂骗了去"。

《人民日报》给这封来信拟标题《一个没想到，一个没想通》发表。同时配发了洛阳东方红拖拉机厂委员会、工程师、党委书记的回信。回信说："我们厂是全国农机行业的骨干企业之一。产品质量不好，零件使用寿命短，配件供应不上，使广大贫下中农买的铁牛变成死牛。这究竟是支农，还是坑农？造成这种情况的主要原因，是'四人帮'对农业机械化事业进行的疯狂破坏。"

批评者谢墩公社也回信表态"向洛阳拖拉机厂学习"，并称东方红拖拉机厂懂技术的老刘已经远道而来解决了所有技术问题，并带公社的拖拉机手购买了零件。

一个新的时代毕竟开始了。尽管带有宣传的痕迹，掌握最多官方信息的《人民日报》把时代转轨期各行各业的风尚全方位地展现出来。单看标题就知道：

《鄂伦春山区开办列车商店》、《上海保温瓶行业开展劳动竞赛 消耗降低 产量大增》、《如何解决"抓药难"的问题》、《群众为什么买不到生姜》、《不可小看小商品》、《全国烟叶、黄麻、红麻收购量创历史最少水平》、《各地影院都应该公开售票》、《发展冶金工业大有希望》、《全国将开始统一招收研究生》、《形象思维的解放》、《教育部决定在全国办好一批重点中小学》、《山西北部胡麻高产》、《切实抓好油料生产》、《粉碎"四人帮" 影坛百花放》……

《如何解决"抓药难"的问题》写道，当时的国务院副总理余秋里同志在全国中草药会议上要求"各地区和有关部门的党委，一定要有人管中药。管财政的、管经济的、管计划的要把中药材生产列入日程，建立岗位责任制"。这篇报道号召城市居民"吃橘子时把橘皮收起来。杀鸡时把鸡内金留下。乌贼骨在北京很难买，可是北京每年就要吃掉几百万斤墨鱼"。

一个动乱之后，资源匮乏的社会正想尽一切办法开源节流。

劳动和知识重新受到尊重。文教新闻中出现介绍科学家的"豆腐块"小传，生物家童第周、物理学家陈篯相继成为人物通讯的主人公。

1月13日，《人民日报》第五版登出中央乐团举办音乐会的预告。演出内容包括合唱、木管五重奏、小合奏、独奏。1月17日和18日演出，15日上午9点开始售票。每人限购四张。

同一版稍下位置还登出了北京电视台1978年1月16日至22日的电视节目。北京电视台是中央电视台的前身。当时的北京电视台只有一套、二套两套节目。1月16日，一套节目的全部内容是：19:00新闻联播；19:15体育运动：太极剑；19:30电视片："7216"杀虫菌；19:40科教片：气象测天土仪器；20:00故事片：景颇姑娘。二套节目从18:00开始，新闻联播与英语教育、数学讲座、电子技术讲座穿插播出。

1978年1月15日，《人民日报》出现新年以来的第一个副刊版面。内容包括一篇回忆毛泽东冬泳的文章、一首歌颂周总理的诗歌《写在"周恩来号"机车前》、一篇电影《青春》的影评、一篇科普文章《电子计算机与古籍》。杂文《土气》批评河北某县"在全县因地震灾害很多群众还住简易房的时候"擅自修建楼堂馆所。针对这个县的领导对新建礼堂提出"现在看着不洋气，十年二十年以后看着不土气"的要求，杂文作者语重心长地说："土气，是我们革命的志气，是我们子孙万代都要继承的传家宝。"

特权的抬头不仅体现在房子上。1月21日的《人民日报》刊出《山西省高等学校招生委员会发出通报 严肃处理刘铎等人营私舞弊行为》。中学政治教师刘铎请同校数学教师为两个儿子打小抄。中学教师刘忠义在阅卷的时候修改弟弟的试卷。

"学好数理化，不如有个好爸爸。"时代变了，大学成为千万年轻人想奋力撞开的窄门。一些幸运儿如愿以偿，更多的人被无情关在门外。1月25日，《人民日报》头版头条的社论《进一步做好知识青年上山下乡工作》。对于千千万万兵团战士、下乡知青来说，这条社论是残酷的判决书。他们不服。十个月之后，云林西双版纳橄榄坝农场知青徐玲先难产死亡，引发知青抗议风暴。他们的诉求是：知青也是人，知青要回城。

1978年的年画由新华书店统一销售。《人民日报》预告的年画目录中有靳尚谊的《你办事 我放心》和罗工柳的《毛主席重上井冈山》。

1978年的《人民日报》月定价一元五角，零售每份五分。

《人民日报》在1989

1989年，建国四十周年。"四十不惑"，这一年各种矛盾却异常尖锐地爆发出来。不过，几个月之后让世界震惊的事件从年初的《人民日报》上还看不出太多端倪。

1988年最后一个夜晚，北京市供电局急修处袁立书向《人民日报》的夜班编辑抱怨"像我这样拉家带口的，上有老，下有小，挣钱少，涨价就有点受不了"；东四医院刚做完剖腹产的产妇隐约地为刚降生的小生命担心：现在有的地方小孩入托上学要交"赞助费"。

这一年的《元旦献辞》写道："我们遇到了前所未有的严重问题，最突出的就是经济生活中明显的通货膨胀，物价上涨幅度过大，党政机关和社会上的某些腐败现象也使人触目惊心。"

不过在岁末年初，憧憬总会如期而至。1月1日，《人民日报》的右下角是一幅题为《踏出新节拍》的照片。冰场上，翩翩起舞的男青年在领着一位小姑娘起舞。男青年外穿西装，内穿绒衣，绒衣上印着1988。小姑娘戴贝雷帽，滑雪服上印着1989。尽管两个印在衣服上的数字略显突兀，青春中国的期许还是让人眼前一亮。

1月1日最末一版的漫画则对1989年做出了更为"乐观"的估计：《产房客不满，护士侃大山——祝1989年人口出生率下降》画的是育婴室里一排排的婴儿床，然而顾客只有寥寥几个，护士们笑眯眯地打毛衣。《合议庭》画的是"腐败"、"贪污"、"不正之风"三个黑衣人在"整顿经济秩序"、"法纪"、"正气"组成的审判席下低头认罪。

十年间，《人民日报》的语法已经发生了根本的变化。你很难再像看1978年的《人民日报》那样，迅速地从一篇篇报道中捕捉到时代的黑白分明、高歌猛进。变化五花八门，眉毛胡子全有，难以一把捋清楚。

1989年，北京市常住人口逾一千万。建国门桥下成为北京最大的保姆市场。立交桥下、公园里的霹雳舞、摇滚乐、老年迪斯科奏响时代最劲爆的音符。

"住房私有化，居者有其屋"的住房制度改革已经进行了一年。防止公房被贱卖是1989年年初的《人民日报》反复重申的问题。

这一年，葛洲坝水利枢纽历经十八年的建设完工。而过去只有"党和国家领导人"才能登临的天安门城楼已经对外开放一年，招待六十二万平民游客。

作家马未都和王朔"借着改革开放的东风"，成立了"海马影视创作中心"。《人民日报》转载了他们的《海马宣言》：一个作家的艺术生命是最重要的。我们尊重并呼唤艺术追求上的摩擦和冲突。海马全身均可入药，有壮阳、健身、催产、止痛、强心等功效。如今，文学艺术正羞答答地左右为难，雅俗像扯着一把锯的两只手。而我们只想说：来几两海马吧，谁缺少什么，就让他得到什么。

新年1月1日，北京电影学院成为亚洲最大的电影学院。在《人民日报》转载的新华社消息里说，北电建院以来培养了张艺谋、陈凯歌、田壮壮、方舒、周里京、林芳兵、沈丹萍等大批人才，他们在食堂改成的教室里上课，刻苦学艺，拍出了《樱》、《沙鸥》、《邻居》、《青春祭》、《珍珍的发屋》、《湘女萧萧》、《摇滚青年》等一系列群众喜闻乐见的优秀作品。

全国总工会、中央人民广播电台文艺部和中国音乐家协会组织了"改革十年全国优秀歌曲评选"。《十五的月亮》、《血染的风采》、《让世界充满爱》、《少年壮志不言愁》、《我的中国心》、《在希望的田野上》、《党啊，亲爱的妈妈》、《黄土高坡》、《信天游》、《故乡的云》、《在那桃花盛开的地方》、《敢问路在何方》、《长江之歌》、《祝酒歌》、《我多想唱》榜上有名。

1989年1月3日，《人民日报》第五版以"豆腐块"的体量发表一则消息

《胡风的"三十万言"重新发表》。

同日四版有一幅占半个版的IBM形象广告。一位妈妈推着一辆二八加重自行车，只能看到她的花长裙、毛衣，小男孩一条胳膊搭在自行车的捎货架上，一只手捏着自己太阳帽的帽檐，睁大眼睛，做思索、眺望状。广告标题《到了2001年，我们还是自行车的王国吗?》

广告文案写道：

在2001年，我们也许仍然是世界上拥有最多自行车的国家；不过，在整个交通运输系统中，自行车将会让路，给更新更快的工具所取代。

今后十多年间，全国交通将会急剧转变：高架桥将会盘踞许多大城市的天空，飞机和火车也会迅速扩大服务网，以迎合未来运输的需求。

要为这些庞大的建设订立周详的计划，必须迅速准确地分析各方面的资料。

因此，国家信息中心在1981年添置了IBM大型计算机系统，网络遍及全国重要省市，从四面八方搜集资料，统一分析。

在1984年，国家信息中心完成了第三次人口普查，范围包括全国人口的年龄、性别、民族、文化程度、行业、职业、地区分布、婚姻生育、人口增长率和死亡率等，并根据这些资料，辅助各机关确立了日后发展的目标。

此外，IBM更为国家信息中戏提供妥善的服务和人才培训，加快了分析资料的步伐，使国家的建设能够以更高的速度，向前迈进。

当时，大多数中国人还不知道IBM为何物，但是，IBM已经预测了他们的生活，并且惊人准确。与此同时，许多中国小男孩和他们的妈妈正在为变形金刚进行艰苦卓绝的拉锯战。方头方脑的巨无霸们成为城市男孩的新宠。成本价七八块的"金刚"能够卖到三十五六。

1月8日，中国美术馆的首届"人体油画艺术大展"轰动京城。《人民日报》写道：懂艺术的和不懂艺术的工人、农民、军人、学生、个体户、白发苍苍的老翁、天真未凿的儿童都涌向中国美术馆。集体看西洋景的狂欢以一场诉讼告终。

在丈夫、公婆看到画展之后，自愿去中央美院当模特的A和B承受不住巨大的压力，认为画展侵犯了她们的肖像权，把主办方告上法庭。《人民日报》在报道中借阿波罗神庙上的神谕发出感喟：认识你自己。

这一年的4月，胡耀邦在参加中央政治局会议的时候，突发大面积心梗，抢救无效去世。4月的《人民日报》上刊登了苏金伞写的小诗《一个最勇敢的人——哭胡耀邦同志》：

> 十一亿人口日压得人难以安静，想不到今天一个人的死，竟使
> 十一亿人痛哭失声
> 说是悲痛也是愧疚；十一亿人竟不能使他活下来；不能再在会
> 场上看到他，不能再到边远地区询问贫苦群众
> 一个伟人，不如一个最勇敢的人更使人尊敬；他曾经迎着冷风，
> 推倒营筑多年的围墙，放出披枷戴锁的灵魂
> （现在人们方才悟到：与其扬手招来百万人欢呼，不如穿上布底
> 鞋，亲切地走进人心）

十年间，《人民日报》的语法已彻底改变。因为亚运会的临近，体育成为《人民日报》每天第三版下半截固定的内容。一个球迷在"读者来信"中发起了牢骚："体育离不开群众。我们有时候显得很重视群众，群众被告知：运动员在比赛时，"心里装着十亿人民"。近一两年群众又受到引导，有教养的球迷不能只盯着输赢。其实，实力悬殊不可能赢得比赛，球迷们的要求无非是输得像样；应该赢得比赛，如果球迷们不是狂热地希望赢，还叫什么球迷？

"我们一再希望群众关心和支持体育。甚至要求'出谋献策'，可是新闻媒介却没有提供相应的透明度。奥运会后舆论一致要求谅解李宁，但对李宁为什么能急流勇退的真实原因一直讳莫如深。评十佳时不能仅着眼于胜负，但胜负之外对运动员又绝少报道；围绕何智丽的种种纠葛也不能充分披露。"

1988年，摄影记者武进群在建省不满一年的海南省首府海口街头拍到几个赌博的孩子。他们穿着大人的旧衣服，袖子挽到肘尖，小脸肮脏。落叶跟色子或是纸牌混杂在他们围成一圈的空地上。这幅名为《赌场小将》的照片当年度新闻摄影竞赛获奖作品刊登在1989年1月11日的《人民日报》上。

此前几天，《人民日报》转载了《中国青年报》的调查，中学生关心的十大问题："早恋烦恼"、"经济意识进入校园"、"普遍存在的吸烟现象"、"人身安全受到威胁"名列烦恼榜单。

拜金主义和实用主义成为社会"潜在价值观"，校园难成净土。

国务院办公厅信访局的张彭发春节回上海老家，回京之后写了一篇《回沪探亲见闻录》登在年初的《人民日报》上：玩麻将成风。大人小孩齐上阵，十次串门九次赶上打麻将。一位邻居单位科室九人，除一人值班，其他八人分两桌开战。青少年普遍想出国，名曰"洋插队"。票证倒卖猖獗。电视机票、自行车票、车船票什么都卖。一张彩电票能卖到数百元甚至上千元。

在"经商热"、"出国热"、"海南热"、"民主热"成为大学生卧谈会主题的同时，武汉水电学院的大学生在校园里处处看到这样的广告："××寝室出租言情、武打小说，新鲜刺激"。

1988年12月15日，"最高人民检察院有关人士"向《经济日报》披露：1986年全国检察机关立案侦查贪污、受贿案件3.96万件，占立案总数的80%；1987年全国检察机关立案侦查贪污、受贿案件2.8万件，占立案总数的75%；1988年全国检察机关立案侦查贪污、受贿案件1.6万件，占立案总数的71%。

刚刚参加完摩门教总部访华团答谢宴的王容芬在《人民日报》上撰文《长城饭店的白开水》。作者不厌其烦地记录了答谢宴的酒水、冷热菜肴。东道主以白开水代茶、代酒向来宾致意。冷盘是腌胡萝卜块、笋块、豆芽菜、干牛肉丝。热菜是两块香酥鸡，两根煮油菜，两片糖醋鱼和两小片烤鸭，四只水饺，一碗清汤，一勺芝麻炒面。

"听说赵紫阳访美时，也是这样的招待"，"摩门教是上世纪30年代美国宗教革命中兴起的新宗教。马克思-韦伯在考察近代西方自本主义起源时，高度评价了新教禁欲的天职观的作用。摩门教比新教禁欲色彩更浓，开拓精神更强"，"当我们在引进西方的技术、资金时，为什么不能同时借鉴一下这种

'白开水'精神呢",王容芬写道。

1989年,"厂长负责制"已经实施了两年。1月1日的《人民日报》在头版的《每周论坛》里呼吁厂长、经理学一点"爱抚管理学":"《企业法》赋予厂长行政、人事、奖惩的权力,有利于厂长统一指挥调度生产。但是,这丝毫不意味着在人格上厂长要高人一头。"

天津宇华制衣实业有限公司车间装摄像头、上下班要打卡,不能迟到早退吐痰抽烟。女职工不能搽胭抹粉。食堂发现一只苍蝇罚款二角,车间发现一只苍蝇罚款一角。《人民日报》认为这是现代化的企业管理方式,工人们却管宇华叫"野麦岭"。《野麦岭》是一部表现资本家残酷剥削工人的日本电影。

当宇华的工人们为他们的工厂姓社还是姓资而争论的时候,北京的市民正在北海公园排起一字长蛇阵,抢购黄金制品。他们一人手里一个小纸条,上面盖着"第十一届亚运会服务公司"的章——这是为了给资金短缺的亚运会融资的"特许经营项目"。人民一边排队一边议论纷纷:

"现在商店里根本无货,买金饰品还是得走后门。听说,十年来国家黄金产量增长了一倍半,累积比三十年总产量还多,光万两黄金县就有二十多个,个体采金的更多,也不知这么多黄金都哪去了?"

"个人卖金首饰的不少,不知真假谁敢买。我邻居急着为儿子办喜事,花了上千元买了两只戒指,到金店花钱一验是假的,哭都来不及。"

《人民日报》把买金人的对话写进小特写《在最贵重的商品面前》。产能大幅上升,但物资依旧短缺。不独黄金,彩电也如此。

"中国成为彩电生产大国,全年产量突破900万台。然而,就在这一片报喜声中,全国消费者却看到了另一番景象:在各大城市的国营商店,很少有彩电出售。个别有的,不是价高得出奇 —— 一台18英寸的彩电卖3000元以上,就是和滞销品'配套销售'。许多地方售一台彩电,搭售数倍于彩电价格的放像设备;重庆一消费者买台彩电,竟被搭售了120只单价17元的鞋刷子。

"国产彩电,国营商业拿到手的不足30%。除了生产厂家自留一些用于筹集外汇,有相当大一部分彩电被'关系'、'条子'瓜分了。被瓜分的数百万台彩电,高价回笼到市场上。1988年1到7月,浙江省工商管理机关就查处非法经营、倒卖彩电大案40多起，查获彩电3500台。1988年5月，国家物价局、机电部、商业部联合发文，规定18寸彩电单价由1300元调到1800元左右。这一国家牌价，自出台起就成为一纸空文。1988年7月到10月海南进口彩电6万余台，可大量进口，并未改变国营商场彩电无货的现状。"

1989年的《人民日报》每份每月六元，每份二角。

他的作品，他的时代

——老舍纪念专题

手 记

曾经为"老舍纪念专题"写过一则引言，报纸没怎么用，刚好放在这里：

2010年端午节，我们虔敬地怀念一百一十一年前出生、四十四年前自沉太平湖的老舍先生。

1966年8月24日，在太平湖边坐了一天的老舍，一步一步走向平静的湖水。上善若水，智者乐水，前有屈原的汨罗江，王国维的昆明湖，乱世中的太平湖是否抹平了老舍所有的困惑？在湖水没膝、没胸、没顶的时候，这位对生命的柔韧度有深刻洞察，能毫不费力地把人生的残酷与俏皮融于笔端的作家究竟在想什么？

他为我们画过一帧帧生动的小像，我们能在同一帧画像里同时看到渺小与伟大、苦难与不屈、苟且和血性、忠厚与狡诈、优美和鄙俗。临到他自己，我们只能把他的作品当作他的人生即景。

在这里，我们选取《四世同堂》、《龙须沟》和他的一束短篇小说做样本，我们想讲的不光是原著的故事，老舍在不同时代有不同的回声：

《四世同堂》是"抗战文学"的代表作，解放后近四十年方得完整出版。

《龙须沟》属于吹鼓手老舍、"歌德派"老舍，也是北京人艺的奠基之作，在1953年首演之后，此后几十年，封箱压底，成为不再上演的"经典作品"。

短篇小说写于1930年代到1936年的青岛、济南。战乱既起，催稿信一封接一封，但没有政治的压力，老舍尚能从容写作。作家本人对这些零敲碎打的小品颇多揶揄，但我相信，它们更接近于老舍看到的那个世界。他写巡警，写车夫，写戏子，写暗娼，写破落文人，写蒙古大夫，写革命者和保守者，写中华功夫的没落，写老字号的挽歌，写被黄油和牛奶喂得肥白、满口"自由""博爱"的善人……那是光怪陆离的浮世绘，与今天隔着七八十年的尘埃，可又仿佛就在眼前。且听老舍在七十年前说：

"官和匪就是一张钞票的两面儿，你自要用钱，就得一起用，谁和谁也甭想分开，昨天的匪兴许就是今天的官，今天的官或许就是明天的匪。"

"晚报上常说什么'平等'，铜子儿不平等，什么也不用说。"

郑振铎和吴组缃都说过，老舍的短篇小说有传奇性。从唐宋传奇到老舍的传奇，从老舍的传奇到今天比传奇更有戏剧性的现实人生，中国人往前走了多远？

舒乙回忆父亲

文学像一条大河，奔流向前，最后真正留下来的是非常少的。2000年，人民文学出版社发起一个"百年百部"的作品评选活动，几十位最有名的评论家秘密投票，各自写出自己认为最好的一百部作品。第一名是鲁迅，他一个人进去四部：《彷徨》、《呐喊》、《阿Q正传》，和他去世之后人民文学出版社帮他编的《鲁迅杂文选》。第二名老舍，进去三部：《骆驼祥子》、《四世同堂》、《茶馆》。另有七个人进去两部：巴金、冰心、郭沫若……第七个人是谁都没想到的汪曾祺。剩下一人一部，包括茅公（茅盾）。

从这个评选结果可以看出，对绝大部分作家的评价在下降，包括郭老和茅盾；鲁迅不升不降；只有极少的几个人在上升：沈从文、萧红、张爱玲，上升最猛的是老舍。

原来对老舍评价不高。第一，他不是党员；第二，对革命毫无贡献。解放战争时他在美国呢，一待四年，新中国成立了才回来。很多人看不上他，觉得他是"摘桃派"。

他不是工农兵，没法写了

虽然他回国的时候人家欢迎他，但他充其量是一个爱国者。他没写过革命，没写过武装斗争、八路军、新四军，他写的是老百姓。抗战的时候，他是文艺界的最高领袖，那是周恩来有意安排的：绝对不要郭沫若和茅盾出来，否则张道藩就不来了，没法统一战线。老舍中间偏左，爱国，文学成就大，团结人，热情，推他，张道藩肯来。

新中国一成立，必须推郭沫若和茅盾，老舍只能排在他们和巴金后面。但周总理知道老舍在抗战时期很重要，也知道他文学上很有成绩。当时周恩来就想，也不能只要郭老和茅盾。他突发奇想：成立北京、上海文联，分别让老舍和巴金当头儿。四大文学巨头各有其位。

当时党内三个人：周扬、丁玲、冯雪峰，在他们之上是胡乔木——他是中央书记处的人。党外四个人：文联主席郭老、作协主席茅盾、北京文联主席老舍、上海文联主席巴金。老舍一直任了三届北京文联主席，直到"文革"。

"文革"之后，对文学艺术的看法发生了改变。冯牧告诉我——他是周扬在延安鲁艺的"四大弟子"（张光年、冯牧、陈荒煤、林默涵）之一——改革开放后，邓小平复出，主张开第四次文代会。

第一次文代会是在1949年6月，北京、上海两支文艺大军会师北京，开庆功会。毛泽东一贯主张革命成功靠枪杆子和笔杆子，他没有召开工代会、妇代会、团代会，先开文代会。当时的文学指导思想依然是"文艺为工农兵，文艺写工农兵"，文艺的路越走越窄。大文学家在这个时候就全都沉默了，因为他不是工农兵，没法写了。

到了第四次文代会，邓小平让刚从监狱出来的周扬做主报告。周扬把四大弟子找出来，一人写一章，他来总提调。为讨论这个报告，邓小平专门召开政治局扩大会议——他显然秉承毛周的传统，重视文学。

周扬带着四个弟子列席会议。胡乔木第一个发言：这个报告不行，不可以再提"文艺为工农兵，文艺写工农兵"，不可以再提文艺为政治，这弯路走得太厉害。当时，有几位中央领导反对胡乔木，赞成周扬：毛主席的延安方针是既定方针，不可以改变。

邓小平侧着耳朵听，大家都说完了，他来总结：按乔木同志意见办，散会。这就是后来的"二为方向"：文艺为人民，文艺为社会主义。文艺的标准发生了变化，很多"右派"都出来了，王蒙、邓友梅、刘绍棠……对老作家的作品也有了重新解读的可能。

怎么老舍还有这个啊？

"文革"之后，老百姓一直不知道老舍有一部作品叫《四世同堂》，中文系的学生都没看过。因为这部作品新中国成立后没有再版过——抗战不写八路军、新四军？北平虽然沦陷了，城外有游击队啊！

1985年，北京的导演林汝为悄悄把这篇小说改编成二十八集电视剧，而且正好赶上抗战胜利四十周年。那年的5到6月份，欧洲纪念反法西斯胜利已经热闹得要命。到了8月，林汝为突然把《四世同堂》拿出来，从中央到地方特别高兴。怎么老舍还有这个呀？赶紧把《四世同堂》找出来重印。

后来，人们对《四世同堂》的评价越来越高：虽然没有描写八路军、新四军，但起码描写了老百姓的爱国，描写了整个民族的灵魂——长孙瑞宣是家里顶梁柱，抗战以后，他面临的选择是忠孝不能两全。他得挣钱养活一家老小，他出去抗日，家就垮了。老舍的意思是：中国五千年的文化是个很大的包袱，压得人喘不过气来。

中国的高级知识分子都被这个包袱压着：中国不倒霉了吗？肯定不能迅速组织起有效的反抗，肯定损失惨重。现在清楚了，中国损失三千五百万人，遍体鳞伤。老舍先生写的是文化问题，文化问题过去算老几啊？阶级斗争放第一。现在变了：呦，这个作家太有远见了！

老舍地位的提升跟读者欣赏习惯的变化也有很大关系。过去讲求思想性第一，说得客气点，顶多是让思想性和艺术性"完美统一"。后来艺术性第一，思想性降到第二。思想第一的是社论、政治报告，文学作品要称王称霸，还要看艺术性。老舍的作品好看、俏皮、动人，又不直奔主题，所以地位就上来了。

"他叫我傻小子"

我上学的时候，家里没有他的书。他认为，作品写完，就像泼出去的水，他从来不收集自己作品的版本。有得意的作品写完，也不会给我们看。他肯定认为我们都是笨蛋。我后来总结他的想法，他一定认为好的作家必须是天才。有时候，他叫我"小乙"，有时候就叫我"傻小子"。

那时候，书店也少有他的书，新中国成立之后，他的书印得多的，就一本《骆驼祥子》。

我们当时都是文学青年，我读得最多的书是《静静的顿河》、《战争与和平》。他不看这些书，也不会推荐我们看。

大概1950年代末、1960年代初，出了一版很全的《鲁迅全集》，新华书店第一天发售，他给钱让我们买了一套。有一次，他突然拿出其中一本，跟我说：你看，鲁迅先生骂我呢——其实，鲁迅没骂过他，好像是说他地方味儿太浓。他崇拜鲁迅，觉得鲁迅说过谁都很重要。

我从1978年到1988年写《老舍传》，显然要把他所有的作品再读一遍。但我的偏重不是作品，是人生，而他的人生是大家所不熟悉的。这是有原因的：第一，他是穷人出身，没有家谱。第二，他有三段人生空白：二十四岁之前，他是不为人知的穷小子；英国五年，是他步入文坛的关键时期，但一点资料没有；在美国那几年，也没资料——因为他刚回来，就是抗美援朝，国内反美、仇美，一切与美国相关的话题都冻结了。

一个作家，才活了六十七岁，有一半人生不为人所知。别的作家都有传记，只有老舍没有。北京出版社出版作家传记，以他为第一选题，到现在，别人的已经出版了三十多本，周作人都有了，唯独他没有。

北京文联委托我调查他的人生，我当时还是工程师，业余时间做，用了差不多七八年时间，访问了一百多人。我第一个作品是《老舍的童年》，写完后给《人民日报》副刊《大地》。那时候，《人民日报》刚恢复出版，没稿子，把我的文章当长篇连载，吴组缃、王瑶都等着看。

老舍先生很奇怪，他在家里话极少。后来妈妈说了多次：她新婚第二天，他就跟她约法三章——每天早上起来不要跟我说话，我绝不是跟你吵架，我得想我那两千字（当时他的标准是每天上午写两三千字）。

但是家里只要一来人，他诙谐幽默得不得了。他是一个充满了生活乐趣的人，比别人有趣，家里有花，有画，有好吃的、好烟好酒，好玩的东西，大家非常乐意来。往往吃饭之后有余兴，大家会表演东西。他会唱戏，会各种曲艺，会说笑话，玩意儿最多。很多作家，包括叶圣陶的日记里都写过：只要他在，谁都不说话，就听他说，看他耍，他结束了，客人才退席，绝不早退。有一次，他酒后出狂言："哼，我可以当总理。"

客人一走，他马上一句话没有，不是写，就是想。

满腔热血换来一瓢一瓢的冷水

他给我们最大的印象是勤劳。那时候他名气大、岁数大，但是他没有节假日，上午写作，下午办公，只要有工夫，就在家里练字。当时我们都大了，深夜路过他窗前，他还开着电灯，伏案工作。我们兄妹几个就讨论：了不起……

但现在我想起来，那时候，他的内心可能是很孤独的，大部分时间里，他沉浸在自己的创作里。后来，他的悲剧在于，他一直觉得自己是穷人出身，理应成为新社会的一分子，但人家不要他。"文革"之前两三年，已经开始批判茅盾、夏衍、阳翰笙，他的作品很难发出去了。老舍居然被退稿！这在之前从来没有过。

我做过卡片，那两年，他的作品数量直线下降，最后一年只有一篇——是快板《陈各庄上养猪多》："热爱猪，不辞劳……干劲大，不识闲……越进步，越学习，永远高举毛泽东思想伟大红旗！"

生命的最后几年，他作为一个作家的生命已经提前结束了。他的满腔热血换来的是别人一瓢一瓢的冷水。

他那时候愿意不断地修改自己的作品。新中国成立前，他的作品是不修改的。当然，题材不同，新中国成立之前是小说，新中国成立之后是戏剧，戏剧要跟舞台工作者商量。但愿意多次修改，是他在新中国成立后的主要特点。

他经常朗诵剧本，然后让大家提意见，这是他的法定节目。他声音好听，只要听说他在家里朗诵，很多人都愿意来，那是一场享受。演员来的原因之一是想看他的样子，听他的语调，揣摩自己上台以后怎么表演。《茶馆》剧本第一次跟人艺的演员见面，不是印在纸上的，是他读出来的。

那时候很民主，大家听他读完，猛提意见，他往往要把第一稿废了，写第二遍，再朗诵，再改……改得少的三遍，给人艺写的《春华秋实》，重写了十遍，一次五万字，十次是五十万字。家里都有手稿。

也有一些东西他是坚持不改的。周恩来看了《茶馆》，把焦菊隐和于是之先生找来，谈了一大堆：第一，不赞成写这三幕，不典型。他的"典型"就是党史——1919年或1921年第一幕，1927年第二幕，抗战第三幕。第二，他提了很多具体的建议，比如两个灰大褂儿娶一个媳妇，这个情节不能要，对年轻人影响不好。但周恩来毕竟是周恩来，他对焦菊隐、于是之说：这些意见是我个人的意见，将来有条件我自己跟老舍说，你们不要传达。后来他也没有找老舍，但老舍还是知道了——焦菊隐他们告诉他了，他听后笑了笑，意思是：我不改。

他喜欢小孩。他不会逼你做功课，不会问你任何学习上的事情。在他身边生活很幸福，主要是你能偷听他说话，那是一种幸运。

我画画儿，妈妈是大画家，不跟她学。爸爸写字极漂亮，但一笔画都不会画。报告听烦了，他在笔记本上画小人儿，那小人儿的五个手指头跟树枝子一样耷拉着。但是他对美术有极高的见解。家里来客人了，他爱跟他们谈画，一个小孩在旁边偷听到了，不得了的有用。他说过，评价一张画的好与坏不在技巧，在于有没有传递一点新的意思。

《老舍五则》：贫困线以下的幽默

5月底，曾在香港艺术节亮相的京味话剧《老舍五则》回到了自己的家乡。

《老舍五则》的前身是"全明星版"《茶馆》。人艺版《茶馆》五十年的改编权到期了，大导林兆华和制作人王翔去找版权人舒乙，三人思谋着在老舍先生诞辰一百一十周年之际，像《建国大业》一样，排一个全明星《茶馆》，大小角色都请"腕儿"。姜文、葛优、陈道明们甚至跟林兆华、王翔开过几次创作会，王志文在上海无法出席，但答复得同样很爽气：你们开，我在电话里听着。

但明星们的档期实在太难凑一起，"明星版"《茶馆》很快就没了下文。舒乙重提他向很多影视导演都提过的建议：你们可以改编老舍的短篇小说。

王翔眼睛一亮。此前一年，他陪林兆华去爱丁堡艺术节，途经伦敦的时候，在新维客剧院看过《短打贝克特》。大导彼得·布鲁克把爱尔兰作家贝克特的五个短篇小说《戏剧片段》、《摇篮曲》、《无言剧Ⅱ》、《空》、《来与去》串联在一起。女主角只有一米五几，不上台，谁都会以为她是个家庭妇女，但表演却精彩至极。

王翔"闪回"的同时，舒乙信手拈来、绘声绘色地讲了父亲的两则短篇小说《热包子》和《断魂枪》。《热包子》讲一个男人死心塌地地爱他的媳妇，甚至她骂他是生不出孩子的软货，甚至她出轨，离家半年，也不离不弃，反而给她买热包子。"挺温馨的，但是太软了，我还是想做酷一点的。"王翔认为，老舍擅长描写的既不是《啼笑因缘》，也不是《京华烟云》，而是幽默中带着苦涩的市井人生。

《断魂枪》一下子抓住了王翔，舒乙的声音靠后，特别有底气，他讲到沙子龙送走孙老者，关上街门，对着朗月星空，练了一趟断魂枪，完了之后枪杆儿奔地上一戳，摸着凉滑的枪杆儿，说了四个字：不传不传。王翔觉得千百种滋味都被老舍浓缩进一篇不足五千字的小说。

靠背戏改唱短打

1930年到1936年，在齐鲁大学和山东大学任教的六年，是老舍短篇小说的高产期，《赶集》、《蛤藻集》、《樱海集》都在此时结集。在这些集子的序里，老舍总不忘揶揄他自己：

"因为忙，所以写得很短，好像面没酸好，所以馒头又小又硬。"

"这里的'赶集'不是逢一四七或二五八到集上去卖两只鸡或买二斗米的意思；这是说这本集子里的十几篇东西都是赶出来的。我本来不大写短篇小说，因为不会。可是自从沪战后，刊物增多，各处找我写文章；既蒙赏脸，怎好不捧场？同时写几个长篇，自然是做不到的，于是由靠背戏改唱短打……设若我要是不教书，这些篇还不至于这么糟。可是白天我得教书，只能在晚间来胡扯；扯到哪儿算哪儿。现在要出集了，本当给这堆小鬼修饰打扮一番；哼，哪有那个工夫！"

"收入此集的有六短篇，一中篇；都是在青岛写成的。取名'蛤藻'，无非见景生情：住在青岛，看海很方便：潮退后，每携小女到海边上去；沙滩上有的是蛤壳与断藻，便与她拾着玩。拾来的蛤壳很不少，但是很少出奇的。至于海藻，更不便往家中拿，往往是拾起来再送到水中去。"

长女舒济、长子舒乙、次女舒雨与《赶集》、《蛤藻集》、《樱海集》脚前脚后出生，经济负担益重，齐鲁大学要求也严，"一定要写讲义，不准用流行的教材，而且讲义要成书，他教了六门课，大部分时间蹲在图书馆里写讲义。"舒乙回忆。

溽热的暑假，老舍专门留着写长篇。平时教书之余的零碎时间只能用来写短篇，在山东回望身后的北平，涌上老舍笔尖的都是他最熟悉人和事，采用的却是全新的叙事技巧。象征主义的《微神》、用意识流写成的《狗之晨》……

"老舍是个试验者，他愿意尝试各种东西。1920年代他在英国，见识了很多现代小说的新技巧，回来就试，他1930年代的小说里有很多很新的东西：

意识流、印象主义、表现主义……他几乎是这些写作技巧在中国最早的实验者。"舒乙告诉南方周末记者。

"老舍先生有英国人的幽默，但1930年代英国人和1930年代中国人的生存状态完全不同的。英国人的幽默是饱暖以后的幽默，老舍先生是贫困线下的幽默，更狠。"王翔从舒乙推荐的篇什中选出五篇。从出品人的角度，他觉得这几篇各有各的看点，连缀在一起，又有特别的舞台效果。

《兔》讲一位票友急于"下海"，为了"下海"搭上亲妹妹，也搭上了自己，却自始至终笃信："为了艺术，值！"《上任》以戏谑的笔墨描写了一次失败的"匪变官"。《断魂枪》发出"自从洋人把洋枪带进了中国，天下已经没有江湖可言"的喟叹。《也是三角》写两个逃兵败光从死尸身上扒下来的钱财，只能"就这点水和这点泥"地娶一房老婆。《柳家大院》写一个屈死的小媳妇，一家子人都跟她过不去，等上吊死了，马上被换算成娘家和婆家之间掰扯不断的银钱。

王翔自己动手，把老舍白描的小故事改编成大段对白串联而成的"话"剧。大导林兆华添加各种舞台手段，把剧本变成戏。3月，《老舍五则》到香港参加艺术节，英文剧名起初想学《短打贝克特（英文剧名《碎片》)》译作《老舍碎片》，后来被艺术节工作人员改成《人生五种（Five Acts of Life）》。

政治制度并不能改变民风

"我喜欢写短篇小说时候的老舍。那时候他还是一个'愤青'，能够看到人性的恶，'穷人挤对起穷人比他妈富人还邪乎'。不像《龙须沟》里头，穷人之间总是互相帮衬，其乐融融。"王翔住过很多胡同，崇文区的苏州胡同、宣武区的下斜街、东直门内的手帕胡同、东城的大雅宝……在他的记忆里，自己的少年生活跟老舍笔下三四十年代的底层生活，没有太大区别，一样的贫困、一样的挣扎。"周围住的是'西屋那娘们儿'、穆老太太、二爷、二奶……大家面儿上友好，脚底下互相使绊儿。谁家吵架了，得听到瓴了东西，才敲敲门，说上两句话，其实也不是真为劝架，主要是想看看瓴成什么样了。"

"政治制度并不能改变民风。"王翔说。1978年之前的北京，仍旧是一个前现代化的社会。演员甄莹和孙宁印证了王翔的判断。

甄莹在石景山的工人区长大。在她的记忆里，邻居老奶奶叫孙子吃饭的声音像唱歌一样，每天下午5点准时响起："顺儿哎，家吃饭来呗"，"王八蛋操的哎，家吃饭来呗"……

孙宁在《也是三角》里演跟把兄弟娶一个媳妇的逃兵马德胜。对剧中的情节，孙宁并不感到陌生。1970年代初，还是中学生的孙宁到怀柔山区支农，"拉帮套"是亲眼得见的事情：一个男人在人家吃、人家住，帮这家人干活，作为回报，可以跟女主人睡觉。生了孩子，就在这家养着，男主人不会介意。

在孙宁看来，即便是到了今天，人们也很容易从老舍的作品里看到身边人的影子。铁杆庄稼没了，"北京大爷"的脾气可是一点没变。"小事不愿意干，大事干不了。天天一拍胸脯：操，这，什么玩意儿？可是整戏他未必会唱一出。"

敢情你就是从这儿钻出来的

没事的时候，成功人士王翔爱带着儿子去"瞻仰"他曾经住过的那些胡同——有些已经被大厦拦腰斩断、有的拆得已经不留一个瓦片儿。儿子毫不客气：敢情你就是从这儿钻出来的！

王翔也不含糊："这叫家族记忆、城市记忆。"

《老舍五则》在北京演出，商人王翔不考虑收益地印了几千本书。书的前一半是老舍的小说，后一半是他改编的剧本。作为序言，从老舍、冰心、郁达夫、沈从文、周作人等九位作家（之所以要有九个作家，是因为北京曾经有九座城门）的作品中摘录出描写北京的一段话。老舍的话放在最前头：我真爱北平。这个爱几乎是要说而说不出的。我爱我的母亲。怎样爱？我说不出。我愿成为诗人，把一切好听好看的字都浸在自己的心血里，像杜鹃似的啼出北平的俊伟。

"什么叫老北京？胡同、大杂院、牌楼底下钻出来的人才叫老北京。如果跑出来的都是四川人，那就不是北京文化了。"提到北京，王翔有很多东西想捍卫。

　　要想让《老舍五则》的京味地道，演员很重要。王翔和林兆华想过天津人艺和北京人艺。但天津人艺一张嘴是海河的味道，北京人艺是外地人演京味儿戏，最后还是大导林兆华出主意：北京曲剧团。

　　曲剧团的演员符合王翔的理想：一水儿的"北京大爷"。林兆华看了北京曲剧团历年演出的光盘，从中挑出了五十三岁的孙宁、甄莹、许承章、秦士臣、赵国来，大肚弥勒佛一样的张雨时，长发盖脸、瘦得赛过麻秆的高建民，满头白发、月牙儿眼、一笑自带一股凶相的王皓……

　　明星版《茶馆》出其不意地变成了草根版《老舍五则》。舒乙看到演员，直夸林兆华：太好了！这些"歪瓜裂枣"你都从哪儿淘换来的？

　　王翔更加得意："你别看徐帆往台上一站，小腰一叉，北京话说得也挺溜，真正的北京娘们儿不是她那个味。"为改《老舍五则》的剧本，王翔像市场调查员一样，把《窝头会馆》看了六遍，最大的收获是"京味文化还是有很大市场的。如果刘恒有这样的号召力，老舍更有"。

　　"我们这帮人都是城圈上的人，我祖上十辈都是北京人，许承章还在旗呢。我们团一演老舍的戏、北京的戏就火，不演还就不行。"甄莹告诉南方周末记者，曲剧团打哈哈的黑话多半来自老舍的剧本。"您这点意思得多少？""您别把这点意思弄成不好意思！"经常在电视上演双簧的莫岐是团里的老先生。"莫岐，多好一个人哪……"大家齐声说。莫岐自己就接下句："死啦！"

　　大导林兆华很少给演员说戏，他期待的是生活化的表演。甄莹常年在舞台上演"大青衣"，一张嘴就是敞亮的高腔。林兆华走到她跟前：你嗓子忒好！甄莹就知道，导演是希望她把声音压下来。

　　孙宁在《上任》里演土匪出身的稽查长尤老二。"猫是明星，狗就不行。猫老是弄出点动静，让你注意它，你招手想把它叫过来，它一转身就走了"——很早之前，孙宁就听说过这套明星哲学，但他在戏里戏外，一直是厚道人一个。为了遮住孙宁笑容里的善良，王翔建议他看获奥斯卡提名的《无耻混蛋》。林兆华的提示简而又简：你不在意的时候，效果反而好。

天是蓝的吗？太阳是红的吗？

在舞台上堆过黄土高原、放过羊、搭过整栋窝头会馆的林兆华，在《老舍五则》里设计了一个极简的舞台。三块草帘子、几把椅子、一截粗绳子几乎就是全部的道具。曲剧演员的加入，让他更加方便地打破现实主义的铜墙铁壁。演员一会儿扮演自己的角色，一会儿跳出来叙述剧情。

林兆华要呈现一个极空的舞台，落实成王翔的舞台提示就是"一个中性的环境，四周无限的黑，无限的远"。

"这个戏拿到人艺演，肯定有人说三道四。老舍先生的戏，怎么能够不现实主义？"在《老舍五则》之前，林兆华只动过一次老舍的戏，那是1999年复排《茶馆》。当时，林兆华是北京人艺的副院长，同是副院长的于是之三次请林兆华复排《茶馆》，林兆华提出："描红模子肯定是死路一条。"今天他却不得不承认自己那一版《茶馆》"没有太大的改变。跳不出那个圈去"。

《老舍五则》给了林兆华跳出圈外的可能。

《上任》里，两拨黑社会的成员出场，王翔改剧本的时候设想由同一组演员扮演。林兆华说，这样还不够，要让黑社会跟稽查员在角色上互换。同一批演员，黑大褂里头套中山装。稽查长上任，他的黑道兄弟变成了稽查员，一人一把椅子，或站或靠或坐，提起公务个个心不在焉，一提丰泽园（饭馆名），全都喜上眉梢。

丰泽园一场戏，林兆华没让演员围坐，而是让他们在一张长长的桌子背后一字排开，肩膀挨着肩膀，大腿并着大腿，面向观众，说词的时候，演员之间谁也不看谁一眼。

——二哥，你听好，我们是伙计，你是头儿。自己朋友，丑话先说头里。叫我们去掏人，那容易。我们把事情办下来，你稽查长去报功，反动派要是请吃"黑枣"，可也得先尽着你不是！

——赏钱是你们的，黑枣归我！

一顿饭吃出了杀气腾腾。跑堂的突然亮着嗓子从舞台上飞奔而过：三鲜汤来啦！

　　稽查长尤老二望着热汤，不动声色地说："水晶肘子不赖？"手下接话："秋天了，以后该吃红焖肘子了。"尤老二："整个这段饭就你丫这句话在理！"

　　去参加香港艺术节，香港人问演员：《上任》这种戏你们回去能演吗？

　　"他们以为我们还在'那个'时代。"甄莹告诉南方周末记者。《老舍五则》跟甄莹以往演的戏都不一样。演完这个戏，唱过半辈子"高大全"的她问过自己：天真的是蓝的吗？太阳真的是红的吗？

《四世同堂》的前世今生

　　1941年末的一天，燕京大学国文系研究生王世襄从燕园回家，西直门瓮城是必过的一道关卡。王先生会玩，对古今中外的昆虫分类都有研究，他自己种葫芦，刻了很多蛐蛐罐。这天进城，王先生把一个蛐蛐罐揣在胸口，棉袍被支得老高。

　　你的，什么的干活？日本人的刺刀抵上了王世襄的胸口。

　　王世襄伸手想掏蛐蛐罐，"呼啦"围上来一群日本兵，枪都上了栓。

　　这是蝈蝈儿，a little insect……王世襄解释，日本人听不懂，如临大敌地盯着王世襄的胸口。几分钟过后，一个胆大的日本兵上前，"哗"地把王世襄的棉袍撕开。王世襄兜里的大小钱掉了一地，蛐蛐罐应声而落，刺刀立刻把它围个密不透风。日本人让王世襄把小葫芦捡起来，还是问："什么的干活？"王世襄只得继续对牛弹琴："蝈蝈儿，蝈蝈儿……"还没说完，嘴巴已经抽到他脸上。蛐蛐罐又掉了，还在地上蹦了两下。

　　日本人看出门道，东西很轻，不像武器，胆大的日本兵把蛐蛐罐的盖拽开，门一开，绿油油的小虫子轻盈地跳出来。

　　"给我心疼的哟……"四十多年后，王世襄向林汝为回忆这段经历。当时，林汝为正筹拍电视剧《四世同堂》。王世襄是林汝为父亲林子明在燕京大学的校友，知道林汝为要拍《四世同堂》，王世襄有一肚子话要讲。

王世襄的故事让林汝为想起老舍笔下那些在残酷的境遇里，仍然知里知表，爱生活、爱自由的北平人：祁家院子里的菊花、石榴、枣树、八月节的兔儿爷；钱诗人自酿的茵陈酒；票友小文夫妇的丝竹悠悠……而这一切，又让林汝为回到了自己的童年：

1941年12月，燕园里的孩子还在盼望圣诞节来临时司徒雷登家的那场电影，太平洋战争突然爆发。一夜之间燕园的门岗全换上了日本人。林汝为兄妹放学回家，发现街上穿黑大褂的人特别多。还没到家门口，就看见邻居沈教授的厨子五花大绑，脸煞白，正往林家的门槛里迈。屋里，林汝为的父亲林子明正在为沈教授画像。最后一笔颜料未干，两个人已经被日本人捆起来。几分钟之后，他们的好朋友、燕大历史系教授聂崇岐也给抓了出来，聂教授穿着拖鞋、睡衣，聂家桌上放着一盘西红柿，日本兵拿起来就吃，吃了一半的果子，满院子乱扔，到处流淌着红色的浆汁——那是林汝为对"沦陷"最早的直观记忆。

编全集，算总账

1970年代末，林汝为从工作单位长春电影制片厂回京探亲，发现公婆一人捧着一本书，成天看，顾不上理人。

"我一看书皮，是老舍写的。老舍先生的书当然好看"。林汝为以为自己已经读遍了老舍所有的著作，但她从来没看过《四世同堂》。长影厂阅览室根本就没有这本书。

向公婆借，老人不肯，"我们还没看完呢。"去新华书店买，架子上没有。泡了半天，售货员从库里找出一套。如果林汝为知道，从1949年到"文革"结束，《四世同堂》没有再版过，她会庆幸自己的好运气。

据上海师范大学中文系退休教授史承钧考订，《四世同堂》第一部《惶惑》从1944年11月10日起，在隶属国民党军委总政治部的《扫荡报》上连载；第二部《偷生》从1945年5月1日起，在成舍我创办、以"严守公正立场"为办报宗旨的《世界日报》上连载；第三部《饥荒》创作于老舍先生访美期间，1950年代，曾在《小说》杂志连载，但只有前面八十七章。1980

年代初，巴金养女马小弥从英文缩译本把最后十三章翻译回来，《四世同堂》第一次出了全本，但是删节版，未经删节的《惶惑》与《偷生》多处写到国民党的正面战场。

淞沪会战打响，老舍写道："上海的炮声把就压在北平人的头上的黑云给掀开了！"困守家小、报国无门的瑞宣把这个消息告诉他终日病病歪歪、大门不出、二门不迈的母亲，老太太居然说："好！蒋委员长做大元帅吧？"

在全城噤声中，瑞宣冒险走十几里夜路去听南京的广播。"南京的声音教他心中温暖，不管消息好坏……南京的声音足以使他兴奋或颓丧，狂笑或落泪。"

写《四世同堂》前两部的时候，作为"中华全国文艺界抗敌协会"实际负责人的老舍正热忱实践自己的"抗战文艺观"："我不管什么是大手笔，什么是小手笔；只要是有实际的功用与效果，我就肯去学习，去试作。"

老舍并不是1949年之后才开始写快板和大鼓，这方面的实践委实是从"陪都"重庆开始的。"……我们的蒋委员长，忠心义胆发宣言，非把日本打出去……中华民国万万岁！中华民国万万年"，"我党总裁文武全。陆海空军大元帅，率领全国保江山。"

在1949年之前出版的《四世同堂》中，重庆之于瑞宣被比作耶路撒冷之于基督徒。

史承钧教授认为，《四世同堂》是新中国成立之后老舍先生一直拒绝出版自己全集的重要原因。

当时人民文学出版社出了《鲁迅全集》，又计划为郭沫若、茅盾、老舍、巴金四人出《文集》。这在当时的作家是一项很高的政治待遇，而且其他三人的《文集》也已陆续出版了。唯独老舍无意于此。

1959年冬，出版家赵家璧进京访问老舍，说到人民文学出版社计划为他出《文集》的事，"老舍就问到我巴金在沪遭蓬子的宝贝儿子（姚文元）批判的事，我一五一十地讲了，老舍叹口气说：'老巴的旧作，还算是革命的，尚且遭到这帮人的批判；我的旧作，例如《猫城记》之类，如果编入文集，我还过得了安稳日子吗？'"赵家璧在他的回忆录《我和老舍》中写道。

1960年赵家璧再次进京，为促成老舍出作品集，特地拉阳翰笙（时任文联党组书记）和楼适夷（时任人民文学出版社副社长兼副总编辑）一起去见老舍。"不料我一张口，老舍就站起身来说：'我想写的东西还多得很；我肚子里的许多作品还没问世，嘿！干吗现在就出全集、出文集？现在我得集中精力写新的，到那时候，咱们编全集，算总账。'"

赵家璧的回忆并不是孤证。1990年代，史承钧访问曾与老舍交往甚密的女作家赵清阁。赵清阁回忆：为动员老舍出文集，赵家璧曾请自己做说客。1962年，老舍参加广州会议后经上海，赵清阁曾在饭桌上向老舍提及出文集的事情。老舍当即反问：我出《全集》为什么？为名？为利？两者都不必要。况且我的那些东西，也不见得通得过。我看《四世同堂》就通不过，里头有蒋介石，有国民党。当时北平国民党在抗战。我没法改。现在又不抗战了，出它干吗？

老太太赤膊上阵

在林汝为读到的那本1979年百花文艺出版社出版的《四世同堂》里，"蒋委员长"自然是不见痕迹。但林汝为还是猜测，老三瑞全是"上国民党那边去了，因为老舍就去了重庆。不过，在电视剧里，老三究竟去了哪里，被处理得很含糊。

"我身边有很多老八路。演王成的演员刘世龙他们一家子都是共产党，日本人扫荡村子的时候，把他姐姐给杀了，还把她屁股上的肉割下来，煮了吃。当时的照片我都见过。当然，重庆也挨了轰炸，上海也死了好多人。何必再分死的是共产党还是国民党。"改编《四世同堂》的半年，林汝为思绪万千，下笔慎而又慎。

"文革"已经结束，长影厂的生产却没有立刻恢复。导演们要么已经退休，要么宁可学做菜。"运动"教人学会了"游鱼"的人生哲学：少看书、少说话、少拍片。与丈夫长期分居，在长影厂又无事可做的林汝为调进刚成立不久的"北京电视台电视剧艺术中心"。所谓的"中心"是西三环桥脚下的几间平房，办公室里没有桌椅板凳，开会要坐在窗台上。

到新单位没多久，林汝为就打了一个报告，提议把《四世同堂》改编成电视剧连续剧。那时，她已经把原著读了七八遍，小说中的每个人都戳在她心里：长袍罩西装的丁约翰；会用狐狸眼勾人的招娣；祁家大儿媳上有老下有小，每天忙得粉都不顾得搽匀，眉毛总是白的；祁家老二近乎无耻地热爱自己，礼义廉耻全抛脑后，吃穿上的讲究却绝不肯落（là）空；祁家老大从来不笑，唯独一次例外，是女儿饿死的时候，毫不知情的他举着四枚鸡蛋进门，高兴地告诉媳妇：我看见老三（在外抗日）了，这是老三捎给妞子的……

报告交上去五天，北京市广播电视局召开局党组扩大会议，讨论林汝为的提议可不可行。被"扩大"进去的林汝为侃侃而谈：市委有精神，要大力发展电视剧，尤其持续播出的长篇电视剧，持续时间越长，宣传效果越好；电视剧应该能感动人、教育人，并且有北京特色，这些《四世同堂》都符合。与会的一位北京广播电台的女同志搭腔：我看《四世同堂》可以拍，我们在搞《四世同堂》的连续播讲，观众来信已经攒了一大包。

时光流转到1983年，《四世同堂》已经从新华书店库房转移到货架上。读者新奇且惊喜：老舍先生还写过这样一部作品。

电视剧可拍，剧本谁来改？有人提李准、有人提邓友梅……林汝为发了言：各位导演，我在长影专门进修过编剧和导演……散会后，几个同事走过来：老太太，您怎么赤膊上阵了？您也太不谦虚了吧？

在新同事的眼里，五十岁的林汝为名不见经传。在长影待了那么多年，做演员，没当过几回主角；做导演，没什么代表作。

受父亲的牵连，林汝为在长影厂的大部分时间是在"学习"中度过的。

从燕京大学投奔晋察冀的林父先后做过华北联合大学的教务长、天津教育局局长、天津市委委员，1949年之后因主张不能全国中学都学俄文、要有一部分甚至大部分学校学英文，被扣上"反革命"的帽子撤职。"文革"中，因曾在国共谈判期间受命以燕大校友的身份给司徒雷登写信，被扣上"美国特务"的帽子。

身为"美国特务"的女儿，在长影厂的林汝为到长白山做伐木工；到吉林第一人民医院外科体验生活，给病号洗脚、倒尿盆、抠大便；在汽车厂组装前叶子板和大灯座，一干八小时，三分钟一辆车下线……

提议拍《四世同堂》的时候，林汝为已经五十岁。从三十七岁起就被尊称为"老太太"，她不想再等。

老舍先生有的是朋友

改编《四世同堂》，需经过老舍夫人胡絜青同意。胡絜青恪守满族人的礼仪，林汝为每次见她，都要行蹲安礼。"她不让座，咱们就不坐，多会儿她想起来了：小林你坐。再坐下。"

胡絜青向林汝为回忆，老舍去重庆之前曾跟家人约定：写家信的时候不能提灾难，顶好只谈家长里短；要是搬家了，用什么暗语表示；万一不能寄信了，通过谁转信；我那边要是好，你们就过去，到时候哪位先生会来接，是他，你们跟着走，不是，你们别动。

老舍一走就是五年。1941年，胡絜青带着年幼的孩子，辗转五个月，从山东取道北平到重庆，找到老舍。

林汝为改编剧本的时候，胡絜青把家里几位经历过日据时代的满族亲戚介绍给林汝为。

因为小说里祁家老三是混在出殡的杠夫里出城去抗日，林汝为特意找到几位在八宝山和东郊火葬场的老工人。他们在新中国成立前做过杠夫，对送葬的仪式有相当的权威，对日本人把街上的"倒卧"拉到郊外草草掩埋的事情，也有很深的记忆。

这些人还熟谙连接北京城内外的秘密交通路线。

老舍在《四世同堂》里描写了一位热血的刘棚匠。他不愿意在膏药旗下苟活，偷偷混出北京城，临走把媳妇刘嫂托付给祁家老大瑞宣。瑞宣每月贴补刘嫂六块钱。日本人实行粮食管制之后，北平人吃饭越来越不容易，刘嫂不愿再接受祁家的接济，冒险把布料、旧衣服卖到石家庄、张家口。口外缺衣少穿，北平吃不上粮食，原意冒险的人两头有赚，但是要一路躲避日本人的盘查，买通铁路上的职工与巡警，有时藏在货车里，有时得趴在车顶上。得到的那点粮食，放在袖口或者裤裆里带回北平。

杠夫们向林汝为证实：沦陷八年，北平跟外界的秘密联络从来没有中断过。

《四世同堂》里还有一位着墨不多的明月和尚，是一位抗日义士。为什么单单要把一位和尚写成抗日义士？通过采访戏剧学家吴晓玲先生，林汝为知道：当年二十九军在南苑附近抗击日军，死伤无数。部队奉命草草撤退，是南苑附近的和尚把死伤的战士从战场上偷走，伤员寄放在佛教徒家里，阵亡者安厝在寺庙，用油漆把棺材封严，防止散味。

"后来北平就被日本人占了。和尚干的事情，日本人始终不知道。但是老舍先生知道，你别看他先去重庆，之后又去美国。老舍先生有的是朋友，泥瓦匠、花匠、杠夫……他会想象，他认识的花匠遇到鬼子会怎么办，他认识的小贩在日本人手底下的北平怎么生活。"林汝为告诉南方周末记者。

枣树为主，老头为辅

剧本改好，接下来就是选角。听说北京电视台要拍长篇电视连续剧，四十几家文艺团体的演员闻风而动。每天早晨8点到晚上10点，林汝为跟一拨又一拨的演员谈话。入围的演员试装、拍照，每张照片都要拿给胡絜青过目。

六个月之后，全剧大大小小几十个角色都定了下来。林汝为给每个演员发了一套《四世同堂》："好好念书。老舍先生都写好了，照着演就行了。"

开拍前一个月，演员们进驻片场。用一个月的时间，看原著、读剧本、对词，练习穿平底布鞋，练习穿旗袍，好使它在走路的时候不裹腿；练习穿长衫和小褂。

中国青年艺术剧院的老演员杜澎在剧中扮演原本"横草不动，竖草不拿"，后来却成为抗日义士的钱诗人。老舍笔下的钱诗人好喝茵陈酒。杜澎从读剧本起就难以释怀：茵陈酒究竟是什么味道。"茵陈"是一种野生植物，刚好片场的空地上就长着几株。趁春天茵陈刚长出嫩芽，杜澎采来泡酒。"哎，我发现它有点清香味。从这里我想到，钱诗人可能喝酒不多，但爱喝，喜欢蘸着酒劲晕在其中唤起的诗情画意。"杜澎在当年的拍戏心得中写道。

六十四岁的老演员邵华要演八十岁的祁老太爷。每有激情戏，有肺心病的邵华就故意停药，宁可胸闷、气喘，以传递祁老太爷的满腔悲愤。

有一场戏是祁老太爷听说儿子被日本人凌辱后投河自尽，林汝为让美工彦小追在摄影棚里栽两棵枣树。彦小追找不到枣树，买来一棵杨树。林汝为不干：必须是枣树。第一，北京人好在院子里种枣树；第二，枣树的枝干有硬结、有力度的，而杨树的树枝是圆的，俗话说"杨柳细腰"。

按照林汝为的设想，这场戏，摄像机要吊在摄影棚的最高点，从上往下俯拍，枣树为前景，祁老太爷是远景，镜头慢慢摇下，祁老爷子要有大段独白。

邵华顾不上吃饭，把林汝为堵在摄影棚门口，一手拿着老舍的小说，一手拿着剧本：原著里，老舍先生一句话都没让祁老爷子说，你为什么要让他说那么多？

老爷子您念过《天问》吗？林汝为问。这段写的就是祁老爷子的"天问"。他那么忠厚老实的儿子死在他前头，早晨出去好好的，晚上成了护城河里冰冷的尸体。他不得好好问问？

我懂了，你拍吧。邵华撅着祁老爷子的山羊胡，脸上贴着祁老爷子的老年斑转身离开。那场戏，一条拍过。

还有一回，演小崔太太的马宁遇到了难处。有一场戏是她丈夫小崔叫日本人把脑袋给砍了，她起先不知道。后来她听到四大妈骂白巡长：你是干什么吃的?! 我活蹦乱跳的小崔怎么让人把脑袋给砍了?! 按照剧本提示，小崔太太应该登时昏倒，被救醒之后，要"大嚎"。

马宁找到林汝为：老太太，什么叫"嚎"？

"嚎"就是你有一口气在心里憋着出不来，你必须"嚎"，因为你实在不明白：我的小崔怎么就没了脑袋？

马宁想了半天：我不会。

那我给你示范吧，你可别生气，按说导演不该给演员示范，但是这个太难了，我试着给你"嚎"两声。两声过后，林汝为的心跳加快，喘不上气来。过了好半天，她问马宁：这回你明白了吗？

马宁点点头。

2007年，电视台的娱乐节目做"四世同堂再聚首"。事先，几位年轻的女记者找到林汝为，林汝为把记者们请到她家对面的茶馆，从上午9点谈到晚上

10点。

"有几位演员已经去世了，能不能把他们的照片挂在演播室里，我想跟他们一起坐坐？"林汝为只有一个要求。

电视台没有爽约。"祁老爷子"邵华、"大赤包"李婉芬、"冠晓荷"周国治的照片被远远地挂在演播间的背景墙上，"也不介绍也不干嘛的"，"明月和尚"高恩德的照片干脆被忘记了。

"他们根本不明白老舍先生为什么写明月和尚。更不明白为什么我想跟去世演员的照片一起坐坐。"林汝为怅然地说。

《龙须沟》：满腔热情就是诗意

2010年6月6日，北京人艺话剧《龙须沟》第三轮演出结束。《龙须沟》还能再演，是谁都没有想到的事情。复排导演顾威1966年进入人艺工作，在他的记忆里，尽管每次总结人艺的艺术传统，都要打《龙须沟》讲起，但几十年间，从来没人提议复排这部"起家戏"。

2009年，老舍诞辰一百一十周年，老舍之子舒乙给北京人艺院长张和平写信，提议复排《龙须沟》。舒乙在信中列举了五六条理由，每一条都无可辩驳：《龙须沟》是北京人艺1952年成立后的起家戏，自此现实主义成为人艺安身立命的法宝；老舍先生因为这台戏获得了"人民艺术家"的称号，《龙须沟》奠定了老舍的戏剧风格。

人艺接受了舒乙的建议，"开始只是想作为内部纪念"，顾威告诉南方周末记者，复排《龙须沟》，舒乙点名请他导演。

尽管有1996年导演曲剧《龙须沟》又得奖又叫座的经验，顾威对复排话剧《龙须沟》并没有十足的底气："现在都看帅哥美女，这种穷戏、破戏谁看？"首轮演出却出乎所有人的意料，《龙须沟》不止属于1950年代的老舍、1950年代的北京。

向《龙须沟》学习什么

1949年底，老舍从美国返回阔别十九年的北平——此时已经改名北京。本以为多年未通音信的亲人们一定早就饿死了，可三个姐姐、一个哥哥都还好好地活着，虽然衣服上补丁摞补丁，但都浆洗得很干净。老舍后来的小说《正红旗下》里写过的那位大姐告诉老舍：你的外甥都当了工人，新中国成立前是地下党的，当上了工会主席。

老舍把大姐接到丹柿小院，一住就是一两个月。"他们俩很亲，饭桌上互相夹菜，也说以前的事情，但更多的话没有。老太太没事干，一双一双地纳鞋底，我们全家都穿上了她做的鞋。有时候，父亲写东西，她就走到他的房间外头，趴在窗户上看他。"舒乙回忆。

窗里的老舍多半在奋笔疾书。从舒乙记事起，老舍一直恪守着上午写作的律条。

在很多老作家往往因"出身"不好，在时代面前交白旗，再也写不出新作品的时候，天才"写家"老舍却有写不完的东西。鼓词、快板、话剧……大跃进，文学也要放卫星。田汉跟老舍打擂，老舍很自信：他根本不可能战胜我。果不其然，新中国成立后没写过东西的田汉在那年写出剧本《十三陵水库畅想曲》，而同一年老舍却写了三个，其中就包括《茶馆》。

《龙须沟》是老舍在火红的1950年代的开山之作（虽然有《方珍珠》在前，但影响力远不及《龙须沟》）。

《龙须沟》可谓1958年之后盛行的"三结合"创作（领导出思想，作家出技巧，群众出生活）的始祖。北京市市长彭真希望人艺拿出一部以"城市建设为市民"为主题的话剧。人艺院长李伯钊找到刚回国不久的老舍。老舍有腿疾，人艺特地给他派了一个年轻助手濮思温，濮思温每天上午到龙须沟采访，回来把有意思的事情汇报给老舍。人艺的演员们也在导演焦菊隐的号召下不断去龙须沟体验生活，他们的所见所闻丰富了老舍的创作。

"演员们体验生活深入细致且形象，把我的一双脚变成了几十双脚。"对这种新式的创作，老舍兴奋且忐忑，"在我二十多年的写作经验中，写《龙须沟》是个最大的冒险。不过冒险有时候是由热忱激发出来的行动，不顾成败而勇往直前……"

焦菊隐回忆，剧本拿给人艺的时候，老舍惴惴不安："这还像一出戏吗？"当时，焦菊隐还是北京师范大学外文系的主任，给人艺导戏属于业余兼差。

焦菊隐对老舍的剧本并不十分满意，他带着演员边排边改，在老舍文学剧本的基础上，渐渐拾掇出一个演出本。

《龙须沟》公演以后，老舍坚持出文学本和舞台本。他在文学本序言中写道："《龙须沟》有两种不同的本子：一种是依照我的原稿印的，一种是北京人民艺术剧院的舞台本。现在，我借用了一部分舞台本中的对话与穿插，把我的原稿充实起来……舞台布景的说明，在原稿中本来没有，这次我全由舞台本借用过来。"

其实不止是舞台布景。在文学剧本里，主角程疯子"原来是有钱人，后因没落搬到龙须沟来"。二十三岁的演员于是之却在他为角色撰写的自传中把程疯子定位为"拉单弦的旗人"，老舍看后大受启发，于是程疯子有了新身份——"原是相当好的曲艺艺人，因受压迫，不能登台，搬到贫民窟来"。

剧本定了，开始排练。今天"土得掉渣"的《龙须沟》，是当年的"实验作品"。焦菊隐明确提出：我们不要怕搞自然主义。焦菊隐的敌人是不从生活出发，不讲究人物塑造的套路式表演。他手下的演员大多出身部队文工团。

"自然主义到什么程度？煤球炉的炉灰都得是真的。台上的水坑一脚下去要溅出水来。叶子老师演丁四嫂妇，焦先生要求她哑着嗓子说话——常年被生活所累的妇女，嗓音不可能是好的。曾经有专家说叶子声音不好听，叶子试着往回调，焦先生生气了，给叶子写了一封措辞很严厉的信：你是共产党员，为什么没有艺术创造的纪律？"顾威对人艺的传统津津乐道："曹禺先生给北京人艺的演剧定位是'诗意现实主义'，用焦先生的话说'满腔热情就是诗意'。"

老舍+北京人艺，《龙须沟》上演，立刻产生了轰动性的效果。周恩来异常兴奋：虽然我们进城的时候老百姓敲锣打鼓欢迎，但是老百姓并不明白这个政权是干什么的。我要做很多的报告，办很多的学习班才能做到的事情，老舍一个戏就做到了。

"周恩来跟周扬说，必须写一篇文章，发到《人民日报》上，让全国的人民都看到。后来周扬真的发了一篇文章在《人民日报》上，名为：《向〈龙须沟〉学习什么》，文章末尾号召全国作家向老舍先生学习。"1978年之后，舒乙以研究父亲作品和生平为业，对新中国成立后的文艺政策相当熟悉。

周扬的文章让解放区的作家很不满意：我们向戴金丝边眼镜、穿尖头皮鞋的老舍学习？"周恩来说，你们的价值就是不如刚从美国回来的老舍高。你们不服气，我索性就给他个'人民艺术家'的称号。"舒乙告诉南方周末记者。

美国回来的老舍、法国巴黎大学毕业的博士焦菊隐完胜解放区艺术家。奖状由北京市人民政府发给老舍，上面写着：《龙须沟》阐述了人民政府的宗旨是为人民服务……

老舍很重视这张奖状，把它挂在自己写字台上方的墙上。

姜文能演，我们也能演

1996年，因为《龙须沟》，北京曲剧团得以重续与老舍中断了十几年的前缘。

1950年代初，奉调大鼓艺人魏喜奎、单弦八角鼓艺人曹宝禄、尹福来、孙砚琴组成"群艺社"，在前门箭楼游艺厅演出反映现实生活的应景小戏《探亲家》、《新打灶》、《四劝》。艺人们这种把单弦、琴书、大鼓、京剧、评剧共熔一炉的草根演出形式命名为"解放新剧"。后经戏剧学家马少波的建议，更名"曲艺剧"。

周恩来牵线，让老舍多关心曲艺剧。1951年，老舍把宣传婚姻法的新作《柳树井》交给"群艺社"排演。以北京语言、北京音乐，表现北京人新生活的《柳树井》一炮而红，老舍建议把"曲艺剧"改名"曲剧"，并且下定义说"曲剧乃中国北方之歌剧"。

"北京曲剧团"就此成立，团长魏喜奎的任命书由市长彭真亲自签发。

《柳树井》之后，北京曲剧团的第二个戏是《骆驼祥子》。

"那会儿曲剧特别红。前门小剧场，'杨啼骆《杨乃武与小白菜》、《啼笑

因缘 》、《骆驼祥子》'三出大戏轮着演，观众任何时候都可以进去看戏，十分钟两分钱。"北京曲剧团的台柱之一孙宁回忆。

孙宁1975年入团，他入团的时候，北京戏剧圈的老话"中国评剧院是地主，北京曲剧团是富农"已经成为过去时。"文革"一来，什么剧种，都要唱样板戏。戏里只有三种人物，好人、坏人、中间人。主角的唱腔必须唱到多高的音高，一出戏要有几个"中心唱段"都有明确规定。

1980年代，曲剧团无可挽回地走上了下坡路。天天闹"改制"，天天听说剧团要被裁撤，孙宁开复印店补贴家用。

张百发视察过好几次，把曲剧团和市歌舞团合并成"北京歌舞曲艺中心"的传闻越来越多。新上台的团长把编剧张永和十年前写的剧本《烟壶》翻出来，目标很简单：演满三十场，得北京市首届金菊花奖。

张永和建议请北京人艺的顾威做导演。在那之前，顾威从来没看过曲剧。"导不好还导不坏么？"顾威轻装上阵，反正是死马当活马医。曲剧团的老少爷们儿却把《烟壶》当作生死关头的最后一击。流火的八月，闷在没有空调的北京戏校排练厅苦干二十八天。

首演那天，北京人艺的老人儿们都被请去看戏。林连昆跟演员开玩笑：你们给我们演"话戏"的留口饭吃吧。夏淳建议：你们可以排老舍先生的《茶馆》。

孙宁是《茶馆》迷，各种版本的《茶馆》，看过不下十五次。"我看戏不看主角。只要配角撑得起来，戏就立起来了。"孙宁知道，老舍笔下的角色，别管几句词，都完气十足。当时，孙宁和他的同事都认为，排演《茶馆》还为时尚早，功力不到。

《茶馆》没来，《龙须沟》来了。《烟壶》演满一百场，轻松拿下金菊花奖，所有人都看出曲剧团的出路还是演京味戏。当时的北京市文化局局长吴江建议：你们排《龙须沟》吧。

演员们都反对。"政治戏，破烂遭叽的服装和布景，谁看？"团长被夹在中间。

"当时唯一的目的就是让观众看下去。"有了《烟壶》的成功经验，顾威又被请来做导演。改剧本，二春和二嘎子，赵大爷和王大妈，把他们往一块儿"拴"！——顾威和编剧张永和很快商量出改编策略。

"《龙须沟》以程疯子为主要线索，但只有他一个人戏撑不住。必须要有各种复杂的人物关系。'豹头、熊腰、凤尾'，豹头和凤尾都不难，熊腰最难做到。"顾威告诉南方周末记者。原剧本的问题恰恰出在腰眼上——1949年之后的戏太单薄。"新中国刚成立的时候这样演行，当时全社会都在为新政权欢欣鼓舞，喊喊口号，观众就能明白，现在这么演不行。"

编剧张永和把二嘎子的年龄从十二岁改成十七岁，把二春的年龄从十九岁改成十八岁，这样一来，二嘎子就有机会跟同院的邻居二春两小无猜了。王大妈对赵大爷也有意，她反对女儿二春跟二嘎子好，想把她嫁给前门的杂货铺少掌柜。二春反戈一击：您要反对我，您跟赵大爷的事，别怪我横在中间。

戏排起来，演员们渐渐忘记了对"政治戏"的成见。戏里的每个人物都有鲜明的性格，丰富的前史，台词往一块儿一搭，就出戏。

这也正是老舍对《龙须沟》最得意的地方："假若《龙须沟》剧本也有可取之处，那就必是因为它创造出了几个人物……这个剧本里没有任何组织过的故事，没有精巧的穿插，而专凭几个人物支持着全剧。没有那几个人就没有那出戏……"老舍曾在《文艺报》上总结《龙须沟》的创作经验。

四十几年之后，老舍珍爱的人物依然有生命力。曲剧《龙须沟》成为当年的舞台黑马。孙宁记得，那年他和同事在各种各样的舞台上演出过，"最小的舞台不比我们家客厅大，演员上台得贴着景片走"。演员们在清华大学的美式礼堂，频频谢幕，频频返场。骄傲的清华学生事后还专门给顾威写了一封信：本来对《龙须沟》充满不屑，结果却看到了一片实实在在的生活。

有《龙须沟》练兵，第二年，北京曲剧团排演了《茶馆》。当时，姜文正在跟舒乙谈《茶馆》版权，要排一个明星版。曲剧团土生土长的北京大爷们儿气不忿：姜文能演，我们也能演。

导演还是顾威。为了跟人艺版《茶馆》众声喧哗的开场迥异其趣，顾威设计了一个静开场。纱幕背后，演员雕塑一般摆好各种各样的剧中造型。

"四九城闻名的裕泰老茶馆儿，大方桌宽条凳烫金的对联儿，铜搬壶细盖碗小叶香片儿，侃西山道北海取乐消闲儿。"京味十足的序曲过后，纱幕拉开，王利发扒拉着算盘满堂招呼，松二爷跟常四爷隔着鸟笼子聊天。一大段多声部的数唱扑面而来：四下里说说笑笑人声鼎沸满堂赞儿，讲鬼灵说鬼怪没边又没沿儿，求官谋事算命那个求签儿，保个媒，拉个纤儿，虫鱼狗马，鹰鹄骆驼，涨价儿落价儿，扯的尽是闲篇儿。

合唱过后，单个儿的角色张嘴，谁跟谁的词儿也不搭，拼接在一起相当的"后现代"："您再把那八大胡同说上一段儿。""今晚上八大胡同青衣唱小班儿。""家中有老米树，戳着腰杆儿。""振精神进茶馆为的是挣泡大烟儿。""凭什么咱的钱粮总是发一半儿？""您瞧我这黄鸟儿在笼里正撒欢儿。"……

最主要的道具是一棵槐树，第一幕青葱碧绿，二幕树叶金黄色，三幕老树枯藤。

曲剧《茶馆》从北京唱到了台北。那是老舍在台湾解禁的开始。

人艺属于大明星，还是属于大演员？

重排人艺的《龙须沟》，焦菊隐和曲剧《龙须沟》都是顾威的样板。舞台上有水坑和真正的炉灰还不够，顾威在舞台上造了一条真沟。1953年的《龙须沟》，主角程疯子最后的归宿看自来水。曲剧《龙须沟》和人艺新版《龙须沟》都认为，用这样的方式表现程疯子的"新生"远远不够，他本来是唱单弦的，还叫他唱单弦，岂不更好？

程疯子重新拿起八角鼓，扮演他的人非杨立新莫属。在北京人艺，北京戏校出身的杨立新是唯一一个既能演话剧，又能唱曲艺的演员。

除了杨立新，新版《龙须沟》没有大明星。借着复排《龙须沟》的机缘，顾威重新拿起了《焦菊隐文集》。他意外地发现，在反对明星制的问题上，焦菊隐是他的前辈知音："不消说，'明星制度'是导致艺术及传统戏剧文学日趋没落的主要原因。……这种'明星'制度会可悲地改变观众的审美观……人们由欣赏一个演员的艺术而缩小到对演员本人的崇拜，乃是不良教育的结果，这种教育使得人们看不见艺术表现的真正价值。"

在顾威看来，如何看待明星，事关北京人艺的传统：

过去北京人艺有培养大演员一说，而且有五年规划，但从来没有提过培养明星。于是之当了一辈子演员，最后连一级演员都没评上。在街上被小姑娘认出他来，于是之会脸红。去年丁志诚演小剧场话剧《关系》，手捧鲜花的粉丝把前三排都坐满了。

剧院组织生产时也开始打明星牌。"你别看《窝头会馆》号称两千万元票房，不能长此以往。明星演出一场补贴一千五，普通演员补贴六百，一样演戏，凭什么？这次我排《大酒店套房》就是准儿，明星报酬上去后，其他演员也要求加薪，舞美、后台也跟着水涨船高。票价自然要往上抬。"顾威说。

顾威去日本四季剧团，发现一千人的大剧场，最高票价两千日元，合人民币一百三十元——大概是日本应届大学毕业生工资的二十分之一。这让他想起自己刚毕业的时候，工资四十八元，首都剧场最高票价八毛。北京人艺一上戏，靠集体票就能演四十场。"电车公司就得包十场，因为工会主席是话剧迷。现在，工会主席哪还看得起戏！"

五卅通衢

手 记

2013年，《陈独秀全传》出版。《南方周末》用四个版报道书里书外的故事。下面这段话是我当时为整个专题写的导读，偷懒拿来作为手记。

1903年，二十四岁的陈独秀说："男子立身唯一剑，不知事败与功成。""全中国人即如是沉梦不醒，我等既稍有一知半解，再委弃不顾，则神州四百兆人岂无一人耶！"

1914年，三十五岁的陈独秀说："团体之成立，乃以维持及发达个体之权利已耳，个体之权利不存在，则团体遂无存在之必要。必欲存之，是曰盲动。""国家者，保障人民之权利，谋人民之幸福也。不此之务，其国也存之无所荣，亡之无所惜。"

1920年代，四十不惑的陈独秀坐上了革命的过山车，其间，他发表了大量政见、党见。脱离历史背景，这些议论在今天已难有共鸣。但从陈独秀对同时代一流政治人物的点评中，仍可见其思想的峥嵘：

"若妄想借友邦势力或利用一部分军阀势力来做国民运动，这种四不像的国民运动，其结果必然是王婆照应武大郎。"——陈独秀评孙中山。

"若其中（北伐）有投机的军人政客个人权威欲的活动，即有相当的成功，也只是军事投机之胜利，而不是革命的胜利。至于因北伐增筹战费，而搜刮及于平民，因北伐而剥夺了人民之自由，那更是牺牲了革命之目的，连吊民伐罪的意义都没有了。"——陈独秀批评蒋介石。

1929年，五十岁的陈独秀："你们说我们是反对派；不错，我们是反对派！

我们的党此时正需要反对派，而且需要勇敢的对革命对党负责的反对派……"，"就是反对派的旗帜，也绝不是张天师的灵符……若仅仅站在这一旗帜下骂几声史大林李立三的机会主义，便以为机会主义的魔鬼永远不会近身，这便是妄想……"那一年，曾任中共五任总书记的陈独秀被开除出党。

1937年，五十八岁的陈独秀说："我不懂甚么理论，我决计不顾忌偏左偏右，绝对力求偏颇，绝对厌弃中庸之道，绝对不说白菜豆腐不痛不痒的话，我愿意说极正确的话，也愿意说即错误的话，绝对不愿说不错又不对的话。"

1940年，六十一岁的陈独秀说："如果不实现大众民主，则所谓大众政权或无产阶级独裁，必然流为史大林式的格柏乌政制，这是势所必然，并非史大林个人的心术特别坏。"

生于1879年，书生陈独秀、政论家陈独秀、政党领袖陈独秀经历过20世纪前半叶革命中国大大小小的急流险滩。即便吉光片羽地撷取他的"语录"，也可见陈独秀的思想地图的复杂。

中国社科院近代史所研究员唐宝林先生用三十四年时间研究陈独秀，成近百万字的陈氏全传。报纸无此恒心，只能攫取陈独秀生命中一个"即景"。"五卅"运动中是陈独秀作为一个政治领袖最醒目的"成功"。中共的若干"基因"成形于这场运动中。

"现在全上海市民的热血，已被外人的枪弹烧得沸腾到顶点了！"1925年6月4日，陈独秀在《热血日报》的发刊词中写道。这篇不足三百字的小文，有十三处提到"血"。

同样被血刺激到的还有叶圣陶。他在1925年5月31日写道："一口气赶到'老闸捕房'的门前，我想参拜我们的伙伴的血迹，我想用舌头舔尽所有的血迹……"

1925年5月15日，日纱厂大班枪杀工人顾正红、王福金。5月30日、6月1日、6月4日，工部局巡捕向抗议的学生、市民开枪。在"惨案"面前，分属左、中、右不同政治派别的上海学术团体对外联合会"激于上海各日报之无耻与懦弱"，创办《公理日报》。叶圣陶是《公理日报》的编辑之一。其子叶至善回忆："《公理日报》态度激烈……一经创刊，声誉就超过了《申报》

等大报。"大报至多只敢做"客观报道","不合已经被激怒的群众的口味"。

《公理日报》创刊次日,《热血日报》创刊。主编瞿秋白说:"这个世界有什么公理呢?解决问题的,只有热血!"狂飙年代,革命口号的寿命以三五年计。一战后让中国人欢欣鼓舞的"公理",到1925年已成明日黄花。从1925年开始,"打倒帝国主义"成为时代的核心议题。设置这个议题的中共,在"五卅"诸多操盘手力量最小,制造的声响却最大。

"又有反帝宣传材料了"

1925年5月30日早饭后,《向导》的总编蔡和森告诉编辑郑超麟:没事可以到热闹马路看看,今天学生们要到租界宣传。一年以前,国共合作开始,中共缺人手,莫斯科东方大学的学生郑超麟提前结束学习,回到上海。在中共机关刊物《向导》做编辑,主要工作是以"马道甫"为名写"读者来信"。

主编没明说,但郑超麟知道:学生的活动是"中央"决议的。当时全国学联、上海学联都在中共手中,各学校的国民党区分部差不多都可由中共指挥。

从民厚南里编辑部出发,郑超麟在租界内的大马路、四马路、棋盘街、会审公堂一带来回走动。从早晨到下午,亲见的唯一一起冲突是印度巡捕把一个穿西装演讲的学生带回巡捕房。

那天上午,几百个年轻人像郑超麟一样在租界各处游走观望。按照上海学联对当日游行的规划,学生们当日下午1时分头出发,五到七人一队,到租界为死难及罢工的工人募捐,并散发传单。募捐是打擦边球,发传单则是被租界法律禁止的。能上街的学生都有"牺牲"的决心。他们被分为"先锋队"和"预备队":先锋队被捕,预备队上,"使巡捕捕不胜捕"。

能有多少学生上街,组织者心里并没有底。国民党上海执行部估计会有五百个;中共中央总书记陈独秀认为,能有三五百个学生上街就算胜利。毕竟,全上海那么多学校,只有十几个参加了上海学生联合会(下称学联)。这些学校大多"左"倾,属于"国民革命派"。"国民革命派"与沪江大学、复旦大学、圣约翰大学等教会学校的学生组织,泾渭分明,素无过深往来。

但1925年5月30日这一天，约三千名学生走上街头。其中有左派也有右派。中间传话有误，原本下午1点开始行动，但很多人上午就出了门。街上没有动静，他们在茶馆坐了半天。

下午3时许，已在租界里游走了多时的郑超麟突然在先施公司门口遭遇骚动的人群。人们神色紧张，议论纷纷：老闸捕房门口开了枪……

当天学生活动的组织者之一恽代英事后回忆：四散在租界各处宣传的学生一百多人被抓到老闸捕房。下午3时，学生和市民涌向捕房，要求放人。枪杀就在此时发生。

工部局《警务日报》有对事情经过更为详细的记载：当天下午2时45分，西藏路发生了第一次暴力行为。"巡捕史蒂文斯试图驱散人群，但遭到群众袭击，被打倒在地。几个为首分子当即被拘捕。当他们到达捕房时，很多跟着的人强行闯进审判间。"捕房人员把人群推出院子，人们便缓慢地沿着南京路向东退去，当他们到达永安公司对面时，停了下来，"采取了威胁性态度"，"殴打西捕怀特和科尔，企图夺他们的手枪。"巡捕挥舞起木棒和警棍，但群众已变得完全无法控制，高呼"打死外国人"。捕头爱活生认为"其他措施已经无济于事"，就在人群快要冲进捕房时，下令开枪。华捕向天放枪，西捕平射，共发射子弹四十四发。

枪弹所及，上海大学学生顾秉彝、同济大学学生尹景伊、南洋大学附中学生陈虞钦、中华电器公司职工石松盛殒命。受伤者众。

等郑超麟赶到事发地，围观者已经散去，尸首被车拉走了，地上有血迹。年轻的郑超麟想：

"又有反对帝国主义的宣传材料了。"

当天下午，"五卅"运动的要角之一张国焘从十六铺码头登岸，抵达上海。当天晚上，中共中央核心分子陈独秀、蔡和森、李立三、刘少奇、恽代英等在张国焘的寓所，商量应对当日血案的办法。他们决定：原定6月中旬成立的上海总工会第二天就挂牌成立。

与此同时，上海的中小商人们也在开会。他们集合在自己的组织"各马路商会"。学运组织者被请到会场。商人们关心学生和租界当局的对抗，是因为影响他们切身利益的"四提案"将在6月2日的纳税人会议上通过。这组提案名义上是工部局为抑制"赤俄"势力所拟，对中国商人利益有莫大损害。印刷附律规定，凡在租界流布的印刷品、报刊、广告、启事等均需事先在工部局备案，否则将课以重罚。交易所注册规定外国人、华人在租界开办交易所均需在工部局注册。商人们希望在6月2日之前，向工部局示威。他们鼓动学生罢课、工人罢工，若工人肯罢工，他们会紧跟着罢市。

学生们认为，白天"白白让帝国主义打死许多人，就这样收手，再屈辱不过"。学联决定：第二天再上街，集中在大马路宣传，有人干涉，退到二马路，但不能散。

魔术家变戏法

6月1日，学生如约上街。租界一派森严：天蟾舞台屋顶上架着机关枪，紧要路口架着炮车，捕房门口停着救火车，架着喷水管。海军陆战队、马队进了城。南京路上，一辆公共电车被捣毁，四周布满石块。那是愤怒的人群投向"帝国主义者"的武器。当天上午10时左右，约两千人手拿石块涌向这辆电车。消防水龙驱散不开，捕头麦克格列弗雷下令开枪。一人当场死亡，十七人受伤。

此后两个月的时间里，电车一直是最易受到攻击的目标。人们把碎石块、石灰、酸液、金属投向电车，不仅袭击司机，也袭击乘客。上海社科院编《五卅运动史料》记载，中国警察告诫三轮车夫："尔不要拖外国人哪，如果拖了外国人，我就要罚你。"又怂恿因车资跟外国人起争执的车夫："将那外国人推下来，他们是什么东西！"

枪声、血迹、骚乱，很少有学生敢再演讲。沉默而郁积着巨大能量的人群，涌向上海总商会。

工部局《警务日报》记载：当日涌入上海总商会的人群有一千五百之众，大部分是学生和工人。学联代表曹必成"匍伏在讲台上，悲痛欲绝"，呼吁到会者促成上海的总罢工。商人王肇成认为，总罢工只能在工部局不改正错误的情况下进行，遭到一位匿名与会者的激烈抨击。会场乱成一团。福建路商界联合会会长邬志豪发言：上海总商会和纳税人会正在同一些法律顾问商量，准备成立一个专门委员会以处理群众大会所提议案。与会者表示赞同。

"专门委员会"就这样成立了，五天之后它才有了正式的名称"上海工商学联合会（下称工商学联）"。在运动的头两个月里，"工商学联"几乎是上海的"临时政府"。（瞿秋白语）

5月30日，要不要总罢工成为刚刚成立的"专门委员会"所要表决的第一个议案。会上有"相当多的人不同意这个决议"，但"由于害怕挨揍不敢表达他们的观念"，总罢工议案遂获通过。

随后，有人去传唤上海总商会副会长方淑伯。在"被学生、工人跪求了一两个点钟"（萧楚女语）之后，方淑伯到会，吞吞吐吐地代表总商会同意总罢工的提案。当晚10:30，方淑伯委托律师到工部局"陈情"：总商会处境极为棘手，同意罢工实是无奈之举。

方淑伯左右为难，暗中跟工部局疏通的时候，上海国民党党部的电话已经打到了各省：上海已经实现"三罢"。其时，"三罢"工人方面的领导机构，上海总工会还没成立。

次日清晨，闸北天通庵路一所一楼一底的房子里摆上一张木桌、一把椅子、几条长凳。一张白纸写上"上海总工会临时办事处"，贴在大门口。"临时办事处"负责人张国焘在他的回忆录中写道，因为当日早晨，各大报纸都刊登了"总工会"的启事，从上午10点开始，各工厂的代表纷纷到天通庵路登记报到。接着，便有人来捐款。

6月1日，上海总工会召开第一次代表大会。化名"李立三"的李隆郅当选为会长。他的同事郑超麟在回忆录中写道，"李立三"是李隆郅几个小时之前取的新名字。

一切都让年轻的郑超麟感到惊奇无比。郑超麟在他的回忆录中写道："比屠杀和罢市更出人意外的，就是次日忽然出现一个'上海总工会'向全上海工人发号施令了。全上海无论哪一部门工人都服从它，都执行它的命令，都向它报告。它成了俄国革命中的苏维埃。好像魔术家变戏法一般……"

对于"魔术家的戏法"，工部局的《警务日报》有另外的记录：

截止6月1日上午9时，参加"总罢工"的只有胶州路85号美艺公司工人，约四百五十人。

6月2日下午2时，约三百名男女纱厂工人在闸北潭子湾工友俱乐部开会。会议由中共党员刘华主持。刘提议全体工人联合起来，一致要求段祺瑞派兵来上海，收回公共租界。

同日下午5时15分，约两千人企图夺取在杨树浦执勤的第1610号华捕的枪支。下午6时20分，美国骑兵队正在西藏路南北两端巡逻时，突遭来自各个方向的枪击。两名日本人在吴淞路骑自行车时被打，车子被偷走。一家日本商店的玻璃窗全部被打碎，价值二百八十元左右的商品被抢走。

6月3日，参加罢工的工人已不少于三万五千人。租界里流布着各种传单："反对二十一条"，"反对四提案"，"打倒现代帝国主义"，"外国狗正在屠杀我们的同胞"……一张传单上画着一只乌龟在抽"大英牌"香烟。闸北的一份手抄通告上写道：暗杀公共租界各捕房所有雇员；暗杀所有与外国法庭有关系的外国人；暗杀工部局总巡捕房所有工作人员；破坏电器处和自来水厂；砸烂卫生处，暗杀该处所有雇员……

6月4日上午，工部局巡捕把上海大学一百多名学生赶出校园，理由是巡捕从校园里搜出"大量布尔什维克印刷品"及传单。当天，中共党员俞秀松等代表中共中央总书记陈独秀往晤上海大学的学生领袖、学联骨干分子刘一清。

当日下午，约两百名工部局警务处华人巡捕开会，决议罢岗。前提条件是捕头罢岗，每人发十五元，巡捕罢岗，发十元。

6月5日，五名学生往南洋烟草公司接洽，号召工人参加罢工。厂方表示：工厂是中国人开的，罢工只能损害中国人的利益，厂方愿捐献一万元作为罢工基金。几天之后，该厂又向"学联"捐款一千元。作为回报，后者在召开会议或发表露天演讲时，会鼓吹抵制洋烟，改吸"兄弟"。

上海患了荨麻疹？

"五卅"风潮酝酿已久。

1924年的《民国日报》上，外资工厂工人被打死、打残，工伤致残，乃至妻女被工头强暴的消息，不时可见。

舆论压力之下，厂方、租界当局开始委托专门机构调查华工的劳动条件。工部局"童工委员会"委托上海杨树浦工业医院对该院成立四年间收治的八百八十名病人做了病情分析。

"工业医院"由美国教会组织和教会大学发起、杨树浦区工厂主赞助，以片区内的工人为服务对象。只要厂方开具证明，患病工人可在这家医院医治，费用由厂方担负。

1924年，这家医院所做调查显示：该医院收治的病人中17%是童工，平均年龄12岁，最小5岁。病人中43%因工伤住院，受伤类型主要是裂伤、骨折和烫伤。裂伤者75%已沾染微菌，救治不及时将导致死亡，几乎100%会落下残疾。此外，工人患哮喘一类的职业病的比例也非常高。

超长的劳动时间，恶劣的工作环境，频发的工伤、职业病，华工和外国厂商之间积怨日深。

《五卅运动史料》记载，从1925年2月开始，工部局捕房几乎每天都会因工厂罢工出警。工人们要求涨工资，要求工厂主不得打人及无故开除工人。在表达诉求的同时，他们经常捣毁机器和办公用品。尽管一间工厂的罢工工人仅占全体工人的十分之一，但他们的影响却是普遍的。本来工人们习惯自带午饭，因为怕被罢工纠察人员发现，上工的工人不敢带饭，从早晨6点干到下午3点半，饿了就关机器散工。渡过苏州河，来到河北岸华界，等待这些上工工人的往往是罢工纠察员的责骂。流氓混迹其间，撕扯他们的荷包。

罢工工人听"工友俱乐部"的号令。上海的几大工友俱乐："沪东"、"沪西"、"潭子湾"都在中共领导之下。"沪西俱乐部"的负责人李立三，在1960年接受《五卅运动史料》整理小组访问时回忆："上海工人工作最大的问题就是青帮问题。"不理青帮不行，工运干部过于相信青帮，乃至加入青帮，也不行。1924年，李立三成为上海工运干部之后，在青帮中搞阶级斗争，联合下层，反对"老头子"，效果显著，"五卅时保护我的都是青帮子弟"。

1924年，国共合作已经开始，共产党寄居在国民党体内，大多数工作均以国民党的名义开展，唯"工人运动"牢牢抓在自己手中。

中共中央总书记陈独秀是每一次罢工的"最高指挥者"。"每有重大的决议，如应否罢工，什么条件，如何谈判，可否签字……都是工运干部和他同开会议决定的。"郑超麟在的回忆录中写道。罢工结束，中共开总结大会，陈独秀做政治报告，中共上海区委书记做工作报告。邵力子曾在这样的会上抗议中共在工运中排斥国民党。

起初，工部局认为，罢工不过是一阵"荨麻疹"。到几万工人卷入其中的时候，外国人开始害怕香港的噩梦会在上海重演——1922年的香港海员大罢工曾使香港变成了"臭港"。

1925年5月15日，罢工积极分子顾正红，带领手持梭镖的工人冲进日商内外棉厂，冲突中，工厂日籍大班开枪。顾正红和工人王福金倒在血泊中。顾正红随即被追认为中共党员。

血案次日，陈独秀发布中共中央第32号通告，要求各地中共党员，立即号召工会、农会、学生会，发表宣言或通电，同时组织捐款、排货、示威。

三天以后，陈独秀签署中共中央第33号通告，命全国的中共及共青团组织，把上海事件扩大成全国事件。

两个通告并没有带来立竿见影的效果。"上海的大小报章，处于外国人的监视之中，记者们蜷在电话间，主笔们在编辑室屏息着。报上只登连篇累牍的电报。"（萧楚女语）

有人提出："只有一个暴动才可以给凶横的日本人以打击。"而5月底是一个"顶好"的暴动时机。"上海的工人正走到没路可走了"，因"四提案"，商人也跃跃欲试，"希望在6月2日之前给工部局一个示威"——恽代英在1927年出版《中国民族革命运动史》中写道。

5月26日，中共中央在内部会议上提出：把工人的经济斗争变成民族斗争，除工人的诉求之外，在宣传中应确喊出反对工部局"四提案"的口号，以联合工商界。

28日，陈独秀主持中共中央和上海地委联席会议，决定30号下午在租界举行以"反对帝国主义屠杀中国工人"为中心口号的游行。

29日，"学运"骨干进学校拉学生次日上街。"在资产阶级的眼中，学生是被他们所比较重视的，此次南京路的屠杀，假使是工人而不是学生，资产阶级一定一屁不放。"邓中夏在《中国职工运动简史》中写道。

要钱就找虞洽卿，要多少，给多少

6月3日凌晨，上海总商会会长虞洽卿衔北京政府之命，以"淞沪市区会办"的身份回到上海，随后，段政府的特派交涉员许沅抵沪。此时，罢工和罢市已成定局。

1920年代的中国波诡云谲，"五卅惨案"让各种政治势力，在两三周的时间里，像箭镞一样射向"帝国主义"的标靶，随即又被弹向四面八方。

"第二次直奉大战"1924年9月爆发，双方投入逾三十五万兵力。海军、空军、坦克、重机枪、地雷第一次在中国内战中成建制亮相。六十一岁的段祺瑞在张作霖和冯玉祥的支持下，成为中华民国的元首。全国喘息未定，就如何建立战后秩序，争执又起：曾在"倒直"的战争中，与段祺瑞、张作霖结成联盟的孙中山主张召开"国民会议"，段祺瑞主张召开"善后会议"。名称之争的背后是利益之争、理念之争。

在苏俄的影响之下，国共两党的意识形态产生空前交集：中共是"国民会议"有力的鼓吹者，其理论刊物《向导》把段祺瑞政府定义为"日本所主持的安福政局"。国民党的大佬孙中山、胡汉民、汪精卫则在公开演讲中频频喊出"打倒帝国主义和封建军阀"的口号。然而关起门来，寄居在国民党体内的中共却明确要求全党"在一切工作里有自己很明显的思想上的及策略上的主张"。

南方如是，在北方，张作霖和冯玉祥在拥段的同时蠢蠢欲动，各有自己的打算。1925年5月，张作霖借口执政府处理"金法郎案"失当，拥兵入关，欲改造内阁。

就在这个当口，"五卅惨案"在处于权力真空的上海爆发。华东师范大学历史系教授冯筱才考证："五卅前夕，上海正处于战（直奉战争）后的'三不管'状态，华界公然贩卖鸦片，驻沪军队因此内讧开火，以致人心惶恐。淞沪警察厅、沪海道尹署、上海县知事署、江苏交涉公署……对民众之集会、游行及学生演讲等活动也没有采取干涉政策……正是在这种情势下，上海的中共及国民党党团组织得以从容发动罢市、罢工、罢课运动。"

"三罢"既成，民意汹汹。在欧洲的蔡元培，用英、德、法三国文字在欧美各报上发表宣言。北京的大学教授们纷纷成立"沪案后援会"。宋庆龄发表谈话："吾人所恃之武力何物，全国国民之爱国心与团结力而已。"冯玉祥致电北京政府："枕戈待命，剑及履及，为政府作后盾，为国民平积愤。"6月4日，北京各校开始罢课演讲；10日，二十万人参加的雪耻大会在天安门召开……

在这一系列的活动中，北京政府都采取配合姿态：倾听学者专家建议；接收学生呈文；派军警维持群众大会的秩序。接张作霖要求政府"据理交涉"的电报后，段祺瑞不失时机地表示："政府应付丛脞，希望疆吏原谅，则勉维暂局，若督责太严，惟有遂初。"

顺民意的同时，北京政府亦有积极举措：外交部连连向外交使团发出抗议照会，并派员"驰赴"上海，对枪击案做"精确详尽调查"。

调查和交涉进行中，6月6日，上海总商会会长虞洽卿家发生爆炸。炸弹是一只装满炸药的雪花膏瓶。此前，虞洽卿曾收到"铁血团"寄来的恐吓信，他推测：有人欲通过爆炸胁迫他更多支持总罢工。

虞洽卿确实掌握着总罢工的命脉。

"五卅惨案"之后，各界捐款踊跃。从6月13日起，北京政府授意上海总商会负责罢工工人经费管理。风潮持续的数月间，各界捐款达二百三十六万元，银四十三万三千两——据北京大学历史系教授王奇生比对，三百万大洋相当于当时北京政府全年经费开支的一半。巨款汇集到虞洽卿手中，由他拨给中共领导下的学联、工会。

李立三曾回忆："虞洽卿的捐款我们随时要，他随时拿。""五卅"时，李立三奔走于虞洽卿和陈独秀之间，还曾拿着虞洽卿写的信，到北京面见财政部长李思浩。

很多"万岁"，很多"打倒"

对于一场群众运动而言，金主并不是一切。

"五卅"风波最烈的时候，广东革命政府还未成立，北京政府内忧外患，唯一以上海为"中央"的政党是中共。

6月4日，中共中央总书记陈独秀起草的《为反抗帝国主义野蛮残暴的大屠杀告全国民众》书发表。陈独秀"告民众书"比段祺瑞就"五卅"的官方表态早一天。不论观点，单在"语态"上，两份文件仿佛相差一个时代。

段祺瑞说："此次上海租界事变……本执政闻之深滋痛惜。除饬由外交部提出严重抗议外，已遴派大员驰赴上海慰问被害人民，并调查经过事实，期作交涉之根据……尚冀我爱国国民率循正轨，用济时艰……"陈独秀说："上海事变的性质既不是偶然的，更不是法律的，完全是政治的。"要根本解决问题，必须"废除一切不平等条约，推翻帝国主义在中国的一切特权"。在结尾，陈独秀高呼："各阶级联合战线万岁！""中国民族解放万岁！"——此后，以"万岁"结尾成为中共为"五卅"签署一系列文件的通例。

此文一出，"五卅"究竟是法律的还是政治的，迅速成为知识界讨论的热点。

从6月8日起，梁启超在《晨报》上发表近十篇文章，主张在中英双方派员调查的基础上，明确肇事责任，进而完善租界内的立法、司法。知识界群起攻梁，北大教授发表公开信谴责其"将沪案缩小为法律事件"。梁启超委屈辩解："我敢说，诸君对于我的观点完全看错了，也许是没有看见我前后的文字，断章取义，乱下批评"，"我有'对欧美友邦之宣言'一篇全文五分之四说的都是政治问题"。

东南大学副校长任泓隽一眼看出：梁启超的主张——先调查，后寻求法律解决，终以废除不平等条约为目标长期交涉，跟胡适等知识界同仁的主张并无本质不同，但"以中国人发表此论，未免太超然一点，他的挨骂是不能避免的"。

任泓隽自己也在挨骂。瞿秋白据东南大学的捐款名录，讥笑任泓隽是拿"大铜元十七枚敷衍我们"的"高等华人"。

"高等华人"是中共创造的新词汇，与此相对的是"下等华人"："为民族利益奋斗的，是工人学生中小商人等所谓的'下等华人'"；"背叛民族利益的，是大商绅士学者军阀等所谓的'高等华人'"。

从6月11日起，"高等华人"和"下等华人"的分歧浮出水面。上海总商会委托律师谢永森将上海工商学联合会提出的对外交涉"十七条"要求，修改为较为温和的"十三条"。尽管陈独秀都认为，如果十三条"均能实现，也就是个奇迹"，但对"高等华人"的谴责并不因此而停息。

6月20日，陈独秀在《向导》周报发表《此次争斗的性质和我们应取的方法》，谴责"卖国政府"，高调号召"中国国民运用自己的团结力，立即在上海召集团体工商学兵代表大会，议决废除一切不平等条约，严责政府宣布执行，倘政府不肯执行此议决，立起国内战争，建设一个国民革命政府"。

四十万变成了四万

口号再响亮，工、商、学也各有各的主张。"五卅"运动的领导机构——上海工商学联合会，由上海总工会、上海学生联合会、各马路商界联合会组成。中共在其中的"统战"策略是"联合左派斗右派"："由上海总工会去联络学生会的左派，去压迫他们的右派；又以整个学生会去联络各马路商界联合会左派，去压迫他们的右派；然后再以整个商界联合会联络总商会左派，去压迫他们的右派……"

很快，各马路商界联合会看出"工会"和"学联"总站在一起，在进行议案表决时有绝对优势，遂提出："每个团体只有一票表决权，如某一团体不赞成时，此案不能通过。"

上海总商会自始至终拒绝加入"工商学联"，但一直保持和"总工会"的密切互动。在虞洽卿看来，总工会不可无，一方面可以利用它"统帅"几十万工人，免得发生暴动；另一方面又可促其鼓动"民气"，挟制列强让步。

6月18日，第一轮外交谈判破裂，本来就各有怀抱的"工"、"商"、"学"渐行渐远。

商人们声称"罢市一日，中国商家损失三十万，罢市无益"。如果开市，凡经营"仇货（洋货）"的，抽营业收入的百分之五十，经营国货的，抽百分之十，作为维持罢工的费用。照此抽法，总工会可得资金三四十万。事实上，商人们的承诺并没有兑现。6月23日，罢市结束。此后的一个月里，总工会只"抽"到了四万块钱。宽裕的罢工渐渐捉襟见肘。7月底，中共打给莫斯科的报告中，提议"适时停止罢工"。

7月28日，俄共（布）中央经过讨论，认为"运动正在走向低潮，必须采取措施，保证有组织地脱离罢工斗争，最大限度的巩固业已取得的成果"。

8月19日，共产国际代表维经斯基受命到上海，指导"五卅"运动的"退却"。陈独秀随即撰写《此次运动中之帝国主义与军阀》、《军阀及资产阶级在上海民众运动中之影响》、《我们如何继续反帝国主义的斗争》等文。借助这些文章，中共身段灵活地转变了运动策略。之前主张"把工人的经济斗争变成政治斗争"、教导国人"不要相信政府调停"、高呼"打倒卖国政府"的激进反对派，立刻变得温和务实："为防御工人阶级的孤立起见，为保存工人阶级组织及已得的胜利起见，应改变罢工政策，以经济的要求及地方性质的政治要求为最低条件，至于全国性质的根本要求，工人方面应该提议委托南北政府合组一委员会来解决。"

"仲甫，哪里有帝国主义！"

"共产党在中国方始萌芽，势力甚微，何能动此大众？""五卅"运动伊始，梁启超驳斥域外"沪案由中共策动"的观点时如是说。

梁启超不知道：一个新的时代已经来临。

1925年8月，赴上海指导"五卅"运动"退却"的维经斯基惊喜地发现："五卅"运动使得中共党组织比中共"四大"时增加了一点五倍，比"五卅"运动前增加了零点五倍。尝到罢工甜头的工人、怀抱反帝义愤的青年学生在"五卅"风潮中积极入党。为了应对新党员激增的局面，1925年8月31日，中共中央发布第35号通告，要求各基层党组织放宽党员入党条件。

扩充队伍是看得见的利好，看不到的利好，影响更为深远。

瞿秋白曾兴奋总结："五卅"运动前，就连与中共同属"革命党"的国民党内部，都有大批人认为"打倒帝国主义"是过激的赤化宣传，是离间国民党与"友邦"、"友军"的奸计。"'五卅'后民众运动的发展，一直波及于穷乡僻壤，山西太原等处都有工会的成立，江浙则乃至于小小村镇如双林、义乌等处，都起来响应。上海的街头巷口，普通的小商人、十三四岁的儿童，

363

都挥舞着'打倒帝国主义'的小旗。"

也有人自始至终不买"打倒帝国主义"的账。

学者江勇振注意到，"五卅"是胡适医生最激进的时候。但无论怎样呼喊奔走，胡适绝口不提"帝国主义"。胡适认为，相比"帝国主义"，"贫穷"、"疾病"、"愚昧"、"贪污"、"扰乱"才是中国最大的敌人。

"五卅"爆发三年前，胡适和陈独秀已就"帝国主义"交过手。

1922年6月、8月，陈独秀相继以中共及个人名义撰文《中国共产党对于时局的主张》、《对于现在中国政治问题的我见》，做出中国处于"半封建半殖民地社会"的论断。

胡适针锋相对，撰文《联省自治和军阀割据——答陈独秀》、《国际的中国》："政治纷乱的时候，人民只觉得租界和东交民巷是福地，总税务司是神人，海关邮政权在外人手里是中国的幸事……我们很诚挚的奉劝我们的朋友们努力向民主主义的一个简单的目标上做去，不必在这个时候牵扯到什么国际帝国主义的问题。"

1924年9月，为纪念《辛丑条约》二十三周年时，陈独秀撰文《我们对于义和团两个错误的观念》，称义和团运动是"中国民族革命史上之悲壮的序幕"。胡适迎头痛批："六年前作《克林德碑》那篇痛骂拳匪的大文的作者，现在也大出力颂扬拳匪了！""这真是翻手为云，覆手为雨，我们只好叫他讼棍的行为！"

陈独秀之所以在对待义和团的态度上出现一百八十度的转弯，是因为他掌握了来自苏联的"秘密武器"。

1922年，"远东劳苦人民大会"和华盛顿会议几乎同期召开。前者意在对抗后者。中国北洋政府派员参加美国的会，中共和国民党则派员参加苏联的会。

中共代表张国焘事后回忆，莫斯科之行最重要的收获，是"在正式和非正式的商讨中，确定了中国革命的反帝国主义性质"；在此之前，"中国革命的目标始终是对内而不是直接对外，而且极力避免对外"，"革命人物多以为如果内部革命成功，列强侵略是可以被遏止的"。

张国焘回国以后，把"反帝"的思想汇报给中共中央，被"欣然接纳"。

1922年6月10日，陈独秀起草的《中国共产党对时局的主张》提出"改正协定关税制，取消列强在华各种治外特权，清偿铁路借款，完全收回"。这是中共第一次公开"反帝"，但并没有使用"帝国主义"这个新鲜舶来的词语，而沿用清末民初的"列强"。"帝国主义"第一次正式出现在中共的文献中，是做形容词使用，而非名词。1923年召开的中共三大把"取消帝国主义的列强与中国所订一切不平等的条约"写进党章草案。两年之后的"五卅"，成为中共"反帝"实战演习。

烽烟过后，有人"初心不改"。1925年11月，胡适到上海治痔疮，陈独秀知道后很高兴，几次在夜间去看望胡适。然而两位老友的碰面每每以激烈的争吵告终。有一次，陈独秀说："适之，你连帝国主义都不承认吗？"胡适一下子站起来，用手杖在地板上笃笃敲："仲甫，哪有帝国主义！"说罢，胡适强忍怒气，一面说着"仲甫，我有事，你坐罢"，一边径自下楼。

寻找"克格勃"父亲的三十年

手 记

这篇是我和同事冯翔合作的稿子。冯翔告诉我：一个老克格勃的儿子在河北燕郊农村里给他爸爸弄了一个纪念馆，里面有从俄罗斯、美国、台湾挖出来的几百份档案……"你老人家感兴趣不？"冯翔问。我"老人家"当然感兴趣，于是几个星期之后，我们一起去了趟燕郊。

涂作潮纪念馆不大，二百多平米，涂胜华算过，一块展板前停留一分钟，把全部一千二百份展品看完需要两天半的时间（以一天看八小时计）。涂胜华是老克格勃涂作潮的幼子、"英国买办"、澳大利亚公民。三十年来，涂胜华的人生有两重时空：今天的生意场和父亲走过的大时代。社科院新闻所硕士研究生出身的涂胜华是一个绝佳的采访对象，他懂得戏剧性和细节对故事的重要，而且非常耐心，有问必答，不怕冒犯。

第一次去涂作潮纪念馆，我们看了三个小时，大概了解了纪念馆的皮毛。于是去第二次、第三次……写稿之前，我们又去涂胜华家里，看涂作潮自传的复写件、当年"四机部"为涂作潮平反的文件。

记者习惯单打独斗，这次和冯翔合作，我获益良多。冯翔的采访风格像片儿警审惯偷儿，问题短平快，有时不等对方答完，一个新问题又砸了过去。如果我是采访对象，我会被这些问题抽得晕头转向。调查记者出身冯翔说他一贯这样，这样比较容易看出对方有没有撒谎。

相比而言，我更愿意以倾听的态度，闭合性和开放性问题的混编，开启受访者从容的回忆。我相信，肯花时间，才能听到意味深长的故事。

我与冯翔的合作不是百分之百顺畅，但两个人都舍得花笨功夫。我写的第一稿被他推倒重写，他写的第二稿又被我推翻……这里收录的版本是我写的第三版，报纸上的署名是：南方周末记者：冯翔、石岩。无独有偶，冯翔为同一主题写的配稿署名：南方周末记者：石岩、冯翔。这是欧·亨利的小说看多了吧？

2014年4月21日早上7点，六十四岁的涂胜华起床，找出了十年前在英国买的黑色西服，内衬雪白的衬衣和黑领带，还给喷了香水。这与他平时的"下岗工人"打扮反差极大。

他要去参加原中共中央调查部（国家安全部前身）部长、周恩来办公室副主任罗青长的葬礼。

吊唁大厅四周排满了花圈，挽联上都是大名字。涂胜华一路找自己送的那个花圈，从入口到出口，无果。"或许是被盖在下面了。"他安慰自己。

"不忘故旧　讲究历史　承前启后——木匠涂作潮后三代廿五人泣"，涂胜华背得出自己的挽联。父亲——"木匠"涂作潮，已去世多年，涂胜华要替他还一个人情。1976年1月，送信通知他父亲参加周恩来追悼会的，正是罗青长。当时，罗青长任周恩来治丧委员会办公室副主任。"木匠"涂作潮是个破衣烂衫、半身瘫痪的老头儿，植物般沉默寡言。罗青长却对他无比客气，特地叮嘱送通知的人："如涂老不愿意来，即使身体状况许可，也不要勉强。"这让涂胜华吃惊不小。"中调部"部长这么看得起我父亲这么一个"四机部"（电子工业部前身）"不得烟抽"的病休人员？

让他更吃惊的还在后面。1980年，"中央调查部"一张请柬翩然而至：某年月日，在国务院第八招待所略备薄酌，可偕夫人前往……

"去吧？茅台、中国红、海参、对虾得管够。"涂胜华问父亲。

"不去。你喝多了怎么办？"

"去吧，咱家吃不起这玩意儿，去开开洋荤。"

儿子说服了父亲。大厅里开了十桌，父子俩坐在角落里。宴会进行到一半，低头吃菜的涂胜华听到"扑通"一声，凭直觉知道有人出溜到桌子底下了，后来知道那是中共谍报史上的传奇人物、1935年刺杀汪精卫的总指挥华克之。重为"中调部"座上宾，刚刚走出秦城监狱的华克之，一时百感交集。

就在众人七手八脚把华克之拉上来的时候，罗青长端着一杯"中国红"走过来，对涂作潮说："涂老、老大哥、老前辈，小兄弟敬你一杯……"

涂作潮并不多言，举杯一饮而尽。那一刹那，站在父亲身旁的涂胜华觉得自己参加的不是中共特工的聚会，而是在"青红帮"的场子上。在那个神秘的世界里，父亲代号"木匠"。

父亲被逼到墙角

五岁，涂胜华开始对父亲的"侦查"，他在父亲的破包里摸到了一支冰凉的手枪。那时，父亲是上海电机厂的军代表。

再大一点，他拿一本书去问父亲：你认识一个叫曹丹辉的吗？曹丹辉是1955年授衔的少将，他在《一个红军电台干部的日子》中写道：毛（泽东）委员来参加我们的支部会议，因为冯政委跟一个叫老涂的机务员打起来了。涂胜华强烈怀疑，那个倔强的"老涂"就是自己的父亲。但父亲不吭气。

好在他有自传。涂作潮一万八千字的自传完成于1956年1月26日。当时，上海市副市长潘汉年被打成"叛徒"，与他有过工作关系的人都被调查。专案组几次三番来，涂作潮被问得不耐烦，索性以党内常见的"自传"体例交代自己各个时期的经历及其证明人。

自传写好后，涂作潮让大女儿将其誊抄一遍。他把紫药水与其他物品混合熬制成果冻状，这让孩子们一度以为爸爸在做洋菜。涂作潮把大女儿抄好的自传覆盖在"果冻"上，少顷，揭开，再把白纸覆盖在抄稿上。一份抄稿变成五份，其中一份上交上海"审干办公室"；两份交给中央苏区时期的同事、上级；另两份留在涂家。

涂胜华无数次偷看父亲留在家里的自传，其中有一句话让六七岁的他大吃一惊："毛委员处理不公。"毛委员、毛主席，神一样的人，爸爸竟然说他处理不公！

父亲自传带给涂胜华的震惊持续不断：他1924年就入了党；参加过"五卅"运动并为此被捕；他在苏联留学四年，朱德是他同学；他1931年就到了中央苏区，是红军第一个无线电器材厂的厂长；西安事变的当天他就在张学良公馆；周恩来就是借他的剃须刀刮掉了大胡子……

涂胜华越知道父亲有多不平凡，就越不明白他何以混得如此之惨：

1956年，他还是上海电机厂的厂长助理、厂党委委员，因为仿制出"老大哥"的盖革计数器，惊动柯庆施，被"破格"评为三级工程师。

1959年，在学习八届八中全会文件的会议上，他大放厥词："党员有不同意见，不管他讲什么，在党的会议上提出来是对的。"作为右倾机会主义处理，是"拍台子、板面孔"，是"个人与个人之间的斗争"……这样的言论换来的待遇是被开除党籍，行政待遇降两级。

1962年，彭干臣遗孤、周恩来义子彭伟光到上海寻访其父故人，涂作潮是彭伟光的寻访者之一。回京后，彭伟光把涂作潮的申诉信转交给周恩来，涂作潮得以被"甄别"平反。

1964年，涂作潮从上海电机厂调入北京的"四机部"。离开上海之前，他特意到"极司菲尔路76号"门外照了一张侧身照。多年之后，涂胜华知道这张照片极不寻常，因为"职业特务从不拍照，怕留下痕迹"。

在"四机部"，涂作潮的三级工程师职称被折算成司局级待遇。邻居不知道这个破衣烂衫的老头什么来头。别人喝茶看报打太极，他白天干木工活，晚上整宿出去钓鱼，钓来的鱼吃不了，拿去送人。

东总部胡同伍云甫家，是涂作潮常去的地方，伍家门房称他"那个打鱼老头"。门房不知道，涂作潮曾是伍云甫的战友。

多年以后，一位心理医生告诉涂胜华：知道太多秘密的人必须找一个渠道发泄，否则会疯掉。这是涂作潮白天做木工，晚上打鱼的原因。

1967年，涂作潮被他知道的秘密逼到了阳台一角。在"军管会"的围殴中，手拿铁棍的涂作潮用湖南话大喊："毛主席、周总理，救救我呀，我是涂作潮、我是1924年入党的涂作潮……"家住一楼的胡灿传听到了涂作潮在二楼阳台上的呐喊。与涂作潮相识多年，胡灿传第一次知道他哪年入党。

《人民日报》欠我爸爸一篇生平

"说吧！×××，我几个大嘴巴就全招了！1936年，周恩来让你把一支钢笔带给潘汉年，有一封信在钢笔帽里藏着，这是什么名堂？"刑讯室，"军管会"头目对涂作潮说。

"我以为潘汉年是一个半公开的共产党，他目标太大，我涂作潮没人认得，所以从西安到上海这一段，我拿信更方便……"

"那封信实际就是一张字条，又不封口，你不看看？你是死人？！"

"我瞄看瞄说，恐怕活不到今天……总理交代过：当心点，别丢了，信是给一个姓张的朋友的……"话还没说完，鞭子已经抽下来，"他让你吃屎你也吃？！"

据中共电子工业部党委1984年1月9日签署的《涂作潮同志平反结论》：自1967年7月至1969年2月，"四机部"军管会和部机关少数人员以"反党分子"、"右倾机会主义分子"、"叛徒"、"特务"、"国际间谍"的罪名，对涂作潮施行残酷的肉刑逼供逾百次、千余小时。

1984年12月31日，涂作潮去世。1985年1月21日，"四机部"出面给他办了葬礼。

"妈的，我姨夫给共产党干一辈子，死了连党旗都舍不得给他盖盖。"从上海赶来的姨兄嘟囔着。涂胜华心里一动。几天之后，他去找"三机部"的部长刘鼎：我爸爸死，党旗都没给他盖，您有什么说法没有？"你等着吧，会有人出来说话的。"刘鼎对涂胜华说。

西安事变时，刘鼎是张学良的副官，也是涂作潮的直接领导。1964年涂家进北京之后，往来的人不多，刘鼎是其中之一。1975年，韩素音著、英文版《早晨的洪流》出版。在北京第二外国语学院上学的涂胜华把其中两页复印下来，译给刚从"秦城"放出来的刘鼎。刘鼎的反应是：她所说，里里外外，远远近近，大概是那么一回事。

"总理在世的时候，很明确地指示过：西安事变在党中央做出新的结论之前不得透露任何信息。重庆有个人研究西安事变，东讲讲西讲讲，结果被抓起来了，你得当心！"临了，刘鼎嘱咐涂胜华。

有这样的交情，1985年1月31日，涂作潮葬礼十天之后，《人民日报》第四版刊出一篇署名魏文伯、刘鼎的文章，标题《革命先烈彭干臣》，内中提到：彭干臣曾任中央军委委员和南昌起义之后南昌卫戍司令，他在苏联留学时先后的同学有朱德、曾永权、刘鼎、涂作潮……

涂胜华并不满足父亲作为注脚出现在纪念别人的文章里。他应该有一篇像模像样的生平——至少占《人民日报》半个版。

为此，必须积蓄实力。从少年时代起，涂胜华就知道实力的重要。

1964年，涂胜华发现自己所在的翠微中学一个星期只有三节英语课，北京八中有七节。他拜在八中上学的邻居为师。"文革"爆发前，涂胜华已经可以全文背诵英文版《为人民服务》。但这并不能避免涂家的孩子在"文革"中成为丧家犬。

"胜华，以后我们家你少来，你×××叔叔还想跟着毛主席进步呢……"以前常进常出的门纷纷关闭。四处流浪之时，涂胜华认了一个"师父"。此人当时不过是一个高三学生，但英文、俄文的书都能看，并自修原子物理。"师父"给涂胜华算了一卦——昨夜花残犹未落，今朝逢露又重开。"老弟，你会有出头之日的，但是你要记住：不怕人不用，就怕艺不精。""师父"对涂胜华说。

1973年，国务院出台"55号文件"：工农兵学员除单位推荐外，如在音乐、美术、外语等方面有专长，可径自加试。

考场上，主考官让涂胜华用英文解释"激光"。此后三十年，涂胜华是唯一一个回答出这个问题的应试者。

1983年，涂胜华从社科院新闻所毕业，分配到新华社。到新华社报到之前，他申请到了美国大学的奖学金，却被一位外长级"老革命"的外甥孙女顶替。

"你怎么能跟人家比？她舅公是1925年留苏的老革命。"当时的新华社社长对"闹事"的涂胜华说。"我也是老革命后代！我爹也是1925年留苏的，她都出五服了，我是嫡传！"涂胜华的抗争无济于事。

1985年，涂胜华辞去公职，干起个体户。做生意需要一台电传机。涂胜华每周向相关部门寄送一份装机申请。半年之后，他接到电话：是涂胜华吗？以后别往这写信了，你的电传机已经批了……

电传机为涂胜华挣来他人生的第一桶金。电视台缺译制片。谁能从外国使馆借到片子，借到几分钟，电视台付几块钱。涂胜华用他的电传机联系英国使馆文化处。英国人说：涂先生，以我们的经验，东西借给中国人，一般就要不会回来了……"我保证按时还。""我们如何相信你呢？""我以我的商业信誉担保……"

在中国，英国人已多年没有听过"商业信誉"这个词。"涂先生"果然如约还片。

经英使馆商务处牵线，涂胜华结识了一家经营银行机具及印钞业务的英国公司。晚清及民国，这家公司曾承担为中国印钞的业务。1978年之后，这家公司急欲打开中国市场，为此欲觅合适的代理人……1985年11月，涂胜华成为这家公司的在华代理，拿到两万元代理费。

从那时起，涂胜华的人生进入两重时空：当英国"买办"，赚的钱用来挖掘父亲的往昔。

只要你开了头

涂胜华的寻宝图是父亲的自传。自传里提到的每个名字，他都挖地三尺：本人健在的找本人、本人过世的找遗孀、遗孀过世的找子女……

从父亲1920年参加的湖南劳工会、1925年在上海参加的党团工会组织、1925年到1929年在莫斯科劳动大学的每一名中国籍同学，到1930年代到1940年代在上海及中央苏区特科的同事、1949年工作过的上海电机总厂、1964年调入的"四机部"……涂胜华心中有一张巨大的搜寻之网。

1985年1月，何鼎新被涂胜华拉来"撒网"。何鼎新是涂作潮在上海做地下工作时的交通员何健础之子。当时他在北京西颐中学做门房，月薪四十元。涂胜华给他开出的工资是每月一百元，其职责一是翻旧报纸，二是打电话，三是跑潘家园。1980年代，何鼎新翻遍国图藏1925年上海老报纸，找到涂作潮因在"五卅"期间参加工运，被工部局逮捕、关押、释放的全记录。1990

年代，何鼎新往潘家园跑了十八趟，找到了1967年"四机部"军管会批斗涂作潮的小报《红旗漫卷》。

也是从1985年开始，江西、上海……凡涂作潮从前工作过的省市县的党史研究机构，会经常收到"涂作潮幼子"的来信及电话，措辞客气，言必称老师，或请教问题，或提供线索。当时涂胜华在恶补中共党史，他订阅了三十几种中共党史类刊物。

比文献更难寻觅的是活人。进京之后，涂家朋友不多，只与刘鼎、曾三、伍云甫走动较勤。

伍云甫1969年去世，刘鼎1986年去世，曾三1990年去世。刘鼎、曾三在世时，对涂作潮的描述仅限于品质：你父亲的为人，对于党绝对忠诚，不管在什么时候……"文革"说他是叛徒，我根本不信……你爸爸的手非常巧，他做的东西结实、好用……有送鱼的交情，涂胜华被获准到伍家看伍云甫生前日记，条件是只准抄、不能拍照、不能复印，且1959年的部分不在其中。

涂胜华用了整整十年的时间寻找让张辉瓒的后人开口。

1930年12月30日，中央红军在第一次反"围剿"中，活捉国民党十八师中将师长张辉瓒。张辉瓒乃蒋介石爱将，又是推翻满清、建立共和及再造共和的功臣，为赎回张辉瓒，国民党开出的价码是：释放政治犯，提供二十万现大洋及盐、西药若干，十八师五十四旅军官以下整旅投降红军。

得知这个消息，中共中央急派涂作潮、李翔梧作为谈判代表赴中央苏区，通知朱毛在吉安放人。两人随身携带一部相机，把国共双方协定的协议文本，拍摄在玻璃底版上。抵达中央苏区后，让底版显影，放大做成签字文本。如遇意外，打开照相机后盖曝光。

1931年2月8日，一身国民党军官制服的涂、李抵南昌，却在当日江西版《民国日报》上看到张辉瓒首级入殓的消息。

此前的1月28日，张辉瓒在苏区公审时，已被当众处决。涂、李曝光了相机中的协议文本，紧急撤离南昌。途中遇有"青红帮"背景的乡绅魏朝鹏的掩护。魏朝鹏自己搭钱买了一船景德镇的瓷器，让涂、李扮成船上伙计，一路护送他们到上海。1952年，魏朝鹏以援助国民党逃匿军官的罪名被镇反，至死不知道当年跟他交换金兰谱的人是中共特工。

1995年，涂胜华找到魏朝鹏的后人。接下来，他要寻找张辉瓒后人。经多方打听，涂胜华知道张辉瓒有个儿子叫张远谋，是天津某大学化学系教授，电话打过去，接听的是张夫人。

"我们张家的人永世不想再提张辉瓒。张远谋已患脑溢血住院，先生能打听到我们家电话，想必一定有能力打听到我丈夫在哪个医院哪间病房，但请先生尊重我们，千万不要打扰他……"

这个线索放下，一沉就是十年。十年之后，涂胜华再打电话过去，张远谋及夫人都已去世。听说张辉瓒孙辈有人在天津市委统战部工作，涂胜华写信过去，石沉大海。

2005年，突然有人从北京大学打来电话，自称是张辉瓒的孙子。他邀请涂胜华在北大校园里吃了一顿饭。席间，涂胜华把自己搜集到的与张辉瓒被俘有关的资料都给了对方。对方报之以李，回赠涂胜华一本《张公石侯荣哀录》，其中收录张辉瓒入殓之后，国民政府军政各界的挽联、悼诗。

1938年，日本人就要打进长沙，韩国独立运动领导人金九流亡到长沙。为掩护金九，国民政府准其在张辉瓒墓庐里隐藏半年多。金九之子后任大韩民国陆军参谋长、金九之孙任韩国驻上海总理事。1990年代，金九之孙找中国政府，提出由韩国政府出钱，修复在"文革"中被砸毁的张辉瓒墓。最终，中韩合资，今天的张辉瓒墓庐也是金九纪念馆。

搜寻父亲历史的过程，涂胜华常有这样的意外收获。"这不是上超市，一进去从油盐酱醋到鸡鸭鱼肉全买齐，好多时候你的线索就是只言片语，能找到一张照片就不错了。但只要开了头……"涂胜华笑眯眯地说，他乐此不疲。

儿子为老子作传，得凭档案

从1985年到2005年，何鼎新给涂胜华当了二十年助理。

"每次他弄回什么档案来，都特高兴，非拉着我喝两盅。"七十岁的何鼎新饶有兴趣地向南方周末记者历数两人喝过的酒：开始只喝得起啤酒，后来涂胜华的生意做大了，两人开始喝高档白酒；再后来他经常去英国，带回来许多洋酒：红方威士忌，黑方威士忌……

升级换代的不仅仅是酒。

1991年，涂胜华以试探的心态，给俄罗斯驻北京大使馆写信。他向对方提供了父亲的俄文名字、学号和留苏时间，询问对方能否代为查询其父在苏联的档案。时间不长，大使馆寄回三页档案。

涂胜华一下子就上了瘾："那种感觉像炒股，又像做生意。"档案上清楚地标准着父亲升学的具体日期。"历史跟新闻一样，讲究5W。我这一W，你们谁都没有！"在社科院新闻所上学的时候，涂胜华听美国外教讲过"调查式报道"。

1990年代，涂胜华为父亲撰写"生平"的想法已经升级为写一本传记。他知道："儿子为老子写传记，不能凭感情，得凭档案。"

再给大使馆写信，对方不再回复。听说苏联解体后，有人淘到了档案，涂胜华马上加入淘金者的行列。

从1990年代初到21世纪初，很多留学生、商人、外交官、研究中俄关系史的中俄学者……都曾受"老涂"或"老涂"朋友的朋友之托，到共产国际档案馆、俄罗斯档案馆翻档，线索只有两个：涂作潮的俄文名字"沃罗达尔斯基"和他在东方大学的学号2712。

十年中到底使用过多少代理人，老涂没有统计，他抱定一个原则：砸钱。绝不能对任何一个人流露"花了钱，怎么办不成事"的意思。到2003年前后，涂作潮从俄罗斯挖到与父亲有关的两百零七页档案，每页搜寻成本数千人民币。

这些档案显示：1925年10月，涂作潮一行十四人从上海乘一艘苏联的运煤船到海参崴，同船还有赴莫斯科中山大学的中国学生。中国人之间彼此不敢交谈，因为全是偷渡，怕暴露身份。途中，每人有一天一元的补助。已有身孕的张国焘妻子杨子烈也在那艘船上，杨子烈的补贴比别人多，杨子烈用她名下的十四元钱买了一件皮大衣。

1925年11月15日，一行人抵莫斯科东方大学报到。两天以后，东大支部书记袁庆云向骨干分子彭干臣、张宝仁和汤正清了解新到同学途中表现，大家对涂作潮的评价是"暴躁，喜弄手枪，不知秘密工作，很勇敢，能站在团体以内"。

东大的功课不多，学生要参加大量的"组织生活"。涂作潮们每天在校活动时间大约十一个小时，他们没有周末。鉴于涂作潮的表现，相关部门曾建议他回国后，继续搞宣传，级别不低于省级。

1927年12月21日，涂作潮给东方大学校长舒苗斯基写了一封信：要求学习生产手榴弹、炸弹和炸药的专门技术……在此之前，涂作潮已接受半年之久的特工训练：驾驶、摄影、射击、战场指挥、信鸽技术、格斗、爆破、毒气、暗杀、密写、密码、印刷、化装、防止说梦话泄密……

1927年5月26日，由斯大林签署的《联共中央政治局105号记录》决定为中共培训一百名炮兵、空军、通讯兵和装甲技术干部。

1928年6月18日，涂作潮和刘伯承、王明等一起，作为旁听代表参加了在莫斯科举行的中共"六大"。会议期间，涂作潮三次向中共中央代表团呈递报告，说自己理论水平低，不适合做领导，希望短期学习工兵技术后，尽早回国参加武装斗争。张国焘与其谈话，告之中共急缺的是无线电通讯方面的人才。

1928年10月26日，涂作潮、宋廉、刘希吾、覃献酉四人到列宁格勒伏龙芝军事通讯联络学校学习无线电技术，为期十一个月。在伏龙芝学校的第九个月，"中东路事件"爆发。在中共"武装保卫苏联"的口号下，刘伯承、黄平受命在伯力附近的红河成立收容张学良部俘虏的"远东工人游击队"。涂作潮是游击队的机务员。

1929年12月22日，游击队解散。翌年3月，涂作潮偷渡回上海……涂胜华根据1929年12月10日联共中央书记处会议171号记录，推算出父亲在苏联四年五个月耗用一万零六百六十六卢布，约合当时中国钱一万一千六百二十六银元。根据中共中央总书记向忠发1929年12月24日在政治局特别会议上说，留苏学成回国致用者仅占全体派出者的五分之一，涂胜华估算出每有一名涂作潮式人物从苏联回到中国，共产国际的培训成本在五万八千一百三十两白银左右，约合今天人民币六百万元。

这是一座纪念馆的规模

1994年，母亲张小梅去世，家里腾出一间屋子，涂胜华把十年间搜集到的档案、文献制作成展板，把那间空屋布置成"涂作潮陈列室"。

1996年12月31日，涂作潮去世十二周年祭日。原"中调部"部长罗青长带两名随从冒雪探访"涂作潮陈列室"。看完展品，罗青长对两名随从说：咱们大小也是个单位吧，缺钱吗？我早就说让你们弄东西去，你们都弄来什么了？你们看看，人家一个个体户弄来了什么……

1997年，个体户涂胜华把长子送到英国，"北京第一个硕士个体户"要供出中国大陆第一个伊顿公学的学生。

1999年，美国国家档案馆藏上海工部局档案到了解密期。2001年1月2日从上午9点到晚上9点，涂胜华从那批档案中，翻检出一百页与父亲有关的内容。"开始十几页知道大致内容，后面只要扫到中国字，有'刘华'（当时上海的工人领袖）、'工人进德会'字样的，就复制。"涂胜华告诉南方周末记者，复制极方便，入库之前可买面值十到五十美元不等的IC卡，进入阅读位之后，插卡，有需要复制的档案，只需按阅读桌上的一个按钮。复制一百页档案，涂胜华花费二十七美元。

2010年8月，涂胜华用八天的时间在台北搜集中华民国国史馆、国立图书馆、中国国民党党史馆、中央研究院近代史档案馆、台北忠烈祠中有父亲有关的档案资料……涂作潮1924年5月加入中共，随即在国共合作中加入国民党。"我爸爸也算国民党的早期党员，我想看看国民党的档案里有没有与他有关的信息。"涂胜华告诉南方周末记者。

信息在爆炸。涂胜华觉得一间屋子根本不够用了，至少得有五到六间屋子，才能把与父亲有关的资料陈列个大概。传记一稿已经写完，资料锁进箱子太可惜：其总量已经可以充实一座纪念馆。

在那前后，涂家木樨地24号楼的邻居去世，其子女想以一百万元的价格把房子处理掉，但碍于"央产房"的限制，不能交易。涂胜华以为老革命建陈列室的名义，给当时的中办主任曾庆红写信，请求中办批准其购置邻居住宅，未获回应。

2005年，涂胜华把妻子的户口迁到河北省三河市燕郊镇西柳河村。2005年，涂作潮纪念馆在西柳河村动工。

村支书很不放心，对涂胜华说：你不要说那么多大话，什么给老革命弄纪念馆，那都是胡扯，我根本就不信。只要你不在这贩毒、制毒、养狗、搞色情交易，你就踏踏实实住着。直到看到涂胜华把大瓦房隔成一个一个十平米左右的小房间，并在房间四壁钉上木板，预留了挂钩的位置，村支书才相信：老涂的爹真是"老革命"。

涂作潮纪念馆没有牌匾，涂胜华是纪念馆的木工、美工、讲解员、研究员、馆长。

2013年，涂胜华在社科院新闻所念硕士时的美国教授应邀到涂作潮纪念馆参观。参观毕，涂胜华对老师说：这是一篇调查报道，先生您给打个分吧。老师给他打了个A，随即又补充为A++，理由是"其中有些展品，显然是以非常手段获得的"。

我要的就是那个真的

涂作潮纪念馆的"非常展品"很多。其中有些对别人未必有意义。

1997年前后，买到"军管会"的小报《红旗漫卷》后，涂胜华不过瘾，还想弄到军管会打人时戴的红箍。"什么人会留这个东西？打手不会留，他们打完人，喝点酒、撒点酒疯就完了……"想来想去，涂胜华想起军管会的宣传部长。此人是涂家楼下的邻居。锁定目标之后，涂胜华找了一位代理人，此人是"宣传部长"的邻居，当时个人境遇不佳。

腊月二十九，涂胜华拉那人去喝酒，饭桌上把事情一说，递过去一千块钱"活动经费"。

第二年腊月二十九，两人又出去喝酒。东西没弄到，"活动经费"增加为两千元。

第三年腊月二十九，酒桌上再见面，对方有些不好意思："哥哥，东西还是没弄出来……""没关系，我不以成败论英雄。"说着，三千块钱递过去。

"老哥，你这犯得着吗？找人做个假的不就完了吗？""这对我太重要了，我还就要那真的……"过了两个星期，"代理人"给涂胜华打电话："哥哎，快来，东西到手了……"

2006年，涂胜华从上海的报纸上看到顾正红纪念馆被地产商拆除的消息。他的第一反应是给上海的侄子打电话，让侄子去银行取两万块钱，"全部要五块十块的票子"，然后去买黑心棉被，拿着钱和被子，到拆迁工地收购顾正红纪念碑的碎片，有多少收多少，"重点是带字儿的"。

当天，侄子回话：工地围起来了，央视记者想进去拍片，都挨了打，事情办不成……

涂胜华当夜飞到上海。工地一片漆黑，只一角有微弱亮光。那是一个小窝棚，一对夫妇在里面负责看场。涂胜华用上海话跟他们套近乎，对方一开口，却是苏北口音。涂胜华马上改口，用普通话问："师傅你们是苏北哪里人？"夫妻回答："盐城人"。"那你们就是顾正红的老乡咯？"涂胜华明知故问。两夫妇点点头——当地有顾正红路、顾正红小学，盐城人都知道顾正红。他们面前戴眼镜、看打扮像下岗工人，举止却斯斯文文的老头马上说："我父亲是顾正红的工友，我没有别的意思，只想拿几片纪念碑的残片回去做纪念……"

获知此事，央视记者来采访。采访之前问涂胜华："先尊是？""我父亲1920年加入湖南劳工会、1924年入党、1925年……"话还没说完，涂胜华已被记者打断："不瞒您说，我们查了资料，党和国家领导人里，就没有一个叫涂作潮的。您说他1924年入党……""是，你别说党和国家领导人里没他，省市级领导人里也没他……"涂胜华也不耐烦地打断了记者。

这样的事情，涂胜华不是第一次遇到。1996年，他上书全国政协：西安事变六十周年纪念活动，能否给涂作潮家属发请束，得到的答复是：当年上街游行的成千上万，现在请不过来。

2007年，涂胜华打听到有关部门正在编纂"中共党史人物大系"，电话打过去，得到的答复是：涂作潮级别不够，可选可不选。如果想入选，家属得拿五万块钱……

原始股和入场券

2003年是涂作潮诞辰一百周年。别人不记得，儿子记得。涂胜华在北京电视台青少频道一档非黄金时段播出的节目《我的父亲母亲》中，看到朱德的女儿朱敏讲述其父其母的故事。"这个，我老涂也行！"涂胜华大受启发，马上向北京电视台毛遂自荐，如愿以偿。

同一年，涂胜华给时任上海市委书记的陈良宇写信：今年是涂作潮诞辰一百周年，涂作潮跟上海有非常密切的关系……此信同时抄录一份，寄给1980年代的上海市委书记胡立教。1930年代，涂作潮在中央苏区办无线电训练班，胡立教是第一批学员。

胡立教见信，将其转给上海的党史办公室，并留言：涂作潮是我的老师，他曾多年在上海从事地下工作，今年是其诞辰一百周年，党史办关于他的资料充足否？能否请媒体做些纪念报道？

党史办把胡立教信转给上海电视台，并指点：涂作潮的信息很好找，只要找到他那个小儿子涂胜华，一切资料他都有……

2008年，中国护照改版。涂胜华服务的英国公司参与竞标。竞标资料之一是一枚"涂作潮水印"。水印中有涂作潮头像和1940年他设计的"无形收报机"的电路图。当年，电影《永不消逝的电波》男主公原型李白，就用这种收报机工作。而涂作潮的头像，则逼真至瞳孔。

公安部的竞标负责人看到那枚水印，对涂胜华说："行，老涂，你有这个，是你进入这行的入场券。"此前一年，纪念"秘密战线"代表人物的大型画册《无名的丰碑》出版，涂作潮名列其中。那位负责人看过《无名的丰碑》。

迄今，涂胜华拿到"入场券"已逾七年。他的生活似乎没有太大变化。每当接到房产、汽车、理财一类广告电话的时候，他总是好脾气地说：我没钱，我是下岗工人，明儿你给我找个工作得了……

1990年代，涂胜华加入澳大利亚国籍。国籍变了，涂胜华做事的逻辑依然是中国式的。在八宝山等待参加罗青长追悼会的时候，他问熟人有没有关系帮他把女儿送进有"红色贵族学校"历史的育英小学——女儿的户口随母亲，落在了河北。

接下来，涂胜华计划给父亲的纪念馆配备一批自动讲解机。再然后，他要把纪念馆的内容全部搬到网上……

"不是说一开始我就要把我爹的历史弄清楚，给他一个历史的公道。我没那么崇高的理想。我只是觉得他这一辈子肯定有冤屈。我是我爹的儿子，我有责任把他的历史弄明白，找个适当的机会说一说。"涂胜华告诉南方周末记者，"说得再直白一点，涂作潮是这个国家的原始股。到现在，他和他的家人不但没分到红，连本金都没了……"

闲来无事，涂胜华会举起一杯路易十三，抿一口，眯起眼睛，向空虚中说：爹哟，您也来一口？

【附】

涂作潮年谱

1903年　生于湖南省长沙，原名涂葆生。

1916年　开始学木工。

1921年　加入陈独秀领导的湖南劳工会，参与工人运动。

1924年5月　由林彪之兄林育英、蔡和森之兄蔡林蒸介绍，经李立三批准，加入中共。

1925年5月　参加第二次全国劳动代表大会，参与"五卅"运动。

1925年7月　赴苏联莫斯科东方大学留学。

1927年6月　开始学习爆破、密写、信鸽、投毒、暗杀等特工技术。

1928年6月　作为旁听代表出席中共"六大"，代表证号码"86号"。会上见到周恩来。因之前做过木工，被周恩来取绰号"木匠"。

1928年10月　赴苏联伏龙芝军事学院学习无线电技术。

1930年4月　回国，到上海中共中央"特科"四科工作。

1931年　担任中共谈判代表，到江西谈判释放张辉瓒事宜，未成。

1931年3月　调至中央苏区，11月，任军委无线电通讯材料处主任。

1934年　第五次反"围剿"之后，被留在中央苏区，后辗转多省，完成"一个人的长征"。

1936年9月　赴西安组装电台，1936年12月11日，住进张学良公馆，参与西安事变。

1937年　携周恩来给张学良的密信赴上海，建立秘密电台并受命培训李白机务技术。

1942年　赴新四军军部任通讯总队机务主任。

1944年7月　赴延安休养。

1949年　赴上海，任上海电机总厂军代表。

1956年　与同事合作仿制出盖革计数器，被定为三级工程师。

1957年　以国家急需建设资金为由，上书自请降两级工资。

1959年　因发表同情彭德怀言论，被打成"反党分子"，开除党籍并再降两级工资。

1964年　在周恩来过问下恢复党籍，调北京"四机部"休养。

1969年　被军代表刑讯累计一百次以上，总时长超过一千小时，从"牛棚"归家十天后瘫痪，并再次开除党籍。

1973年　得到一定程度平反，恢复党籍和司局级干部待遇。

1984年12月31日　去世。

中国一叶

手 记

1958年，中国农业科学院研究员叶笃庄以"美国特务"的罪名入狱，1975年作为"国民党县团级"被特赦，1980年代之后落实政策，享受"红军老干部"待遇。

其实，叶笃庄不是美国特务，不是国民党县团级，也不是国民党老干部。他是天津最后一代世家子弟。其父是曹锟的拜把兄弟，其母是袁世凯孙子的干妈。这位大家庭里庶出的五子与其家族成员，贯穿中国近现代百余年。叶家的血泪悲欢是有温度的国史。

2014年，《一片冰心在玉壶——叶笃庄回忆录》及《叶：百年动荡中的一个中国家庭》的中译本出版。一个绝好的家国题目。2014年7月到8月，借助阅读和采访，我一直沉浸在叶笃庄及其兄弟所经历的时代风雨中。这是记者的特殊"福利"。

叶笃庄写回忆录不是为了出版。1993年，写到回忆录最后一部分《狱中记》，他在方格稿纸第一页的页眉处，用软笔写下竖排大字："此稿不发表，专借孩子们阅读。""孩子们"主要指两个"中文可以说，但不能读"的外孙女。他想告诉她们一个完整的中国。"他老觉得我太太那一代，看到很多中国不好的一面——'反右'、'文革'。"叶笃庄女婿、美国汉学家周锡瑞（Joseph W.Esherick）告诉南方周末记者。

2014年6月，叶笃庄当初设定的读者范围被打破。《一片冰心在玉壶——

叶笃庄回忆录》连同周锡瑞的专著《叶：百年动荡中的一个中国家庭》的中译本一起出版。

两书的书名都有象征意义。"叶"是家族姓氏。在"血流成河，泪流成河"的20世纪，叶家的子弟各历婆娑。"一片冰心在玉壶"是叶笃庄借以表达他对这个国家心迹的诗句。1976年，在安徽怀远荆山湖渔场，六十二岁的叶笃庄已历十年监禁、八年"留场就业，继续改造"。女儿叶娃问他：国家成了这样，怎么爱法？叶笃庄的回答非常简单：你们没做过亡国奴。

2000年的一天，亲人到医院看望叶笃庄。病榻之上的老人拿出一张纸，写下歪歪扭扭的几个字：人生有何罪。当天下午，八十六岁的叶笃庄去世。

从家族到家族史

1990年代初，周锡瑞把岳父的回忆录拿给羁旅北美的历史学家章开沅看。章一面肯定手稿有"重要史料价值"，一面建议周锡瑞为叶家写一部家族史。

粗略了解叶家家世，就知道这是一个极具吸引力的建议：笃字辈的高祖叶坤厚、曾祖叶伯英曾在河南、直隶、陕西、山东等地任藩臬（相当于省民政厅长、司法厅厅长）、巡抚（相当于省长）。那是晚清内忧外患并起的时代，叶氏父子靠平定捻军和洪杨之乱积累起政治资本。乘两人余荫，他们的子孙即便科举不中，依然走上仕途。

从晚清到民国，叶伯英之孙叶崇质曾任袁世凯护卫、直隶清河道、巡警道等职。亲历民初的暗杀政治之后，他辞官不做，加入北方的周学熙财团，成为诸多北洋系资本家中的一位。

叶崇质子女十五人。夭折三个，其余十二人都经历了20世纪的巨变。长子叶笃仁、三子叶笃义、五子叶笃庄曾在"民盟"中央及京津两地任职。六子叶方、九子方实是中共党员，长期在理论及宣传部门任职。七子叶笃正是大气物理学家，国家最高科学技术奖得主。十二子叶利中在相声界辈分极高，也因从艺多年而为长兄不容。

1994年，周锡瑞和妻子叶娃开始为撰写叶家的家族史做准备。第一项工作是搜集家族成员的口述材料，访问范围遍及健在的笃字辈及后代。1995年，在叶家祖籍安庆，周锡瑞夫妇找到了1944年版的《叶氏族谱》。同时期，他们在北京图书馆善本部、中国第一历史档案馆，找到了叶伯英年谱以及他为官时的奏折、行状。朋友则帮助周锡瑞在美国国会图书馆找到了叶坤厚的二十卷诗集《江上小蓬莱吟舫诗存》。

2000年，叶笃庄去世，女儿叶娃获准从父亲生前工作单位中国农业科学院复印其个人档案，其中包括"1950年代之后历次政治运动的重要信息"以及叶笃庄和妻子孙竦的日记残篇。

资料大致搜集齐备，把叶家子嗣的图谱和1920年代到1930年代的天津地图贴在墙上，周锡瑞动笔，写作过程持续十二年。

保守家风

1919年，刚上私塾的叶笃庄见识了"五四"运动的大场面。"我们家就住在省长、督军衙门旁边。学生游行示威，被打得头破血流，爬省长、督军衙门的栅栏门，我都亲眼得见"，叶笃庄在他的回忆录中写道。一个细节足见五岁幼童观察力和他临近耄耋之年记忆力：叶笃庄记得，学生们当时喊的口号是"打倒杨梆子"。杨是当时直隶省警务处处长兼天津警察厅厅长。京津不过百余里的距离，学生运动的诉求已经发生了轻微的漂移。

1927年，十三岁的叶笃庄考入南开中学。北伐军进入天津，南开的童子军们到河北公园参加庆祝大会。"公园内到处挤满了人，临时搭的主席台上站着许多穿马褂的人，也有穿军装的。一个戴黑眼镜的人讲话，声嘶力竭，由于那时还没有'扩音器'，台下的人什么也听不到。"那次，除了看到"戴黑眼镜的蹦跳一阵"和"几个人讲演"，叶笃庄一无所获。

"三千年未有之大变局"对叶氏家族的影响似乎微乎其微。周锡瑞敏锐地注意到这一点。在书中，他几次强调："渗透到这个家庭里最慢的是新文化的影响"，"所有这些风云变化都很少触及叶家人"。

保守的家风由来已久。通过查阅叶伯英的奏折和年谱，周锡瑞发现，叶伯英在直隶清河道任上，数次觐见慈禧及光绪。慈禧几次问叶伯英与"洋务"有关的问题，"这些问题叶伯英都能回答，但他似乎觉得这些问题不值一提"，

"在自己的任何作品和官方文件中，叶伯英都没有表露出对外交事务和技术现代化的丝毫兴趣"，"对洋务，他还远远不及慈禧太后"。

叶坤厚更加保守。他主张禁止对外贸易——这样的想法被记录在《江上小蓬莱吟舫诗存》中。周锡瑞觉得，叶坤厚的诗"有味儿"，比奏折、族谱更接近他的真实想法。

1853年，太平军进犯安庆，叶坤厚以丁忧之身穿越冰雪山林，到清军营前，要求获准组织团练。四处征战时，目睹了战争带来的巨大灾难——到处是荒废的村庄，闲置的耕地，被烧的寺庙、桥梁、书院，狼群在夜间四处觅食，叶坤厚变得极其冷酷。他曾下令对几百名俘虏施以极刑，之后把他们剁成肉酱。他曾下令焚烧太平军的尸体，"鬼火闪青深，磷磷照白骨"。远处受伤的俘虏一片抽泣声，叶坤厚不为所动。

内乱既平，身为一方民政长官的叶氏父子重新拾起儒家的"养民"传统：修水利、赈灾、济民、建议减轻赋税——在周锡瑞看来，这一切都是走不通的老路："参照国际标准，中国的土地税已经很轻了，只占国民生产总值的百分之二点四。而从长远来看，中国的任何现代化建设都需要更多的资源，完善基础设施，发展教育，培育工业，加强军事力量……'养民为先'的原则，使得后来国家现代化的努力愈加困难。"

"大笔洋钱滚进来"

叶崇质可以为中国现代化转型之难做一个旁注。"一战"为中国资本主义发展提供了难得的"窗口期"。从1914年到1924年，是叶崇质人生的黄金十年。此后，他的事业逐渐黯淡。一次八月节，开支成问题，叶崇质写信给他的老板周学熙借了五千元。另一次大年初一"开笔"，他写下的新年愿望是"大笔洋钱滚进来"。

天津有很多北洋系官僚转变成的资本家，叶崇质是其中之一。北洋系资本家在金融、事业领域大量投资，是中国工商业近现代的一部分。周锡瑞颇感遗憾，他没有找到跟叶崇质经商活动有关的一手资料："我特别希望在天津档案馆能找到他这方面的资料。他们应该有很多东西。"

周锡瑞翻检公开出版的部分天津商会档案，以及通过朋友借阅的部分安徽会馆档案，只发现零星几处对叶崇质的记载，但是"跟他的经营活动关系不大，是别人向他借钱什么的"。当时的报章也几乎从未提及叶崇质。

　　所幸，叶崇质有一个观察力和记忆力俱佳的儿子叶笃庄。从叶笃庄回忆录对大家族早年生活的描述中，可略见其父的日常生活和精神世界。

　　叶崇质走路"迈八字步，手的五指岔开，这是穿马蹄袖的姿势，手指岔开是为了防止马蹄袖落下"。事业的巅峰时期，叶崇质曾任天津华新纱厂、河南卫辉华新纱厂坐办，中国实业银行、启新洋灰公司常务董事，华新银行总经理。"他们办工厂，采用的还是清朝官僚制度那一套。工厂里的'官'有总办、坐办、会办等。下属见上司要递手本。在技术方面则一点不通。于是请外国人，引进技术，如唐山启新洋灰公司当年就是用年薪一万多两银子请德国工程师办起来的。"叶笃庄在回忆录中写道。

　　年节或家长生日，叶家张罗宴会，宾客按照他们在官僚体系中的地位被安排座次。有一次，天津汇丰银行买办吴懋鼎来为叶母拜寿，径直走向前五排用花围起来的"雅座"。叶家的管家毫不留情地把他挡住："请吴老爷外边坐。"

　　家庭生活中，能复古处叶崇质都复古。有电灯，他宁可点煤油灯。有收音机，但几乎从来不开。叶崇质有一妻两妾。他的十子五女皆由两位姨太太所生。但孩子们只能管自己的生身母亲叫"姨"，管他们不喜欢的大太太叫"妈"。叶崇质与京剧演员出身的二姨太感情最好。下班之后，他在躺椅上听她读《花月痕》一类的小说，或由她给抠脚趾缝。

　　为保证子嗣的数量，叶家的孩子出生之后就由乳母抚养。乳母的养育方式完全是乡村式的。到了五岁，男孩进私塾，女孩则在家学扎花、读《女儿经》。为维系裙带关系，前面六个儿子和四个女儿的婚事都一度由叶崇质指定。长子笃仁娶民初"大总统"之一徐世昌侄女为妻，三子笃义娶民初财政总长李士伟侄女为妻，四子娶袁世凯儿媳的侄女，五子笃庄的"娃娃亲"是晚清东三省巡抚张锡銮的孙女。

　　1932年，叶笃庄成为大家庭中的第一个反抗者。那年他上高二，执意退掉了跟张家的亲事。张家男女老幼都是大烟鬼，笃庄无法接受这样一个腐败的家庭里熏陶和成长起来的姑娘，看了《啼笑因缘》一类的小说，他"想自己有一个女朋友"。

退婚成功，十八岁的叶笃庄在院子里沿对角线跑动，边跑边喊：I am free，I am free!（我自由了，我自由了！）此后，不到几年的光景，曾为天津卫一等豪门的张家迅速败落。家中男孩吸食鸦片倒毙，无棺材入殓，女孩流落至"花烟馆"和跳舞厅。

去能参加抗日的地方

1996年春节前后，叶笃正迎来八十寿辰。按照惯例，笃字辈兄弟的八十寿辰都会有家族聚会。那年，老三叶笃义在病榻之上，无法参加。他说了一段话，请长子叶维祚录音，带给大家。

在这段十五分钟的录音中，八十四岁的叶笃义说："我的父亲本来希望我像电影里的科学家一样，在实验室里，摩挲摩挲这个，摩挲摩挲那个……我对不起我的先人对我的期待，我是一个不肖之子……"

叶崇质生活守旧，但他对儿子们的教育却与时俱进。男孩在私塾中完成小学阶段的教育之后，要全部被送至学费很贵也很难考的南开中学。有两个男孩因为体质弱或不用心读书，中途掉队。老三叶笃义是兄弟中第一个拿到南开中学毕业证书的。他毕业的头天晚上，父亲曾反复念叨："我儿子明天举人拿到手。"

"南开"给叶氏兄弟的不仅是知识教育。多年之后，老七叶笃正曾总结过："进'南开'之前，我只知有家不知有国，进了'南开'才既知有家又知有国。"

家，正是在兄弟们进入"南开"之后，慢慢解体的。1930年，叶崇质去世。不久，叶家的老祖母和二姨太也相继去世。几成一个小社会的完整家庭结构开始松动。

更大的断裂还在后面。日本人的炮火从关外蔓延到上海。"南开"增设了军事训练课。有日本驻屯军经过，军事教官就喊口令，让操练中的学生直面日本兵。

兄弟中性格最直爽热烈的老五笃庄最先表现出强烈的民族主义。他上高一时，天津《大公报》号召为东北抗日将领马占山募捐。笃庄捐出了家里给他做大衣的二十块钱，并把马占山的戎装照贴在床头。"那时我开始对国民党愤恨，因为他们不抗日。"叶笃庄在回忆录中写道。

1932年，即将升入高三的叶笃庄写了一篇短文《帝国主义与中国资产阶级》。晚年，叶笃庄曾向家人坦言："我那就是一个读书笔记。"但从文中熟练使用的"帝国主义及其走狗"、"买本资本及其政府"、"封建主义"等词汇，不难看出十八岁的叶笃庄在关心什么问题。

与激进的弟弟相比，家中年长的孩子都在按部就班地生活。老大在银行做经理人，老四做股票生意。1934年，老三笃义完成了本科毕业论文《试论国际组织的发展》。这篇一百五十页的论文是用流畅的英文写成的，而且完全参考外文文献。周锡瑞从论文的手稿中读道："与民族主义理念相对的是国际主义理论……国际事务应该以公正为原则，而不是依靠武力……废除一切自以为是的做法，废除保护主义、军国主义和帝国主义。"

叶笃义年轻的弟弟们从与他截然相反的方向寻找救国之路。1935年秋天，老九笃成因阅读左翼书籍《大革命史（1925—1927）》被带到天津警备司令部。1935年冬天，"一二·九"运动爆发，老六笃廉（叶方）和老七笃正参与其中。笃廉是"一二·九"运动的组织者之一。

1936年，在日本东京帝国大学农学科上学的老五笃庄趁暑假回到天津。经他提议，在南开中学受过完整教育的几兄弟（老三、老五、老六、老七、老九），每人从分得的一万元遗产中拿出一千元，开办"天津知识书店"。为此，笃庄休学一学期。

《叶笃庄回忆录》整理者孟繁之从1989年的《天津文史资料选辑》中找到一篇叶笃庄回忆知识书店的文章。文中记载：知识书店位于天津法租界国民饭店的一个临街铺面，内设沙发和靠背椅。为方便读者，有电话购书的业务。所售图书包括中共北方局机关刊物《长城》、北平左派教授们编辑的大型刊物《国际知识》、斯诺和燕京大学教授编辑的英语期刊《民主》（*Democracy*）。

1937年，天津沦陷。年长的叶家兄弟留在天津，年轻的各奔他方。老五笃庄从天津到上海、苏州、南京、西安，最后在山西陈赓所部八路军129师386旅落脚，不久离开，到西南"国统区"。老六笃廉最初也到了山西，加入由阎锡山出资、薄一波领导的"牺盟会"。老七笃正和老九笃成（方实）加入中共外围组织——民族解放先锋队，此时跟着队伍从山东一路辗转向南，再向西。1943年，家中幼子笃慎（叶利中）也从天津到重庆，并一度加入中国远征军。

周锡瑞在交代叶家兄弟行踪时评论道：天津沦陷时，年轻的兄弟们与各自圈子里的朋友和同学离开，"校友关系以及因政治斗争形成的联系现在比家族血缘关系更加牢固"，"这与1850年代叶坤厚举家搬迁躲避太平军形成鲜明对比。叶家兄弟没有人明确知道自己究竟要去哪里，只是要去一个能够参加抗日的地方。也没人知道战争究竟会打多久。"

比杀头更痛苦的

1937年的一天，身在八路军129师386旅的叶笃庄在日记中附了一份辞职信的草稿。他在信中写道："这行军中一切的一切，我都是一个失去了眼睛和耳朵的人。在战场上，我好像是一匹不负任何重载的骡子，被人牵着到处乱跑。这是我最伤心的事情……虽然我没有走过雪山草地，但是根据我的坚决的政治信仰、政治目的，其他同志所能忍受的肉体上的痛苦，我也可以充分忍受……我所要求的是，是怎样去实行我人生意义的事情，失去了它，比杀我的头还要使我感到痛苦。"

在386旅，叶笃庄的工作是翻译截获的日军文件，审问俘虏，并教军队用日语喊话："缴枪不杀，优待俘虏。"这种纯"技术性"的工作让他很气馁。无事做的时候又觉得很无聊。当他向师政治部提出调离请求的时候，被政治干事驳回。此事也被叶笃庄写进日记里："项立本用威胁的口吻，向我讲了许多屁话，流氓之至，无政治风度也……"

129师的核心是红军战士，他们中的很多人经历过长征。有一次半夜转移阵地，要蹚一条齐腰深的河，河水冰冷。叶笃庄很恼火，他认为搭一座便桥会让转移更容易。很快，部队上上下下都认为这个"白区"来的洋学生根本经不起考验。

阅读了岳父这一阶段的日记后，周锡瑞发现：叶笃庄在386旅唯一的知音是旅长陈赓，因其"既了解激烈的革命战争，又了解像笃庄这样沿海通商口岸知识分子的生活"。陈赓把叶笃庄带到自己的营地，晚上一起聊天吃烤栗子，讲爬雪山、过草地的故事，偶尔吃猪肉和鸡肉"打牙祭"。陈赓甚至告诉叶笃庄自己年轻时的恋爱经历。不久，叶笃庄发现陈赓偷看他的日记，"笃庄觉得受到了伤害，对这种侵犯隐私的行为和对他表示出的不信任感到又伤心又愤怒。"周锡瑞在书中写道。

1939年冬，山西的统一战线破裂，叶笃庄回到陕西。周锡瑞总结他此后的行踪："战争之初的几年里，帮派联盟不断变化，他从没找到一个稳定的组织关系。"

1940年，叶笃庄到重庆，他先是受中共指派，潜入国民党"特种情报所"，后与于光远岳父孟用潜创办"太平公司"，之后，在昆明参加美国战略情报局GBT小组、美国陆空辅助队，1944年又受中共指派加入"民盟"……

这些丰富多彩的经历，在1950年代开始的政治运动中，为叶笃庄带来无穷麻烦。

1957年，叶笃庄和他的三哥叶笃义被定为"右派"。一年之后，笃庄被抓进北京草岚子监狱，三个月后办理入监手续。

2000年，女儿叶娃从父亲档案中查到，当时的逮捕理由是"反革命"。这个包罗万象的罪名在提审中往往被兑换成"美国特务"——这是叶笃义日后的罪名。

每天至少默念一遍的腹稿

弟弟们离开天津之后，从燕京大学政治学系以优等成绩毕业的叶笃义，一度拿到赴法留学的船票。但他放弃了这个机会。

1938年，叶笃义与"国社党"党魁张东荪"个人合作"，到汉口寻找抗日机会。后经张东荪介绍，叶笃义认识了中共北平地下党负责人王定南。从1939年起，叶笃义每月向王报告他从就职的开滦矿务局获得的情报。1943

年，叶笃义代表张东荪和彭德怀签署"七七抗日协定"，约定抗战胜利之后，双方合作争取和平民主建国。

1946年，叶笃义到重庆参加"民盟"中央的工作，成为没有收入的"职业"政治人。

抗战之后，"民盟"坚持走"第三条道路"，为政协会议、国大会议、国共和谈奔走。叶笃义是这一系列活动的亲历者。民盟与司徒雷登历次接洽，几乎都由他做翻译。

1949年3月，叶笃义去向司徒雷登辞行。司徒雷登对他说："共产党人是没有祖国观念的，他们的祖国就是苏俄，我希望你做一个爱国的中国人。不要忘了我们的校训：'因真理得自由而服务（Freedom through truth for service，语出自《圣经》)'。"叶笃义回答："我将永远为是你的学生而感到骄傲。我绝对不会一切盲从苏联的。"

有鲜明政治判断的叶笃义同时又是谨慎、冷静和务实的。

1949年5月14日，美国驻上海总领事齐艾斯给叶笃义一本美国国务院印发的铁托与斯大林往来信件。彼时，南斯拉夫与苏联已经决裂。"从信件中清楚地看出苏联的大国沙文主义压迫小国的情况，铁托卑躬下气，斯大林咄咄逼人。可以得出结论，同苏联搞在一起是不好受的。"叶笃义在他的"八十自述"《虽九死其犹未悔》中写道。齐艾斯的意图很明确：让叶笃义到北京之后，把信给周恩来或中共任何高级官员看。抵京之前，闻知毛泽东在《论人民民主专政》中明确提出"一边倒"的外交方针，叶笃义把齐艾斯给的文件"丢在香港而没有敢带到北平"。

1949年之后，叶笃义一度享有较高的政治地位。他是第一届全国人大代表，曾任政务院政法委员会委员、副秘书长，政协全国委员会副秘书长，民盟中央常务委员等职。

1957年2月27日，毛泽东作《关于正确处理人民内部矛盾的问题》。4月27日，中共中央发布《关于整风运动的指示》。4月30日，毛泽东在天安门城楼上邀请民主党派负责人和无党派人士座谈，提出撤销学校的党委制。并责成邓小平约集民盟、九三学社负责人研究实施细则。

从5月8日到6月3日，中共中央统战部召开民主党派和无党派人士座谈会十三次，号召踊跃发言。

谨慎的叶笃义选择了毛亲自提出的"解散学校党委"的议题，并在毛的基础上稍加论证和发挥。此后，随着"鸣放"气氛的热烈，他陆续提出"应该把民主党派机关干部纳入国家机关的系统"；"从团结五百万知识分子着眼，应解散四个党派（民盟、民进、农工、九三学社），另组一个知识分子政党"；"目前国家的制度，造成政治地位超过一切，并且代替了社会地位。过去是行行出状元，现在是行行出（人大）代表，行行出（政协）委员"。

在叶笃义发表这些言论之前两天的1957年5月15日，毛泽东撰写了《事情正在起变化》。6月8日，中共中央发出《关于组织力量准备反击右派分子进攻的指示》，同日，《人民日报》发表社论《这是为什么？》。叶笃义成为"右派"没有任何悬念。

1990年代初，已近耄耋之年的叶笃义把1957年4月30日毛泽东在天安门城楼上的讲话、《人民日报》和《光明日报》在"大鸣大放"及"反右"中对他言论的报告、他本人写的检讨，一字不漏地抄录进他的"八十回忆"中。以上1938年到1957年间叶笃义的经历，均系南方周末记者摘抄自"八十回忆"。

1968年，叶笃义被投进秦城监狱。从踏入牢门的第一天起，他开始打"秦城监狱坐牢经过追记"的腹稿。

在"八十回忆"的结尾处，叶笃义写道："我的手表在进监狱当天就被摘掉，因此我终日不知时刻，但在缺乏日历的情况下我推算的日期却丝毫不爽。我就是这样从1968年4月4日开始到1972年8月16日止，无论哪一天发生过什么事，我都能记得丝毫不爽。

"我一回到家，我的兄弟们就去看我。我把我的案情向他们简单地介绍了一下。他们力诫我无论对任何人都不能说及此事，我想把我的腹稿写出来，藏在家中秘不示人。我的儿女们说，我还想演'二进宫'吗？我完全有信心，这个冤案迟早会大白于天下的。日久天长，这个腹稿会一天一天地忘掉。将来一旦平反，我什么东西也拿不出来，我死不瞑目。我于是将这个腹稿逐字逐句在心里默念一遍，每天至少一次。直到'四人帮'倒台，我才敢把这个腹稿写成文字。"

"你是天足，我们都是缠过足的"

在"反右"和"文革"之间相对平静的岁月里，叶笃义翻译了《英使谒见乾隆纪实》。

羁縻在北京草岚子监狱、功德林监狱、自新路看守所的五年间，叶笃庄翻译了达尔文的著作《人类的由来（The Descent of Man, and Selection in Relation to Sex）》。没有稿纸，他把译文写在这本书的日译本行间。其间，整个中国经历了最饥饿的三年。

从二十二岁起，叶笃庄就是中共的赞助者和支持者。1958年，他以"美国特务"的罪名被诱捕入狱。十年刑期期满之后，又在劳改农场被"强制就业"八年。1975年底特赦"国民党县团级"，叶笃庄惊异地发现自己也在特赦之列。

"这是一个天大的笑话。我一生反对国民党，最后竟沾了国民党的光被释放。"叶笃庄在回忆录中写道。开始，他不想接受这个"待遇"。劳改农场一个老"就业人员"劝他：你真是傻瓜，"就业无期（指"强制就业"没有结束年限）"，你出去，一盘棋就活了。

1979年春节，叶笃庄登上一列驶向北京的空荡荡的列车。

"第二天一大早到站，他叫了辆三轮车，到了叶靓（叶笃庄长女）住处，唤醒了三个还在睡觉的女儿。在他多年前油漆过的那张床的床头，放着妻子的骨灰盒，目睹此，叶笃庄不禁老泪纵横。"行文至此，以"史家"自居、力求对历史进行客观描述的周锡瑞也按捺不住指尖的感情。

在叶笃庄踏进家门之前四年，他从高中时开始苦苦追求的妻子孙竦已患肝癌离世。

学生时代，孙竦的绰号是"辣子"，因其美丽、高傲、泼辣。1930年代，孙竦和叶笃庄都在日本留学。叶笃庄介绍孙竦加入东京的中共外围组织"文化座谈会"。没多久，"座谈会"的组织者告诉叶笃庄："你介绍的那位小姐是怎么回事？她说：'你们讨论艺术，我参加，你们讨论政治，我没兴趣。'说完拔起屁股就走啦。"

1930年代，天津北洋画报上曾刊登孙竦创作的时事漫画，画风顽皮犀利。抗战爆发，孙竦曾一度踩着高跟鞋参加新四军……

方实的女儿叶维丽一直记得"五娘"的美丽。她也记得，历次运动过后，到1960年代，五娘已经"完全把自己缩起来了"。

从1970年代开始，叶家兄弟逐渐获得平反。1972年，曾在山西五七干校挖井的老九方实重返新华社；1973年，当地极"左"势力对老七叶方的指控仍维持"刘少奇反动资产阶级路线的执行者"，但叶方已被当作"人民内部矛盾"来处理，几年之后，他被调任辽宁社科院院长。1984年中央统战部为叶笃义平反。大约同时期，叶笃庄也被落实政策。

叶家几兄弟迎来了他们生命中最后二十年有效时间。

"四人帮"倒台之后，叶方调回北京，任中央党校理论部主任。他提出要据实研究"一二·九"运动。

1994年前后，老三笃义和老五笃庄分别完成了他们风格迥异的回忆录。笃庄洋洋洒洒，行文生动，"俨然构成一幅晚清民国直至1949年以后社会生活的延绵画卷"（章开沅语）。《虽九死其犹未悔——叶笃义八十回忆》行文缜密克制，一字不落地抄录"时代文献"，不及二百页的小书却有千钧之重。

1991年到2005年间，老九方实出任《炎黄春秋》副社长。女儿叶维丽回忆，直至八十八岁被中风击倒之前，方实在编务方面一直亲力亲为。

在被中风击倒前一年，方实写下《我在延安被"抢救"——回忆六十年前的一段往事》。在文中，方实回忆了1943年，自己在万不得已的情况下"招供"受"特务"哥哥叶笃正的指派，来延安搜集情报。八十六岁的老人沉痛自问："为了这点'自由'、'宽大'，竟然栽赃自己是'特务'，诬陷亲兄弟是我的'特务上级'，这还算是人吗?!"当时，叶笃正在大后方。在方实所有的熟人中，七哥最不可能受延安整风的连累。

2006年，叶笃正被国家主席胡锦涛授予国家最高科学技术奖。在世代以读书为人生最佳选择的叶家，笃正是他所有兄弟的骄傲。作为中国气象学的重要奠基者之一，叶笃正的思考并不限于专业领域。晚年，他很爱看九弟操持的《炎黄春秋》。有一次，叶笃正想跟李锐聊天，侄女叶维丽陪同。叶氏叔侄刚进门，李锐就指着叶笃正说："你是天足，我们都是缠过足的。"

《叶：百年动荡中的一个中国家庭》中文版出版后，译者之一孟繁之把书拿给中科院地质研究所研究员周景良先生看。

周景良是周一良之弟。作为才华横溢的学者，曾经的"梁效"写作班成员，周一良更广为人知的也许是他的那本小书《毕竟是书生》。景良和一良兄弟的叔祖周学熙是中国近代著名实业家。叶崇质当年弃官从商，加入的就是周学熙财团。

多年以来，周景良有一个愿望：能有一位大家写一写周家——不必拘泥个人得失成败，但要写出一个大家族怎样一步一步走过百年中国。读完《叶》，周景良认为他的期待得到了部分满足。

后记

坦白从宽

这本小集子是对我在《南方周末》工作十一年的盘点。我知道这种书没人看。都说新闻是易碎品，把以往的报道结集出版有什么意义？

承蒙同事的推荐和邀请，让我有机会以这样的方式面对自己：某些曾自认为又狠又靓的稿子，隔几年再看，简直不忍卒读，可当年却曾为一些细节的处理，跟编辑吵过嘴；某些几乎已经印象全无的小品，今天再翻，还不坏。沮丧和欣慰交替到来。由此可知，"相"和"我执"的虚妄。悟性好的，可能由此就悟了：那都是你——浅薄、拙劣、尖刻、从容、敏锐、宽厚。

《南方周末》文化记者，是我迄今为止的第一份工作。我现有的一点点的新闻理念、新闻技巧都是在《南方周末》学到的。

记得刚参加工作那几年，每次开年会必焚膏继晷。部门主任向老师阳常有业务论语发布。从逻辑之严密、语言之考究的角度："新闻就是狗屎，如果你当它是狗屎，它就连狗屎都不如"；从职业操守和职业荣誉感的角度："写字儿的人就是工匠，手艺是饭碗，也是尊严和荣耀"；从细节在通篇文章中作用的角度："大家子和小家子的不同，不仅在于排场的大小，更在于细节是不是讲究"……

初听未必了了，甚至觉得其中掺杂着头巾气、市井气、江湖气，总之一股酸酸怪怪的味道。架不住老听，架不住一次次采访、写稿、改稿。"二十一条军规"内化成潜意识。

这个过程，伴随着各种各样的冲撞：自我的焦虑、与别人的争吵。总有N+1次，跟编辑袁蕾在电话里吵得不可开交，我和她都被对方噎得哑口无言，找上级把关人仲裁，接着吵……

这真糟糕！我大概没跟哪位编辑没闹过别扭。好在同事们都是君子，吵归吵，为稿子；吵完之后，就把它忘掉。

我对自己没有过高的期许，不在任何圈子中谋求"话份"和"人缘"。我也没有那么强的使命感。在清华上学的时候，看到师兄一边跟女生轧马路，一边大谈"人文日新"，我总在心里暗自发笑。同样，我没有所谓的《南方周末》情结"。

把每单活儿干得尽可能体面，是我对自己唯一的要求。

王维写过一首诗：木末芙蓉花，山中发红萼。涧户寂无人，纷纷开且落。

前同事军吉是爱花的人，不大的阳台被她经营成葱茏的花圃：春天有风信子、郁金香，夏天有茉莉……军吉浇花的时候常感叹：植物不需要有人看，就会这么美！这话跟王维的诗是一个意思。

我希望自己有"纷纷开且落"的自在。

感谢在以蜗牛爬行的速度成长的过程中，我所在的集体和我的家人待我以宽厚。

图书在版编目（CIP）数据

追问世界的形状/石岩著. -- 北京：作家出版社，2016.7

ISBN 978 - 7 - 5063 - 8796 - 5

Ⅰ.①追… Ⅱ.①石… Ⅲ.①新闻 – 作品集 – 中国 –
当代 Ⅳ.①I253

中国版本图书馆 CIP 数据核字（2016）第 051547 号

追问世界的形状

作　　者：石　岩

责任编辑：李宏伟

装帧设计：申晓声

出版发行：作家出版社

社　　址：北京农展馆南里 10 号　　邮　　编：100125

电话传真：86 – 10 – 65930756（出版发行部）

　　　　　86 – 10 – 65004079（总编室）

　　　　　86 – 10 – 65015116（邮购部）

E – mail：zuojia@ zuojia. net. cn

http：∥www. haozuojia. com（作家在线）

印　　刷：三河市紫恒印装有限公司

成品尺寸：152 × 230

字　　数：392 千

印　　张：25. 75

版　　次：2016 年 7 月第 1 版

印　　次：2016 年 7 月第 1 次印刷

ISBN 978 – 7 – 5063 – 8796 – 5

定　　价：45. 00 元